D1673003

OMNIBUS

Judith Krantz

SCRUPOLI 2

Traduzione di Roberta Rambelli

ARNOLDO MONDADORI EDITORE

ISBN 88 0436894-2

TITOLO DELL'OPERA ORIGINALE
SCRUPLES TWO
I EDIZIONE APRILE 1993

SCRUPOLI 2

A mia nipote, Kate Mattie Krantz,
la mia eroina più giovane, più adorabile
e più promettente.

A Steve, mio primo, ultimo, unico e per sempre:
senza di lui non avrei mai scritto *Scrupoli*
e certamente non ci sarebbe stato *Scrupoli 2*,
quattordici anni dopo.

Nel momento di attesa che precede la consegna dell'Oscar per il miglior film, nella pausa in cui la febbre dell'eccitazione raggiunge il culmine e i presentatori salgono sul palco per leggere l'elenco delle nomination, Vito Orsini cominciò a sudare. E se le informazioni di Maggie MacGregor fossero state sbagliate? Se Specchi *non avesse ottenuto il premio per il miglior film? Allora sarebbe stato costretto ad acquistare i diritti di* WASP, *come prevedevano le condizioni della scommessa con Curt Arvey. Oh, al diavolo! Scrollò le spalle e sorrise. Quel libro sarebbe stato suo comunque: era stato scritto apposta perché lo producesse lui. Lo sapeva.*

Anche se gli stringeva con forza la mano, Billy Orsini non era contagiata dal panico dell'ultimo momento. Quella mattina presto era stata chiamata da Dolly Moon, che non aveva resistito alla tentazione di darle la bella notizia. Ma Billy non aveva voluto dirlo a Vito: sapere che il segreto contenuto nella busta era stato rivelato prima della cerimonia avrebbe rischiato di rovinargli il piacere e sminuito il valore della sua vittoria. Non gli avrebbe detto neppure che era incinta. Glielo avrebbe annunciato soltanto l'indomani, quando il trionfo della serata fosse stato un po' meno attuale. Per suo marito – quarantadue anni e senza figli – la notizia avrebbe messo in ombra qualunque riconoscimento dell'industria cinematografica. E mentre la mano di Vito stringeva la sua con maggiore fermezza, si impose di essere sincera. In realtà lei, Wilhelmina Hunnenwell Winthrop Ikehorn Orsini, non era affatto disposta a dividere le attenzioni meritate dalla sua maternità con una statuetta placcata d'oro, anche se concessa, nella sua infinita saggezza, dall'Academy of Motion Picture Arts and Sciences.

1

Billy si svegliò controvoglia da un sogno così traboccante di felicità che avrebbe voluto trattenerlo il più a lungo possibile. Nel sogno saliva correndo agilmente una scalinata circolare, verso una piattaforma in cima a una torre dalla quale, lo sapeva, avrebbe goduto il radioso panorama primaverile di boschi che digradavano verso un mare turchese carico di promesse. Aprì gli occhi con un sospiro e attese che l'emozione del sogno svanisse; ma la felicità non la abbandonò.

Piacevolmente disorientata, al punto di non sapere nemmeno più bene dove si trovava e che giorno era, rimase a fissare il soffitto fino a quando i ricordi cominciarono a rifluire. Era nel suo letto, nella sua casa californiana. Era il mese di aprile, e correva l'anno 1978. Quella notte Vito aveva vinto l'Oscar per il miglior film e Dolly Moon, sua cara amica, quello di migliore attrice non protagonista. Quattro ore più tardi Dolly, con grande rapidità e compostezza, aveva dato alla luce una splendida bambina. Billy e Vito, in compagnia di Lester Weinstock, il press agent di Dolly, avevano rinunciato alla festa per attendere insieme in ospedale. Erano poi tornati a casa e avevano festeggiato con uova strapazzate, panini caldi e champagne. Billy ricordava di avere cucinato le uova, ricordava chiaramente di avere visto Vito che stappava lo champagne; ma poi tutto si confondeva nel turbine dei brindisi e delle risate. Forse adesso i due uomini erano a letto con lei? Diede un'occhiata, vide che era sola e che, dalla parte di Vito, le coperte erano scostate.

Billy si sollevò cautamente, si stirò, sbadigliò e gemette. La sveglia segnava mezzogiorno passato, ma non si sentiva in colpa. Se una donna non aveva il diritto di dormire fino a tardi dopo tutta la tensione nervosa del giorno precedente, quando poteva farlo? Soprattutto nelle sue condizioni, le sue condizioni incredibili, il suo stato interessante appena scoperto e ancora segreto. Ma era venuto il momento di dare l'annuncio. Sentì la voce di Vito che parlava al telefono nel salottino accanto alla camera da letto. Bene, allora poteva rinfrescarsi la faccia con acqua fredda e lavarsi i denti prima che lui si accorgesse che si era svegliata. Mentre si spazzolava i capelli ignorando come sempre la sua insistente bellezza, non poté fare a meno di notare la freschezza radiosa della sua carnagione, il fulgore spontaneo degli occhi grigiofumo, la massa luminosa della lunga chioma bruna. Dimostrava dieci anni meno dei suoi trentacinque. Doveva essere uno dei soliti scherzetti degli ormoni, pensò.

Quando uscì dal bagno, Vito era ancora al telefono, e Billy pensò di approfittarne per farsi una doccia. Dall'istante in cui gli avrebbe detto del bambino, lui si sarebbe sentito così emozionato e felice che tutto il resto avrebbe perduto importanza, e sarebbero rimasti ore e ore a parlare e a fare progetti. Meglio quindi sfruttare l'occasione. Pochi minuti più tardi, la pelle ancora umida, Billy, scalza e fremente d'impazienza, si avvolse in una vestaglia di crêpe-de-chine semitrasparente e spalancò la porta del salotto.

E subito, istintivamente, indietreggiò. Cosa faceva la segretaria di Vito, Sandy Stringfellow, seduta sulla poltrona preferita di Billy nel suo salotto privato e vietatissimo, e perché mormorava nell'apparecchio personale di Billy, dopo averne trascinato il filo dalla scrivania? Troppo presi dalle rispettive conversazioni, Vito e Sandy non si erano neppure accorti di lei. Billy si sfilò la vestaglia poco discreta e indossò un pesante accappatoio di spugna e un paio di pantofole

«Buongiorno» disse poi affacciandosi con un sorriso. Sandy fece una smorfia come per scusarsi e continuò a parlare. Vito alzò gli occhi, salutò con un cenno della mano, sorrise, le lanciò un bacio distratto e continuò ad ascoltare con la massima attenzione.

«Sì, signor Arvey, il signor Orsini prenderà la sua chiamata appena avrà terminato sull'altra linea» stava dicendo Sandy. «Sì, so che lei sta aspettando da molto. Vuole che la faccia richiamare? No, non so dirle esattamente quando, è proprio questo il problema. Non abbiamo un centralino, purtroppo, e i telefoni hanno squillato ininterrottamente tutta la mattina. Il signor Orsini non ha avuto nemmeno il tempo di vestirsi per andare in ufficio. Ormai non ci vorrà molto, signor Arvey, ma questo telefono non ha il tasto dell'attesa. Sì, lo so che è assurdo, ma sono sull'apparecchio personale della signora Orsini.»

Billy tracciò un punto interrogativo su un foglietto e lo mise davanti a Vito, che scosse la testa e indicò Sandy.

«Con chi sta parlando?» chiese Billy.

«Lew Wasserman, a proposito di *WASP*» rispose Sandy, coprendo il microfono con la mano. Si scambiarono un'occhiata di reciproco compiacimento. Quella combinazione fra l'uomo più influente di Hollywood e il nuovo progetto nel quale Vito sperava di affidare una parte di primo piano a Robert Redford e a Jack Nicholson spiegava la sua inconsueta animazione.

«Dov'è Josie?» chiese Billy. Josie Speilberg, la sua segretaria, avrebbe dovuto essere lì.

«Ha telefonato per avvisare che ha una tremenda influenza» rispose Sandy.

«Magnifico» esclamò Vito. «Magnifico, Lew. Sì... sì... uh-uhm... capisco benissimo... Giusto. Senti, Lew, ti ringrazio ancora per il consiglio. Domattina a colazione? D'accordo. Alle sette e mezzo? Nessun problema. Ciao, Lew.» Riattaccò, abbracciò Billy quasi con violenza e la baciò: il trionfo e la vittoria lo facevano muovere ancora più rapidamente del solito. «Dormito bene, cara? Non ho tempo di parlare, adesso, devo assolutamente prendere l'altra linea e trattare con Curt Arvey. Quel povero scemo non doveva scommettere con me che *Specchi* non avrebbe vinto. Adesso dovrà scucire il milione e mezzo di dollari per i diritti di *WASP*, e voglio assicurarmi che abbia concluso con l'agente letterario di New York. Se mai c'è stato un contratto scandaloso...» Aveva già afferrato il telefono personale di Billy per parlare con Arvey, mentre Sandy si affrettava a rispondere all'altro apparecchio che si era rimesso a squillare non appena Vito l'aveva posato.

Billy li guardò e si rese conto che l'avevano già dimenticata. Bene, la sua grande notizia avrebbe aspettato, si disse. E doveva fare colazione. Scese la scala quasi a passo di danza, attraversò il doppio soggiorno assolato della casa grandissima e straordinariamente confortevole. Era un edificio molto vecchio, per i parametri della California: costruito negli anni Trenta, nonostante la sua mole riusciva a mantenere una dimensione molto calda e intima. Era una casa ricca di una raccolta personale, non dettata dalla moda. Ogni stanza attirava l'attenzione per i suoi gruppi asimmetrici di divani e poltrone rivestiti di lini inglesi a fiori un po' stinti, e di cotoni francesi a righe; sui parquet lucidissimi erano disposti splendidi tappeti ricamati, e ogni ambiente aveva camini funzionanti, con legna da ardere sempre pronta per essere accesa. Nelle nicchie, negli angoli o intorno alle porte-finestre era pieno di piante fiorite, felci e alberelli; gli scaffali traboccavano di libri e ovunque c'erano quadri appesi alle pareti o appoggiati su cavalletti. Sui tavoli facevano bella mostra piccoli bronzi di splendida fattura, vecchi candelieri d'argento, scatole porta-tè intarsiate e gabbie per uccelli vuote; accanto alle poltrone, cesti colmi di riviste e dappertutto oggetti antichi di ogni genere.

Niente era fastoso o eccessivo, né traspariva alcuna concessione all'opulenza; fra le centinaia di oggetti scelti per capriccio nessuno era troppo prezioso, e tuttavia era evidente che Billy si lasciava sempre tentare quando scopriva qualcosa che le piaceva. Nonostante l'affascinante disordine, le stanze erano così grandi da mantenere comunque un senso di freschezza e spaziosità. Non era la casa di una donna che deve compiacere solo se stessa, ma soltanto un ménage molto dispendioso poteva conservare la grande residenza nella perfezione immacolata del disordine spontaneo che Billy adorava.

Attraversò la biblioteca, la sala da musica e quella da pranzo per raggiungere la dispensa, sorridendo allegra alle tre cameriere indaffarate. Due avevano le braccia cariche di fiori appena arrivati, la terza reggeva una pila di telegrammi.

In cucina lo chef Jean-Luc nascose lo stupore per la comparsa inattesa della padrona di casa. Due volte la settimana discuteva i menù con la signorina Speilberg, ma la signora Orsini si faceva vedere molto di rado, e soprattutto mai in accappatoio. Billy gli chiese di mandare a Vito e a Sandy un vassoio di club sandwich e di preparare per lei un piatto che riservava ai momenti più speciali: tre fette di pane bianco tostato coperte da spessi strati di marmellata di fragole Tiptree's Little Scarlet e fette di pancetta croccante. Era una combinazione di sapori che le ricordava il gusto agrodolce di alcuni cibi cinesi, ed era un capolavoro di calorie.

Zucchero, sale, farina bianca e grasso animale, pensò Billy mentre aspettava nel tinello che la pancetta si scurisse fin quasi ad abbrustolirsi. Sarebbe stato il suo ultimo capriccio prima di iniziare la dieta della gravidanza, un audace gesto di addio che poteva essere compreso soltanto da una donna ossessionata come lei, una che conosceva il valore di ogni caloria ingerita da quando, a diciotto anni, aveva finalmente perso il grasso accumulato in precedenza e aveva deciso di restare magra per sempre.

Questa sera solo melone, pomodori alla griglia e pesce al vapore, pensò Billy senza rimpianti mentre beveva la spremuta d'arancia e rifletteva sulla scena del salottino. La maratona telefonica non poteva continuare ancora per molto. Doveva essere cominciata diverse ore prima, poiché Vito, che si alzava sempre presto, non aveva ancora trovato il tempo per farsi la barba e vestirsi. Fra poco le chiamate si sarebbero diradate, anche perché molti sarebbero usciti per andare a pranzo; Sandy e Vito avrebbero potuto trasferirsi in ufficio e organizzarsi meglio. Naturalmente a casa le telefonate, i fiori e i telegrammi sarebbero continuati ad arrivare, ma la frenesia del dopo-Oscar non poteva durare più di qualche altra ora. In fin dei conti, il mondo aveva un milione di cose più importanti di cui occuparsi, anche se per Vito e per lei quella vittoria aveva un significato enorme.

Aveva consumato la sua colazione peccaminosa senza gustarne il sapore, si rese conto Billy mentre risaliva nella parte privata della casa, augurandosi che Vito fosse già nello spogliatoio e il salotto finalmente deserto. Ma suo marito e la segretaria erano ancora dove li aveva lasciati. "Cosa diavolo succede?" scrisse, e mise il foglietto sotto il naso di Sandy. Questa fece una smorfia quasi disperata e rispose a matita: "Lui sta parlando con Redford... e io sto tenendo in attesa Nicholson".

«Nientemeno!» esclamò Billy, in un misto di stupore ed esasperazione. Santo cielo, quegli attori avevano ottimi agenti. Perché Vito voleva parlare direttamente con loro? O erano stati loro a chiamarlo? *WASP* era rimasto in testa alla classifica dei bestseller per ben sette mesi, era il grande successo letterario del decennio, tutti volevano lavorarci, ma quella violazione del protocollo hollywoodiano era inaudita. Stava per sedersi ad ascoltare, quando Sandy le passò un altro biglietto.

"Maggie sta arrivando con una troupe della Tv. Un servizio speciale sul dopo-Oscar per il telegiornale di stasera. Non dovresti vestirti?"

Billy rimase a bocca aperta: era una vera e propria intrusione nella sua privacy. Data la necessità di effettuare il montaggio e il missaggio di *Specchi* evitando l'interferenza dello studio, aveva ceduto la casa a Vito e ai suoi collaboratori per le sei settimane della postproduzione. Durante quel periodo di attività frenetica aveva lavorato diciotto ore al giorno come script-girl, non si era lamentata per i pavimenti rovinati, né per la distruzione di tanti soprammobili delicati, ma Maggie MacGregor e la sua équipe erano tutt'altra cosa. Non le importava niente se il suo programma televisivo era uno dei cinque più seguiti d'America. E non le importava che Maggie avesse preannunciato a Vito la vittoria. Maggie era amica di Vito, non sua. Non lo era mai stata, non si erano mai incontrate senza che la cordiale diffidenza reciproca aumentasse ogni volta. Non potevano permettersi di diventare nemiche – la città e l'industria cinematografica erano troppo piccole per una cosa simile – ma nemmeno si sarebbero mai fidate l'una dell'altra. La sua casa non era un teatro di posa, lei non voleva che fosse invasa dagli estranei, né aveva mai permesso alle riviste di fotografarla, e Maggie sapeva benissimo tutto ciò.

Negli ultimi tre anni, da quando aveva acquistato la tenuta di

Holmby Hills in Charing Cross Road, nel ricercatissimo lato sud del Sunset Boulevard, secondo solo a Beverly Hills, la sua proprietà era sempre stata sorvegliata con discrezione, ventiquattr'ore su ventiquattro, da uomini armati e doberman; le recinzioni di filo spinato erano nascoste dalle fitte siepi che circondavano i cinque ettari di terreno; c'era un grande cancello di ferro all'inizio del viale, e una portineria protetta da due custodi in uniforme che allontanavano chiunque si fermasse con la macchina per curiosare. Erano precauzioni inevitabili per una delle donne più ricche del mondo, ragionevoli e necessarie come per i boss della criminalità organizzata. E adesso Maggie MacGregor, senza neppure chiederle il permesso, stava per piombare lì con un'équipe televisiva. Perché non poteva intervistare Vito in ufficio?

Poiché esitava ancora a disturbare il marito, Billy scribacchiò la domanda e la mise davanti a Sandy, che per un secondo smise di flirtare con Jack Nicholson e mormorò: «Motivi d'interesse umano. Riprende tutti i vincitori a casa loro».

Billy si rifugiò nell'intimità assoluta dell'enorme spogliatoio e del divano sotto la finestra, dove si era raggomitolata anche il giorno prima, quando aveva scoperto di essere incinta, e quando ore di riflessione le avevano rivelato, nonostante l'ostinata incredulità, che a livello inconscio aveva sempre desiderato un figlio.

Adesso erano le due del pomeriggio, erano già passate più di ventiquattr'ore e non l'aveva ancora detto a Vito. Non lo sapeva nessuno. Fremeva e smaniava di dare la grande notizia, ma non riusciva a staccare il marito dal telefono per poterlo dire a lui prima che a chiunque altro, com'era giusto. Fino a che Vito non ne fosse stato informato, lei avrebbe dovuto tacere. Ma diventava un po' difficile tenere nascosta quella felicità quasi ultraterrena. Poi Billy si illuminò. Sarebbe andata a passare qualche ora allo Scruples. Se non avesse visto di persona la troupe televisiva che le invadeva la casa, per lei sarebbe stato come se non fosse accaduto.

Si vestì in fretta e uscì senza che Vito e Sandy alzassero la testa dai telefoni. Durante gli otto minuti di tragitto dalla casa alla sua sontuosa boutique in Rodeo Drive, a Beverly Hills, si accorse che quella giornata eccitante di primavera era perfettamente intonata al suo stato d'animo. Le condizioni meteorologiche da Oscar, come quelle di Rose Bowl, erano stranamente affidabili. Nessuno, fra il pubblico televisivo mondiale, aveva mai assistito a giornate meno che ideali in California durante quel periodo. Nessuno aveva però mai visto la tetraggine delle interminabili mattine nebbiose di giugno, quando il sole non riesce a filtrare se non a pomeriggio inoltrato; nessuno aveva mai conosciuto il buio freddo e i diluvi di gennaio o, peggio ancora, l'impietosa e pericolosa luce bianca della stagione degli incendi nelle foreste. No: quando il mondo la guardava, Hollywood si faceva sempre bella e ostentava il suo volto migliore. Tipico, pensò Billy. Era ancora abbastanza bostoniana per poter sorridere con ironia di una città che riusciva regolarmente a imbrogliare il suo pubblico.

Percorse Rodeo Drive ed entrò nel parcheggio sotterraneo di Scruples, provando come al solito un enorme senso di orgoglio. Scruples era la bizzarra fantasia realizzata quattro anni prima, l'emporio specializzato più opulento e di successo che fosse mai esistito. La sera prima, durante la cerimonia per la consegna degli Oscar, Billy aveva deciso di aprire nuove filiali in tutto il mondo, nelle grandi capitali dove vivevano donne ricchissime la cui esistenza era imperniata sullo shopping e sul divertimento – una classe di consumatrici poco numerose ma infinitamente avide, nate per diventare clienti di Scruples.

Aveva però deciso di non essere precipitosa nel creare le nuove filiali, di non compiere mosse importanti senza il consiglio di Spider Elliott e Valentine O'Neill. Aveva intenzione di prenderli come partner nella nuova società che Josh Hillman, il suo legale, avrebbe costituito. Spider, l'ex fotografo di moda che ora dirigeva Scruples, aveva avuto il merito di fornire l'ispirazione fondamentale destinata a dare il tono giusto e spensierato per il successo del negozio; e, Dio lo sapeva, Billy non avrebbe mai potuto gestire il tutto senza Valentine, cresciuta a Parigi e attualmente capo degli acquisti, nonché stilista degli abiti fatti su misura, il che conferiva a Scruples gran parte del suo lustro. Mentre l'ascensore saliva al terzo piano, dove si trovavano gli uffici amministrativi, non vedeva l'ora di confidare a entrambi i suoi progetti.

Stranamente, non vide né Spider né Valentine. La segretaria di Spider annunciò che erano a fare shopping. Un'idea assurda, pensò Billy: dove diavolo erano andati a fare shopping, visto che Scruples era il paradiso mondiale dei compratori? Frustrata ancora una volta ma decisa a non perdere il buonumore, dato che probabilmente erano andati a cercare un regalo per Vito e dunque si trattava di qualcosa che non avrebbero trovato in un negozio per signore, Billy pensò di perlustrare il suo regno – lo faceva abbastanza spesso – fingendo di essere una nuova visitatrice appena arrivata da fuori città. Ma un attimo dopo essersi mossa, pur cercando in tutti i modi di non dare nell'occhio, fu assediata da una dozzina di donne. Alcune erano clienti note, altre emerite sconosciute, ma tutte volevano partecipare indirettamente all'evento dell'Oscar, congratulandosi con lei, per poter tornare a casa e raccontare a tutte le amiche: "Ho detto a Billy Orsini che ero felice per lei e per Vito". Lanciando sorrisi garbati in ogni direzione, Billy si rifugiò d'istinto nel suo ufficio, e chiuse la porta a chiave.

Sedette alla scrivania e considerò la situazione. Non sarebbe potuta tornare a casa per diverse ore, ma non se la sentiva nemmeno di fare come Joan Didion e di sfrecciare sulla freeway con la sua Bentley classica, senza una meta; insomma, se non voleva affrontare le congratulazioni delle clienti, doveva restare sequestrata lì dentro. Al posto suo un'altra donna non sarebbe rimasta a crogiolarsi nelle chiacchiere generose e benevole da cui lei era appena fuggita? In fondo, era il giorno della vittoria.

Accidenti, quando avrebbe smesso di essere così timida? si chiese Billy, consapevole di non riuscire ad accettare complimenti e congratulazioni senza sentirsi ogni volta assalire dalla vergogna. Da piccola aveva avuto molte valide ragioni per essere timida, mentre cresceva, grassa e malvestita, senza una madre, la parente povera di tutti i Winthrop ricchi e aristocratici di Boston, a contatto con una ventina di cugini e cugine felicemente integrati che, nel migliore dei casi, la ignoravano, e nel peggiore ridevano di lei. Aveva avuto validissimi motivi per essere timida anche quando l'avevano mandata all'Emery Academy, un collegio esclusivo per future debuttanti della buona società, dove aveva vissuto sei interminabili e crudeli anni come una emarginata, lo zimbello della classe, la ragazza alta un metro e settantasette che pesava novantotto chili.

Ma poi aveva trascorso un anno fondamentale a Parigi ed era tornata trasformata, magra, finalmente in possesso di una bellezza dominante e un po' tenebrosa; era tornata per andare a New York e lavorare come segretaria di Ellis Ikehorn, il misterioso multimilionario che, tramite la Ikehorn Enterprises, possedeva società e aziende in tutto il mondo. Aveva stretto la prima amicizia della sua vita con Jessica Thorpe, con cui divideva un appartamento. Adesso Jessica abitava ancora a New York, ma Billy le parlava sempre al telefono due volte la settimana. Era una delle sue due uniche vere amiche; l'altra era Dolly Moon.

Due vere amiche, pensò Billy. Non era molto, in trentacinque anni. A ventuno aveva sposato Ellis Ikehorn, e fino al giorno in cui lui aveva avuto un colpo – sette anni più tardi – insieme avevano condotto una vita brillante fatta di viaggi all'estero e Billy, con un impeccabile senso dello stile e gioielli principeschi, era sempre apparsa nell'elenco delle donne più eleganti del mondo. Quando non erano in viaggio per affari stavano nella villa di Cap-Ferrat, visitavano la loro fazenda in Brasile, si trattenevano per settimane a Londra nella suite al Claridge's, e poi volavano verso la casa sul mare alle Barbados o alla residenza nel vigneto di Napa Valley. A New York abitavano nel grattacielo Sherry Netherland; le loro foto apparivano di continuo su decine di riviste, erano fra i pochi che avevano accesso alla migliore società di tutto il globo, e sembravano poter contare su decine di amici.

Ma nessuno, tranne Ellis e Billy, era mai arrivato a scoprire l'unica verità importante che si celava dietro la cortina di polvere di stelle del loro privilegio: l'unica cosa che contava davvero era il loro rapporto. Facevano inviti e ne accettavano, ma non stringevano mai amicizie nuove e significative, perché ognuno dei due provava interesse soltanto per l'altro. La cerchia incantata in cui avevano trasformato la loro vita li proteggeva, e nel contempo impediva severamente l'accesso al mondo esterno.

Quando nel 1970 Ellis aveva avuto il colpo dal quale era rimasto invalido per sempre, Billy aveva appena compiuto ventotto anni. Per i cinque successivi, fino alla morte del marito, era vissuta quasi come una reclusa in una fortezza di Bel Air, dove tutto ruotava esclusivamente intorno all'assistenza di quell'uomo semiparalizzato. I contatti con altre donne erano limitati alle partecipanti del corso di ginnastica, donne la cui malcelata curiosità escludeva in partenza la possibilità di un'amicizia più profonda. Eppure, pensava Billy, era naturale che fossero curiose, perché lei era ancora una specie di fenomeno da baraccone, una creatura anomala, straordinariamente elegante, magra e bella, che la ricchezza collocava fuori dalla norma.

Doveva affrontare la verità: era una "diversa" fin dalla nascita. Non si inseriva in nessuno dei gruppi che si formavano fra le donne di quella città che ruotava intorno a una sola industria. La sua perenne preoccupazione per il marito moribondo le impediva di partecipare ai loro pranzi pettegoli, spesso basati sul pretesto di organizzare un ballo di beneficenza. Non apparteneva alla cerchia delle mogli di dirigenti delle case cinematografiche, dove la posizione di ognuna era rigidamente determinata dal potere del marito nel mondo del cinema, in una crudele versione hollywoodiana della gerarchia sociale delle mogli dei politici a Washington. Allo stesso modo, non poteva appartenere alla schiera delle donne poco più che trentenni, bellezze tremendamente calcolatrici, che avevano sposato uomini ricchi e divorziati molto più vecchi, firmando contratti prematrimoniali studiati per escludere la comunione dei beni, e che nella vita avevano un unico interesse: cercare di restare incinte per poi usare i figli come ostaggi il giorno in cui i mariti avessero deciso di scaricarle per una più giovane. E neppure avrebbe mai fatto amicizia con le sceneggiatrici, le produttrici e le dive che rispettavano soltanto le colleghe e non avevano tempo da dedicare a chi non apparteneva al loro giro.

Forse avrebbe trovato qualche amica potenziale a Hancock Park o a Pasadena, pensava Billy; là, in un ambiente tranquillo ed elegante, vivevano coloro che avevano ereditato antichi patrimoni e che raramente si degnavano di mettere piede nel "Westside", dove finivano solo i ricconi del cinema; ma, anche senza conoscerle, era sicura fossero tante versioni californiane delle tradizionaliste, prevedibili cugine Winthrop che avevano reso infelice la sua infanzia.

Quando Ellis era morto e lei era uscita da quella specie di esilio, anziché accettare il ruolo di vedova e di donna sola, si era impegnata quasi totalmente per portare al successo Scruples, fino a quando, due anni dopo, aveva sposato Vito e si era lasciata travolgere nel vortice della realizzazione di *Specchi*. Se non aveva provato timidezza di fronte a Dolly Moon quando si erano conosciute sul set, era perché Dolly non immaginava chi era lei e dopo che l'aveva scoperto non era cambiato nulla.

Dolly e Jessica. Le due uniche vere amiche di tutta una vita. Forse non erano poi così poche. Forse era la media, forse molte donne si illudevano della solidità delle loro amicizie. Billy appoggiò i piedi sulla scrivania e si circondò le ginocchia con le braccia. Si sentiva ancora una specie di naufraga, perché quel giorno, che avrebbe dovuto cominciare con l'annuncio a Vito del bambino, era finito bruscamente fuori rotta. Era una sciocchezza evocare i fantasmi di tanti anni perduti e solitari, permettere che influissero sul prodigio della sua nuova vita. Se non si trovava a proprio agio in mezzo a un gruppo di donne, non significava che non fosse capace di instaurare un rapporto di amicizia. La zia Cornelia le avrebbe detto di rimboccarsi le maniche, pensò Billy, mentre posava di nuovo i piedi sul pavimento e si curvava sulla scrivania. C'era tanto lavoro da tenerla occupata fino a quando avrebbe trovato la strada libera per tornare a casa. Era contenta che il lavoro la distraesse un po' dalla smania febbrile di essere accanto a Vito, di avere tutta la sua attenzione e adagiarsi fra le sue braccia per dargli la grande notizia, vedere la sua espressione di felicità... e strapparlo da quel maledetto telefono!

Quando arrivò alla portineria alle cinque e mezzo, uno dei guardiani le assicurò che quelli della televisione se ne erano appena andati. Ma era arrivata altra gente, spiegò, persone che il signor Orsini aveva ordinato di fare entrare.

Chi diavolo potevano essere? si chiese Billy, all'improvviso delusa e irritata. Ormai era sera, lei era rimasta assente per oltre quattro ore e la giornata lavorativa era terminata anche per i vincitori degli Oscar. Li avrebbe buttati fuori tutti quanti, chiunque fossero, e di corsa! Potevano chiamarsi Wasserman, Nicholson, Redford, o essere i fantasmi di Louis B. Mayer, di Irving Thalberg e di Jean Hersholt, con l'aggiunta di Harry Cohn e dei fratelli Warner, ma li avrebbe cacciati dalla sua casa!

Quando vide le due dozzine di macchine parcheggiate di fronte all'entrata, Billy sgranò gli occhi per l'incredulità. Spalancò la porta e rimase immobile, inchiodata, alla vista di almeno quaranta persone che parlavano e ridevano e gremivano il doppio soggiorno. Non voleva credere a ciò che vedeva. Era un party in piena regola, e Vito ne era il centro. In mezzo alla folla scorse Fifi Hill, il regista di *Specchi*, gli attori, i montatori, il compositore e una ventina di altri ospiti che avevano partecipato fin dall'inizio alla realizzazione del film. Dietro di lei stavano entrando alcuni membri della troupe e del cast, e tutti la abbracciavano e la baciavano in fretta prima di correre intorno a Vito.

Billy si fece largo tra la folla e lo raggiunse.

«Come... perché... Vito, ma cosa...?»

«Cara, sei arrivata in tempo! Mi chiedevo dove fossi finita. Questa è la festa per la conclusione del film: ricordi che la prima venne interrotta? Così ho avuto un'ispirazione e ho deciso di rifarla. Sono ancora tutti fuori di sé per la gioia. Non preoccuparti per la roba da mangiare, Sandy ha telefonato a Chasen's e ha detto di mandare tutto quello che hanno. Non è un'idea magnifica? Senti, devo cercare Fifi. Non mi sono ancora congratulato con lui per il premio alla miglior regia.»

«Sì, certo» disse Billy, rivolta allo spazio vuoto dove fino a un istante prima era stato Vito. Chissà se Alessandro il Grande si sentiva sempre così sicuro di sé, così trionfante, così pieno di energia e di eccitazione dopo le sue vittorie, si chiese, seguendo con gli occhi il marito che si faceva largo tra la folla. Lo aveva sposato in uno slancio d'amore appassionato, senza conoscerlo bene. Soltanto dopo il matrimonio aveva capito quanta parte del suo entusiasmo lui riservasse al lavoro, fino a che punto fosse ossessionato dal cinema. Adesso, dopo dieci difficili mesi di compromessi e adattamenti, Billy pensava di essersi abituata. Sì, certo, infatti si era abituata, disse a se stessa mentre sgusciava tra gli invitati per raggiungere la scala.

Accettava Vito così com'era, e quella serata era esattamente ciò che doveva essere: il chiassoso festeggiamento di un trionfo eccezionale che nessuno, tranne Vito, aveva creduto possibile ottenere per un film a basso costo.

Attraversando il suo salottino privato, notò i mucchi di telegrammi non ancora aperti sparsi fra i cesti di fiori che coprivano ogni superficie, incluso il pavimento. L'indomani sarebbero stati portati all'ufficio di Vito, decise; Josie avrebbe provveduto ad aprire i biglietti che accompagnavano i fiori e avrebbe preparato un elenco delle persone da ringraziare. Ma adesso doveva indossare qualcosa di adatto alla circostanza e raggiungere gli altri. Prima o poi avrebbero dovuto andarsene, lei sarebbe rimasta sola con Vito e gli avrebbe dato l'unica notizia capace di superare per importanza la grande gioia di quella giornata.

Vito e Billy stavano salutando stancamente gli ultimi ospiti, quando uno dei custodi chiamò per dire che era arrivata un'altra persona e chiedeva del signor Orsini.

«Chiunque sia, digli che mi spiace ma è troppo tardi, Joe. La festa è finita» rispose Vito. «Cosa? Cosa? Sei proprio sicuro? No, va bene, fai passare il taxi.»

«Non posso crederci» mormorò Billy. «Stasera sono venuti perfino gli addetti al servizio rinfreschi del film. Per favore, Vito, inventa una scusa e non fare entrare più nessuno. Se riesco a trovare la forza di salire le scale, andrò a letto. Sono sfinita.»

«Vai pure, cara. Ci penso io.»

Dieci minuti più tardi, quando Billy si era ormai tolta i vestiti, aveva indossato una vestaglia e stava cominciando a struccarsi, Vito entrò nello spogliatoio e chiuse la porta.

«Chi era?» chiese lei, reggendosi a stento per la stanchezza.

«È... una storia lunga.»

C'era una nota di incredulità e di turbamento nella sua voce: questa volta non si trattava di sicuro di un ospite arrivato in ritardo per la festa.

Lei si voltò di scatto e lo scrutò con aria attenta. «Una brutta notizia, vero?»

«Non spaventarti. Non riguarda noi due e non riguarda te.»

«Allora riguarda te! Cos'è successo?»

«Oh, Gesù.» Vito si lasciò cadere su una poltrona, lo sguardo fisso oltre le spalle di Billy, inchiodato alla parete. «Ci sono tante cose che non ti ho mai raccontato... Lo so, è imperdonabile. Dal momento in cui ci siamo sposati sono stato così preso dalla realizzazione del film che non ho più trovato un momento... mi ripromettevo che quando fosse finita questa pazzia ti avrei detto tutto, aspettavo solo un attimo di pace. Avrei dovuto parlartene appena ci siamo conosciuti, ma era l'ultima cosa a cui pensavo e mi sembrava non avesse importanza perché non sapevo che ci saremmo sposati... pensavo solo al presente, il passato era passato... e poi è successo tutto così in fretta...»

«Vito, se non arrivi al dunque...»

«C'è qui mia figlia.»

«Non puoi avere una figlia» ribatté Billy in tono secco.

«E invece è così. Sono già stato sposato. Il matrimonio durò meno di un anno. Divorziammo, e da allora mia figlia ha sempre vissuto con la madre.»

Lo shock causato da quelle parole fece sì che la voce di Billy suonasse quasi calma. In realtà si trattenne con uno sforzo dall'urlare ciò che invece ora bisbigliò.

«Una figlia? Non m'importerebbe se avessi avuto altre dieci mogli, ma una figlia, Vito? Siamo sposati da un anno e vorresti farmi credere che non c'è mai stato un momento in cui avresti potuto parlarmene, santo Dio! Sì, non conta che tu sia divorziato, ma una figlia! Abbiamo avuto a disposizione ore e ore, migliaia di occasioni in cui avresti potuto dirmelo: a pranzo, o a cena, prima che andassimo a dormire, quando ci svegliavamo al mattino. Non raccontarmi che non c'è mai stato un momento abbastanza tranquillo!»

«Ero sempre sul punto di farlo, ma poi rinunciavo» mormorò lui.

«Vito, fammi credito di un minimo d'intelligenza. Hai lasciato passare troppo tempo, e poi non hai voluto scatenare una tempesta. Avresti dovuto dirmelo prima che ci sposassimo: non sarebbe cambiato nulla. Ma adesso... me lo dici così, all'improvviso? Non posso crederci. Come si chiama?»

«Gigi.»

«E perché è venuta qui stasera?» insisté Billy, dominando a stento l'impulso di mettersi a gridare. Doveva restare calma perché Vito sembrava sul punto di svenire. «Perché hai vinto l'Oscar?»

«Sua madre... sua madre è morta... L'hanno sepolta ieri. A New York. Gigi mi ha mandato un telegramma. Dev'essere finito in mezzo agli altri. Quando non mi sono fatto sentire, ha preso l'aereo e...»

«Adesso dov'è?»

«In cucina. Le ho dato un bicchiere di latte e una fetta di torta e le ho detto di aspettare fino a che avessi parlato con te.»

«Quanti anni ha?»

«Sedici.»

«Sedici!» gridò Billy. «Sedici! Mio Dio, Vito, non è una bambina, è una ragazza, praticamente una donna. Non sai niente delle sedicenni? Portami un cognac. Un cognac abbondante. No, lascia stare, porta la bottiglia.» Billy si ripulì il viso dalla crema e corse alla porta.

«Billy...»

«Cosa?»

«Non dovremmo parlare ancora, prima che tu incontri Gigi?»

«E di cosa?» chiese incredula Billy. «Non sarebbe venuta qui se avesse avuto un altro posto dove andare, non ti sembra? Non ti vede da quasi un anno, perché altrimenti l'avrei saputo, quindi se ha attraversato in aereo un continente senza che ti fossi nemmeno fatto sentire, deve considerarti il suo unico rifugio. O no?»

«Oh, Cristo! Billy, non vuoi renderti conto della situazione? È una storia vecchia, finita quindici anni fa, e tu assumi posizioni critiche come se tutto fosse appena accaduto.»

«Io sono semplicemente realista» ribatté Billy. «È appena accaduto... almeno per me.» Si voltò e scese, diretta in cucina. Esitò solo un momento, prima di spingere i battenti, e sentì che Vito era ancora sulla scala.

Seduta su uno sgabello al grande tavolo da macellaio c'era un'esile figura immobile. Aveva davanti un bicchiere vuoto e un piatto vuoto. Sul pavimento era appoggiata una valigetta malconcia. Quando Billy entrò, Gigi alzò gli occhi e scese dallo sgabello, rimanendo immobile e silenziosa. Il primo pensiero di Billy fu che Vito doveva essersi sbagliato: quella ragazza non dimostrava sedici anni. E non gli somigliava per niente. Il viso, seminascosto dai capelli bruni e disordinati, era delicato, strano, aveva qualcosa che ricordava immediatamente i folletti. Infagottata nei vari maglioni sformati e strappati che indossava sui jeans, sembrava uno spiritello portato da un colpo di vento nella grande cucina illuminata.

Per un lungo istante Gigi rimase ferma e muta sotto lo sguardo di Billy. Eretta in tutta la sua statura sugli stivaletti da cowboy, non aveva alcuna aria di scusa né di sfida; eppure, per quanto minuta e anonima, aveva una presenza, una presenza innegabile. Era stanca e triste, ma non patetica; era sola ma non disperata. In poche parole, era profondamente interessante. I suoi occhi incontrarono quelli di Billy. Gigi sorrise... e una parte del cuore di Billy si innamorò di lei.

L'importante, si disse convulsamente Billy non appena ebbe pronunciato le indispensabili parole di benvenuto e di consolazione, era rimandare all'indomani ogni chiarimento, ogni progetto, ogni discussione. Nessuno di loro era in grado di riflettere con lucidità. Vito sorbiva il cognac a piccoli sorsi, taciturno e confuso in un modo che a Billy sembrava quasi impossibile; lei era in preda a sentimenti contrastanti che si fondevano in un assoluto sbalordimento e che nemmeno il cognac riusciva a ridimensionare; e Gigi, che aveva appena bevuto il primo cognac della sua vita, era visibilmente provata dalla stanchezza e dal dolore.

«Ora dobbiamo andare a dormire» annunciò Billy, indicando agli altri due di uscire dalla cucina. «Gigi, vuoi fare un bagno prima di andare a letto?»

«Gradirei il bagno, sì.» Aveva una voce così giovane, pensò Billy. Una voce priva di accento regionale, pura e innocente, con la vaga promessa di una cadenza musicale nonostante lo sfinimento.

«Vito, prendi la valigia» ordinò Billy. Circondò la vita esile della ragazza con un braccio e la condusse verso una delle tante camere per gli ospiti che tenevano sempre pronte.

«Mostrerò a Gigi dove trovare ciò di cui può avere bisogno. Vito, dai la buonanotte a tua figlia e vai pure» disse poi, mentre lui rimaneva impacciato accanto alla valigia posata sul pavimento. Quindi andò a riempire la vasca finché Gigi prendeva le sue poche cose. Quando infine la ragazza fu immersa nel bagno caldo, Billy scostò le coperte del letto, socchiuse le finestre e tirò le tende. Poi sedette su una poltrona e bevve un altro cognac. Non le veniva in mente nient'altro di utile o sensato da fare, e non poteva lasciare che Gigi si mettesse a dormire tutta sola.

Chiuse gli occhi e si abbandonò. La sua mente rifiutava di affrontare i problemi creati da quell'arrivo inatteso. Aveva assolutamente bisogno di una bella cura francese contro la stanchezza: una cura del sonno di tre settimane, dalle quali ci si risveglia apparentemente ringiovaniti di vent'anni. Purtroppo, però, sembrava che quelle splendide cliniche fossero state chiuse. Probabilmente qualcuno aveva scoperto che tre settimane a regime di barbiturici non facevano molto bene. O forse avrebbe fatto meglio a recarsi in uno di quegli spaventosi, crudeli centri termali dove costringono gli ospiti a farsi otto chilometri di corsa in montagna prima di concedere loro un succo di frutta per colazione, e dove impongono l'uso dei bastoncini cinesi per mangiare, così che ogni porzione già esigua di verdure tritate duri più a lungo? In ogni caso doveva riuscire a scuotersi. Buttò giù un altro cognac.

«Billy?»

Socchiuse gli occhi e vide una figura minuscola dall'aria sconsolata, avvolta di bianco. Sembrava un piccolo fantasma dei cartoni animati.

«Stai cantando» disse Gigi.

«Davvero?» Billy non se n'era accorta. «Devo essere sbronza.»

«"In ogni nuvola devi cercare l'orlo d'argento." Mia... mia madre la cantava spesso.»

«Scommetto che lo fanno tutte le donne. Scommetto che l'hanno scritta due uomini, per imbrogliarle.»

«Sì. Jerome Kerne e un altro.»

«Come mai?»

«Come mai cosa?»

«Come fai a saperlo?»

«Mia madre era una zingara.»

Billy spalancò gli occhi.

«Hai... ecco, no, voglio dire... non farai parte di una tribù o qualcosa del genere?»

«Vorrei che fosse così. No, non era una vera zingara. Faceva la ballerina ed era in tournée con una nuova edizione di *Anna, prendi il fucile*. Aveva la polmonite ma continuava a ballare, non l'aveva detto a nessuno, non era andata da un dottore. Non ci faceva caso perché non poteva permettersi di perdere la scrittura, e quando non ha più potuto nasconderlo ormai era troppo tardi anche per gli antibiotici. Gli zingari fanno sempre stupidaggini del genere.» Cercava di parlare con calma, ma le parole le uscivano convulsamente dalle labbra.

«Oh, Gigi!» Billy tese le braccia e l'attirò a sedere sulle ginocchia. «Mi dispiace, mi dispiace. Non so neppure dirti quanto mi dispiace. Se l'avessi saputo! Non potevo immaginarlo, non sapevo nulla, neppure una parola! Altrimenti vi avrei aiutato.»

Gigi stava ferma e rigida. Solo la voce le tremava, tanto era lo sforzo di dominarla. «La mamma diceva sempre che sicuramente non sapevi di noi. Era troppo indipendente... non contava su papà, non cercava nemmeno di tenersi in contatto con lui. Era... era tanto tempo che non avevamo sue notizie. Ma è sempre stato così.»

«Quanti... quanti anni aveva tua madre?»

«Trentacinque.»

La mia età, pensò Billy. Esattamente la mia età. Una fitta di collera la fece trasalire. La carriera di Vito aveva avuto molti alti e bassi, e a volte si era trovato in difficoltà economiche: ma niente, niente al mondo poteva giustificare il fatto che avesse trascurato sua figlia.

«Ti prometto che non succederà mai più» disse Billy, accarezzandole i capelli. Gigi la lasciò fare, ma rimase seduta sulle sue ginocchia rigida e impacciata quasi si imponesse di non cedere al sentimento. Ora che i suoi capelli bagnati erano avvolti in un asciugamano, Billy riuscì a vedere meglio i particolari del suo viso.

Il naso era piccolo e diritto, leggermente all'insù, le orecchie minute quasi aguzze; le sopracciglia castane disegnavano una punta al di sopra delle palpebre e i grandi occhi avevano un colore che nella luce fioca appariva indefinibile. La bocca era delicata, con il labbro inferiore più turgido, mentre quello superiore si incurvava verso l'alto nella promessa tentatrice di un sorriso – perfino adesso che aveva un'espressione seria. La fronte e il mento erano arrotondati e la linea della mascella ovale, così che tutta la testa sembrava ben modellata. Potrebbe essere graziosa, pensò Billy: ma non lo sa o non le interessa. Senza i capelli disordinati che le nascondevano la faccia, Gigi le ricordava le illustrazioni di ragazze spigliate degli anni Venti, con quel loro aspetto agile e malizioso da folletti.

«Gigi è il tuo vero nome?» chiese Billy, alla ricerca di un argomento impersonale per rispettare il suo desiderio di essere considerata adulta.

«Mi chiamano tutti così. Il mio nome vero non lo dico mai a nessuno.»

«Il mio è Wilhelmina, quindi è impossibile che il tuo sia peggiore» insisté Billy, incuriosita.

«Davvero? E come ti sembra Graziella Giovanna?»

«Graziella Giovanna» ripeté Billy. «Mi sembra bellissimo e melodioso, come il nome di una principessa italiana del Rinascimento.»

«Forse suona così a te, ma non certo ai compagni delle elementari o delle medie, o a chiunque altro sia nato in questo secolo. Erano i nomi delle nonne di papà. La mamma ci teneva, non so perché. Le sue nonne, invece, si chiamavano Moira e Maud. Moira Maud... "Torna da me, mia amata, nella sera..." Sembra un canto d'amore irlandese. Comunque, preferisco essere chiamata Gigi.»

«Graziella... Graziella... Chissà come chiamerò il mio bambino?» mormorò Billy in tono sognante. «Mi restano soltanto sei o sette mesi per decidere.»

Gigi saltò a terra. «Aspetti un bambino?» esclamò.

«Oh, mio Dio, te l'ho detto! Non volevo che nessuno lo sapesse prima di Vito. L'ho scoperto appena ieri. Ma, Gigi, cosa c'è? Perché piangi?»

Billy si alzò dalla poltrona, abbracciò Gigi e tornò a sedersi tenendola stretta a sé. Ma sì, piangere era un ottimo sfogo. E infatti lei continuò per molti minuti; quando smise lasciò che Billy le asciugasse il viso.

«Non piango mai» mormorò tirando su con il naso. «Solo per le belle notizie. Non mi è mai piaciuto essere figlia unica.»

Dopo avere rimboccato le coperte di Gigi, Billy tornò nella sua camera e trovò Vito che, abbandonato sul letto, era piombato in un sonno profondo. Rimase a guardarlo, le mani piantate sui fianchi, mentre la riassaliva la collera. Di colpo era diventato un estraneo, l'uomo che in quasi un anno di matrimonio non le aveva mai detto di avere una figlia. Era un'omissione ingiustificabile. Non lo conosceva, non lo aveva mai conosciuto veramente. In un anno non aveva visto Gigi, non l'aveva mai nominata. Forse questo significava che non avrebbe voluto neppure il loro bambino?

Infiammata dall'effetto del cognac, Billy sentiva di doverlo affrontare senza indugio. Doveva chiarire la situazione con lui, a costo di metterci tutta la notte. Se Vito non voleva un figlio, il loro futuro insieme era impossibile. Non aveva nessuna intenzione di aspettare fino all'indomani mattina, poiché sarebbe stato difficile parlargli da solo come lo era stato tutta quella giornata. Anzi, sarebbe andata anche peggio, perché Vito avrebbe cercato di evitare l'argomento. Immaginava già che la settimana successiva, il mese successivo, il semestre successivo si sarebbe eclissato in una riunione dopo l'altra, e poi nella pre-produzione, nella produzione e infine nella post-produzione del nuovo film, impossibilitato a concederle la sua preziosa attenzione fino a dopo la festa per la conclusione di *WASP*. E anche quell'unico minuto di concentrazione nel lontano futuro non era garantito, si ripeté, battendogli rabbiosamente il pugno sul braccio, scrollandolo per le spalle, tirandogli le orecchie, pizzicandogli il naso, martellandogli il petto in un crescendo di violenza, senza più badare a non fargli male, anzi, sperando addirittura di fargliene. E proprio quando cominciava a pensare che fosse completamente partito per effetto del cognac, Vito aprì un occhio, sollevò appena la testa dal cuscino e le lanciò un'occhiata.

«Vito, avremo un bambino. Sono incinta» gli gridò furiosa.

Lui chiuse l'occhio, lasciò ricadere la testa e, un attimo prima di riaddormentarsi, mormorò con un filo di voce: «Sì, Lew... sicuro, Lew... alle sette e mezzo...».

2

Billy si era comportata come se lui fosse un pluriomicida, uno stupratore di bambini, un sadico che si divertiva a torturare e uccidere lentamente cani e gatti, pensava Vito furibondo mentre correva a velocità eccessiva verso la colazione di lavoro e batteva spazientito le palpebre di fronte ai semafori, ancora annebbiato dai postumi della peggior sbronza di tutta la sua vita. Era davvero così importante se aveva dimenticato di parlare a Billy di Gigi? C'erano migliaia di cose che non aveva ancora avuto il tempo di dirle. D'accordo, era una mancanza di riguardo, una scorrettezza imbarazzante, ma non l'aveva fatto per cattiveria, non aveva voluto ingannarla, non aveva agito di proposito. Semplicemente, era stato troppo occupato. Occupato con il suo lavoro, con l'attività più importante che esistesse al mondo. Perché nessuna delle donne che aveva conosciuto in vita sua voleva capire cosa significava "avere una passione"?

Mentre cercava invano di conquistare uno stato d'animo distaccato, si disse che stava pagando il prezzo troppo alto, non meno umiliante perché inevitabile, di avere sposato una donna ricchissima. Quando si erano conosciuti al festival cinematografico di Cannes, la primavera precedente, quando un colpo di fulmine li aveva fatti innamorare, quando aveva lasciato che Billy lo convincesse a sposarla nonostante le sue perplessità, in realtà aveva semplicemente cercato di soddisfare la sua erezione, e niente altro. Doveva considerare i fatti: allora la capacità di ragionare e resistere era scomparsa, sconfitta dall'eccitazione. Ricordava fin troppo bene come aveva permesso a Billy di persuaderlo che se a possedere tutto quel denaro fosse stato lui, il matrimonio gli sarebbe sembrato una cosa normale. Verissimo, e avrebbe continuato a essere normale! Ma negli ultimi dieci mesi, dal giorno del matrimonio, mentre quasi tutta la loro attenzione era concentrata sulla produzione di *Specchi*, qualcosa si era insinuato e solidificato nell'invisibile struttura interna del loro matrimonio, qualcosa che lui aveva più o meno consapevolmente ignorato fino a quel mattino, quando non aveva più potuto farlo.

Solo quel mattino, pensò, si era reso conto di vivere in una casa magnifica che non avrebbe mai potuto permettersi a meno di essere uno dei grandi magnati che un tempo avevano dominato l'industria cinematografica, una casa il cui mantenimento costava settimanalmente una cifra enorme, che lui neppure riusciva a immaginare. I domestici, incluso il secondo cuoco il cui unico compito consisteva nel cucinare per il resto del personale che viveva in un'ala separata, venivano pagati dagli amministratori di Billy, così come i conti dei ristoranti, dei fioristi, le spese per le feste, i viaggi, le assicurazioni, perfino la tintoria. Il serbatoio della macchina veniva quotidianamente riempito da un dipendente "invisibile" che si occupava di tutta la sua manutenzione. E quando era stata l'ultima volta che si era fermato a un drugstore e aveva pagato di tasca propria un pacchetto di lamette da barba? Lui e Billy non erano sposati da abbastanza tempo per presentare una dichiarazione dei redditi congiunta; ma dato che quell'anno il suo reddito personale era stato vicino allo zero e quello di Billy nell'ordine di decine di milioni di dollari, la deposizione della firma congiunta, il mese successivo, nell'ufficio del commercialista, sarebbe stata una farsa recitata solo perché lei lo voleva. Anche il loro lussuoso tenore di vita esisteva perché lei lo voleva, si disse rabbiosamente Vito. "Voglio" era il secondo nome di Billy. La prima volta che gli aveva chiesto di sposarlo, le aveva risposto che era impossibile perché avrebbe significato adottare lo stile di vita di lei, non il proprio. L'aveva forse dimenticato? Dopo quanto tempo aveva dato per scontata la vita attuale, e quando aveva cominciato a riconoscere tacitamente il potere della volontà di Billy?

Quella mattina ne aveva sentito tutto il peso, l'aveva sentito nell'irrefrenabile collera di Billy, quasi fosse stata una regina tradita da un servo. Perché lei non riusciva a capire che il suo primo matrimonio con Mimi O'Brian, la madre di Gigi, era ormai acqua passata e non era stato più importante di una breve avventura? A parte la figlia, naturalmente: una figlia che Mimi aveva voluto contro il suo parere. Dal giorno in cui gli aveva annunciato la gravidanza, pochi mesi dopo le loro impulsive e subito deprecate nozze, Vito le aveva ripetuto che stava facendo un passo avventato, che non era pronta per avere figli. Aveva insistito che era impossibile, che era da escludere, che si trattava di un grave errore; ma, da vera irlandese, lei si era ostinata nonostante lui l'avesse avvertita che non si sarebbe lasciato ricattare. La decisione di chiamare la bambina con i nomi delle nonne di Vito, Giovanna e Graziella, era stata un'altra specie di ricatto; ma Mimi non aveva parenti in vita che potessero opporsi, e aveva fatto battezzare Gigi prima che lui lo sapesse. Era stato un gesto patetico quanto inutile, dato che Vito non aveva mai conosciuto le sue due nonne.

Ma, dopo il divorzio, si era comportato bene con Mimi. Fin troppo bene, anzi, qualunque cosa ne pensasse Billy. Aveva aspettato a chiedere la separazione fino a quando la bimba aveva compiuto sei settimane e Mimi si era rimessa in piedi; dopodiché aveva pagato regolarmente gli alimenti, e ogni volta che si recava a New York aveva cercato di ricordarsi di andare a trovarle, anche se certo era stata una bella seccatura e per la verità era solo una seccatura, niente di più. Metà delle volte Mimi era fuori città per una tournée e Gigi viveva con l'uno o l'altro membro di una famiglia di zingari temporaneamente disoccupati, tutti amici che nel momento del bisogno si prendevano reciprocamente cura dei loro figli. Dopotutto, non c'era niente di male a vivere così. Gigi era cresciuta in una specie di kibbutz di ballerini, una grande famiglia dove i bambini erano tanti, si tenevano compagnia e tiravano avanti benissimo.

Ma quella mattina, quando si era alzato, Billy era già in piedi e furibonda. Doveva essere rimasta sveglia tutta la notte a elencare i delitti che un padre poteva commettere e di cui accusarlo. Per fortuna lui aveva dovuto tagliare la corda per correre all'appuntamento con Lew Wasserman, altrimenti sarebbe stato ancora inchiodato là ad ascoltarla mentre lei gli rinfacciava le sue colpe. Dopo la gioia assoluta del giorno prima, gli aveva distrutto di colpo ogni meritata felicità, pensò amaramente Vito. Aveva vinto il premio più agognato e per ottenere il quale lavorato tutta la vita, stava per concludere un accordo cui teneva moltissimo, la sua carriera era finalmente consacrata, aveva compiuto un passo da gigante e l'avvenire gli si spalancava davanti luminoso.

Aveva tutto il diritto di sentirsi al settimo cielo; ma Billy aveva rovinato l'incantesimo accusandolo di colpe di cui non si era mai macchiato. Pur essendo all'oscuro di tutto, non gli aveva concesso il beneficio del dubbio. Se gli avesse lasciato il tempo di spiegarsi... Ma no, si era trasformata in un giudice inflessibile. Aveva sempre saputo che Billy era capace di diventare una peste, come del resto tutte le donne. Ma non aveva intenzione di stare lì a sentirla predicare che qualcuno doveva assumersi la responsabilità di Gigi anche se lui non aveva mai posseduto neppure l'ombra di una coscienza paterna. Glielo aveva sibilato mentre Vito cercava di farsi la barba. Certo, Gigi poteva stare lì per un po', fino a quando avesse superato il trauma della morte della madre, ma poi bisognava rispedirla a New York, dove avrebbe vissuto felice con una delle famiglie in cui era cresciuta e dove avrebbe potuto frequentare la sua vecchia scuola. In poche parole, sarebbe diventata una vera newyorkese, poiché tale era nata. Lui non poteva lasciarsi condizionare la vita da una figlia, Cristo! La paternità gli era stata imposta, ma ciò non significava che dovesse anche piacergli. Billy riteneva di poter prendere decisioni che riguardavano sua figlia? Allora aveva ancora molto da imparare, pensò rabbioso, mentre affidava la macchina all'inserviente del parcheggio. E la prima cosa da farle capire, era il limite del suo potere su di lui.

Appena Gigi si svegliò, alle dieci, trovò un foglietto sul tappeto accanto alle pantofole. "Gigi, sono così contenta che tu sia venuta! Starò in casa tutto il giorno. Componi il 25 al telefono sul comodino quando sei pronta per la colazione o il pranzo, o per qualunque cosa tu desideri, e io ti raggiungerò." Il messaggio era firmato "Con affetto, Billy."

Gigi si sollevò a sedere e guardò il foglio con sorpresa e rispetto. Era un foglio di carta vero e l'inchiostro sbavava se lo si inumidiva con un dito; quindi anche tutto il resto doveva essere vero. Camere come quella le aveva viste solo nei vecchi film, ma sul letto, in quei film, c'era un'attrice che faceva la parte della gran dama, avvolta in un negligé di raso o di chiffon, la quale si gingillava con una tazza di tè e una fetta di pane tostato serviti sul vassoio che il maggiordomo le aveva appena appoggiato con reverenza sulle ginocchia. Se non avesse avuto bisogno di fare pipì, sarebbe rimasta tutto il giorno sotto le lenzuola con il monogramma ricamato e il bordo di pizzo, in quel letto a baldacchino con chilometri di tende di cotone a fiorami, un letto troppo esaltante per dormirci e basta – un letto che meritava di essere vissuto come un palcoscenico teatrale. Avrebbe potuto suonare per chiamare il maggiordomo che sicuramente, da qualche parte, c'era; ma in realtà non avrebbe mai osato farlo. E poi, prima doveva sbrigare le questioni più urgenti. Corse in bagno. Indossava ancora la logora T-shirt che usava come pigiama. Quando uscì, dopo qualche minuto, il volto radioso e rinfrescato (ricordava vagamente che la sera prima aveva fatto il bagno, quindi non aveva bisogno di sprecare tempo in grandi lavaggi), si avvicinò cautamente al primo telefono interno della sua vita. Come previsto, era uno dei famosi "telefoni bianchi". L'unica cosa che non avrebbe fatto, pensò, era inghiottire il contenuto di qualche boccetta con la scritta "Bevimi": come Paese delle Meraviglie, era già abbastanza così.

«Oh, Gigi, splendido! Ti sei svegliata! Hai dormito bene?» chiese Billy.

«Meravigliosamente, ma non ricordo nulla. Ieri sera ho bevuto cognac, o è solo uno scherzo della mia immaginazione?»

«Non era molto... una dose a scopo puramente curativo» rispose Billy con un po' di rimorso.

«Non ho perso completamente la memoria, ma... dove sono? Tu dove sei? Cosa devo fare?»

«Metti la vestaglia e aspettami. Ti raggiungo subito.»

Gigi guardò la vecchia vestaglia scozzese e si affrettò a indossare i jeans e il maglione con cui era arrivata. Non dava importanza all'abbigliamento, ma quella vestaglia era impresentabile. Anzi, era sudicia, adesso che la esaminava con attenzione. A New York le era parsa quasi normale, ma la luce dorata del sole che filtrava nella camera a fiori azzurri, bianchi e gialli rivelava macchie mai notate prima. Tutto in quell'ambiente sontuoso le parlava di una realtà diversa da ciò che aveva ritenuto possibile, una dimensione di lusso mai immaginato che le suscitava continue sorprese, come se avesse sempre e solo vagato nella notte attraverso un mondo in bianco e nero e al risveglio si fosse ritrovata all'improvviso in una sorta di magico mondo in technicolor. Era proprio come Alice nel mondo di Oz, pensò confusa. Poi sentì bussare alla porta, e Billy entrò e la abbracciò di slancio.

«Cosa preferisci mangiare?» le chiese.

«Oh, mi va bene qualunque cosa. Ho una gran fame» rispose Gigi, mentre cercava di buttare la vestaglia ai piedi del letto.

«No, sul serio. Abbiamo di tutto.»

«Allora tartine, formaggio alla panna e uova di salmone affumicate.»

«Sei un'autentica newyorkese. Be' non è vero che abbiamo proprio tutto. Riprova» rise Billy. Ellis Ikehorn aveva sempre sostenuto con fermezza che le uova di salmone affumicato erano meglio del caviale.

«Corn flakes, uova fritte, pane bianco tostato? Spremuta d'arancia?» Era la colazione più normale che le venisse in mente, così sul momento.

«D'accordo.» Billy prese il telefono e comunicò l'ordine a Josie Speilberg, che era guarita ed era tornata in ufficio. «Vieni, Gigi, mangeremo in terrazza.»

«Non hai ancora fatto colazione?»

«Starò a guardarti mentre mangi, e Josie telefonerà all'Art's Deli nella Valle e ordinerà le migliori uova di salmone affumicate che si possano trovare a ovest di Manhattan.»

«Non voglio che ti disturbi tanto, davvero» disse Gigi,. molto meno confusa di quanto avrebbe creduto possibile. Spesso aveva cercato di immaginarsi l'aspetto della seconda moglie di suo padre, e certo nulla avrebbe potuto prepararla alla realtà strabiliante della statura, della bellezza, del fascino di Billy, del suo portamento regale e della sua autorità disinvolta ma assoluta. Billy Ikehorn non assomigliava a nessuno che Gigi avesse mai conosciuto; eppure era riuscita a farla sentire subito accettata e benvoluta. Le immense diseguaglianze fra loro parevano non avere importanza.

«Per me è divertente» ammise Billy. Voleva fare in modo che quella ragazza si rimettesse un po' in carne. Non era possibile che a sedici anni avesse già smesso di crescere; ma anche per la sua attuale, modesta statura era troppo fragile.

Durante la colazione le rivolse molte domande, con gentilezza, e si rese conto che a New York non c'era nessuno che potesse avanzare diritti di parentela nei confronti della figlia trascurata di Vito. Gigi non aveva mai conosciuto alcun membro della famiglia paterna, e la madre non aveva fratelli, sorelle né genitori viventi. Frequentava il secondo anno in una normale scuola media superiore e anche se conosceva molti ragazzi non aveva legami sentimentali passati o presenti. Anzi, pensava di non essere mai stata innamorata, se escludeva James Dean nella *Valle dell'Eden,* che aveva visto quindici volte. Era affezionata alle tre o quattro famiglie che l'avevano ospitata quando la madre era in tournée, ma non ce n'era una che fosse la sua preferita. Aveva la pianta della metropolitana di New York impressa nel cuore, e sapeva tantissime cose sulla cucina e sulla spesa quotidiana, perché erano tutti compiti in cui aveva sostituito la madre da cinque anni a quella parte.

«Gli zingari non mangiano come dovrebbero» spiegò, spinta a parlare dall'interesse di Billy. «Non hanno mai il tempo di acquistare cibi freschi e di preparare un pasto decente cominciando dal primo piatto. Quasi tutti vivono di Coca-Cola e sigarette, come i ballerini classici. Mia madre era preoccupata che non mi nutrissi nel modo adatto a una ragazza della mia età, e allora ho pensato di aiutarla. Poi ho scoperto che mi piace e che ci so fare. Conosco tanti mercatini fuorimano, so cucinare all'italiana, all'americana e perfino alla cinese: ho imparato dagli amici e dai libri. Non ho ancora provato a cimentarmi con la cucina francese, ma intendo farlo. Il punto è che, anche se non ha davanti una grande carriera, una cuoca trova sempre lavoro. E poi è un hobby meraviglioso.»

«E ne hai altri, di hobby?» chiese Billy, molto colpita dalla sua intraprendenza.

«No, a parte guardare i vecchi film e canticchiare con voce stonata. Sono cresciuta al ritmo delle canzoni dei musical, quasi tutti album originali, con Rodgers e Hart e Lerner e Loewe, bella musica. A scuola la mia materia preferita è educazione artistica. Mi piace disegnare.»

«Hai mai pensato di lavorare nello spettacolo, Gigi?»

«No, assolutamente. Mia madre è morta perché lo faceva, e di sicuro il mondo dello spettacolo non offre una gran vita nemmeno a papà. È vittima del suo lavoro, mi fa pena.»

«Sì, credo si possa dire così, in un certo senso» mormorò Billy. Altro che vittima! Quel mascalzone le aveva raccontato una montagna di bugie.

«È un grand'uomo» dichiarò Gigi con un sospiro di rassegnazione. «Capisco che deve vivere qui, dove c'è l'industria del cinema, oppure lontano per girare gli esterni, e che non aveva mai nessun motivo per venire a New York, se non per vedermi. Lui e la mamma non erano mai andati molto d'accordo, questo l'ho sempre saputo. Lei mi spiegava, fin da quando ero diventata abbastanza grande per capire, che papà mi voleva molto bene ma che faceva una vita piuttosto difficile. Certe volte, quando era impegnato a trovare i finanziamenti per un film, tardava a pagare gli alimenti, ma poi lo faceva sempre, a qualunque costo. È meraviglioso che alla fine tutto sia andato bene.» concluse Gigi. «Immagino che questa sia la prima vera casa che ha mai avuto».

«Sì, lo immagino anch'io» confermò Billy. La madre di Gigi aveva creato una splendida quanto falsa immagine di Vito perché la figlia non sospettasse di contare così poco nella sua esistenza. Evidentemente aveva anteposto la serenità emotiva della ragazza all'amarezza e alla delusione. Billy rabbrividì al pensiero di cosa doveva essere stata la vita per la madre di Gigi: anni di collera molto più profonda di quella che lei aveva provato dal momento in cui Vito si era precipitato fuori di casa poche ore prima. Solo la necessità di distrarre la figlia le aveva permesso di prendere distanza dalla rabbia, ma lì era rimasta in agguato, pronta a esplodere. Fino a che lei e Vito non avessero risolto in un modo o nell'altro la discussione interrotta quella mattina, non avrebbe potuto dirgli del bambino.

«Non sapevo esistesse gente che vive davvero così.» Gigi finì la colazione in fretta. Si guardava intorno e la sua voce era colma di una meraviglia ingenua, del tutto priva d'invidia, come se si trovasse a dividere una grotta con un eremita.

«Ecco... la California è un altro mondo» disse Billy. Ora, all'improvviso, vedeva attraverso gli occhi della ragazza l'ambiente che le era sempre stato tanto familiare.

Gigi tornò a guardarsi intorno, e sospirò per lo stupore. La casa era situata nel punto più alto della tenuta e da lassù non erano visibili altre costruzioni. Intorno a loro si stendevano romantici panorami che guidavano lo sguardo verso lontananze rischiarate dal sole mattutino, in una moltitudine di verdi e di sfumature pastello. La scena aveva uno splendore europeo, una sorta di ricchezza fiorita. Dopo avere comprato quella vecchia e incantevole casa, una massa ben ordinata di mattoni bianchi, rampicanti, comignoli e travi a vista segnate dal tempo, Billy si era rivolta al più grande architetto paesaggista contemporaneo, Russell Page, un leggendario gentiluomo inglese che qualcuno aveva definito "più alto di Dio e due volte più temibile" e l'aveva convinto a ristrutturare l'intera proprietà e a creare giardini dall'armonia lirica. Erano state spostate decine di tonnellate di terra, gru enormi avevano portato migliaia di alberi già cresciuti, erano apparsi boschi magici, uliveti, radure ariose, e ruscelli e laghetti erano stati incastonati nei giardini; le bordure fiorite ravvivavano quel paradiso verde, quella triade formata dal cielo, dagli alberi e dall'acqua.

«Gli uomini laggiù» disse Gigi, indicando un gruppo di giardinieri che, in lontananza, si muovevano lungo un sentiero creato da due filari di maestosi sicomori attraverso un ampio tratto di prato. «Che cosa stanno facendo, esattamente?»

«Esattamente?» Billy sorrise di quella precisione. «Ecco, spazzano le foglie secche, innaffiano, sistemano le aiuole, strappano le erbacce che hanno avuto la sfacciataggine di spuntare durante la notte, tolgono le piante annuali che hanno concluso il ciclo vitale e ne piantano altre.»

«E come sanno cosa devono piantare?» La domanda di Gigi era accompagnata da un'espressione di candida curiosità. La sua conoscenza della flora era limitata ai parchi e ai chioschi dei fiorai di città.

«È il capogiardiniere ad assegnare i compiti. Ogni settimana parlo con lui, facciamo il giro dei giardini, pensiamo ai nuovi progetti e compiliamo delle liste. C'è sempre qualcosa che richiede un intervento. Anni fa questa parte della California era un deserto, e senza acqua e cure continue potrebbe ridiventarlo in fretta.» Billy rabbrividì al pensiero.

«E i giardinieri vengono tutte le settimane?»

«No, tutti i giorni.» Ed erano soltanto la squadra base, pensò Billy. Il capogiardiniere, addestrato da Russell Page, e il suo assistente, vivevano lì. C'erano poi i due responsabili della serra delle orchidee e di quella dove fra una stagione e l'altra erano ospitate le piante fiorite d'appartamento; un altro si occupava esclusivamente dei prati; uno specialista part-time teneva d'occhio i capricciosi roseti, e due donne innaffiavano e curavano le centinaia di piante in vaso tre giorni la settimana. Era impensabile che i giardini restassero anche solo per poco tempo privi della necessaria manutenzione, ma era difficile spiegarlo, soprattutto a Gigi.

«Uau! Magnifico. Mai una foglia morta: è questa l'idea?» Il sorriso di Gigi, ora che credeva di avere capito come funzionavano le cose, era incantato come quello di un bambino che vede per la prima volta un enorme pallone a forma di Topolino.

«Certo. Dobbiamo fare il possibile per migliorare Holmby Hills» rispose Billy. Ricordava che Josh Hillman, il suo legale, aveva chiesto alle principali agenzie immobiliari della città di informarlo con precedenza assoluta se una delle proprietà di quella strada stava per essere messa in vendita. Billy intendeva acquistarle tutte, una dopo l'altra, demolire le case e richiamare Russell Page perché ampliasse i giardini. Oltre al piacere eccezionale di poter vivere circondata dalle creazioni del grande architetto, i nuovi acquisti le avrebbero permesso di mettere una distanza anche maggiore fra la sua casa e la Playboy Mansion di Hefner, che sorgeva in fondo a Charing Cross Road.

Mentre parlavano, Billy osservava Gigi senza darlo a vedere. Gli occhi, che la sera prima le erano sembrati di un grigio neutro, in realtà erano di un verde chiaro fresco e giovane come una gemma su un albero di New York all'inizio della primavera, un verde che in natura dura un giorno appena. Billy ricordava quella particolare sfumatura dai tempi ormai lontani in cui lei e Jessica, e i loro accompagnatori, tornavano a casa all'alba e scoprivano che durante la notte era arrivata la primavera. Ma Gigi aveva ciglia molto chiare che non attiravano l'attenzione sugli occhi, e una massa di capelli castani opachi e disordinati che ricadevano quasi sempre nascondendoli. Per prima cosa, pensò Billy, un taglio a quella chioma. Quindi, un po' di mascara castano: anche se aveva solo sedici anni, sarebbe stato un delitto non valorizzare quel faccino. Infine, i vestiti. Tutto, dai mocassini in su. Se Gigi voleva passare la vita in jeans e maglioni sformati, pazienza: ma che almeno fossero nuovi, o di quelli che sembrano lisi e logori nel modo giusto anziché nel modo sbagliato. Billy non capiva perché era così sicura che gli indumenti di Gigi fossero malconci nel modo sbagliato, visto che per lei i teenager erano un enigma; tuttavia, quando si trattava di abbigliamento non sbagliava mai. Era certa che avrebbe potuto andare in giro per Pechino e riconoscere l'unica donna cinese che aveva apportato la più piccola e segreta modifica alla sua giubba, altrimenti uguale a tutte le altre, nel tentativo di conferirle un pizzico di fascino.

Ma avrebbe dovuto aspettare. Non voleva imporre nulla a Gigi, non voleva darle la sensazione che in lei vi fosse qualcosa da migliorare. Cercava di mettersi al posto della ragazza. Aveva appena perduto la madre e si sforzava coraggiosamente di non far pesare su un'estranea il suo dolore profondo; da un giorno all'altro si era ritrovata immersa in quella che per lei doveva essere un'atmosfera vertiginosa e travolgente; il padre era uscito per tutto il giorno senza neanche salutarla, ed era rimasta sola con una donna molto più vecchia di lei che, come Gigi doveva avere appreso dai mass media, non era soltanto ricca, ma ricca in maniera abnorme. Era famosa per il suo patrimonio più ancora che per essere la proprietaria di Scruples e avere sposato Vito Orsini.

Eppure... Eppure, all'improvviso, comprese chi le faceva venire in mente Gigi. Spider Elliott, figurarsi! L'aveva sempre trattata come tutti gli altri, come se lei non avese un soldo. Le parlava con la stessa franchezza. Non si era mai lasciato impressionare dal suo denaro, e Billy aveva la sensazione che questo valesse anche per Gigi. La casa e il parco la interessavano, era curiosa di conoscere i dettagli, ma non provava soggezione; non si prendeva mentalmente a pizzicotti e non cercava di comportarsi come se quell'ambiente non fosse una novità. Il suo era un comportamento a dir poco strano.

«Gigi» riprese Billy, e in quel momento le sembrò che la sua voce avesse lo stesso tono subdolo del serpente nel Paradiso Terrestre. «Hai sempre portato i capelli così lunghi?»

Sara, la più richiesta di tutto il personale del Beverly Hills Salon di Vidal Sassoon, fu lieta di fissare alla signora Orsini un appuntamento di lì a mezz'ora. Le altre clienti, Billy lo sapeva bene, dovevano prenotare con una settimana di anticipo.

«Santo cielo, e questa cos'è?» mormorò con la sua tipica impassibilità cockney quando Gigi sedette sulla poltroncina.

«Un'occasione d'oro per te, ragazza mia» ribatté Billy. Non intendeva permettere che una delle sfacciate inglesi importate da Londra umiliasse Gigi come riuscivano a fare con metà della popolazione della città, maschile e femminile. «Voglio che realizzi per la mia giovane amica un look che le renda giustizia, non che tu ci esponga qualche teoria di Vidal Sassoon. Un colpo di forbici di troppo, uno solo, e ci troveremo con un grosso problema.»

«Ho capito benissimo, signora Orsini» disse Sara, e sollevò con entrambe le mani la massa informe dei capelli di Gigi per controllarne l'attaccatura sulla nuca. «Abbondanti, no? Non c'è niente che non si possa fare quando si può giocare con tanta roba.»

«Oggi stai lavorando e non giocando, ragazza mia» la rimproverò Billy in tono severo, e sedette accanto alla poltrona.

Sara la guardò di sottecchi e strinse i denti. L'espressione da poliziotta di Billy le ricordava quella di sua madre quando lei aveva cominciato a esercitarsi tagliando i capelli alle sorelle minori. C'era un solo tipo di cliente che riusciva a essere peggiore: una madre con un bel maschietto. Per mezz'ora lasciò da parte le forbici e pettinò e spazzolò quei capelli in una decina di modi diversi. Gigi e Billy osservavano ipnotizzate. Ma nessuna soluzione sembrava soddisfacente.

«Signora Orsini, dovrò tagliare parecchio per combinare qualcosa» sentenziò alla fine Sara. «Tagliare e sfoltire.»

«Un centimetro per volta, Sara. Non voglio sorprese.»

«Giusto.» La ragazza si mise all'opera con la prudenza di uno scultore che incide direttamente un blocco di marmo prezioso. A poco a poco venne allo scoperto il collo candido che, nonostante la forma delicata, era esattamente forte quanto bastava per formare la base ideale della testa. Le ciocche cadevano sul pavimento e subito venivano spazzate via da un'aiutante. Sara inumidì più volte la chioma fluente di Gigi e la asciugò per valutare i progressi. Erano capelli leggermente ondulati che tendevano ad arricciarsi all'insù, ai lati del viso. Non ricordava nessuna che fosse uscita da un salone di Sassoon con i capelli sistemati così dal giorno in cui il grande Vidal si era messo in proprio e aveva ideato il severo taglio geometrico che si era rivelato la sua fortuna. D'altra parte, Vidal era lontano quasi diecimila chilometri, e la terribile Billy Orsini a un passo da lei.

«Signora Orsini, l'unico modo per impedire che i capelli le finiscano sugli occhi è farle la frangetta. Sono troppi ed è impossibile tenerli lontani dal viso in qualsiasi altro modo. E poi, tendono ad arricciarsi un po' all'infuori, sui lati e dietro.»

«È appunto quello che avevo in mente» disse Billy, e per la prima volta sorrise. «Un taglio alla Louise Brooks.»

«Louise Brooks?»

«Una diva del cinema di molto tempo fa. Girò solo pochi film, ma la sua pettinatura era famosa in tutto il mondo.»

«Non mi dica» mormorò Sara, sollevata perché poteva proseguire con l'approvazione di Billy Orsini.

Dieci minuti più tardi il taglio era terminato. Gli occhi verdi di Gigi, sotto le sopracciglia a punta, guardavano il mondo da una cornice di frangetta a più strati che valorizzava la forma della sua fronte ovale. Quando muoveva la testa in fretta si muovevano anche i capelli, con una libertà incantevole, e le orecchie un po' appuntite apparivano e scomparivano in un lampo. Quando invece stava ferma, i capelli sembravano vivi fino alla punta di ogni ciocca lievemente all'infuori; ognuno era una minuscola freccia indipendente, di un castano più chiaro nel punto in cui coglieva la luce.

«Uau!» esclamò Gigi. «Sembro... Uau! Non ci sono parole, vero? Ma è meglio, molto meglio di quanto credessi. Oh, grazie, Sara!»

«È il mio capolavoro» disse Sara con orgoglio. «Posso fare una foto? Vorrei spedirla a Vidal. Mi dispiace di non averne scattata una "prima della cura".»

«Ma certo» acconsentì Billy, e le diede cinquanta dollari di mancia. Gigi era perfetta. Adesso la sua aria da folletto era perfino accentuata. Non la si poteva definire graziosa nel senso comune del termine, ma era affascinante guardarla. O sembrava di più un diavoletto? Comunque era sorprendente e innegabilmente chic, anche se Billy non aveva avuto abbastanza immaginazione per prevederlo. Chic a sedici anni! Chic era certo l'ultima cosa che si sarebbe potuta dire di Gigi quando era scesa per colazione. Chic, una delle caratteristiche positive e miracolosamente durature che non si potevano comprare con il denaro. Quel collo e quella testa avrebbero fatto una magnifica figura in qualunque grande ristorante del mondo per i prossimi settant'anni, anche se tutta la figura di Gigi fosse stata avvolta in un mantello fino a terra. Un ristorante...

«Che ore sono?» chiese Billy, scoprendo all'improvviso di avere fame.

«Quasi le due» rispose Sara.

«Oh, Dio, scusami, ragazza mia» disse, e le diede altri cinquanta dollari perché non si era lamentata dell'orario come avrebbe avuto il diritto di fare. «Ciao, Sara. E grazie. Forse verrò la settimana prossima a chiederti di fare del tuo meglio anche con me.»

Billy e Gigi uscirono, lasciandosi alle spalle una parrucchiera soddisfattissima (tanto, non andava mai a pranzo) e decisa a non farsi più intrappolare da una prenotazione personale di Billy Orsini. Ma sarebbe stata disposta a pettinare di nuovo quella ragazzina, in qualunque momento.

«Mi sembra di essere un'altra, come se un alieno si fosse impadronito della mia testa» confidò Gigi a Billy dopo che ebbero mangiato in silenzio due piccoli sandwich nel minuscolo locale nascosto nel reparto regali al terzo piano di Saks Fifth Avenue. «Vorrei tanto che mia madre potesse vedermi così.» La sua voce era colma di tristezza.

«Lo vorrei anch'io.» E sarebbe potuto accadere facilmente, pensò Billy con un senso di rammarico, se quel suo marito egocentrico l'avesse portata in visita in California quando la madre era ancora viva. Ma non doveva lasciare che Gigi pensasse al passato, o avrebbe cominciato a fare domande su suo padre e Billy sapeva che, per quanto ci potesse provare, non avrebbe saputo mentire sul conto di Vito con la stessa efficienza con cui lo aveva fatto per anni la madre della ragazza. Era ancora troppo infuriata.

«Sai, Gigi, sei davvero un'altra» disse perciò mentre le passava il menù per il dessert. «O cominci a esserlo. Immagina Marilyn Monroe come una bruna con lo chignon e la scriminatura in mezzo. Ecco, sei ancora più diversa di quanto avrebbe potuto esserlo lei. I capelli sono... sono il destino» concluse in tono solenne.

Gigi rise e cambiò espressione. «Senti, io sono solo una ragazzina, ma so che tu non lo pensi davvero.»

«No, ma il novantanove per cento della gente che conosco non me l'avrebbe fatto notare» commentò pensosamente Billy. Si rendeva conto che non aveva più rimuginato sul litigio con Vito, il loro primo litigio, da quando Gigi si era svegliata. Non si era fissata sull'idea di dire a Vito del bambino, e la sua attenzione si era concentrata su Gigi. Aveva perfino dimenticato che doveva limitarsi a mangiare un solo sandwich. Quella ragazza l'aveva un po' condizionata. Ed era sincera e intelligente.

«Senti, Gigi, stiamo qui ancora un po' e vediamo di chiarire le cose.»

«Quali cose?»

«I tuoi progetti per il futuro. So che quando hai preso quell'aereo, ieri, obbedivi all'istinto di correre da tuo padre perché non ti restava che lui. Non credo pensassi a un futuro più lontano. Ho ragione?»

«Sapevo soltanto che dovevo dirglielo. Non ricordo cosa ho pensato durante il viaggio, volevo solo arrivare.»

«Ma adesso sei qui, e tuo padre sa. Hai considerato il resto?»

«Non proprio.» Gigi scosse la testa. Era stupita della facilità con cui aveva dimenticato il futuro, nel turbine caotico delle nuove impressioni. «È come se avessi inserito il pilota automatico. Forse potrei passare qualche altro giorno qui, se per te va bene, prima di tornare. Posso mettermi in pari con lo studio in poche ore... la mia non è esattamente una scuola per cervelloni. E penso che mi piacerebbe vivere con gli Himmel. Lei è un'ex zingara, e lui è un regista teatrale. Hanno figlie più o meno della mia età, e siamo in ottimi rapporti. L'assegno per gli alimenti coprirà le mie spese fino a quando compirò diciotto anni; intanto avrò già finito la scuola e lavorerò in qualche posto come aiuto-cuoca. Potrei addirittura frequentare un corso estivo, aggiungere qualche materia l'anno prossimo e diplomarmi a diciassette anni e mezzo.»

«E se invece non tornassi a New York?»

«Eh?»

«Se restassi a vivere con noi e andassi a scuola qui?»

Gigi era senza parole. Tutto ciò che aveva visto e fatto da quando era arrivata in casa di Billy faceva parte di un sogno che non aveva nulla da spartire con la vita come la conosceva. Alice non era andata a vivere nel Paese delle Meraviglie, si era accontentata di visitarlo. E Dorothy era tornata da Oz a casa sua.

«Gigi, mi sembra logico!» esclamò Billy. «Tu hai un padre, non puoi andare a vivere in casa di estranei. Sono sicura che lui non sarebbe d'accordo.» Vedendo che l'espressione della ragazza non cambiava, ricorse al suo tono più autorevole. «E poi avrai un fratello o una sorella. Ieri notte hai detto che l'hai sempre desiderato. E finirai per amare la California anche se non è New York, e potrai studiare la cucina francese con il mio chef e...»

«Ma...» Come poteva dire a Billy che non voleva essere una parassita, pensò Gigi. Immaginava che Vito avrebbe guadagnato molto grazie a *Specchi* e che un giorno l'avrebbe anche chiamata, ma per il momento era evidente che lui viveva grazie al denaro di Billy. Sua madre aveva accennato molte volte alle ricchezze della seconda moglie di papà, ma non immaginava quale fosse la realtà in cui si traducevano le cifre pubblicate dai giornali e dalle riviste. Nessuno poteva immaginarlo.

«Ma che cosa?»

«È tutto così... ecco, tu sei così incredibilmente generosa, ma è così... forse non te ne rendi conto... l'unica parola che mi viene in mente è "così".» Gigi si interruppe, e tuttavia doveva dire ciò che pensava. «La tua vita è così... i tuoi giardini, i letti, le lenzuola! Persino il modo con cui parli al parrucchiere, voglio dire, io non faccio parte di questo mondo, vero? Sono una ragazza di New York, sono un'ape operaia e questo posto è territorio straniero.»

«Generosa?» Billy scelse la parola chiave, l'unica che aveva importanza in tutto quel discorsetto. Per ventun anni era stata una parente povera, e aveva imparato tutte le lezioni dolorose sui detestabili sentimenti legati agli obblighi e all'emarginazione. «Sciocchezze! La generosità non c'entra affatto. È normale, Gigi, è assolutamente normale che tu venga a stare con noi. E ti assicuro che ti abituerai: questo è una specie di meraviglioso sobborgo, e tutti i ragazzi vanno alle scuole pubbliche, proprio come a New York.» Billy si interruppe e pensò nervosamente ai giovani viziati della media superiore di Beverly Hills. Poi si illuminò ricordando che non viveva a Beverly Hills, e quindi Gigi non avrebbe dovuto frequentare quella scuola.

«Billy, la tua idea è... è così...» Gigi cercò un altro modo per obiettare. «Cambierebbe completamente la mia vita. Come posso prendere una decisione simile?»

«La tua vita è già cambiata con la morte di tua madre» rispose dolcemente Billy. «Era tutta la tua famiglia, e adesso la tua famiglia è tuo padre. E io... ecco, ascolta, anch'io ho qualche diritto. Sono la tua matrigna cattiva.»

«Come riesci a essere sentimentale!» Gigi non seppe reprimere una risata.

«Lo so, ma da un punto di vista legale è esatto. Non puoi negare che la moglie di tuo padre è la tua matrigna.»

«Tu non sei una matrigna.»

«E cosa sono?»

«Un'amica.»

Gli occhi di Billy si riempirono di lacrime. Girò la testa per nasconderle. Rimase un attimo silenziosa. Poi prese la mano di Gigi.

«Ti prego, resta. Resta per me. Non voglio che te ne vada. Anch'io voglio un'amica. Ho bisogno di un'amica.»

«Oh.» La voce di Gigi era flebile, strana.

«Oh?» ripeté Billy, confusa.

«Questo cambia tutto. Completamente. Non sapevo se volevi avermi con te o se ti sentivi solo in dovere di chiedermelo.»

«Io non faccio mai qualcosa solo perché mi sento in dovere di farlo.»

«Stai scherzando?»

«Gigi, non prendermi in giro. Sì o no?»

Gigi si voltò e le diede un bacio sulla guancia. «Sì! Sarò matta, ma come potrei dire di no?»

Dopo un'ora e mezzo nel reparto teenager di Saks, Billy aveva ordinato di buttare via i vecchi indumenti di Gigi e consegnare a casa quelli nuovi. Adesso Gigi indossava un paio di jeans molto stinti che sembrava avesse usato per anni facendo crociere e andando a cavallo con Ralph Lauren, Calvin Klein, Gloria Vanderbilt e il caro vecchio signor Levi di Levi Strauss. Il cardigan abbondante, d'un verde indefinibile fra il salvia e lo smeraldo, pareva inequivocabilmente confezionato a mano per la sua bisnonna, la giovane duchessa, da una lavorante vissuta in un cottage irlandese. La camicetta bianca con il colletto aperto era stata scovata quasi di sicuro in un mercatino di Portobello Road e il gilé di velluto nero, un po' sciupato e strappato, con qualche perlina ancora appesa a un filo, sembrava esserle stato lasciato in eredità da uno zio eccentrico. Tutto le andava un po' troppo largo, ma i jeans erano doverosamente attillati. L'impressione generale era quella di una ragazza che non solo non aveva la più vaga idea di come aveva scelto quell'abbigliamento, ma non se ne curava, non se ne era mai curata, non si sarebbe mai lasciata costringere a curarsene, una ragazza che aveva semplicemente indossato le prime cose che aveva pescato dal mucchio di roba tenuta sul pavimento perché era troppo occupata per pensare di tenere in ordine l'armadio. Billy decise che Gigi avrebbe dovuto tenere la borsa a tracolla di tela e le scarpe da ginnastica sporche: avevano l'aria di autentici oggetti buttati via, un'aria impossibile da riprodurre. Un bel paio di scarpe e una bella borsa erano indispensabili per una donna, ma in una teenager significavano un effetto troppo calcolato. Un paio di mocassini nuovi rischiava solo di rovinare tutto.

«Sei sicura?» chiese Gigi, che era entusiasta ma continuava a guardarsi nello specchio con fare sospettoso.

«Sicurissima.» Dopo avere curiosato nel reparto per dieci minuti, Billy era entrata in sintonia con l'ambiente. Gli anni di appassionata dedizione alla moda si erano concentrati sui vari articoli esposti, e mentre osservava scartava automaticamente tutto ciò che non avrebbe reso giustizia a Gigi e tutto ciò che era eccessivo e troppo calcato. Gigi, adesso, indossava i capi più originali che avevano scelto; quasi tutti gli altri erano normali, anche se Billy non aveva saputo resistere alla tentazione di alcuni accessori bizzarri.

Diede un'occhiata all'orologio. Non erano ancora le quattro e mezzo. Aveva telefonato a Dolly, in ospedale, e le era stato risposto che avevano l'ordine di non disturbarla; le visite erano permesse solo dopo cena. Desiderava accompagnare Gigi a vedere Dolly e la neonata il più presto possibile, e si sentiva frustrata, non voleva tornarsene docilmente a casa dopo tante emozioni. Doveva mostrare Gigi a qualcuno che fosse in grado di apprezzarla adeguatamente. Quindi non restavano che Valentine e Spider, i quali oltretutto non erano in boutique, il giorno prima, quando era andata a cercarli, e non avevano neppure telefonato per congratularsi con Vito. Adesso voleva sapere cosa stavano combinando, perché trascuravano il negozio e i principi più elementari della cortesia. Era venuto il momento di fare una scappata da Scruples, anche se si era ripromessa di rimandare un po' perché Gigi avrebbe faticato ad affrontare anche quell'ennesima novità.

Ma ieri era ieri, oggi era oggi, e la ragazza aveva già tenuto testa a tante nuove esperienze senza riportare danni. Scruples non poteva dunque farle male, decise Billy in uno slancio.

«Devo fermarmi da Scruples» disse a Gigi. «Non sei stanca, vero?»

«Stanca? Sono così emozionata che non dormirò tutta la notte, forse tutta la settimana!

Si avviarono a piedi verso Scruples, che distava un paio di isolati: una donna alta e magnifica e un'adolescente piccola e graziosa, così perfette per un posto come Rodeo Drive da attirare occhiate di curiosità e di approvazione da parte di tutti i passanti. Billy parlò a Gigi di Spider e di Valentine; spiegò che erano amici da sei anni. Si erano conosciuti nel 1972 a New York, dove lavoravano, Valentine come creatrice di moda e Spider come fotografo; due anni prima, Billy li aveva assunti perché la aiutassero a creare Scruples.

«Spider è nato e cresciuto in California» spiegò. «Ha i capelli tipici dei californiani, striati d'oro come quelli di un bagnino, e due occhi incredibili, così azzurri che è impossibile prenderli sul serio; ha un gusto sublime ma in un certo senso è ancora un ragazzino scatenato, anche se abbiamo la stessa età. Comunque, le migliori clienti di Scruples rifiutano di comprare un vestito se lui non ha dato la sua piena approvazione. Valentine è completamente diversa, molto seria e appassionata, molto riservata. Per qualche ragione che non mi hanno confidato, da un po' di tempo quasi non si parlano: dev'essere un malinteso fra colleghi, credo, perché normalmente sono buoni amici, dei veri professionisti.» Non era necessario, pensò, confondere Gigi accennando alla reputazione di seduttore di Spider, l'incantatore che conosceva e custodiva gli intimi segreti di un centinaio di donne.

Quando arrivarono nel negozio, Billy dovette letteralmente trascinare via Gigi dalle tentazioni del pianterreno per condurla negli uffici della direzione.

«Sono tornati dalle loro spese?» chiese Billy alla segretaria di Spider.

«Sì, signora Orsini. Sono tutti e due nel loro ufficio.»

Billy si voltò ed esitò un attimo prima di entrare. Come aveva gia detto, Spider e Valentine erano visibilmente in rotta da settimane.

Non voleva che i loro malumori contagiassero la ragazza; ma d'altra parte, chi avrebbe potuto giudicare meglio di loro la nuova Gigi? E non avevano forse bisogno di tirarsi su di morale? E Gigi non ne aveva ancora più bisogno di loro? Anche a lei non avrebbe fatto male, oltretutto. Sarebbe stata una buona soluzione. Senza bussare, aprì la porta dell'ufficio dove Spider e Valentine dividevano un'antica scrivania doppia con il piano rivestito di cuoio. Billy avanzò di due passi e si fermò di colpo. Gigi, che la seguiva, finì contro la sua schiena.

«Oh, scusate» mormorò automaticamente, e si voltò per fuggire, prendendo Gigi per mano. Santo cielo! Valentine era seduta sulle ginocchia di Spider, che la baciava sulle labbra e la teneva strettamente abbracciata. Aveva visto la scena, e l'aveva vista anche Gigi. Una ragazzina impressionabile. Maledizione!

«Billy, torna qui, idiota» ordinò Spider. Rideva così forte che per poco Valentine non gli scivolò dalle ginocchia.

«Adesso no, non voglio disturbarvi» rispose lei, confusa, cercando di mostrarsi molto disinvolta. «Tornerò più tardi e busserò.»

«Vuoi fermarti, oppure devo venire io a prenderti?» gridò Spider, mentre Valentine rideva.

«Credevo foste andati a fare shopping» disse Billy, voltandosi malvolentieri. Oh, Dio, Valentine era ancora sulle ginocchia di Spider, e Billy non le aveva mai visto un'espressione così beata, una simile gioia in quegli occhi di sirena. Non provavano vergogna?

«Cosa diavolo succede qui dentro, comunque?» chiese. Lo shock stava passando, ma continuava a tenere stretta la mano di Gigi per darle sostegno morale.

«Ci siamo sposati ieri» annunciò Valentine.

«Oh, che idiozia!» esclamò indignata Billy.

«Te l'avevo detto!» gridò felice Valentine. «Te l'avevo detto che sarebbe stato il suo commento. Mi devi venti dollari, Spider.»

«Congratulazioni» disse Gigi. Era un po' disorientata, ma reagì con automatica cortesia. «Sono sicura che sarete molto felici.»

«Non li conosci neppure!» esclamò Billy, esasperata. «Perché hai detto così?»

«A me sembrano sposati.»

«Davvero?»

«Senza il minimo dubbio.»

«Ma non possono essersi sposati così, senza dirmi niente... e comunque si conoscono da un'eternità, non sono innamorati... e... e... si sono sposati.» Billy sedette. Chissà perché parlava a Gigi anziché a Spider e Valentine, pensò. Non riusciva ad affrontare un interrogativo più serio.

«Siamo andati a Las Vegas e ci siamo sposati senza dire niente a nessuno. Tu sei la prima a saperlo» disse Valentine. Si alzò e andò incontro a Billy per baciarla. «Tu e...?»

«Gigi Orsini. La figlia di Vito.»

«Certo, Billy» disse Spider con aria indulgente.

«Graziella Giovanna Orsini, figlia di Vito e mia figliastra. È venuta a vivere con noi.» Billy pronunciò quelle parole semplicissime con una complessità di tono e un'occhiata inconfondibile che entrambi conoscevano molto bene. Ora sapevano che non soltanto la ragazza era davvero figlia di Vito, anche se incredibilmente non avevano mai sentito parlare di lei, ma che sarebbe stato meglio per loro non fare domande e non mostrarsi sorpresi della sua apparizione improvvisa.

«Lieta di conoscerti, Gigi» disse Valentine. Le strinse la mano, poi cambiò idea e la baciò sulle guance. «Benvenuta a Scruples.»

Spider si alzò in fretta e si avvicinò a Gigi con la disinvoltura dell'uomo che raramente aveva incontrato una donna cui non potesse leggere nella mente. «Ciao» disse, guardandola dall'alto con sincero interesse. Le prese le mani e le trattenne, mentre la scrutava con amichevole curiosità. «Sono contento che tu sia qui. E so che non ti sei scandalizzata. Qualcosa mi dice che sei più emancipata di Billy.»

«Oh, andiamo.» Gigi sorrise. «È solo che vengo da New York.»

«Questo spiega tutto.» Spider si chiese cosa potessero significare invece l'espressione di tristezza dei suoi occhi, il tremito leggero delle mani, la vulnerabilità che irradiava. «Billy ti ha accompagnata a visitare la città?»

«Ho cambiato pettinatura e ho un guardaroba completamente nuovo. Se in questa città c'è altro, non sono ancora pronta.»

«Ci vuole un po' per abituarsi. Ma dato che vivrai qui, avrai tutto il tempo del mondo. E una mattina ti sveglierai e ti domanderai come hai potuto vivere altrove, e guarderai quelli che scendono dai pullman turistici e si fotografano a vicenda in Rodeo Drive e non capirai perché lo facciano, dato che per te sarà tutto così normale.»

«Mi sembra una specie di lavaggio del cervello» disse Gigi, ridendo. Com'era possibile che quell'uomo dall'aspetto spettacoloso riuscisse a farla sentire sicura, protetta e apprezzata quando, di regola, gli uomini eccezionalmente belli la innervosivano? Non sapeva che centinaia di donne si erano poste la stessa domanda. Forse era il sorriso che gli increspava gli angoli degli occhi, forse il naso rotto oppure l'incisivo leggermente scheggiato, o forse il tono di sincero interesse nella sua voce: ma come per magia era riuscito a farla rilassare per la prima volta nell'intera giornata.

«Sì, è lavaggio del cervello, ma noi preferiamo chiamarlo stile di vita californiano. Gigi, hai l'aria affamata. E anche tu, Billy.»

«Oh, Spider» protestò Billy, «pensi sempre che le donne abbiano l'aria affamata. Forse non lo crederai, Gigi, ma la prima cosa che Spider mi ha fatto includere nel negozio è stata una cucina completa, in modo che le clienti non dovessero uscire per pranzare interrompendo il ritmo degli acquisti.»

«Perché, non ha forse funzionato?» chiese Spider.

«Ha triplicato gli affari e si è pagata da sé in due mesi» ammise Billy. «E sono affamatissima. Io e Gigi abbiamo mangiato appena un boccone a pranzo, e poi ci siamo sfinite andando a fare shopping.»

«Io mi sento svenire» dichiarò speranzosa Gigi.

L'uomo telefonò in cucina e ordinò tè con torte, focaccine scozzesi e sandwich per tutti.

«Spider, hai dimenticato lo champagne» disse Billy. «Voglio brindare a te e a Valentine, anche se non riesco ancora a capire come è successo e perché non avevo intuito niente... ed è proprio questo che mi irrita.»

«Oh, Billy, è una storia molto lunga, ed è stata colpa mia» dichiarò allegramente Valentine. «Lo guardavo con molto sospetto. Era troppo frivolo, grande e grosso e biondo, il tipico americano da spiaggia adorato dalle donne e così sicuro di sé. Perciò avevo deciso che non poteva essere niente di più di un amico.»

«No, è stata colpa mia» obiettò Spider, mentre un cameriere entrava portando il carrello del tè e quattro bottiglie di champagne. «Mi faceva paura con quella sua superiorità francese, e così perdevo tempo con le compagnie sbagliate perché con lei non riuscivo ad approdare a niente.»

«Oh, sciocchezze» si intromise Valentine. «In pratica la prima cosa che mi dicesti fu che ero una carogna. Avevo un pessimo carattere e non conoscevo la gratitudine. Vi sembra il comportamento di un uomo spaventato?»

«No, tu hai detto che ti giudicavo così. Non attribuire quelle affermazioni a me» la corresse Spider.

«Mi sembra la prima versione di una sceneggiatura che dovrò sentir ripetere per i prossimi cinquant'anni» osservò Billy in tono asciutto. «Oppure è un articolo di "Cosmo" tradotto in realtà? "Uomini e donne: una lacuna nelle comunicazioni?" Possiamo rimandare a dopo i brindisi la prossima puntata del vostro reciproco, divino accecamento?»

Spider stappò lo champagne e offrì un bicchiere a Gigi con un interrogativo negli occhi. Chissà quanti anni aveva, si chiese. Quattordici, forse?

«Ieri sera ho cominciato a bere cognac» lo rassicurò lei. «Ormai sono una veterana.»

«Ai signori Elliott, finalmente insieme, e non un attimo troppo presto, a quanto sembra. Ma lasciamo perdere i particolari. Voglio bene a tutti e due e ve ne vorrò sempre. Lunga vita e tanta felicità.» Billy alzò il bicchiere e bevve un sorso mentre gli altri la imitavano.

Per un minuto tutti e quattro bevvero tranquillamente, pervasi da un senso di tepore che non aveva niente a che fare con il contenuto alcolico del Dom Pérignon. Spider riempì di nuovo i bicchieri e pensò che non aveva mai visto Billy tanto bella e splendente. Forse il merito era di Gigi, anche se sembrava assurda l'idea che Billy avesse sempre sognato una figliastra, pur tenendo conto del fatto che era molto portata a desiderare ciò che non aveva.

Billy attese che gli altri si servissero al carrello del tè, poi prese il telefono e chiamò la segretaria, a casa. No, rispose Josie, il signor Orsini non l'aveva cercata. C'erano dozzine di altri messaggi per lei, altri fiori, altri telegrammi, ma lui non si era fatto vivo.

«Se telefona, sono in negozio» disse bruscamente Billy. Riattaccò e bevve un altro bicchiere di champagne per spegnere le fiamme di una rinnovata collera. Di solito lei e Vito si scambiavano telefonate due volte al giorno, anche quando lui aveva molto da fare. Dunque aveva deciso di comportarsi così, eh? Benissimo, questo non le avrebbe impedito di continuare a divertirsi, si disse. Gigi sarebbe rimasta, e lei le avrebbe voluto bene e sarebbe stata ricambiata; Spider e Val si erano finalmente trovati, e soprattutto Lester Weinstock, il press agent della sua cara amica Dolly, era arrivato in tempo per partecipare alla festicciola: aveva l'aria felice e reggeva con cura fra le braccia una piccola montagna di stoffa scintillante.

«Mi manda Dolly» disse Lester in tono quasi esitante, mentre si guardava intorno; ma il suo sorriso era allegro e rassicurante come sempre. «È l'abito che Valentine le aveva creato per la notte degli Oscar. Finalmente si è asciugato, e Dolly ha pensato che forse, se si può mandare in tintoria...»

«Certo, si può salvare» lo interruppe Valentine. «E la stoffa è tanta che quando avrò finito Dolly avrà due abiti anziché uno: uno corto e uno lungo.» Al ricordo di Dolly che abbandonava a precipizio la serata dopo che le si erano rotte le acque, con effetti visibili per il pubblico televisivo di tutto il mondo, Billy bevve un altro bicchiere di champagne. Questa volta, in omaggio al talento di Valentine.

«Mi ha fatto promettere di consegnarlo a te personalmente» precisò Lester.

«Giustissimo: un abito simile deve passare soltanto per le mani di quelli che lo capiscono. Ma come sta la bambina, e come sta Dolly?» Valentine aveva giurato a se stessa di non dire a nessuno che lei e Spider non avevano seguito la trasmissione.

«Stanno meravigliosamente tutte e due. Tutto perfetto. Non sapevo che qualcosa potesse essere perfetto fino a questo punto.» In quel momento Lester sembrava più che mai un orsacchiotto di pelouche: alto, occhialuto, un po' troppo imbottito. Ma, pensò Billy, in lui c'era qualcosa di diverso dal giovane e inesperto addetto alle pubbliche relazioni che lei aveva convinto lo studio ad assegnare a Dolly sei settimane prima, dopo la candidatura all'Oscar. Cosa poteva spiegare quella sicurezza nuova, quel piacere visibilmente sconfinato che trovava in tutte le realtà della vita, incluso se stesso?

«Lester, prendi un po' di champagne, siedi, fai conoscenza con Gigi Orsini, la figlia di Vito, e dimmi come sta Dolly, a parte il fatto che è perfetta» ordinò Billy. «Poco fa non sono riuscita a parlarle al telefono. Non hanno voluto passarmela. Dormiva? È troppo stanca? Posso andare a trovarla stasera?»

«Non è affatto stanca» disse Lester. «Ho dovuto staccare io il telefono. Centinaia di giornalisti di tutto il mondo vogliono intervistarla. C'erano almeno venti fotografi intorno all'ospedale, ma non hanno potuto entrare. Se l'interesse per i vincitori degli Oscar è già alto, nel caso di Dolly...»

«Le circostanze sono state eccezionali» disse Billy, e sorrise al ricordo di una storia nota soltanto a lei e a Dolly. La storia di Sunshine, il cavallerizzo da rodeo con cui Dolly aveva seguito la tournée per un anno prima che si lasciassero. Un nuovo incontro, in occasione della festa del Quattro di Luglio, aveva dato come risultato la bimba appena nata.

«Come suo agente, penso che per lei sia un errore parlare con chiunque» dichiarò Lester. «Non è come se fosse regolarmente sposata.»

«Sai benissimo che non riuscirai a impedirglielo» replicò Billy. «In fondo, Dolly è un'ingenua, e a meno di imbavagliarla ...»

«Sicuro, e racconterebbe a tutti anche la storia di Sunshine» concluse Lester con un gran sorriso. «Per fortuna io l'ho bloccata.»

«Ti ha detto di Sunshine?» chiese sbalordita Billy.

«Ci siamo detti tutto» rispose Lester, raggiante d'orgoglio.

Attraverso le lenti spesse di Lester, Billy lo fissò negli occhi miopi. «Lester Weinstock, ho l'impressione che tu cerchi di dirmi qualcosa, quindi smettila di prenderla alla lontana e sputa l'osso. Stiamo parlando della mia migliore amica.»

«Amo Dolly, lei mi ama e ci sposeremo il più presto possibile» dichiarò Lester.

«Buon Dio! Sono tutti impazziti? La conosci da sei settimane appena, ed era già incinta. Lester, di cosa si tratta? Di un'operazione di salvataggio?»

«Se è così, è Dolly a salvare me. Non sei contenta per noi?»

«Sono... felicissima... penso che sia meraviglioso» disse Billy, mentre le lacrime le salivano agli occhi. Cosa le succedeva, oggi? Lei, che non piangeva quasi mai, stava lacrimando come una fontana.

«Dolly ha scelto il nome della bambina» disse Lester, e le passò un braccio intorno alle spalle. «Wendy Wilhelmina Weinstock. Wilhelmina perché tu sarai la madrina e Wendy perché sta bene con Weinstock. Ti piace?»

«W.W. Weinstock» mormorò Billy. «Sembra il nome del capo di uno studio cinematografico. Fa molto Hollywood, secondo le migliori tradizioni. Certo che mi piace. Stai per sposare la ragazza migliore del mondo.»

All'improvviso si alzò. «Silenzio! Fate silenzio, tutti quanti! Ora brinderemo al fidanzamento di Lester Weinstock e Dolly Moon e alla loro figlioletta e mia figlioccia, Wendy Wilhelmina Weinstock.»

Nel chiasso che seguì, Gigi si sforzò di contare tutte le cose che costituivano il nuovo stile di vita californiano: una matrigna che era diventata un'amica, un favoloso taglio di capelli, un guardaroba completamente rinnovato, la prospettiva di trasferirsi nella casa più bella del mondo, un matrimonio romantico, un fidanzamento, una bimba appena nata, quattro bicchieri di champagne... e tutto ciò era accaduto solo dal momento della colazione. Adorava stare lì, pensò stordita mentre brindava a Lester e a Dolly e alla loro bambina dal nome così importante. Quella gente era ancora più pazza degli zingari.

Billy si versò un altro bicchiere di champagne. Dolly era un prodigio, pensò, un miracolo della natura. Lei e Lester erano fatti l'uno per l'altra. E adesso che ne aveva la prova sotto gli occhi, anche Spider e Valentine erano fatti l'uno per l'altra. Evidentemente lei non possedeva l'istinto naturale di chi combina matrimoni, altrimenti lo avrebbe previsto già da molto tempo. Non fosse stato per Gigi, si sarebbe sentita insopportabilmente fuori posto con il suo segreto, mentre gli altri brindavano alle nozze, al fidanzamento e alla nascita di una bambina.

Com'era possibile avere un marito che si riaddormentava di colpo mentre gli dicevi chiaro e tondo che eri incinta? Vito non aveva avuto neppure la decenza di telefonarle in tutta la giornata. Se le avesse lasciato un messaggio, avrebbe dimostrato di volersi riconciliare con lei. Per Billy quello era una specie di dogma: se davvero si desidera telefonare a qualcuno, per quanto si possa essere occupati o importanti, e per quanto il peso del mondo possa gravare sulle spalle di una persona, con un apparecchio a disposizione si può sempre trovare un attimo per sollevare il ricevitore. Da molti anni aveva smesso di credere a chi diceva: «Ti avrei telefonato ma non ho trovato un momento libero». Tuttavia, come poteva fare la morale agli altri, si chiese, visto che, due giorni prima, non si era nemmeno scusata con Valentine quando la lampo del suo abito per la cerimonia degli Oscar non voleva chiudersi e la ragazza le aveva detto che probabilmente era incinta? Bevve ancora champagne, assorta, mentre Spider, Valentine e Lester discutevano animatamente di progetti di matrimonio e viaggi di nozze, e Gigi cercava di assimilare tutto.

Gigi era abituata alle esagerazioni teatrali che riempiono la vita dei ballerini; ma in confronto a quella gente, i suoi vecchi compagni sembravano scialbi e banali. Spider Elliott era... era come... Sembrava che il suo adorato James Dean fosse improvvisamente diventato uomo e fosse cresciuto di mezzo metro, si fosse mosso con l'eleganza di Fred Astaire e fosse assomigliato un po' a Gary Cooper da giovane, come appariva nei vecchi film che le piacevano tanto. Sì, il risultato sarebbe stato abbastanza simile a Spider Elliott, pensò Gigi. Aveva un genere di fascino stile Marlboro Country, una via di mezzo fra un capitano di marina della Viking e un asso universitario del football. Insomma, niente a che vedere con il resto degli uomini in carne e ossa. E Valentine era la creatura più francese che Gigi avesse mai immaginato, con i capelli del rosso più invidiabile, gli occhi del verde più brillante, il viso più espressivo. Tutto era perfetto in lei, fino alle lentiggini sul naso, pensò, travolta dalle immagini di mitici eroi ed eroine.

Mentre lei spostava lo sguardo da Spider a Valentine, Billy si disse che era venuto il momento di fare un annuncio che, se avesse taciuto ancora, avrebbe perso gran parte del suo memorabile sapore. Certi segreti erano fatti per essere condivisi in momenti particolari, in presenza di una speciale energia, quando ci si trova nel posto giusto con la gente giusta – o almeno con tutte le persone giuste, tranne una. Comunque Gigi sapeva già, Valentine aveva indovinato e dunque non era nemmeno un vero segreto.

«Vorrei proporre un altro brindisi» disse, e si alzò vacillando leggermente. «A Valentine O'Neill, per avermi anticipato qualcosa a cui due giorni fa non ho creduto. Cara Valentine, avevi ragione, come al solito.»

«Billy! Oh, Billy, è meraviglioso!» Valentine corse ad abbracciarla, mentre Spider e Lester le osservavano senza capire. «Signori uomini, Billy avrà un bambino; potreste almeno darle un bacio!» e, davanti alla loro espressione esterrefatta, scoppiò a ridere.

Pochi minuti dopo, mentre Billy era fatta oggetto di acclamazioni e rallegramenti, sulla soglia apparve Vito, con aria accigliata. Quando era arrivato a casa e aveva trovato solo il personale di servizio, Josie gli aveva suggerito di andare da Scruples e, infatti, vi aveva trovato Billy, come sempre al centro dell'attenzione generale.

Una personcina che gli era misteriosamente familiare corse ad abbracciarlo e gridò: «Papà, non resterò figlia unica. E vengo a vivere con te e Billy!».

«Vito, è una notizia grandiosa! Vuoi un maschio o una femmina?» chiese Lester. «Spero in un maschio, dato che hai già Gigi!»

Spider gli batté la mano sulla spalla. «Bravo, Vito! Gigi viene a stare con voi, e Billy annuncia che avrà un bambino... e tutto nello stesso giorno. Sei proprio uno che fa le cose in grande, eh!»

«Vito, è magnifico! Sono così felice per il bambino, e Gigi è deliziosa... devi essere l'uomo più felice del mondo. Billy ti ha detto che sono stata la prima a indovinare?» chiese Valentine.

«È meglio che tu beva qualcosa» intervenne Billy con voce leggermente strascicata. «Hai l'aria di avere perso il treno.»

Vito accettò automaticamente un bicchiere di champagne, sfoderò un automatico sorriso, poi scosse la testa per far capire che non era in grado di rispondere a tanta eccitazione e che era ammutolito per la felicità. Sedette con l'aria di un uomo apparentemente in grado di controllare la propria vita, ma intanto si chiedeva che razza di strega aveva sposato: una donna che si era trasformata in futura madre senza nemmeno comunicare con lui, senza consultarlo né avvertirlo, senza avere prima accertato che entrambi fossero pronti per avere un figlio. Senza un annuncio privato. Era quello il modo di ricevere una notizia del genere, sentirla gridare da tutti tranne da Billy? Inoltre, nel giro di poche ore, era ricorsa alle sue arti magiche per imprimere un marchio inconfondibile su sua figlia (o almeno, immaginava fosse stata Gigi a chiamarlo "papà"), arrogandosi il diritto di disporre della sua vita e di annunciare a tutti il suo futuro.

«Evviva» disse Billy, a voce così bassa che gli altri non poterono sentirla. Lo guardò con un'espressione dura negli occhi e alzò il bicchiere.

«Evviva?» ribatté Vito. «Evviva per chi? Per il vincitore? Mi accorgo che sono l'unico a non essermi neppure reso conto che c'era una gara.»

3

Una settimana più tardi, Maggie MacGregor e Vito pranzavano insieme nella Polo Lounge del Beverly Hills Hotel. Maggie aveva sempre a disposizione il separé a sinistra della porta, per potere osservare tutti quelli che andavano e venivano. Ma quando non voleva essere disturbata dai saluti si piazzava con le spalle all'entrata, comunicando così a tutti gli appartenenti al mondo del cinema che stava facendo un'intervista e non avrebbe gradito intrusioni. Mentre lei e Vito bevevano vino bianco e mangiavano insalate Cobb, nella sua mente instancabile si svolgeva una fulminea duplice operazione. Da una parte ascoltava con grande attenzione; gli occhi rotondi, del colore della Coca-Cola, avevano un'espressione concentrata e seria. Nella sua qualità di giornalista era la persona cui spettava di diritto l'anteprima dei piani di Vito per la produzione di *WASP*; ormai erano già stati firmati tutti i contratti per la cessione dei diritti cinematografici del libro e l'assegno dello studio di Curt Arvey, un anticipo di mezzo milione di dollari, era stato depositato in banca. D'altra parte, essendo una donna, e per giunta una donna che aveva continuato a rimpiangere Vito da quando la loro relazione era finita quattro anni prima, cercava di rendersi esattamente conto di quale fosse il suo stato d'animo attuale. Era un'intervistatrice troppo abile e una donna troppo furba e intuitiva per credere che in quel momento lui avesse per la testa solo il nuovo progetto.

No, c'era dell'altro; una specie di ombra che accompagnava un'intensità quasi forzata, un'insistenza eccessiva nella sua apparente concentrazione che la metteva in guardia. Il Vito Orsini conosciuto quattro anni prima a Roma, circondato da un formidabile alone d'invincibilità, era adesso presente nel corpo, ma non del tutto nello spirito. Qualcosa non andava in lui, e Maggie sospettava che non avesse nulla a che vedere con il lavoro. Il livello di energia di Vito, in genere doppio rispetto a quello di tutti gli altri, non era certo il solito. La voce sembrava un po' meno vibrante, come se avesse dimenticato di mangiare a colazione. Irradiava ancora la potenza del maestro, del virtuoso, dell'uomo per il quale il detto "affrettati lentamente" non aveva alcun senso: ma c'era qualcosa... Amarezza forse? Amarezza o umore tetro? O piuttosto delusione?

Come era possibile, si chiese Maggie. Aveva ricevuto la consacrazione suprema dell'industria cinematografica, e con il nuovo film ancora nella fase iniziale e idilliaca dello sviluppo niente poteva avere offuscato quella gloria. Diavolo, se l'Oscar per il miglior film non aveva procurato a Vito la felicità assoluta per almeno una settimana, cosa poteva riuscirci? E adesso stava per realizzare un altro film tratto dal libro per il quale lo studio di Arvey aveva pagato un milione e mezzo di dollari, una cifra da record. Avrebbe dovuto essere al settimo cielo. Bene, lei non era certo la più capace delle intervistatrici televisive perché esitava nel porre le domande, si disse. Esordì dunque con il solito tatto.

«Vito, cosa cavolo c'è che non va?»

«Niente! Non dire assurdità, Maggie.»

«Ho mai detto assurdità da quando mi conosci?»

«Hai detto molte sciocchezze, quelle sì, ma assurdità... Be', c'è sempre una prima volta.»

«Può darsi, ma non è ancora capitato. Cosa ti succede? Non te lo chiedo da giornalista, ma da amica.»

Vito respirò profondamente, posò la forchetta e lasciò che il silenzio si prolungasse. Finalmente riprese a parlare, ma con un tono amaro, carico di autocommiserazione. «Maggie, potresti spiegarmi perché nel momento preciso in cui le cose cominciano a funzionare da una parte, dall'altra qualcosa va improvvisamente male?»

«È la prima legge dell'universo. La teoria del doppio Big Bang. Dovevo avere dieci anni, credo, quando l'ho capito. Non sei un po' vecchio per certe rivelazioni?»

«Evidentemente no.»

«Dunque si tratta di Billy.»

«Non dire così!»

«Che altro potrebbe essere? Tu hai tempo soltanto per una cosa e mezzo, e dato che non si tratta del nuovo film, deve essere per forza la tua vita domestica.»

«Vuoi sapere quale è il suo problema?» esplose Vito. «Non ha mai scoperto che un uomo non può affermarsi nella propria attività senza essere egoista, senza che l'interesse per se stesso lo sproni in ogni momento della giornata, senza una misura completa di durezza, d'implacabilità e di volontà inflessibile che non tollera ostacoli. Maggie, tu conosci questa città, sai che ci vogliono due palle così, anzi è assolutamente il minimo che bisogna avere per cominciare. Ma Billy non ha mai dovuto lottare per ottenere qualcosa nella vita. Mio Dio, è una delle donne più ricche che siano mai esistite. Naturalmente pensa che la premura, il riguardo e fiumi di stupida tenerezza e calore umano facciano parte del carattere di qualsiasi uomo... o che almeno dovrebbero. Mi domando come abbia fatto il suo primo marito a mantenere in vita simili illusioni. Ma naturalmente quando l'ha conosciuto lui aveva già accumulato la sua ricchezza, aveva sessant'anni mentre lei ne aveva ventuno, e ha passato il resto della vita a viziarla. Prima di me, Billy non aveva mai incontrato un uomo che si fosse fatto da sé e si trovasse solo a metà della carriera.»

«Ti rende la vita difficile perché sei completamente preso dal nuovo film? Andiamo, so quanto impegno c'è voluto perché *Specchi* diventasse un successo. Possibile che Billy non abbia imparato niente?»

«Credo sia così» rispose vagamente Vito con una scrollata di spalle.

«Dunque non è un problema di attenzioni» disse Maggie con aria sentenziosa. «Sesso? Io non lo escludo mai, anche se con te ho qualche dubbio. Molti dubbi, Vito. Problemi di quattrini? Non direi. Ehi, se elimini il denaro, il sesso e l'attenzione, cosa resta? Billy non ama il tuo carattere?» Maggie sorrise ironicamente. Sapeva per esperienza che le mogli dei produttori imparavano molto presto a non dare troppo peso al carattere dei propri mariti.

«Pensa che non sono un buon padre.»

«Oh, Vito, per piacere! Credevo saresti stato franco con me.»

«No, davvero. Ho fatto una cosa molto stupida. Non le ho mai detto che avevo una figlia, nata dal mio primo matrimonio.»

«Non l'hai mai detto neppure a me» lo interruppe Maggie in preda a uno stupore indignato. «Non mi hai mai parlato del matrimonio, né di tua figlia. Ma dopotutto io non sono tua moglie. Billy deve essere fuori dalla grazia di Dio.»

«Accidenti, Maggie, non è mai capitata l'occasione, ecco. Non c'entra niente, quel matrimonio era stato uno sbaglio, e l'unico problema è che è nata una figlia. Adesso ha sedici anni, è una brava ragazza, ma io non la volevo, credimi. Gigi – si chiama così – è comparsa qui inaspettatamente il giorno dopo che Billy ha scoperto di essere incinta. Non poteva arrivare in un momento meno opportuno.»

«Decisamente non sei affatto un buon padre, Vito.» Maggie scosse la testa così energicamente da far sobbalzare la sua imponente massa di riccioli. «Devo dare ragione a Billy.»

«Ma questo fa di me uno stronzo totale?»

«Non proprio totale... non abbastanza per sconvolgermi. Ma è probabile che Billy si aspettasse da te qualcosa di più.»

«Lei si aspetta tutto, Maggie, tutto quello che ti può venire in mente, incluso il papà ideale per il passato, il presente e il futuro. E per Billy, "aspettarsi" significa "esigere". I suoi desideri sono legge. Ammetto che non avevo una giustificazione accettabile, ma non sono un mostro. E quindi, cosa succede? Sento che sotto sotto lei è sospettosa e diffidente nei miei confronti. È come un uccello che cova, pronto ad attaccare chiunque si avvicini. Vorrei poterlo ignorare, è l'ultima cosa di cui ho bisogno in questo momento, ma mi condiziona, e te ne sei accorta anche tu.»

«Billy è così perfetta da poter pretendere tanto da te?» chiese Maggie con voce vellutata.

«Smettila, adesso! So che a te non piace, Maggie, e non dovrei stare qui a parlartene, ma non mi fido di nessun altro. Ovviamente Billy non è perfetta. Nessuno lo è, Dio sa che non lo sono neanch'io... ma è mia moglie, e deve accettarmi.»

«È chiaro che lei la pensa diversamente.»

«Trovi che pretendo troppo?»

«Come faccio a saperlo, Vito? Non mi sono mai sposata.»

«Be', non farlo, sarà molto meglio per te. Oh, cavolo, dimentica quello che ho detto, Maggie. Semplicemente non voglio che mi facciano sentire che ho torto, neppure quando ce l'ho.»

«Oh, Vito, ti adoro! Pochissimi uomini saprebbero pronunciare queste parole in un tono così oltraggiato. Come padre fai schifo, ma almeno sei sincero. Quand'è che Billy avrà il bambino?»

«Fra sei o sette mesi. A quanto ho capito è incinta da poco tempo, anche se con tutto il chiasso che ha fatto si direbbe che il bambino debba nascere domani.»

«Quando nascerà ti sarai trasformato in un padre accettabile, credimi. L'ho visto succedere una quantità di volte, perfino in questa città.»

Maggie decise di assimilare con calma le rivelazioni di Vito. Era la prima volta che lo sentiva parlare di sé così a lungo. Non aveva mai discusso il suo matrimonio se non nel modo più noncurante e superficiale. Quel nuovo tesoro di informazioni era troppo piccante per pensarci adesso. E il suo tempismo le diceva che era meglio cambiare argomento.

«Raccontami dei tuoi colloqui con John Huston» chiese, cambiando marcia con garbo. «Come mai non hai scritturato Fifi Hill per dirigere il nuovo film? Con *Specchi* ha fatto un ottimo lavoro e, dopotutto, anche lui ha vinto un Oscar.»

«*Specchi* era un film da due milioni di dollari. *WASP* ne costerà venti. Ho bisogno di un regista di grande nome, qualcuno che sia affermato da anni. Fifi ha comunque la possibilità di scegliere fra una dozzina di buone offerte, quindi non può lamentarsi. Ma per me sarebbe un gran colpo se riuscissi ad avere Huston.»

«È un tipo difficile.»

«Posso cavarmela benissimo.»

Non è detto, pensò Maggie mentre un'ondata di anticipazione, di curiosità violenta e di solleticante cattiveria le saliva dalle viscere. Non è detto, se non sei capace di tenere testa a Billy Ikehorn, quella rompiscatole ricca e viziata alta tre metri che hai voluto sposare a ogni costo quando avresti potuto avere me.

«Mi sono informata sulle scuole, signora Orsini» disse Josie Speilberg a Billy, appena rientrata da una passeggiata solitaria nel viale dei sicomori, che di solito le restituiva una parvenza di tranquillità. «Ci sono due sole possibilità per Gigi. Può andare alla Westlake di Bel Air oppure all'Uni, cioè la media superiore dell'Università, la scuola pubblica più vicina. Io consiglierei la Westlake.»

«E la accetteranno, a metà del secondo semestre?»

«Sarebbe un'eccezione, ma sì, la accetterebbero dopo un colloquio con Gigi e il solito esamino. Sa, è considerata la migliore scuola privata di Los Angeles, ed è tutta femminile. Secondo me è la più adatta.»

«E l'Uni?»

«Hanno circa tremila studenti e una percentuale altissima di borse di studio nazionali. Gli allievi sono quasi tutti del posto, soprattutto di Brentwood, ma c'è anche una percentuale numerosa di ragazzi che vengono dall'interno, quasi tutti si servono degli scuolabus. Naturalmente è mista.» Josie arricciò il naso, esprimendo disapprovazione per una simile democrazia rampante. Per Josie le decisioni della signora Orsini erano legge, fin da quando aveva cominciato a lavorare per lei, al tempo in cui Ellis Ikehorn stava lentamente consumandosi nella tenuta di Bel Air; ma conservava il diritto di lasciar trapelare la propria opinione, se non addirittura di esprimerla in modo aperto anche senza essere stata invitata inequivocabilmente a farlo.

«Gigi si troverebbe meglio all'Uni» decise subito Billy. «È probabile che alla Westlake si sentirebbe fuori posto. È una scuola piccola con un campus magnifico, ma è piena di ragazze ricche dell'élite locale. Non l'avevano frequentata Shirley Temple e Candy Bergen?»

«La Westlake ospita anche ragazze vincitrici di borse di studio, come tutte le altre scuole private.»

«La Uni, Josie. La Uni. Dove ferma lo scuolabus?»

«Niente scuolabus, qui. Quando ho telefonato al provveditorato scolastico di Los Angeles, mi hanno detto che non avevano neppure sentito parlare di Holmby Hills. Non c'è nessuno di queste parti che vada all'Uni, assolutamente nessuno. Alla fine si sono degnati di guardare sulla piantina e hanno detto che Gigi dovrebbe prendere l'autobus comunale!» Josie irradiava indignazione.

«Bisognerà accompagnarla. Scegli un uomo fidato fra i dipendenti e digli di usare una delle macchine di casa» disse Billy, alludendo ai furgoncini che andavano e venivano per trasportare le provviste per la cucina e il giardino. «Appena Gigi imparerà a guidare, potrà andare e venire da sola. Quando sarà il momento, le procurerò una macchinetta.»

«Certo, signora Orsini.» Josie si chiese cosa intendesse per "macchinetta" la sua datrice di lavoro. Un'automobile, una Volkswagen di seconda mano come una Bmv nuova, era una dotazione scontata per tutti i ragazzi della zona che avessero già compiuto i sedici anni; ma non lo era necessariamente anche per le ragazze. Quanto a lei, riteneva assurdo non avere un autista, ma a Los Angeles era cosa rara. A Grosse Pointe, dove Josie aveva cominciato a lavorare come segretaria personale, tutti avevano l'autista e lo facevano sgobbare.

«Gigi può cominciare la scuola lunedì?» chiese Billy prima di uscire.

«Certo. Darò tutte le disposizioni del caso.»

Chi avrebbe portato Gigi a scuola? si chiese Josie Speilberg. Era un tragitto di una decina di minuti, ma occorreva qualcuno che la accompagnasse in orario e andasse a riprenderla ogni pomeriggio. Prese dalla scrivania l'elenco del personale che viveva nella tenuta e lo esaminò. Era stata lei ad assumere i dipendenti quando Billy si era trasferita in quella casa dopo la morte di Ellis Ikehorn, e li dirigeva ancora con efficienza e disciplina.

William, il maggiordomo, doveva restare sempre a disposizione per servire la colazione e il tè del pomeriggio, quindi era escluso. Anche Jean-Luc, lo chef, doveva essere presente per tutta la mattina e all'ora del tè. Il giovane Gavin, il capogiardiniere, cominciava a lavorare all'alba per sovrintendere la squadra addetta all'innaffiatura, prima dello spuntar del sole. Quindi non poteva chiedergli di abbandonare quei compiti indispensabili; e il suo assistente, Diego, era altrettanto prezioso come interprete perché tutti gli operai parlavano spagnolo. Esclusi Gavin e Diego, gli addetti ai giardini e alle serre vivevano fuori dalla tenuta, e non voleva scombussolare i loro orari. Era difficile trovare gente capace e affidabile, e la signora Orsini, che per il resto non si atteggiava mai a Dio Onnipotente, era però capace di notare anche un solo petalo avvizzito, così come ogni singolo uccello che cantava nel parco. Le tre cameriere fisse, oppure la seconda cuoca e la sarta-lavandaia a tempo pieno, che vivevano fuori, avrebbero potuto fare da autista, ma la signora Orsini le aveva detto di scegliere un uomo.

Restava soltanto Burgo, il tuttofare che viveva nella tenuta. Burgo lavava le macchine, faceva il pieno di carburante, teneva in ordine il garage e ritoccava la carrozzeria delle auto quasi quotidianamente; prima ancora che qualcuno lamentasse il minimo problema, aveva già sistemato un guasto alle tubature e all'impianto elettrico, e quando la situazione era troppo grave sapeva a chi rivolgersi per risolverla. Era bravissimo a convincere l'addetto alle riparazioni dei telefoni, sempre oberato di lavoro, a occuparsi della manutenzione di quella centralina antiquata che non c'era mai stato il tempo di modernizzare dopo il matrimonio della signora Orsini; Burgo lubrificava le porte che cigolavano, cambiava le lampadine bruciate e sovrintendeva al lavoro della squadra che ogni settimana veniva a lavare i vetri. In pratica, sapeva mettere le mani dappertutto, e Josie non aveva mai osato chiedersi come avrebbero potuto cavarsela senza di lui. Da quando lo aveva convinto a lasciare la Playboy Mansion offrendogli un consistente aumento di stipendio, Burgo sembrava perfettamente soddisfatto della nuova camera, del vitto e della compagnia dei colleghi. Dunque sarebbe toccato a lui, Burgo O'Sullivan. In fondo, a cosa serviva un tuttofare?

«Oh, accidenti, c'è qualcosa di peggio che cominciare in una scuola nuova?» Gigi aveva un tono lamentoso e provava un'improvvisa nostalgia per New York. Burgo, un uomo di mezza età gioviale e tranquillo, con i capelli rossi sbiaditi e un sorriso simpatico, le ispirava fiducia. Una fiducia che quella mattina non le sarebbe parsa mai abbastanza.

«È una scuola grande, e il numero dà sicurezza» rispose lui.

«Io andavo in una scuola molto grande, e ogni ragazza nuova era visibile come se fosse sotto la luce dei riflettori, quindi non raccontarmi frottole.»

«Hai un aspetto uguale a tutti gli altri, e probabilmente sei molto più avanti negli studi.»

«Magnifico. E questo dovrebbe farmi sentire meglio?»

«No, ma neppure peggio. Lo so, è dura, ma già da domani non sarai più la nuova arrivata. Pensaci. Basta che ti faccia un'amica: non occorre altro per metterti sulla strada giusta.»

«Ah, Burgo O'Sullivan, sei un vero irlandese.»
«E come fai a saperlo?»
«Mia madre era una O'Brian. Anche lei parlava così, è proprio tipico.»
«E non aveva ragione?»
«Sì, quasi sempre. D'accordo, Burgo, mi sento meglio. E adesso sei contento? Non vedo l'ora di essere squadrata da un'intera classe di ragazzi che muoiono dalla voglia di diventare miei amici. Se almeno fossi bionda, dieci centimetri più alta e una brava surfista...»
«Sì, ma le ragazze più piccole accalappiano più ragazzi» commentò Burgo in tono pensieroso. «I maschi della tua età sono quasi sempre troppo bassi per le femmine: ma tu potrai scegliere.»
«Non mi piacciono i ragazzi» disse irritata Gigi. «Hanno i brufoli, puzzano e non sanno fare conversazione.»
«Vedrai che invece ti piaceranno. Sono pronto a scommetterci. Eccoci arrivati» annunciò Burgo, fermandosi davanti al vialetto della scuola. «Quello è il parcheggio degli insegnanti. Sarò là ad aspettarti alle tre e mezzo in punto.» Si sporse dal furgoncino e salutò un operaio che lavorava poco più in là.
«Ehi, Stan, non sapevo cominciassi così presto» disse. «Questa è Gigi Orsini: è il suo primo giorno di scuola.»
«Buongiorno, signorina. Neanch'io sapevo che fossi diventato autista, Burgo.»
«È un nuovo incarico. Sto facendo carriera. Ti va una seratina a poker?»
«Ho mai saltato una partita?»
«Mai.»
«Poker!» esclamò Gigi. «Mi piace il poker! E sono bravissima! Posso venire anch'io?»
«È riservato ai soli uomini, Gigi, e poi dovresti avere qualche anno in più.» Burgo ridacchiò di fronte alla sua espressione interessata. Almeno adesso sembrava di umore migliore. «Ora scendi, e in bocca al lupo!»
«Felice mattina a lei, signor Sullivan.» Gigi gli fece marameo, inarcò le sopracciglia e sfoggiò il sorriso più vistoso e più falso di cui era capace. Balzò a terra, scrollò le spalle, trasse un respiro profondo e si avviò verso l'edificio, senza troppa fretta di conoscere la sua nuova aula.

Una settimana più tardi, verso sera, Billy tornò a casa dopo l'appuntamento con il suo ginecologo, il dottor Aaron Wood. La stanchezza, le aveva detto, era del tutto normale. I primi tre mesi di gravidanza erano spesso i più pesanti, e a quanto si poteva accertare non era ancora entrata nel quarto mese. La data prevedibile per il parto poteva variare di diverse settimane, l'aveva avvertita, dato che non aveva saputo dirgli con esattezza quando era rimasta incinta.

Billy si sdraiò su una chaise-longue nel salottino giallo e marrone della suite che divideva con Vito. Era una stanza piuttosto piccola, con le pareti rivestite di stoffa a motivi minuscoli, e quel giorno era piena di una grande quantità di fiori primaverili: canestri di giunchiglie, asfodeli, fresie profumatissime bianche e gialle troneggiavano sui tavoli, mentre le azalee bianche fiancheggiavano il camino dove il fuoco era stato acceso un'ora prima del suo rientro. Chiuse gli occhi, lasciò scivolare le scarpe sul pavimento e cercò di rilassarsi nell'atmosfera tiepida e profumata. Ma, per quanto fosse stanca, il suo corpo rifiutava di rilassarsi e la mente di abbandonarsi. Si sorprese invece, ancora una volta, a rimuginare sulla situazione con Vito.

Dalla mattina successiva all'arrivo di Gigi aveva evitato di rimproverarlo ancora per il modo in cui aveva trattato la figlia. Ormai si era troppo affezionata a lei per imbarcarsi in un'inutile discussione sul passato. In parte, il suo silenzio era dovuto alla riluttante ammissione che quel pomeriggio, da Scruples, si era lasciata trasportare troppo. Nemmeno lo champagne che aveva bevuto, o le quarantotto ore di snervante attesa durante le quali aveva custodito il suo segreto giustificavano il fatto che avrebbe dovuto parlare del bambino a lui prima che a chiunque altro. Ma che differenza avrebbe fatto, si chiese per la centesima volta. Quella notte, dopo il ritorno a casa, Vito aveva pronunciato tutte le frasi di circostanza, dichiarandosi felice della notizia. Ma quelle parole le erano sembrate aride come una formula. Non sapeva neanche più cosa si fosse aspettata, pensò avvilita. Vito era un uomo così impulsivo che avrebbe potuto mettersi a ballare di gioia oppure scoppiare in lacrime, o fare qualunque altra cosa; tutto, meno che manifestare una reazione tanto convenzionale. E da allora era stato sempre così occupato da non rincasare mai fino all'ora di cena. Anzi, diverse volte non era nemmeno tornato, e si era fermato con sceneggiatori, agenti e altre persone del giro. Dopo cena saliva nel suo ufficio e si attaccava al telefono per contattare la gente che non aveva rintracciato durante il giorno. La sua vita lavorativa (lui diceva di essere "nella fase di sviluppo") sembrava trasformata in una interminabile successione di telefonate, interrotta solo da riunioni che producevano altre telefonate per combinare nuove riunioni. Quando era stata l'ultima volta che avevano trascorso insieme un'ora di tranquillità? si chiese Billy, mentre Vito entrava nel salottino.

«Non ti aspettavo prima delle otto» disse, sorpresa.

«L'agente di Redford doveva prendere un aereo» spiegò lui. «Bevi qualcosa?» si informò, avviandosi verso il bar.

«No, grazie. Non posso toccare l'alcol senza che mi venga il mal di testa. Comunque il dottore me l'ha sconsigliato. Come va il film?»

«Finora tutto bene. È troppo presto per festeggiare, ma sono quasi sicuro di avere catturato Nicholson, e anche Redford sta per accettare. Siamo arrivati a trattare le percentuali dei profitti, quindi, in sostanza, è una questione di denaro, e sono disposto a dargli quanto necessario. Ma non voglio rendergli il gioco troppo facile. Naturalmente chiedono chi sarà la protagonista femminile.»

«Già, chi sarà?» gli fece eco Billy. Avrebbe tanto voluto che la cosa la interessasse, avrebbe voluto non essere così stanca e non avere di continuo quel senso di nausea che la tormentava tutto il giorno, avrebbe voluto che lei e Vito non fossero così innaturalmente compiti l'uno con l'altra; avrebbe voluto, nonostante la stanchezza, doversi vestire per correre con lui a una festa, e non dover continuare a essere cortese durante tutta la cena anche se erano soli, quando Gigi si fermava a dormire in casa della ragazza che descriveva come la più simpatica delle sue nove o dieci nuove amiche.

«Da una parte sono in lizza la Dunaway o la Fonda» rispose Vito. «Dall'altra la Streep. Non mi farò neppure passare le telefonate dei loro agenti prima che siano stati firmati i contratti con gli attori, ma sono pronto a scommettere che riuscirò ad avere chi voglio. Il problema è: quale sarebbe più adatta per la parte della moglie di Redford?»

«È un bel problema» ammise Billy, e pensò che nessuna delle tre era adatta per Redford, anzi sembravano tutte sbagliate. Ma a Vito interessava soltanto infilare nel cast una delle star più famose dello schermo. D'altra parte, che importanza aveva? La Streisand era chiaramente la meno adatta fra tutte le possibili mogli di Redford, ma Billy aveva pianto come un vitello nel vedere *Come eravamo*.

«Forse la Streisand?» suggerì, sforzandosi di mostrare un po' di partecipazione.

«La Streisand?» Vito posò rumorosamente il bicchiere. «Cristo, Billy, non hai letto quello stramaledetto libro? Redford ha sposato una ragazza del suo ambiente, che è ancora più bianca, anglosassone e protestante di lui, ammesso che sia possibile. La Streisand!»

«Era una battuta, Vito.»

«Un accidenti» ribatté lui in tono d'accusa. «Non mi ascoltavi neanche.»

«Hai ragione. Evidentemente pensavo a qualcos'altro» rispose lei asciutta.

«E questo cosa significa? Già, come se non lo sapessi...»

«Come se non sapessi che cosa, Vito?»

«Che stai lì a covare il tuo rancore contro di me» ritorse lui, inviperito. «Ogni giorno, da quando è comparsa Gigi, ne hai accumulato un po': Vito Orsini il padre mascalzone, Vito l'irresponsabile, Vito l'uomo senza cuore, Vito al quale hai sottratto la povera Gigi trasformandola in una principessa con un tocco di bacchetta magica, Vito che non è così rimbecillito e adorante ed entusiasta da non pensare ad altro che a te e alla tua sacra, sensazionale gravidanza, Vito che indubbiamente diventerà un pessimo padre per il tuo bambino come lo è stato per Gigi...»

Dunque era questo che pensava, ragionò Billy. Avrebbe dovuto capirlo. Era oppresso dal senso di colpa e adesso si sfogava con lei. La stanchezza la abbandonò di colpo. Si sollevò sulla chaise-longue.

«Ho capito benissimo» disse con una calma esasperante. «Non c'è bisogno che continui su questo tono fino a farti venire la bava alla bocca. Non puoi immaginare quanto sei puerile e ridicolo quando parli così.»

«E tu non riesci a vederti.» La voce di Vito crebbe d'intensità. Le parole di Billy lo avevano punto sul vivo. «Credi di poter urlare accuse contro di me un mattino appena sveglia, e poi di trattarmi con gelida superiorità per due settimane come se non fosse successo niente, convinta che questo risistemi tutto. Bene, anch'io ho qualcosa da dirti. Non lo sopporto! Non lo tollero! E non intendo vivere in questo modo!»

«Uh, non starai mica facendo i capricci, adesso? Perché non ti butti sulla moquette a tirare calci per aria?» Billy si alzò, composta e fredda. «Non ho intenzione di parlare con te finché ti comporterai così.»

«Invece ne parleremo subito, quindi siediti, Billy» esclamò Vito rabbioso. Le posò le mani sulle spalle e la spinse di nuovo sulla chaise-longue. «Adesso ascoltami tu. Non ti devo nessuna scusa. Sono lo stesso uomo che ero quando mi hai conosciuto, non è cambiato niente e mi rifiuto di scusarmi per il mio passato. Ci sono spiegazioni – non scuse ma spiegazioni – che avrei potuto darti in modo che tu capissi perché non sono stato per Gigi il migliore dei padri, ma non me le hai mai chieste, non mi hai mai dato una possibilità. No, hai tirato la peggiore delle conclusioni e ti sei precipitata come un pompiere in una casa in fiamme per salvarla, coccolarla, trasformarla in tua figlia ...»

«Scusa se ti interrompo, ma non è ...»

«Taci! Non ho ancora finito. Dunque, adesso sei incinta. Non mi hai consultato. Non ho partecipato alla decisione; ma va bene, dato che volevi un bambino è logico che non ti sia presa il disturbo di sapere il mio parere. Quando vuoi una cosa devi averla: è il tuo principio. Cercherò di essere un padre decente, sforzati di farmi credito almeno di questo. Non mi ha fatto piacere venire a saperlo dopo tutti gli altri, ma pazienza, quello che è stato è stato. No, non interrompermi! Quello che voglio farti capire, quello che pretendo che tu capisca, è che la tua attuale condizione non annulla l'importanza di tutto il resto, per me. In questo sbagli completamente, Billy.»

«Vito, io non penso...» lo interruppe lei.

«Stai zitta, ho detto. Non ho finito!» gridò Vito. «Ho un film da realizzare. *WASP* sarà un grande film, il più grande dell'anno. È l'occasione per cui mi sono battuto da quando ho cominciato a occuparmi di cinema. Ci lavoro a tempo pieno, proprio come tu lavori per produrre il bambino, e sono preso dalla sua realizzazione esattamente come tu lo sei dalla gravidanza. È così, sarebbe così per qualunque uomo nella mia posizione. Devi rassegnarti ad accettarlo e smetterla di comportarti come se fossi la cosa più sacra e importante al mondo. La tua ricchezza ti isola completamente. Non vivi sullo stesso pianeta dei comuni mortali, e non puoi capire quanto sia importante per me. Tu non hai nulla da guadagnare, qualunque cosa succeda la tua vita non cambierà, non è così? Credi che per me produrre film sia un hobby, Cristo? È la mia vita da diciotto anni, la mia vita, capisci? È meglio che ti decida a scendere dalla tua preziosissima torre d'avorio e cerchi di tornare a comportarti da essere umano, perché altrimenti questo sarà un anno impossibile. Infernale!»

Billy si alzò, ergendosi in tutta la sua statura, e lo guardò negli occhi, impassibile. «Sembra che sia cominciato proprio così, vero?» disse con calma. Quindi uscì dal salottino e si richiuse alle spalle la porta della camera da letto.

Era seduta sul divanetto accanto alla finestra dello spogliatoio, dove si era rifugiata dopo la sfuriata di Vito. Era così confusa che non si era mossa per un'ora. Alla fine prese il telefono e chiamò Josie Speilberg a casa sua.

«Josie, domani dovrò andare a New York per Scruples. Potresti farmi un grande favore e dormire qui in una delle camere per gli ospiti fino al mio ritorno? Mio marito ha orari di lavoro molto irregolari e non voglio che Gigi rimanga sola con il personale dopo che tu sei andata a casa.»

«Certo, signora Orsini. Non è un problema. Non deve preoccuparsi per Gigi. Ha ridotto Jean-Luc in suo potere. Dopo la scuola si occupano della preparazione delle salse francesi. E poi, sta ore al telefono a parlare con le amiche e non so dove trovi il tempo per studiare, ma lo trova. Le terrò compagnia a cena e la manderò a letto al momento giusto»

«Puoi telefonare al mio pilota? Digli che voglio partire alle nove, e manda qui alle otto una macchina con autista. Mi farò trovare pronta. E ordina un'altra macchina per quando arriverò a New York.»

«Devo prenotare un albergo?»

«No, a meno che io ti richiami. Probabilmente sarò ospite della signora Strauss. Potrai contattarmi là.»

«Certamente, signora Orsini. Faccia buon viaggio.»

«Grazie, Josie. Buonanotte.»

Billy riattaccò, poi fece il numero di Jessica Thorpe Strauss, che abitava a New York nella Quinta Strada.

«Jessie, carissima, scusami se ti chiamo a quest'ora... Oh, bene, temevo dormissi. Senti, devo assolutamente vederti. Posso venire domani e stare da te per qualche giorno? Oh, magnifico! Sarò lì poco prima di cena. No, ora non posso parlarne. Ci vediamo domani.»

Galvanizzata all'idea di entrare in azione, Billy cominciò a preparare una valigia. Quando ebbe finito, aprì la porta della camera da letto. Nel salottino non c'era nessuno. Prese dal mobile bar del succo di pomodoro, frutta e cracker e tornò in camera, questa volta senza chiudere la porta a chiave. Non le interessava dove avrebbe dormito Vito quella notte. Dopo la scenata di poco prima, pensava che non sarebbe stato certo in una delle sue case.

«Io gli avrei rotto un vaso in testa» esclamò Jessica. «E se per sbaglio l'avessi ammazzato, nessuna giuria al mondo mi avrebbe ritenuta colpevole. Come hai fatto ad ascoltare tutte le sue fesserie ignobili senza perdere la calma?»

«Ancora non l'ho capito» rispose Billy. Conservava la serenità innaturale che l'aveva accompagnata durante tutto il volo. «Più lui infieriva, e più io mi gelavo. Ogni sua parola sembrava recidere un nervo, un legame fra noi. Lo guardavo mentre straparlava e stravolgeva tutto ciò che era successo, inventava cose mai accadute, e mi sembrava che fra noi ci fosse una specie di vetro... come se fossimo in due stanze diverse... come se lui fosse sul palcoscenico e io in platea. Era Vito ma non lo era. Non riuscivo a credere di essere sposata con quell'uomo. Non riesco a crederci neppure adesso. È così strano. Non so che sentimenti dovrei provare. Non avevamo mai litigato così. Più che altro, sono stordita. Sono riuscita a ostentare un certo sarcasmo, a non mettermi a urlare. E adesso non sono furiosa come dovrei. Immagini sia a causa del bambino? Una specie di bozzolo protettivo o qualcosa del genere?»

Billy bevve un sorso del tè di menta preparato da Jessica nel piccolo, lussuoso boudoir che lei chiamava il suo "ufficio". Era l'unica stanza del grande appartamento affacciato su Central Park dove nessuno era autorizzato a entrare – una necessità, se si teneva conto della presenza dei cinque figli e del marito, David, che quel giorno era a Boston per un'importante assemblea delle banche d'investimento. Jessica fissò l'amica con gli occhi miopi. Le ultime parole di Billy la allarmavano più delle cattiverie di Vito.

«Ricordi» disse «quando venni a trovarti l'estate scorsa e mi dicesti che detestavi essere la moglie perfetta, invisibile e inutile del produttore, mentre Vito stava realizzando gli esterni di *Specchi*?»

«E come potrei averlo dimenticato?»

«Allora ti chiesi perché non divorziavi e tu rispondesti che eri assolutamente pazza di lui. Anzi, le tue parole esatte furono: "Non posso vivere senza quel mascalzone".»

«Sì, e tu mi dicesti che era la tipica depressione post-luna di miele, e che entro pochi mesi non me ne sarei neppure ricordata» disse Billy. «Forse non sei la persona cui chiedere consiglio.»

«Può darsi. Ma chi altro c'è?»

Billy sorrise alla sua minuscola amica. Si faceva dare consigli da Jessica fin dal 1962. Jessica Thorpe, che apparteneva a una delle famiglie più antiche del Rhode Island, aveva una capigliatura preraffaellita, gli occhi color lavanda, la laurea con lode conseguita a Vassar e l'irresistibile espressione pigra dei lineamenti delicati; Jessica Thorpe, che era diventata la sua migliore amica dopo cinque minuti dal primo incontro, l'aveva indottrinata saggiamente sugli uomini e sul sesso e l'aveva guidata nelle relazioni sentimentali prima che lei incontrasse Ellis Ikehorn.

«Nessuno. Quindi devi accontentarti di me» riprese in tono vivace. «Dimmi una cosa: se non eri fuori di te per la rabbia, come mai sei saltata sul tuo aereo per correre subito qui? Avremmo potuto discuterne per telefono.»

«No, dovevo vederti. Avevo bisogno di una specie di verifica della realtà. Sono davvero come ha detto lui? Sei l'unica persona adulta che ritengo capace di assoluta sincerità con me, a parte... ecco, a parte forse Spider Elliott, e certo non potevo rivolgermi a lui. Lo so, la mia ricchezza mi evita di dovermi occupare dei problemi che affliggono tutte le persone normali, quindi è possibile che lui abbia ragione. Sono davvero così egocentrica e così convinta di avere sempre ragione?»

«La ricchezza non ti impedisce di essere umana, Billy. Non è in questi termini che devi ragionare. La ricchezza può solo risparmiarti le preoccupazioni materiali che assillano gli altri, e ti lascia più tempo per pensare alle cose essenziali.»

«Ah, Jessie...»

«No, non lo dico solo per tranquillizzarti. Ti conoscevo quando non avevi un soldo, e i tratti fondamentali del tuo carattere non sono cambiati. Sei diventata più adulta, ecco tutto. Sicuro, hai un jet personale e centoventicinque giardinieri, il guardaroba più grande e il negozio di lusso più elegante del mondo. Sei una perfezionista esigente e ossessiva, ma eri così anche quando ti ho conosciuta, solo che allora non potevi permetterti di comportarti di conseguenza. Sei sempre Billy Winthrop, sei generosa e leale e hai istinti fondamentalmente onesti, e non ti sei mai eretta a giudice in fatto di questioni morali. Sei stata una moglie meravigliosa per Ellis e hai fatto l'impossibile per esserlo anche per Vito. Naturalmente sei un po' presa da te stessa, di tanto in tanto, ma dimmi: chi non è al centro del proprio universo? Io lo sono, e ci tengo. Con cinque figli, il mio sano interesse per me stessa è l'unica cosa che mi salva dalla pazzia. Credi che ognuno di loro non sia forse al centro del proprio mondo?» Jessica si scostò dagli occhi la frangetta troppo lunga con uno sbuffo molto eloquente.

«Quando una donna resta incinta per la prima volta a trentacinque anni» continuò, «è del tutto normale che pensi ai propri sentimenti. Non è normale, invece, la rabbia di Vito. È questo che mi dà fastidio. Tutto ciò che ha detto era ispirato dalla rabbia, e non vedo che diritto abbia di prendersela con te. Mi domando... è possibile che abbia paura di qualcosa e che cerchi di mascherarla in questo modo?»

«L'unica cosa che conta nella sua vita in questo momento è *WASP*. Perché dovrebbe avere paura?»

«Ha realizzato soltanto film a basso costo per diciotto anni, giusto? Quando l'hai conosciuto aveva alle spalle qualche successo e qualche insuccesso, ma in sostanza era appeso a un filo. Ricordi? Mi hai detto che appena lo conoscesti ammise allegramente che i suoi ultimi tre film erano andati male dal punto di vista finanziario. *Specchi* era un filmetto delizioso, ma nessuno pensava potesse vincere l'Oscar. Poi, da un giorno all'altro, è arrivato il grande trionfo. Può darsi che sia questo? Il cambiamento, la sfida?»

«E perciò sarebbe passato dalla paura alla rabbia e poi alla cattiveria proprio nei miei confronti? Il successo può dare un simile risultato? C'è una progressione logica?»

«Non lo so. Non conosco Vito. Certo, per il mio David non sarebbe così. Ti sto solo facendo qualche domanda, per cercare di capire.»

«No.» Billy scosse la testa con fermezza. «Vito non ha mai avuto paura, Jessie. È stata la prima qualità che ho riconosciuto in lui. È un uomo che non si è mai preoccupato dei "se", ha sempre tirato avanti, si è sempre dato da fare. È così che sta lavorando a *WASP*: avanti tutta e niente domande. La sensazione è che finalmente sia arrivato il suo momento. No, non è paura: vorrei che fosse così semplice. Allora potrei capirlo.»

«Forse non sapremo mai cos'ha, dato che l'uomo non è un animale che ama comunicare con la sua compagna» disse Jessica, evitando di approfondire il problema. Era troppo indignata con Vito, e temeva che, se avesse esposto altre ipotesi su di lui, avrebbe potuto dire qualcosa che forse Billy non le avrebbe mai perdonato. «Ma parlami ancora di Gigi.»

«Capisco che soffre per la morte della madre, anche se si dà talmente da fare per nasconderlo, che molti non lo noterebbero» disse Billy. «Passerà molto tempo prima che superi il trauma. O forse non è nemmeno possibile, chissà. Non ho mai conosciuto mia madre, ma ho molto rispetto per il tipo di donna che doveva essere la mamma di Gigi. L'ha allevata in modo che diventasse così franca, così capace di contare su se stessa, interessata al mondo intero, a proprio agio con tutti. Si è inserita subito nella nuova scuola. È già molto benvoluta e grazie a Dio per il momento non pensa ai ragazzi. Allora sì, dovrò cominciare a preoccuparmi.»

«Non venire da me a chiedere consigli sugli adolescenti» esclamò Jessica. «I miei mi stanno dando parecchi problemi, e mi sembrano situazioni così diverse da quelle degli altri! Farebbe bene anche a loro conoscere Gigi: forse si rimetterebbero in riga.»

«Un momento, Jessie! David junior dovrebbe avere l'età giusta. Non adesso, voglio dire, ma quando lei si interesserà ai ragazzi! Potrebbero sposarsi e avere tanti figli, e noi saremmo le nonne!»

«Se Gigi riuscirà a togliermi di torno David junior, consideralo già fatto» rispose Jessica ridendo, lieta di avere distratto Billy dal pensiero di Vito. Decise di andare a prendere un altro po' di tè. Ricordava quanto si era preoccupata il giorno in cui la sua amica aveva deciso di sposare un uomo che conosceva da una settimana appena. Se questo non voleva dire andare in cerca di guai...

L'estate precedente, all'epoca in cui Billy si era sentita infelice ed estranea mentre giravano gli esterni di *Specchi,* Jessica le aveva saggiamente parlato della necessità di scendere a compromessi, nella vita coniugale, citandole spesso Edmund Burke. Ma adesso, pensò, non poteva consigliare a Billy di arrivare a compromessi con un uomo che, come aveva raccontato Gigi, non era quasi mai stato accanto alla propria figlia durante gli importanti anni dell'infanzia. Se non gli era importato nulla della primogenita, perché avrebbe dovuto trasformarsi in un buon padre per il figlio di Billy? Era stato un mascalzone a inveire contro di lei in un momento tanto delicato. Com'era possibile che Billy non fosse altrettanto furiosa con lui? O forse evitava inconsciamente di arrabbiarsi quanto avrebbe dovuto perché era incinta e non osava ammettere di fronte a se stessa di avere davanti pessime prospettive?

Se avesse veramente espresso ciò che pensava, si ripeté Jessica mentre spegneva il bollitore elettrico, avrebbe dovuto dire a Billy che Vito era diventato uno stronzo perché aveva avuto successo, non perché ne aveva paura. Avrebbe dovuto dire che si era comportato in modo decente finché era in ribasso, ma adesso che era arrivato al vertice poteva esprimere tutto il rancore verso la ricchezza della moglie. Pochissimi uomini, forse nessuno, reggevano bene un matrimonio con una donna molto più ricca, e soprattutto ricca come Billy. Ma non avrebbe detto ciò che pensava perché forse si sbagliava, e tutto si sarebbe risolto nel modo migliore. Forse l'Oscar non era stato una maledizione.

«Menta o camomilla, Billy?»

«Ho deciso di vivere pericolosamente. Questa volta preparami un caffè istantaneo, cara. Decaffeinato.»

I rapporti fra Josie Speilberg e la segretaria di Vito, Sandy Stringfellow, erano piuttosto tiepidi. Sandy lavorava per Vito da sette anni, all'incirca da quando Josie aveva cominciato a lavorare per Billy, e si comportavano l'una con l'altra adottando il puntiglioso protocollo degli ambasciatori di due Paesi vicini che vivono in pace ma stanno in guardia contro ogni gioco di potere e ogni minimo sconfinamento. Erano troppo leali verso i rispettivi datori di lavoro per scambiarsi i pettegolezzi che rendevano tanto forte la corporazione delle segretarie di Hollywood; tuttavia si tenevano reciprocamente informate su dove si trovassero Billy e Vito pur senza avere ricevuto l'ordine specifico di farlo. Le segretarie di Hollywood hanno bisogno di sapere giorno per giorno dove contattare le persone; e dopo che Billy le aveva telefonato, la mattina successiva all'arrivo, Josie chiamò Sandy per comunicarle che sarebbe rimasta a New York ancora qualche giorno.

«Per comprare abiti pré-maman?» chiese Sandy.
«Immagino che la signora Orsini se li farà confezionare da Scruples» rispose Josie.
«E perché?» chiese Sandy in tono acido.
«Io lo farei, se non fossi troppo vecchia per avere dei figli.»
«Non vedo l'ora di arrivare alla menopausa come te, Josie. È una tale seccatura temere di restare incinta, anche con la pillola.»
«Coraggio, non ti manca ancora molto. Un anno o due, forse tre al massimo.»
«Un giorno o l'altro te la farò pagare. Ciao, Josie. Ci sentiamo.»

Tre giorni dopo, Josie ritelefonò a Sandy per dirle che Billy sarebbe tornata a casa quella sera.
«La signora Orsini conta di partire da New York dopo cena, quindi anche con la differenza di tre ore arriverà tardi. Mi ha detto di andare a casa dopo aver cenato con Gigi. Immagino non vorrà che il signor Orsini rimanga alzato ad aspettarla. Comunque non ha detto niente in proposito.»
«Tanto stasera il signor Orsini sarà fuori a cena con Maggie MacGregor.»
«Bene. Ciao, Sandy» disse Josie, e pensò che sarebbe stato interessante sapere in che ristorante sarebbero andati. Dalla partenza della signora era uscito tutte le sere, anche se Jean-Luc, che non era stato informato, aveva continuato a preparare come se dovesse cenare a casa. Ogni mattina, durante l'assenza di Billy, quando Josie Speilberg era scesa a far colazione Vito era già andato in ufficio. Nonostante una volta avesse chiamato per salutare sua figlia, non l'aveva mai visto rientrare mentre Gigi stava ancora finendo di studiare nella sua camera. La cameriera del piano di sopra le aveva riferito che il signor Orsini si era trasferito dalla stanza padronale in una di quelle riservate agli ospiti, sebbene in casa ce ne fossero talmente tante che Josie non aveva mai avuto occasione di accorgersene.
La signora Orsini doveva soffrire d'insonnia anche se non ne aveva mai parlato, pensava Josie. I suoi genitori non avevano mai dormito nella stessa stanza, se non durante la breve luna di miele, perché il padre russava troppo forte. Sapeva che la camera della regina d'Inghilterra e quella del principe Filippo non erano neppure sullo stesso piano di Buckingham Palace. Anche per due personaggi reali questo era abbastanza strano: ma le camere separate erano un lusso che comprendeva e approvava, anche per coloro che avevano il sonno pesante. Servivano a conservare il clima romantico di un matrimonio più di qualunque altra cosa, a parte i bagni separati, pensava

Josie. Se mai si fosse sposata, avrebbe insistito per avere bagni separati, a costo di rinunciare a una stanza.

Quando Vito aveva scoperto che Billy era partita per New York, aveva invitato Maggie a cena. Non aveva intenzione di mangiare in compagnia di Gigi e Josie e di recitare la parte del padre affettuoso, non aveva voglia di andare al ristorante da solo, non aveva in programma cene d'affari per quella sera e poteva stare certo che Maggie avrebbe intuito il suo stato d'animo e non gli avrebbe fatto domande alle quali non si sentiva di rispondere.

Erano andati da Dominick's, la griglieria buia, fumosa e scomoda, senza insegne sulla porta, che costituiva uno dei segreti meglio custoditi di Hollywood. C'era un menù molto limitato a base di bistecche e costolette, anche se qualche volta i clienti abituali riuscivano a ottenere un pollo alla griglia. Le tovaglie erano le classiche a quadretti bianchi e rossi, bisognava pagare in contanti oppure avere un conto aperto, e non accettavano prenotazioni se non da clienti di vecchia data. Inoltre, si usciva con i capelli impregnati dell'odore della cucina e chiedendosi perché mai si era andati proprio lì, ma ogni sera un buon numero di potenti di Hollywood affollavano il locale, e non si vedevano mai estranei. Come la Polo Lounge, era un posto dove si veniva inevitabilmente notati; e quando Maggie e Vito vi andarono a cena per tre sere consecutive nessuno, neppure il proprietario, attribuì importanza alla cosa. In quel locale non era possibile concedersi scappatelle, poiché era parte integrante dell'industria del cinema, e per la stessa ragione non era possibile concedersi una scappatella con Maggie MacGregor.

Almeno così ragionava la gente, pensava Vito. La prima sera era finito a casa di lei per bere qualcosa e avevano riallacciato la relazione che aveva trattenuto Maggie a Roma per due settimane nell'autunno del 1974, con il pretesto ufficiale d'intervistarlo per "Cosmo". Durante la cena tutti e due avevano previsto quanto stava per accadere, e l'atmosfera di Dom's, dove sembrava che non ci fosse nulla da nascondere, aveva soltanto reso più intensa un'anticipazione che non aveva bisogno di domande né di risposte.

Vito non aveva mai dimenticato la profonda carica erotica di Maggie quando si spogliava. Nei quattro anni trascorsi dall'ultima volta che l'aveva vista nuda, Maggie aveva imparato a vestirsi meglio, ma senza perdere nulla della sua voluttuosità. Il seno prosperoso non era diminuito di un centimetro, e il sedere invitante era tondo e vellutato come prima. Arrivava all'orgasmo con estrema rapidità, veniva appena lui cominciava a toccarle la clitoride, prima ancora che la penetrasse, e poi insisteva perché la prendesse subito e in modo sbrigativo come piaceva a lui; lo incitava senza parole, con movimenti inequivocabili e il corpo umido e disponibile. Fare l'amore con Maggie era come scopare con una vera professionista, pensava Vito; con lei riusciva a venire più spesso che con Billy perché poteva soddisfarla in fretta e ripetutamente senza bisogno di tanti preliminari. Nei momenti di pausa chiacchieravano e ridevano disinvolti, in uno spirito di cameratismo che lui apprezzava molto, senza i discorsi banali degli innamorati. E Vito aveva sempre l'assoluta certezza che se e quando voleva sentire le labbra morbide di Maggie chiudersi intorno alla punta del suo pene, non doveva fare altro che appoggiarle la mano sulla nuca e spingerla fra le gambe. A lei piaceva così; in realtà le piaceva in tutti i modi e non mancava di dimostrarglielo. Il pensiero della sua disponibilità lo eccitava nei momenti più strani della giornata, in un modo ossessivo e scomodo come non gli era più capitato da quando era studente alle medie superiori. Scopare Maggie MacGregor non era molto impegnativo, pensava Vito, ed era appunto questo che per lui rendeva l'esperienza così intensamente necessaria.

Quando Sandy gli comunicò che Billy sarebbe rientrata in California la sera stessa, Vito comprese che quella notte sarebbe andato a casa di Maggie. Stanchi della cucina limitata di Dominick's, avevano deciso di mangiare una pizza da lei. Stava seduto alla scrivania e si chiedeva se era meglio lasciare Maggie addormentata, come aveva fatto in quel periodo, per poi tornare tardissimo nella camera degli ospiti della casa di Charing Cross Road, dove rientrava per dormire, vestirsi e fare colazione, o se invece preferiva essere a casa a un'ora ragionevole. Un'ora "ragionevole" per rincasare, per qualcuno che usciva a cena a Hollywood, significava le undici, le undici e mezzo al più tardi. Lì la gente non si tratteneva nei ristoranti come faceva in tutte le città civili del mondo. Si mangiava non più tardi delle sette e mezzo, e le feste finivano poco dopo le undici; perfino i party meglio riusciti dei fine settimana si concludevano a mezzanotte.

Vito si rese conto che non sapeva decidere. Se fosse rientrato alle undici e mezzo avrebbe probabilmente visto Billy, e se l'avesse vista avrebbero dovuto parlare; se avessero parlato non sapeva cosa avrebbero finito per dirsi. Se fosse tornato alle tre del mattino non ci sarebbero state spiegazioni, a parte quella più ovvia. Forse durante il giorno sarebbe accaduto qualcosa che lo avrebbe spinto a decidere in un modo o nell'altro, ma in quel momento la questione era nelle mani degli dèi, ammesso che esistessero ancora. Prese il telefono su cui Sandy lo stava chiamando con paziente insistenza.

Erano le nove quando Billy entrò in camera. Vito non c'era, e non aveva intenzione di cercarlo. Il volo era stato tranquillo, e lei non aveva fatto altro che leggere, ma si sentiva straordinariamente stanca, troppo esausta per arrivare fino alla stanza di Gigi, dove la luce era già spenta, per darle l'occhiata che si era ripromessa durante il viaggio. Era troppo sfinita per fare qualcosa di più che spogliarsi, infilarsi una camicia da notte e mettersi a letto. A New York era mezzanotte, pensò: ma per il suo corpo era un'altra ora, un'ora di stanchezza assoluta. Possibile che una semplice differenza di tre ore producesse il jet-lag, si chiese un attimo prima di assopirsi.

Qualche ora dopo si svegliò nell'oscurità. Fu un risveglio brusco, come da un brutto sogno, con il cuore che le martellava e la convinzione assoluta che stesse succedendo qualcosa di spiacevole. Rimase in ascolto, chiedendosi se la casa stava bruciando, fino a che un dolore terribile e lancinante cominciò a salirle nel ventre. Incrociò le braccia sull'addome e premette: il dolore, molto simile a un fortissimo crampo mestruale, si attenuò a poco a poco. Ora Billy sapeva cosa l'aveva svegliata, e un'ondata di paura la fece alzare dal letto e accendere la luce. Sul lenzuolo si allargava una macchia di sangue, e adesso stava partendo un altro crampo. Chiuse gli occhi, chinò la testa e attese gemendo fino a quando passò e poté tornare a muoversi. Doveva andare in ospedale, subito, pensò. Vito! No, non sapeva dov'era. Chiamò Gigi con il telefono interno.

«Pronto... pronto, chi è?» La voce di Gigi era confusa.

«Sono Billy. Sono tornata, ma non sto bene. Sveglia chi ti accompagna a scuola e digli di aspettarmi subito alla porta con una macchina. Devo andare all'ospedale dell'Ucla. Capisci? Digli che devo andare all'Ucla. È il più vicino.»

«D'accordo, aspetta. Vengo subito da te.»

«No. Non voglio che tu veda.»

«Billy, mettiti le pantofole e una vestaglia pesante» disse Gigi e riattaccò.

Un minuto dopo, mentre Billy era in bagno e riempiva di Kleenex un paio di mutandine che aveva indossato sotto la camicia da notte, sentì aprirsi la porta della camera da letto.

«Hai bisogno di me?» chiamò Gigi.

«No, eccomi.» Billy uscì, pronta per andare, e vide Gigi accanto alla porta del bagno. Aveva infilato i jeans e un maglione sopra il pigiama, e portava ancora le pantofole.

«Appoggiati a me» le disse. «Burgo è giù che aspetta. Non credo vorrai farlo salire.»

«Oh, Gigi, Gigi, sto perdendo il bambino.»

«Non è detto. Su, passami un braccio intorno alle spalle. Dobbiamo scendere e andare da un dottore.»

«Oh, Dio, perché è successo?»

«Su, Billy, metti un piede davanti all'altro. Puoi appoggiarti a me. Sono forte.»

«Aspetta... aspetta, non posso muovermi... Ecco, adesso va meglio. Presto, prima che cominci un altro crampo.»

Scesero in fretta la scala e attraversarono la casa. Si fermarono una volta sola, quando un altro crampo assalì Billy. Appena uscirono, Burgo la aiutò a salire in macchina e Gigi le sedette accanto, circondandola con un braccio come per proteggerla. Una breve corsa li portò al pronto soccorso dell'ospedale. Ma anche se vi arrivarono in pochi minuti, anche se venne fatto tutto il possibile per scongiurare l'aborto, la cosa era già finita in meno di un'ora. Il dottor Wood, ginecologo di Billy, arrivò troppo tardi e poté solo limitarsi a dare una conferma.

«Ma perché, perché?» continuava a ripetere Billy.

«Non è una cosa insolita, signora Orsini. Era solo al terzo mese, al massimo una settimana in più. Quando avviene un aborto spontaneo, è più probabile che si verifichi appunto nei primi tre mesi. Questo non compromette la sua capacità di avere altri figli. Evidentemente c'era una ragione valida perché la gravidanza non continuasse. Noi medici lo consideriamo il modo con cui la natura corregge un errore.»

«Oh, Dio» mormorò Billy. Non avrebbe fatto altre domande.

«Se si sente abbastanza forte, le consiglio di tornare a casa in ambulanza. L'atmosfera dell'ospedale non farebbe altro che deprimerla. Le manderò un'infermiera privata ad assisterla. Pochi giorni a letto e si rimetterà completamente.»

«Posso fare a meno dell'ambulanza. Ho qui Gigi, e Burgo è fuori che aspetta. Mi hanno fatta arrivare fino a qui, possono riportarmi indietro.»

Il dottore lanciò un'occhiata a Gigi, che stringeva ancora la mano di Billy come aveva continuato a fare in quell'ultima ora. Nessuno era riuscito ad allontanarla. «Sta bene, signora Orsini, ma rimanga ancora per un'ora. Io attenderò e la accompagnerò a casa. Posso chiedere chi è la signorina?»

«Mia figlia» rispose Billy.

«Almeno ha già una figlia e potrà averne sicuramente ancora. Dopotutto, ha appena trentacinque anni.»

«Sì» disse Billy. «Almeno ho lei.»

4

Dopo il ritorno dall'ospedale, Billy rimase a letto. Dormì profondamente, si svegliò intontita e si riaddormentò. Suonò diverse volte per farsi portare una spremuta d'arancia e una fetta di pane tostato con la marmellata, lesse un po' e per due giorni e una notte riuscì a imporsi di non pensare, si chiuse in una calma voluta, un rifugio dove nulla poteva penetrare la sua coscienza se non la morbidezza delle lenzuola, qualche pagina di un libro tutt'altro che memorabile, e la rapida ripresa del suo organismo.

Era passata la mezzanotte del secondo giorno, quando aprì gli occhi. Si sentiva forte, e così sveglia che le sembrava impossibile restare a letto ancora per un minuto. Guardò dalle finestre e vide la luna piena alta nel cielo, la notte serena, i sentieri dei giardini illuminati soffusamente dai riflettori nascosti che si accendevano automaticamente ogni sera. Billy indossò un maglione pesante, un paio di pantaloni, un impermeabile e un paio di stivali, prese una chiave e uscì a passeggiare un po' nella speranza che le venisse sonno e le fosse possibile riprendere a dormire fino al mattino.

Si avviò con andatura lenta ma decisa sulla terrazza, accorgendosi che il moto le era gradito e necessario. Cominciò a camminare più energicamente, ascoltando il suono deciso dei passi sui sentieri irrorati dalla rugiadosa umidità che ogni notte saliva dall'oceano. Imboccò il lungo viale dei giardinieri che girava intorno al confine della tenuta, passò fra le aiuole di fiori da taglio, l'orto, le serre, i campi da tennis e la piscina, scambiando ogni tanto un silenzioso cenno di saluto con qualcuna delle guardie, e si diresse verso il giardino nascosto del quale avevano le chiavi soltanto lei e Gavin, il capogiardiniere.

Dieci minuti dopo aprì la porticina di legno di quell'area cintata e protetta da uno schermo di cipressi scuri. Era un giardino tutto bianco in ogni stagione dell'anno. Quella sera erano in fiore le prime rose di primavera, che tendevano i nuovi rami al di sopra dei muri di pietra alti tre metri e mezzo. I rami si intrecciavano a quelli dei gelsomini americani e dei gelsomini rampicanti in piena fioritura. Billy aveva insistito perché Russell Page realizzasse quel giardino quadrato. Aveva visto per la prima volta un giardino tutto bianco a Sissinghurst Castle, nel Kent, durante una visita con Ellis all'inizio di primavera. In quella stagione gli unici fiori sbocciati erano le enormi viole del pensiero bianche con i cuori violetti, disposte in un'aiuola molto ampia. Quella bellezza le aveva causato una specie di shock, un'impressione più forte che se l'intero giardino le fosse apparso nel pieno del suo splendore estivo.

Chiuse la porticina e proseguì fra le aiuole di alyssum e primule, narcisi, iris, tulipani, lotus, ciclamini e ranuncoli, tutti bianchi, tutti fiori primaverili inondati dal chiaro di luna che penetrava dolcemente fino ai loro cuori. Sentendosi un po' stanca, sedette con un senso di sollievo sulla vecchia panchina di legno riparata da una pergola di glicine. Era il suo posto preferito, ci andava quando voleva restare sola, lontana dalla casa, dai telefoni, dal chiasso e da ogni assillo.

Non ci veniva più da molte settimane, pensò adesso. Così tante che non riusciva nemmeno a contarle. L'ultima volta che ricordava di esserci stata, le rose non avevano ancora subito l'annuale potatura post-natalizia; adesso stavano raggiungendo l'apice della fioritura di fine aprile, periodo del loro massimo fulgore dopo i tre mesi di riposo del breve inverno californiano.

Le rose le dicevano ciò che già sapeva. Era tempo di fermarsi a riflettere, una delle occupazioni meno naturali per lei. Era tempo di fare il bilancio della sua vita, anziché continuare ad attraversarla precipitosamente. Era tempo di abbandonare il rifugio del sonno ristoratore.

Comincia dal principio, si disse. Da quella cena all'Hôtel du Cap, offerto da Susan Arvey proprio un anno fa; comincia da quella sera, quando conoscesti Vito Orsini e ti innamorasti di lui; comincia da quelle brevi ore travolgenti del corteggiamento, quando gli annunciasti l'intenzione di sposarlo; comincia dal pranzo durante il quale la tua decisione ebbe la meglio e lui accettò; comincia dal volo di ritorno, undici ore ininterrotte, il periodo più lungo che avete trascorso insieme fino a... no, il periodo più lungo che avete trascorso insieme e basta.

Vito aveva iniziato a scegliere il cast di *Specchi* il giorno stesso in cui erano tornati da Cannes. Dopo sei settimane di lavoro intensissimo, con la sceneggiatura quasi ultimata e il cast completato, Vito l'aveva lasciata sola per andare in cerca dei luoghi in cui girare gli esterni; e quando aveva trovato il posto giusto, nella California settentrionale, lei l'aveva raggiunto per assistere alla frenetica realizzazione del film, affannosa e noiosissima, e si era sentita così trascurata dal marito, così negletta, così tollerata a patto che non desse fastidio, che era fuggita a casa di Jessica in preda a una crisi di autocommiserazione e di rabbia, esattamente come aveva fatto appena pochi giorni prima.

E fra i due viaggi compiuti per andare a lamentarsi e a confidarsi con la povera Jessica, si chiese rabbiosa Billy, cosa aveva concluso? Aveva stretto amicizia con Dolly Moon, era rimasta a spiare da dietro le quinte mentre Spider e Valentine dirigevano con efficienza Scruples e si era prestata a fare la segretaria di edizione mentre *Specchi* veniva montato in casa sua. Quell'ultima attività era stata l'unica cosa utile che avesse fatto in tutto l'anno, oltre a chiedere a Vito che trovasse un press-agent per Dolly e introducesse involontariamente Lester Weinstock nella vita della sua amica. A parte quelle due buone azioni, non aveva nulla di cui andare orgogliosa, a meno di non contare il salvataggio di Gigi – quando in realtà era stata Gigi a salvare lei.

Per mesi e mesi aveva atteso all'infinito, con pazienza o con impazienza, ma comunque aveva atteso che Vito atterrasse per qualche minuto in qualche posto raggiungibile dove poterlo salutare; lo aveva incoraggiato e appoggiato, si era comportata da moglie devota e affettuosa, completamente dedita al successo del marito. In poche parole, si era comportata da idiota. Non era necessaria per Vito più di una terza gamba, un terzo braccio o una terza palla. Due andavano bene, tre erano impossibili.

Vito non era suo marito ma un suo inquilino, pensò Billy, qualcuno che aveva preso in affitto una camera in una pensione di gran lusso e ogni tanto concedeva alla padrona di casa un'esperta scopata. Doveva riconoscerlo: quando trovava il tempo, Vito faceva l'amore magnificamente... l'importante era che il telefono fosse staccato. Perché non aveva mai protestato quando lui lo riattaccava subito dopo avere finito di far l'amore? L'aveva pregato spesso di visitare quel giardino insieme a lei almeno una volta, ma Vito non era mai riuscito a trovare una mezz'ora libera. Perché non aveva insistito?

Perché... perché stare a chiedersi il perché, perché analizzare ciò che aveva sbagliato lei e ciò che aveva sbagliato lui? Perché non riconoscere che aveva provato per Vito una semplice infatuazione, e non vero amore? Se l'avesse amato, adesso non sarebbe potuta stare lì a pensare al passato con il cuore che le batteva regolarmente, senza provare un po' di collera. Non avrebbe potuto pensare a lui con quella fredda indifferenza e quell'immenso disprezzo, se l'avesse amato ancora. Il tramonto dell'infatuazione le aveva lasciato il vuoto nel cuore e una sofferenza nell'anima. Era stata "una passione spaventosamente sciocca e irrazionale" come l'aveva definita una volta Jessica, attenta studiosa del dizionario. Sì, più o meno era proprio così, pensò Billy senza il minimo brivido. Ciascuno doveva assaggiare un pizzico di amaro, nella vita, o almeno così aveva sentito dire; e immaginava che ciascuno dovesse anche passare attraverso un'infatuazione per poi uscirne. Si rammaricava soltanto di non avere superato prima quella fase, a quattordici anni anziché a trentacinque.

Ma c'era Gigi. Billy sentì un'improvvisa ondata di collera assalirla con tanta violenza da impedirle di restare seduta oltre. Prese a camminare a passo svelto intorno alle aiuole. Strappò una rosa con le dita che tremavano e gettò i petali nel piccolo laghetto centrale. Gigi. Il modo in cui Vito si era comportato con sua figlia era imperdonabile, su quello non c'era ombra di dubbio, eternamente imperdonabile. Ancora adesso la ignorava, a parte un paio di telefonate d'obbligo. Non esistevano possibili giustificazioni, non una circostanza attenuante, non una difesa. Se Gigi non avesse avuto una madre straordinaria, solo Dio sapeva cosa ne sarebbe stato di lei. Sì, Vito aveva molto da fare ed era preso dalla sua carriera, ma questo non spiegava perché avesse sempre trascurato Gigi. L'unica spiegazione (non una scusa, ma una spiegazione) era che, fondamentalmente, era un uomo cattivo. Un uomo cattivo, quindi un cattivo padre. Un brav'uomo, un uomo per bene, poteva anche non avere le qualità necessarie per essere un buon padre, ma non sarebbe mai arrivato a essere un padre pessimo.

Billy richiuse in fretta la porticina del giardino cintato e girò la chiave. Tornò verso casa lungo il percorso più diretto, senza badare al chiaro di luna che filtrava fra i vecchi alberi, alle arcate, alle radure, ai laghetti e ai prati, alle siepi e alle prospettive che si schiudevano da ogni parte mentre procedeva quasi correndo, animata dallo slancio della decisione. A che ora, si chiese, avrebbe potuto telefonare a Josh Hillman? Erano quasi le quattro del mattino e il suo avvocato si svegliava molto presto. Ma doveva attendere almeno fino alle sei prima di chiamarlo e dirgli di avviare la procedura per ottenere il divorzio e l'affidamento legale di Gigi. Secondo la legge della California, il divorzio avrebbe richiesto sei mesi: entro il prossimo ottobre sarebbe ridiventata Billy Ikehorn, grazie a Dio. Sarebbe stata una dura prova per la sua pazienza attendere ancora due ore, ma almeno era certa della propria decisione. Vito non avrebbe opposto la minima resistenza. Non avrebbe osato.

Nell'anno che seguì, Billy fu molto presa dalla costruzione dei nuovi Scruples di New York e Chicago. Fedele alla promessa, aveva nominato Spider e Valentine soci dei nuovi negozi senza altro contributo che il loro talento. Era un modo per dimostrare loro quanto li apprezzava e ringraziarli finalmente per il ruolo indispensabile che avevano avuto nel successo di Scruples a Beverly Hills. E c'era anche uno scopo pratico: assicurarsi di non perderli per colpa della spietata concorrenza. Josh Hillman sosteneva che da un punto di vista legale non era necessario mostrarsi tanto generosi; ma Billy aveva insistito, e lui sapeva bene che in certi casi era inutile tentare di discutere con lei.

Spider, adesso, lavorava notte e giorno e trattava con gli architetti e gli arredatori ai quali Billy si era rivolta perché allestissero i nuovi negozi nel minor tempo possibile. Spider si serviva del suo jet per fare la spola fra New York e Chicago e assicurarsi che venisse rispettato in ogni dettaglio il concetto fondamentale di Scruples: offrire un terreno di gioco ideale per la clientela, un enorme ventaglio di scelte, una fonte infinita di gratificazioni reali e fantastiche. Valentine aveva assunto una schiera di buyers che la aiutavano a visionare le collezioni europee, anche se toccava comunque a lei prendere le decisioni definitive a Parigi, Milano e Londra, in un rigoroso collaudo di giudizio che non poteva affidare ad altri poiché le clienti di Scruples compravano innanzitutto il prêt-à-porter degli stilisti stranieri. Spesso c'era bisogno di Valentine e Spider anche nella boutique di Beverly Hills: lei doveva creare modelli su richiesta, lui approvare gli acquisti più importanti delle clienti per le quali il suo consiglio inflessibile era diventato ormai indispensabile.

Billy viaggiava in Europa, alle Hawaii e a Hong Kong, dove spendeva somme esorbitanti acquistando immobili nelle posizioni migliori e dando immediatamente il via alla progettazione dei futuri negozi. Era così indaffarata che quando tornava in California era impaziente di passare quasi tutte le sue serate in compagnia di Gigi, anche se a volte si lasciava convincere ad accettare l'invito a una festa. Non le interessava la prospettiva di conoscere uomini attraenti, ammesso che a Los Angeles ne esistesse uno ancora libero. Da un punto di vista emotivo, aveva la sensazione di essersi trovata un rifugio piacevolmente fresco e aerato e di essersi chiusa con sollievo la porta alle spalle. Se era in corso un processo di guarigione, non se ne rendeva conto; le sembrava che il matrimonio con Vito si fosse rivelato un'unione troppo superficiale per richiedere importanti lavori di restauro, e la fine l'aveva lasciata più svuotata che non amareggiata. La relazione tra Vito e Maggie MacGregor non la interessava, e sicuramente questo dimostrava che era guarita. Le fibre del suo cuore si erano inaridite, sapeva di essere diventata più cinica nei confronti della felicità, ma il buonsenso le diceva che non sbagliava. Si scrollava le spalle e tornava a tuffarsi nell'espansione del suo impero commerciale.

Spider e Valentine non avevano il tempo necessario per cercarsi una casa, quindi lui aveva venduto il suo appartamentino da scapolo e si era trasferito nell'attico di Valentine, a West Hollywood. Una volta ogni due mesi circa Valentine trovava un minuto per rammaricarsi del fatto che non riuscivano a vivere una vita normale, da coniugi borghesi, o che le spezie perdevano il loro sapore e non aveva più preparato un *pot au feu* decente da quando aveva lasciato New York; ma Spider era affascinato dall'attico in cui lei aveva saputo riprodurre come per magia l'atmosfera dell'appartamento di Manhattan, dove abitava quando si erano conosciuti. Là, negli anni in cui erano stati solo grandi amici, si erano scambiati confidenze sulle reciproche delusioni e i problemi di cuore.

Quel primo, minuscolo appartamento con le poltrone e i divani rivestiti di tessuto bianco e rosa, illuminato da lampade con i paralumi rossi, dove in sottofondo echeggiava spesso la struggente nostalgia del canto della Piaf, gli aveva sempre ricordato Parigi. Adesso aveva un frammento di Parigi anche a Los Angeles, una finta Parigi in cui l'elemento più autentico e inequivocabilmente francese era proprio Valentine, l'incantatrice dagli occhi verdi pieni di brio e di vitalità dalle mille espressioni mutevoli sul volto bianchissimo, sotto la chioma ricciuta e ribelle simile a un pizzo immerso nella paprica. Spider assicurava alla moglie che poteva vivere in eterno di piatti pronti o mangiando al ristorante, che non l'aveva sposata per la sua abilità di cuoca (o non solo per quello) e tantomeno per condurre una vita da borghese. E poi, perché prendersela, le chiedeva, dato che nessuno di loro aveva una mentalità di quel tipo? Ma c'erano anche le comodità, rispondeva lei, le abitudini regolari, la sensazione di essere tranquillamente sistemati... non quell'esistenza quasi da zingari, non tutti quei viaggi, e soprattutto, non tutti quei cibi pronti.

La prima visione al pubblico di *WASP* ebbe luogo una sera di fine aprile del 1979. Susan Arvey aveva messo a disposizione una copia del film per l'anteprima del galà organizzato, a cinquecento dollari al biglietto, per la Women's Guild del St. John's Hospital. Era un avvenimento che si ripeteva ogni anno per raccogliere fondi, e secondo la tradizione consisteva in una cena in abito da sera seguita dall'anteprima di un film non ancora distribuito o recensito ma molto importante. I biglietti erano andati esauriti molto in fretta, perché quanti avevano letto il libro – cioè chiunque leggesse ancora la narrativa attuale – erano molto interessati a vedere quel film realizzato così in segreto da avere ormai sollevato la curiosità di tutti.

Al termine della serata, mentre si accingeva a struccarsi il viso, Susan Arvey si accorse che stava canticchiando la musica della colonna sonora. Sciolse i lunghi capelli biondi naturali, fino a poco prima acconciati nell'elegante chignon che era un po' il suo simbolo in una città piena di chiome gonfie, tinte, cotonate e laccate, e si scrutò nello specchio con la stessa meticolosità con cui lo faceva quando aveva finito di vestirsi, fedele al principio che il trucco doveva mantenersi impeccabile fino al ritorno a casa. Non rimase delusa, e del resto nemmeno se lo aspettava, anche se non trascurava mai di controllare e ricontrollare la propria impeccabile raffinatezza, una raffinatezza così assoluta da far apparire incompiute e rozze, al confronto, molte autentiche bellezze. I lineamenti erano minuti, eleganti, scolpiti alla perfezione nel delicato viso tondo, da bambina, ereditato dalla madre, un'attrice del Minnesota che grazie ai suoi antenati svedesi poteva dirsi una delle poche vere bionde di Hollywood.

A quarant'anni, Susan Arvey ne dimostrava meno di trentacinque; ma il modo di pensare e la sete di potere li aveva ereditati direttamente dal padre, Joe Farber, un temuto dirigente dell'industria cinematografica. Susan era la sua unica figlia, nata dal secondo matrimonio quando lui era ormai vicino alla sessantina. I genitori l'avevano allevata nella bambagia; quando era ancora piccola il padre le aveva parlato delle tradizioni del periodo d'oro di Hollywood, e la madre, che aveva abbandonato in fretta una carriera tutt'altro che illustre, aveva vegliato con attenzione su di lei per assicurarsi che approfittasse in pieno di tutti i vantaggi offerti dalla vita. Susan aveva imparato a dirigere la casa con la meticolosità della duchessa di Windsor ed era stata preparata per sposarsi giovane, concludere un buon matrimonio e soprattutto per non unirsi a un "talento".

A diciannove anni aveva accettato Curt Arvey, figlio del proprietario di uno studio e, a trentatré anni, affermato dirigente dell'azienda paterna. Joe Farber aveva approvato. Adesso, a ventun anni di distanza, Susan era ormai in possesso di tutte le caratteristiche e degli strumenti necessari a dominare la società hollywoodiana. Era una delle esponenti più perfette e temute dell'ambiente del cinema.

L'ambitissimo invito a una delle sue cene, in cui usava con noncuranza la sterminata collezione di inestimabili porcellane cinesi della madre, ammetteva una coppia in un ambiente che per Hollywood era l'equivalente di una corte reale. Da quel momento gli ospiti così onorati vivevano sulla punta d'una spada, poiché Susan Arvey era capace di concedere la propria amicizia e poi, dopo anni e anni, ritirarla di colpo senza che ne capissero il motivo. In realtà, non aveva mai bisogno di ragioni valide per giustificare le proprie azioni: lo faceva solo per dimostrare ancora una volta al mondo di potere esercitare un'autorità che altrimenti le veniva impedito di usare apertamente nella casa cinematografica del marito.

Chissà se le signore presenti alla serata di beneficenza si erano rese conto che, sebbene potesse mettere a disposizione una copia di *WASP*, la sua capacità di influire sulle decisioni del marito era rigorosamente limitata? Susan se lo chiese mentre continuava a scrutarsi nello specchio. Dopo Billy Ikehorn, era la donna meglio vestita di Los Angeles, aveva il rovescio più rispettato su tutti i campi da tennis di Bel Air, e possedeva la più bella collezione di impressionisti francesi di tutta l'America. Eppure, mentre girava la testa per studiarsi il profilo, sapeva di essere insoddisfatta.

Le sue giornate erano piene di impegni. Ogni mattina alle sette aveva una lezione di tennis. Alle otto e un quarto faceva la doccia e alle nove e mezzo, dopo aver dato un'occhiata al "Los Angeles Times" e al "New York Times", cominciava con la sua segretaria un lungo giro di telefonate alle signore con cui andava a pranzo, progettava galà di beneficenza e cenava. I pomeriggi erano dedicati agli acquisti degli abiti nuovi per i pranzi, i balli e le cene, alle prove per le modifiche agli abiti già acquistati e a due ore di ferrea ginnastica nella sua palestra privata, seguite da un massaggio.

Ma nonostante in quella vita non vi fosse un attimo di solitudine e di ozio, Susan Arvey era perseguitata da un continuo senso di frustrazione, per avere ereditato una colossale avidità della supremazia degli affari. Avidità vanificata non soltanto dal fatto di essere donna, ma anche da suo padre. Prima che lei compisse ventisei anni, Joe Farber e la moglie erano morti e Susan aveva ereditato un patrimonio immenso ma bloccato da un fondo vincolato. Gli amministratori avevano investito una quota notevole delle sue ricchezze nello studio passato dalle mani del padre a quelle del marito; e quando Curt Arvey aveva offerto al pubblico le azioni della società, Susan era diventata la principale azionista. Ma il potere concreto, effettivo, le era negato perché suo padre non l'aveva ritenuta capace di gestire il denaro che le apparteneva. Solo per mezzo del matrimonio poteva tentare di imporsi nell'attività dello studio; ma si trattava di un'influenza che non le avrebbe mai assicurato una posizione di eguaglianza.

Mentre si spazzolava i capelli, Susan non seppe trattenersi dal riflettere su quella perenne insoddisfazione, sull'esasperante proibizione di tutta una vita, un'impotenza che non aveva rimedio. Poiché era la moglie del padrone, e non il padrone, era costretta a indorare la pillola delle sue richieste, o addirittura a rinunciare a tutte, tranne alle più importanti. Se non avesse sposato Curt, il suo pacchetto azionario le avrebbe garantito una posizione importante e riconosciuta nella politica decisionale dello studio. Ma se voleva restare unita a un uomo ostinato e suscettibile come lui doveva trattenersi e rispettare limiti ben delineati, perché Curt era capace di offendersi anche per gli interventi più discreti. Tuttavia, anche nell'eventualità che lei lo volesse, il divorzio non rappresentava una soluzione perché un matrimonio stabile era indispensabile per una donna che intendeva continuare a regnare nell'ambiente del cinema.

Curt aveva ormai abbondantemente superato il successo finanziario del padre di Susan, ma lei non dimenticava che adesso il dollaro era stato svalutato, mentre suo padre aveva fatto i soldi al tempo in cui il valore del denaro era in continua crescita. Il matrimonio degli Arvey, che durava da ventun anni, era in condizioni deprecabili. Curt non poteva ignorare le reazioni contrariate, anche se abilmente mascherate, della moglie alle sue decisioni. Tuttavia, come soldati di due eserciti nemici lasciati soli su un'isola deserta, i colpi che si sparavano a vicenda rappresentavano un dialogo più interessante che se avessero fatto causa comune intorno al fuoco del bivacco.

Nel periodo in cui Vito Orsini si era occupato della produzione di *WASP* per lo studio di Curt, il film era stato oggetto di un'attenzione più intensa del solito da parte di Susan Arvey. Da quando Vito aveva in pratica rapito Billy Ikehorn dal suo ricevimento durante il festival di Cannes, due anni prima, aveva sempre diffidato di lui. Anche il divorzio degli Orsini, sebbene avesse dimostrato che lei aveva avuto ragione, non era bastato a far rientrare Vito nelle sue grazie. Sì, aveva sempre tenuto d'occhio *WASP*, lo aveva seguito in ogni fase della lavorazione.

Adesso Susan si aggirava nel bagno preparandosi ad andare a letto. Era così soddisfatta degli avvenimenti delle ultime ore, che non resisteva alla tentazione di accennare ogni tanto un passo di danza canticchiando allegramente la musica della colonna sonora. Sedette, cominciò a struccarsi e riconsiderò la serata paragonandola agli altri galà di beneficenza. La cena, nella sala da ballo dell'hotel, si era svolta secondo le previsioni; le portate erano state prive di fantasia come al solito, ma perfettamente accettabili; il servizio efficiente; le signore che non sapevano mai come vestirsi per un'anteprima avevano esagerato scegliendo abiti ampissimi che straripavano sulle ginocchia dei vicini, e gli spettatori avevano accolto il film con vistose manifestazioni d'entusiasmo.

Susan era rimasta incantata dal romanzo dal quale era tratto *WASP*. Quando Curt le aveva parlato della somma inaudita che era stato costretto a sborsare per ottenere i diritti cinematografici, si era accontentata di scuotere la testa indicando che l'avevano intrappolato. Per la verità, era contenta che fosse suo marito a realizzare il film piuttosto che una casa cinematografica rivale. La vicenda non era complessa, e questo era uno dei suoi meriti, pensò, spalmandosi metodicamente la crema sul viso.

L'azione si svolgeva nell'arco di venticinque anni a partire dal 1948, quando il bianco, anglosassone e protestante al quale si riferiva il titolo, Josiah Duff Sutherland, studiava a Princeton. Discendeva da una ricca famiglia di Rhode Island che vantava fra i propri antenati alcuni presidenti degli Stati Uniti, senatori, e rettori universitari.

Sutherland, reduce dalla guerra di Corea, bello, onesto e virtuoso, possedeva una discreta intelligenza e un carattere socievole. Il suo compagno di stanza all'università era Richard Romanos, pronipote della più importante e solida famiglia mafiosa del paese, un personaggio dotato di grande magnetismo che il padre potentissimo aveva designato perché emergesse dalla mafia e si affermasse nell'aristocrazia americana.

Rick Romanos era energico, spiritoso, dotato di un'intelligenza molto superiore a quella di Sutherland. Lui e Josh erano diventati subito amici, attratti dalle reciproche differenze di personalità. Dopo il conseguimento del diploma, avevano continuato gli studi alla facoltà di legge di Harvard: abitavano insieme, uscivano insieme con le ragazze di turno e condividevano ogni segreto, a eccezione della verità sulle origini di Romanos. Poi avevano cominciato a lavorare insieme in un importante studio legale e avevano deciso che Josh Sutherland si sarebbe candidato prima al consiglio comunale di New York, quindi al Congresso, poi al Senato e infine alla presidenza degli Stati Uniti.

Sutherland aveva quindi sposato una ragazza adorabile, Laura Standish, discendente di una delle grandi famiglie di Charleston; Romanos, invece, era rimasto uno scapolo impenitente. Durante i venticinque anni trascorsi dal tempo degli studi fino alla presidenza di Sutherland, Rick Romanos aveva suo malgrado finito per invidiare sempre di più il successo dell'amico, la sua carriera che credeva possibile solo perché Sutherland era bianco, anglosassone e protestante. Invidiava Sutherland anche perché aveva una moglie perfetta, e intratteneva con Laura quel genere di flirt aperto e disinvolto che fiorisce sotto il naso del marito se questo è abbastanza cieco per essere assolutamente sicuro della fedeltà della moglie.

Alla fine Romanos aveva deciso di tradire Sutherland. A poco a poco aveva trovato vari modi di servirsi del denaro della mafia per garantire così all'amico ogni rielezione, vincolandolo agli interessi mafiosi e invischiandolo a un punto tale da non lasciargli più via di scampo. Infine,durante l'ultima campagna elettorale per la presidenza, aveva rubato al vecchio amico anche la moglie.

Quando Josiah Sutherland si era svegliato, la mattina dell'insediamento, non sapeva se la moglie sarebbe stata al suo fianco o no. All'ultimo momento Laura era comparsa, ma perfino nell'attimo in cui Sutherland prestava giuramento non sapeva come sarebbero stati i suoi futuri rapporti con Rick Romanos, destinato a restare per sempre il suo collaboratore più stretto, così come non sapeva quale sarebbe stato il primo favore che gli avrebbe chiesto – il primo dei tanti favori che sarebbe stato obbligato a rendergli.

Ecco, non avrebbero potuto partire con un cast migliore, pensò Susan mentre rimuoveva delicatamente l'ombretto con un batuffolo di ovatta. Diane Keaton, per la parte di Laura, era stata una scelta ideale, fisicamente più adatta a Redford della Dunaway e della Fonda, del tutto credibile come moglie aristocratica di un politico. Sì, la realizzazione di *WASP*, l'impresa toccata a Vito Orsini e che lei aveva seguito con interesse e piacere crescenti, era iniziata con un cast perfetto.

Il primo intoppo era venuto quando gli addetti alla ricerca delle location per gli esterni avevano avuto sfortuna con il "cottage" di Newport, la residenza che doveva servire come residenza estiva della famiglia Sutherland e sfondo di gran parte dell'azione. Quasi tutti i ricchi abitanti di Newport avevano rifiutato di affittare le loro case per realizzare un film, qualunque fosse la cifra offerta, e Vito era stato costretto ad accontentarsi di una tenuta un po' troppo piccola. La sala da ballo e gli altri ambienti più vasti erano stati ricostruiti nei teatri di prosa di Hollywood, ma nemmeno un esperto sarebbe stato in grado di dire quando un attore passava da una stanza della casa vera in una ricostruita a quasi cinquemila chilometri di distanza. Orsini aveva rinunciato all'atmosfera più autentica di Newport, ma quale spettatore poteva accorgersene?

Eppure era stato proprio allora che avevano cominciato a superare i preventivi, prima ancora che venisse consegnata la sceneggiatura definitiva. O, per essere precisi, quando era ancora in fase di preparazione la prima delle cinque sceneggiature.

Susan si fermò, un occhio ancora truccato e l'altro ripulito, e pensò ai quattro famosi sceneggiatori che Vito aveva chiamato in causa. Naturalmente ognuno di loro, di fronte al libro, aveva ritenuto necessario raccontare la vicenda in modo leggermente diverso dal punto di vista dell'autore; ognuno aveva avuto una serie di piccole intuizioni per le quali si era battuto con grande ostinazione. Ma, no, Vito Orsini non poteva concedergli quel minimo di libertà creativa che sarebbe stata indispensabile. Sempre più egocentrico, aveva preteso di difendere la totale integrità del romanzo come se fosse stato lui a scriverne ogni parola.

Era vero, ammise Susan, che dopo avere litigato fino alla rottura con quattro dei massimi sceneggiatori degli Stati Uniti e dell'Inghilterra, Vito era riuscito a scovarne uno pressoché sconosciuto che aveva tradotto per lo schermo, con fedeltà assoluta, il contenuto del libro: questo era innegabile. Naturalmente, nel frattempo le spese avevano continuato a lievitare, ma gli sceneggiatori non rappresentavano il costo maggiore di un film, almeno non quando si finiva per avere in mano un buon copione su cui tutti erano d'accordo.

Susan finì di struccarsi gli occhi e prese la bottiglia di acqua di rose che si era fatta preparare da una farmacia locale: non c'era niente di meglio per eliminare l'ultimo residuo rimasto sulla pelle. Ecco: i registi, si disse ripensando con soddisfazione alle sofferenze che erano riusciti a infliggere a Vito, erano individui notoriamente impossibili, molto più degli sceneggiatori. La decisione di Vito di ingaggiare Huston l'aveva lasciata alquanto perplessa, e quando l'accordo era saltato non si era affatto meravigliata. Quei due non erano nati per andare d'accordo, perfino Curt aveva dovuto darle ragione su quel punto.

Fra tutti gli egocentrici che collaborano alla realizzazione di un film, i registi sono senza dubbio i peggiori; ma non avresti pensato, chiese Susan rivolgendosi al suo volto pallido, pulito e perfetto, che almeno uno di loro potesse andare bene per Vito? Milos Forman, John Schlesinger e sir Carol Reed avevano letto la sceneggiatura e si erano dichiarati disposti a dirigere il film, ma poi Vito aveva lasciato intendere che avrebbe sempre cercato di dominarli e si erano resi conto che quel produttore aveva intenzione di piombare sul set ogni santo giorno e di stargli alle costole mentre lavoravano, anziché insediarsi in un ufficio da qualche parte, preferibilmente sottoterra, per dedicarsi al compito di rendergli la vita più facile.

Susan non aveva resistito alla tentazione di dire al marito che Vito se l'era andata a cercare non scritturando Fifi Hill, che, grazie a *Specchi*, aveva vinto l'Oscar. Ovviamente, quando alla fine Vito si era deciso a rivolgersi a lui, Hill non era più disponibile. Anche allora, comunque, pensò Susan sorridendo al ricordo, lui era riuscito a salvarsi in corner. Aveva puntato su un giovane, un certo Danny Siegel, che aveva diretto due film a basso costo ben accolti dalla critica, un regista ancora abbastanza nuovo nell'ambiente, e che aveva subito accettato di affrontare un'opera di quella portata nonostante lo spettro della presenza incombente di Vito.

Sì, a quel punto Susan si era quasi convinta che il film fosse finalmente uscito dal labirinto dei preparativi preliminari. Ormai gli attori principali erano sotto contratto, le parti secondarie erano state assegnate, esisteva una buona sceneggiatura, c'era un regista di talento anche se non proprio collaudato, e un produttore esperto che aveva appena vinto un Oscar. Il numero delle cose che potevano andare male sembrava decisamente ridotto. Ma anche il buonumore di Susan era andato calando via via che Vito aveva risolto i problemi.

Naturalmente, il preventivo originario era ormai finito nel cestino. Dopo tutto il tempo sprecato con le sceneggiature rifiutate e alla ricerca di un regista, Siegel sarebbe stato costretto a girare in "tempi al platino", come si diceva in gergo, quelli che cominciano dove finiscono i tempi dei compensi doppi e bisogna pagare tutti il triplo per finire il film entro la scadenza fissata, lavorando dodici ore al giorno inclusi i fine settimana e le feste. Ma che importanza avevano i milioni di dollari spesi in più quando si stava realizzando il film dell'anno? Non era così che aveva detto Curt? Il padre di Susan si sarebbe espresso in modo più aspro, e forse non avrebbe tollerato la situazione; ma ai suoi tempi i registi non erano ancora diventati tanto potenti.

Susan Arvey riprese a spazzolarsi lentamente i capelli. Prepararsi per andare a letto era un rito che la rilassava, e non si affrettava mai, nemmeno quando era molto tardi. Continuava a spazzolare e sorrideva all'immagine riflessa nello specchio, ricordando che il giovane Danny Siegel aveva subito saputo ispirare simpatia e fiducia a Redford e a Nicholson. Aveva un dinamismo, un'immaginazione quasi irresistibile, così fresca e ricca d'inventiva che quando con un lampo di genio aveva trovato il modo più inaspettato per utilizzare i due attori, quelli avevano accettato senza esitazione.

Non avrebbe mai dimenticato il giorno in cui Curt era tornato a casa e le aveva detto che, seguendo il suggerimento di Siegel, Redford e Nicholson avevano deciso di scambiarsi i ruoli: Redford avrebbe interpretato il principe della mafia, Nicholson il futuro presidente. Vito si era lasciato coinvolgere dal loro entusiasmo, aveva dichiarato che l'idea di Siegel era brillante, si era convinto che solo uno studentello imbecille avrebbe dato a Redford la parte di un bianco anglosassone e protestante, e soltanto un produttore incapace avrebbe fatto impersonare a Nicholson un mafioso così machiavellico, mentre farli recitare nei ruoli contrari alle loro tipologie era un atto di coraggio, di audacia e di pura genialità che Hollywood avrebbe ricordato per sempre.

I truccatori avevano fatto del loro meglio per riuscire a invecchiare i due protagonisti come chiunque invecchierebbe nell'arco di venticinque anni. Con divi come Redford e Nicholson, però, c'era un limite preciso alla quantità di trucco cui si poteva ricorrere per alterare due volti tanto famosi. Susan Arvey andò all'armadio a muro ad appendere l'abito da sera, poi chiuse l'antina e si abbandonò a una risata che, in una donna dotata di minore autocontrollo, si sarebbe trasformata in crisi isterica.

Che spettacolo era stato, ragazzi! Redford, con i suoi capelli biondo scuro e i soliti, angelici occhi azzurri, con l'indistruttibile sorriso da buono, la sua eredità anglosassone e la celebre dolcezza innata, che tesseva trame corrotte ai danni del migliore amico insieme a mafiosi dall'aspetto sinistro, ognuno dei quali membro della sua famiglia! E Nicholson, con quell'azzeccatissimo parrucchino da anglosassone calcato sulle sopracciglia un po' smussate ma pur sempre diaboliche, gli occhi dal luccichio maligno, il sorriso meravigliosamente folle, la risata perversa, che non incontrava problemi nel conquistare la fiducia degli elettori americani... Sebbene ce l'avessero entrambi messa tutta, non potevano sfuggire alla forte spinta delle qualità personali, indispensabili e uniche che li avevano resi divi di fama mondiale, e non semplici attori. Susan non aveva osato guardare lo schermo durante gran parte della proiezione, per timore di scoppiare in una risata irrefrenabile.

Aveva dovuto concentrarsi sul disprezzo per la folla dei presenti. Erano così emozionati all'idea di avere conquistato i biglietti agognati e costosissimi, così impressionati dallo scenario, così stregati dal fascino dei divi, così soddisfatti della fedele trasposizione del romanzo sullo schermo, che non avevano osato fidarsi delle proprie capacità di giudizio per quanto riguardava l'assegnazione delle parti. Ma non erano critici, si disse Susan. I critici, quelli veri, avrebbero invece detto la loro molto presto.

Sei spacciato, Vito, pensò allegramente Susan Farber Arvey, e lanciò un bacio alla propria immagine riflessa nello specchio.

«Susan? Dove diavolo sei?» Suo marito era fermo davanti alla porta del bagno, un luogo sacro che non avrebbe mai osato violare.

«Vengo subito» disse lei. Cristo, pensò, dopo ventun anni di matrimonio ancora non... Avrebbe dovuto compiangere quel povero stupido, come l'aveva definito suo padre. Doveva compiangerlo, almeno quella sera.

«Stanco?» gli chiese con aria comprensiva, uscendo e annodandosi la cintura della vestaglia di raso.

«Distrutto. Le anteprime sono sempre snervanti, anche quando la stampa non ha ancora visto il film.»

«Penso che Diane Keaton sia una rivelazione, caro. Non immaginavo potesse essere tanto sexy, e quando una donna riesce a capire che un'altra è sexy...»

«La scena in cui Romanos la seduce nella suite del Marriot mentre Sutherland tiene il grande discorso elettorale nella sala da ballo...»

«È la scena più volgare e trasgressiva che si potesse portare sullo schermo. Ne parleranno tutti... si capiva benissimo.»

«Non avrei mai immaginato che saremmo riusciti a farle togliere tutto quello che aveva addosso» commentò Curt.

«E quello che aveva addosso era un capolavoro, caro. Il look Annie Hall è sparito per sempre. Anzi, i costumisti in blocco meriterebbero un aumento.»

«E la musica, Susan? Era grandiosa o no?»

«Mi è subito rimasta impressa, soprattutto il tema del film.»

«E le scene? Te l'avevo detto che avrebbero funzionato, anche senza quelle maledette residenze che non hanno voluto affittarci a Newport.»

«E chi se ne accorgerà? Se non fossi stata a Newport, avrei scommesso anch'io che gli interni erano stati girati tutti sul posto. Vito ha potuto contare su uno scenografo formidabile, e non solo per quanto riguarda Newport. Tutto il film è affascinante.»

«E Diane!» Curt Arvey emise un fischio. «Quando penso che Vito voleva la Fonda... Sono contento di avergli fatto cambiare idea.»

«Sì, è straordinario che tu sia riuscito a convincerlo. Tutto il resto del film è suo, capisci? Completamente suo. Una Vito Orsini Production, non dimenticarlo. La prospettiva è di Vito, la responsabilità, l'impronta finale, tutte le decisioni importanti.» Susan sistemò i cuscini nel modo che preferiva e che le cameriere non imparavano mai, poi si rivolse a Curt che si era seduto sul suo letto e guardava nel vuoto.

«Sai, Curt, io sarei l'ultima persona al mondo che penserebbe di sottovalutare l'importanza di una casa cinematografica: hai finanziato il film e in parte è un tuo prodotto, ma siamo franchi, tesoro, Vito Orsini si prenderà tutto il merito. È inevitabile. Devo ammettere, per spirito di giustizia, che è stato la forza creativa suprema del film, anche se personalmente non mi piace e continuerà a non piacermi perfino nell'eventualità che dovesse andare benissimo. Come si è preso tutto il merito di *Specchi*, immagino farà altrettanto anche stavolta; e come al solito dovremo stare a guardare mentre lui si crogiola nella gloria e nessuno ricorda il nome della casa cinematografica che l'ha finanziato.»

«Sì, hai ragione.» Curt Arvey sorrise per la prima volta nelle ultime cinque ore. «Certo, è la creatura di Vito dall'inizio alla fine, fotogramma dopo fotogramma. Ma adesso ho bisogno di dormire, cara.»

«Sogni d'oro, amore.» Susan Arvey lo baciò dolcemente sulla guancia. Con ciò che aveva fatto quella sera, si era certo guadagnata un posto in paradiso, pensò, progettando una visita allo show room di Geoffrey Beene da Magnin. Beene era il suo stilista preferito, e l'indomani avrebbe ordinato un esemplare di ogni modello.

Il giorno che Curt era tornato a casa e le aveva parlato dello scambio dei ruoli fra Redford e Nicholson, il giorno in cui Danny Siegel aveva preso in mano le redini del film e Vito, nonostante la sua megalomania, non si era accorto della trappola in cui stava cadendo e, gonfiato dall'illusione dell'infallibilità, era saltato sul carro di Danny, Susan Farber Arvey aveva detto al marito che doveva garantire i futuri profitti di *WASP* con quelli di *Specchi*, e che doveva farlo subito. Quella volta non si era preoccupata di indorare la pillola con parole mielate: aveva detto "devi", e apertamente. Curt aveva ascoltato senza fare obiezioni e Vito non aveva sollevato difficoltà di fronte al cambiamento, convinto com'era di non poter sbagliare, così come era convinto della serietà della minaccia di Curt, che parlava di mollare il film e scaricarlo come voce in perdita nella dichiarazione dei redditi.

L'Arvey Studio non ci avrebbe rimesso neppure un soldo a causa del delizioso fiasco di quella sera, pensò tranquilla Susan, perché *WASP*, un film da trenta milioni di dollari, era completamente coperto dai profitti di *Specchi*, che continuava a trionfare in tutto il mondo.

Mentre quella felice consapevolezza diventava sempre più forte, Susan Arvey decise che due giorni più tardi avrebbe preso uno dei jet dello studio, sarebbe volata a New York e avrebbe acquistato qualche prezioso pezzo d'antiquariato: alle somme che si riuscivano a spendere in abbigliamento, infatti, c'era un limite. Forse poteva addirittura prendere in considerazione l'eventualità di arredare a nuovo tutta la casa. Anzi, a pensarci bene era assolutamente necessario che lo facesse. L'indomani mattina avrebbe chiamato Mark Hampton. In fondo, una piccola ricompensa se la meritava.

Redford e Nicholson non ci avrebbero perso nulla. Avrebbero superato in bellezza le conseguenze del tremendo errore nell'assegnazione dei ruoli: per loro sarebbe stato solo un piccolo inconveniente, forse nemmeno quello. Ma Vito! Vito aveva avuto l'autorità per impedire lo scambio delle parti. Avrebbe potuto silurare quel giovane pazzoide di Siegel e sostituirlo con un regista più modesto ma affidabile. Il film, così come era stato sceneggiato e con il cast deciso all'inizio, sarebbe certo diventato un classico e avrebbe fatto guadagnare a tutti una montagna di denaro.

Ah, Vito, con la tua smania di esagerare hai commesso finalmente l'errore fatale che Hollywood non perdonerà e non dimenticherà mai! Era il tuo primo film importante, la tua prima grande occasione, la possibilità di consolidare il successo dell'Oscar, e hai gettato tutto dalla finestra. Nessuno, in questa città, mancherà di rallegrarsi del tuo fallimento. Non è forse vero che te lo stavi cercando da molto, molto tempo? Susan Arvey cancellò mentalmente il nome di Vito Orsini dall'elenco delle persone con cui intendeva regolare i conti. Non avrebbe potuto causargli più danni di quelli che si era già procurato da solo.

Chissà, si chiese, se Curt avrebbe mai ammesso apertamente che era stata lei a insistere per la garanzia di *Specchi*, a scorgere l'iceberg appena in tempo per salvare il *Titanic*? Forse non le avrebbe mai riconosciuto il merito che le spettava. Era troppo tardi per capire che aveva sposato un uomo restio quanto suo padre a prendere atto delle sue doti ma si trattava di un errore purtroppo irrimediabile.

Comunque era in vantaggio di un bel punto su Curt, e lo sarebbe rimasta per due o tre anni, forse anche per quattro. Lui, naturalmente, lo sapeva. Quando si arriva al punto di doversi scambiare rassicurazioni sulla bellezza della colonna sonora dopo un'anteprima, significa che si è toccato il fondo. Mentre Susan Arvey si abbandonava soddisfatta al sonno, pensò a quanto le sarebbe piaciuto che suo padre, quel vecchio bastardo maschilista, fosse stato presente alla scenetta svoltasi poco prima. Ma no, con ogni probabilità era già fin troppo occupato a rivoltarsi nella tomba. Ai suoi tempi, con trenta milioni di dollari si poteva comprare una grossa fetta di Los Angeles. E, ai suoi tempi, lui l'aveva fatto.

5

Maggie MacGregor spinse indietro la poltroncina a rotelle e appoggiò i piedi sulla scrivania ingombra. La riunione settimanale di pianificazione dello show era terminata; il produttore esecutivo, il produttore della linea, gli assistenti produttori, gli autori e tutti gli altri collaboratori indispensabili per la riuscita del programma se ne erano andati portandosi via le tazze del caffè e le ciambelle avanzate.

Maggie, finalmente sola dopo molte ore, accantonò il pensiero dello show per considerare invece quello che era stato il dato più rilevante della riunione: nessuno aveva parlato di *WASP,* nemmeno di sfuggita.

Il film non era ancora stato recensito, neppure sulle pubblicazioni specializzate di Hollywood che in genere battono sempre sul tempo i quotidiani. Da due settimane uscivano ormai pubblicità a tutta pagina, e per mesi i cinema di prima visione avevano presentato i trailers della pellicola. La prima era prevista per tre giorni dopo in ottocento cinema di tutto il paese, ma nessuno, neppure l'ultimo dei suoi assistenti, sembrava averne mai sentito parlare.

Avrebbe giurato che i membri del suo staff non avessero il minimo tatto, pensò Maggie, ma evidentemente si era sbagliata. Ne avevano avuto moltissimo, invece: erano riusciti a ignorare la presenza della carogna putrefatta di un elefante, un cadavere che pesava una tonnellata più di tutti loro messi insieme ed esalava un lezzo insopportabile.

Naturalmente, se fossero stati grandi attori avrebbero forse trovato il coraggio di accennare al film con noncuranza e disinvoltura, come se non avesse nulla a che fare con lei; ma poiché non lo erano, avevano saggiamente optato per il silenzio. Si erano forse consultati prima della riunione per decidere la condotta da tenere? Doveva essere così, pensò Maggie, perché nessuno di loro aveva fatto un passo falso, e una simile manifestazione di disciplina da parte di collaboratori solitamente irriverenti e scanzonati sarebbe sembrata impensabile, a meno di non essere stata preventivamente pianificata. Le loro riunioni non avevano mai avuto niente di sacro; le insinuazioni più basse e vergognose nei riguardi del mondo del cinema erano cosa normale, non esisteva star abbastanza grande per ispirare il loro rispetto, né notizia troppo scandalosa o volgare per essere trascurata.

Maggie intuiva che da parecchi mesi sapessero di lei e di Vito, forse lo avevano saputo addirittura dall'inizio, perché un segreto del genere non poteva restare nascosto a chi lavorava per lei ed era cresciuto alla sua scuola. La sua vasta e solida rete di spie, che si estendeva in ogni angolo del mondo del cinema, avrebbe senz'altro segnalato loro la cosa, era normale. Ma non aveva previsto che le notizie a proposito di *WASP* si sarebbero diffuse così in fretta, addirittura in anticipo su una prima visione regolare.

Se si fosse trattato semplicemente di un film deludente ma almeno discutibile, destinato a ottenere qualche recensione negativa e qualcuna positiva, un film che tanta gente sarebbe andata a vedere per gli attori famosi e la grandiosità della realizzazione nonostante i giudizi contrastanti della critica, non sarebbe stato un argomento tabù... neppure se lei e Vito fossero stati sposati.

I suoi collaboratori la conoscevano da troppo tempo per pensare che si sarebbe offesa nel sentire le loro previsioni sull'andamento di un film del genere; anzi, avrebbero fatto a gara per manifestare apprezzamenti che sarebbero anche serviti da pubblicità.

Il loro silenzio, quindi, significava che il film era peggio di quanto avesse previsto. "Non parlare di corda in casa dell'impiccato" non si diceva così, forse? Chi avrebbe pensato di scoprire tanta delicatezza fra i suoi collaboratori? Dunque il film di Vito sarebbe stato il grande fiasco di Hollywood, e tutti lo sapevano già.

Maggie era stupita, ma solo perché quella rivelazione non la meravigliava affatto. Essere innamorata di Vito non aveva annullato il suo senso critico. Aveva sempre ascoltato la cronaca dei suoi conflitti con sceneggiatori e registi, convinta che, come al solito, lui avrebbe finito per risolvere tutto. I problemi della preproduzione erano perfettamente normali nella fase di pianificazione di qualsiasi film.

Ma quando Vito le aveva detto dello scambio dei ruoli fra i protagonisti, Maggie aveva dovuto fare uno sforzo per nascondere la sorpresa. Più tardi, quella sera, era riuscita a buttare lì in tono casuale che non riusciva a immaginarsi *Via col vento* con Leslie Howard nella parte di Rhett Butler e Clark Gable in quella di Ashley Wilkes.

«Non avrebbe funzionato» aveva ammesso Vito. «Ma qui non è assolutamente la stessa cosa.» Ed era stata la sua unica reazione: era troppo infatuato di quella che ormai riteneva un'idea sua per poter prendere in considerazione l' implicito avvertimento di Maggie.

Era stato allora, si chiese lei, mentre ascoltava il silenzio che regnava lì intorno dopo che tutti erano usciti per andare a pranzo, era stato allora, in quel momento, che aveva cominciato a disinnamorarsi di lui?

Probabile. Si conosceva abbastanza bene per essere obiettiva. Sapeva che tendeva a proteggere se stessa, ma d'altronde non sarebbe potuta durare in quel mestiere, non avrebbe fatto tanta strada se non si fosse sempre coperta le spalle.

L'amore era un lusso che non avrebbe dovuto permettersi nel suo lavoro, ma aveva deciso di concederselo quando Vito e Billy si erano lasciati. Era stata un'occasione troppo meravigliosa per farsela sfuggire. L'amore era come un abito favoloso e troppo caro, un modello che si sa già in partenza di non poter sfruttare abbastanza per giustificare la spesa, e che sarebbe saggio lasciare in negozio a disposizione di qualche altra sciocca, ma che alla fine si compra ugualmente perché la vita è troppo breve, e rinunciarvi significherebbe pentirsene per sempre.

Poteva permettersi di innamorarsi, anche se si trattava di una merce dal prezzo troppo alto, ma non poteva permettersi di essere legata a un perdente. Aveva due tipi di pubblico, pensò: quello televisivo che non si sarebbe curato minimamente del tracollo di Vito Orsini, e l'importantissima cerchia degli addetti ai lavori che l'avrebbero rispettata e temuta assai meno del dovuto quando avessero scoperto che lei stava ancora con Vito nonostante l'insuccesso di *WASP*.

Grazie a Dio, si disse Maggie, lui non le aveva mai proposto di sposarlo. Forse avrebbe accettato, e adesso in che situazione si sarebbe ritrovata? Rabbrividì al pensiero delle donne che erano costrette a continuare a sorridere e a mostrarsi leali a ogni costo. Non era il suo genere e non lo era mai stato.

Maggie chiamò l'ufficio newyorkese del network e contattò sulla linea diretta il potentissimo vicepresidente e direttore degli special televisivi, Fred Greenspan, appena rientrato dal suo tranquillo pranzo a Manhattan. Nel giro di dieci minuti si accordarono su una serie di trasmissioni che Maggie avrebbe realizzato proprio nella sede di Manhattan. C'erano così tanti film in lavorazione per le strade dei cinque distretti di New York, che sarebbero bastati a tenerla occupata per mesi. Quando sarebbe stata pronta a cominciare?

«Diamine, Fred, mi conosci: appena mi viene un'idea non vedo l'ora di realizzarla. Vediamo... potrei fare i bagagli nel pomeriggio e prendere l'aereo stanotte. Manda una macchina all'aeroporto, d'accordo? Domani a cena? Oh, Fred, con piacere! Prometti che non parleremo di lavoro? Ti prendo in parola. So che hai sempre avuto un debole per me, ma scommetto che non sei ancora pronto a passare all'azione.»

Gigi era seduta sui cuscini di chintz del bovindo della sua camera, insieme alla sua migliore amica, Mazie Goldsmith. Tutte e due stavano a gambe incrociate, tutte e due indossavano jeans sfilacciati e T-shirt stinte con una storia onorevole e invidiabile messa in mostra dalla loro aria sciupata, come gli stendardi portati in battaglia da reggimenti ormai dimenticati. Erano occupate a dare fondo al piatto di dolcetti a triplo strato di crema e glassa al cocco che Gigi aveva appena finito di cuocere in quel sabato pomeriggio di metà aprile.

Mazie e Gigi avevano adottato una routine che andava bene tanto per Billy, quanto per i Goldsmith. Quasi tutti i venerdì notte dormivano a casa di questi ultimi a Brentwood, dove il padre di Mazie, un importante dirigente dell'Mgm, radunava invariabilmente un piccolo gruppo di invitati e mostrava un film nuovo nella saletta da proiezione, seguito da buffet e da un altro film, quasi sempre un classico o una produzione straniera. Il sabato mattina le due ragazze raggiungevano la casa di Billy e vi passavano la giornata. Mazie si fermava a dormire e se ne andava la domenica, in tempo per cenare con la famiglia.

Mazie Goldsmith era una ragazza che, secondo il giudizio degli adulti, un giorno sarebbe diventata una tipica bellezza bruna, anche se adesso nulla aveva il potere di convincerla di quella verità a causa della sua altezza, degli otto chili di troppo e dei vistosi occhiali che non si decideva a sostituire con lenti a contatto. Mazie prendeva ottimi voti, quasi come Gigi, ed erano diventate subito amiche per affinità elettiva, fin dal primo giorno in cui Gigi aveva cominciato a frequentare l'Uni.

Gigi, ormai diciassettenne e giunta a metà del terzo anno della media superiore, era cresciuta di cinque centimetri da quando era arrivata in California, e adesso raggiungeva un metro e sessantadue. Aveva conservato una delicatezza di forme che a prima vista la faceva sembrare esile, ma c'era stata una leggera trasformazione nel suo modo di atteggiarsi: quella che un tempo era parsa una difesa per via della corporatura troppo minuta, adesso si annunciava come piena fiducia in se stessa. Pur non osando mai farsi avanti in un gruppo, il portamento eretto e il modo franco e deciso con cui si muoveva attiravano un'attenzione della quale forse non era ancora consapevole.

Qualunque fosse la posa adottata, Gigi appariva una figura viva e memorabile, come una ballerina che stando sia in piedi che seduta mantiene sempre la propria grazia. I capelli bruni, sui quali le forbici di Sara avevano continuato a fare esperimenti fino a rendere perfetto quel taglio aderente alla testa, con le punte leggermente all'infuori, erano striati dai toni vividi dei fiori di calendula, dall'arancio al terracotta. Gigi aveva imparato a usare la matita marrone per scurire le sopracciglia, e distribuiva con maestria il mascara nero sulle ciglia lunghe ma invisibili. Ora gli occhi, ombreggiati dalle palpebre e le ciglia scure, ispiravano una continua curiosità. Coloro che la incontravano si sentivano attratti, ansiosi di scoprire il vero colore di quelle iridi verde-foglia. Erano occhi eloquenti ma schietti, dagli sguardi ancora timidi, ancora ignari della civetteria. La carnagione lattea tradiva le sue emozioni, poiché arrossiva facilmente. Gigi sembrava possedere una tale riserva di allegria che perfino da seria le sue labbra promettevano il dono della gioia.

Quel pomeriggio lei e Mazie avevano deciso che era ancora un po' troppo fresco e umido per andare in spiaggia, troppo presto per iniziare i compiti di matematica, troppo bello stare insieme per darsi la briga di telefonare in giro e scoprire cosa pensavano di combinare gli altri quella sera. I loro numerosi amici si spostavano sempre in branco. Nessuna ragazza usciva sola con un ragazzo e durante i fine settimana i ragazzi e le ragazze dell'Uni si ritrovavano in gruppo, convocati come per magia dal tam-tam del loro mondo.

«Mi sono accorta che mio padre era seccato ieri sera, quando abbiamo visto la versione integrale dell'*Ultimo tango a Parigi*. Non se lo aspettava così trasgressivo» disse Mazie. «La nostra presenza lo rendeva nervoso, ma ormai era già cominciato. Non poteva certo ordinarci di uscire, così, di fronte a tutti. Quando le luci si sono riaccese, mi ha lanciato un'occhiata preoccupata, ma la mamma era impassibile.»

«Non ti è sembrato magnifico?» chiese Gigi. «A me sì.»

«Non sono sicura di avere capito tutto, c'erano dei punti oscuri... ma il didietro di Brando... hmmm... Be', cosa ne dici di Brando, Gigi? Lo metteresti in squadra?»

«Assolutamente. In prima squadra, nel Team dei sogni.»

«Sei proprio sicura? Quel film ormai ha sette anni, da allora avrà messo su una tonnellata. Adesso è il Padrino. Puoi ancora cambiare idea» propose generosamente Mazie.

«Se non vuoi vedere l'attrezzatura di Brando, allora non hai un briciolo di curiosità autentica. Stiamo parlando di uno degli uomini più belli di tutti i tempi, Maze, uno degli attori più grandi, delle più grandi personalità. Lascia perdere il suo peso, lascia perdere la sua età e pensa solo alla sua "sostanza".»

«Ricorda che puoi proporre soltanto dieci candidature per il Team dei sogni, Gigi.»

«Bene, per me ci sta. E per te?»

«Calma, calma, ci sto pensando. Forse... forse preferisco Belmondo. Da quando mio padre ha proiettato *Fino all'ultimo respiro*, ha cominciato a ossessionarmi. È davvero sexy, ha due labbra pazzesche... Tu non lo preferiresti a Brando?» chiese Mazie con aria seria, socchiudendo gli occhi scuri dietro le lenti.

«No» rispose pronta Gigi. «Posso benissimo immaginarmi l'attrezzatura di Belmondo, ma non sacrificherò spazio per lui nella mia squadra. Scommetto che è il tipico pezzo d'uomo ben dotato... *bien pendu*, si dice così? Perché non lo metti nella tua seconda squadra?»

«Ah, la seconda squadra.» Mazie si illuminò. Si tolse gli occhiali e spianò la fronte. Le piaceva scegliere le candidature per la seconda squadra perché non la impegnavano come il Team dei sogni. Nella seconda si poteva includere un uomo bello ma che magari aveva un pene deludente, senza per questo temere di togliere spazio ai candidati migliori. Al pari di un collezionista schizzinoso che in un negozio d'antiquariato ha finalmente fatto il primo acquisto difficile e comincia a guardarsi intorno con un senso di avida liberazione, Mazie si sentiva nuovamente pronta per una candidatura da Team dei sogni. «Woody Allen» annunciò.

«Un momento, Maze, un momento!» obiettò Gigi. «Woody Allen è già nel mio da mesi. Non puoi decidere così all'improvviso che lo vuoi anche tu. Non è giusto.»

«Perché no? A te spetterebbe comunque il diritto di vederlo per prima, e non saresti tenuta a dirmi niente.»

«Oh, sicuro. Potrei dargli una bella occhiata, magari scattare una foto con la polaroid e tenere segreta l'informazione a te! Che razza di amica sarei?» Gigi la guardò ridendo: Mazie era sempre così razionale! Le offrì un altro dolcetto.

«Vuoi dire che lo divideresti con me? Non ti dispiacerebbe?»

«Certo che lo dividerei. Pensa come potremmo goderci di più i suoi film se conoscessimo la verità suprema... come è veramente sotto quei boxer gualciti con cui va sempre in giro. Deve esserci una ragione se non porta mai mutande più aderenti.»

«Ma queste rivelazioni non rientrano nelle regole» obiettò Mazie.

«Senti, il gioco è stato un'idea mia, quindi oggi stabilisco una regola nuova, quella della comunicazione, perché dà doppie possibilità a ognuna di noi.»

«Ma lo scopo non è restringere la scelta?»

«Sei troppo seria, Maze. Prendila allegramente, invece. Tanto non vedremo mai i loro attributi: quindi, perché non dovremmo essere avide? Procediamo. Io ci metto anche Sinatra, nel mio Team.» Gigi schioccò trionfalmente le dita di fronte all'espressione inorridita dell'amica.

«Santo cielo, Gigi, li scegli sempre più vecchi! È una specie di scherzo o lo fai per spirito di contraddizione?»

«Per interesse storico.» Gigi si provò gli occhiali dell'amica assumendo la stessa aria di superiorità di Gloria Steinem. «Forse il vecchio Occhi Azzurri ha anche un vecchio arnese blu. Ricorda che quando era giovane c'erano orde di donne pronte a uccidere per lui.»

«Benissimo, allora io mi prendo Richard Nixon. Potrò essere eccentrica anch'io, no?»

«Altro che eccentrica, Maze. Non te lo consiglio, davvero. Anzi, farò finta che tu non abbia mai pronunciato il suo nome» rispose Gigi in uno slancio di generosità.

«D'accordo. E io non conterò Sinatra. Ora facciamo sul serio. Dustin Hoffman. Voglio vedere Dustin Hoffman. Team dei sogni.»

«Anch'io ho sempre voluto vederlo, dopo *Il laureato*. D'accordo su Dustin Hoffman: è un doppio Team, se mai ce n'è stato uno, da vedere assolutamente» confermò Gigi. «E per passare al mondo della letteratura... Norman Mailer?»

«Mai! Neppure in quinta squadra.»

«Volevo solo metterti alla prova. Non lo metterei in lista nemmeno come portaborracce... lui e il suo sacro sperma.»

«Philip Roth?»

«Non discuto» disse Gigi. «Ma è una scelta troppo banale, troppo ovvia. E dopo che hai letto *Il lamento di Portnoy* finisci per conoscere così bene il suo orrore che ha perso tutto il fascino della novità. Un voto sprecato. Mi domando se il vecchio J.D. Salinger sia ancora in attività.»

«Oh, Gigi, smettila! Quello è un eremita!»

«Sì, ma sapeva scrivere. La vecchiaia dorata, Maze. Gallina vecchia fa buon brodo.»

«Gigi, se adesso tiri fuori ancora Walter Cronkite, possiamo chiudere qui.»

«Scommetto che è straordinario. Lui è nella mia squadra a vita: ci resti anche quando vai in pensione.»

«Un'altra regola nuova» protestò Mazie.

«Oggi mi sento ribelle. Se potessi abrogherei la Costituzione e rifonderei il nostro paese. Scelgo Andy Warhol per il Team dei sogni.»

«Gigi!»

«Ho detto Warhol. Ho diritto di scelta, ed è la mia squadra.»

«Ma è letteralmente disgustoso! Oh, Gigi, mi fai ribrezzo!»

«A lui non avevi mai pensato, vero?» esclamò trionfante Gigi. Per lei il divertimento stava nelle reazioni di Mazie, oltre che nelle proprie scelte. «Non merito un buon punteggio per l'originalità?» Inarcò le sopracciglia sotto la frangetta, un trucco al quale i nervi di Mazie non potevano resistere.

«A volte mi preoccupi.» Mazie divorò gli ultimi dolci e sospirò. Recentemente Gigi si era fatta le mèches senza preavviso, spargendo il contenuto di un'intera bottiglia d'acqua ossigenata sul pettine e passandoselo più volte sui bei capelli bruni; poi aveva preso la Volvo bianca nuova di zecca che la signora Ikehorn le aveva regalato perché la riteneva la macchina più sicura al mondo, e con lo spray l'aveva ridipinta di rosa shocking; e adesso anche le fantasie le sfuggivano di mano. Sinatra... Warhol... era un brutto segno?

«Gigi» azzardò cauta Mazie, «la squadra di football dell'Uni?»

Gigi simulò rumorosamente un conato di vomito. «Puah! Niente ragazzini! Lo sai, abbiamo deciso di escludere i ragazzini. Puah, che schifo, doppio puah!»

«Giusto» disse Mazie, sollevata. Gigi non aveva abiurato il loro principio fondamentale. «E l'allenatore?» chiese con voce insinuante.

«Ah, l'allenatore, l'eterno problema, mia cara vecchia Mazie... puntare sull'allenatore o no? Io non ho ancora deciso. È così banale sceglierlo, ma è anche così affascinante. Non riesco a capire se voglio davvero vedere il pene di un uomo in carne e ossa, di qualcuno che vedo in giro per il campus, di uno che conosco. Forse sarebbe una... una responsabilità troppo grande.»

«Non capisco perché dovresti considerarti responsabile. Non devi mica andare a dirgli che gliel'hai visto.»

«Ma sarebbe una tentazione terribile. Poniamo che glielo veda e che mi piaccia. Che lo desideri. Allora avrei il dovere di sedurre l'allenatore per stabilire un effettivo... contatto.»

«Lo vorresti? Ma chi ha mai parlato di volerlo davvero?» esclamò allarmata Mazie.

«È chiaro: sarebbe la fase successiva. Vedere, volere; volere, toccare.»

«No, no!» gridò Mazie, inorridita. «Assolutamente no! Hai cambiato una regola di troppo. Hai oltrepassato il limite. Toccare! Avevamo detto "guardare e non toccare"!»

«Non toccare mai... lo prometto» si affrettò a confermare Gigi, a sua volta un po' spaventata. «L'allenatore è escluso! Basta che non ne parli più, che non me lo ricordi.»

«Non temere. Non lo farò.»

«Ragazze? Ragazze? State facendo i compiti di matematica?» chiamò Billy al di là della porta.

«Sì, signora Ikehorn» rispose precipitosamente Mazie. «Siamo arrivate a metà.»

«Bene, perché se siete a buon punto, dopo potrete fare una pausa. Ho pensato che vi farebbe piacere andare a vedere *Kramer contro Kramer* e poi mangiare un hamburger all'Hamlet. Cioè, se vi interessa ancora vedere Dustin Hoffman.»

«Oh, sì sì» rispose subito Gigi. «Ci interessa! Finiremo in tempo, Billy. Ci puoi contare.»

Nella sua carriera Vito Orsini aveva avuto alti e bassi, ma nessuno poteva vantarsi di averlo mai visto avvilito. La sua aria energica e spavalda non cedeva mai alla debolezza, e reggeva i guai con la stessa sicurezza con cui navigava nella prosperità. Grazie alla sua discendenza italiana, all'aristocratico naso aquilino, alla bocca carnosa e ben disegnata, alla sua disinvolta sicurezza, ogni segno d'insufficienza o di disappunto erano estranei al suo aspetto. Per lui era facile apparire forte. Quando telefonò a Maggie per fissare l'ora in cui si sarebbero trovati quella sera per cena, e il messaggio della segreteria telefonica gli rivelò che era partita e che avrebbe potuto contattarla solo lasciando il nome e il numero telefonico, accolse l'annuncio storcendo le labbra e aggrottando la fronte.

Nessuno, guardandolo in quel momento, avrebbe compreso che aveva appena ricevuto l'autorevole conferma che *WASP* era un film spacciato con la stessa chiarezza che se l'avesse letto sulla prima pagina del "New York Times". Il significato della partenza improvvisa di Maggie era inequivocabile; o almeno lo sarebbe stato per chiunque, tranne per Vito.

Maggie, che si credeva così furba, in fondo era una sciocca, si disse mentre posava il telefono. E si sarebbe sentita un'idiota di fronte al grande successo del film. Peggio ancora, avrebbe capito di essere stata vile, mentre il vero sciocco era lui, perché si era aspettato maggiore intelligenza da parte di una pettegola televisiva ventisettenne che solo cinque anni prima non era nessuno e scriveva per una rivista femminile. Al diavolo Maggie, si disse, e non pensò più alla sua assenza. Non l'aveva mai amata, ma era stata, o almeno così gli era parso, una donna con cui poteva essere sincero, un'amica che poteva scopare e al tempo stesso degnare della propria fiducia. Dunque si era sbagliato sul suo conto. La vita era piena di trappole quando c'erano di mezzo le donne, ma a perdere sarebbe stata Maggie.

Nei giorni che seguirono, fedele a una vecchia abitudine, Vito evitò di leggere le prime recensioni e di discuterne con chi invece lo aveva fatto. Agli inizi della carriera, quando era andato in Italia e aveva prodotto una sfilza di spaghetti-western assai maltrattati dalla critica, era giunto alla conclusione che gli spettatori sapevano molto bene cosa volevano vedere e che nessun recensore poteva dissuaderli dal farlo. I western tanto disprezzati avevano dato profitti cospicui. Alcuni dei suoi film successivi, invece, film che aveva considerato tra i meglio riusciti e che erano stati accolti benissimo dalla critica, avevano attirato pochissimo pubblico pagante. Era un'assurdità, si ripeteva, ma sentiva che questa volta avrebbe avuto fortuna; fiutava nell'aria l'odore del successo, quel successo in cui non aveva mai smesso di credere nemmeno durante la lunga lotta che aveva preceduto l'uscita di *WASP*.

Al termine della prima settimana di programmazione, tuttavia, Vito non si sentiva più tanto fortunato. Anzi, era in preda al panico più completo. Le sue attese erano andate deluse così bruscamente che il disappunto non si era manifestato in modo graduale, né vi era stato il tempo per una lenta, inesorabile ammissione dell'insuccesso del film. La caduta era stata fulminea come quella di una testa ghigliottinata.

Il primo giorno, un venerdì, gli incassi erano stati ottimi grazie agli ammiratori irriducibili di Redford e di Nicholson, accorsi per la curiosità morbosa di vedere con i propri occhi quanto fosse brutta la pellicola e incapaci di accettare l'unanime, feroce raccomandazione dei critici che sconsigliavano di sprecare anche un solo minuto nella visione dell'atrocità commessa ai danni di un ottimo romanzo. I recensori, che avevano apprezzato il libro, trascuravano tutti gli elementi positivi del film nella smania di condannare la profanazione compiuta dai demoni corrotti di Hollywood. Era un massacro senza precedenti, una specie di frenesia distruttiva che neppure Susan Arvey sarebbe stata capace di prevedere. Il secondo giorno, almeno fino al primo spettacolo delle sei del pomeriggio, gli incassi erano rimasti a livelli accettabili, e la sera aveva tenuto viva la speranza che il sabato l'afflusso degli spettatori sarebbe aumentato.

Ma le critiche erano corse di bocca in bocca, più forti di ogni campagna, più forti del richiamo dei divi, e avevano compiuto la loro tremenda opera. Sembrava che quanti avevano visto *WASP* il venerdì e il sabato pomeriggio avessero deciso di chiamare tutti gli amici e i conoscenti dichiarando che si trattava di un film bruttissimo, e che questi avessero chiamato altri amici e conoscenti in una specie di catena di sant'Antonio verbale che teneva lontano il pubblico dai cinema – esclusi pochi appassionati, decisi a vedere il film prima che venisse ritirato, per poter spiegare esattamente fino a che punto era addirittura peggio di quanto avessero sentito dire.

Nessuno sopportava Redford nella parte del perfido intrigante, così come detestava Nicholson in quella del buono ingenuo e indifeso. Tutti si sentivano personalmente oltraggiati da ogni scena del film, truffati dal modo in cui erano stati utilizzati i due divi, e per qualche tempo erano arrivati perfino a dubitare della loro altrimenti incontestata personalità. Era come se Vito avesse scotennato e sbudellato Babbo Natale in un orfanotrofio, proprio la vigilia di Natale.

La domenica era già tutto finito. Il film sarebbe stato proiettato davanti alle platee deserte solo fino al momento in cui i proprietari delle sale cinematografiche non avessero deciso di sostituirlo, e Vito aveva tagliato ogni comunicazionecon chiunque aveva a che fare con quel fiasco. Per alcuni giorni non fece altro che vagare in macchina intorno a Los Angeles, da San Diego a Santa Barbara fino all'estremità più lontana della San Fernando Valley; cercava i cinema che avevano in programmazione il film per vedere se davanti all'entrata c'era qualche segno di vita. Sapeva che era una ricerca inutile e ridicola, ma non riusciva a fermarsi. Domenica a mezzogiorno si rese conto che gli restava una sola cosa da fare.

«È suo padre» disse William, il maggiordomo, quando chiamò Gigi al telefono.

«Ciao, papà» rispose lei, sforzandosi di non sembrare troppo sorpresa. «Come va?»

«Non potrebbe andare meglio. Senti, se questa sera non hai niente in programma, verresti a cena con me?»

«Oh... Be'... sicuro... magnifico! Con piacere. Dove andiamo? Voglio dire, come devo vestirmi?» Gigi si rendeva conto di apparire confusa, ma erano più di due mesi che non riceveva una telefonata di suo padre.

«Non c'è bisogno di una grande eleganza, basta che tu sia in ordine. Chiedi a Billy, dille che andiamo da Dominick's, lei saprà darti un consiglio. Verrò a prenderti alle sette meno un quarto.»

Vito riattaccò senza lasciarle la possibilità di aggiungere una parola. Gigi si guardò nello specchio un po' opaco dalla cornice veneziana intagliata e dipinta, appeso sopra il telefono nel corridoio, dove l'aveva trovata William. Sgranò gli occhi e scosse solennemente la testa, cominciando a fare qualche calcolo.

Quel fine settimana lei e Mazie erano rimaste nelle rispettive case a studiare per l'importante esame d'inglese del giorno dopo – così importante che avevano pensato non fosse il caso di prepararsi insieme. Gigi aveva trascorso il sabato sui libri, e intendeva dare un'ultima ripassata la domenica sera. Aveva deciso di dedicare il pomeriggio alla cucina, in compagnia di Jean-Luc. Billy era rimasta a New York per quasi tutta la settimana e sarebbe tornata solo dopo cena, quindi Gigi e lo chef ne avrebbero approfittato per preparare un pollo alla François Premier, con funghetti selvatici, tartufi e panna.

Lascia perdere il pollo, si disse Gigi. Studia come una matta fino alle sei e poi vestiti.

«Jean-Luc» chiese allo chef, quando si fu scusata per dover rinunciare alla lezione, «ha mai sentito parlare di un ristorante che si chiama Dominick's?»

«Qui a Los Angeles?»

«Certo.»

«Mai sentito. E vuole abbandonarmi per quello?»

«Sa bene che posso abbandonarla soltanto per mio padre.»

«Si diverta, Gigi» rispose lo chef, insultando mentalmente Vito, quel cosiddetto padre che senza il minimo riguardo gli sottraeva l'allieva più promettente che mai avesse avuto, proprio quando stava per spiegarle le dieci regole fondamentali sui tartufi e le affascinanti possibilità che offrivano insieme alla carne e al pollo.

Gigi rimase immersa nello studio fino alle cinque. In tutta la sua vita non aveva mai impiegato un'ora per vestirsi, ma era troppo eccitata alla prospettiva di vedere suo padre, troppo preoccupata per il proprio aspetto per dedicare un minuto di più alla poesia elisabettiana. Fece la doccia e si rilavò i capelli che aveva già lavato il giorno prima. Quando ebbe finito di asciugarli aggiunse alla frangetta qualche altra striatura sottile ma luminosa, usando al posto del pettine un pennello intinto nell'acqua ossigenata. Passò in rassegna gli abiti preferiti e li divise in gruppi, scartando tutti quelli che apparivano anche solo lontanamente "eleganti" o adatti a una studentessa delle medie superiori. Provò diverse combinazioni, prima di arrivare a un compromesso che le sembrava adatto per un ristorante di cui Jean-Luc, che conosceva i migliori della città, non aveva mai sentito parlare: un maglioncino di cashmere color panna con il collo alto e un'ampia gonna in nappa, di una tinta che si armonizzava bene con le ciocche più scure dei suoi capelli. Infilò il maglione nella gonna e aggiunse un'alta cintura e un paio di stivali da cowboy, l'una e gli altri di splendida pelle color ruggine.

Niente orecchini, pensò, mentre si truccava gli occhi. Ne aveva una decina di paia, ma non conosceva ancora alla perfezione il codice che ne regolava l'uso. Gli orecchini potevano esaltare o rovinare ciò che indossavi. In ogni contesto assumevano un significato diverso, ed era necessario essere esperte come Billy per capirci qualcosa, per sapere quali erano adatti in una certa occasione e perché. Anche se la via d'uscita più facile consisteva nel farsi forare le orecchie e portare semplicissimi bottoncini d'oro o d'argento, lei che era intrepida in tante cose si sentiva venire i sudori freddi alla sola idea che qualcuno le trapassasse i lobi con un ago.

Si buttò un giubbotto di pelle sulle spalle e scese ad attendere nell'atrio semicircolare, appollaiata su una sedia da dove avrebbe immediatamente avvistato la macchina di Vito. Quando arrivò, puntuale, Gigi corse fuori, spalancò la portiera, salì e lo salutò con un rapido bacio sulla guancia, normalmente, anche se in realtà era la prima volta che usciva a cena sola con suo padre.

Fecero il tragitto relativamente breve che li separava da Dominick's, in Beverly Boulevard, parlando del tempo. Vito si diresse verso il parcheggio nascosto dietro l'edificio, come facevano tutti gli habitués, aiutò la figlia a scendere e infine entrò con lei passando dalla porta posteriore del ristorante e attraversando la cucina. Come stabilito, erano i primi clienti della serata. Aveva chiesto un separé isolato da tutti gli altri, in fondo alla sala e su un lato, in modo che a essere rivolta verso il resto della gente fosse Gigi, mentre lui sarebbe rimasto di spalle.

Mentre beveva l'aperitivo che Dom gli preparava al bar, Vito spiegò a Gigi il significato del ristorante, il suo spirito quasi da club, il senso di appartenenza che conferiva. Dietro di sé udiva la sala riempirsi, ma non si voltò mai per vedere chi stava arrivando.

Concentrò tutta l'attenzione su Gigi, tendendo verso di lei la testa bruna dai folti riccioli scuri, come se fosse la donna più affascinante del mondo. Le chiese notizie della scuola, annuì con aria interessata alle sue risposte vivaci; volle sapere tutto di Mazie e delle altre amiche e la fece ridere più volte con i suoi commenti. Mentre mangiavano bracioline di agnello con patate fritte, nessun dettaglio della vita di Gigi parve troppo insignificante, nessuna descrizione abbastanza completa perché non le rivolgesse nuove domande, sempre attente, spesso spiritose. Era completamente assorbito, come un uomo può esserlo soltanto di fronte a una donna bellissima e seducente che gli fa dimenticare tutto il resto nella smania di comunicare con lei.

Gigi si sentiva sempre più a suo agio, avvolta dal calore e dalla sollecitudine dell'interesse paterno. La sua risata sommessa e gaia risuonava spesso nel brusio discreto delle chiacchiere che riempivano la sala fumosa, e trovava un'eco nell'ilarità più profonda ma altrettanto sincera di Vito. Gigi tendeva verso il padre la testolina chic e sofisticata, e la semplicità del maglione metteva in risalto i capelli, il collo affusolato che sbocciava e saliva verso il mento ovale con una forma così delicata da provocare invidia in qualsiasi donna. Gigi era ignara di tutto, a parte la gioia di essere in compagnia del padre; e nessuno, ai tavoli e nei separé, poteva fare a meno di notare l'allegria eccezionale al tavolo di Vito Orsini, un'allegria dalla quale loro erano completamente esclusi.

Al termine del dessert erano ormai pronti ad andarsene, mentre nessuno degli altri clienti aveva ancora finito di cenare. Quando Vito ebbe firmato il conto, attraversò la sala in tutta la sua lunghezza tenendo al braccio Gigi. Lei si sentì arrossire e, in quel suo modo delicato e discreto, era emozionatissima. Vito si fermò a ogni tavolo presentandola con un sorriso d'orgoglio e un'espressione felice da conquistatore. «Sid, Lorraine, questa è mia figlia Gigi Orsini... Sherry, Danny, mia figlia Gigi Orsini... Lew, Edie, mia figlia Gigi Orsini... Barry, Sandy, Dave... mia figlia Gigi Orsini...» Prima di uscire dalla cucina e di tornare alla macchina, lei aveva fatto la conoscenza di una notevole percentuale dei personaggi più importanti del mondo del cinema, personaggi che sarebbero stati pronti a scommettere qualunque cifra sull'impossibilità di vedere Vito Orsini allegro proprio quella sera e che non avevano mai saputo dell'esistenza di una figlia adorabile con la quale aveva un rapporto tanto stretto e affettuoso.

Tutti si scambiarono occhiate significative che esprimevano da una parte lo stupore per la disinvoltura di Vito nell'accettare il fiasco, e dall'altra la gradita e quasi riconoscente scoperta che dopotutto nella vita c'era qualcosa di più importante di un film andato male. Non avevano forse tutti una famiglia, e magari anche dei figli? E non era ciò che contava, a lungo andare? Cosa si poteva pensare di un uomo il quale non permetteva che nulla gli rovinasse una serata con una figlia come Gigi? Quell'uomo meritava davvero di essere ammirato. Per molti minuti, dopo l'uscita di Gigi da Dominick's, molti dei più importanti cittadini di Hollywood si sorpresero a pensare che Vito Orsini, in fondo, era fortunato.

Gigi non notò il silenzio di Vito mentre tornavano a casa. Si crogiolava ancora nel ricordo di una serata assolutamente unica, come non aveva mai pensato di trascorrere in compagnia del padre.

Quando arrivarono alla portineria, vide allontanarsi la berlina che aveva ricondotto Billy dall'aeroporto.

«Billy è a casa» disse.

«Allora non entro» replicò Vito. «Salutiamoci qui. Domani parto.»

«Per molto tempo?»

«Sì. Probabilmente per diversi mesi.»

«Oh, papà!» esclamò Gigi, rattristata.

«Non volevo rovinare la cena dicendotelo prima. Devo andare in Francia per un impegno che avevo preso prima dell'uscita di *Specchi*. Ho firmato un accordo per la realizzazione di due film con un gruppo di uomini d'affari stranieri, libanesi rispettabili e con molto denaro, decisi a entrare nel giro del cinema internazionale. Devo fare quei film prima di poter passare ad altro. Mi incontrerò con loro a Parigi dopodomani. È molto probabile che gireremo soprattutto in Francia e in Inghilterra.»

«Peccato!»

«Lo so, non vorrei andare, ma è inevitabile. Come diceva Willie Sutton, le banche si rapinano perché è lì che stanno i soldi... E adesso le "banche" sono a Parigi. Magari potresti raggiungermi per qualche settimana quest'estate... ti troverei un lavoro come assistente tuttofare, così cominceresti a essere introdotta nell'ambiente. Telefonerò a Billy da Parigi e ne parlerò con lei.»

«Oh, non dimenticarlo! Ci terrei moltissimo a venire!»

«Non lo dimenticherò» promise Vito. Aprì la portiera, le diede un bacio e la salutò con la mano mentre ripartiva.

Sconsolata, Gigi entrò in casa e salì in camera di Billy.

«Tesoro!» Billy si voltò e la abbracciò. «Sei splendida! Ma perché quella faccia triste? Cos'è successo? Tuo padre ti ha detto qualcosa di spiacevole? William mi ha riferito che eri uscita a cena con lui.»

«Ho appena saputo che parte e che starà via Dio sa quanto per fare un paio di film in Francia.»

«Be', è comprensibile, no?»

«Sì, credo che sia una buona idea. Però mi dispiace che se ne vada.»

«Non ha detto niente del... del film?»

«Nemmeno una parola.»

«Quindi non hai dovuto dir niente neanche tu» commentò Billy scrutandola con attenzione.

«No, grazie al cielo. All'inizio della cena ero molto preoccupata, ma poi ho capito che aveva intenzione di comportarsi come se non fosse successo niente, e così mi sono tranquillizzata. Non avevo mai avuto con lui una conversazione tanto piacevole! Oh, Billy, si è interessato tanto a tutto quello che faccio... come se scoprisse per la prima volta la mia esistenza! Forse sono finalmente abbastanza grande per lui, non credi che sia così? Avevo molte cose da dirgli, e mi ha ascoltata con tale attenzione che ho dimenticato completamente il film. Non riesco a crederlo, ma non ci ho proprio pensato.»

«Uhm.» Billy era perplessa. Quando lei, Gigi e Mazie non avevano trovato i biglietti per *Kramer contro Kramer*, erano andate alla prima di *WASP* a Westwood. Le due ragazze non avevano osato proporre di uscire quando il film aveva cominciato a rivelarsi in tutta la sua goffaggine, ma alla fine Billy, che soffriva per Gigi, aveva insistito per andarsene con la scusa di un tremendo mal di testa. Gigi aveva letto e riletto tutte le recensioni, e si era addolorata al punto che Billy aveva dovuto portargliele via e strapparle.

«Dove avete mangiato?» chiese, incuriosita.

«In un posto che si chiama Dominick's. Per questo puzzo come se mi avessero cucinata alla griglia. Ma mentre uscivamo ho conosciuto tanti amici di papà. Sono stati tutti molto gentili e cordiali, come se non fosse successo niente. Nessuno ha detto una parola.»

«È così che vanno le cose in pubblico. Nessuno, nel giro del cinema, sa quando potrebbe venire a trovarsi nella stessa situazione di Vito, e perciò rispettano un preciso codice di comportamento» spiegò Billy, e le passò un braccio intorno alle spalle.

Sei un vero porco, Vito, pensò amaramente. Hai usato come scudo tua figlia della quale non ti sei mai occupato, l'hai portata nel tuo ambiente, hai sfoggiato tutto il tuo fascino, hai recitato la parte del padre affettuoso, l'hai messa in mostra di fronte a Hollywood, sapendo che così avresti scongiurato il momento difficile e confuso la gente, buttandole un po' di fumo negli occhi. So bene come hai agito questa sera: ti sei comportato con Gigi esattamente come avevi fatto con me, e l'hai spuntata nel tuo interesse. Quali progetti hai in mente per lei, adesso che può esserti utile?

6

Valentine O'Neill era al tavolo da disegno del suo studio a Scruples; sorbiva a piccoli sorsi il caffè forte alla francese che si preparava ogni mattina, e pensava a tante cose. Era la primavera del 1980 e si sentiva completamente felice. Quante donne potevano dire lo stesso? E a ventinove anni, per giunta? Aveva l'impressione che a quell'età quasi tutte fossero preoccupate per l'amico o il marito o i figli o il lavoro, perché non li avevano o perché dovevano curarsi di tutti contemporaneamente. Molte non raggiungevano la felicità totale (cioè una specie di serenità che permetteva di considerarsi felici) fino a quando diventavano nonne, potevano ritirarsi dalla mischia della vita e godersela. O almeno così le aveva sempre detto sua madre. La sua povera madre che, nonostante tanta saggezza era morta troppo presto, consumandosi fino all'ultimo nel suo lavoro di addetta alle prove degli abiti haute couture della Maison Balmain.

No, naturalmente non era felice del tutto, pensò, perché avrebbe sempre sentito la mancanza di sua madre, la francese che aveva sposato un irlandese conosciuto il giorno della liberazione di Parigi ed era andata a vivere con lui a New York, dove era nata Valentine. Dopo la morte prematura del marito, la giovane vedova aveva portato con sé la figlia, per metà francese e per metà irlandese, ed era tornata a Parigi, dove i laboratori di Balmain erano diventati la seconda scuola di Valentine. Lì aveva imparato tanto che, dopo la morte della madre nel 1972, aveva avuto il coraggio di tornare da sola a New York per fare carriera come stilista.

E adesso, otto anni più tardi, lei e Spider Elliott erano sposati, incredibilmente, e altrettanto incredibilmente erano soci di Billy Ikehorn in due boutique di enorme successo, i nuovi Scruples di Chicago e New York. Sarebbe stato bello che sua madre fosse vissuta abbastanza per vedere la sua felicità, pensò Valentine; lei stessa era quasi incapace di comprenderla senza qualcuno con cui parlarne, a parte Elliott, che però passava tanto tempo a lasciarsi incantare dal suo stupore da farle dubitare di capire davvero fino a che punto le sembrasse sorprendente quella realtà.

Valentine aveva i piedi ben piantati per terra e continuava a creare modelli per le sue clienti, abiti su misura secondo la grande tradizione del negozio. Nessun altro lavoro l'aveva mai allettata abbastanza da abbandonare il controllo assoluto sul reparto sartoria dello Scruples californiano, un lusso al quale molte donne ricche, nonostante il loro denaro, potevano soltanto aspirare, perché Valentine disponeva di un tempo limitato e le prime clienti continuavano ad avere la precedenza. Provava la necessità impellente di continuare a creare con le proprie mani, inventare, disegnare, maneggiare le stoffe, ideare abiti per occasioni speciali, abiti che esprimevano tutta la sua immaginazione e il suo talento. La lista d'attesa era chiusa per un anno anche se, come in tutte le liste di quel genere, c'era sempre un po' di spazio per chi beneficiava di una raccomandazione speciale.

Come Gigi Orsini. Naturalmente avrebbe creato l'abito di Gigi per la grande festa da ballo dell'ultimo anno di scuola, pensò Valentine con un piacevole senso di anticipazione, anche se Billy, preoccupata al pari di una madre vera, riteneva rischioso viziarla. Ma come si poteva viziare una ragazza per la quale l'idea del paradiso consisteva nell'essere iniziata ai segreti della cucina di Valentine? Come si poteva viziare una ragazza che aveva passato un sabato intero a fare la spesa e a preparare una cena di cinque portate nel loro appartamento, come regalo per il loro secondo anniversario di matrimonio, una cena splendidamente classica che Valentine si riconosceva incapace di eguagliare anche nelle sue giornate migliori? Valentine aveva imparato a cucinare dalla madre, ma, per quanto ottime, le sue ricette erano solo quelle che il ceto medio si poteva permettere ogni giorno. Gigi, invece, aveva appreso l'arte culinaria da un raffinato chef francese e la sua cucina elegante e sofisticata stava a quella francese normale come uno dei modelli di Valentine stava a un capo di abbigliamento prêt-à-porter.

Dunque, anche se Gigi fosse stata odiosa, come avrebbe potuto negarle un abito che le facesse fare bella figura in un'occasione così importante come il ballo dell'ultimo anno? Qualunque stilista costretto a lavorare ogni giorno con donne normali che avevano tanto da nascondere, mascherare o esaltare, si sarebbe buttato sulla possibilità di creare qualcosa di squisito per Gigi, una personcina adorabile che univa una freschezza capricciosa a un'aria d'innocente baldanzosità. Gigi, pensava Valentine, portava con sé il suono di una musica lontana, l'eco gioiosa e spensierata di motivi d'altri tempi.

Sembrava che fosse uscita danzando da un'epoca scomparsa mezzo secolo addietro, segnata dal ritmo del jazz; sembrava fatta per sbaciucchiarsi sul sedile posteriore di una decappottabile con uno studente di Yale, per bere gin di contrabbando e fumare sigarette proibite, per fare impazzire di passione intere squadre di giovani. Ma Gigi aveva appena cominciato ad accettare appuntamenti e non aveva brutte abitudini, la qual cosa era sufficiente a preoccupare Billy.

Forse era la discendenza per metà irlandese che avevano in comune, si chiese Valentine, a farle provare un senso di profonda affinità con Gigi? Oppure era il fatto che entrambe lavoravano con impegno e rispettavano in nome della logica uno status quo contro il quale si sarebbero ribellate se l'avessero ritenuto giusto? Una cosa era certa: tutte e due avevano gli occhi verdi, la carnagione candida e i capelli rossi, anche se nel caso di Gigi quel rosso, o meglio quell'arancio, era ottenuto con mezzi artificiali; e non aveva importanza che Valentine fosse molto più alta, mentre Gigi sembrava avere già smesso di crescere. Creare un abito per lei sarebbe stato come crearne uno per sé, se mai avesse dovuto andare al ballo dell'ultimo anno di scuola, un'istituzione che il suo liceo parigino avrebbe senza dubbio vietato.

Ma non poteva mettersi a pensarci adesso, riflettè dando un'occhiata all'orologio. Tra due minuti aveva appuntamento con una cliente nuova, un'altra eccezione alla lista d'attesa. Aggrottò la fronte al ricordo della richiesta che non aveva potuto respingere, arrivata da Billy: creare un guardaroba completo per Melanie Adams, la protagonista del nuovo film di Wells Cope, *Leggenda*.

Cope, il produttore più sicuro, invidiato e raffinato di Hollywood, aveva lasciato passare un anno prima di dedicarsi al secondo film di Melanie Adams, che era balzata ai vertici della classifica delle star con il suo primo film, realizzato su misura.

Leggenda, una trama che combinava abilmente la storia del successo della Dietrich e della Garbo, poteva essere interpretato soltanto dall'unica attrice che non aveva nulla da temere, almeno da un punto di vista fisico, dal confronto con le divine immortali. Tuttavia Valentine avrebbe rifiutato volentieri l'incarico, nonostante tutta la pubblicità che le poteva fruttare, perché non aveva più bisogno di elogi da parte della stampa e aveva imparato a difendersi dalla pressione delle lusinghe più suadenti.

Melanie Adams era l'ex modella che aveva spezzato il cuore di Spider Elliott quattro anni prima, scaricandolo con una breve lettera crudele e lasciando a Valentine il compito di rimettere insieme i cocci.

Elliott, il suo Elliott, era un uomo che amava e apprezzava sinceramente le donne: celebrava la presenza femminile nel mondo, si donava a loro con lo stesso calore e la stessa dolcezza con cui loro si donavano a lui, leniva le loro ferite e comprendeva i loro problemi. Ma prima di innamorarsi di Valentine si era innamorato una volta sola... di Melanie Adams.

E lei era stata brutale, l'aveva usato senza pietà, gli aveva mentito, aveva trattato con disprezzo i suoi sentimenti. Elliott non aveva mai biasimato Melanie quando ne parlava con lei, si era sempre sforzato di comprenderla, di giustificare il modo in cui aveva agito; ma Valentine conosceva la verità e moriva dalla voglia di punire la creatura che gli aveva inflitto tanta sofferenza. Melanie aveva fatto cose imperdonabili all'uomo che lei ora amava. Elliott era un vero signore. Se Melanie Adams si fosse rivolta a lui, adesso, sarebbe stato premuroso, non avrebbe cercato di vendicarsi, ma Valentine era troppo donna per non farlo.

E poi, per essere sincera, si chiese scrollando la testa divertita, non era anche un po' curiosa di incontrarla? Non era forse normale voler vedere con i propri occhi, in carne e ossa, l'unica altra donna che Elliott aveva amato?

Melanie Adams arrivò nello studio mentre Valentine si allacciava l'ultimo bottone del severo camice bianco che indossava per ricevere le clienti. Entrò circondata dal suo seguito al completo: Wells Cope in persona, un bell'uomo biondo poco più che quarantenne, asciutto e curatissimo, scortato da un produttore esecutivo, due pubblicitari, la parrucchiera personale di Melanie e una segretaria. Tutti e sei si stringevano con fare protettivo intorno all'attrice, così che in un primo momento Valentine non riuscì a scorgerla. Se ne stava in mezzo agli altri con aria assente, come una regina prigioniera fra i selvaggi, mentre ognuno si presentava a Valentine.

«Spiacente, signor Cope, ma non posso dirle che è il benvenuto nel mio studio» dichiarò subito Valentine. «Non pensavo avesse intenzione di accompagnare la signorina Adams, e non riesco a immaginare perché abbia portato con sé tanta gente.»

Wells Cope rise, disinvolto, per nulla smontato dal tono gelido.

«Avrei dovuto avvertirla, signorina O'Neill, ma naturalmente i costumi di *Leggenda* sono troppo importanti perché Melanie venisse qui sola, come una donna qualunque. Siamo qui per facilitarle il lavoro, per aiutarla, per...»

«Signor Cope, lei non può aggiungere nulla al mio lavoro. Ho letto la sceneggiatura, e ho capito cosa è necessario per i costumi. Ho bisogno esclusivamente della signorina Adams.»

«Lei non capisce. La signorina Adams... Melanie, vuole che stiamo qui per spianare la strada, per dare suggerimenti e...»
«Per tenerla per mano, signor Cope? Se non si sente sicura nell'affidarsi a me, allora è inutile cominciare. Certo, intendo collaborare con lei, alla fine, e lei dovrà approvare i miei modelli, correggerli insieme a me. Ma oggi ho bisogno della signorina Adams da sola. Ho meno di due ore da dedicarle. Avete intenzione di lasciarla qui o di andarvene tutti, compresa la signorina?»
«Avrebbe potuto dirmelo prima. Non avevo idea fosse così...» Wells Cope non sorrideva più.
«Così... come?» chiese Valentine. Era compiaciuta nel vederlo costernato, ma mantenne la stessa espressione severa.
«Così... decisa.»
«Prendere o lasciare, signor Cope. Basta che non mi faccia perdere tempo.»
«Melanie?» L'uomo si girò a guardarla con aria interrogativa.
«Santo cielo, Wells, volete togliervi dai piedi tutti quanti?» La voce di Melanie Adams conservava ancora un'eco delle cadenze fin troppo dolci della natia Louisville, nel Kentucky, ma il tono era brusco.
Wells Cope l'aveva scoperta, l'aveva inventata, l'aveva trasformata in un'attrice e l'aveva scritturata per quattro film. La pioggia di lodi che le aveva fruttato il grande successo personale l'aveva indisposta verso l'atteggiamento paternalistico di Cope, al quale per il momento non poteva sottrarsi.
«Tornerò a prenderti a mezzogiorno» disse lui, aggrottando la fronte. «Forza, andiamo, lasciamo lavorare le due signore.»
«Bene» esordì Valentine appena furono sole. «Credo che così sia meglio.»
«Ammiro il suo stile, signorina O'Neill. Non avevo mai visto nessuno estromettere Wells. Mi è piaciuto molto.»
«Mi chiami Valentine. Di solito non sono così brusca, ma la loro presenza era del tutto superflua. Mi sorprende che non l'avessero capito da soli.»
«Avevo detto a Wells che lei non creava modelli in collaborazione con un intero comitato. Ma sono tutti così nervosi, vogliono che gli abiti siano perfetti, dato che *Leggenda* è praticamente un film in costume.»
«E naturalmente io non creerei mai abiti rigorosamente d'epoca, dato che oggi ci farebbero inorridire.»
«Oh, sì, è proprio quello che ho pensato quando ho esaminato le fotografie della Garbo e della Dietrich al loro arrivo a Hollywood.

Vestivano in modo orrendo, tutto ciò che indossavano era troppo lungo o troppo ingombrante o semplicemente volgare, e quei cappelli spaventosi, poi! Non volevo nemmeno fare il film perché non sopportavo quegli abiti.»

«Non abbia paura» disse Valentine, osservandola da vicino, studiando il modo in cui muoveva le mani, girava la testa e teneva le spalle. Naturalmente era più piccola di quanto sembrasse sullo schermo, ma anche molto più bella, pensò.

«Mi atterrò approssimativamente alla moda del periodo» spiegò a Melanie. «La interpreterò, creerò quello che è necessario al suo look, e al tempo stesso darò al pubblico l'impressione che lei sia vestita secondo i gusti di quegli anni. Ed eviterò, visto che il signor Cope mi pagherà molto bene, la disillusione di una realtà riprodotta.»

«"La disillusione della realtà"... mi piace. Lo capisco» disse Melanie. La realtà era sempre sfuggita alla sua ricerca incessante. Per tutta la vita, anche se le dicevano che era bellissima, anche se tanti uomini l'avevano amata, non era mai riuscita ad avere una percezione interiore di se stessa come persona reale. Era certa di esserlo solo quando soffriva di un tremendo raffreddore, si ripeteva talvolta con l'ansia di una bambina.

Appena aveva lasciato l'attività di modella per passare alla recitazione aveva scoperto di sentirsi reale solo finché la macchina da presa era in funzione. Reale come la donna che interpretava, naturalmente, ma vera, presente. Alla fine, però, la macchina da presa si fermava, abbandonandola come una naufraga, riconsegnandola al suo nucleo vuoto, al tentativo sempre rinnovato di spezzare un intenso, ineluttabile legame con la propria immagine e di emergere finalmente nel mondo, come un pulcino che cerca di rompere a beccate un uovo infrangibile. Il suo bisogno di continuare a prendere per creare almeno un fuggevole senso di identità le aveva insegnato a ispirare amore, ma nemmeno l'adorazione più sfrenata era riuscita a liberarla delle catene del narcisismo.

«Ho parlato di "realtà riprodotta"» la corresse Valentine.

«Oh, sì. Ma è la stessa cosa, no?» mormorò Melanie, sfiorando con le dita i rotoli di stoffa appoggiati alla parete accanto al tavolo da disegno, e poi i velluti delicati, i morbidi cashmere, i gelidi rasi. Si girò verso Valentine, incuriosita, come se uscisse da un sogno.

«Ha sposato Spider Elliott, vero?» chiese. Aveva visto le foto di Valentine su "Women's Wear", ma non l'aveva mai incontrata. Non aveva immaginato che potesse essere così comprensiva. Anzi, non avrebbe neppure voluto avere a che fare con la moglie di Spider, e soltanto le insistenze di Wells l'avevano convinta a recarsi da lei.

«Io ed Elliott siamo sposati da due anni» fu la sua concisa risposta. «Una volta lo conoscevo... anzi, fu lui a farmi le prime foto quando cominciai a lavorare come modella, e si può dire che fu lui ad avviarmi alla carriera.»

«Senza dubbio» confermò Valentine. «Ma qualunque fotografo avrebbe fatto altrettanto. Elliott diceva che era impossibile farla apparire brutta in fotografia. Ricordo quando Harriet Toppingham vide per la prima volta quei provini su "Fashion and Interiors". Elliott mi disse che l'aveva definita "bella da morire". Lo sapeva?»

«No.» Melanie rise, lusingata. «Harriet esagerava sempre, ma nel suo mestiere era straordinaria. Santo cielo, lei doveva conoscere molto bene Spider perché le raccontasse un particolarte così sciocco. E poi, è successo almeno quattro anni fa. Mi sorprende che lo ricordi ancora.»

Valentine raccolse il metro a nastro. «Mi lasci prendere qualche misura, prima che me ne dimentichi» disse. «Stia immobile.» Cominciò a misurare le distanze fondamentali dalla nuca alla sommità della spina dorsale, da qui all'estremità esatta della clavicola, dalla clavicola alla punta del gomito, dal gomito al polso e dal polso alla punta del dito medio. Era soltanto l'inizio di tutto quello che le occorreva, ma non si sarebbe mai fidata di far prendere le misure dalle assistenti.

«Non è che lo ricordi esattamente» disse, continuando a usare il metro. «Vede, abitavamo in due piccoli loft vicini, e alla fine della giornata Elliott mi raccontava tutto ciò che gli era capitato sul lavoro. Io ero abbastanza stupida da preparargli la cena tutte le sere che non uscivа, ma non avevo scelta, o quel povero sciocco sarebbe morto d'inedia. Il giorno in cui la conobbe, mi confessò che si era innamorato di lei prima ancora di sapere il suo nome. Mi disse che l'aveva sorpresa al punto tale che l'unico modo per convincerla a restare nello studio era stato prepararle un meraviglioso sandwich di liverwurst e formaggio svizzero con pane di segale.» La voce di Valentine era vibrante, spiritosa. «Francamente mi colpiva molto che in simili circostanze Elliott avesse avuto tanta presenza di spirito, quando il massimo che faceva per me, se correvo a chiedergli conforto alla fine di uno dei miei amori tragici, era offrirmia solita crema di pomodori della Campbell's con i cracker Ritz.»

«Le raccontò che si era innamorato di me?»

«Naturalmente.» Valentine scrollò le spalle. «Non avevamo segreti. Forse sembrerà strano, anzi, ne sono sicura, che un uomo e una donna si dicano tutto e continuino a non avere segreti l'uno per l'altra: eppure è proprio ciò che succede quando non si parte dall'amore, ma dalla semplice amicizia.»

«Una semplice amicizia? A me sembra molto di più.»

«Oh, per la verità no. Anzi, all'inizio non avevo neppure simpatia per Elliott... o meglio, non approvavo la sua abitudine di innamorarsi di tutte le più belle modelle di New York. Sono sicura che anche lei doveva avere intuito il suo comportamento quando lo conobbe. Come potevo avere fiducia in un uomo che passava da una donna all'altra, ne amava una qui e una là, quasi indiscriminatamente, purché fossero belle? Ha dovuto fare molta strada prima di conquistare la mia fiducia, anche se dopo un po' mi ero affezionata.»

«E come... come l'ha convinta... che poteva fidarsi?» La domanda esitante di Melanie sembrava giungere da molto lontano, tanto era flebile la sua voce.

«Ah, questo non posso dirglielo» rispose con un sorriso gentile. «Si sentirebbe troppo lusingata, e se dobbiamo collaborare, io non posso diventare una delle già numerose persone che la adulano.»

«Ma aveva qualcosa a che fare con me? Suvvia, deve dirmelo! Non è giusto fare un'allusione e basta. Se aveva intenzione di non dirmi niente, non avrebbe dovuto nemmeno parlarne.»

Valentine posò il metro. «Sa, Melanie, ha proprio ragione. Ci sono cose che Elliott mi ha detto ma che avrebbe dovuto tenere per sé. E io avrei dovuto tacere.»

«Insisto! Le assicuro che non me la prenderò. Di cosa si trattava, Valentine?»

«Ecco... Ricorderà che dopo la fine della lavorazione del suo primo film, passò molto tempo prima che il signor Cope decidesse quale avrebbe dovuto essere la mossa successiva della sua carriera.»

«Come potrei dimenticarlo? L'attesa mi ha fatto quasi impazzire. Ma questo cosa c'entra con la sua fiducia in Spider?»

«A quel tempo Elliott non la vedeva da quando lei era partita per Hollywood, dopo averlo piantato all'improvviso un pomeriggio, a New York. Ah, Melanie, dovetti confortarlo molto per aiutarlo a superare il colpo, glielo posso assicurare. Il povero Elliott rimase distrutto per mesi... sì, ci volle un bel po' prima che trovasse un altro amore, anche se alla fine fu un bene per il suo alter ego scoprire che c'era almeno una ragazza capace di dirgli di no... Ma dov'ero rimasta? Oh, sì, molto tempo dopo, quando lei venne a trovarlo a casa, qui a Los Angeles e...» La voce di Valentine si smorzò. Arrossì e distolse gli occhi dal viso di Melanie.

«Allora?» chiese l'altra, in modo piuttosto brusco.

«Certamente fu naturale che voi due faceste l'amore, non è vero?

E che sia stato delizioso. Per entrambi. Capivo benissimo perché lei voleva riprendere la relazione con Elliott: tante ragazze pensavano che fosse difficile o addirittura impossibile dimenticarlo. Ma quando me lo disse e... come posso spiegarmi?... e mi raccontò che era stato costretto a chiarirle che il suo sentimento per lei era finito, anche se fare l'amore era sempre piacevole... credo che il fatto di essere completamente guarito, una cosa che, immagino, nessun altro uomo innamorato di lei potrebbe affermare... ecco, è stato allora che ho cominciato, a poco a poco, lo ammetto, a fidarmi di lui, a credere che forse era diventato adulto e aveva perso l'abitudine inveterata di innamorarsi di ogni bellezza che incontrava. Questo risponde alla sua domanda?»

«Nel modo più esauriente» disse Melanie, sforzandosi di assumere un tono scherzoso.

«E non l'ho adulata troppo?»

«Non ne sono sicura, Valentine. Dovrò pensarci sopra.»

«Brava! Allora cominciamo. Ho fatto qualche schizzo preliminare buttando giù un paio di idee appena abbozzate, e non ho intenzione di farli vedere al signor Cope se prima lei non mi avrà detto la sua opinione. È lei che dovrà indossare questi abiti, e io li creo per lei, non per il signor Cope. Venga al mio tavolo da disegno: glieli mostrerò.»

Mentre Melanie girava i fogli esaminandoli con attenzione, Valentine si sentì sorpresa del proprio comportamento e provò una specie di allegria interiore all'idea di avere ancora molto da imparare sulle proprie emozioni e capacità. Lasciò Melanie ad ammirare i modelli e si concesse una sigaretta. Teneva sempre un pacchetto di Gauloises in ufficio, per i momenti in cui voleva isolarsi con i suoi pensieri, e adesso sentiva il bisogno di fumarne una mentre rimetteva ordine fra i sentimenti. Innanzitutto non si era mai sognata di riuscire a presentare abilmente il suo Elliott come un uomo che si era innamorato di molte donne e non di due soltanto. E in secondo luogo non aveva mai saputo, fino a quel giorno, di essere stata violentemente gelosa di Melanie Adams. Nel periodo in cui Elliott era legato a Melanie, era quasi riuscita a convincersi che si trattava di un amico e niente di più, anche se adesso aveva la certezza di averlo amato fin dal primo giorno. E infine, nonostante la confusione dei sentimenti passati, sapeva che oggi avrebbe realizzato per Melanie, un tempo tanto odiata, qualcosa di veramente magico, superando se stessa.

Valentine decise di creare abiti in grado di alleviare la tristezza di quella povera creatura incantevole. Non avrebbe mai creduto, fino a quel giorno, che il sentimento più forte che avrebbe provato per Melanie Adams sarebbe stato la pietà.

Susan Arvey lasciò canticchiando lo studio di Mark Hampton. Il suo passo era leggero come quello di una debuttante. Non appena il famoso arredatore avesse trovato un minuto libero, sarebbe volato in California per dare un'occhiata alla sua casa; poi sarebbe rientrato a New York e avrebbe avviato i progetti di rinnovamento integrale, dalla lavanderia al salotto. E com'era simpatico! Aveva una conoscenza enciclopedica della storia dell'arredamento, ma la sua comprensione delle esigenze moderne era così sensibile che non avrebbe potuto fare scelta migliore. Susan esigeva una grandiosità dichiarata e tuttavia addomesticata, in modo che il comfort prevalesse su ogni altra cosa, e Hampton capiva fino in fondo le abitudini di prodigalità e lusso. Susan Arvey era rimasta molto colpita dall'ultima cosa che le aveva detto: «L'unico dogma che vale la pena di rispettare è quello che ci si impone da soli». Per la verità, si riferiva al modo di arredare le camere da letto; ma secondo lei era un'osservazione che si poteva estendere fino a includere la vita stessa.

Mentre, nell'ora di punta del tardo pomeriggio, attendeva che il semaforo scattasse permettendole di attraversare la Quinta Strada, si sentiva un po' stordita, come sempre accadeva quando si ritrovava a camminare per una via di New York dopo un viaggio da Los Angeles. Veniva spesso nella metropoli, ma ogni volta dimenticava che a Manhattan c'erano tante, tante persone, ognuna delle quali pretendeva un po' di spazio e temeva che il semaforo tornasse rosso prima di essere riuscita ad attraversare.

Grazie a Dio lei era nata sulla West Coast. A New York perfino la figlia e unica erede di Joe Farber sarebbe stata soltanto una delle centinaia di donne altrettanto ricche che avanzavano rivendicazioni continue nei confronti dell'attenzione della società. Se fosse vissuta lì, si sarebbe trovata in mezzo a un mare di donne come lei, obbligata a competere, come coloro che attendevano all'incrocio, anche solo per conquistarsi uno spazio angusto nel mondo più elegante. Sarebbe stata costretta a entrare nell'arena insieme a donne la cui ricchezza proveniva da vecchi patrimoni di famiglia, donne che più di lei avevano motivo di andare orgogliose delle proprie origini, e insieme a donne dalle fortune accumulate di recente nelle banche, nell'industria, nella Settima Strada, nell'editoria, letteralmente in ognuna delle grandi attività americane i cui padroni vivevano a New York.

A Hollywood, una città con un unico genere di industria, dove suo padre era stato uno dei pochi colossi finanziari e dove suo marito lo era adesso secondo i criteri contemporanei, difficilmente avrebbe potuto lasciarsi scappare il primato. Il suo successo era assicurato in partenza, qualunque cosa avesse fatto per evitarlo. Susan lo sapeva: ogni donna capace di fare un paio di calcoli, non avrebbe potuto rifiutare quel dato di fatto. Tuttavia, aveva impiegato le sue energie per assicurarsi di essere sempre in cima alla vetta; era in competizione continua per ottenere un ascendente anche quando non era strettamente necessario, e ogni giorno aspirava quasi dolorosamente a un potere più grande di quello che Hollywood, dominata dai maschi, fosse disposta ad accordarle.

Eppure, a New York una donna poteva a volte brillare di luce propria, anziché accontentarsi del riflesso del potere del padre o del marito, come invece era la regola a Los Angeles. A New York una donna poteva dirigere una rivista o un'agenzia pubblicitaria o una casa di moda, senza per questo dovere nulla a un uomo.

Ma fare ciò significava diventare una donna che lavorava, una donna in carriera, una donna che doveva esporsi al rischio dell'insuccesso: Susan Arvey se ne rendeva conto, e quel genere di vita non le piaceva. No, era disposta ad alzarsi presto per una lezione di tennis, ma non certo per andare in ufficio!

Quando arrivò nell'appartamento dello Sherry Netherland che avevano acquistato anni prima, telefonò a casa. A New York era quasi ora di cena, a Los Angeles pomeriggio.

«Sì, Curt, sto benissimo. Ho appena parlato con lui... non avrebbe potuto essere più simpatico. Sì, tesoro, abbiamo deciso di rifare tutta la casa. È un'idea che mantiene giovani, che impedisce di adagiarsi sugli allori. Dopotutto, non vorrai che io diventi irrequieta al punto di vendere i nostri quadri per cominciare una collezione completamente nuova di artisti moderni, vero? Oh, ci vorranno ancora tre giorni prima che possa ripartire... C'è tanto da fare. Tu come stai, caro? Ti senti meglio? Sono contenta. Dovresti cercare di dimenticare completamente quel film, come hanno fatto tutti gli altri. Stasera? Il solito. Natalie ha scoperto una commedia così Off Broadway che credo vada in scena addirittura a Newark. Non preoccuparti, naturalmente prenoterò una macchina con autista... non penserai che io possa salire su un taxi, vero? È come chiudersi in uno stanzino con un pazzo scatenato. Ti richiamo domani. Riguardati, e stanotte cerca di dormire. Ciao, tesoro.»

Assolti i suoi doveri di buona moglie, Susan Arvey si tolse i gioielli e li mise nella cassaforte installata in guardaroba. Poi fece un'altra telefonata, e dopo una breve conversazione fissò l'orario dell'appuntamento di quella sera.

Mentre si crogiolava piacevolmente nella vasca da bagno, pensò con affetto a Natalie Eustace, la sua compagna di stanza durante il primo anno al college e che aveva poi abbandonato gli studi per sposarsi. Curt detestava la cultura artistica di Natalie, il suo amore per opere di prosa che non avrebbero mai dovuto essere scritte e tanto meno prodotte. Per lui era sempre un sollievo, non essere costretto a sopportarne la compagnia per una sera. Anzi, non la vedeva da anni perché ormai Susan aveva imparato a risparmiargli la seccatura e si incontrava con lei solo quando il marito non era a New York. Curt capiva il bisogno di Susan di recarsi spesso nella grande metropoli: a spingerla erano il suo interesse per l'arte e la sua splendida collezione di quadri. C'erano sempre tante mostre da vedere, tante gallerie nuove da visitare, tante aste curiose, per non parlare dei suoi musei preferiti. Curt le aveva detto che sarebbe vissuto benissimo senza tutte quelle cose, ma se a lei piacevano, perché no?

Già, perché no? si ripeté mentalmente Susan Arvey, guardandosi nello specchio del tavolo da toilette. Quando si era fatta fare il primo lifting aveva appena trentotto anni, ed appariva eccezionalmente graziosa e giovane per la sua età.

Per anni era rimasta in guardia, ad attendere il momento opportuno, il primo istante in cui avrebbe notato gli effetti della forza di gravità sulla linea del suo mento. Ogni giorno si tirava con gesti automatici la pelle delle mascelle e delle guance verso le orecchie, lasciandola poi ritornare nella configurazione normale. Il giorno in cui l'aveva vista rilassarsi un po' troppo, anche se in modo così trascurabile da risultare visibile a lei sola, Susan aveva preso appuntamento con uno specialista in chirurgia plastica di Palm Springs, un professore molto più discreto e molto più costoso di quelli che esercitavano a Beverly Hills.

Il buon dottore, come lo chiamava tra sé, le aveva detto che pochissime donne erano previdenti come lei e così intelligenti da rivolgersi a lui in modo tanto tempestivo. In genere attendevano fino a quando il restauro appariva ormai necessario a occhio nudo. In passato, le aveva spiegato con rammarico, non più di dieci anni prima, i medici consideravano opportuno attendere per intervenire fino a quando potevano modificare radicalmente l'aspetto delle loro pazienti. Questo significava che la loro opera si sarebbe notata moltissimo, quando in realtà lo scopo era appunto di evitare che venisse notata. Il suo lifting sarebbe stato effettuato esattamente nel momento più adatto, prima che se ne vedesse il bisogno, le aveva detto, soddisfatto alla prospettiva di operare in condizioni perfette. Il buon dottore le aveva garantito un lavoro così delicato e leggero, che nemmeno la più attenta e sospettosa fra le sue amiche lo avrebbe mai indovinato. Inoltre, la guarigione dagli inevitabili lividi e gonfiori sarebbe stata eccezionalmente rapida e facile. Il buon dottore aveva mantenuto tutti gli impegni.

Susan Arvey aveva detto a Curt che sarebbe andata in una beauty farm per qualche settimana di dieta e ginnastica intensiva. Quando era tornata dal deserto, dove aveva soggiornato nel privatissimo convalescenziario del dottore senza vedere nessuno all'infuori delle infermiere e del dottore stesso, Curt aveva commentato che le cure le avevano riacceso una luce negli occhi. Adesso, a quarantun anni, era esattamente come a trentaquattro. E pensava che così avrebbe continuato ad apparire, a parte le inevitabili ma in fondo gradevoli rughe di espressione che prima o poi tornavano, mentre il tempo passava e lei usava i muscoli per sorridere o per accigliarsi. Il buon dottore era poco più anziano di lei e covava sotto la propria ala due allievi giovani e brillanti; perciò, se Susan avesse insistito con il tennis, la ginnastica e i massaggi, perché mai avrebbe dovuto cominciare a dimostrare più di trentaquattro anni?

Susan Arvey si ispezionò il corpo nudo con la solita spietata attenzione per i particolari. Aveva esordito con una figura splendida e snella e con un seno pieno e sodo, e grazie alle continue premure si era conservata agile, slanciata e scattante. Per fortuna non aveva avuto figli: quelli sì che causavano danni irreparabili. Non si esponeva mai al sole dopo la lezione di tennis del mattino, e dunque la sua carnagione era fresca come quella di una ragazzina. Era molto più forte di quanto sembrasse perché per anni aveva fatto ginnastica, accrescendo la propria flessibilità, e i piatti muscoli addominali e quelli affusolati delle braccia e delle gambe non tradivano la loro reale massa.

Mentre si pettinava i capelli biondi in uno chignon e si applicava un filo di trucco leggero, Susan rise tra sé alla prospettiva di continuare a dimostrare trentaquattro anni anche a cinquantaquattro. Certo, la gente si sarebbe accorta che era ricorsa a qualche "ritocco" semplicemente perché la conosceva da tanto tempo, ma non avrebbe potuto spettegolare sui particolari, né individuare l'epoca degli interventi e il dottore che li aveva eseguiti, come tutte amavano fare sul conto di qualunque donna acquistasse all'improvviso un'aria "riposata".

Susan entrò nella piccola cucina dell'appartamento di cinque stanze, prese l'insalata di pollo lasciata in frigo dal servizio in camera e la mangiò in fretta, senza interesse. Indossò il più sobrio e serio dei suoi costosissimi vestiti e lasciò l'albergo salutando come sempre il premuroso portiere. Appena si fu allontanata, prese un taxi e diede un indirizzo della Seconda Strada. La macchina andò a fermarsi davanti a un anonimo palazzo in stile moderno che non aveva portiere né un addetto all'ascensore. Salì all'undicesimo piano e aprì la porta dell'appartamentino che possedeva da anni e che aveva arredato facendo acquisti da Bloomingdale's. Era stato comprato dai suoi amministratori dietro precise istruzioni, e arredato e tenuto in ordine nello stesso modo. Gli amministratori non avevano dimostrato la minima curiosità nei confronti dell'appartamento, e suo marito non aveva accesso agli amministratori.

Quel soggiorno era davvero accogliente, pensò Susan, era comodo e di buon gusto, il tipico locale che avrebbe potuto permettersi una donna sola con un lavoro ben retribuito. Accese l'impianto di condizionamento per cambiare l'aria, quindi si diresse in camera da letto. Il cuore prese a batterle ancora più forte di quanto avesse fatto dal momento in cui era uscita dallo Sherry Netherland.

La stanza da letto non era normale né comune, non era di facile portata da un punto di vista economico e non era neppure di buon gusto. Restava isolata dal mondo esterno grazie ai tendaggi ricchi e abbondanti che coprivano completamente pareti e finestre nei toni del rosa chiaro e del rosa scuro, molto femminili, con qualche tocco di rosso carico. C'erano molti paraventi e specchi ubicati in maniera ingegnosa, e un grande letto in ferro battuto con lenzuola di seta e una quantità di cuscini. Era una camera dal tono assolutamente edonistico e sofisticato, una camera fatta per custodire segreti.

Susan Arvey la attraversò, entrò nel grande spogliatoio e si liberò dell'abito troppo austero. Scelse con cura fra le dozzine di vestaglie lunghe, e optò per una dai lucenti toni violetti. Ogni vestaglia aveva un'ampia fusciacca in vita, una scollatura profonda e una gonna abbondante. Erano tutte in stoffe preziose ma leggere, così impalpabili da sembrare quasi trasparenti, e tuttavia realizzate con tale prodigalità che le pieghe e i pannelli impedivano di scorgere la figura. Susan aprì un altro armadio dello spogliatoio, esaminò cinque parrucche con i capelli lunghi, rosse e brune, e ne scelse una che era un intrico di riccioli neri. Sciolse lo chignon, si fermò i capelli in alto e calzò la parrucca. Adesso non dimostrava più trentaquattro anni ma ventiquattro, perché la finta chioma la ringiovaniva in maniera miracolosa. Il trucco non richiedeva ritocchi: la sua semplicità contribuiva già a darle un'aria sbarazzina.

Per la seconda volta nella serata si avvicinò a uno specchio a figura intera e rimase a contemplarsi. Nonostante si sforzasse di essere critica, davanti a lei stava una ragazza eccezionalmente bella e dal corpo attraente; il peggio che si poteva dire era che i seni erano forse troppo abbondanti, e i capezzoli un po' troppo prominenti. Ma nessuno sarebbe mai stato in grado di riconoscerla, poiché la parrucca nera cambiava in modo straordinario il suo aspetto, ricadendo in una frangetta riccioluta e ombreggiandole gli zigomi. Si sollevò i seni con le mani, e la scollatura della vestaglia ne incorniciò il morbido candore. Sistemò i riccioli della parrucca adagiandoseli a cascata sul petto e aprì la vestaglia scoprendo il biondo pelo pubico. Per lunghi minuti, ondeggiando leggermente, ammirò quell'immagine eccitante mentre una calda sensazione diffusa la inondava di desiderio. Alla fine, quasi a malincuore, richiuse la vestaglia e tornò in camera da letto per assicurarsi che le lampade giuste fossero accese e che i cuscini fossero disposti nel modo più adeguato.

Il campanello suonò mentre stava terminando i preparativi. Scossa da un leggero tremito, andò ad aprire. Una parte dell'interesse di quelle serate stava nel fatto che non prenotava mai due volte lo stesso uomo. Così aveva la certezza che non sarebbe diventato troppo curioso o possessivo, e le restava il piacere della sorpresa. Tutti gli uomini che lavoravano per l'agenzia erano molto dotati, le aveva confidato l'attrice che gliene aveva parlato per prima tra i fumi dell'alcol.

«Non ne mandano mai di brutti, ma quello che conta non è il loro aspetto. È il fatto che possono farlo drizzare in un secondo e tenerlo duro per tutto il tempo... Sono capaci di fare il loro dovere, se capisci cosa intendo dire, e, credimi, stiamo parlando di una dote molto, molto speciale, che vale tanto oro quanto pesa. Sono tutti giovani, altrimenti non potrebbero farlo, non potrebbero simulare come le donne, ed è per questo che costano un patrimonio. Sono pulitissimi, non diventano mai aggressivi, e anche se il prezzo è alto, siamo sincere, a volte ne vale la pena, no?»

Susan aveva finto di non capire di cosa stava parlando, ma aveva custodito gelosamente il biglietto da visita dell'agenzia che le aveva dato. L'attrice, che si era addormentata come un sasso mentre stava ancora parlando, non avrebbe perso la sua amicizia perché Susan era certa che al risveglio non avrebbe ricordato molto della singolare conversazione.

Aprì la porta senza togliere la catena. Qualche volta l'uomo inviato dall'agenzia non le era piaciuto e l'aveva rimandato indietro; poi aveva subito telefonato perché le trovassero un sostituto. Ma quella sera era soddisfatta. Studiò il ragazzo mentre lo faceva entrare. Aveva un'espressione visibilmente impacciata, ma la faccia era aperta e simpatica. Si capiva che era un novellino, pensò, valutandone l'altezza di poco superiore alla sua, l'abbronzatura sana, i capelli castani e ricci tagliati corti, le spalle ampie, la costituzione rubusta. Come tutti gli altri, era vestito nello stile di uno studente di una scuola di lusso, con la camicia oxford aperta al collo e la giacca sportiva sul braccio. Non erano mai abbigliati in modo più formale: quello che l'agenzia forniva non era un servizio di accompagnatori.

Susan chiuse a chiave la porta e disse: «Sei qui per fare soltanto quello che ti dirò io. Non ammetto domande. Non puoi chiedermi niente e devi obbedirmi». Nonostante avesse parlato a voce bassa, non si poteva dubitare che facesse sul serio.

Lo precedette in soggiorno ed entrò nella camera da letto; lo stupore imbarazzato del ragazzo, notò, era reso più intenso dalla sorpresa di trovarsi di fronte a una donna così giovane e bella. Quando ebbero raggiunto l'atmosfera rosata della camera, Susan gli prese la giacca e la buttò su una sedia. «Spogliati» ordinò, e sedette su una poltrona accanto alla porta per osservarlo, mentre lui obbediva e quasi inciampava nel tentativo di liberarsi dei pantaloni e gettarli sulla moquette. «Adesso mettiti con le spalle alla porta e tieni gli occhi fissi davanti a te. Non guardarmi» gli intimò. Senza badare alla sua espressione sorpresa, studiò pensosamente il corpo nudo e abbronzato del giovane. Il pelo sul torace e sulle cosce era piuttosto abbondante e dello stesso castano dei capelli. Aveva un fisico poderoso, i muscoli ben sviluppati e il pene, che pendeva pesante fra le gambe, era più corto della media ma due volte più grosso.

Pur restando impassibile e non mostrando nient'altro che un calmo interesse, Susan sentì crescere in sé l'eccitazione: quel ragazzo era veramente desiderabile. Era necessario che fosse uno sconosciuto, che gli venisse proibito di esprimere la propria personalità e che restasse immobile, totalmente sottomesso e impossibilitato ad agire a meno che lei glielo permettesse. E questo era così giovane e chiaramente inesperto da ispirarle un guizzo di fantasia maliziosa. Gli diede un ordine che non aveva mai dato prima di allora.

«Voglio che ti giri con la faccia alla porta, a piedi uniti» disse, dopo averlo guardato a sazietà. Il giovane aveva la schiena robusta, le natiche ben modellate e sode – l'unica parte del corpo, oltre al pene, che non fosse abbronzata. Si alzò, si fermò dietro di lui senza sfiorarlo con la vestaglia e gli fece scorrere lievemente l'indice fino alla base della spina dorsale, compiaciuta del fremito istintivo che lui non riuscì a reprimere. Poi cominciò a toccargli le natiche con carezzevole noncuranza. E mentre le sue mani giocavano con lui, continuò a dargli ordini. «Resta assolutamente immobile» gli ingiunse. «Non allontanarti dalla porta. Tu credi di sapere cosa voglio, ma non ne hai la più vaga idea. Credi di potermelo dare, invece sarò io a prenderlo. A prenderlo, capisci?» Posò le mani sulle curve solide delle natiche massaggiando leggermente per creare un attrito caldo e intimo.

«No!» disse bruscamente, quando sentì che incominciava a spingersi all'indietro verso di lei. «Non ti azzardare! Resta fermo, allarga i piedi e rimani appoggiato alla porta.» Quando il giovane ebbe obbedito, gli insinuò le mani lentamente tra le cosce e si impadronì dei suoi testicoli. Per lunghi minuti, mentre lui fremeva per lo sforzo di non muoversi, Susan li soppesò fra le dita, si compiacque nel sentirli pesanti, ed esplorò il fitto pelo ruvido alla radice del pene prepotentemente ingrossato e schiacciato contro la porta.

«Toccalo» gemette il giovane.

Susan fece un sorriso fuggevole, ma quando parlò il suo tono era quasi incollerito. «Ti avevo detto di non chiedere. Non hai nessun diritto. Ora non lo toccherò mai, mai. Mi hai disobbedito e hai meritato una punizione.» Si leccò le dita e cominciò a inumidirgli i testicoli, a stringerli con una pressione leggera ma voluttuosa. Ascoltò il suo respiro affannoso mentre si divertiva a eccitarlo e godeva della sua difficoltà crescente nel mantenere il silenzio. «Non hai un po' di autocontrollo?» chiese, sprezzante. «Girati verso di me. Oh, davvero, dovresti vergognarti. Guardati: sei peggio di un animale. Hai ignorato tutto quello che ti ho detto. Vai a sdraiarti sul letto e preparati alla punizione. Ti avevo dato un avvertimento... avrebbe dovuto essere sufficiente.»

Il giovane si avvicinò al letto a passo rigido e si stese con le braccia lungo i fianchi, immobile e ansante. Susan si chinò su di lui, aprì la vestaglia e liberò i seni. A quella vista lui si morse le labbra, ma si trattenne da qualunque movimento. Quando Susan vide che riusciva a obbedirle, aprì la vestaglia per consentirgli di guardarla, poi ancheggiò fino a quando la provocazione lo spinse a sollevarsi di qualche centimetro dal letto. Allora Susan scrutò il suo volto arrossato con un'espressione di sdegno e gli parlò a voce bassa, sprezzante. «Stavo per darti un'ultima possibilità» gli disse, richiudendo la vestaglia. «Ma l'hai sprecata. Stavo per farti... oh, tante belle cose, ma... no... è finita... non avrai più un'altra occasione. Hai idea di cosa ti sei perso con la tua disobbedienza? Adesso metti le mani dietro la testa, allarga le gambe e resta immobile.»

Negli occhi del ragazzo balenò un guizzo di paura, quando la vide prendere le lunghe sciarpe di chiffon adagiate sul comodino.

«Non temere» disse Susan. «Non mi diverto a far soffrire.» Gli legò i polsi e le caviglie alle curve eleganti del letto in ferro battuto; sapeva che, per quanto morbide, le sciarpe erano robustissime. L'ultima la usò per coprirgli gli occhi in modo che potesse ancora vederla attraverso uno strato di chiffon, ma non distintamente. Poi indietreggiò e rimase a contemplare con avidità il prigioniero. Il suo pene era gonfio, fremente, palpitante, ma lui non poteva arrivare a toccarlo per sfogarsi. Era completamente in suo potere, eccitato al punto in cui un uomo normale non sarebbe riuscito a resistere a lungo. Ma l'agenzia non mandava uomini normali, e Susan sapeva di poter fare al ragazzo tutto ciò che voleva, e con tutta la lentezza che voleva.

Lasciò cadere sul pavimento la vestaglia, tolse tutti i cuscini che separavano la sommità del capo del ragazzo dalla testata, li buttò sulla moquette e si creò uno spazio abbastanza ampio sul materasso, dietro di lui. Si inginocchiò e gli osservò gli occhi mentre cercava di rovesciare ancora di più la testa per vederla nuda. Oh, la desiderava, pensò. La desiderava disperatamente. Tenerlo bloccato lì era indispensabile per ciò che intendeva fargli. Non era possibile avere la certezza che anche il meglio addestrato fra gli uomini dell'agenzia subisse con acquiescenza la punizione ideata per lui. Lentamente, sempre inginocchiata, si curvò sopra il ragazzo fino a fargli ondeggiare le punte dei capezzoli scuri sulla bocca aperta, ma tenendosi abbastanza sollevata perché non potesse raggiungerli. Il giovane fece saettare la lingua nell'aria, spiando intensamente attraverso la sciarpa. Ogni tanto Susan gli permetteva di catturare un capezzolo e di succhiarlo per un po'; quindi si tirava indietro ignorando le sue proteste, lo umiliava fino a costringerlo a implorarla, perché ormai aveva perduto la speranza di compiacerla con la docilità e l'obbedienza e la supplicava senza vergogna. Susan insisté in quel gioco mentre i capezzoli tornavano a inturgidirsi. A poco a poco gli consentì di prenderle in bocca i seni, godendosi il tocco tormentosamente piacevole della sua lingua. Solo quando decise di non trattenersi più, si sporse in avanti, si puntellò sui gomiti e sulle ginocchia e allargò le gambe al di sopra della sua testa.

Lentamente, molto lentamente, consapevole che il giovane la guardava impotente, ammutolito per il desiderio, Susan si abbassò verso di lui. Percepiva, più che vederla, la lingua imperiosa che continuava a protendersi, disperatamente avida; e alla fine, dopo molte esitazioni, gli permise di usarla fra le sue cosce allargate, di usarla sulle labbra umide e dischiuse della vagina. Gli lasciò affondare la lingua, insinuarla nella nicchia serica e bagnata, con il mento sollevato il più possibile. Lasciò che tentasse di indebolirla con i trucchi più abili e sentì che l'eccitazione cresceva in lei mentre teneva gli occhi fissi sul pene ormai enorme che il giovane ancora non poteva usare. Non appena riuscì a sottrarsi a quella voluttuosa insistenza, si sollevò accucciandosi sui calcagni, in modo da non poter più essere né raggiunta né vista.

«Oh, no! Ti prego!» implorò lui. Ma Susan rise e gli permise di succhiarle soltanto la punta delle dita. Poi si abbassò di nuovo verso la sua bocca, questa volta quanto bastava perché lui le catturasse la clitoride e la lavorasse con la lingua e con le labbra mentre lei muoveva i fianchi in un lento moto circolare, premendo con forza per poi rialzarsi subito e sfuggirgli. Si sollevò molte volte, completamente, e ascoltò con voluttà il ragazzo che la supplicava di lasciarsi penetrare almeno un po'. «No» insisté Susan. «Mai. Sei tremendo, non posso fidarmi di te, sei disgustoso, assolutamente disgustoso. Ti avevo avvertito. Ti ho perfino concesso una seconda possibilità... ma adesso non c'è più niente da fare... meriti la punizione.» Si protese fino a dargli la certezza che, se solo avesse voluto, avrebbe facilmente potuto raggiungere il suo pene con la lingua. Invece rimase immobile, fremente, e di nuovo gli permise di esplorare con la bocca il caldo umidore celato fra le sue gambe. Si concentrò, mentre le leccava freneticamente la clitoride sempre più turgida. Il pene era così gonfio e al culmine dell'eccitazione, che per un istante Susan provò quasi pietà per se stessa e per lui, tanto da pensare di lambirlo con la lingua. Ma poi si impose di non cedere alla debolezza. Ben presto vide che il giovane era fuori di sé per l'eccitazione: anche se non poteva toccarsi il pene o stringerlo fra le cosce, era ancora libero di usare i muscoli pelvici per contrarre e decontrarre le natiche in un movimento dal basso verso l'alto che stava per portarlo oltre il limite di resistenza. Soltanto allora si abbandonò al ritmo incalzante della sua lingua sulla punta ardente e smaniosa del proprio corpo, e cedette alle ondate crescenti di desiderio che la portarono rapidamente a un orgasmo prolungato, reso ancora più intenso dalla vista dello sperma che irrompeva nell'aria – non in lei, no, in lei mai, perché ciò non era permesso, non fin quando fosse stata lei a comandare, a stare sopra e a disporre del potere.

Il giorno dopo, quando si trovò a pranzo con Natalie Eustace, Susan Arvey ascoltò attenta la sua particolareggiata descrizione delle migliori commedie Off-Broadway. Natalie adorava quei pranzi durante i quali poteva sentirsi superiore alla vecchia amica, la cui esistenza, per quanto privilegiata, non includeva quella dimensione artistica.

«Come passi le tue serate qui, Susan?» chiese infine Natalie dopo avere riferito le proprie attività con grande ricchezza di particolari.

«Come al solito. Vado a cena con i colleghi di Curt, gente che non ti sarebbe simpatica. Ti invidio, Natalie, perché tu puoi andare dove vuoi, ma purtroppo ci sono certe cose per le quali mi manca il tempo.»

«Forse quando tornerai qui a comprare pezzi di antiquariato con Mark Hampton, riuscirai a dedicarmi una serata. Ma lasciamo Curt a casa... come al solito, eh?»

«Puoi contarci, Natalie, anche se gli acquisti di antiquariato mi lasciano sempre esausta.»

«Devo dire che non mi sembri affatto esausta» osservò Natalie con una punta d'invidia.

«È la vita della California, mia cara. Ho sempre detto che può essere monotona, ma ha anche qualcosa che fa indiscutibilmente bene... forse un ingrediente segreto dello smog.» Quella sera avrebbe indossato la parrucca rossa, pensò, con i capelli lunghi e lisci, e avrebbe chiesto due ragazzi. Sì, avrebbe telefonato al termine del pranzo e prenotato i due ragazzi più giovani e inesperti dell'agenzia: avrebbe costretto uno dei due a guardare – nudo, legato e impossibilitato a muoversi – mentre lei insegnava l'obbedienza all'altro. Dopo avergli coperto gli occhi con un sottile strato di chiffon, così da sentirsi completamente libera, lui avrebbe osservato ogni movimento in attesa del suo turno e avrebbe capito che gli ordini di Susan non erano mai minacce vane. Se avesse imparato a dovere la lezione, forse lo avrebbe toccato con la lingua, magari con le labbra... o forse no. Ci sarebbero stati tanti altri giochi da fare con due ragazzi, come c'erano tante possibilità in un mondo dove l'unico dogma che valeva la pena di rispettare era quello che ci si imponeva da sé.

7

«Sì, Jean-Luc, voleva vedermi?» Josie Speilberg, indaffaratissima in ufficio, quella mattina di inizio estate del 1980 si domandava perché mai lo chef le avesse chiesto quel colloquio.

«Devo darle il preavviso, mademoiselle» disse con calma Jean-Luc.

«Oh, no! Non può!»

«Certo che posso, mademoiselle. Questo posto di lavoro non ha niente che non va, lei è sempre stata gentile e non posso certo lamentarmi, ma devo essere realista. L'anno prossimo Gigi partirà per studiare al college. È stata la mia allieva ideale e, a essere sincero, sono rimasto così a lungo solo per insegnarle tutto quello che so. In realtà madame Ikehorn non ha bisogno di uno chef.»

«Ma, Jean-Luc, la signora Ikehorn ha sempre avuto uno chef, fin dal suo primo matrimonio. Naturalmente ha bisogno di lei.» Josie era inorridita alla prospettiva di dover trovare una altro chef proprio quando in cucina tutto aveva preso a filare così liscio da permetterle di non pensarci più.

«Mi scusi, ma non sono d'accordo. Quando madame è qui, mangia seguendo una dieta così rigorosa che la qualità della mia cucina si riduce al massimo a un brodo allungato. Sarà anche nutriente, ma non richiede particolari abilità. Se poi madame dovesse fare inviti, può sempre rivolgersi a un ottimo servizio di catering. Non ha bisogno di stipendiare uno chef che in pratica non ha niente da fare. Finirei per dimenticarmi l'uso del burro e il sapore della panna densa.»

«Se è una questione di paga, se ha intenzione di andare a lavorare per qualcun altro...»

«No, mademoiselle, non si tratta di questo. Ma ho la possibilità di realizzare un progetto che accarezzavo da sempre. Un mio amico cerca uno chef per un piccolo ristorante che sta per aprire a Santa Barbara. La cucina sarà raffinata, il locale di lusso, e mi ha offerto di entrare in società. Vorrà ammettere che sarei sciocco se non ne approfittassi.»

«Non posso negare che qui non si fanno molti pasti di cucina francese, Jean-Luc, ma non c'è niente che possa fare per convincerla a cambiare idea?»

«No, a meno che non riesca a tenere a casa Gigi, cara mademoiselle. Non me ne andrò prima di due mesi, e credo che così avrà tutto il tempo di sostituirmi con una persona adatta. Forse un uomo più anziano, che sarà contento di fare una vita tranquilla e lavorare poco, qualcuno che non senta la mancanza di una sfida impegnativa... magari un americano.»

«Oh, andiamo, Jean-Luc!»

«Io sono franco, mademoiselle, ma non ingiusto» ribatté lo chef in tono rispettoso, e se ne andò.

Punta sul vivo dall'atteggiamento di Jean-Luc, Josie cominciò a cercare in lungo e in largo fino a trovare uno chef di ventisei anni, Quentin Browning, figlio del proprietario di un bell'albergo di campagna nei Cotswolds, in Inghilterra, famoso per l'ottima cucina. L'Ash Grove, un'antica, venerabile locanda nei pressi di Stratford-on-Avon, aveva venti camere e cinque suite, ma la chiave del suo successo era il ristorante, dove i tavoli venivano prenotati con settimane di anticipo dagli abitanti della campagna circostante e dai londinesi che si sobbarcavano il viaggio pur di gustare i suoi menù.

Quentin Browning aveva studiato a Rugby, poi s'era trasferito in Svizzera, in una scuola alberghiera. Aveva sempre saputo che un giorno avrebbe lavorato nella prospera azienda di famiglia; si interessava ai vari aspetti della gestione degli alberghi, e in Svizzera se l'era cavata molto bene. Poi aveva deciso di diventare chef. Anche se l'Ash Grove poteva contare, in cucina, su uno staff eccellente, per lui era indispensabile saper fare tutto ciò che faceva il capo cuoco: soltanto allora sarebbe stato abbastanza esperto per criticare e apportare innovazioni. Se prima non avesse acquisito quella capacità, sarebbe sempre rimasto in balìa dello chef, una situazione intollerabile.

Quentin Browning aveva lavorato nelle cucine di ristoranti celebri a Lione, Parigi, Milano e Roma, cominciando dai compiti più umili e poi salendo in lenta progressione. Il suo successo era assicurato dalla laboriosità, dal talento e dal fascino personale, caratteristiche che, in un inglese – razza isolana che non considera il fascino un requisito necessario sul lavoro – acquistavano particolare valore. Quentin Browing aveva appena terminato un anno come assistente chef in un raffinato ristorante francese di Houston; poi gli era stato offerto un posto interessante a San Francisco, ma l'aveva rifiutato quando si era presentata l'occasione di lavorare in una grande casa privata.

Una mancanza di sfida, aveva pensato, era appunto ciò che gli occorreva dopo la schiavitù medievale degli anni di apprendistato. Suo padre non aveva ancora bisogno di lui, e non avrebbe certo immaginato che il suo laborioso figliolo si stava godendo l'equivalente di una vacanza ben pagata, tenuto conto dell'ottimo stipendio offerto per quel compito così semplice. A quel punto, perché non assaggiare per un po' il piacevole stile di vita californiano: surf, sole e donne del suo genere preferito – bionde, alte, statuarie e belle, preferibilmente a dozzine – prima di andare a seppellirsi nella campagna shakespeariana per affrontare l'attività definitiva della sua vita. Quentin si era posto l'interrogativo, ma la risposta era già sottintesa.

Gigi disse tristemente addio al suo Jean-Luc, amico e maestro insostituibile, che era rimasto abbastanza per vederla diplomarsi alla media superiore in una cerimonia cui avevano assistito Billy, Spider, Valentine, Dolly e Lester, Sara – la lavorante di Sassoon – tutti coloro che vivevano nella casa di Charing Cross e metà dei dipendenti di Scruples. Vito era da qualche parte nel Midi francese, e soltanto sua figlia ne sentiva la mancanza.

Per consolarsi un po' dopo la partenza di Jean-Luc,, Gigi decise di preparare una torta per il sostituto che sarebbe arrivato l'indomani. Niente di elaborato, niente di sfarzoso e grossolano; solo una torta che avrebbe messo alla prova il gusto del nuovo venuto in fatto di prodotti da forno. Decise di preparare una *génoise* alla vaniglia, a base del fondamentale pan di Spagna e che, per essere perfetta, richiede una abilità impercettibile e apprezzabile solo da un altro esperto. La reazione alla torta era l'esame che Gigi aveva preparato, la trappola che aveva teso a quell'inglese così audace e sfacciato da proclamare di essere uno chef francese.

«Ma perché un pan di Spagna, Gigi?» chiese incuriosito quel pomeriggio Burgo O'Sullivan, mentre la guardava al lavoro nella cucina deserta. «Perché non scegli qualcosa che dia più nell'occhio?»

«Burgo, so che non è stato facile quando mi insegnavi a guidare, so che hai rischiato la vita quando abbiamo affrontato le autostrade: ma neppure tu avresti il coraggio e la destrezza di mano necessari a fare questo dolce che sembra tanto semplice. Ci sono tante cose che possono andare storte nella preparazione, da farmi tremare al solo pensiero. Però so di essere veramente brava.»

«Ammiro la tua modestia.»

Gigi sorrise. «Non c'è spazio per la modestia in una cucina. È come una plaza de toros, Burgo: non puoi cominciare nulla che tu non sia anche in grado di finire» proclamò, iniziando a sbattere le uova, lo zucchero e la vaniglia con un frullino. «Questa roba dovrà esattamente quadruplicare il suo volume, amico mio; bisogna sbattere moltissimo, ma con un'esattezza e una precisione da lasciare a bocca aperta.»

Burgo si assestò sulla sedia. Gigi lavorava con totale concentrazione, avvolta in un grembiule bianco inamidato che le arrivava quasi alle caviglie, una fascetta di velluto nero a trattenerle la frangetta perché non le spiovesse sugli occhi, e sembrava una sposa bambina uscita da un'illustrazione d'epoca di un libro di cucina vittoriano. «Non sono molto impressionato» le disse, «ma so che è solo questione di tempo. Dato che me lo spiegherai comunque, perché va lavorata e sbattuta così tanto?»

«Perché il segreto per realizzare questa delicatissima torta sta nella sua consistenza, e quando aggiungerò due panetti e mezzo di burro fuso, come farò a tempo debito, il burro sgonfierà il composto rischiando di farlo impazzire. Quindi» continuò a pontificare Gigi, puntandogli contro il frullino, «devo compensare in anticipo sbattendo più del necessario. E alla fine otterrò un dolce divinamente soffice.»

«Ho capito» disse Burgo.

«Aspetta, aspetta! Se però esagero ed eccedo anche solo di pochissimo, il composto diventerà troppo consistente e il dolce non sarà soffice.»

«Troppo, e diventa secco; troppo poco e diventa secco comunque?»

«Diventa come una gigantesca briciola, Burgo; basta un errore di calcolo» spiegò Gigi con finta gravità, iniziando a setacciare la farina nel composto. «D'altra parte, dato che non uso il lievito, se non aggiungo la farina nel modo esatto per ottenere una combinazione perfetta di ingredienti, la torta diventerà pesante e appiccicosa; allora non sarà una gigantesca briciola, Burgo, ma una immensa frittella moscia.»

«È sempre così difficile cuocere qualcosa al forno? Secondo le istruzioni sui preparati confezionati, dovrebbe essere un divertimento.»

«Burgo, io miro a realizzare un dolce celestiale, qualcosa che farà schizzare gli occhi fuori dalle orbite al nuovo chef. Niente a che fare con i preparati in scatola.»

«Ho l'impressione che tu voglia pavoneggiarti.»

«La buona cucina è fatta per pavoneggiarsi» ribatté imperturbabile Gigi. «Se non fosse per questo sublime istinto, staremmo ancora nelle caverne a mangiare carne e radici crude. Le case esistono fondamentalmente per ospitare una cucina. Senza l'istinto di cucinare, non esisterebbe la civiltà.»

«Sapevo che doveva pur esserci una colpa alla base della nascita della civiltà» disse Burgo mentre Gigi versava il composto in uno stampo, lo metteva nel forno preriscaldato e passava a preparare la crema al burro mista a crema pasticcera destinata alla glassa da spalmare fra i tre strati. «Vivo da tanto tempo in questa casa» aggiunse Burgo, «che cominciavo a credere fosse l'istinto dello shopping. Devi uscire questa sera?»

«Naturalmente» rispose lei con orgoglio. «Andiamo tutti al Rocky Horror Picture Show.»

«Tutti chi?»

«La mia compagnia, scemotto, la mia compagnia... Maze, Sue, Betty e qualche ragazzo. Perché?»

«Perché l'avete già visto dodici volte» obiettò Burgo. Ma sapeva che con ogni probabilità l'avrebbero visto altre dodici, prima che la mania tramontasse. In realtà quello che voleva sapere era se Gigi aveva appuntamento con un ragazzo in particolare. Le sere in cui giocava a poker chiedeva informazioni al suo amico Stan, il guardiano dell'Uni, sul fenomeno degli appuntamenti di gruppo. Secondo Burgo era ora che Gigi si trovasse un ragazzo tutto suo, invece di stare sempre in branco. Dopotutto aveva diciotto anni, e a quell'età la madre di Burgo aspettava già il secondo figlio; ma Stan, che in fatto di teenager ne sapeva molto di più, gli assicurava che era del tutto naturale. «Se si mettesse con un mascalzone, allora sì avreste da preoccuparvi, tutti quanti, protettivi come siete» gli aveva detto. «Appena Gigi andrà al college, l'anno prossimo, tutto cambierà, e allora rimpiangerai i bei tempi in cui era al sicuro con la sua banda.»

Per un po', mentre la torta si raffreddava quel tanto da consentire a Gigi di tagliarla e spalmarla di glassa, rimasero assorti, in un tranquillo e amichevole silenzio.

«Burgo, guarda la torta» disse Gigi quando ebbe terminato. «Che ne pensi?»

«Avevi detto che volevi preparare qualcosa di semplice.»

«Semplice, non noioso! È la torta più scialba che abbia mai visto. È rotonda, è bianca, e questo è il massimo che si può dire. Potrebbe essere una forma di Brie, se non fosse il più sublime pan di Spagna che esiste al mondo.»

«Allora decoralo.»

«Volevo che fosse immacolato, apparentemente insignificante, in modo che quella bestia di un inglese reagisse soltanto alla qualità. Chiunque è capace di decorare una torta in modo che l'occhio imbrogli il palato. Se la decoro, ne rovinerò la purezza; ma se non lo faccio, nessuno si degnerà di assaggiarla.»

«Ehi, Gigi, hai un problema artistico. Ti arrendi oppure resisti sulle tue posizioni?»

«Arriverò a un compromesso. Scriverò un messaggio sulla torta» disse Gigi, colta da ispirazione improvvisa. Fece fondere del cioccolato bianco e preparò un cono di carta. Lo riempì con il cioccolato liquido e qualche goccia d'olio, tagliò un piccolisimo pezzetto all'estremità della punta e scrisse sulla superficie del dolce: "Benvenuto, Quentin Browning" a lettere corsive grandi e sottili, terminando l'opera con un fregio complicato e quasi invisibile lungo tutto il bordo della torta.

«Grandioso!» commentò Burgo in tono ammirato. «Bianco su bianco, come la camicia e la cravatta di un gangster.»

«Dovrà assaggiarla, almeno per educazione. E quando la assaggerà, gli dirò con noncuranza che sono una cuoca dilettante e che l'ho preparata per divertirmi. Ah! Poi lascerò che quel Browning provi a fare di meglio. Jean-Luc mi ha detto che gli inglesi non sanno usare il forno, è una specie di lacuna genetica. E adesso, Burgo, io e te laveremo i piatti.»

«Ma tocca alla cuoca, Gigi. Mi credi un ingenuo?»

«No, non ti credo un ingenuo: lo sei e basta. Ecco, prima puoi leccare il tegame della glassa.»

La domenica pomeriggio, quando Quentin Browning arrivò con il bagaglio in Charing Cross Road, la grande casa era addormentata. Dopo il diploma di Gigi, Billy era partita per Monaco dove signore ben fornite di marchi e assetate di eleganza smaniavano nell'attesa dell'inaugurazione di uno Scruples non ancora ultimato. Burgo, incaricato da Josie di accogliere il nuovo venuto, lo accompagnò nella sua stanza nell'ala del personale. «Vuoi fare subito un giro, oppure preferisci sistemarti?» gli chiese.

«Disferò i bagagli più tardi, grazie. Vorrei dare prima un'occhiata alla cucina. Quando ho avuto il colloquio con la signorina Speilberg, non ha avuto il tempo di farmi da guida.»

«Certo. Se vuoi, ti preparo una tazza di tè.»

«Grazie, te ne sarò grato. Nessuno, tranne mia madre, mi ha preparato un tè da anni. Che altro fai, in questa proprietà?»

«Un po' di tutto, tranne cucinare, pulire e curare il giardino.»

«A casa ho uno zio come te» disse Quentin con un sorriso. «Senza di lui, l'azienda andrebbe a rotoli in pochi giorni. Quindi sei l'uomo indispensabile della casa.»

«In un certo senso» rispose Burgo, continuando a studiarlo. Per essere inglese, sembrava un tipo a posto. Forse giocava anche a poker.

Dopo un'ispezione dettagliata della cucina, delle dispense, della cantina dei vini e delle sale da pranzo del personale e della famiglia, i due uomini andarono a sedersi nel tinello per la colazione con la teiera e la torta che Burgo aveva tirato fuori secondo le istruzioni di Gigi. Quentin lesse la scritta di benvenuto. «Non solo è un gesto gentile, ma io sto letteralmente morendo di fame» confessò, lusingato da quell'attenzione.

«Ho appena chiamato Gigi al telefono interno e le ho chiesto se vuole il tè» disse Burgo.

«Gigi?»

«La figliastra della signora Ikehorn. È di sopra a leggere.»

«Una bambina?»

«Non è proprio una bambina, ma neanche una donna fatta, tutto considerato» replicò Burgo pensieroso. «Comunque è abbastanza piccolina, per i parametri della California.»

«Quanti anni ha?»

«È piuttosto giovane. Oh, eccola. Gigi Orsini, Quentin Browning.»

Gigi tese la mano automaticamente, sorrise automaticamente e sedette automaticamente. Non aveva mai incontrato un inglese in carne e ossa ma le erano assai familiari come genere: da Laurence Olivier ad Alec Guinness, da Alan Bates a sir Ralph Richardson, da Rex Harrison a David Niven, da John Gielgud a John Lennon. In tutte le loro varietà, gli inglesi non potevano sorprenderla, ne era certa. Eppure nei film non ne aveva mai visto uno che la preparasse alla realtà dell'incontro con quel giovane. Quentin era alto, snello e con l'aria avventurosa; più che uno chef poteva sembrare un esploratore delle sorgenti del Nilo, ma il sorriso facile, con i denti lievemente sporgenti, le faceva venire in mente uno studente appena tornato a casa per le vacanze. Aveva il naso lungo e ossuto, le orecchie piuttosto grandi e i capelli biondi e lisci che, nonostante la scriminatura laterale, si ostinavano a ricadergli sulla fronte. Aveva un atteggiamento riservato, ma l'espressione degli occhi grigi era sincera e cordiale.

«Su, assaggiamo la torta» disse Burgo, mentre Gigi restava seduta in silenzio con lo sguardo vagante, senza nemmeno accennare a bere il tè.

«La torta?» chiese Gigi, come se fosse una parola straniera.

«La torta che sta sul tavolo, la torta bianca» disse Burgo, e la tagliò con impazienza. Dal giorno prima non aveva smesso un minuto di assaporarla con la fantasia. Non avrebbe mai dovuto leccare la glassa avanzata.

Automaticamente, Gigi e Quentin assaggiarono il dolce. Burgo addentò la sua fetta ed ebbe l'impressione di essere finito in paradiso. Era anche meglio di quanto avesse garantito Gigi, più buona di quanto avesse il diritto di esserlo una torta.

«Va bene» disse Gigi con aria assente.

«È eccezionale» commentò Quentin assorto mentre la guardava e masticava un altro boccone. Quella ragazza non era il suo tipo, non era alta e bionda; ma lui si sentiva disposto a fare un'eccezione, e con quei capelli arancio alla punk, le orecchie appuntite e la bocca che sembrava sempre sul punto di schiudersi in un sorriso, meritava uno dei primi posti nella categoria delle adorabili. «Il suo chef era un artista.»

«Sì» disse Gigi con un sospiro.

«Spero di valere la metà di lui.»

«Gigi» si intromise Burgo, «Gigi, quando è stata fatta questa torta, esattamente?»

«Chi lo sa?» mormorò lei svagata.

«Non lo ricordi? Gigi? Gigi?»

«No» disse lei, lanciandogli un'occhiata raggelante.

«Lei cucina?» chiese Quentin, alla disperata ricerca di qualcosa da dire a quella creatura incantevole, indifferente e laconica.

«Oh, no» rispose Gigi con aria triste. «Non ho mai avuto il tempo di imparare, neppure un minuto.»

«Ma almeno i primi rudimenti?»

«Ho avuto troppo da fare, no. Vero, Burgo?»

«Come? Oh, sì, certo...»

«Le piacerebbe? Almeno gli elementi fondamentali, per riuscire a cavarsela?» propose Quentin. Dare lezioni di cucina alle ragazze era un sistema che non falliva mai.

«Uhm... penso di sì... Forse è una buona idea per ogni eventualità. Non sembra anche a te, Burgo?»

«Certo, Gigi, nel caso fossi mai costretta a cucinare. Magari su un'isola deserta» rispose lui con aria un po' disgustata. A questo punto la trappola che Gigi stava tendendo a Quentin era diventata troppo machiavellica perché gli fosse possibile capirla. Il meno che avrebbe dovuto fare sarebbe stato metterlo al corrente dei suoi nuovi propositi diabolici.

«Potremmo saltare la pelatura delle cipolle e delle carote e passare direttamente alle... alle uova strapazzate» propose Quentin, ansioso di escludere gli aspetti più noiosi e monotoni dell'arte culinaria.

«Oh, no, voglio fare le cose come si deve» disse Gigi, sgranando gli occhi. «Voglio cominciare dal principio per arrivare fino alle uova, senza saltare nulla. Ho tutto il tempo del mondo, e niente altro da fare... per l'intera estate.»

«Credo che prenderò un'altra fetta di torta» disse Burgo, assalito da un presentimento così forte da fargli quasi passare l'appetito. «Dato che a quanto pare voi due non avete fame.»

Quella sera Gigi prese la macchina e accompagnò Quentin a fare un giro di Los Angeles, dal molo di Santa Monica fino a Beverly Hills, dal Sunset Strop a Pink's, la famosa baracca degli hot-dog che, come molte attrazioni turistiche, prosperava grazie alla passione dell'umanità per tutto ciò che è svergognatamente e totalmente volgare.

«Parlami ancora dei Cotswolds» chiese a Quentin mentre, al banco, ordinavano altri hot-dog piccanti sepolti sotto una montagna di chili, mostarda e cipolle tritate.

«Senti, Gigi, mi hai tempestato di domande da quando siamo saliti in macchina, ma non mi hai ancora detto niente di te.»

«Oh.» Lei distolse lo sguardo con un'aria di mistero che soltanto Bette Davis sarebbe stata capace di eguagliare. «Per la verità non so da che parte iniziare... la mia è stata un'esistenza molto complicata e cosmopolita, Quentin, sempre in viaggio fra New York e Los Angeles. Ho avuto il meglio di queste due grandi città, e credo che gli altri mi giudichino prematuramente sofisticata. Certo devo ammettere di essere viziata ma, accidenti, non è colpa mia se sono nata irrequieta. È un male inguaribile, cercare sempre nuove esperienze, anche se scandalose, sperare di provare nuove sensazioni, anche se violente. E il peggio è che so con precisione cos'è che non va in me. Penserai che a ventun anni avrei dovuto trovare qualcosa cui aggrapparmi... Non essere così sorpreso, io ho sempre avuto questo disgraziato aspetto infantile che inganna gli uomini.» Gigi scosse la testa con esagerazione teatrale, come a deplorare la propria aria falsamente ingenua, quindi lo liquidò con un gesto blasé. «Vedi, Quentin, nonostante i vagabondaggi e gli esperimenti, c'è sempre qualcosa che mi invita a proseguire, un'intensità esistenziale che va al di là del prossimo incontro.»

«Allora come mai passi l'estate qui? Mi è sembrato un posto molto tranquillo, quando sono arrivato.»

«L'anno scorso ero... come dire?... in preda a una febbre, sì, ero sull'orlo dell'autodistruzione. È inevitabile che qualcuno, in casa, finisca per spettegolare, quindi tanto vale ammettere che avevo finito per lasciarmi coinvolgere troppo con... oh, be', con un complesso rock. Un episodio bizzarro, ora che ci ripenso, ma non privo di attrazioni.» Gigi sfoggiò un sorrisetto lento e ironico che sembrava nascondere molti segreti. «Comunque» continuò, «Billy ha deciso... ha insistito perché quest'estate restassi a casa, così da non doversi più preoccupare per me, e dato che le sono affezionata ho accettato. Non immaginavo che sarebbe stata l'occasione per imparare a... cucinare.» Fissò Quentin attraverso le ciglia scure con una tale malizia nello sguardo da dare al giovane chef la netta sensazione che la categoria delle adorabili fosse davvero troppo limitata per poter comprendere un personaggio tanto navigato.

«Adesso capisco perché hai detto che avevi troppo da fare per imparare.»

«Non era esattamente una delle mie priorità.»

«No, evidentemente. E quale... uhm... quale complesso rock era, per la precisione?»

«Preferirei davvero non dirlo. Anzi, sto cercando di dimenticare.» Gigi girò leggermente la testa e Quentin notò il rossore che le saliva dalla base della gola, lasciata scoperta dalla scollatura profonda della camicia di seta bianca troppo grande rimboccata nei jeans. Gigi arrossì fino alla frangetta, e i lunghi orecchini indiani d'argento e turchese ondeggiarono mentre si sforzava di nascondere un'ondata di emozione.

«Scusami. Sono stato stupido a rivolgerti questa domanda. Non so perché l'ho fatto.»

«No, non devi scusarti. Ormai è tutto finito da mesi.»

«È finito veramente?»

«Nel modo più assoluto. Sono guarita. Anzi, come esperienza è stata la più completa che abbia mai avuto, e non si potrebbe chiedere di meglio, ti pare? *Non, je ne regrette rien.* Ricordi la canzone della Piaf? Bene, è il mio motto. Non rimpiango niente. Vieni, andiamo a casa.»

Al volante della sua auto rosa shocking, Gigi rimase in silenzio. Nell'ultimo anno aveva smaniato di diventare adulta e aveva cercato in ogni direzione una via d'uscita dalla serica crisalide dell'infanzia; ma non aveva trovato nulla di abbastanza degno e interessante. I ragazzi della sua compagnia erano emotivamente puerili in confronto alla meno matura delle ragazze; tuttavia avevano continuato a restare insieme, a formare un piccolo gruppo compatto quell'ultimo anno di scuola. Nessuno di loro aveva voglia di crearsi troppi problemi fino al termine del semestre. C'erano state le solite dosi di sbaciucchiamenti e di carezze e di innocui intrighi, ma per quanto la riguardava tutti i ragazzi erano in pratica intercambiabili, e ormai meno eccitanti che se fossero stati suoi fratelli.

Adesso Gigi non riusciva a credere di essere vissuta tanto passivamente in quella sua vecchia pelle così stretta, di essere rimasta così tranquilla, protetta da Billy e Josie e Burgo e dalla routine della grande casa e dell'amicizia con Maze. In pratica, era come se loro due fossero state inviate a studiare in un collegio di suore anziché all'Uni, sebbene fra le migliaia di studenti che la frequentavano vi fossero anche bande scatenatissime.

Mentre la macchina percorreva i chilometri di strada, ebbe l'improvvisa sensazione di addentrarsi finalmente nella dimensione dell'età adulta. Ogni volta che lanciava un'occhiata al profilo e affascinante di Quentin, stringeva con decisione le mani sul volante e diventava sempre più saggia e sicura di sé. Quentin era un uomo e lei era una donna, si disse. Era diventata una donna nell'istante in cui gli aveva detto di non saper cucinare. Ma fra tutte le menzogne sorprendenti che aveva raccontato, al punto di stupire persino se stessa, una cosa era vera: non credeva al pentimento. Ora che si rendeva conto di essere sempre stata fin troppo protetta, non si sarebbe più guardata indietro.

Gigi salutò il custode, percorse il lungo viale e parcheggiò la macchina nel garage. Sembrava che in casa dormissero già tutti, pensò aprendo la porta d'ingresso e tremando leggermente per l'intensità dei suoi propositi.

«Niente chiave?» domandò Quentin.

«Non serve. Ci sono le guardie. Imparerai a conoscerle.»

«Ma come faccio ad arrivare in camera mia? Senza Burgo mi sento perso.»

«Ti guiderò io. Non è un problema. Prima, però, sali a vedere il mio appartamento. Ne vale la pena come attrazione turistica, soprattutto dopo Pink's.»

«Come dare una sbirciatina all'appartamento privato della regina a Buckingham Palace?»

«Il mio è molto più comodo, a quanto ho sentito dire.» Lo precedette attraverso la casa e si avviò sulle scale. L'anno prima la sua camera da letto era stata ampliata e inserita in una vera e propria suite, dopo l'abbattimento del muro che la separava dalla camera degli ospiti adiacente; adesso aveva a disposizione un grande salotto, un cucinino e uno spogliatoio, il tutto realizzato con una combinazione di lusso e di glamour che, secondo quanto Billy si augurava, avrebbe dovuto convincere Gigi a frequentare l'Ucla e a vivere in casa durante gli anni del college.

«È... puro Hollywood» disse finalmente Quentin in tono sbalordito, mentre lei lo guidava verso il suo pezzo forte, il letto più grande che avesse mai visto, drappeggiato con una tale abbondanza di seta a righe verde-chiaro, bianche e rosa, che la grande Caterina avrebbe potuto usarlo come tenda da viaggio.

«Era appunto l'idea di base. Ti va un drink?»

«No, grazie.»

«Ti va un bacio?»

«Sì, grazie.»

Gigi si alzò in punta di piedi, gli cinse il collo con le braccia e lo baciò fuggevolmente sul mento.

«Be', è meglio che torni in camera mia» disse Quentin in tono deciso.

«Che fretta c'è?»

«Gigi...»

«Sì?»

«Cosa hai in mente? Sei alla ricerca di un nuovo incontro, di un'altra esperienza completa?»

«Appunto» rispose Gigi in tono sollevato. Era felice che le avesse reso le cose più facili. «Ma solo se ti interessa. Non fa parte degli obblighi di lavoro.»

«Gesù, Gigi, non sei certo una che fa giri di parole» gemette Quentin.

«Hai esattamente cinque secondi per decidere» gli comunicò, poi strinse con forza i pugni e trattenne il respiro per l'impazienza.

«Ah, Hollywood» mormorò Quentin Browning in tono di resa. La prese fra le braccia, la sollevò e la adagiò sul letto. Baciò più e più volte la sua bocca avida e trionfante, sempre più profondamente, mentre con una mano le sbottonava la camicia e liberava i seni piccoli e rosei, deliziosamente giovani. Eccitata dai baci, Gigi lo afferrò per i capelli e lo costrinse a chinarsi sui suoi seni. Li prese fra le mani e gli spinse nella bocca i capezzoli delicati e arroganti, quasi invitandolo a morderli. «Aspetta, aspetta» mormorò Quentin, ma Gigi non volle ascoltarlo e si affrettò a sgusciare fuori dai jeans e dalle mutandine mentre lui era ancora intento a scoprire quanto potevano inturgidirsi e indurirsi le due piccole punte rosee. «Dio, come sei avida» mormorò nell'accorgersi che era già nuda. «Una bambina avida, così avida.» E si spogliò con tutta la rapidità di cui era capace. Gigi lo cinse con le braccia e gli si strusciò contro violentemente, come se cercasse di spegnere le fiamme che la divoravano, continuando a coprire di baci ardenti ogni parte del suo corpo.

«Fermati» ordinò a un certo punto Quentin, bloccandole le braccia per poterla guardare, per ammirare la sua vita sottile, le gambe e i fianchi torniti e ben modellati, la leggera rotondità del ventre, la promessa ostentata del fitto pelo pubico.

Gigi chiuse gli occhi. L'impazienza la faceva fremere, ma non riuscì a liberarsi del suo sguardo scrutatore fino a quando cominciò a muovere i fianchi in una cadenza istintivamente languida, così seducente da fargli dimenticare ogni altra curiosità.

Non appena lo sentì allentare la stretta, si avventò su di lui, aprì le gambe e si spinse in avanti, imprigionandogli il pene fra le cosce calde. Quentin rise di quell'impulsività e si tirò indietro per poterla schiudere e accarezzare. Disegnò un sentiero nel piccolo cespuglio morbido e ricciuto, e spinse le dita fino alle labbra che voleva vedere prima di penetrarvi. A quel tocco, Gigi chiuse di nuovo gli occhi, strinse i denti e si contorse sul letto con tanta intensità che Quentin non seppe più trattenersi: guidò con la mano il pene eretto e fremente e lo spinse dentro di lei con un movimento rapido e brutale, troppo infiammato dall'eccitazione di Gigi per frenarsi. Era stretta, pensò, perché era così piccolina... e quello fu l'ultimo momento di lucidità, mentre i sussulti del corpo di Gigi rispondevano ai suoi. Lei gli addentò la spalla fino a farla sanguinare, ricambiando il suo slancio nella penetrazione, e continuò a incitarlo in preda a un tale attacco di passione da sbalordirlo nonostante la sua esperienza. Quentin cercò di dominarsi; non era sicuro che lei fosse ancora pronta, ma Gigi non gli consentì alcuna esitazione e insisté in quel ritmo travolgente, quasi goffo, ma con un effetto così potente che molto presto Quentin cominciò a sussultare in preda a un orgasmo immenso e irresistibile.

Esausto, si staccò da lei senza fiatare, abbandonandosi sul letto. Alla fine, in tono di stanca ammirazione disse: «Tu prendi sempre tutto quello che vuoi, vero?» Quando si accorse che Gigi non gli rispondeva, la guardò fra le palpebre socchiuse e scorse il viso arrossato e ansioso di una donna insoddisfatta. «Oh, accidenti... tu non sei... scusami...»

«Oh, posso rimediare... tanto non devi andare da nessuna parte.» Gigi lo strinse a sé. «Perdonami per il morso.»

«Mi hai fatto male, sai?»

«Non lo farò più, non ne avrò più bisogno... la prossima volta... l'ho fatto per non urlare di dolore.»

Quentin si sollevò di scatto a sedere. «Cosa cavolo...? Ehi, aspetta un momento. Quella cos'è?» Indicò con aria d'accusa la piccola macchia di sangue sul lenzuolo.

«A te cosa sembra?» chiese Gigi con aria raggiante.

«Mi sembra che tu sia la bugiarda più bugiarda che ho conosciuto» rispose Quentin furibondo.

«È probabile» ammise lei, felice. «È molto probabile.»

«Allora, cos'era la storia del fottuto complesso rock? Erano tutte ragazzine?»

«Oh, Quentin, non devi prendere le cose alla lettera» rise Gigi, scostandogli i capelli che gli ricadevano sulla fronte. «Io detesto il rock.»

«Oh, Dio, in che pasticcio mi sono cacciato?» esclamò lui. «Quanti anni hai, streghetta? Quattordici?»

«No di certo!» ribatté lei, indignata. «Ho superato la cosiddetta maggiore età, non devi preoccuparti. E adesso, perché non ti metti tranquillo a fare un sonnellino? Mi sembra che tu ne abbia bisogno. Torno subito.»

Gigi prese la precauzione di chiudere le due porte del suo appartamento e di nascondere la chiave. Quando entrò in bagno trasalendo leggermente, Quentin era già addormentato con un'espressione soddisfatta. Mentre faceva scorrere l'acqua calda che avrebbe risanato ammaccature e indolenzimenti, Gigi prese a canticchiare un vivace contrappunto di "The Boulevard of Broken Dreams" di Tony Bennett. Tutto considerato, decise, non l'avrebbe detto a Maze. Era troppo adulta, ormai, per rivelare tutto ciò che le capitava. E la notte era appena cominciata.

Se quella era l'idea che Gigi aveva di un flirt, allora rinunciava a capirla, pensò Burgo mentre la guardava raschiare obbediente le carote, tritare il sedano e imparare a immergere un pomodoro nell'acqua calda prima di togliere la pelle, un piccolo trucco che gli aveva mostrato tre anni prima. Si arrendeva completamente: quel modo di fare sciocco e puerile non lo riguardava, e dato che Gigi era così indietro rispetto ai tempi da credere che fare la parte dell'idiota in cucina fosse il sistema migliore per attirare un uomo, se ne lavava completamente le mani. Dopotutto, non aveva motivo di preoccuparsi. Per un po' aveva temuto che Gigi avesse preso dalla signora Ikehorn, una donna che quando metteva gli occhi su un uomo non perdeva tempo in chiacchiere, o almeno così aveva sentito dire in passato; ma la piccola Gigi non faceva progressi in quella particolare direzione, grazie al cielo. E lui era l'ultima persona al mondo disposta a dirle in cosa sbagliava.

Josie Speilberg, dal suo ufficio, sapeva tutto quello che succedeva in casa ed era contenta che il nuovo chef continuasse le lezioni di cucina con Gigi. C'era sempre qualcosa da imparare in una disciplina in continua evoluzione; ogni chef aveva le sue tecniche preferite e un'allieva impegnata come Gigi assimilava sicuramente qualcosa d'importante da ogni nuovo maestro. Sarebbe stato bello se Jean-Luc avesse potuto vedere che l'interesse di Gigi per la cucina non era diminuito nonostante la sua partenza. Come lei aveva sempre detto, nessuno al mondo era indispensabile.

In quanto al resto del personale, erano tutti così abituati a vedere la ragazza in cucina che da molto tempo avevano smesso di chiedere cosa stesse facendo. Ogni pietanza sembrava comportare uguali preparativi, mentre a loro interessavano solo i risultati.

Billy tornò da Monaco e trascorse qualche giorno a Los Angeles prima di proseguire per le Hawaii, dove era stato aperto un altro Scruples per approfittare degli ottimi affari che si potevano realizzare con la gente in vacanza e con il numero sempre crescente di ricchi turisti giapponesi, molto sensibili alle tentazioni della moda.

Billy aveva avuto intenzione di condurre con sé Gigi in quel viaggio e di andare a visitare lo Scruples di Hong Kong. Non le piaceva restare a lungo separata da lei, ma a quanto pareva la povera bambina, dopo le tensioni dell'ultimo anno di scuola, desiderava soltanto starsene tranquilla a casa, come una ranocchietta su una foglia di loto, a crogiolarsi in un'orgia di pigrizia, dormire fino a tardi come non aveva mai fatto prima, trafficare in cucina come al solito, nuotare languidamente ogni pomeriggio e abituarsi a poco a poco alla prospettiva del college. Era stata accettata dai tre migliori, ma con grande gioia e sollievo di Billy aveva deciso di frequentare l'Ucla, così vicina a casa.

Mentre pranzavano insieme, Billy osservò con attenzione Gigi e notò che dalla fine della scuola era molto cambiata. Naturalmente il conseguimento del diploma aveva costituito un grande rito di passaggio, pensò notando in lei una gaiezza nuova, adorabilmente vivace, una luce più intensa nei suoi occhi, un colorito più acceso sulle guance abbronzate. Sembrava cresciuta nel giro di poche settimane, e questo era impossibile, era un'illusione ottica; ma al ritorno da Monaco era rimasta molto colpita. Gigi, adesso, aveva una particolare dolcezza, qualcosa di scherzosamente insinuante, un modo di muoversi più flessuoso... una nuova femminilità.

«Gigi» le chiese, assalita da un sospetto terribile. «Hai mangiato più del solito?»

«È probabile» ammise la ragazza. «Anzi, non faccio quasi nient'altro. Anche se sono diventata pigra, non salto mai un pasto.»

«Mio Dio! Tesoro, devi stare attenta! Non puoi permetterti di ingrassare, e con quell'ossatura minuta qualche chilo in più si noterebbe subito. Forse pensi che non abbia importanza, ma credimi: se non fai ginnastica e non mangi normalmente, il grasso si accumula fino al giorno in cui...» Billy rabbrividì alla prospettiva. «Adesso come adesso sei deliziosa, quel po' di peso in più potrebbe anche starti bene, ma la linea di confine che separa una rosa in boccio da una rosa in piena fioritura è molto sottile, e devi promettermi che non la supererai mai e poi mai.»

«Te lo prometto, Billy, sul mio onore. Comincerò a contare le calorie. Se oggi non devi andare a Scruples, ti batterò a tennis per dimostrarti che so ancora impegnarmi.»

«D'accordo» accettò subito Billy. Se c'era una cosa che temeva per Gigi, era che ingrassasse come capita a tutte le studentesse del primo anno di college. Avrebbe dovuto tenerla d'occhio per assicurarsi che non succedesse. Gigi non era più minuscola, piccola, bassa o *petite*, o nient'altro che potesse descrivere la sua personcina insignificante per come era il giorno del suo arrivo da New York, pensò Billy con l'imparzialità che la distingueva in quelle valutazioni fondamentali. Era cresciuta quanto bastava per essere snella e perfetta. I centimetri di statura in più o in meno passavano in secondo piano rispetto alle proporzioni, e Gigi era così proporzionata da dare l'impressione di essere più alta di quanto non fosse in realtà, soprattutto grazie al suo portamento eretto, quasi regale. Comunque, aveva sempre potuto mangiare quanto voleva, e tutti sapevano che ciò era possibile solo ai giovanissimi. Giovanissima: una parola che, purtroppo, ormai non si adattava più a lei.

Durante l'assenza di Billy, Gigi e Quentin salivano furtivamente la scala di servizio dell'ala principale per raggiungere l'appartamento di lei nel corridoio deserto. Quando Billy era tornata, avevano trovato altri luoghi per fare l'amore ogni notte: gli spogliatoi del padiglione da tennis, dove gettavano mucchi di teli di spugna sul pavimento per creare una specie di materasso, e il ripostiglio della serra delle orchidee, dove i sacchi di muschio formavano un giaciglio soffice e l'umidità e la temperatura controllate erano così perfette che potevano stare nudi e avere la sensazione di trovarsi in una foresta.

Gigi era nel tipico stato ossessivo del primo amore: le sembrava di stare su una giostra che non si fermava mai, le girava la testa, il cuore le traboccava di desiderio. Durante il giorno, troppo irrequieta per leggere, indifferente a tutte le amiche di un tempo, viveva in attesa delle lezioni di cucina e consolandosi al pensiero che presto Quentin si sarebbe chinato su di lei mostrandole come si usava un coltello per tritare o uno sbucciapatate. Sì, perfino quello, visto che era la più goffa, la più lenta e meno dotata delle allieve.

Quentin dovette stringerle la mano cento volte per guidarla prima che imparasse a rompere un uovo nel modo giusto, senza rovinare il tuorlo con i frammenti del guscio; e quando venne il momento di fare le uova strapazzate dovette mettersi alle sue spalle e ripeterle all'infinito ciò che doveva fare, prima che Gigi si impadronisse dei movimenti corretti per afferrare la padella e il cucchiaio e sollevare e rimescolare le uova senza farle attaccare al fondo.

In realtà Gigi non riusciva a seguire nemmeno la più elementare tecnica gastronomica fino a che Quentin non entrava in contatto fisico con lei, cominciando a respirare affannosamente e a confondersi nelle istruzioni. Allora scopriva che doveva andare a prendere qualcosa nella dispensa e Quentin la seguiva, sapendo che si sarebbero avvinghiati e smarriti in un mondo di baci fino a dimenticare del tutto la lezione, e per tutto il resto della giornata lui non sarebbe riuscito a pensare ad altro che alla notte successiva.

Gigi era innamorata con tutto il cuore, e Quentin, che era innamorato solo a metà, si rendeva conto degli otto anni che li separavano. Gli sembrava di non avere più avuto un momento per riflettere sulla situazione da quando quella storia era cominciata, un mese prima. Quasi non si riconosceva, fisicamente assoggettato all'incantatrice diciottenne che regnava su di lui con una certezza sovrana del proprio dominio, tanto che non gli sarebbe riuscito di contrastarlo neppure se lo avesse voluto. Ogni notte, tutte le notti, si ritrovava a raggiungere vertici di piacere sessuale di cui aveva sempre ignorato l'esistenza; ma l'indomani lei riusciva a farsi desiderare di nuovo con estrema facilità, anche quando lui giurava a se stesso che questa volta sarebbe riuscito a resisterle, che Gigi non l'avrebbe spuntata.

Quella ragazza non conosceva limiti, pensò. Ma lui era un uomo di ventisei anni, e sapeva bene che i limiti esistevano e che li stava già superando.

La mattina, quando tornava nella sua camera e si vestiva in grande fretta per scendere a preparare la colazione, Quentin Browning si rendeva conto di stare correndo il rischio di dimenticare il proprio nome, e ancora di più i progetti per il proprio futuro. Stava per lasciarsi travolgere, si ripeteva, ma nel corso della giornata smarriva invariabilmente ogni proposito razionale, mentre la notte si riavvicinava, accompagnata dalla meravigliosa risata sommessa di Gigi, i cui seducenti occhi verdi lo ammaliavano derubandolo dell'ultimo barlume di buonsenso.

Una mattina presto Quentin prese una delle macchine della casa e andò da Gelson's a fare la spesa per una festa organizzata da Billy per l'indomani; era un party di saluto prima della partenza per le Hawaii. Approfittando del fatto di poter restare solo per qualche ora, cercò di sbrogliare la matassa della situazione in cui aveva inaspettatamente e penosamente finito per ritrovarsi.

Sì, Gigi era un incanto, ma... C'erano molti ma. E non si trattava solo del fatto che non aveva ancora compiuto diciannove anni: c'erano anche la madre zingara e il suo passato travagliato, il padre produttore cinematografico, la matrigna incredibilmente ricca, tutti coloro che avevano contribuito a formare il suo carattere, tutte le esperienze di vita che avevano portato a quel risultato finale – una ragazza che, per lui, era una specie di pianta esotica che poteva fiorire soltanto a Hollywood.

Anche supponendo che lui sognasse di offrirgliene uno, non avevano un futuro. Lui era fermamente orientato verso una vita da albergatore, destinato a vivere gran parte dell'anno secondo il ritmo di un'attività impegnativa. Una vita solida, redditizia, utile e interessante per Quentin, ma nella quale non c'era posto per Gigi.

Quando si fosse sposato, avrebbe avuto bisogno di una moglie solida e affidabile, pronta ad aiutarlo e a condividere le sue responsabilità. Avrebbe dovuto imparare a destreggiarsi nelle cose di cui adesso era sua madre a occuparsi: diventare una perfetta albergatrice capace di assumere e di licenziare il personale, di sovrintendere all'organizzazione dell'impresa, dai minimi dettagli della scorta di biancheria all'accoglienza dei clienti migliori e alla loro sistemazione nelle camere preferite. E avrebbe dovuto essere felice di continuare a farlo, di vivere una vita onesta e responsabile, una vita soddisfacente ma piuttosto priva di fantasia e di libertà. La realtà era quella.

Gigi sarebbe stata capace di comportarsi così? Gigi, la sua piccola innamorata impulsiva, viziata, estrosa e romantica? Gigi, che voleva sempre fare ciò che le saltava in mente? Gigi, che stava appena cominciando a vivere le sue avventure e aveva una prospettiva ricca di potenzialità? Come poteva sognare di sistemarsi, quando ogni possibilità le si spalancava davanti? La attendevano ancora gli anni del college, e il mondo intero era a sua disposizione.

Anche se fosse stato tanto pazzo da concederle tutto il suo cuore e da pensare di sposarla, anche se lei avesse accettato, animata dalla migliore volontà del mondo, nessuno avrebbe potuto sperare che la cosa funzionasse, si disse Quentin: non c'era una sola probabilità, e lo sapeva dal profondo dell'anima.

Nessuno lo aveva avvertito, rifletté dolorosamente mentre cercava un parcheggio, che un semplice assaggio dello stile di vita californiano avrebbe finito per causargli tanti problemi. Perché non aveva incontrato la bionda anglosassone statuaria che avrebbe tanto voluto, anziché quella specie di argento vivo nato dal miscuglio di sangue celtico e di sangue italiano, quella creatura dagli occhi seducenti e dalla bocca avida?

Già adesso, dopo appena un mese, Gigi era troppo per lui, e non tentava neppure di mostrarsi ragionevole. Era troppo desiderosa dei suoi baci per ascoltarlo quando lui cercava di spiegarle che dovevano calmarsi, andarci piano. Gigi era sull'orlo del precipizio, amava il rischio, approfittava di ogni occasione per toccarlo e accarezzarlo anche in presenza di altri, era ebbra dell'eccitazione ispirata da un tipo di pericolo per lei completamente nuovo. Quentin sapeva che un giorno sarebbero stati scoperti; era inevitabile, se avessero continuato la relazione in quel modo pazzesco.

Avevano davanti due mesi estivi prima che a settembre iniziassero le scuole, e anche allora Gigi avrebbe dormito a casa tutte le notti. Quentin Browning capì che stava correndo un rischio enorme e dalle conseguenze sempre più gravi. Se, o meglio quando la loro relazione fosse stata scoperta, la colpa sarebbe ricaduta interamente su di lui, perché era adulto e perché Gigi era ancora vergine il giorno in cui era arrivato in quella casa immensa, quasi una bambina, benvoluta da tutto il personale, il bene più prezioso della potentissima signora Ikehorn. La sua datrice di lavoro sarebbe stata capacissima di rovinarlo per tutta la vita.

Spinse due carrelli verso il reparto carni, dove spiegò esattamente al macellaio come doveva preparare la lombata di vitello; poi proseguì il giro e solo all'uscita sarebbe passato a ritirare la carne. Mentre si avvicinava a una piramide di pelati in scatola, Gigi gli andò incontro con una calma imperturbabile e il passo leggermente danzante, i capelli che riflettevano le luci dell'immenso supermarket come fosse su un palcoscenico. Quando gli fu accanto si fermò e lo guardò con aria sorpresa. «Che combinazione, trovarti qui» disse, chinandosi a prendere un barattolo e sfiorandogli con un bacio le nocche delle dita prima di lanciare i pomodori in un carrello.

«Gigi! Sii ragionevole, per amor di Dio. E se ci vedesse un'amica della signora Ikehorn?»

«Le amiche di Billy non vanno a fare la spesa» rispose lei. Scrollò le spalle con impazienza e gli si avvicinò di più con un'intenzione esplicita negli occhi. «Dammi un bacio vero, tesoro mio. Non c'è nessuno in giro. Ho un bisogno disperato di un bacio, devo averlo assolutamente.»

«Smettila!» Quentin le lanciò un'occhiata gelida e irritata, abbandonò i carrelli e sparì in un'altra corsia con tutta la rapidità consentita dalle sue gambe.

«Quentin mi ha molto deluso» sospirò Josie Speilberg il giorno dopo quando Gigi andò nel suo ufficio a chiederle di rinnovarle la tessera dell'Automobile Club.

«Perché? La cena di Billy non è andata alla perfezione?»

«Ha dato le dimissioni, ecco cos'ha fatto. Domani se ne va... senza neppure una settimana di preavviso. È gravissimo, e non poteva capitare in un momento peggiore: in questa stagione non c'è mai nessuno che cerchi un posto e che sia lontanamente accettabile. Ma si è mostrato irremovibile nonostante i miei consigli.»

«Quali consigli?» mormorò Gigi.

«Naturalmente gli ho chiesto di spiegarmi perché ha deciso di lasciare il posto così in fretta, soprattutto quando aveva promesso di restare almeno per un anno. E l'unica giustificazione che ha saputo darmi... almeno, lui si è confuso, ma io ho tratto le mie conclusioni... insomma, si è impegolato fino al collo con una ragazza e non sa come tirarsene fuori se non scappandosene via subito. Gli ho suggerito una dozzina di modi diversi per scaricarla con le buone, in modo da poter restare, e tu sai che in materia non ho niente da invidiare alle rubriche dei settimanali femminili. Ma lui ha continuato a ripetere che deve assolutamente andarsene. Forse è incinta. Scommetto che è così. Non so cosa dirà la signora Ikehorn quando tornerà da Hong Kong e troverà in cucina una faccia nuova, ammesso che riesca a trovare un altro chef. Non è una vergogna che qualcuno ci deluda in questo modo?»

«Non ci credo!»

«È esattamente quello che gli ho detto anch'io... Gigi! Aspetti, mi lasci il tesserino vecchio. Ma insomma...» Josie Speilberg lanciò un'occhiata all'ufficio vuoto. Perché la gente non sapeva organizzarsi meglio? Perché tutti le rendevano la vita difficile? Perché erano così precipitosi e nel contempo così ostinati? Eh, se fosse stata lei a tenere in mano le redini del mondo...

Gigi si chiuse in camera in preda a un'angoscia così tremenda che dovette mordere l'orlo di un lenzuolo per non attirare con i singhiozzi l'attenzione delle cameriere che passavano in corridoio. Rimase raggomitolata sul letto, scossa dai sussulti, vittima di una sofferenza spaventosa, avvolta nel copriletto, completamente distrutta. Si stringeva le spalle con le braccia incrociate sul petto, cercando di frenare la violenza del dolore simile a un animale selvatico improvvisamente uscito dalla gabbia e deciso a farsi strada a morsi per demolire la trappola del suo cuore. Ma la sua mente non si placava. Era certa che Quentin se ne sarebbe andato l'indomani: se lei non avesse parlato per caso con Josie, sarebbe scomparso senza dirle nulla.

Non la amava. Non l'aveva mai amata. Voleva tirarsene fuori ma era troppo vigliacco per affrontarla e dirglielo apertamente. Si aspettava una scenata; sapeva che avrebbe cercato di trattenerlo; non aveva avuto neppure la delicatezza di mentirle, di inventare qualcosa, un urgente motivo di famiglia al quale lei avrebbe potuto credere. Perché non raccontarle che aveva ricevuto una telefonata da casa e che doveva tornare immediatamente per aiutare il padre in difficoltà? Pensava forse che avrebbe insistito per partire con lui? Certo... certo doveva averlo pensato. Quindi non solo agiva in maniera vigliacca, ma stava anche attento a prendere qualche precauzione per sottrarsi al suo interesse indesiderato. Indesiderato, oh sì, e rifiutato con la stessa freddezza scostante che le aveva dimostrato da Gelson's il giorno prima. Gigi avrebbe sopportato tutto, perfino di sentirsi dire che lui non la amava, ma Quentin avrebbe almeno dovuto mostrarle un minimo di rispetto e spiegarle con onestà i propri sentimenti. Il fatto che fosse innamorata di lui non significava che non poteva accettare la verità. Lui non era obbligato a ricambiarla.

Finalmente smise di piangere e rimase immobile, cercando di pensare al da farsi. Se avesse potuto restare nascosta in camera fino a quando Quentin se ne fosse andato, se fosse rimasta lì al sicuro senza che nessuno la vedesse... Ma anche così, qualunque spiegazione avesse dato, da un attacco di crampi al raffreddore, Josie avrebbe fatto due più due e sarebbe riuscita subito a ricostruire con esattezza l'accaduto. Un'umiliazione del genere era il peggio che le potesse capitare, anche se era sicura che Josie non avrebbe mai rivelato il suo segreto, non ne avrebbe mai parlato con nessuno, non avrebbe mai dato l'impressione di esserne al corrente.

Fra quattro ore cominciava la lezione di cucina, e se Quentin non avesse voluto sentirsi fare domande, sarebbe stato ad aspettarla come al solito. Naturalmente lei poteva disdire l'impegno, e Josie non vi avrebbe nemmeno fatto caso; ma il suo istinto si ribellava all'idea.

Ormai non poteva più salvare nulla, tranne l'orgoglio e il rispetto per se stessa. No, pensò mentre andava in bagno a lavarsi il viso con acqua fredda, sperando di recuperare la vista sotto le palpebre ormai gonfie, no, non avrebbe annullato la lezione. E si sarebbe comportata come al solito... o quasi.

Appena fu presentabile, uscì di casa senza dirlo a nessuno e corse al Santa Monica Seafood. Tornò un'ora dopo, quando fu sicura che Quentin avesse lasciato la cucina per rifugiarsi in un posto dove sarebbe stato introvabile, prima che la lezione lo costringesse a ricomparire.

Gigi posò i quattro sacchetti, indossò il grembiule e cominciò a disporre tutto ciò che le occorreva con la precisione di un'infermiera in sala operatoria. Avere qualcosa su cui concentrarsi era un vero sollievo. Sapeva già cosa fare, e intendeva sbrigare soltanto il minimo necessario prima della lezione; preparò un saporito fumetto di pesce usando verdure trite, spezie, vino, sugo di vongole e acqua, cui aggiunse le lische, le teste, le code, le pelli e gli halibut, le triglie, i canestrelli e le perche a pezzi. In un altro tegame fece cuocere i gamberetti, le vongole e le cozze, senza sgusciarle, poi immerse l'aragosta in una pentola di acqua bollente.

Fece sobbollire il brodo per mezz'ora, poi lo filtrò e lo rimise sul fornello nella pentola più grande di tutta la cucina. Lasciò raffreddare l'aragosta e la tagliò a pezzi. Fece un altro rapido controllo e lanciò un'occhiata all'orologio, quindi prese il telefono interno e chiamò Burgo, che a quell'ora riposava sempre nella sua camera.

«Burgo, vieni ad assistere alla mia lezione di cucina?»

«Non la sopporto, Gigi, neanche per amor tuo. Scusami, cara, ma quando è troppo è troppo.»

«Oggi non prenderò lezione, Burgo. Sarò io a farla» disse Gigi con un tono che lo fece alzare di scatto.

«D'accordo! Ti sei ricordata di essere irlandese, piccola? Vuoi un pubblico numeroso?»

«Tutti quelli che riuscirai a radunare, inclusa Josie e i giardinieri.»

«Ci penso io.»

«Cercate di arrivare un minuto prima, e se Quentin cerca di filarsela, tu impediscigliela.»

«L'uomo morde il cane, eh? Posso solo dire che era ora.»

«Sono un tipo che impara lentamente.»

«Ma non sei stupida, tesoro.»

«Conto su di te.»

«Puoi sempre contare su di me» rispose Burgo e riattaccò, per la prima volta allegro dal giorno della torta con il fregio bianco. Gigi ci aveva messo un bel po' a capirlo, pensò, ma era troppo giovane e ingenua per poter intuire che fingersi sciocca non è l'unica soluzione e nemmeno la migliore, quando si vuole attirare l'attenzione di qualcuno.

Quentin Browning trascorse due ore sulla spiaggia di Santa Monica, lanciando le ultime, disperate occhiate al Pacifico. Non sarebbe tornato mai più. Avrebbe vissuto lontano, circondato da mari freddi, con l'unica compagnia del ricordo di Gigi. Un giorno si sarebbe sposato, naturalmente, sarebbe stato felice, e i particolari di quell'insolito mese californiano sarebbero a poco a poco sbiaditi. Anche se inevitabile, si disse, l'oblio era la cosa peggiore. Non poteva permettersi di amare Gigi e non aveva il coraggio di dirglielo. Forse era uno stronzo (d'accordo, sì, lo era) ma era anche abbastanza sveglio per tirarsene fuori adesso, subito, senza fatica e senza troppe sofferenze.

Quando rientrò dirigendosi in cucina, sentì un rumore strano: un rumore di voci. Bene, pensò, grazie a Dio non sarebbe rimasto solo con lei. Non sapeva come sarebbe arrivato fino in fondo a un'altra lezione, ma aveva poco da scegliere. Entrò e vide Gigi in piedi accanto al tavolo, appena visibile tra la folla del personale che la circondava.

«Cosa succede?» chiese a una delle cameriere, ma quella sorrise senza rispondere: sapeva soltanto che era una pausa di lavoro, una specie di spettacolo, come quelli offerti da Gigi ai tempi di Jean-Luc.

«Ehi, attenta!» gridò Quentin quando la vide prendere in mano un coltello molto affilato. Ma prima ancora di raggiungerla lei aveva già cominciato ad affettare i porri in striscioline sottilissime, così in fretta e con tale professionalità che rimase bloccato dallo stupore, incapace di muoversi o parlare.

In pochi secondi i porri alla julienne erano pronti e Gigi iniziò a fare a dadini i pomodori, a tritare l'aglio, ad affettare i finocchi, a polverizzare le foglie di alloro, tagliare la cipolla, grattugiare la buccia d'arancia e macinare il pepe. Eseguiva le varie operazioni simultaneamente, o almeno così sembrava a quanti seguivano affascinati i movimenti rapidi delle sue mani e dei suoi piedi e gli scintillii delle lame degli utensili. Aveva un fare esperto e un ritmo inarrestabile, pesava i semi di sedano, apriva un pacchetto di prezioso zafferano e ne estraeva un cucchiaio, toglieva da un tegame la conserva di pomodoro e ammucchiava tutto il preparato in una grande casseruola dove si stava scaldando l'olio d'oliva. Poi, con disinvolta precisione, gettò nell'olio qualche pizzico di sale e mescolò energicamente.

«Gigi» mormorò Quentin. Doveva dire qualcosa, qualunque cosa, ma lei non prestò attenzione a nessuno e attaccò il mucchio dei pesci già puliti, tagliandoli a filetti con la precisione di un virtuoso, le dita agili che impugnavano i coltelli con la grazia di un maestro e la tranquilla efficienza di un'autorità. Quando i pesci furono pronti, tagliò a dadini di due centimetri quelli che cuocevano più lentamente e gli altri a fettine un po' più grosse, il tutto con gesti così veloci e sicuri che due chili abbondanti di pesce furono ridotti nelle proporzioni giuste in meno di dieci minuti.

Solo quando ebbe lasciato scivolare il pesce nel fumetto caldo, Gigi si degnò di guardare Quentin. Era immobile con le braccia conserte sul petto e la fissava cupo, incapace di nascondere la collera tipica di chi scopre di essere stato vittima di uno scherzo gigantesco. Ma nei suoi occhi c'era anche un'indiscussa ammirazione professionale, e quella era l'unica cosa che interessava a Gigi.

«Qualcuno di voi sapeva» chiese lei a tutti i presenti, «che la *bouillabaisse*, secondo una leggenda, fu inventata da un angelo che la portò alle Tre Marie, naufragate sulla costa meridionale della Francia? Io non sapevo che anche i santi avessero fame come tutti noi... ma in fondo,perché no? Certo, questa zuppa non verrà buona come se io avessi a disposizione pesce fresco di scoglio del Mediterraneo, ma sto facendo del mio meglio e credo che alla fine sarà ugualmente abbastanza appetitosa. E ce n'è per tutti. Oh, Quentin, portami un bel mucchio di scodelle. Prima scaldale, per favore, e poi taglia a fette quel pane francese mentre io preparo la maionese all'aglio. Perché non sarebbe una *bouillabaisse* tradizionale, senza *rouille*, vero, caro il mio chef?»

Quentin girò sui tacchi per uscire dalla cucina. «Se fossi in te» intervenne Burgo, sbarrandogli il passo, «andrei a prendere le scodelle che la signorina ha chiesto e affetterei il pane.»

Sorpreso, Quentin lo guardò, e l'espressione che gli lesse in viso lo indusse a dirigersi subito verso il mobile dove tenevano le scodelle di coccio. Stupido! Stupido! Stupido! Gli aveva fatto fare la figura dell'imbecille. Era diventato lo zimbello di tutto il personale, si disse, mentre, quasi accecato dalla rabbia, trafficava con le lunghe baguette di pane francese che Gigi aveva lasciato su un tavolino. Si guardò intorno e scorse solo visi sorridenti: tutti osservavano Gigi con l'aria di chi si aspetta una leccornia cui è abituato, come gli spettatori attendono che il sipario del teatro si alzi su una commedia apprezzatissima.

«Appena in tempo» commentò allegra Gigi. Mise una fetta di pane sul fondo di ogni scodella e dispose con arte i molluschi. «Adesso abbiamo il tempo di bere qualcosa prima che la zuppa sia pronta, ma con la *bouillabaisse* ci vuole la birra, non il vino, per qualche strana ragione che solo i francesi possono capire. O forse lo chef sa svelarci il mistero. Puoi spiegarcelo tu, chef Quentin? No? Peccato. Comunque, stappa la birra. La berremo anche senza una buona ragione.»

Burgo aiutò a prendere i bicchieri e a versare la birra; Quel giovanotto gli faceva pena, povero diavolo, anche se non capiva perché... a parte il fatto che, com'era inevitabile, Gigi aveva dimostrato di essergli nettamente superiore in cucina. Nel giro di qualche istante, ognuno aveva un bicchiere in mano.

«Aspettate!» esclamò Gigi, e salì su una sedia. «Aspettate tutti! Dobbiamo fare un brindisi. Un brindisi d'addio al nostro amico Quentin Browning, che domani ci lascerà. Oh, non prendetevela, deve partire, e questo è tutto. Perciò bevete in fretta, e avremo tempo per fare il bis.» Alzò il bicchiere e guardò Quentin negli occhi, le sopracciglia inarcate in segno di saluto, la bocca incurvata in un sorriso franco, un'espressione saggia, e piena di comprensione... mentre la sottile lama d'acciaio che le trapassava il cuore restava invisibile.

«Addio, Quentin, bon voyage, felice ritorno a casa e... *ne regrette rien*. Sai che è il mio motto, e non mi dispiace dividerlo con qualcuno, se mai ne sentirai il bisogno. Non pentirti di niente, Quentin... *rien!*»

8

La contessa de Lioncourt, nata Cora Middleton di Charleston, South Carolina, era una *jolie laide*. Come succede spesso con certe espressioni francesi, una traduzione letterale sarebbe fuorviante. Una donna definita "brutta graziosa", non è né graziosa né brutta nel senso comune del termine. Può essere affascinante, se sa sfruttare il suo aspetto; può essere straordinariamente alla moda se sa come indossare gli abiti giusti; può diventare famosa se ha personalità e talento; ma in generale il suo aspetto non è mai abbastanza normale da potersi definire grazioso, né così sgradevole da meritare sia pure alla lontana la qualifica di "brutto". Barbra Streisand, Bianca Jagger, la duchessa di Windsor e Paloma Picasso erano o sono tutti esempi di *jolie laide* al meglio, nelle sue incarnazioni più abilmente raffinate, brillanti e potenti.

Cora Middleton, la cui madre faceva parte della grande famiglia dei Chatfield di Cincinnati, non si era accorta che sarebbe diventata una *jolie laide* fino a quando aveva sposato il conte Robert de Lioncourt. Aveva calcolato le proprie opportunità con la stessa freddezza con cui calcolava le proprie qualità e sapeva che, nonostante l'intelligenza e l'eccellente lignaggio, era scialba quanto poteva esserlo una ragazza destinata prima a fare da tappezzeria, e in seguito a diventare una vecchia zitella.

Durante la sua adolescenza, la mancanza di attrattive fisiche, particolarmente inusuale in una città del Sud famosa per le sue giovani bellezze, aveva reso Cora molto timida e chiusa. Non aveva mai imparato a usare le armi che possedeva: una bella voce, denti perfetti, e una bocca che lei detestava perché troppo larga e sottile, ma che sapeva sorridere in maniera deliziosa. Dunque parlava il meno possibile e sorrideva raramente. A diciannove anni, già cinica, lucida e opportunista, aveva accettato la proposta di matrimonio di un uomo che ne aveva trenta più di lei, un egoista che non avrebbe mai pensato di sposarla se non avesse saputo che aveva una rendita fissa personale di settantamila dollari l'anno. Lei aveva accettato nella convinzione che il matrimonio con un vero conte fosse meglio di niente; aveva accettato perché lui era proprietario di un appartamento invidiabile nella zona più bella di Parigi e godeva di una certa posizione nella buona società francese, dove per molto tempo era stato invitato come uomo "in più". In poche parole, le avrebbe offerto una vita che a Charleston sarebbe apparsa affascinante agli occhi delle compagne di scuola che Cora aveva sempre invidiato: le più belle e di successo.

Il conte era l'ultimo del casato e alla vita non chiedeva se non di scorrere facile e oziosa, di essere dedicata ad acquistare cose belle. Collezionare oggetti antichi era l'unica passione cui aveva consacrato la propria esistenza e gran parte dell'eredità. Il denaro di Cora avrebbe continuato a mantenerlo nel benessere purché non fossero arrivati dei figli, punto su cui entrambi concordavano, visto che Cora non aveva nessuna voglia di restare vedova con una prole da crescere – eventualità pressoché certa, data l'età del marito.

I Lioncourt si erano conosciuti e sposati nel 1950 a Parigi, dove Cora si trovava per studiare il francese, e si erano stabiliti nel grande appartamento ereditato da Robert al secondo piano di un antico *hôtel particulier* in Rue de l'Université. Viaggiavano almeno sei mesi all'anno e alloggiavano il più possibile presso una folta schiera di amici. I loro viaggi non erano però quelli di due semplici turisti, bensì pellegrinaggi da collezionisti, poiché adesso anche Cora aveva imparato ad apprezzare i mobili e le porcellane antiche, i vecchi vetri, i vecchi argenti e gli avori scolpiti: avevano sviluppato il culto degli oggetti preziosi, che amavano come dei figli ed erano la loro unica fonte di felicità.

L'acquisto di pezzi di ogni genere, purché fossero veramente belli o almeno molto originali, e la loro sistemazione all'interno di collezioni che si integravano a vicenda costituivano metà dell'interesse della vita di Cora. L'altra metà era concentrata sulla conoscenza di personaggi socialmente importanti in tutte le città dove si recavano. Come non aveva intenzione di diventare vedova con figli a carico, non voleva diventare una vedova sola.

Cora aveva numerose amicizie personali perché i Chatfield e i Middleton conoscevano molta gente in Europa, anche se di fatto lasciavano raramente le loro città, due fra le più belle degli Stati Uniti. La madre di Robert era la terza figlia di un baronetto inglese, ed egli conosceva tutti quelli che valeva la pena di conoscere a Londra e a Parigi: persone che, al pari dei Lioncourt, facevano acquisti per le loro collezioni in tutta Europa, stringendo inevitabili amicizie con altri collezionisti di New York. I Lioncourt ispiravano rispetto ai visitatori che venivano in Francia, anche se molto più ricchi di loro, e questo perché sapevano offrire un'ospitalità impeccabile e organizzavano cene in un ambiente dal fascino superbo.

Ovunque gli ospiti posassero lo sguardo scorgevano oggetti che avrebbero desiderato, oggetti che i Lioncourt avevano comprato senza mai sbagliare una mossa alle migliori condizioni di mercato. Perfino i maggiori antiquari europei rabbrividivano nel vederli entrare in negozio, perché sapevano che avrebbero acquistato proprio i pezzi che loro stessi avevano pensato di tenere per sé: oggetti antichi in procinto di diventare di moda, così curiosi e insoliti da essere rimasti trascurati fino al momento in cui i Lioncourt cominciavano a frugare negli angoli più nascosti del negozio. Cora e Robert si recavano regolarmente ai funerali degli antiquari poiché sapevano che in quelle occasioni i familiari più avidi offrivano spesso la possibilità di acquistare nuovi esemplari pagandoli in contanti per metà del loro valore. Erano diventati abili quanto il più smaliziato dei commercianti quando si trattava di comprare alle aste, perché non si lasciavano mai travolgere dalla foga della caccia. Alla loro attenzione sfuggivano ben poche aste per la liquidazione di beni ereditari, e coltivavano l'amicizia di tante vecchiette che in gioventù erano state collezioniste e adesso vendevano a uno a uno i loro preziosi esemplari per sopravvivere nell'età avanzata.

I Lioncourt non acquistavano né quadri né sculture. Era una questione che avevano chiarito subito: un'opera d'arte riconosciuta e consacrata era al di sopra dei loro mezzi mentre quanto era sperimentale e ancora abbordabile rappresentava un rischio troppo grande. Coprivano le pareti della loro casa di incisioni e specchi pregiati, e l'ambiente in cui vivevano era così ricco di altri oggetti che nessuno notava mai l'assenza di opere d'arte vere e proprie.

I conoscenti stranieri che andavano a trovarli a Parigi li credevano enormemente ricchi. Robert e Cora erano sentimentalmente uniti, se non da altri motivi, dall'immensa soddisfazione derivante dalla loro immagine. Eppure non c'era donna titolata del settimo Arrondissement che pagasse i conti con la stessa riluttanza di Cora de Lioncourt. Trovava da ridire su tutti i servizi, su tutti gli oggetti che comprava per sé e per la casa. Si lamentava stizzosamente, faceva attendere commercianti e professionisti e procrastinava i pagamenti il più possibile, mentre i suoi dollari accumulavano interessi nella Chase Bank di rue Cambon; ma alla fine pagava, ottenendo un congruo sconto per il saldo in contanti. In un paese come la Francia, dove le tasse sono altissime e chiunque preferisce usare gli assegni, anche per un pasto nel più modesto dei bistro, i contanti sono una tale rarità che le fruscianti banconote di Cora le permettevano di tenere al minimo le spese.

Quando Robert de Lioncourt era morto, nel 1973, Cora aveva quarantadue anni; l'età ideale, pensava, per iniziare la prevista vedovanza. Provava una sincera gratitudine verso quel marito che l'aveva abbandonata al momento giusto, senza troppe esitazioni. All'epoca in cui si era sposata nutriva uno scarso interesse per il sesso, e la vita con Robert non l'aveva certo accresciuto; non aveva sprecato tempo a cercarsi un altro marito perché non solo teneva in gran conto il valore elevato del proprio titolo, ma sapeva anche che un uomo scapolo della sua età, o più anziano, si sarebbe cercato una moglie diversa, più giovane, più sexy e indubbiamente più carina. Essere una vedova titolata con una collezione famosa le avrebbe dato maggior lustro che non il fatto di costituire la metà di una coppia.

La contessa Cora de Lioncourt non aveva trascurato la perfezione nei ventitré anni di matrimonio con un uomo che aveva come unico pregio un gusto squisito. Robert aveva insistito perché andasse sempre dal miglior parrucchiere di Parigi, le aveva scelto personalmente gli abiti fino a che lei aveva imparato a farlo da sola, e le aveva fatto seguire un corso di trucco sovrintendendo a tutte le lezioni perché, come l'appartamento in cui viveva, anche la moglie doveva riflettere il suo buon gusto.

A quarantadue anni Cora era dunque diventata una *jolie laide*: il naso adunco, gli occhi troppo piccoli, i capelli lisci, la fronte troppo alta si combinavano con un sorriso superbo che valorizzava appieno la sua raffinatezza e il suo stile, l'aspetto nel complesso mondanamente esotico. Quando entrava in un posto nuovo, la gente si chiedeva chi fosse; vestiva severamente, in nero e bianco d'inverno e in bianco e nero d'estate; conservava fedelmente la semplice pettinatura alla paggio con scriminatura centrale, i capelli che le arrivavano appena al di sotto delle orecchie; la sera non usciva mai senza i splendidi gioielli antichi ereditati dalla madre di Robert. Aveva due belle gambe, scarpe confezionate a mano di Massaro – l'inventore del modello Chanel – una figura alta e magra su cui gli abiti cadevano benissimo e mani affusolate con unghie immacolate e laccate di smalto trasparente.

L'unico problema, Cora se ne rendeva conto, era che nel 1973 settantamila dollari l'anno non bastavano per sostenere lo stesso tenore di vita degli anni Cinquanta e Sessanta. Avrebbe dovuto lavorare.

Adesso era seduta sul letto, gli occhiali sul naso e un taccuino sulle ginocchia, e considerava la situazione. Lavorare a Parigi era fuori discussione, perché aveva conservato la cittadinanza americana e in Francia non avrebbe mai ottenuto un permesso di lavoro. Se fosse riuscita a superare una montagna di ostacoli burocratici avrebbe forse potuto aprire un negozio di antiquariato, ma il solo pensiero di diventare una bottegaia la disgustava. Apparteneva alla classe dei compratori, lei, non a quella dei venditori.

Per la verità, a ripugnarle era l'idea in sé di un lavoro cui avrebbe dovuto dedicare otto ore al giorno. Non solo le era impossibile pensare di passare tanto tempo in un ufficio, ma non esisteva attività che non avrebbe automaticamente indotto gli amici a dubitare della sua ricchezza – cosa che non doveva accadere mai e poi mai.

Cora de Lioncourt scrisse due parole: *New York*.

Aveva sempre amato quella città, e nessun altro luogo la faceva sentire così viva. Di New York le piaceva tutto, in particolare gli amici che capivano così poco il suo mondo e ne erano tanto impressionati, per quanto ricchi. Ognuno di loro avrebbe potuto permettersi un grande appartamento o una casa con giardino a Parigi, ma erano tanto assurdamente intimiditi dalle presunte difficoltà linguistiche e dall'idea terrorizzante dello snobismo e dell'alterigia dei francesi, che la ammiravano semplicemente perché era capace di vivere felice in quella nazione.

In effetti le ci era voluto un po' di tempo per abituarsi, pensò Cora, ricordando i primi anni di matrimonio; ma allora aveva a disposizione la lavandaia di famiglia, i fornitori di generi alimentari, l'elettricista, l'idraulico e la donna delle pulizie, tutti preziosissimi collaboratori domestici, vista la valanga di piccoli ed esasperanti dettagli legati al mantenimento di una casa a Parigi: andare d'accordo con i francesi era uno scherzo, in confronto all'impresa di trovare un elettricista capace di sistemare a dovere una valvola saltata.

Cora scrisse altre due parole sul taccuino: *lavoro invisibile*.

Ma in cosa poteva consistere? Cercò di riconsiderare le proprie possibilità. Conosceva un sacco di gente, il che significava molti personaggi chiave in grado di presentarla a chi sarebbe potuto tornarle utile. Lei e Robert non avevano mai fatto inviti senza uno scopo, e avevano sempre scelto ospiti che si sarebbero trovati bene insieme. Avevano freddamente soppesato la propria importanza, senza mai concedere confidenza o accesso al proprio ambiente a chi non ne avrebbe accresciuto il lustro. Tuttavia non avevano mai raggiunto un'intimità vera con gli esponenti delle sfere più alte della società francese, e quella era una delusione alla quale Cora non si era mai rassegnata.

Molti anni addietro, Cora e Robert de Lioncourt avevano scoperto che l'adulazione, usata con intelligenza, può sfruttare tutto o quasi, tranne un'amicizia intima. Il massimo talento personale di Cora de Lioncourt era proprio la capacità di ricorrere all'arma dell'adulazione. Grazie a essa aveva accumulato numerose conoscenze utili e le aveva sempre conservate. La sua adulazione, tuttavia, non era mai ovvia; non si trattava di semplici complimenti, bensì di un interesse entusiasta per l'attività degli altri, per i viaggi, i problemi e i piaceri degli amici. Il suo entusiasmo, combinato con il sorriso che aveva imparato a sfruttare così bene, lusingava anche coloro che credevano di essere immuni al suo fascino. Poiché nessuno sospettava che quella donna ricca, proprietaria di tanti tesori, potesse volere qualcosa da loro, non si rendevano conto che il rapporto con lei era basato sull'adulazione.

Cora scrisse altre due parole e aggiunse un punto interrogativo: *public relations*?

No, non proprio. Eppure, in quelle parole c'era qualcosa che poteva fornirle un indizio. Non sarebbe mai diventata un'addetta alle pubbliche relazioni: bisognava sgobbare come cani e lei non aveva nessuna voglia di farlo, senza contare che la maggior parte del lavoro consisteva nel chiedere favori per i clienti. E, comunque, non conosceva le regole di quel gioco.

Cora voleva fare favori agli altri ed essere pagata per il suo servizio, decise. Esisteva un nome per quella professione? Sorrise, un sorriso gelido che nessuno dei suoi conoscenti avrebbe riconosciuto. No, le puttane si facevano pagare per prestazioni diverse, i ruffiani per altre ancora. Tuttavia a New York doveva esserci spazio per una donna che facilitava i progetti degli altri; una donna capace di far accadere cose che altrimenti non sarebbero mai accadute, una donna elegante, intelligente e altolocata che per puro caso poteva realizzare l'impossibile in cambio di un compenso corrisposto con la dovuta discrezione.

Senza alcun dubbio, si disse Cora, c'era bisogno di una figura del genere in una città confusionaria come New York, dove tante donne si sforzavano di farsi strada e avvertivano la necessità di una guida esperta. Sospettava che solo lì avrebbe potuto trarre giusto compenso per i servizi prestati. I francesi erano troppo tirchi per pagare i prezzi che sperava di riuscire a fissare. Quanto agli inglesi, non avevano alcun bisogno di lei, poiché tradizionalmente erano sempre stati organizzati per lo scambio di favori.

Si alzò e fece il giro dell'appartamento. Accarezzava un oggetto qua e là, si soffermava ad ammirare un felice contrasto di prospettiva nella sequenza delle stanze, si guardava nei tanti specchi che le rimandavano un'immagine circondata dal riflesso della bellezza ammassata alle sue spalle; in fondo, quelle ricchezze avevano un che di triste, pensò, anche se nessuno conosceva meglio di lei le sfortunate condizioni della tinteggiatura delle pareti. Ma avrebbe potuto vendere l'appartamento in un giorno, tenendo conto della sua posizione e superficie; e con il ricavato ne avrebbe acquistato uno di gran lunga migliore in una rispettabile strada di New York. Ogni mobile, ogni oggetto avrebbe traslocato con lei. Stabilirsi nella casa nuova, creare uno sfondo che valorizzasse ogni singolo pezzo era proprio una delle cose che amava di più. Purtroppo non avrebbe mai potuto occuparsene per conto di qualcun altro, dato che gli arredatori di professione erano sempre costretti a scendere a compromessi con i clienti, e lei non si sarebbe mai piegata in tal senso, così come non avrebbe mai potuto essere sicura che un cliente non cambiasse o aggiungesse qualcosa appena lasciato solo.

Avrebbe sentito la mancanza degli amici francesi? Cora de Lioncourt sbuffò. Nessuno che non fosse francese di nascita e che non avesse studiato in Francia poteva avere veri amici francesi. Le signore della buona società facevano amicizia a scuola, soprattutto nei conventi, dove quasi tutte venivano mandate, e consolidavano quei rapporti ai *ralleys*, i gruppi di adolescenti in cui le madri le organizzavano rigorosamente fin dalla nascita. Conosceva duecento persone che sarebbero state felici di cenare al suo tavolo e che avrebbero ricambiato l'invito, ma se non si era nati nella loro cerchia, era impossibile diventare qualcosa di più di un ospite. Le sue conoscenze francesi erano basate sulle parentele e le amicizie della famiglia di Robert, e tutti costoro sapevano bene che lui era stato uno squattrinato prima di sposarla. Nella società francese i Lioncourt non potevano passare per ricchi, e la famiglia di Robert non era nemmeno particolarmente illustre. Doveva ammetterlo: non erano mai arrivati in cima alla vetta, e lei, Cora, non lo avrebbe mai perdonato ai francesi. Sarebbe stata felice di lasciare Parigi, una città che, oltretutto, aveva ormai superato i suoi giorni migliori.

Ma, santo cielo, sarebbe stata una tortura avere a che fare con i traslocatori francesi.

Un giorno di fine giugno del 1980 Spider e Billy erano a Le Train Bleu, un nuovo e costosissimo ristorante francese nei pressi di Madison Avenue, e attendevano che Cora de Lioncourt li raggiungesse per pranzare con loro. Erano venuti a New York qualche giorno per affari mentre lo Scruples di Beverly Hills, che ormai esisteva da quattro anni, era chiuso per i lavori di rinnovo. Giugno era un mese morto per il commercio al dettaglio: troppo avanzato per la clientela che sceglieva verso la fine dell'inverno il guardaroba per la primavera e l'estate, troppo presto per chi solo in luglio acquistava i modelli per l'autunno. Perciò Billy aveva deciso che chiudere in quel periodo non avrebbe costituito una perdita.

«Perché dobbiamo vedere questa signora?» chiese Spider.

«Potrebbe esserci utile» rispose Billy. «È molto semplice. Comunque, credo che ti riuscirà simpatica. L'ho incontrata un po' qua e un po' là ogni volta che venivo a New York, è una persona molto gradevole. Conosce tutti. In occasione del mio ultimo viaggio ha offerto una cena in mio onore, e devo dire che da molto tempo non mi divertivo tanto.»

«Oltre a conquistare le tue simpatie, cosa può fare per noi?»

«Oh, Spider, non essere così sospettoso.»

«Signora Ikehorn, la tua espressione mi dice che stai meditando qualcosa che non promette niente di buono.»

«Signor Elliott, quando mai non ho combinato qualcosa di buono?»

«Gesù, Billy. Fammi una domanda a cui posso rispondere.»

Spider rivolse a Billy quel sorriso felice e sensuale al quale lei aveva sempre cercato di rendersi inaccessibile. Quando Valentina aveva acconsentito a lasciare New York per andare a lavorare da Scruples, nel 1976, aveva convinto Billy a dare un lavoro anche a Spider. Billy aveva scoperto il segreto di Valentine prima ancora di conoscere Spider, ma lui era riuscito a convincerla a lasciargli una possibilità. La prima impressione era stata quella di un uomo che Billy non avrebbe mai potuto permettersi, e tornava a rammentarlo a se stessa ogni volta che si trovava sola con lui. Allora innalzava una scherzosa barriera per conservare la distanza di sicurezza. Spider era così attraente... anzi, lo era diventato ancora di più con il passare degli anni.

Billy bevve un sorso di vino bianco e rifletté sulle qualità speciali che facevano di Spider l'unico uomo al mondo di cui si fidava, con la sola eccezione dell'avvocato Josh Hillman. Spider non aveva la minima ombra di affettazione, pensò: la sua virilità rude, la mascolinità dichiarata, l'energia travolgente erano doti innate. Aveva un vigore, una gentilezza virile, una franchezza, una lealtà e una bontà costanti e inconsapevoli che facevano parte di lui sempre e comunque, chiunque si trovasse di fronte. Aveva quel fascino sensuale che una donna difficilmente riusciva a ignorare: ma era la sua linfa vitale, non qualcosa che attivava o disattivava per ragioni di convenienza. Non riusciva a immaginare che Spider potesse raccontarle una bugia; ma soprattutto, nonostante il suo glamour, Spider era carico di una semplicità che l'esperienza mondana non aveva né inquinato, né sminuito, probabilmente perché in realtà non era mai diventato del tutto adulto.

Mentre Billy sedeva composta studiando l'arredamento del ristorante, Spider la fissò con aria pensierosa. Quando l'aveva conosciuta gli era sembrata una cliente molto difficile e nulla avrebbe potuto indurlo a credere che quattro anni più tardi l'avrebbe considerata una vera amica. Billy non aveva mai perduto alcune caratteristiche che ancora oggi dovevano certo farla apparire impossibile agli occhi degli altri: era impaziente, perfezionista, impulsiva e testarda, capace di esplodere all'improvviso in prepotenti scatti di rabbia ogni volta che i suoi ordini non venivano eseguiti in modo fedele e preciso.

Indiscutibilmente erano in molti a temerla, pensò Spider, ma non coloro che la conoscevano meglio. Chissà quanti architetti e arredatori, appaltatori e direttori dei lavori a Hong Kong, Monaco, Honolulu, Rio, Zurigo e Montecarlo venivano colpiti dall'emicrania ogni volta che la sentivano nominare!

Quando Billy annunciava una sua prossima visita a New York e a Chicago, Spider sapeva che nessuno di quanti lavoravano nelle due boutique si sarebbe rilassato fino a che non fosse ripartita per Los Angeles. Billy era senza dubbio un capo inflessibile ed esigente, ma quando le si spiegava la situazione, perfino nelle fasi più difficili della creazione del primo Scruples, non era mai ingiusta o irragionevole. Prima di licenziare qualcuno lasciava sempre una seconda possibilità, a volte anche una terza, e chi si comportava in modo soddisfacente veniva ricompensato con lealtà e generosità.

Spider era curioso di conoscere la nuova amica che li aveva invitati a pranzo. Spesso lui e Valentine si erano chiesti perché Billy avesse così poche amiche; il fatto è che lei erigeva un muro di distacco, sottile ma percettibile, fra sé e quasi tutte le donne che conosceva, e solo pochissime, come Susan Arvey, venivano trattate senza un tocco di riserbo. Strano, perché Billy non provava nemmeno simpatia per lei, anche se rispettava la sua intelligenza.

Valentine e Billy si erano molto avvicinate l'una all'altra negli ultimi anni. «Oggi Billy mi ha detto che io, Dolly e Jessica Strauss siamo le sue tre amiche più care» gli aveva confidato Valentine pochi giorni prima. «Mi sono sentita commossa e lusingata, ma mi è dispiaciuto un po' per lei. Chissà, forse è perché non ha un marito che sia anche il suo miglior amico, come nel mio caso.» Era effettivamente triste, pensò Spider, non poter essere ricchi come Billy e al contempo persone normali con amicizie normali, in particolare con normali relazioni sentimentali. Billy aveva sempre cercato di tenere testa agli uomini che le stavano dietro, ma adesso era addirittura diffidente, e chi poteva darle torto?

Il matrimonio con quel mascalzone di Vito l'aveva resa più umana, ma il divorzio l'aveva spinta a dubitare costantemente degli uomini. Spider preferiva non pensare a quelle che avrebbero potuto essere le conseguenze del divorzio se non ci fosse stata Gigi. Gigi aveva fatto emergere in lei una tenerezza e una dolcezza profondamente femminili che Spider non aveva mai sospettato possedesse; tuttavia era ancora capace di sprofondare in una cupa infelicità di cui intuiva l'ombra, ma che non riusciva a comprendere.

Billy, adesso, sembrava più giovane del giorno in cui l'aveva conosciuta, ma sapeva che aveva trentasette anni, cioè quasi un anno più di lui. Forse era la pettinatura. Poco dopo il divorzio si era fatta tagliare molto corti i lunghi capelli bruni, ora modellati a punta sulla nuca e lasciati liberi di ricadere all'indietro dalla fronte in grandi riccioli morbidi, come se nessun parrucchiere li avesse mai toccati: uno stile solo apparentemente disinvolto, che richiedeva regolari ritocchi ogni due settimane. La testa, sostenuta dal collo possente, appariva ora più imperiosa di quando c'erano i capelli lunghi ad addolcirla. La bocca era sempre carnosa, le labbra rosee coperte solo da un velo di lucido trasparente, e gli occhi non avevano perso nulla del loro mistero; anzi, semmai quella nuova espressione di sfida li rendeva più intriganti. Chi non aveva idea di chi fosse Billy, non doveva fare altro che voltarsi a guardarla, pensò Spider, perché portava un impero negli occhi. La sua bellezza fiammeggiante, devastante e selvaggia aveva conservato una qualità di forza quasi virile che la faceva sembrare un'amazzone. Quel giorno, nell'attillata giacca di lino rosso e pantaloni dal taglio deciso che Valentine aveva creato per lei, Billy sedeva dimentica del fatto che nel ristorante affollato tutti la osservavano di nascosto. Sembrava sul punto di balzare in sella a un destriero, e a mancarle era soltanto una spada.

«Madame è in ritardo» commentò Spider.

«Siamo arrivati in anticipo» rispose Billy, guardando l'orologio. «Fra un minuto esatto comincerebbe a essere in ritardo... e infatti eccola, quindi piantala di protestare. Hai solo fame, ecco tutto.»

Billy li presentò. Mentre tornava a sedersi, Spider guardò incuriosito la nuova venuta. Era un tipo strano e sorprendente, pensò, riservandosi il giudizio a più tardi perché in genere trovava simpatiche quasi tutte le donne che conosceva, ed era deciso a concedere una possibilità perfino a lei – anche se quella signora avrebbe potuto costituire l'eccezione alla regola, se il suo istinto non lo ingannava. Affascinante era affascinante, e spiritosa anche. Ascoltava con grande attenzione, e a quanto gli parve di capire non era affatto impressionata dalla posizione di Billy, atteggiamento che lui sapeva molto raro.

«Cora ha l'appartamento più bello che abbia mai visto, pieno delle cose più raffinate che esistano a New York» spiegò Billy.

«Le piacciono le cose, Spider?» chiese Cora de Lioncourt.

«Potrebbe essere più precisa?» ribatté lui.

«Antichità, oggetti d'arte, bibelot, cianfrusaglie preziose, "small"» disse lei con quella voce incantevole che non aveva mai perso gli echi del Sud.

«Cos'è uno "small"?»

«È un termine usato dagli antiquari inglesi per indicare un piccolo oggetto che non avevi intenzione di comprare e che non ti occorre, ma che finisci per portar via pagandolo troppo, in preda al brivido del possesso.»

«Le cianfrusaglie preziose mi piacciono, ma gli "small" ho idea che siano come le caramelle troppo dolci. Di antichità non mi intendo, e in quanto ai bibelot, ho la tendenza a romperli.»

«Allora deve assolutamente venire a trovarmi, lasciare che le mostri la mia collezione e convertirsi» dichiarò Cora, che sembrava affascinata dalla sua indifferenza. «Ho almeno dieci amiche che sostengono che lei ha cambiato la loro vita con i suoi indovinatissimi consigli in fatto di abbigliamento, e secondo la mia esperienza il gusto non è mai confinato a un unico campo. Sono sicura che dimostrerebbe una conoscenza istintiva di questi oggetti, e sarei pronta a scommettere che è capace di distinguere a colpo d'occhio una sedia d'antiquariato di grande livello da una buona sedia antica. Prometta che verrà a farmi visita!»

«La ringrazio per l'invito» disse Spider, «ma non sono un grande compratore. Mi piace consigliare le donne perché sfruttino al meglio i loro pregi, però considero una terribile tortura l'attività dello shopping.»

«Spider, Cora non sta parlando di shopping ma di collezionismo» rise Billy, che conosceva bene quel suo modo di fare volutamente ottuso. A volte, anche se non molto spesso, Spider reagiva come se lo stessero pettinando contropelo.

«A proposito di shopping, Billy, stanotte mentre mi addormentavo mi è venuta un'idea» riprese Cora de Lioncourt. «Me la sono anche scritta, per non dimenticarla. Ho pensato che le tue pubblicità di Scruples, per quanto favolose, si potrebbero migliorare. Non capisco nulla di pubblicità, quindi interrompimi se ti sembro ridicola... ma perché non appari tu stessa, al posto delle modelle? Sarebbe molto più interessante, per le donne, vedere che tu, la proprietaria, indossi i capi che vendi. E molto probabilmente hai all'incirca l'età delle tue clienti migliori, anche se sembri così incredibilmente giovane. Ho visto tante tue fotografie e sono sicura che verresti benissimo. È un'idea completamente sciocca, o ti sembra che abbia un senso?»

Vi fu un breve silenzio. Spider e Billy smisero di mangiare. Era un'idea audace e originale che non era mai venuta in mente a nessuno dei due.

«Ecco...» mormorò Billy. Non voleva ammettere che quella prospettiva la tentava. Quasi si vergognava di essere tanto orgogliosa dei suoi negozi: si identificava con loro in modo viscerale, erano i suoi gioielli. Sapeva di essere fotogenica, sapeva di portare bene gli abiti... Perché no?

«Non saprei» disse. «Non ci avrei mai pensato. Spider, cosa te ne pare?»

«Così, sui due piedi? Be', penso che sia... rischioso.»

«Rischioso? Perché?» chiese Billy.

«Non so se ti piacerebbe veramente diventare il simbolo della clientela di Scruples» spiegò Spider, cercando le parole. «Senti, Billy, io devo trattare direttamente con loro, e nel novantanove virgola nove per cento dei casi non sanno portare gli abiti come li sai portare tu. Sono abituate a vedere le foto di modelle che vantano un aspetto a cui loro non potrebbero mai aspirare. Tu invece sei una persona reale, e questo potrebbe irritarle, demoralizzarle. E c'è di più...»

«Cosa?» lo interruppe Billy in tono impaziente.

«Mi hai detto spesso che ti dà fastidio figurare negli elenchi delle dieci donne più ricche d'America ed essere identificata in questo modo dai media ogni volta che citano il tuo nome, giusto?»

«Giusto.»

«Quindi se comparissi nelle pubblicità con addosso gli ultimi modelli, attireresti ancora più attenzione. Saresti più invidiata di quanto lo sei adesso. Non è una buona idea. Potrebbe ritorcersi contro di te. Le donne vedrebbero le foto e penserebbero: "Oh, no, di nuovo Billy Ikehorn con un abito che probabilmente costa un patrimonio. Per lei è facile, è la padrona della boutique ed è così sottile, ma per me costa troppo e comunque non potrei portarlo..." Cose del genere, insomma.»

«Hai ragione, Spider» ammise Billy, nascondendo a fatica il rammarico.

«Capisco che ha ragione» convenne Cora de Lioncourt, nascondendo la delusione in modo perfetto. «È questa sensibilità, questa comprensione della psicologia femminile che la rende così eccezionale, Spider. Ora mi rendo conto degli inconvenienti... Butterò l'idea nel cestino.»

«Ma sarebbe un'idea meravigliosa per qualcun altro, Cora» protestò Billy. «Magari per una stilista che crea solo per donne con una figura simile alla sua. Sono sicura che un giorno o l'altro qualcuna lo farà. Secondo me, sei geniale!»

«Be', grazie» disse Cora, mostrando la dentatura perfetta. «Allora forse la metterò nella cartelletta "da non dimenticare".»

«Qualunque cosa tu decida, sarò felice di avere il tuo aiuto per il grande party d'autunno, dopo il Labor Day» concluse Billy.

Spider continuò a mangiare. Era la prima volta che sentiva parlare del party, ma non intendeva fare domande subito dopo aver sabotato l'artiglieria di quella Cora-di-chissà-cosa.

«Sarà davvero difficile» disse lei «ideare qualcosa che superi la festa per l'apertura del primo Scruples. So che Spider fu il vero responsabile di quel successo, un party che rivelava tutto il suo genio, e io non credo di saper realizzare nulla che valga anche solo la metà. Ma ci proverò. Per i newyorchesi è dura essere battuti da una grande festa a Los Angeles. Be', si aspetteranno che quella del prossimo autunno sia incredibile, e saranno molto schizzinosi, Billy, schizzinosi come il diavolo. Detestano la concorrenza da parte della provincia. Se non credessero che New York sia il centro dell'universo, come potrebbero giustificare il fatto di viverci?»

«Spider, non ho avuto l'occasione di parlartene prima di pranzo» disse a quel punto Billy, «ma l'ultima volta che sono venuta è stata Cora a suggerirmi l'idea.»

«Capisco. Quindi ci aiuterà?»

«In fondo, mi sembra ragionevole. Non abbiamo mai festeggiato ufficialmente l'inaugurazione di questa boutique, e avremmo dovuto dare un grande party, se non altro per la pubblicità. New York non è la tua città nel senso in cui lo è Los Angeles, e di certo non è neanche la mia... ma è la città di Cora. Abbiamo bisogno di qualcuno, qui, sul posto, che conosca le persone più adatte per il servizio, i fiori, la musica e le decorazioni, qualcuno che possa aggiungere i nomi nuovi più interessanti al nostro elenco degli invitati. Sono certa che funzionerà.»

«L'unica cosa che voglio, a parte il divertimento» intervenne Cora, «è che Spider mi scelga un abito che comprerò per indossarlo al party. Tengo molto alla famosa esperienza di Spider Elliott.»

«Credo che lei conosca già il suo stile alla perfezione, Cora. Sa bene di non avere bisogno di me» rispose Spider in tono gentile, ma senza sorridere.

Nel corso della conversazione si era convinto sempre di più che non c'era affatto bisogno di organizzare quel party. Sarebbe costato un patrimonio, e Scruples di New York faceva già, in rapporto allo spazio, affari tripli in confronto a tutti gli altri negozi della città. Se avessero avuto bisogno di pubblicità – e non ne avevano – avrebbero potuto ottenerla per molto meno. Ma dato che evidentemente Billy voleva una festa colossale, perché no? Male non poteva fare, diversamente dal tipo di pubblicità suggerito da Cora: quindi, perché gettare acqua sul fuoco?

Restava un unico dettaglio: Billy aveva avuto tutto il tempo di dirglielo prima di pranzo, anzi, l'aveva avuto per settimane, da quando Cora aveva proposto l'idea, quindi perché aveva aspettato a parlargliene quando l'amica era presente per sostenerla? No, la Lioncourt non gli piaceva neanche un po'. E adulare non le sarebbe servito a nulla.

Dopo il pranzo, per il quale, come sempre avveniva, a Cora de Lioncourt il conto non venne presentato, lei fece sosta in diversi negozi di antiquariato. Come previsto, non trovò nulla che valesse un attimo del suo tempo, ma aveva bisogno di rifiutare e rifiutare, con parole sprezzanti e accuratamente sdegnose: era l'unico modo di sfogare la rabbia che Spider Elliott le aveva scatenato. Odiava gli uomini come lui! Belli, inutilmente belli, arroganti e testardi.

Gli uomini che avevano influenza sulle donne ricche erano i suoi nemici naturali, e uno inespugnabile come Spider, che le resisteva e non esitava a dire ciò che pensava, era il tipo peggiore in assoluto. Le donne ricche erano la sua preda, e Billy Ikehorn era il bottino più grosso cui avesse mai aspirato. Cora le si era avvicinata piano piano, con abilità e successo, e quel giorno aveva invitato a pranzo anche Spider per potersi fare un'idea di lui. Indubbiamente costituiva un fattore negativo, pensò, tornando nel suo appartamento per prepararsi una tazza di tè, prima di andare alla scrivania a controllare i conti.

Studiò distrattamente l'elenco dei cinque nuovi ristoranti di lusso con cui aveva stipulato un accordo. La sua parcella veniva sempre pagata in contanti (lei insisteva sui liquidi) ogni volta che portava a pranzo o a cena gruppi di amici, ed erano i ristoranti stessi a pagare il conto. Le Train Bleu aveva atteso per due mesi la "visita guidata" di Billy Ikehorn, e l'indomani sarebbe apparsa una breve notizia in una rubrica di pettegolezzi mondani molto popolare: perciò le dovevano una sontuosa gratifica. Anche se si faceva pagare in anticipo un tanto all'anno, non faceva mai promesse ai proprietari dei ristoranti. Garantiva di portare la gente giusta all'inaugurazione e poi ancora per un po' di tempo, ma il successo del locale dipendeva interamente da fattori sui quali lei non esercitava alcun controllo. Se un ristorante non si affermava, lo abbandonava subito, perché non poteva permettersi di portare i suoi amici in un posto semivuoto.

I ristoranti rappresentavano una parte insignificante delle sue attività, ma erano affidabili. A New York aprivano e chiudevano con un ritmo impressionante, e lei accettava di collaborare solo con i migliori, quelli che le venivano raccomandati dagli esperti di un'apposita rete creata negli ultimi sette anni.

Il primo anno era stato duro, e Cora de Lioncourt si era spesso fatta forza ripetendosi che si trattava di un periodo di puro investimento, e che non poteva sperare di vedere un soldo prima di essersi affermata. Il trasferimento era stato reso ancora più difficile dalla scoperta che a New York il dollaro aveva un potere d'acquisto inferiore a quello del franco a Parigi, e quindi per arredare l'appartamento e mantenere il tenore di vita ambito era stata costretta a intaccare il suo patrimonio. A New York nessuno faceva sconti per un pagamento in contanti, neppure il calzolaio, l'imbianchino o l'assistente incaricata della periodica pulizia dei denti. Ma come vivevano gli americani, che pure dovevano pagare le tasse al pari di tutti gli altri? Tuttavia, non aveva rinunciato al suo piano. Gli amici di New York avevano dato feste in suo onore, e quando l'appartamento era stato ultimato Cora si era affrettata a ricambiarli, aggiungendo alla lista degli invitati le persone più interessanti conosciute di recente, soprattutto se avevano a che fare con i media.

A Parigi i media non avevano l'importanza sociale che rivestivano a New York. I giornali francesi pubblicavano recensioni di film, commedie e libri, ma per quanto riguardava la vita mondana erano rimasti all'età della pietra. I quotidiani e le riviste non contenevano pagine salottiere o rubriche di pettegolezzi che raccontassero ai lettori quale padrona di casa aveva organizzato una certa festa, né cosa indossava la tale o la tal'altra per l'occasione, e chi era andato a pranzo in un dato posto e con una data compagnia; non spiegavano chi aveva appena comprato una casa nuova e intendeva sventrarla e rifarla da cima a fondo; non dicevano chi era andato in vacanza dove e con quale gruppo di amici, o quali signore stavano progettando un ballo di beneficenza.

I francesi non facevano quasi mai donazioni di quel genere, le loro feste private erano inaccessibili alla stampa, le signore pranzavano a casa dell'una o dell'altra e tutti sapevano dove vestivano le poche donne che potevano ancora permettersi modelli di haute couture. Molto saggiamente, tutti cercavano di nascondere la propria ricchezza per paura degli ispettori del fisco.

Ma New York! Una festa non si poteva dire veramente tale se la stampa non ne parlava; i giornali e le riviste erano i veicoli ideali per quel genere di notizie, e Cora de Lioncourt studiava con la meticolosità di un antropologo le cronache della vita dei ricchi. Il più grande colpo di fortuna (e aveva sempre saputo che, prima o poi, le sarebbe capitato) era stato conoscere Harriet Toppingham, la potente e temuta redattrice di "Fashion and Interiors".

Si erano incontrate diverse volte a Parigi, dove Harriet si recava per assistere alle sfilate di moda. Avevano molti amici in comune, ma solo a New York quella conoscenza era diventata importante per entrambe. Harriet era una collezionista appassionata, come Cora, e altrettanto competente. Avevano finito per provare un sincero affetto e grande rispetto l'una per l'altra: il sabato pranzavano insieme e andavano all'asta da Parke Bernet, oppure partivano con la macchina per curiosare nei negozi d'antiquariato di campagna. Perfino una piccola vendita in un garage dei sobborghi ispirava il brivido della caccia in due donne consapevoli del fatto che era impossibile prevedere il luogo in cui avrebbero scoperto un oggetto interessante o almeno divertente.

Oltre al collezionismo le univa una profondissima affinità di carattere. Ognuna di loro era stata in gioventù ambiziosa e poco attraente, e si era costruita una vita di successo imponendo la propria intelligenza e il proprio buon gusto al materiale poco promettente che le era toccato dal punto di vista estetico. Erano entrambe ciniche, diffidavano degli uomini e odiavano le belle donne che navigavano senza difficoltà nel mare della vita avvolte da una nuvola di ammirazione. Ed entrambe erano amareggiate, sole, determinate. In poche parole, ognuna aveva bisogno dell'altra.

Harriet Toppingham e Cora de Lioncourt collezionavano oggetti diversi e li usavano in modi diversi nelle loro rispettive abitazioni, ragion per cui tra loro mancava quella competizione che avrebbe altrimenti potuto essere un problema. Non appena l'appartamento di Cora era stato pronto per i fotografi, Harriet gli aveva dedicato otto pagine a colori su uno dei numeri mensili di "Fashion and Interiors".

Il giorno in cui la rivista uscì, per Cora fu la consacrazione del successo. Nessuno di quelli che le interessavano a New York poteva ignorare l'arrivo dell'affascinante contessa de Lioncourt, custode di un intero mondo di tesori, aristocratica incantatrice di Charleston, nonché parente della famiglia Chatfield di Cincinnati: aveva conquistato Parigi e ora tornava nella terra natia creandovi un'atmosfera di raffinatezza così speciale che nessun arredatore della città avrebbe potuto eguagliare. Il "New York Times Magazine" aveva fotografato l'appartamento per le pagine domenicali dedicate all'arredamento, e altrettanto avevano fatto le riviste "New York" e "Town and Country" – il tutto durante il secondo anno di permanenza di Cora.

I newyorkesi, che cominciavano a stancarsi di ammirare l'uno le prevedibili opere d'arte dell'altro, facevano a gara per essere invitati alle cene intime di Cora, dove avevano la sensazione di essere trasportati di colpo in un altro paese, un paese che esisteva al di fuori del tempo e dello spazio, creato dall'evocazione genialmente innovativa di quell'appartamento in stile parigino. In breve tempo, Cora era diventata celebre e ricercatissima proprio nella cerchia più ristretta del mondo in cui intendeva fare fortuna.

Sì, la cara Harriet era stata la chiave di tutto, ma Cora aveva sottovalutato se stessa. Non si era accorta che quella professione fosse così congeniale alle sue capacità. Si alzò dalla scrivania, indossò una vestaglia e si draiò sul grande divano coperto di cuscini ad arazzo, un divano che considerava un po' come il suo ufficio in quanto il nuovo centro di comando era costituito dagli unici utensili di cui aveva bisogno per lavorare: tre rubriche telefoniche, un blocco per appunti, matite e telefono.

I suoi primi clienti erano stati antiquari, la categoria di commercianti con cui poteva trattare con maggiore sicurezza. Cora rispondeva alle richieste dei nuovi amici che la supplicavano di portarli "a caccia di antichità" indirizzandoli verso i negozi di lusso con cui aveva stipulato accordi, e in cambio riceveva una cospicua percentuale sui prezzi altissimi. D'altra parte, pensava con orgoglio, non permetteva mai che acquistassero qualcosa che non valesse davvero la pena di possedere. Se gli amici manifestavano uno sciocco entusiasmo nei confronti di un pezzo privo di pregio, faceva sempre notare loro con gentile fermezza perché la scelta era sbagliata.

Aveva anche lanciato un giovane, brillante arredatore di Charleston, un lontano parente arrivato da poco a New York che si era rivolto a lei perché gli procurasse il primo, grosso cliente. Cora si era guardata intorno e gli aveva portato un'amica recentemente divorziata alla ricerca di un nome sconosciuto ma dotato di originalità che le arredasse il nuovo attico. Su quella transazione, e sulle decine di altre che veva concluso con altri sei arredatori ben scelti, Cora aveva incassato il dieci per cento della somma totale spesa dal cliente. Gli arredatori che lavoravano con lei la consideravano una percentuale ragionevole, dato che la contessa non procurava mai clienti che non fossero convinti della necessità di acquistare ottimi pezzi di antiquariato – una convinzione che prima o poi li induceva a stracciare i preventivi e a sognare solo il grandioso risultato finale del progetto.

Cora de Lioncourt era così abile nell'organizzare pranzi e feste, che inevitabilmente aveva finito per occuparsi anche di party. C'era sempre qualcuno pronto a chiederle di rivelare i suoi segreti, e lei era generosa perché sapeva che, una volta copiata, avrebbe trovato nuove fonti di ispirazione. I fioristi che aveva portato sulla cresta dell'onda, i servizi di catering che aveva scoperto, i musicisti che consigliava, tutti pagavano con gratitudine le sue parcelle perché ovunque lei andasse, gli altri la seguivano a ruota.

C'erano però alcuni settori in cui Cora preferiva non avventurarsi. I parrucchieri, ad esempio, erano troppo imprevedibili e lei non intendeva rischiare di perdere un'amica a causa di un taglio sbagliato; non si fidava nemmeno dei gioiellieri e dei pellicciai, se non dei più grandi, ma questi godevano già di una reputazione e non avevano bisogno di lei. Del resto non provava il minimo desiderio di indurre le donne ad acquistare abiti in un particolare negozio, perché era inevitabile che qualcuna finisse per commettere un errore costoso.

Dopo tre anni di successi ininterrotti che le avevano permesso di guadagnare bene grazie agli antiquari, agli arredatori, ai ristoranti e affini, Cora de Lioncourt si considerava pronta per cominciare a lanciare nuovi talenti mondani. Era un compito delicato che richiedeva tutto il suo buon gusto, la sua abilità e la sua capacità di discriminazione.

Coloro che avevano bisogno di una sponsorizzazione perché arrivati a New York di recente o, pur essendo del posto, solo da poco avevano fatto fortuna, spesso non erano "lanciabili" in quanto troppo dipendenti. Cora accettava solo clienti che avrebbero saputo cavarsela da soli dopo che lei gli avesse dato la spinta iniziale. Non poteva garantire nulla, come con i ristoranti, e si faceva pagare in anticipo. Ma quando capitava il cliente giusto, pensò Cora con un sorriso, quando telefonava la coppia giusta appena arrivata dalla provincia, o la neodivorziata che aveva ottenuto una somma enorme per gli alimenti, allora sì che era un'occasione d'oro! Erano disposti a pagare più o meno qualunque cifra pur di infilarsi nell'alta società newyorkese; e quando Cora de Lioncourt li invitava a una delle sue cene intime, quando li introduceva a poco a poco nel suo ambiente e li aiutava a organizzare ricevimenti nelle abitazioni arredate dagli specialisti da lei suggeriti, non potevano certo lamentarsi se non riuscivano a spuntarla.

Era una specie di grande cerchio, una danza in cui a ogni passo le piovevano addosso somme cospicue destinate a finire nel suo portafoglio di azioni e di titoli di stato. E nella danza istituita da Cora c'era sempre bisogno di nuovi astri come Billy Ikehorn, capaci di aggiungere lustro al mondo che aveva creato intorno a sé

Una bella amicizia con Billy Ikehorn, anche se non avesse speso nulla e non avesse acquistato nemmeno un cucchiaino da tè, sarebbe stata preziosa; ma Cora era convinta che con l'incoraggiamento adeguato Billy avrebbe speso più denaro di qualunque altra donna cui aveva tanto generosamente elargito i propri consigli. L'idea per la pubblicità di Scruples non le avrebbe reso altro utile che la sua gratitudine. Ogni tanto, alle persone speciali Cora regalava suggerimenti che considerava con la più grande soddisfazione "perdite produttive".

La festa autunnale per Scruples non sarebbe stata che l'inizio. Chiaramente Billy doveva avere una base a New York. Cora non riusciva a capire perché si accontentasse di un pied-à-terre di quattro stanze al Carlyle e di una casa soltanto in California. Era quasi uno scandalo che una donna così ricca vivesse con tanta parsimonia, con tanta modestia e così poche pretese. Cora riteneva pertanto suo dovere, almeno nei confronti dei commercianti di New York, ridistribuire una parte di quella ricchezza.

I suoi piani per Billy avrebbero reso un pubblico servizio, si ripromise Cora de Lioncourt, anche se non avrebbe mai potuto rivendicarne ufficialmente il merito.

Se Spider era fuori città per affari, Valentine scopriva che dormire era ancora più difficile. Aveva sempre sofferto di insonnia, ma quando poteva aggirarsi nell'appartamento sapendo che Spider era addormentato, era quasi sopportabile. Adesso, invece, ritrovandosi sola e sveglia nel cuore della notte, si sentiva più irrequieta che mai. Grazie al cielo, Spider sarebbe rientrato l'indomani da New York, pensò mentre accendeva il televisore in soggiorno: erano le due del mattino. Avrebbe potuto accompagnarlo come lui aveva chiesto con insistenza, ma Valentine aveva deciso di approfittare dei giorni in cui il negozio era chiuso per lavori per andare in cerca di una nuova casa.

Non poteva pretendere che un uomo avesse la pazienza di continuare a visitare immobili in compagnia di un agente, ma lei era già all'opera dalla primavera precedente, convinta che da qualche parte ci fosse una casa ideale ad attenderli. Il giorno prima forse l'aveva trovata, e l'insonnia era accentuata dalla prospettiva eccitante di condurre Spider a vederla.

Spense il televisore, disgustata. No, era insopportabile. C'era un solo rimedio, al quale aveva fatto spesso ricorso prima di sposarsi e a cui tornava anche adesso, quando il marito era fuori città. Il segreto era lavorare fino a crollare per la stanchezza, ma per farlo doveva andare nel suo studio. Diversamente da questo appartamento, la casa che aveva visto quel giorno aveva abbastanza spazio per uno studio, pensò vestendosi in fretta; c'era spazio per un giardino, spazio per una biblioteca, per dei bambini... tanto spazio per vivere, insomma. Sarebbe stata un'esistenza diversa, anche se nessuna poteva essere migliore di quella che già conduceva.

Prese la macchina, percorse la breve distanza che la separava da Scruples ed entrò. Dato che di notte vi andava piuttosto spesso, aveva la chiave dell'ingresso di servizio e conosceva tutti i codici dei sistemi di allarme. Il negozio odorava di pittura fresca, di legno nuovo e di segatura, notò mentre si avviava verso lo studio; sembrava enorme e strano, ora che la merce era stata temporaneamente rimossa e immagazzinata. Scruples era stato svuotato e lasciato a disposizione delle squadre di imbianchini e falegnami che continuavano a fare gli straordinari per terminare il lavoro nei tempi strettissimi prestabiliti; ma il suo studio era territorio proibito. Non aveva permesso che lo ridipingessero perché era troppo presa dalla preparazione dei costumi di *Leggenda* e non voleva essere disturbata per nessun motivo, come aveva spiegato in toni indignati al responsabile della verniciatura.

Valentine accese la lampada centrale dello studio e si guardò intorno con sollievo. Lì poteva passare la notte in modo produttivo e magari dormire qualche ora sulla vecchia chaise-longue che teneva in un angolo, semisepolta sotto la collezione delle riviste di moda e le vecchie copie di "Women's Wear Daily". Era un'abitudine piacevole, sfogliare quei vecchi numeri in cerca delle foto di vecchie amiche e delle notizie su ciò che era accaduto mesi prima nel mondo frenetico della Settima Strada, cui peraltro era felice di non appartenere più. Spesso si concedeva una pausa nella routine quotidiana, si raggomitolava per mezz'ora e guardava le riviste; ma negli ultimi tempi non aveva avuto la possibilità di farlo perché era troppo impegnata con il lavoro.

Doveva assolutamente esigere uno studio più grande, pensò lanciandosi un'occhiata intorno, se Billy le avesse chiesto un'altra volta di disegnare i costumi per un film, come era accaduto con *Leggenda*. Quella stanza non era mai stata tanto affollata; ma per poter creare gli abiti per Melanie Adams rispettando le scadenze che aveva accettato, era stata costretta a farsi confezionare una dozzina di manichini da sartoria che riproducevano esattamente le misure dell'attrice.

Melanie non aveva né il tempo né la pazienza per restare immobile durante le lunghe prove dei sessanta e più costumi che lei stava disegnando. Attualmente ogni singolo manichino era rivestito da una stoffa simile a garza, una specie di tulle pesante e flessibile che Valentine usava al posto della tradizionale mussola da sartoria, troppo rigida per essere impiegata come modello in tela per i costumi anni Venti e Trenta che stava creando e che dovevano drappeggiarsi dolcemente e graziosamente intorno alla figura della protagonista.

Oltre alla folla dei manichini, il piccolo studio era invaso dalle vecchie fotografie dei film interpretati dalla Garbo e dalla Dietrich nei primi tempi della carriera; c'erano mucchi di vecchi giornali che immortalavano le due attrici mentre si imbarcavano o sbarcavano da un transatlantico o posavano per la pubblicità, e libri sulla storia del cinema che Cope le aveva fornito perché si documentasse. Lo studio, solitamente ordinato, non era mai stato tanto caotico, pensò sgomenta Valentine; ma non sarebbe rimasto a lungo in quello stato. Aveva appena lo spazio per girare intorno ai manichini e tagliare, puntare, drappeggiare e ridrappeggiare la morbida garza; inoltre, le figure bianche e silenziose, prive della testa, erano una compagnia più gradita di un film trasmesso alla televisione durante la notte.

Valentine si diede da fare con impegno per diverse ore. Il lavoro più faticoso per *Leggenda* era quasi terminato, Wells Cope aveva approvato tutti i modelli; restavano solo cinque o sei costumi da perfezionare e da trasportare dalla garza alla stoffa. Melanie Adams avrebbe dovuto disturbarsi a venire di persona per le ultime prove, ma quello era un problema che avrebbe lasciato risolvere al signor Cope, pensò assonnata Valentine: lei era soddisfatta del proprio lavoro ed era pronta a smettere. Si sdraiò esausta sulla vecchia chaise-longue, e prese dal pacchetto che teneva a portata di mano una Gauloise Bleu che profumava di Parigi. Quindi tornò ad adagiarsi, aspirò una boccata di fumo e si sentì deliziosamente rilassata. Sì, senza dubbio le serviva uno studio nella casa nuova, si disse un attimo prima di piombare in un sonno profondo.

La sigaretta accesa le scivolò dalle dita e finì su un mucchio di fotografie che subito presero fuoco. Le fiamme si propagarono ai vecchi giornali, e in pochi secondi nello studio divampò un incendio; la garza che avvolgeva i manichini bruciava, le carte che riempivano la stanza alimentavano il fuoco che divorava ogni cosa. Le fiamme corsero fino agli uffici appena ridipinti, scesero la scala centrale e attaccarono i mucchi di legname abbandonati un po' dovunque, rinvigorendosi al contatto con le latte di vernice sparse in tutti gli angoli e spesso chiuse in maniera precaria dagli imbianchini. L'incendio distrusse muri e pavimenti e vetrine, attaccò i pannelli del Giardino d'Inverno in stile edoardiano e sfondò le pareti ritappezzate dei camerini di prova.

In pochi, catastrofici minuti, prima che da Beverly Hills arrivassero i vigili del fuoco, Scruples fu completamente sventrato e gli interni divorati nella cornice dei giardini che separavano l'imponente edificio da Rodeo Drive. Valentine morì asfissiata prima di potersi rendere conto di ciò che stava succedendo.

9

A quasi un anno dall'incendio, nella primavera del 1981, nonostante la tipica attenzione avvocatesca per il particolare, Josh Hillman pensò che per quanto cercasse con cura qualcosa rimasto in sospeso, la pratica di Scruples poteva dichiararsi chiusa. Troppo agitato per sedersi, percorreva a lunghi passi il suo studio, negli imponenti uffici di Century City di Strassberger, Lipkin e Hillman, senza riuscire a provare il sollievo abituale di chi sa di avere portato a termine un lavoro difficile.

Billy non aveva più visto il luogo dove un tempo sorgeva lo Scruples di Beverly Hills; ricordava di essere andata direttamente da lui appena atterrata all'aeroporto, impartendogli ordini in uno stato di angoscia che non aveva precedenti in tutti gli anni del loro stretto rapporto d'affari.

«Fai radere al suolo con il bulldozer i muri esterni» aveva detto con voce straziata, quasi irriconoscibile. «Fai radere al suolo anche il giardino, fai ripulire tutto e vendi immediatamente il terreno.»

Hillman aveva annuito prendendo nota, ma Billy aveva continuato a dare istruzioni completamente prive di senso.

«Vendi il negozio di Chicago, vendi il negozio di New York, il negozio di Monaco, il negozio di Honolulu, il negozio di Hong Kong, ferma la costruzione di tutti gli altri, vendi tutti i lotti di terreno che avevo comprato per costruire in futuro... e sbarazzatene il più presto possibile, Josh.»

«Billy, capisco cosa puoi pensare del negozio di Beverly Hills» le aveva detto con garbo, «ma vendere Chicago e New York? È troppo, scusa ma è veramente troppo. Come tuo avvocato ho il dovere di dirti che è la peggior decisione che potevi prendere dal punto di vista economico. Quei due negozi vanno splendidamente e sarebbe impossibile trovare posizioni migliori. Non avrebbe senso liquidarli proprio adesso, con il mercato in piena ripresa. So che sei profondamente sconvolta e addolorata ma, credimi, non è il momento giusto per metterti a fare piani a lunga scadenza. Ne riparleremo fra qualche settimana, se sarai ancora...»

«Josh! Smettila! Ormai ho deciso, e i profitti e le perdite non mi interessano.»

«Senti, devi ancora assorbire lo shock. In questo momento non ragioni, ed è logico che sia così. Ma se i tuoi ordini venissero messi in pratica, rovineresti l'impero di Scruples.»

«Prima succede, meglio è» aveva ribattuto lei in tono così esasperato che Josh l'aveva fissata, incredulo: nessuno sapeva meglio di lui cosa significava per lei il successo trionfale della catena di boutique.

«Billy, perdonami ma non ti capisco» aveva ripetuto, completamente disorientato.

«Oggi Valentine sarebbe ancora viva se non le avessi chiesto di disegnare i costumi per *Leggenda*. Sono sicura che stava facendo proprio questo... era oberata di lavoro e tentava di rispettare i termini di consegna. È stata colpa mia, Josh, ed è ciò che ho intenzione di dichiarare in proposito a chiunque. Te lo sto dicendo perché voglio che tu la pianti di obiettare e cominci a darti da fare. È stata colpa mia. Non posso fare altro e, lo so, non servirà a renderle la vita, ma... in un certo senso... è giusto.»

«Billy...» Josh si era interrotto, colpito da quel tono angosciato.

«Voglio che tu risolva tutto con i legali dell'eredità Ikehorn, a New York. Non intendo avere più niente a che fare con Scruples, lascio tutto nelle tue mani. Paga sei mesi di stipendio ai dipendenti della sede di Beverly Hills, due mesi a quelli di Chicago e New York, e salda tutti i conti e le fatture, subito e senza discutere. Senza discutere. Non desidero riparlarne più. Mai, in nessun caso. Scruples deve cessare di esistere.»

Billy era uscita dall'ufficio prima ancora che Josh avesse il tempo di assicurarle che avrebbe eseguito gli ordini. Aveva accettato la sua fretta incontenibile, l'irrazionale senso di colpa; ma non aveva agito senza la sua abituale precisione. Ci era voluto un anno per tradurre in pratica tutte le decisioni, fino all'ultima virgola dell'ultimo documento. Josh Hillman aveva liquidato le proprietà di Scruples ovunque ne esistesse una, con efficienza e senso pratico. Sapeva che il mercato degli immobili commerciali non era mai stato così favorevole, e anzi continuava a migliorare sempre più. Prima ancora di finire di vendere i negozi e i terreni aveva avuto l'amara soddisfazione di constatare che lo smantellamento dell'impero di Scruples aveva fruttato un sostanzioso utile netto, specie nel caso della boutique di Chicago e New York, immediatamente cedute. Adesso anche il resto della liquidazione era stato concluso e l'unica cosa rimasta in sospeso, anche se nessuno al mondo lo sapeva, era la sorte della targa in marmo rosato con il nome Scruples un tempo affissa all'entrata della boutique di Rodeo Drive. Gliel'aveva consegnata il servizio antincendi di Beverly Hills in quanto rappresentante legale di Billy, e non era mai riuscito a separarsene.

Quella targa era la sola cosa che gli restava di Valentine. Valentine, che aveva amato dal primo istante in cui l'aveva vista; Valentine, per la quale aveva divorziato dalla moglie sposata tanti anni prima; Valentine, che aveva avuto intenzione di sposarlo, almeno a quanto aveva creduto fino al giorno in cui era fuggita per sposare di nascosto Spider Elliott. Nessuno aveva mai saputo nulla del loro amore, nemmeno Joanne, la sua ex moglie. Josh Hillman aveva dovuto accettare il matrimonio di Valentine con lo stesso silenzio stoico e tremendo con cui l'aveva pianta dopo la sua morte. Era la sola cosa che poteva fare per la donna che gli aveva dato tanta gioia.

Josh Hillman guardò dalle finestre del suo studio al ventiduesimo piano. Era una giornata tersa e, verso est, scorgeva il palazzo dove Valentine aveva vissuto, prima sola e poi con il marito. Chissà dov'era Spider adesso, si chiese.

L'assegno di dieci milioni di dollari corrispondente alla quota che spettava a Spider e Valentine per la società con Billy era stato consegnato tramite corriere mentre Spider si trovava ancora a Los Angeles, ma dopo il funerale di Valentine nessuno l'aveva più visto. Da un broker di Marina del Rey che gli aveva telefonato prima di accettare l'assegno frettolosamente spiccato su una banca locale, Josh aveva saputo che Spider aveva acquistato uno yacht di terza mano, una barca a vela vecchia e sciupata ma solida, senza fronzoli. Era un sedici metri dotato, oltre alle vele, di un motore affidabile, e possedeva quattro cabine in grado di alloggiare un piccolo equipaggio e il proprietario. In meno di una settimana Spider aveva caricato a bordo pochi effetti personali, ingaggiato due esperti marinai, fatto rifornimento di carburante ed era sparito in direzione delle Hawaii. Da allora, qualcuno l'aveva intravisto un paio di volte, ma lui non aveva più comunicato con nessuno. Una volta si trovava all'ancora nei pressi di Kauai, quindi era scomparso per mesi fino all'attracco a Raiatea, nelle Isole della Società della Polinesia francese. In mancanza di altre notizie, Josh immaginava che Spider fosse rimasto là, in una regione vasta quanto l'Europa occidentale.

Anche lui avrebbe voluto poter fare altrettanto, pensò Josiah Isaiah Hillman; avrebbe voluto dire al mondo di continuare pure senza di lui, e poi prendere il largo e cercare di venire a patti con la vita. Ma aveva quarantasette anni, era il socio anziano di un grande studio legale, aveva tre figli e molti doveri nei confronti della comunità. L'unica parentesi romantica nella sua vita ordinata, retta, operosa, proba e responsabile, era stata la passione per Valentine; e adesso che lei non c'era più, avrebbe continuato a vivere come aveva fatto prima di conoscerla. Sapeva di poter tirare avanti contando sulla forza dell'abitudine.

Grazie a Dio, pensò, nessuno gli aveva chiesto di prendere la parola al servizio commemorativo che si era svolto in onore di Valentine nei giardini di Billy. Non sarebbe stato capace di pronunciare una frase senza stramazzare a terra, come Billy e Spider, che erano rimasti chiusi in se stessi, isolati nel loro dolore. Non aveva trovato il coraggio di guardare Spider, ma aveva lanciato un'occhiata a Billy e aveva notato che nascondeva la faccia sotto l'ampia tesa del cappello, cercando di ripararsi dalla vista di tutti. Aveva parlato Dolly Moon, ricordando le magiche esperienze vissute con Valentine, e l'aveva fatto con un affetto traboccante e con l'autocontrollo di una grande attrice, tanto che le sue parole avevano quasi avuto un potere risanatore sui presenti. E Jimbo Lombardi, amico fraterno di Valentine dai tempi di New York, l'aveva ricordata con spirito, rievocando una quantità di episodi degli anni in cui Valentine era stata l'esponente più vivace del gruppo che gravitava intorno al suo ex datore di lavoro, John Prince. Aveva parlato anche Wells Cope, elogiando con eloquenza il talento di Valentine; e alla fine Gigi aveva pronunciato qualche breve frase con voce ferma, sebbene tremasse visibilmente, ricordando il giorno in cui aveva conosciuto Valentine, e gli altri in cui erano state insieme, soltanto giorni felici, giorni di pura gioia. E adesso tutto era finito.

Billy aveva chiuso la casa di Charing Cross Road e aveva lasciato a Josie Speilberg e Burgo O'Sullivan il compito di sovrintendere alla sua manutenzione. Una squadra veniva a fare pulizia una volta la settimana e conservava immacolate le stanze ormai deserte; anche i giardini erano curati regolarmente, ma quando un anno prima Billy era partita portando con sé Gigi per andare a passare il resto dell'estate con Jessica Thorpe Strauss e la sua famiglia a East Hampton, sembrava che avesse abbandonato la California per sempre.

E lui, pensò Josh Hillman, adesso doveva andare a vestirsi per un'altra cena in casa di Susan Arvey perché, secondo lei, era diventato lo scapolo più appetibile di Hollywood. Josh non avrebbe mai augurato a nessuno un destino tanto squallido, inutile e patetico.

«Non posso credere che sia già quasi il Labor Day» disse Jessica, sgranando i famosi occhi color lavanda e incurvando la bocca incantevole in un modo irresistibile. Era l'ultima settimana di agosto del 1980. Alzò la testa dal libro facendo ondeggiare la nuvola di capelli soffici che mantenevano ancora un vaporoso aspetto preraffaellita. Lei e Billy erano rimaste a lungo in silenzio, sedute a leggere sotto il portico. Per tutta la stagione, dal momento in cui Billy e Gigi erano arrivate dopo il funerale di Valentine, ed erano ormai trascorsi due mesi, Jessica aveva evitato ogni allusione alle future attività dell'amica; ma l'estate stava per finire, ed era necessario prendere una decisione.

Jessica, che aveva tre anni più di lei, aveva conosciuto Billy nei momenti più difficili e importanti della sua vita di adulta; ma in quei sedici anni non l'aveva mai vista isolarsi in un'angoscia così impenetrabile, come una statua che riacquistava un soffio di vita solo quando andava in barca o giocava a tennis con Gigi e i suoi cinque figli. Sembrava quasi che fosse venuta a East Hampton anziché andare in un qualsiasi campeggio estivo, dove avrebbe trovato lo spirito e la compagnia scherzosa degli adolescenti. Billy aveva sempre evitato il più possibile di restare sola con lei.

Come se volessi farle domande, come se cercassi di darle consigli, come se non sapessi che esistono sentimenti che le parole non riescono a esprimere, e che non posso far nulla per aiutarla, pensò Jessica.

Ma dopo il Labor Day gli Strauss avrebbero cominciato a preparare i bagagli e a organizzarsi per tornare a Manhattan, perché i ragazzi dovevano riprendere la scuola in settembre e c'erano i vestiti da acquistare e mille altre cose da fare.

«Il Labor Day... Oh, Jessie, no, la fine dell'estate! L'ho sempre odiato, ma quest'anno...» mormorò Billy, abbassando il libro con riluttanza. «Non ricordo l'avvicinarsi di una festa che mi abbia reso mai tanto ansiosa.»

«Hmm» fece Jessica senza sbilanciarsi. Non aveva intenzione di interromperla; forse era finalmente pronta ad affrontare quel discorso inevitabile.

«Jessie.» Billy si raddrizzò sulla sedia e posò il libro. «Ho approfittato di te tutta l'estate, e non dirmi che non è vero, non dirmi altre stupidaggini perché sappiamo entrambe che non ho fatto altro che cercare di riprendermi. Sono così stanca di ragazzini che avrei voglia di urlare. Quindi credo che dovrò parlare con te.»

«Hmm.»

Billy accennò un sorriso. «Puoi continuare a bofonchiare "hmm" tutto il giorno, tanto non ci farò caso. Quindi risparmiati l'energia per andare a comprare le scarpe per i gemelli; mi hanno detto che rifiutano di indossare scarpe di tela per l'inverno... Oh, ormai conosco tutti i segreti dei tuoi figli, compreso il fatto che David junior è pazzamente innamorato di Gigi, ma dato che hanno la stessa età tanto varrebbe che si fosse preso una cotta per Jeanne Moreau; comunque ho giurato di non dire niente, quindi prometti che fingerai di non saperlo. D'accordo?»

«Hmm.»

«Però è così carino, che Gigi gli permette di fare l'amore con lei.»

«Cosa?»

«Sapevo che così sarei riuscita a scuoterti.» Billy rise, e Jessica si rilassò. Se Billy era capace di scherzare, la situazione cominciava a tornare alla normalità.

«Dunque, cosa farò della mia vita? È questa la domanda che ti assilla, vero?»

«Sì, mi è passata per la mente» rispose Jessica in tono incoraggiante.

«Ascolta» fece Billy. «"Devi tirare avanti anche quando la situazione è più disperata, perché c'è solo una cosa da fare: tirare avanti diritto fino alla fine." Non ti sembra un buon consiglio?»

«Per fare che? Per navigare sul Rio delle Amazzoni?»

«È un consiglio che venne dato a Scott Fitzgerald quando si trovava in difficoltà con la stesura di *Tenera è la notte*. Credo che sia utile in qualunque situazione, tranne quando mangi una torta al cioccolato. Perciò penso di seguirlo e tirare avanti diritto.»

«In che senso?»

«Tirare diritto nella vita. Hai capito benissimo cosa intendo» disse Billy in tono spavaldo. «Fingerò di essere una donna spaventosamente ricca, non brutta, sola e ancora giovane, che può comprarsi tutto ciò che vuole. Avrò case nei posti giusti, incontrerò la gente giusta, andrò a letto con gli uomini giusti, darò le feste giuste e mi lascerò fotografare nei posti giusti e nelle stagioni giuste dell'anno.» Tacque, scrutò l'espressione neutra di Jessica, poi continuò abbassando la voce: «Solo pochissime persone sapranno che ho fallito completamente nella vita, perché d'ora in poi rifiuterò di collaborare alla mia rovina. Ciò che gli altri pensano di te, in fondo dipende da ciò che ammetti; e d'ora in avanti non ammetterò più nulla che non abbia l'aspetto e l'odore e il suono del trionfo».

«Santo cielo» mormorò Jessica.

«Be', cosa ne pensi?» Billy formulò la domanda con tono incerto, di sfida, persino con una sfumatura di panico.

«Perché lo chiedi a me? Una persona trionfante non ha bisogno della mia opinione.»

«Parlo sul serio, Jessie. Ho davvero intenzione di fare ciò che ho detto, perché devo avere un piano, e questo mi sembra l'unico immaginabile che non faccia soffrire nessuno al di fuori di me. Mi rendo conto che non è la ricetta per arrivare in paradiso...»

«In effetti comporta soltanto tre dei sette peccati mortali» la interruppe Jessica pensosa. «Lussuria, avidità e superbia.»

«E gli altri quali sono?»

«Invidia, gola, pigrizia e ira, secondo San Tommaso d'Aquino, anche se non so chi l'avesse incaricato di decidere. Ma se consideriamo la cosa in questo modo tu sei ancora, per uno scarto minimo, dalla parte degli angeli.»

«Non mi importerebbe di commetterne sei su sette, ma non posso macchiarmi del peccato di gola... Voglio solo liberarmi da questa prigionia mentale, e la bella vita è la sola cosa che mi venga in mente. Dovrei fare del bene all'umanità, ma so che non resisterei a lungo. Ho dato carta bianca a Josh perché usi il mio denaro e provveda a farlo fruttare per conto mio. Lui sa come distribuire i soldi dove ce n'è bisogno.»

«E Gigi?»

«Abbiamo parlato a lungo. Non vuole andare al college, e non posso darle torto. Non ci sono andata neanch'io e naturalmente non posso obbligarla. Vuole rendersi indipendente il più in fretta possibile, e ha trovato un lavoro presso il servizio di catering più esclusivo di New York, il Voyage to Bountiful. Ce l'ha consigliato Cora Middleton. Naturalmente mi piacerebbe tenerla al guinzaglio perché non si allontanasse troppo da me, ma ufficialmente cosa posso fare se non dichiararmi favorevole, considerando le sue doti?»

«E dove abiterà?»

«Le ho preso in affitto un appartamento nel palazzo meglio custodito di New York, e lo dividerà con un'altra ragazza, Sasha Nevsky. Ha ventidue anni, è molto adulta e responsabile, sua madre era amica della madre di Gigi. Ho combinato tutto per telefono con la signora Nevsky... era molto contenta perché Sasha viveva in una casa senza ascensore, in un quartiere non troppo raccomandabile. Saranno vicinissime a casa tua, quindi almeno Gigi potrà sempre venire da te a chiederti consiglio se ne avrà bisogno, e quando sarà in ferie verrà a trovarmi, oppure andrò io a trovarla a New York.»

«E da dove verrai, santo cielo? Come mai la tua bella vita non comincia proprio a Manhattan?» chiese Jessica, per la prima volta allarmata dall'inizio di quella conversazione.

«Per un po' voglio restarmene lontana dagli Stati Uniti» rispose Billy.

«Oh, ti prego, non andare via» la implorò Jessica. «Perché vuoi lasciare New York?»

«Perché ho bisogno di ricominciare, e nella grande metropoli mi sentirei costantemente in vetrina. Ho la sensazione di averla già sfruttata al massimo, tutti sanno tutto di me... mi capisci, vero?»

«Sì, purtroppo.»

«E non sarò più lontana da te di quanto lo ero in California» aggiunse in tono persuasivo. «Almeno all'inizio. Sono sempre cinquemila chilometri tanto per Parigi quanto per Los Angeles. Solo in direzioni diverse.»

«Parigi! Non tornerai ad abitare a Parigi! Wilhelmina Hunnenwell Winthrop, non ci credo!»

«Il francese è l'unica lingua straniera che parlo, e comunque là ho ancora qualche faccenda in sospeso.»

«Scommetto che so di cosa si tratta.»

«Oh, Jessie, non sai tutto. Sai soltanto quasi tutto... Be', in fondo forse hai ragione. Ho lasciato Parigi quando ero povera e reietta, con la coda fra le gambe, ed è una tentazione pensare a un ritorno trionfante. Se vuoi davvero vivere in grande stile, devi andare dove da secoli e secoli conoscono quest'arte, ti pare?»

«Immagino che sia un'altra idea di Cora.»

«No, anzi, è inorridita. Vorrebbe che restassi qui, proprio come te.»

«Oh, Cristo, ecco che mi abbandoni di nuovo. Come se non fosse già abbastanza terribile essere una donna fuori produzione.»

«Eh?»

«La prima cosa che è uscita di produzione è stata la mia misura di guanti» spiegò in tono lamentoso la minuscola Jessica. «O forse quella del reggiseno: è passato tanto tempo che non me lo ricordo più. Poco ma sicuro, non esistono più donne che indossino la prima... Poi è toccato alle mutandine, e non mi hanno nemmeno avvertita in tempo perché potessi fare una scorta. Lasciamo perdere le scarpe: hanno smesso di fabbricare scarpe del trentasei per adulti già anni fa, e devo comprare persino i calzettoni da tennis nel reparto bambini. In quanto ai vestiti, quelli che una volta erano realisticamente etichettati come taglia quaranta, adesso sono una quarantadue o una quarantaquattro, e i conti per i lavori di adattamento sono micidiali! Mi domando se sto rimpicciolendo io o se c'è un pregiudizio crescente contro le donne minute. L'unica cosa che sono sicura di trovare nella mia misura sono gli occhiali. Si può essere troppo ricchi, come te, o troppo magri, come me: ma non si può mai avere troppi occhiali. Poi hanno smesso di produrre il rossetto del mio colore preferito e il mascara che usavo da sempre e... oh, ecco i bambini!»

«Se un magnifico ragazzo alto quasi un metro e novanta si può definire un bambino... Cosa sta cantando David junior?»

«La sua nuova ode a Gigi. La base è quella di "I've Grown Accustomed to Her Face"... "Mi sono abituato alle sue scarpe, ai suoi tacchi, alle sue suole, alle sue ballerine, ormai non hanno più misteri per me, la sua varietà infinita è al tramonto, è ora che mi cerchi una topa diversa, mi sono abituato a tutto ormai." Carina, no, anche se non ci sono le rime?» Jessica aveva cantato con la sua bella voce da soprano, godendosi la vendetta per lo scherzo di Billy a proposito di Gigi e David.

«Jessica! Topa! Come si permette? E dove ha sentito quella parola? Gigi non ha detto che fa l'amore con lui, ma non ha detto nemmeno che non lo fa» sibilò Billy.

«Allora immagino non lo sapremo mai, eh?»

«Le madri dei figli maschi sono insopportabilmente boriose!»

« Ma io ho anche figlie femmine, per le quali preoccuparmi.»

«Non perdere tempo in preoccupazioni» disse Billy, ridiventando seria. «Non serve a niente. Le cose di cui ti preoccupi non succedono, e poi ti sorprendi a sperare che fossero accadute, perché non sarebbero state poi così terribili in confronto a quanto è successo in realtà.»

Sasha Nevsky era seduta sul pavimento circondata dalle valigie quasi piene, in preda a una crisi di scontentezza e a visioni di catastrofe. Aveva molte ragioni per non voler abbandonare la sua stanza e mezzo, pur disordinata e senza vista, in una via malridotta dalle parti di West End Avenue. Era stata costretta a rinunciare al suo rifugio e a trasferirsi dall'altra parte della città in un appartamento lussuoso e arredato a nuovo, proprio nel cuore dell'East Side, un appartamento da condividere – condividere! – con Gigi Orsini, che aveva quattro anni meno di lei e che ricordava molto vagamente come una specie di Munchkin con una tonnellata di capelli orribili, una ragazza che sembrava non avere ancora raggiunto la pubertà. Sasha si rendeva conto che sua madre l'aveva venduta a Billy Ikehorn, e tutto per amore dei custodi che si alternavano ventiquattr'ore al giorno, di un ingresso di servizio sorvegliato e di un ascensore manovrato da un individuo in carne e ossa anziché da semplici pulsanti. Avrebbe dovuto rinunciare alla sua privacy, una privacy inestimabile, conquistata a caro prezzo e assolutamente indispensabile alla vita complessa che conduceva; avrebbe dovuto rinunciarvi solo perché sua madre voleva che lei vivesse in un bel quartiere e in un edificio sicuro.

Ma quando la madre di Sasha, Tatiana Orloff Nevsky, zingara terrorista, si metteva in testa un'idea, nessuno in famiglia osava opporle la minima resistenza, un fatto al quale Sasha era tristemente rassegnata. Era stato già abbastanza difficile ottenere il permesso di andare a vivere da sola: sua madre si era opposta per un anno prima di arrendersi e di lasciare che lei usasse le sue doti; ma, come rammentava regolarmente alla figlia, il permesso era temporaneo.

Com'era possibile che quella donna tanto piccola e dagli occhi fulgidi riuscisse a essere così potente da impedire per tanto tempo alla figlia di sfruttare le sue capacità? Cosa conferiva a sua madre il dominio assoluto e incontestabile che esercitava sull'intera e ampia cerchia familiare? Se fosse riuscita a capire quale autorità morale, invisibile ma indiscussa, faceva di sua madre la signora incontrastata di sei famiglie, ognuna capeggiata da una delle cinque sorelle minori, tutte Orloff, allora Sasha avrebbe cercato quella qualità in se stessa, l'avrebbe coltivata e si sarebbe impadronita del mondo.

Mentre con aria cupa divideva i collant in base al colore, riconsiderò i suoi venticinque anni di vita. Era la pecora nera dei Nevsky, quasi un disonore per l'unitissima tribù ebreo-russa delle sorelle Orloff; era l'unica della schiera dei virtuosi cugini che non sapesse cantare, né recitare, né suonare uno strumento musicale e, tragedia delle tragedie, non sapeva nemmeno ballare. Non sapeva cimentarsi nel tip-tap, non era in grado di tentare la strada della danza classica, non riusciva neppure a cavarsela con il passo più semplice: niente, non aveva assolutamente ritmo, in una famiglia in cui i bambini erano pronti già alla nascita per un'audizione.

Le feste del Ringraziamento trascorse in famiglia erano la cosa peggiore. Doveva starsene seduta immobile, lei, troppo alta, troppo magra e priva di talento, ad ascoltare gli aneddoti dei musical del presente, del passato e del futuro, a Broadway e off-Broadway, delle riprese e delle tournée, perché i vecchi musical non morivano mai; e quando storie e storielle giungevano al termine, attaccavano i discorsi interminabili sulle lezioni e i recital e i trionfi dei cugini alle scuole di musica e di danza, le speranze e i progetti delle zie per ognuno di loro, mentre lei si domandava cosa avrebbe fatto nella vita dato che non aveva molto di cui vantarsi nemmeno dal punto di vista accademico. La sua intelligenza vivace non si era mai concretizzata nei bei voti che le avrebbero conquistato un po' di rispetto.

Sapeva come la giudicava il resto della famiglia: se mai si degnavano di pensare a lei, la compiangevano in quel loro modo bonario e chiassoso. Sasha era il passerottino bagnato appollaiato su un ramo, una ragazza ossuta e innocua, l'unico insuccesso di Tatiana, trascurata e ignorata, priva delle qualità tipiche del ricco miscuglio Orloff-Nevsky. Se si guardava allo specchio, si convinceva che in realtà non c'era nulla che non andasse nel suo aspetto; ma appena si trovava fra gli Orloff-Nevsky, provava un tale disagio che cercava subito di rendersi invisibile rincantucciandosi da sola in un angolo. Voleva nascondersi, incurvava le spalle in avanti e cercava di apparire il più possibile piccola e scialba, guidata dall'istinto che spinge certi animali a proteggersi con la metamorfosi. Sapeva che se qualcuno della famiglia si fosse accorto di un suo pur minimo tentativo di rendersi attraente, sarebbe diventata la grande notizia del giorno, commentata con un diluvio di stupore benintenzionato, cui sarebbero seguiti troppi incoraggiamenti e troppi consigli. Solo le continue, affettuose assicurazioni del suo geniale fratello maggiore Zachary, un ragazzo estremamente dotato che aveva cinque anni più di lei, erano riuscite a salvare l'amor proprio di Sasha in quegli anni critici.

Fino al giorno... fino al giorno in cui, a un'età più avanzata del solito, aveva acquisito una splendida serie di pregi. Forse le Orloff-Nevsky, per natura snelle e piatte, con le tipiche gambe muscolose da ballerine e la spina dorsale flessibile, non ritenevano un pregio avere un graziosissimo paio di seni perfettamente modellati, un sedere delicatamente tornito e il vitino sottile più desiderabile del mondo: ma c'erano altri che lo pensavano e quindi lei, da sgraziata e irrimediabilmente magra, lei, Sasha Nevsky, era diventata top model per la lingerie della Settima Strada.

Il massimo del massimo. Uno showroom di biancheria elegante era quanto di più vicino a un teatro avrebbe mai potuto raggiungere, e se ne rendeva conto; ma se fosse esistito ancora un personaggio come Ziegfeld, sarebbe certamente diventata la sua prima stella perché si muoveva come una dea. Sasha Nevsky, si disse, pensando a se stessa in terza persona, camminava guidata da un'ispirazione purissima che nessuna lezione di ballo avrebbe potuto insegnarle, con un miscuglio naturale, inimitabile e perfetto di impertinenza, sensualità e dignità che la aiutava a presentare i lussuosi reggiseni, le mutandine, le sottovesti e le camicie da notte confezionate dalla Herman Brothers, portandone la fama dallo showroom ai grandi magazzini e ai negozi specializzati di tutta l'America.

Il fatto che la Herman Brothers fosse in attività da quasi un secolo e fosse una delle ditte di biancheria per signora più solide e rispettate degli Stati Uniti, non era però bastato a convincere sua madre che il lavoro là dentro non fosse una specie di tratta delle bianche. Ci erano volute una visita in sede e una lunga conversazione con il signor Jimmy, figlio di uno dei fratelli Herman fondatori, un uomo grasso, dai capelli bianchi, gioviale proprietario dell'azienda, noto per la sua benevolenza e la sua cortesia, perché Tatiana Nevsky permettesse infine alla figlia di accettare un lavoro che le rendeva quanto qualunque zingaro guadagnava in un mese, e soprattutto veniva pagato regolarmente.

Sasha lavorava per il signor Jimmy da più di un anno, ormai, e lo stesso atteggiamento teatrale che le era tanto utile nello showroom si era trasferito anche nella sua vita quotidiana. Se ne stava eretta in tutto il suo metro e settantacinque, le spalle splendide ben diritte, aveva imparato il minimo indispensabile sulle pettinature e sul trucco per mettere in risalto la propria bellezza e aveva cominciato a comprarsi gli abiti da sempre sognati sfogliando le riviste di moda. Tuttavia non permetteva mai alla nuova Sasha di presentarsi alle feste di famiglia: le peggiori paure di sua madre sull'immoralità del mondo della biancheria per signora avrebbero trovato immediata conferma nella sinistra trasformazione di una figlia nata scialba, ma innocente e immacolata.

E adesso, proprio quando si era completamente inserita nel nuovo ambiente, dove gli orari non erano pesanti, le colleghe erano simpatiche e i pettegolezzi deliziosamente informativi, quando era quasi riuscita ad acclimatare le sue piante alla semioscurità della stanzetta presa in affitto, quando finalmente stava per decidersi a rimettere in ordine gli armadi, il suo gatto Marcel si era abituato a non sporcare in giro e gli accompagnatori preferiti erano stati inquadrati a dovere nel suo programma, Sasha Nevsky la magnifica stava per essere sradicata e trasferita in un posto così di classe, che non era nemmeno vicino a una fermata della metropolitana!

Naturalmente poteva prendere l'autobus e cambiare nell'Ottava Strada, anzi, con il suo stipendio poteva benissimo permettersi di viaggiare in taxi; ma risparmiava con impegno perché un giorno avrebbe aperto un negozio di biancheria tutto suo. Se c'era una cosa che Sasha Nevsky conosceva alla perfezione, si disse, era ciò che le donne volevano indossare sotto i vestiti.

Non sapeva ballare, ma aveva un futuro nel commercio al dettaglio, ed era pronta a scommetterci. Era anche pronta a scommettere che Gigi Orsini portava mutadine di cotone bianco e non aveva ancora bisogno di un reggiseno. Ovviamente, con una matrigna come Billy Ikehorn, quella goffa nullità che lei ricordava doveva essere diventata una marmocchia viziata e prepotente. E con ogni probabilità era ancora vergine.

Gigi esplorò l'appartamento nuovo, aprì e chiuse i ripostigli pieni di biancheria, di piatti e bicchieri e altri oggetti sconosciuti, incluso un servizio da dodici di posate d'argento e uno da tè di porcellana di Limoges. Ogni ripiano della cucina rigurgitava di provviste e il frigo stava per scoppiare. Cosa diavolo era saltato in mente a Billy? Si aspettava che organizzasse cene per venti persone alla volta?

Lì dentro aveva la sensazione di essere una ladra, più che una legittima inquilina. Quella notte aveva dormito da sola, su uno dei due letti nuovi della sua stanza, dopo avere salutato Billy che partiva per Parigi. Quel posto le era sembrato spaventosamente silenzioso, sebbene sapesse che il palazzo era sorvegliato e protetto come un harem ai tempi d'oro dell'impero ottomano. Era la prima volta in vita sua che trascorreva da sola tutta la notte, pensò, e si chiese con ansia quando sarebbe arrivata Sasha Nevsky.

L'ultima volta che si erano viste doveva essere stato qualcosa come cinque anni prima, rifletté, contando a ritroso fino a tempi che appartenevano ormai a un'altra vita; non rammentava se si erano parlate, perché quel divario di quattro anni di età era praticamente incolmabile. Però ricordava Sasha perché era così taciturna, così a disagio con se stessa, così sgraziata, così diversa dalle altre figlie frizzanti, attraenti e vivaci delle sorelle Orloff.

Se non altro possedeva le qualità discrete più desiderabili in una compagna di stanza: Billy aveva infatti sentenziato con tutta la sua autorità che lei non poteva assolutamente vivere sola a New York. Gigi aveva dunque indossato i jeans e la T-shirt più malconci, le scarpe di tela più vecchie e logore apposta per non spaventare quella ragazza timida con nessuno degli abiti nuovi e sensazionali che Billy le aveva regalato prima di partire per Parigi. Ma l'amor proprio le aveva imposto di calcare almeno con il mascara e di aggiungere qualche altro tocco di colore ai capelli; in fondo era pur sempre a New York, e Sasha Nevsky era comunque una newyorkese.

Una compagna di stanza avrebbe dovuto essere invisibile, una mera presenza, un'ombra, uno spettro tollerante da lasciare in pace e da cui si veniva lasciati in pace, una persona che rispettava la privacy altrui come gli altri rispettavano la sua. Nel 1980 sembrava bizzarramente anacronistico che due ragazze, pur non avendo niente in comune, fossero costrette da altri all'intimità forzata della coabitazione. L'unico legame era la madre di Gigi, Mimi O'Brian, che molto tempo prima era stata amica di Tatiana Nevsky, al punto che una volta all'anno quest'ultima telefonava a Gigi in California per sapere come stava.

Gigi scosse la testa, sgomenta. Era convinta che imporle la convivenza con Sasha Nevsky era il sistema al quale Billy era ricorsa per affibbiarle una specie di chaperon. Pur avendo capito che lei voleva cominciare a guadagnarsi da vivere, oltre ad averle trovato l'appartamento Billy le aveva trovato anche la Nevsky, una ragazza che, essendo più vecchia di lei, senza dubbio aveva ricevuto l'ordine di sorvegliarla. Chissà, forse avrebbe riferito a Billy ogni volta che lei fosse uscita con qualcuno, ammesso poi che qualcuno desiderasse invitarla. Per fortuna ognuna avrebbe avuto una camera da letto e un bagno personali. Bastava semplicemente trovare il modo per tenere Sasha a distanza di sicurezza.

Nervosamente, dato che non la aspettava prima di un'ora e non aveva niente altro con cui tenersi occupata, Gigi fece la prima cosa che le venne in mente: preparò un'infornata di biscotti olandesi al cioccolato. Stava cercando di fare l'inventario del contenuto del frigo, quando squillò il campanello. Trasalì, si asciugò le mani nel grembiule e andò ad aprire con un'espressione scettica dipinta sul viso.

«Sì?» chiese in tono irritato alla magnifica bruna che le stava davanti, alta, imperiosa, spaventosamente sofisticata, con i capelli neri raccolti sulla testa, un superbo tailleur nero, un'aria sospettosa: una ragazza moderna che batteva con impazienza la scarpa dal tacco alto e teneva in braccio un gigantesco gatto d'angora bianco.

«Abita qui Gigi Orsini?»

«Perché?» chiese Gigi, scrutandola attraverso la frangetta.

«Sì o no?» insisté Sasha.

«Chi vuole saperlo?»

«Sasha Nevsky.» Era vero, pensò Gigi con una stretta al cuore: nel viso dell'intrusa c'era effettivamente qualcosa di familiare. Il naso all'insù era malizioso ma altero, il labbro superiore sembrava incurvarsi in un'espressione di superiorità innata, e la fronte aristocratica le dava una splendida aria spavalda.

«Sono io» ammise con riluttanza.

«Impossibile» ribatté secca Sasha.

«Sono io» ripeté Gigi.

«Dimostralo. Dimmi il cognome da ragazza di mia madre.»

«Stalin. E tu sei impossibile proprio come lei.»

«Forse andremo d'accordo» rise Sasha, entrando senza attendere l'invito. «Se ti piacciono i gatti.»

«Nessuno mi ha parlato di gatti» protestò Gigi. «Il gatto non fa parte dell'accordo.»

«Un corno! Le due cospiratrici impunite, mia madre e la tua matrigna, si sarebbero accordate per farci abitare insieme anche se io avessi portato qui uno zoo. Sei fortunata perché è soltanto un caro micetto.»

«Ah! Quel mostro è grosso come un cane e se ne va in giro come se fosse il padrone.»

«È vero, i gatti si sentono padroni di tutti i posti dove vanno. Si chiama Marcel. Dove vai a farti tingere i capelli?»

«Li tingo da sola, con l'acqua ossigenata sul pettine.»

«Magnifico. Tingi anche il colletto e i polsi?»

«Eh?»

«Il pelo pubico, così gli uomini crederanno che sei una rossa autentica.»

«No... ma lo farò. Accidenti! Avrei dovuto pensarci. Così si capisce subito.»

«Allora non sei vergine?»

«No, naturalmente» replicò Gigi, indignata. «E tu?»

«Mia cara» disse Sasha, «il tuo è un tentativo piuttosto patetico di insultare la Grande Cortigiana di Babilonia.»

«Uau! Lo chaperon ideale! Lo fai di mestiere?»

«No, solo per vocazione.»

«E cosa ti fa pensare di essere davvero grande?»

«Le recensioni sono tutte entusiastiche.» Sasha sedette e con l'aria della padrona di casa indicò a Gigi di fare altrettanto. «Se le recensioni su Sasha Nevsky si potessero stampare, sarei famosa in tutto il mondo. Mio Dio! Sei simpatica a Marcel. Non si comporta mai così.»

Gigi guardò il gatto a pelo lungo che le era balzato sulle ginocchia e le faceva le fusa in un modo che sembrava però più aggressivo che affettuoso. Sperò di non essere allergica ai gatti.

«Quanti uomini bisogna avere per essere una Grande Cortigiana?» chiese incuriosita.

«Tre. Sempre tre, mai di più, mai di meno. Devi sapere a che punto porre un limite, altrimenti diventi una cortigiana comune.»

«Tre insieme?»

«Oh, andiamo, Gigi! Consecutivamente, e mai nella stessa notte. A ciascuno spettano due notti la settimana, e la domenica dormo sola.»

«È una vita sessuale abbastanza attiva, ma cosa fa di te una Grande Cortigiana anziché una puttanella o una sgualdrina?» chiese affascinata Gigi.

«L'atteggiamento: la chiave sta nell'atteggiamento. È un concetto mentale. Io detto le regole. Sono mutevole, arbitraria e anche quando mi sento eccezionalmente buona, sono comunque incostante e capricciosa.»

«Incostante, capricciosa, bizzosa... magari un po' crudele?» suggerì Gigi.

«L'hai detto» dichiarò Sasha in tono di approvazione. «*Gli uomini devono soffrire*. Ecco il mio motto. Ricordatelo. Altrimenti non sei che una ragazza come tante, molto carina, lo ammetto, anzi addirittura più che carina, ma comunque una semplice ragazza. Una Grande Cortigiana non può perdere. Cos'è questo profumo meraviglioso?»

«Oh, merda, me n'ero dimenticata!» Gigi si alzò di scatto, precipitandosi in cucina appena in tempo per salvare i biscotti. Sasha la seguì incuriosita e Marcel balzò sul tavolo e rimase a fare le fusa accanto alla teglia.

«Appena si saranno raffreddati un po', potremo mangiarli» disse Gigi.

«Dovevo immaginarlo. Marcel ti faceva la corte perché aveva capito che stavi preparando i biscotti. Hmm... li fai con una confezione già pronta?»

«Una confezione già pronta? Sasha, tu saprai tutto quello che bisogna sapere per essere una Grande Cortigiana, ma non sai riconoscere i biscotti fatti in casa quando li vedi? Io sono una cuoca superba, e te lo dico solo perché tu non hai fatto mistero delle tue arti.»

«Sei davvero brava?»

«Eccezionale.»

«Una cuoca superba che imparasse le arti della Grande Cortigiana sarebbe la Cortigiana Suprema» disse pensosamente Sasha. «Se mi insegnerai a cucinare, io ti insegnerò a diventare una Cortigiana. Ci sono un milione di dettagli indispensabili da imparare, ma dovrai procurarti qualche vestito decente.»

«Li ho. Avevo messo questa roba vecchia solo per non intimidirti.»

«Non saprò ballare, Gigi, ma stai sempre parlando a una Nevsky, figlia di una Orloff. Noi non ci lasciamo intimidire.»

«L'ho notato» ammise Gigi. «Non so perché, ma si capisce.»

«Mi sei simpatica» disse Sasha. «E quando qualcuno mi è simpatico, lo è per sempre. Non ti farò mai soffrire.»

«Anche tu mi sei simpatica» ricambiò Gigi, passandole le braccia intorno alla vita e dandole un bacio sulla spalla.

«Potrebbe essere divertente» disse Sasha.

«È divertente già adesso» dichiarò Gigi. «Qualcuno dei tuoi schiavi ha un amico che vada bene per me? Ho perso molto tempo prima di conoscerti.»

Forse, pensò, in un lontano futuro avrebbe conosciuto abbastanza bene Sasha per raccontarle di Quentin Browning e del proprio cuore ammaccato e ferito. Dopo che lui se l'era filata, Gigi si era accorta di avere smarrito parte dell'indispensabile fiducia in se stessa, una consapevolezza del proprio valore che prima di allora non aveva mai saputo di possedere. Era convinta di esserselo cercato, quella specie di calcio nei denti: si era esposta, si era concessa a uno sconosciuto senza usare l'armatura con cui ogni ragazza doveva proteggersi, senza finzioni né ritrosie, senza l'arte del flirt che tutti i film, e perfino la vita al college, insegnavano. Quella prima notte si era letteralmente gettata fra le braccia di Quentin, gli si era attaccata come una sanguisuga, e alla fine lui si era sentito in dovere di dimostrarle quanto poco contasse nella sua vita, quanto poco la rispettasse. No, non era vergine e aveva intenzione di imparare a far soffrire gli uomini; ma non immaginava di poter riuscire a fidarsi ancora di un maschio. Sarebbe diventata una Grande Cortigiana anche senza una vita sessuale. Come aveva detto Sasha, era questione di mentalità. Aveva imparato presto la lezione, forse troppo presto, ma era stata una lezione necessaria per il futuro. Il suo motto era sempre valido: non pentirsi mai di nulla.

In occasione del Natale 1980, Billy tornò a New York per passare le feste con Gigi. Era stata invitata a casa dei Nevsky per una cenetta in famiglia con una ventina di persone soltanto, e aveva scoperto di essere stata davvero fortunata a trovare la ritrosa, timida Sasha Nevsky come compagna di stanza di Gigi. Quella ragazza avrebbe potuto essere una bellezza favolosa, pensò Billy, ma purtroppo non si rendeva conto delle sue qualità potenziali: così insignificante, era facile dimenticarla in mezzo al resto delle vivaci cugine. Sasha si teneva timidamente in disparte e trasaliva e balbettava ogni volta che Billy cercava di coinvolgerla nella conversazione, aggrappandosi a Gigi come a una protettrice perfino nell'ambiente della sua famiglia, dove tutti avevano accolto l'amica come una Orloff-Nevsky d'adozione. Molto meglio una compagna così scialba e affidabile, molto meglio di una hippie. Preferiva che Gigi diventasse grande il più tardi possibile.

Billy aveva curiosato un po' nell'appartamento di Gigi, facendo qualche domanda indiretta per scoprire com'era la situazione per quanto riguardava gli uomini. Ma tutte e due le ragazze sembravano bloccate, per nulla infelicemente, in quell'età dell'innocenza che va dall'ultima visita dal pediatra alla prima visita dal ginecologo per avere la ricetta della pillola. E dato che Marcel aveva fatto venire a Billy l'orticaria, non era potuta tornare per un'indagine più approfondita; tuttavia era certa che Gigi stesse imparando molte cose da Voyage to Bountiful, e che il lavoro di Sasha – a quanto aveva capito si trattava di un impiego come contabile in una ditta di biancheria per signora della Settima Strada – la tenesse occupata in modo piuttosto redditizio. Inoltre, le due ragazze tenevano l'appartamento in ordine perfetto, tanto che sembrava non ci dormissero mai.

All'inizio del 1981, poco dopo Capodanno, Billy tornò a Parigi, dove occupava una grande suite di quattro camere, lussuosa e spaziosa come una casa, al secondo piano del Ritz, la suite dove i duchi di Windsor erano vissuti abbastanza a lungo per darle il loro nome. Billy stava raggomitolata su uno dei divani di damasco rosa nel suo salotto preferito, pensando che finalmente si sentiva pronta per cominciare a cercare casa. Nonostante il loro piacevole calore, i fuochi ben curati che divampavano allegramente nei camini del Ritz restavano pur sempre fuochi da albergo; e i fiori avevano la ricca ma impettita mancanza di personalità dei fiori d'albergo; l'atmosfera delle stanze, intima e profumata, era anche quella un'atmosfera da albergo. Nelle sue stanze era riuscita a imporre un certo tocco personale: lo scrittoio invaso dai blocchi per appunti, le penne, le rubriche telefoniche; sulla mensola del camino e sui tavolini troneggiavano le foto di Gigi, Dolly e Jessica in massicce cornici d'argento; libri, riviste e giornali erano ammucchiati dappertutto, la luce del fuoco si rifletteva su dozzine di superfici familiari, dalle sue unghie lucide al fulgore profondo e quasi verdastro del lungo filo di perle nere che si era appena tolto e con cui ora giocherellava distratta... ma non si sentiva a casa sua. Con Los Angeles aveva chiuso, con New York aveva chiuso: Parigi doveva diventare la sua base.

Per fortuna anche Cora Middleton si trovava a Parigi. Era arrivata il giorno prima, per sbrigare una pratica riguardante l'eredità del marito; e quando aveva telefonato, Billy l'aveva invitata a prendere il tè. Cora si era offerta di aiutarla a trovare un agente immobiliare.

«Ce ne sono talmente tanti» aveva detto, «che è quasi impossibile distinguere quelli seri dai disonesti, ma per fortuna ne conosco uno di cui mi fido completamente. È una donna e si chiama Denise Martin; se vuoi posso metterti in contatto. Il sistema migliore, quando si ha a che fare con le agenzie immobiliari, sia per comprare sia per vendere, è rivolgersi a una sola. Se Denise Martin venisse a sapere che hai incaricato tre dei suoi concorrenti di cercarti una casa, non si spezzerà certo la schiena per te, mentre lo farà se ha l'esclusiva. Tu sei un'acquirente importante, e lei ti mostrerà quanto c'è di meglio sul mercato, anche a costo di dividere la provvigione con un altro agente. Per quanto la riguarda, il cinquanta per cento di un affare sicuro è meglio del cento per cento di una percentuale che forse non arriverà mai.»

Come sempre il consiglio di Cora si era dimostrato ottimo, e Billy se ne rese conto nelle settimane seguenti, mentre lei e Denise Martin setacciavano insieme il Settimo Arrondissement. L'antico, nobile quartiere del Faubourg Saint-Germain sulla Rive Gauche era l'unica parte di Parigi in cui Billy fosse disposta a vivere. Come madame de Staël, che si era detta disposta a rinunciare volontieri alla bella casa di campagna e alla vista delle montagne svizzere in cambio del "rigagnolo di rue du Bac", Billy pensava che il Settimo offriva l'unica possibilità di partecipare del fascino segreto e ben protetto di una Parigi in cui la storia era ancora viva. Ma le pochissime case private che vi si liberavano venivano vendute tramite conoscenze personali, e non arrivavano quasi mai sul mercato immobiliare. C'era gente, i cui antenati avevano vissuto nel Faubourg Saint-Germain prima dei tempi di Luigi XV, che aspettava anche decine d'anni pur di ottenere un appartamentino in quella zona.

Comunque, in capo a meno di due mesi Denise sentì parlare di un *hôtel particulier* il cui proprietario era appena morto, una casa in rue Vaneau che nessuno, fra la mezza dozzina di eredi, poteva permettersi di acquistare rilevando la quota degli altri. Non era principesca, aveva solo venti stanze, ma i proprietari chiedevano il prezzo di una reggia: otto milioni di dollari. Alcuni giorni dopo aver visto la casa in rue Vaneau, Billy si ritrovò in un ufficio polveroso in compagnia di due notai, uno che rappresentava lei e uno che rappresentava il proprietario, oltre a un paio di agenti immobiliari che tentavano invano di nascondere l'emozione.

L'acquisto di immobili era uno dei campi in cui Billy, con il passare degli anni, era diventata un'esperta e inflessibile donna d'affari. Pur non avendo mai stipulato un contratto senza sottoporre i documenti legali al vaglio di Josh Hillman, conosceva bene le varie fasi del procedimento e si vantava di riuscire sempre a ottenere risultati che giustificavano ogni spesa. Seduta al tavolo, con gli sguardi di tutti puntati su di sé e sulla penna che teneva in mano, ebbe un'esitazione.

Stava per firmare l'assegno per la *promise de vente*, un acconto pari al dieci per cento del prezzo concordato, ottocentomila dollari non restituibili se, per qualunque ragione, inclusa la sua morte, non avesse perfezionato l'acquisto. Billy si rese conto all'improvviso che, per quanto la casa fosse desiderabile, nessuno aveva immaginato di vederla sborsare la cifra richiesta, cosa che invece stava per fare. Come sempre avveniva per gli immobili, il prezzo iniziale era assurdamente alto proprio per lasciare spazio alla trattativa. Inoltre, prima di arrivare alla firma l'acquirente faceva sempre effettuare una valutazione da un esperto per accertarsi che l'edificio fosse solido. Nessuna donna francese, neppure la più ricca e capricciosa, si sarebbe mai sognata di comprare al prezzo gonfiato di partenza una casa che aveva visto solo pochi giorni prima. No, era inaudito. I notai e gli agenti immobiliari avrebbero avuto tutte le ragioni di considerarla la sciocca più sciocca che avessero mai incontrato. Si sarebbe lasciata imbrogliare, fregare, manipolare...

«Se non firma oggi, si farà avanti subito qualcun altro» le bisbigliò Denise, mentre Billy continuava a restare immobile. «L'accettazione della *promise de vente* da parte degli eredi significa che saranno obbligati per legge a vendere a lei, qualunque cosa succeda. E se oggi pomeriggio qualcun altro vedesse la casa, e offrisse più del prezzo richiesto? Senza la *promise de vente,* lei perderebbe la casa. Succede sempre così quando qualcuno esita.»

Sciocchezze, pensò Billy. Non si era mai fidata completamente del giudizio di Denise, e ora sapeva di non essersi sbagliata. La fiducia che Cora riponeva in lei era immeritata; era la fiducia di una donna abituata ad acquistare oggetti minuscoli, non proprietà immobiliari. Nessun *hôtel particulier*, neppure nella posizione migliore, si poteva vendere in un pomeriggio. Mantenere la casa che il vecchio proprietario aveva abbandonato in stato di degrado sarebbe costato un patrimonio, e sarebbero occorsi molti mesi di dispendiosissimi lavori prima di cominciare ad arredarla. Poteva continuare a negoziare senza pericolo per settimane.

Certo qualche secolo prima quella casa di rue Vaneau era stata costruita per lei, pensò Billy. Aveva atteso oltre duecento anni per conquistarla. Nelle sue fantasie più sfrenate aveva sentito risuonare un perfetto accordo musicale fin dal momento in cui qualcuno aveva aperto il grande cancello, incastonato fra i muri su cui l'edera si arrampicava fitta, mostrando il lucido fogliame anche dalla parte della strada. Billy era entrata in un grande cortile di selciato e la casa, immensamente bella, l'aveva invitata a entrare. Si era subito avviata verso i due battenti al di sopra dei quattro gradini semicircolari, degnando appena di uno sguardo le ali laterali, una delle quali, vegliata dalla statua di un cavallo scalpitante, doveva ospitare le scuderie. Nonostante l'impazienza aveva avuto modo di notare le pietre grigie ben tagliate della casa a due piani, le imposte bianche ormai scrostate, i fregi a conchiglia sopra le porte-finestre e l'aria di rustica serenità che l'aveva avvolta non appena il cancello si era chiuso. Come in sogno era scivolata nell'atrio circolare con il vecchio pavimento di parquet intarsiato, un ambiente di misura ideale e discreta che aveva fatto presa sul suo gusto per le cose a dimensione umana. I rumori di Parigi erano svaniti completamente mentre si aggirava nelle stanze intercomunicanti, ambienti che possedevano un felice spreco di spazio, una moltitudine di finestre e di camini, tanto da darle la certezza che un tempo la casa era stata circondata da lussuosi giardini; che un tempo era stata una casa bellissima – anche se non gelidamente grandiosa – e in essa generazioni e generazioni erano vissute ed erano morte con garbo e dignità.

Billy era sprofondata in un passato glorioso dove il paziente trascorrere del tempo era confermato da ogni stanza; le ragnatele luccicavano negli angoli come disegni di filigrana d'argento; gli specchi alti e opachi inseriti nei pannelli riflettevano la sua immagine fra mille chiazze d'oro; i pavimenti scricchiolavano con un senso di complicità e di intimo riconoscimento del suo passo; ogni sedile sventrato sotto le finestre la invitava a inginocchiarsi e a osservare il gioco fantasioso dei rampicanti sui vetri. Se avesse guardato fuori, ne era certa, avrebbe visto cavalieri valorosi e arroganti con berretti di velluto e pennacchi, e gran dame con le parrucche incipriate e le ampie gonne che nascondevano una felice immoralità. Non le importava nulla se era necessario sostituire tutte le tubature della casa, se le tegole di ardesia lasciavano ormai passare la pioggia, se nella cantina dei vini prosperavano i ratti e i topolini scorrazzavano all'ultimo piano, se le modanature di legno erano gravemente danneggiate.

Era decisa a comprare, immediatamente, in grande stile e con spensieratezza – uno stato d'animo che aveva pensato di non poter ritrovare mai più. Si era sentita trascinare di nuovo dalla corrente dell'antica passione di possedere, di acquistare, animata dal vecchio desiderio, dalla smania frenetica di fare suo qualcosa. La prudenza e il buonsenso erano egualmente assurdi di fronte al ritorno del desiderio, dell'energia vitale del desiderio: un desiderio che non ha bisogno di essere evocato con la forza di volontà, un desiderio che per tanto tempo era stato la sua regola di vita, un desiderio simile al piacere, al quale aveva rinunciato dopo il divorzio.

Firmò l'assegno lentamente, tracciando soddisfatta ogni lettera del suo nome, del tutto indifferente alle parcelle esose dei notai, alle dodici tasse diverse su cui non aveva voluto chiedere informazioni, alle commissioni che avrebbero fatto rizzare i capelli di Josh quando avesse visto i documenti.

Cristo, era meraviglioso ricominciare a spendere troppo.

Visto dalla strada, il cancello aveva una facciata impenetrabile, grigia e austera come le altre case settecentesche della zona. Al pari dei numerosi e vecchi palazzi del quartiere, la casa in rue Vaneau era costruita *entre cour et jardin*, con la tradizionale *cour d'honneur* davanti e un ampio giardino sul retro. Tutte le finestre del lato posteriore si affacciavano sul parco dell'Hôtel Matignon, residenza ufficiale del primo ministro francese, che sorgeva, sorvegliato dalla polizia, a qualche centinaio di metri da rue Vaneau, ad angolo retto rispetto alla casa di Billy. Lo splendido parco del Matignon (troppo grande per essere definito un giardino) si estendeva per diversi ettari, e soltanto un muro separava il giardino di Billy dai suoi alberi maestosi e dai suoi grandi prati. Nel Plan Turgot, stilato nel 1783, la casa di Billy non esisteva, come non esisteva rue de Vaneau. L'intera area appariva coperta d'alberi, prati e giardini fioriti. Ora i terreni del Matignon si erano drasticamente ridotti, e molte delle più appetibili vecchie case di Parigi fiancheggiavano rue Vaneau, una via aristocratica e tranquilla perché la gente vi accedeva solo a piedi, in bicicletta o al massimo con una macchina privata.

Quando i lavori di ristrutturazione erano iniziati, ma prima di scegliere l'arredatore, Billy si era rivolta a monsieur Moulie, il geniale progettista di giardini proprietario di Moulie-Savart, il negozio di fiori parigino più chic, in Place du Palais Bourbon. Aveva chiesto al giovane, spiritoso e galante monsieur Moulie di riprogettare il suo giardino convenzionale e incolto trasformandolo in una creazione rara e splendida; naturalmente gli alberi avrebbero dovuto essere trasportati con l'apparato radicale intatto, impresa che bisognava completare prima del via ai lavori interni. Monsieur Moulie le aveva proposto un giardino in cui gli alberi e i cespugli sarebbero rimasti verdi anche durante i lunghi inverni, fino a quando fiori e rampicanti avrebbero cominciato a sbocciare.

Billy continuò a vivere al Ritz, ma passava gran parte dei giorni feriali in rue Vaneau per sovrintendere ai lavori. Aveva imparato che era necessario sorvegliare gli operai di continuo perché procedessero con il ritmo dovuto. Poiché i sindacati imponevano una settimana lavorativa non superiore alle trentanove ore, verso le due del venerdì pomeriggio tutti sparivano per andare a spassarsela, senza contare le occasioni in cui c'era qualche ponte, invenzione tipicamente europea che consentiva agli operai di saltare la giornata lavorativa intermedia fra una delle numerosissime festività e i fine settimana.

La casa di rue Vaneau la assorbiva completamente. Curava ogni dettaglio necessario a renderla di nuovo strutturalmente solida. Con una partecipazione personale assai meno totale ed emotiva di quella che ora dedicava alla vecchia residenza, in passato era riuscita a tenere in pugno la costruzione di mezza dozzina di nuovi negozi in altrettante nazioni diverse.

Ogni sera rientrava al Ritz, si spogliava e si immergeva nella grande vasca piena d'acqua calda. Mentre posava lo sguardo stanco sul bagno di marmo bianco, con i rubinetti a forma di cigni dorati e i mucchi di salviette e asciugamani color pesca di Porthault, Billy si sentiva costretta ad ammettere che se avesse preso la decisione più sensata e avesse cominciato a lavorare con un grande arredatore parigino come Henri Samuel, o François Catroux o Jacques Grange, adesso a preoccuparsi sarebbe stato uno di loro, e non lei. Un esperto avrebbe affidato la direzione dei lavori di rifacimento a persone competenti, avrebbe effettuato controlli settimanali e si sarebbe rivolto a lei solo in caso di stretta necessità. Così lei sarebbe potuta andare a sciare o a prendere il sole sulla spiaggia di qualche isola privata, a cercare una casa di campagna in Inghilterra o a comprare cavalli da corsa, a... ma no, tanto valeva ammetterlo, l'unica cosa che desiderava era restarsene a Parigi.

Mentre si vestiva per la cena si guardò allo specchio e rise nel vedere il proprio volto così radioso. Era possessiva come la madre adorante di un neonato. Per il momento non voleva che un arredatore si avvicinasse alla sua casa, non voleva spartirla con anima viva, non voleva consigli, per quanto validi e non voleva aiuto, per quanto necessario. Era la sua casa, e avrebbe impiegato con gioia ogni energia pur di riportarla all'originario splendore. Sovrintendere ai lavori di rifacimento di un *hôtel particulier* sulla Rive Gauche non era certo la ragione che aveva indicato a Jessica prima di trasferirsi a Parigi, così come non era ciò che aveva avuto intenzione di fare prima di scoprire la casa: ma adesso sapeva che, anche se avesse voluto prendere le distanze dal progetto, non ne sarebbe stata capace. Ormai era completamente conquistata.

10

In poco tempo intorno a Billy si creò una vita intensa che la allontanava dal bozzolo seducente del Ritz, dove bastava suonare un campanello per ottenere qualsiasi cosa, e la conduceva in varie direzioni in compagnia del suo autista Robert, alla guida di una Citroën nera poco vistosa e assolutamente adatta a Parigi.

Gli inviti erano giunti ancora prima che avesse il tempo di disfare le valigie. Il suo arrivo era stato annunciato soltanto dalla prenotazione della Windsor Suite, ma a parlarne era stato il popolarissimo foglio di resoconti salottieri in lingua inglese di Maggie Nolan. L'acquisto di una delle ultime sontuose residenze dell'Ancien Régime rimaste in mano ai privati si era guadagnato un trafiletto sull'"International Herald Tribune". Billy sospettava che Denise Martin e probabilmente qualcuno della reception del Ritz facessero parte del circuito sotterraneo del pettegolezzo parigino.

All'inizio la maggior parte degli inviti era arrivata dal mondo degli affari e della buona società, in cui Ellis l'aveva introdotta durante le visite precedenti, e dall'ambasciatore americano a Parigi. Ogni ricevimento al quale partecipava portò nella sua vita nuove e affabili conoscenze, finché la mensola del camino fu interamente ricoperta da mucchi di inviti litografati. Spesso era impegnata anche a pranzo, quando comunque i lavori in rue Vaneau erano fermi per la pausa: allora gli operai consumavano un abbondante picnic accompagnato da vino rosso intorno a un tavolo improvvisato nella futura cucina.

La versione francese del pranzo fra signore dell'alta società ha lo scopo di riunire otto o dieci amiche intime per vagliare minuziosamente tutte le nuove arrivate di bell'aspetto. Billy, che si atteneva alla decisione iniziale di partecipare a tutte le feste "giuste", accettava inviti a destra e a manca, evitando solo di passare i fine settimana nei vari châteaux della campagna circostante. Dopo due o tre pranzi e quattro cene o balli alla settimana, voleva riposarsi almeno nei weekend.

Aveva fatto decine di conoscenze nuove. I discendenti dei più nobili casati di Francia, che spesso avevano tenuto inflessibilmente a distanza Cora Middleton de Lioncourt, avevano invece accolto a braccia aperte l'arrivo di Billy Ikehorn. La sua celebrità li stuzzicava e incuriosiva, poiché gli stranieri famosi, già prima di Benjamin Franklin, erano sempre stati graditi a Parigi; inoltre la sua ricchezza li affascinava, in quanto gli aristocratici parigini sono notoriamente un gruppo materialista. Con la sua bellezza e la conoscenza perfetta del francese, Billy era diventata per la società locale l'equivalente della nuova bella ragazza del quartiere.

Un paio delle appariscenti e brillanti signore che aveva conosciuto sarebbero forse potute diventare sue amiche, pensava Billy, anche se la sua vita sociale stava diventando troppo vertiginosa perché le restasse il tempo di stringere vere amicizie. E poi, era troppo presa dalla follia della casa nuova per avere voglia di coltivare simili intimità. Adesso, rifletté, le sole cose che mancavano perché la sua vita diventasse il trionfo che si era prefissa nel colloquio con Jessica erano più tempo per fare spese e un uomo giusto da portarsi a letto. Sesso e shopping: dove aveva già sentito quel binomio promettente? In una canzone? In un libro?

Sesso. Forse era stata troppo esigente. Gli uomini che aveva conosciuto a Parigi erano una delusione. Tutti sposati e fedeli, oppure erano sposati ma avevano già un'amante, o ancora sposati ma cercavano solo avventure passeggere, oppure erano liberi e in caccia di un patrimonio; quando non si trattava di single di professione. Per una donna di trentasette anni le prospettive di trovare l'uomo giusto erano scarse lì come lo erano state a Los Angeles e a New York. Ma non aveva importanza, pensava Billy quando, di tanto in tanto, si allontanava dalla galleria di impalcature e dalla foresta delle tubature nuove di rue Vaneau, per correre a una prova da Saint Laurent o da Givenchy. Non aveva importanza perché c'era sempre lo shopping che aleggiava nell'aria di Parigi: e dove c'era lo shopping, in un modo o nell'altro doveva esserci anche il sesso.

Durante i fine settimana che riservava a se stessa, Billy si dedicava a una nuova passione, direttamente legata al futuro che prevedeva per la nuova casa. Un sabato o una domenica non era completo senza una visita all'immenso mercato delle pulci di Porte de Clignancourt, dove scopriva tante piccole cose divertenti che nessun arredatore avrebbe mai potuto scegliere al posto suo.

Con l'esperienza, Billy aveva imparato a vestirsi nel modo giusto per fare acquisti ai Marchés Biron, Vernaison o Serpette, le aree del mercato dove era più facile scoprire piccoli tesori. Sui jeans sporchi d'intonaco che indossava in cantiere, metteva un pesante maglione grigio acquistato appunto perché molto modesto, quindi infilava un vecchio impermeabile beige. Non si truccava, e si annodava sotto il mento un semplice foulard di un marrone indefinibile. Metteva le scarpe da tennis più vecchie e si armava di sacchetti di plastica dei grandi magazzini Monoprix per portare a casa il bottino. Metteva nella tasca interna dell'impermeabile un lucidalabbra e un rotolo di banconote, e lasciava la borsetta al Ritz.

Aveva davvero un aspetto spaventoso, pensava ogni volta, incredibilmente soddisfatta della sua immagine quasi irriconoscibile mentre attraversava l'atrio del Ritz nelle mattine dei fine settimana. I tre cerimoniosi concierge che stavano al banco, il mite e colossale guardiano iugoslavo che impediva ai curiosi di avventurarsi nell'albergo e la squadra dei portieri e dei fattorini che riuscivano sempre a trovare un taxi anche quando sembrava impossibile, erano ormai abituati a quel tipo di abbigliamento quando i loro clienti più esperti decidevano di visitare il mercato delle pulci.

Era un travestimento necessario per poter contrattare con qualche possibilità di successo. Billy, che molto spesso sperperava senza alcun ritegno, aveva scoperto che vivere in Francia le aveva ispirato una mentalità nuova, un modo di spendere diverso. Era affascinata dal mercato perché le offriva l'occasione di comportarsi con la prudenza di una persona tirchia, con avara riluttanza. Erano solo modeste somme pagate in biglietti di piccolo taglio con un meraviglioso, esaltante senso di colpa nel momento in cui si separava dal denaro, un denaro che le sembrava di non potersi permettere di spendere. Tanto bastava a procurarle un'autentica, dolcissima sensazione peccaminosa che non aveva più rivissuto dai tempi della giovinezza. Quando firmava un assegno su un conto che sapeva illimitato, quel denaro non le sembrava reale. L'unico modo in cui riusciva a sentirlo vero e palpabile era quando doveva pagare in contanti, consegnare una banconota dietro l'altra dopo una lunga transazione che comportava il gioco del mercanteggiamento.

Non era tanto sciocca da illudersi che i venditori del Marché aux Puces le permettessero di concludere veri affari; ma almeno aveva un'aria così poco da riccona che poteva discutere fino ad avvicinarsi al prezzo più basso possibile; allora se ne andava con la sensazione che entrambe le parti fossero soddisfatte dell'affare concluso e di essersi comportata con l'oculatezza di una vera francese.

Una serena e fredda mattina di aprile del 1981 Billy riemerse dal Marché Biron, esausta dopo lunghe ore di ricerca infruttuosa. Gli antiquari, rincuorati dall'arrivo dei primi turisti spendaccioni di primavera, quel giorno erano particolarmente ostinati, e lei aveva reagito opponendo la resistenza dell'indigena che sente di essere imbrogliata nel suo stesso paese. Aveva acquistato solo una minuscola, misteriosa boccetta d'avorio, e adesso, seduta in un affollato bar all'aperto dove aveva ordinato un caffè e un croissant, tolse la boccetta dal foglio di giornale in cui era avvolta e la posò con cura sul tavolino per avere qualcosa da contemplare con soddisfazione. Slacciò la cintura dell'impermeabile e si rilassò sulla sedia di vimini, allungò i piedi stanchi e studiò con attenzione la bottiglietta non più alta di cinque centimetri. In realtà, pensò, non ci teneva poi così tanto ad averla. L'avorio era indubbiamente antico, ma non sapeva cosa fosse stata in origine e nemmeno le importava saperlo. Sarebbe diventata un souvenir del senso di libertà che assaporava nello starsene lì protetta dall'anonimato, la libertà di un travestimento che non attirava l'attenzione di nessuno, la libertà di mescolarsi a una folla dove nessuno la conosceva, di essere una straniera in una terra che tuttavia la faceva sentire a casa propria. Da anni non provava più niente di simile, pensò Billy mentre i suoi occhi si velavano. E sentirsi libera era come sentirsi giovane.

«Ha una forma bellissima» disse una voce maschile da un tavolino dietro di lei.

«Parla con me?» chiese Billy girando stancamente la testa.

«Sicuro. Le dispiace se do un'occhiata?»

«Prego.» Era americano, senza dubbio un turista. Billy si voltò e porse la boccetta all'uomo, che sedeva davanti a una tazza di caffè vuota. Lui inforcò gli occhiali e rigirò la boccetta, passando lentamente le dita sulla sagoma cilindrica e affusolata. Svitò il minuscolo tappo rotondo, lo tolse, lo rimise a posto.

«È una meraviglia. Come ha fatto a trovare una boccetta cinese da farmacia? Doveva contenere qualcosa di letale, a giudicare dalla grandezza del tappo.»

«Lei fa collezione di bottiglie?» chiese Billy. Certo se aveva passato oltre quattro ore nel più grande bazar di anticaglie parigino trovandovi solo una boccetta d'avorio, e neppure francese, o sapeva qualcosa di arcano, oppure doveva essere molto stupida.

«Collezione?» La voce profonda dell'uomo era allegra e tranquilla. «Ogni tanto accumulo un po' di cianfrusaglie... o meglio sono loro che tendono ad accumularsi intorno a me. Ma non è come fare una collezione. Sono scultore, ed è stata la forma della boccetta a colpirmi. La trovo meravigliosa.»

«La tenga pure» disse Billy d'impulso.

«Come?»

«Dico davvero. Se le piace... Credo che lei la apprezzi molto più di me.»

L'uomo glielka rese e scosse la testa. «Ehi, grazie, piccola. Non posso accettare. Lei è un po' matta, lo sapeva? Mi sembra esausta come se avesse combattutto in prima linea per riuscire a scovarla: non può regalarla così.» Il tono allegro aveva lasciato posto a una vaga preoccupazione.

«Probabilmente ho solo fame» rispose Billy, intimidita. Sapeva fin troppo bene come doveva apparire agli occhi dello sconosciuto.

«Le offro un panino al prosciutto. O al formaggio. Qui non hanno altro, a meno che non preferisca un dolce.»

«No, grazie.» Billy rifiutò automaticamente. Un dolce!

«Le spiace se siedo al suo tavolo? Mi permetta almeno di offrirle un altro caffè.» Si alzò senza attendere una risposta e si accomodò accanto a lei. L'aveva vista mangiare così in fretta il croissant che doveva essere a digiuno da giorni, pensò. Ed era anche generosa in modo assurdo, perché si capiva che era una turista, una ragazza che lavorava e che probabilmente aveva risparmiato a lungo per poter venire a Parigi, e un avorio antico come quello non doveva costare meno di cinquanta dollari. Non capiva che avrebbe fatto meglio a spendere per un maglione decente, piuttosto che comprare una boccetta inutile e offrirla a uno sconosciuto? Il suo animo di scultore protestava indignato nel vedere una simile bellezza infagottata in quegli indumenti.

Billy bevve il caffè che l'uomo le aveva ordinato e lo sbirciò sottecchi. Non aveva mai parlato con uno sconosciuto in un bar, e non si era mai lasciata rimorchiare, nemmeno quando aveva vent'anni e abitava a Parigi. Allora era troppo timida, e in seguito era sempre stata in compagnia di Ellis. Eppure, a cos'altro servivano i caffè francesi?

Lo scultore che l'aveva chiamata "piccola" con tanta disinvoltura era magro e angoloso, probabilmente prossimo alla quarantina. Aveva i capelli di un bruno rossiccio molto folti e tagliati cortissimi che mettevano in risalto le linee del cranio ben modellato. Sotto gli zigomi pronunciati le guance erano scavate, e il viso aveva una magrezza aristocratica. Il naso lungo gli conferiva un profilo duro e un'aria di efficienza. Si era tolto gli occhiali dalla montatura di osso, e Billy notò che le sopracciglia folte sporgevano su occhi grigi profondamente infossati che la scrutavano con espressione divertita. Come se lei fosse buffa, santo cielo! La sua bocca allungata era ironica e bonaria; tuttavia aveva l'aria di un uomo capace di cavarsela anche in una rissa. Anzi, irradiava una tale forza fisica che molto probabilmente una rissa ogni tanto non gli sarebbe dispiaciuta affatto. D'altra parte, aveva anche l'aspetto inconfondibile dello studioso, la fronte solcata da rughe del professore che attraversa il campus di Harvard, pensò Billy, ricordando gli anni vissuti a Boston e i giovani arroganti che ostentavano con orgoglio giacche così malconce che neppure il più povero dei poveri le avrebbe volute. Lo sconosciuto indossava una giacca di tweed sciupata, la camicia da operaio e i jeans in un modo da cui si capiva che quello era il suo abbigliamento di tutti i giorni; non li aveva scelti apposta per una visita al Marché aux Puces, e li portava con brio. Insomma, era chiaro che era un tipo rude ma nello stesso tempo che era uscito da una delle grandi università americane.

«Sam Jamison» disse lui, tendendole la mano.

Billy gliela strinse e rispose: «Honey Winthrop». Mentre lo scrutava, aveva deciso che non poteva dirgli di essere Billy Ikehorn. Un americano avrebbe quasi sicuramente riconosciuto quel nome. Non poteva nemmeno presentarsi come Billy Orsini, perché anche così era stata famosa in tempi troppo recenti. Honey era stato il suo nomignolo da bambina; lo aveva sempre detestato, ma adesso non le veniva in mente altro e non voleva che quell'uomo sapesse di lei nulla più di ciò che vedeva. Era curiosa di scoprire cosa avrebbe provato a parlare con una persona che ignorava la sua immensa ricchezza.

«Lei di dov'è, generosa signorina Winthrop?»

«Di Seattle» disse Billy. «E lei?»

«Marin County, vicino a San Francisco. Resterà qui a lungo?»

«Oh, per un po'. Mi sono presa un anno sabbatico. Sono insegnante.» Buon Dio, cosa l'aveva spinta a rispondere in quel modo? Non sapeva quasi niente di niente. Perché non aveva detto di essere una commessa?

«E cosa insegna?» chiese lui, fissandola con gli occhi miopi.

«Francese?»

«È una domanda? Se lo è, compiango i suoi allievi. Senta, non le è dispiaciuto se l'ho chiamata "piccola", vero? Quando la conoscerò meglio la chiamerò Honey, ma per ora... mi sembra strano, un vezzeggiativo troppo affettuoso, come se ci conoscessimo davvero.»

«No, voglio dire, per me "piccola" va bene. Sì, insegno francese. È per questo, ovviamente, che sono venuta qui. Ma non parliamone. È una tale noia per tutti, tranne che per me, studiare la vita e i tempi di Voltaire alla Bibliotèque Nationale. Non le interesserà certo. E lei risiede a Parigi oppure è di passaggio?»

«Non lo so, piccola. Ho sempre desiderato venire qui, e quest'anno mi sono deciso. Ho trovato uno studio in subaffitto nel Marais, vicino a Place des Vosges, e sono partito. Adesso non voglio più andarmene, questo posto mi ha conquistato. Però vorrei conoscere meglio il francese. Vivere qui dev'essere facile per lei. Io me la cavo, ma non troppo bene.»

«Il francese non è difficile» gli assicurò Billy. Si tolse il foulard e passò le dita fra i riccioli schiacciati. Cristo, pensò, sarei pronta a promettergli un corso accelerato se solo stesse zitto, mi trascinasse per i capelli nel suo studio e mi buttasse sul letto.

«Non sembra un'insegnante» disse a quel punto Sam Jamison, ma subito inorridì, accorgendosi che stava arrossendo fino alla radice dei capelli – una debolezza che credeva di avere superato. «Ho detto una stupidaggine, vero?» aggiunse in fretta. «Che aspetto dovrebbe avere un'insegnante, poi? È il classico tipo di osservazione che gli uomini fanno e che le donne detestano.» Com'era possibile che una donna così bella sprecasse la vita insegnando ai ragazzi una lingua che probabilmente non avrebbero mai usato? Bastava pensare al gesto con cui era stata pronta a regalargli la preziosa boccetta, al modo orrendo in cui nascondeva la sua figura... e poi, non si sentiva nemmeno libera di accettare un panino da uno sconosciuto o di parlare del suo lavoro! Avrebbe dovuto imparare a essere sicura di sé e addirittura egoista, a pretendere ciò che voleva, ciò che meritava. Una ragazza come quella doveva avere una gran voglia di scopare, altrimenti non ci sarebbe stata giustizia al mondo e sarebbe stato inutile trovarsi a Parigi in primavera.

«Non è detto» mormorò Billy.

«Non è detto... cosa?» Già, pensò lui, aveva perso il filo del discorso. Lei si era passata le dita fra i capelli e tanto era bastato a distrarlo.

«Non sempre le donne detestano sentirsi dire che non hanno l'aria tipica del loro mestiere... l'aria dell'insegnante, nel mio caso.» Billy non aveva mai visto arrossire un uomo. O, perlomeno, non lo aveva mai notato. Sarebbe stato paradisiaco riuscire a farlo arrossire ancora. Paradisiaco. Aveva la carnagione così chiara e così fine, per essere un tipo dall'aria tanto dura.

«E cosa vogliono sentirsi dire, le donne?» Non possedeva un rossetto, o andava in giro così per tentare gli uomini con le sue labbra al naturale? Avrebbe potuto chiederglielo senza arrossire di nuovo?

«Ah, questo è un vecchio interrogativo. Neanche Freud lo sapeva. Anzi, soprattutto Freud.» Perché aveva parlato di Freud? Sembrava così accademico, così muffito, nessuno lo tirava più in causa. Jung poteva ancora andare, ma non il vecchio Freud, che aveva sottovalutato la clitoride solo perché non l'aveva.

«Lui diceva di non sapere cosa volevano le donne, piccola» la corresse Sam.

«Una sottigliezza. Volere, dire... che differenza c'è?»

«Giusto. Comunque, perché non andiamo a pranzo? I ristoranti stanno aprendo.»

«Ma, con queste scarpe di tela...»

«Possiamo trovare un bistro. Un piccolo bistro.» Oppure un piccolo albergo, santo Dio, con una camera piccolissima e un letto molto grande. «O forse c'è qualcuno che la aspetta a pranzo? Un marito? Un amico?»

«Né l'uno né l'altro. Sono felicemente divorziata.»

«Anch'io. Figli?»

«Una figliastra che vive a New York. E lei?»

«Non ho nessuno. Soltanto io, il mio lavoro, Parigi e la generosa signorina Winthrop. Su, venga a pranzo con me» la supplicò ancora. Si rimise gli occhiali e la guardò negli occhi con la stessa intensità con cui aveva osservato la boccetta d'avorio.

«Al momento non ho fame, ma mi incuriosisce... Ecco, per la verità lei mi incuriosisce. Mi piacerebbe vedere le sue opere» disse Billy con un filo di voce, abbassando gli occhi sotto la forza dello sguardo di Sam.

«Oh, ma certo. Assolutamente. È un'idea grandiosa. È tutto nel mio studio... ecco... è logico, no?» Merda! Stava arrossendo di nuovo.

«È molto lontano?»

«No. Per la verità, no, ma possiamo anche prendere un taxi...»

In taxi rimasero seduti in silenzio, in silenzio salirono i cinque piani di scale per raggiungere lo studio, entrarono in silenzio nel grande atelier luminoso, ignorarono in silenzio le grandi forme geometriche sparse un po' ovunque, e in silenzio si avviarono verso la camera da letto piccola e buia, si abbracciarono e cominciarono a baciarsi, in piedi, con una violenza e una bramosia che li sbalordivano.

Si baciarono a lungo, tremando e senza parlare, fino a che Billy si tolse l'impermeabile e si sfilò le scarpe di tela, divincolandosi dall'abbraccio perché lui potesse togliersi la giacca. All'improvviso non ebbero più tempo per spogliarsi, sopraffatti da un desiderio così intenso e travolgente, da esserne sgomenti. Caddero sul letto. Billy indossava ancora il maglione, ma aprì la lampo dei jeans e se li sfilò, mentre Sam si liberava dei pantaloni e delle scarpe. Penetrò in lei senza una parola, senza esitazioni, deciso, e Billy lo accettò con una mancanza di controllo che corrispondeva all'inevitabilità del gesto di lui, in preda a una follia indecente che la spingeva a voler essere posseduta senza tenerezza. Lui non si curava di soddisfarla, e Billy non si curava di soddisfare lui: si incontrarono in un luogo di pura libidine dove presero ciò che volevano, completamente smarriti. Quando infine raggiunsero l'orgasmo, nello stesso momento, fu una sorpresa; e quando tutto finì risero irresistibilmente, perché non era così che sarebbe mai potuto accadere, senza un minimo d'intesa concertata. Poi riuscirono a levarsi il resto degli indumenti e si addormentarono abbracciati, sempre senza una parola.

«Piccola, se non hai fame adesso, non sei umana.»

Billy aprì gli occhi, confusa, batté le palpebre e si accorse di essere in un letto caldo con un uomo nudo e dall'odore meraviglioso, conosciuto solo poche ore prima. Così va meglio, pensò pigramente; ottimo, davvero ottimo. Sam la scuoteva dolcemente per svegliarla e le mordicchiava le labbra con delicatezza.

«Avevo fame anche prima, ma non volevo aspettare... non avrei... resistito per tutto il pranzo...» Billy sbadigliò due volte, gemendo di piacere. «Come facevi a insistere tanto per invitarmi a mangiare?»

«Non potevo dire semplicemente: "andiamo a scopare", no?»

«Perché no? Io non potevo, ma tu sì.»

«Perché tu non potevi?» chiese lui, cercandole il seno sotto il lenzuolo.

«È una vecchia tradizione americana. L'uomo deve chiederlo per primo. Adesso però tocca a me. Scopiamo!»

Billy Ikehorn, vedova, divorziata, ricca, famosa, sempre osservata e giudicata, non poteva dire "scopiamo" a nessuno; ma Honey Winthrop, insegnante in libertà a Parigi, poteva dire tutto ciò che le passava per la mente. I suoi studenti di Seattle non avrebbero mai protestato. «Scopiamo» ripeté, euforica.

«Oh, piccola, prima lascia che ti guardi.» Sam tolse il lenzuolo e la coperta e con il piacere più profondo si ritrovò a contemplare un superbo corpo femminile che aveva raggiunto la perfezione. Billy aveva sempre posseduto una segreta ricchezza carnale, celata dai vestiti grazie alla sua statura. Da nuda, la rotondità dei seni colmi e l'ampiezza voluttuosa delle cosce candide diventavano evidenti. I capezzoli avevano un colore così carico da sembrare dipinti. Per lunghi istanti, con profonda reverenza, Sam fece scorrere le dita sul suo corpo, ne scoprì i punti più teneri e quelli più sodi, scendendo fino all'umido, palpitante dono che prima non aveva avuto il tempo di guardare.

«Oh, Sam, Sam, non puoi farlo più tardi? Oppure mi stai prendendo le misure per dedicarmi una statua?» Billy era orgogliosa del proprio corpo e non aveva false modestie, ma se Sam avesse continuato a toccarla così, avrebbe perso la ragione.

«Io... faccio... sculture non figurative» disse lui, mentre seguiva con concentrazione assoluta il profilo dell'ombelico.

«Stenditi» ordinò Billy con la bocca arida, colta da un'ispirazione folle.

«Eh? Cosa?»

«Quello che è giusto è giusto. Voglio guardarti come tu hai guardato me.»

Sam obbedì e Billy, inebriata e come in un sogno, gli montò a cavalcioni all'altezza della vita, passandogli le mani tra i capelli e lungo la spina dorsale. Gli fece scorrere i polpastrelli sui fianchi, sulla pelle meravigliosamente liscia che andava dalle ascelle alla vita, lo sfiorò con un tocco ardente mentre il suo respiro si faceva sempre più affannoso. Allora si spostò, gli sedette sulle cosce magre e muscolose e disegnò una lieve linea di fuoco, lentamente, dalla vita al coccige e dal coccige alla vita. Sam gemette, sollevò i fianchi e allargò le gambe prima di ridistendersi. Billy si lasciò scivolare più in basso, fino ai polpacci, e guardò a lungo l'inguine. Il pene era già così duro che si era sollevato. Istintivamente si protese piegandosi, e la sua bocca si inaridì intuendo che Sam si fidava completamente di lei. Allora aprì le labbra, cominciò a soffiare sui testicoli, li scaldò e osservò le contrazioni dei muscoli mentre Sam gridava, sopraffatto da un desiderio inesprimibile.

«Ora girati» bisbigliò, liberandolo del peso del proprio corpo. Sam obbedì, restando completamente esposto, gli occhi chiusi, rivelato in tutta la sua tensione. Billy voleva toccarlo con gesti lenti in tutte le parti più sensibili: la fronte, le tempie, sotto il mento, l'interno dei gomiti, tutti i punti dove gli uomini, come le donne, amano farsi accarezzare. Ma quando lo vide così eccitato rinunciò. Doveva sentirlo di nuovo dentro di lei, subito. Si mosse agilmente, passandogli di nuovo una gamba al di sopra del corpo, si bilanciò sulle ginocchia, gli afferrò il pene teso e ingrossato, e lo guidò verso di sé con entrambe le mani. Sam riaprì gli occhi e continuò a guardarla fin quando la punta del pene sfiorò le grandi labbra penetrate brutalmente poco prima. Billy lo spinse a poco a poco nel nido caldo e fremente fra le sue gambe. Lui non si mosse, e lei abbassò la colonna flessuosa del proprio corpo fino ad avvolgerlo profondamente. Gli si adagiò sul petto e gli appoggiò la testa sul collo. Sam lasciò che trovasse un suo ritmo, che si sollevasse e ricadesse sopra di lui per pochi centimetri, usando il suo pene come qualcosa che le apparteneva. Si abbandonò completamente a lei, eccitato dalla rapidità crescente dei suoi movimenti, osservò con avidità la tensione sempre maggiore del suo corpo mentre si avvicinava al momento oltre il quale non era più possibile tornare indietro. E finalmente Billy rovesciò la testa in preda al massimo del piacere, scossa da un brivido incontrollabile, e ansimò ricadendogli sul petto, palpitando negli spasimi che seguono l'orgasmo. Soltanto allora Sam la sollevò con le braccia poderose e la mise sdraiata sulla schiena. Soltanto allora, come un pagano che venera una divinità, entrò di nuovo in lei e, con una concentrazione sublime e un impeto rigorosamente controllato, si concesse di possederla ancora.

«Ordina qualcosa che puoi mangiare con una mano sola» disse Sam a Billy, «perché questa non la lascio.»

«Neanche se prometto di restituirla?»

«No. Non mi fido. Sei una piccola despota.»

«Perciò hai scelto una pizzeria?»

«Forse. O forse perché in questa strada ce ne sono ben quattro. Vengo a mangiare qui quasi tutte le sere.»

«I francesi direbbero che è la tua *cantine*.» Billy era divinamente spettinata, anche se aveva tentato di risistemarsi i capelli con la spazzola di Sam. Si era lavata i denti con il suo spazzolino e aveva fatto una specie di bagno nella vasca minuscola. Aveva indossato un maglione di Sam, un vecchio shetland giallo con lo scollo a V che le lasciava una spalla scoperta; se lo era stretto in vita con una cravatta blu trovata nell'armadio, ma nulla aveva cancellato le tracce dell'atto d'amore, che le aveva lasciato le guance chiazzate di rosso dove lui si era strusciato, le labbra gonfie, gli occhi scuri luminosi e appesantiti dal piacere.

«Sapevo che ti saresti decisa a darmi una lezione di francese, se avessi avuto la pazienza di aspettare» disse Sam.

«Non ci contare. Ho altri progetti per te.»

«Potresti descriverli?»

«Non qui, Sam. In un locale pubblico, no.»

«Non ci ascolta nessuno. E poi sono tutti francesi.»

«Vuoi che ti torni duro?» La voce di Billy era sommessa ma sicura.

«Non si tratta di volere. Ho assoluto bisogno di mangiare subito due o tre pizze, ma dopo cena sì, è esattamente quello che voglio.»

«Dopo cena, Sam... se ce la farai.»

«Sei certa che sia il tuo anno sabbatico? O ti hanno cacciata per atti immorali?»

«Non lo saprai mai» rise Billy. «Ho i miei piccoli segreti.»

«Piccola, prima passiamo da te, a prendere quello che ti occorre per stare da me stanotte e la prossima e...»

«Oh, no, no. Sai, ci vorrebbe troppo tempo. C'è una farmacia aperta all'angolo. Mi bastano uno spazzolino da denti e un pettine. Ho gusti molto semplici.»

«E ti stanno meglio addosso i miei vestiti che non i tuoi.»

«Non mi vesto sempre come oggi. Non si può insegnare in jeans e scarpe di tela.»

«Possiamo andare al tuo albergo domani, allora, a ritirare gli indumenti e il resto.»

«Sam, aspetta un momento! Non ho intenzione di venire a vivere con te!»

«E perché no?»

«È... ecco, non è una buona idea. È troppo presto per farlo, innanzitutto, e poi voglio essere indipendente. Io sono fatta così.»

«Vuoi dire che sto cercando di metterti fretta?»

«Più o meno. Non mi sembra ragionevole.»

«Tu non sei una ragazza ragionevole, piccola.»

«È vero. Non lo sono e non lo sono mai stata. È uno dei miei difetti fondamentali... e se venissi a stare con te, scopriresti anche gli altri.»

«D'accordo, sono disposto a scoprirli un po' per volta. Ma l'invito resta valido. La mia casa è la tua casa, i miei abiti sono i tuoi abiti, il mio letto è il tuo letto.»

«Sam, com'è possibile che una donna ti abbia lasciato andare? Come mai hai divorziato?»

«Ci eravamo sposati troppo giovani, appena finito il college. Io non ero abbastanza sveglio per capire che la scultura non rende se non riesci a far centro, e prima che avessi trovato un gallerista cominciando a guadagnare abbastanza per mantenere me e mia moglie, lei aveva perso la pazienza. Non gliel'ho mai rimproverato. E tu, Honey, tesoro... No, non sopporto quel nome. Piccola, tesoro, perché hai scaricato tuo marito?»

«Ho scoperto che era uno stronzo. Uno stronzo di prim'ordine, bada bene. Immagino non si possa accusare un uomo per il suo carattere, puoi solo rimproverarti per aver fatto la scelta sbagliata. Ma, al diavolo, se fossi ancora sposata non sarei qui, e l'idea di poter perdere questo giorno della mia vita è impensabile. Fuori questione. Oh, Sam, e non avessi comprato quella boccetta?» chiese Billy, colpita dall'idea che tutto era dipeso da quell'acquisto dell'ultimo momento.

«Andiamo, sai che avrei trovato lo stesso un modo per attaccare discorso, dopo averti vista tutta sola. La boccetta era il pretesto ideale.»

«È o non è una boccetta cinese da farmacia, Sam?»

«Diciamo così: perché non dovrebbe esserlo? Se ci tieni tanto a saperlo, piccola, dovremo chiederlo a un esperto. Io non ne ho idea.»

Billy tornò al Ritz il lunedì mattina presto, lasciando Sam che, come sempre, lavorava dall'alba. Sulla scrivania del salotto trovò ad attenderla una montagna di messaggi telefonici e di inviti. Li lesse con impazienza, poi li ributtò dov'erano e si sdraiò su un divano a riflettere. Quei pezzi di carta rappresentavano una vita che non poteva più continuare a sostenere, se intendeva stare con Sam. Lui credeva che avrebbe trascorso la giornata alla Bibliothèque Nationale, e gli aveva promesso di tornare con un accappatoio e qualche capo di vestiario alle quattro, quando lui avrebbe smesso di lavorare.

Prese la guida verde Michelin che teneva a portata di mano per organizzare le escursioni ai musei, anche se non aveva ancora trovato il tempo per andarci. Su una delle prime pagine trovò la cartina che le serviva. Tracciò una X rossa in tre punti: Place des Vosges, Place Vendôme, dove si trovava il Ritz, e rue Vaneau. Le X formavano un grande triangolo allungato con Place des Vosges situata sul lato maggiore, a nord della Senna. Era la piazza più esotica della Parigi storica, lontana dal Ritz sulla Riva Destra quanto lo era da rue Vaneau sulla Riva Sinistra. Tracciò un cerchio intorno al Marais e si fermò vicino al Pont Neuf, tappa obbligata del circuito turistico parigino. Molti dei suoi conoscenti si recavano ogni primavera a passeggio sul ponte, pensò Billy, rammaricandosi del fatto che qualcuno avesse stabilito che una visita primaverile a Parigi era un ingrediente indispensabile della bella vita.

Non sapeva forse che vivere nel vecchio quartiere del Marais, aristocratico ma decaduto, era tornato di moda? La gloria del Marais aveva raggiunto il culmine nel diciassettesimo secolo ma sotto il regno di Luigi XVI la nobiltà aveva cominciato a spostarsi verso ovest. Dopo la rivoluzione, il Marais era rimasto abbandonato per quasi duecento anni. Non era un colpo di sfortuna che, proprio quando aveva trovato un uomo che la amava per ciò che era, lui abitasse nel cuore della zona di Parigi dove era diventato più chic cercarsi un appartamentino e rinnovarlo?

Comunque, l'interesse per il Marais era solo agli inizi: non era come se Sam avesse avuto lo studio di fronte a Dior, e le aveva detto che dopo il lavoro trovava abbastanza animazione nei cafè e nei bistro del quartiere per non allontanarsene quasi mai, soprattutto perché spostarsi dal Marais con l'autobus o il métro era difficile, e arrivarci con il taxi quasi impossibile. Quella mattina Billy aveva impiegato circa tre quarti d'ora solo per risalire rue de Rivoli fino al Ritz.

Rifletti, Wilhelmina Hunnenwell Winthrop, si disse. Ti sei cacciata in questo pasticcio con le tue bugie, e adesso devi continuare a recitare. Se solo non fosse stata così stordita ed euforica, così travolta da una pericolosa eccitazione e indifferente alle possibili conseguenze! Doveva smettere di pensare a Sam, alla fermezza delle sue labbra, al suono lento e divertito della sua voce, alle guance scavate e affascinanti sotto i suoi zigomi. Doveva smettere, smettere in quel preciso istante, e decidere cosa avrebbe fatto adesso.

La donna che Sam aveva conosciuto due giorni prima era una donna che nessun altro uomo aveva visto con occhi limpidi da quando Ellis Ikehorn l'aveva scrutata con attenzione al tempo in cui era una segretaria ventenne. Sam aveva incontrato una donna che era né più né meno un normale essere umano, l'essere umano di diciassette anni prima che ormai nessuno più conosceva a parte Jessica e Dolly e... sì, per essere giusti, anche Spider Elliott, che non si era mai prostrato ai piedi di Billy Ikehorn pur sapendo che lei, se solo avesse voluto, avrebbe potuto comprarsi il Ritz intero.

Billy Ikehorn, la vita che conduceva e tutto ciò che rappresentava non esistevano affatto per Sam Jamison. In caso contrario, probabilmente non avrebbe avuto niente da dirle e non si sarebbe mai sognato di instaurare un rapporto con lei.

Un rapporto, cioè un legame. Ecco: tra loro c'era un legame intimo. Un legame d'amore? Erano innamorati dell'amore? Innamorati della leggenda sempre giovane di Parigi in aprile? Non lo sapeva con precisione. Temeva di poter essere più impulsiva di quanto fosse già stata, ma nulla al mondo sarebbe riuscito a impedirle di stare con lui quella notte e l'indomani e il giorno seguente. E per il momento tanto bastava. Provava per Sam Jamison un interesse profondo. Non era solo una questione di sesso. Dopo il divorzio aveva avuto qualche capriccio, ma il sesso non era sopravvissuto alla paura di poter essere considerata una preda. Il sesso non era mai stato sufficiente per tenerla legata a un uomo che sospettava essere un opportunista. Ma, cara Wilhelmina Winthrop, se non la smetti di pensare alla notte passata con Sam, non riuscirai mai a fare i tuoi piani.

Billy trasalì sentendo bussare leggermente. Prima ancora di poter rispondere, la porta si aprì ed entrò una *gouvernante* con un grande vaso pieno dei primi tulipani olandesi color pesca, che il Ritz acquista a migliaia ogni settimana. Ogni sezione dell'hotel ha la sua *gou-*

vernante, una donna giovane, piacente, ben vestita ed efficiente che parla almeno sei lingue e ha il compito di assicurarsi che il personale svolga in modo impeccabile le sue mansioni, prendendosi cura adeguata di tutti i clienti.

«Oh, signora Ikehorn, mi perdoni. Credevo non ci fosse. Le cameriere mi hanno detto di aver rifatto la stanza e di avere notato che c'erano dei fiori non più molto freschi.»

«Sono appena arrivata, mademoiselle Hélène» disse Billy. «Grazie. Li metta pure sul tavolo.»

Mademoiselle Hélène lanciò uno sguardo alle rose appoggiate sulla mensola e Billy comprese che, se l'avesse lasciata fare, avrebbe controllato la freschezza di tutti i mazzi che ornavano la Windsor Suite. Ma la donna era troppo esperta per non accorgersi che Billy voleva restare sola, e se ne andò con un sorriso.

Billy si alzò subito e prese a camminare avanti e indietro fra le finestre affacciate su place Vendôme. Il Ritz, pensò, il maledetto, meraviglioso Ritz! Era come vivere in casa propria con i genitori e duecento servitori, tutti desiderosi di farti contenta – il che significa che vogliono sempre sapere dove sei in ogni momento della giornata, rifletté.

Viveva lì da otto mesi, e se n'era andata solo per passare il Natale a New York; in quel periodo, naturalmente, la suite era rimasta a sua completa disposizione. Quella mattina le cameriere che rifacevano le stanze dovevano aver notato che non aveva dormito nel suo letto. E sicuramente avevano pensato che fosse rimasta assente per il fine settimana. Se avesse passato le notti con Sam, con ogni probabilità la *gouvernante* non sarebbe stata informata della sua assenza per un'altra settimana, o forse meno. Poi sarebbe trascorso qualche altro giorno prima che mademoiselle Hélène cominciasse a preoccuparsi: preoccuparsi per gli ospiti faceva parte del suoi lavoro. Qualunque fatto insolito sarebbe arrivato inevitabilmente al suo orecchio, soprattutto perché la Windsor Suite era talmente costosa che pochissime persone la lasciavano vuota durante la notte. Mademoiselle Hélène aveva troppo tatto per sognarsi di chiedere a Billy Ikehorn perché mai spendesse migliaia di dollari a notte per una suite che non usava: ma il tatto non avrebbe impedito alla sua mente acuta di trarre la giusta conclusione. Billy sospirò: era impossibile evitare che la verità venisse a galla.

I camerieri che ogni mattina le portavano la colazione e quelli del secondo turno che le servivano il tè carico quando si preparava per la cena si sarebbero scambiati la notizia. Gli addetti della reception che avevano la responsabilità delle cassette di sicurezza avrebbero cominciato a stupirsi quando non l'avessero vista uscire dall'ascensore quasi ogni sera vestita di tutto punto, a parte i gioielli che prelevava secondo la necessità, firmando una ricevuta ogni volta che apriva la cassetta e ogni volta che riconsegnava i preziosi. Robert, il suo autista, che in quel momento la attendeva davanti all'albergo, avrebbe pensato di doverla come sempre condurre in rue Vaneau per poi riportarla al Ritz perché si vestisse. E più tardi sarebbe stato pronto per accompagnarla a cena e poi di nuovo al Ritz. Al banco del concierge, i messaggi avrebbero continuato ad accumularsi; e le copie dei messaggi, tutte le lettere e gli inviti sarebbero stati portati di sopra e infilati sotto la porta. I tre concierge del turno di giorno e i tre del turno di notte presto avrebbero incominciato a parlare. Nel giro di una settimana tutti quanti, dal direttore fino all'aiuto dell'aiuto dello chef, che ogni mattina preparava le uova strapazzate come piacevano a lei, avrebbero capito che passava la notte fuori.

Nessuno avrebbe detto una parola. Nessuno l'avrebbe guardata in modo strano. Purché pagasse i conti, il Ritz le garantiva la completa libertà di andare e venire come voleva, e di vestirsi come più le piaceva. Non c'era nulla, in fatto di tolleranza e di comodità, che il denaro non potesse acquistare al Ritz. Con due sole eccezioni, pensò Billy. Avevano bisogno di qualche ora di preavviso per organizzare un tipico pranzo del Ringraziamento all'americana – dato che in Francia il tacchino, la salsa di mirtilli e le patate dolci si mangiavano raramente – e a nessun prezzo lei avrebbe potuto comprarsi la privacy.

Che fare? si chiese, annusando i tulipani freschi e scoprendo che, come al solito, non avevano profumo. Certo, poteva scomparire dal mondo del Ritz e trasferirsi in un altro hotel di lusso senza dare spiegazioni. Ma i concierge degli alberghi più rinomati di Parigi si conoscevano tutti, appartenevano tutti all'organizzazione professionale *Clefs d'Or*, e sarebbe stata solo questione di qualche giorno prima che il personale di due grandi hotel venissero a conoscenza di ciò che faceva.

Come avrebbe potuto spostare i bagagli, le sue dozzine di valigie, senza che si spargesse la voce? E soprattutto avrebbe dovuto informare Gigi, Jessica, Josh Hillman, il responsabile dei lavori di rue Vaneau e almeno qualcuno dei suoi nuovi amici; se non avessero potuto mettersi in contatto con lei, avrebbero pensato che fosse scomparsa dalla faccia della terra. Josh avrebbe tempestato l'albergo di richieste di precisazioni, e se non si fosse ritenuto soddisfatto sarebbe partito con il primo aereo. E poi, un altro albergo avrebbe solo causato nuove preoccupazioni. A meno che... A meno che non fosse un albergo dove nessuno le avrebbe prestato attenzione, dove nessuno l'avrebbe notata, dove il suo nome sul passaporto non avrebbe avuto alcun significato. Doveva scegliere un grande hotel commerciale, oppure un alberghetto sconosciuto situato in una viuzza secondaria.

Billy esaminò le varie possibilità. Prima o poi Sam avrebbe dovuto sapere dove viveva; lei non poteva continuare a volare via, come aveva fatto quella mattina, verso un albergo di cui si era "dimenticata" di dirgli il nome. Difficilmente un'insegnante che trascorre un anno sabbatico avrebbe alloggiato in un albergo di una grande catena commerciale come un Hilton o un Sofitel. Sarebbe costato troppo, anche se la stanza fosse stata molto piccola, e quasi tutti i grandi alberghi si trovavano nel centro di Parigi. Questo accresceva il rischio di imbattersi in qualcuno che conosceva, qualcuno che si sarebbe chiesto cosa ci faceva lì, fuori dal suo ambiente. Se mai avesse incontrato Susan Arvey al Ritz, sarebbe stato solo naturale. Ma se l'avesse incontrata mentre usciva da un Sofitel, avrebbe dovuto mentire per mezz'ora cercando di far apparire la cosa come un avvenimento privo di importanza.

Perché la gente voleva diventare ricca e famosa? Certo era bello, ma soltanto fino al giorno in cui si sentiva il bisogno di sparire, di amare e di essere amati senza che il proprio compagno sapesse chi eri nella vita reale.

Un alberghetto, dunque. Avrebbe preso una stanza in un piccolo albergo dove il personale era troppo indaffarato per badare a chi andava e veniva, il tipo di albergo dove Sam immaginava che lei alloggiasse. Avrebbe tenuto la suite al Ritz per ricevere i messaggi e conservare la facciata della vita che si era costruita a Parigi. Il Ritz, dove avrebbe dormito due notti la settimana, avrebbe continuato a essere la sua vera base.

In realtà non le importava nulla che il personale e la direzione del Ritz sapessero che teneva la Windsor Suite pur dormendoci raramente. In quelle sere avrebbe promosso la solita vita nella buona società parigina, ma in misura molto ridotta. La gente avrebbe detto che era una snob, magari una schizzinosa. Qualunque cosa pensassero, non avrebbe avuto importanza: adesso Billy aveva un mondo tutto nuovo, e gli altri contavano poco. In quanto al personale del Ritz, era sicura che avesse assistito a comportamenti ben più strani e sospetti del suo, e quando le sue assenze notturne fossero state debitamente discusse, sarebbero statedimenticate in fretta come il capriccio di ua donna immensamente ricca.

L'alberghetto sarebbe stato una specie di spogliatoio, una stazione di transito fra un'identità e l'altra. Vi avrebbe tenuto gli abiti e i cosmetici adatti a una semplice insegnante, e se mai Sam avesse voluto vedere la sua camera, avrebbe potuto farlo senza meravigliarsi o insospettirsi. Vi avrebbe trasportato libri e riviste, gingilli, biancheria e scarpe, tutte cose che avrebbe potuto acquistare nel giro di poche ore.

Billy emise un sospiro di sollievo e si spogliò preparandosi a un bagno caldo. Avvolta in un accappatoio rimase a guardare la vasca che si riempiva; era troppo rasserenata dall'aver trovato una soluzione per fare qualcosa di più che osservare il getto che zampillava dai cigni dorati. Ma, all'improvviso, dopo due giorni di oblio totale, ricordò la casa di rue Vaneau.

Oh, merda! Era mancata a un appuntamento con il direttore dei lavori e l'architetto che aveva preparato un progetto definitivo per la nuova cucina. Inoltre, l'esperto che doveva occuparsi del restauro delle modanature era atteso di lì a un'ora, e i temuti ispettori dell'azienda elettrica municipale sarebbero venuti quel giorno per controllare l'impianto nuovo. Era soltanto l'inizio delle tante cose di cui avrebbe dovuto occuparsi nelle settimane seguenti.

Chiuse bruscamente i rubinetti e, ancora scalza, corse al telefono. Fino a quel momento aveva evitato l'ingerenza di un arredatore, ma le era rimasto impresso il nome di Jean-François Delacroix, un giovane che si era messo in proprio dopo avere lavorato a fianco di Henri Samuel, decano degli arredatori parigini. Molte signore che Billy rispettava per il loro buon gusto erano rimaste entusiaste della sua originalità. Pochi minuti dopo, con l'aiuto del suo concierge preferito, Billy si mise in contatto con il giovane.

«Monsieur Delacroix, sono Billy Ikehorn, la... Oh, bene, lo sa già, questo semplifica tutto. Ora mi dica: è disposto a incaricarsi dei lavori di ristrutturazione e dell'intero arredamento di una casa piuttosto grande in rue Vaneau, una casa di venti stanze? Potrebbe incominciare subito? Oggi stesso?»

«Ma... madame Ikehorn, senza dubbio è necessario che ci incontriamo, visitiamo la casa e scopriamo se esiste un'intesa, se vediamo le cose nello stesso modo...»

«No, non è necessario» lo interruppe Billy. «Ho sentito parlare molto bene di lei. L'unico problema è: può cominciare immediatamente? Se è occupato con un altro progetto, me lo dica.»

«Madame, il tempo posso anche trovarlo, ma ci sono molti interrogativi ai quali solo il cliente può rispondere... i parametri del preventivo, la scelta tra stile moderno e stile antico, rustico e urbano, minimalista e classico, elegante e informale, sobrio e vistoso, e poi lo spazio per l'arte, il ruolo della fantasia... potrei continuare per ore.»

«La prego, monsieur, non lo faccia. Non voglio un arredamento francese formale, non voglio ori, non voglio minimalismi né uno stile aggressivamente moderno. In quanto al preventivo, mi affido al suo giudizio. Spenda il necessario. Dirò ai miei banchieri della Chase di aprirle un conto. A parte questo, monsieur Delacroix, mi faccia solo una bella sorpresa!»

«Ma, madame...»

«Sì?»

«Ci incontreremo, un giorno?»

«Naturalmente. Presto, molto presto, senza dubbio, ma... non posso ancora dirle quando. L'essenziale è che lei si incarichi di tutto a partire da oggi, non appena arriverà sul posto. Chiamerò il direttore dei lavori, la aspetterà. Ah, nel pomeriggio verranno gli ispettori dell'azienda elettrica.»

«Non mi fanno paura, madame.»

«Allora lei è l'uomo che cerco. A risentirci, monsieur.»

«*A bientôt, madame*» rispose speranzoso Jean-François Delacroix mentre lei riattaccava.

Mi giudicherà eccentrica, pensò Billy riaprendo i rubinetti. Quali fra le sue gonne e pantaloni potevano essere più adatti a una insegnante? Quali fra le camicette e i maglioni sarebbero stati credibili? La sua biancheria era troppo elegante, oppure poteva raccontare che era stato un regalo dei colleghi in occasione della sua partenza? E le scarpe? Poteva dire che aveva ereditato un po' di denaro per spiegare l'indispensabile beauty case dei cosmetici? Oppure doveva comprare boccette e barattoli di plastica, infilarli in una bustina floscia e spiegare l'orologio, qualche paio di orecchini molto semplici e una collana di perle come un lascito della zia Cornelia? Lei sì che avrebbe capito. *E Robert*?

Billy soffocò un'esclamazione, pensando all'anello più debole della catena. Robert, il suo autista, che quando non era al volante passava il tempo a spettegolare con gli altri autisti e i portieri in servizio davanti al Ritz! Avrebbe dovuto continuare a spostarsi per la città, dall'alberghetto che non aveva ancora scelto fino al Marais, e poi di nuovo al Ritz e infine in rue Vaneau, perché non poteva permettersi che monsieur Delacroix cominciasse a chiedersi ad alta voce dov'era finita quella matta della sua cliente.

Buon Dio, c'era mai stata una donna che aveva dovuto destreggiarsi fra simili problemi? Come facevano gli altri ad avere relazioni segrete? Sarebbe stato tutto molto più facile se avesse potuto semplicemente essere se stessa, anziché Honey Winthrop. Per un minuto cercò di immaginarsi mentre diceva la verità a Sam: ma il quadro che tentava di crearsi nella mente non prendeva forma, le parole non venivano.

Prima o poi glielo avrebbe confessato non poteva continuare in eterno. Ma non adesso: non fino a quando si fossero conosciuti abbastanza bene perche la cosa non avesse conseguenze negative. O forse quell'amore, se davvero era amore, non era destinato a durare, e allora non si sarebbe neppure posto il problema di dirgli la verità. Comunque non poteva farlo ora, quindi doveva liberarsi di Robert. Se avesse tenuto l'autista, sarebbe stato l'unico al mondo, oltre a lei, a sapere cosa faceva e dove e con chi lo faceva. Non avrebbe impiegato molto a capire tutto, e come poteva essere certa che non lo avrebbe raccontato ai colleghi?

Povero Robert. Gli avrebbe dato una cospicua gratifica per alleggerirsi la coscienza, poi si sarebbe rivolta a un'agenzia per trovare un autista nuovo che venisse a prenderla con una macchina a noleggio nei posti indicati e alle ore indicate. L'avrebbe vista sempre sparire dietro un angolo. Se si fosse incuriosito, se avesse tentato di seguirla, se ne sarebbe accorta subito e l'avrebbe sostituito il giorno stesso. Lo avrebbe pagato in contanti, senza fargli sapere il suo nome. Billy sospirò di sollievo. Tutti i problemi erano risolti.

Si ritrovò a guardare la vasca semipiena. Non era sicura di avere già fatto il bagno o meno, ma che importanza aveva? Era stordita da un desiderio incontenibile, in preda a una smania tormentosa, vittima di un appetito ardente che solo Sam Jamison poteva placare, che solo la sua mano e la sua bocca imperiose potevano soddisfare, e solo il dono del suo corpo poteva sopire.

11

Fegatini tritati. Dolly Moon era in piedi davanti allo sportello chiuso del frigorifero e rifletteva appassionatamente sui fegatini tritati. Non avrebbe mai osato attingere alla grossa terrina appoggiata sul secondo ripiano del frigo; era un piatto destinato a quella sera, quando lei e Lester avrebbero offerto la tradizionale cena dello Yom Kippur, quella che interrompeva il digiuno della giornata dell'Espiazione. Lester e i suoi genitori erano alla sinagoga, a pregare e ad ascoltare il rabbino, e dato che si trovavano là dal tramonto del giorno prima, a digiuno, era assurdo che lei pensasse di rubare quei fegatini tritati, si disse Dolly. Com'era possibile essere così depravati? Eppure, i fegatini la ossessionavano.

Si era servita di una ricetta presa dal *Libro della Cucina Kosher delle Celebrità*, il suo preferito, e aveva fritto in padella un chilo e mezzo di fegatini nel grasso di pollo, facendo molta attenzione che non indurissero; quindi, sempre nel grasso di pollo, aveva affettato nove cipolle fini fini, lasciandole prima appassire e poi dorare senza che bruciassero. Dopodiché, in una grande ciotola di legno, aveva tritato i fegatini e le cipolle mescolandoli a una dozzina di uova sode e ad altro grasso di pollo, fino a che il miscuglio aveva raggiunto una consistenza ideale.

Due lacrime spuntarono agli angoli degli immensi occhi azzurri di Dolly, offuscando la sua espressione di felicità perennemente stupita: era stata bravissima. Non aveva assaggiato i fegatini nemmenoper verificare se occorreva aggiungere altro sale. Aveva lasciato il compito alla sua cuoca, consapevole di cosa sarebbe successo se avesse intaccato quel ben di Dio: ne avrebbe fatto sparire la metà in pochi minuti, pensò con tristezza. In pochi minuti.

Indossava una vestaglia di raso color lavanda, con intarsi di pizzo, aveva in testa i bigodini e il suo viso mesto ma roseo era struccato. Gli angoli della bocca troppo grande, famosa in tutto il mondo, erano incurvati all'ingiù; perfino i seni troppo abbondanti e il sedere troppo generoso, senza i quali non sarebbe stata la stessa Dolly Moon, l'attrice comica più amata del mondo, sembravano esprimere malinconia. Dietro di lei l'immensa cucina era affollata di gente che non prestava attenzione alla sua veglia silenziosa, perché la cena di quella sera era un'occasione di festa e c'erano le punte di petto da preparare, i polli arrosto da farcire, dozzine di contorni da cucinare e torte e focacce da mettere in forno. Dolly e Lester avevano invitato molti amici per celebrare la fine del digiuno insieme alla famiglia di lui.

Per dieci giorni, si disse Dolly pensando al bel piatto di fegatini tritati cosparsi di prezzemolo, per dieci giorni interi, dall'inizio del Rosh Hashanah, il capodanno ebraico, i suoi suoceri così osservanti avevano riflettuto sulla qualità etica della loro vita, cercando espiazione per i peccati commessi e perdonando chi aveva fatto loro torto.

Dolly si augurava che la suocera non l'avesse inclusa in quell'ultima categoria. Ma come avrebbe potuto, dopo che l'anno precedente aveva messo al mondo due gemelli, due veri Weinstock, Lester junior ed Henry? Sapeva che, all'epoca del matrimonio, i vecchi Weinstock avevano accettato lei e la neonata Wendy Wilhelmina, figlioccia di Billy, con non poche riserve. Dolly non era la nuora dei loro sogni, anzi, non si avvicinava neppure all'ideale. Non apparteneva al loro mondo, e sebbene avesse vinto un Oscar non erano stati affatto felici di assistere al matrimonio fra il loro unico figlio e una donna che aveva concepito una bambina con un cowboy da rodeo senza poi degnarsi di sposarlo.

Ma oggi, nel settembre 1981, Wendy era la loro cocca, e Lester ed Henry i loro principini. E volevano bene anche a lei, Dolly ne era sicura, la stimavano e ne andavano fieri. Il suo ultimo film girato con Dustin Hoffman, aveva battuto in incassi tutte le altre commedie dell'anno, e i suoceri l'avevano già visto sei volte al cinema di Westwood, facendo regolarmente la coda come gli altri perché desiderosi di mescolarsi agli spettatori e di ascoltare le loro risate. No, le erano veramente affezionati, e comunque non era per colpa loro se adesso stava lì, davanti al frigorifero, lottando contro l'impulso di aprire lo sportello e assaggiare con la punta di una forchetta un bocconcino di fegatini tritati.

Era probabile che la cuoca non li avesse salati a dovere. Nessuno l'avrebbe criticata apertamente; ma quando fossero tornati dalla sinagoga, felici, purificati dei loro peccati e affamatissimi, e avessero bevuto il solito bicchiere di succo d'arancia o di pomodoro per reintegrare gli elettroliti, esauriti da ventiquattr'ore di digiuno, quando infine avessero attaccato i fegatini, non si sarebbero sentiti tremendamente delusi nello scoprire che erano poco salati?

«Dolly, farai tardi.» La voce sicura era quella di una giovane donna appena entrata in cucina.

«Lasciami stare ancora qualche minuto» disse Dolly alla sua press-agent, Janie Davis, una brunetta magra capace di divorare una porzione doppia di costolette alla griglia e di bruciarne le calorie in mezz'ora al telefono. Non era poi così strano, pensò Dolly: tutte le esperte di pubbliche relazioni erano di una magrezza quasi aggressiva. Evidentemente faceva parte della loro qualifica professionale.

«Ma, Dolly, i bambini si stanno svegliando. Sai che i gemelli hanno solo un'ora buona al giorno.»

«Hanno ventiquattr'ore buone su ventiquattro» ribatté Dolly.

«Sai benissimo cosa voglio dire» insisté Janie, implacabile. «Un'ora buona... una sola.»

Dolly considerò i fatti. Fuori, sul prato, c'era un fotografo di "Good Housekeeping" che, in compagnia di due assistenti, attendeva di fare le foto per la copertina del numero di marzo 1982, una foto di Dolly e dei suoi tre figli. A lei aveva già scattato le foto destinate ad accompagnare un servizio dedicato al suo matrimonio, alla carriera e alla maternità. Tre pubblicitari dell'Arvey Studio, dove Dolly stava girando un nuovo film con Robert de Niro, intrattenevano i fotografi cercando di rendersi utili. Di sopra, nello spogliatoio, un truccatore e una parrucchiera attendevano solo di occuparsi di lei. Su un appendiabiti speciale, nel suo guardaroba, c'era il vestito che Nolan Miller aveva confezionato per lei, un capo delizioso, ideale per la lattaia più sexy del mondo, un abito che Nolan era venuto a consegnare di persona appena un'ora prima, dopo un ultimo ritocco per allargarlo un po' in vita.

«Forse dovresti smettere di mangiare fra un pasto e l'altro, Dolly» le aveva raccomandato, e lei aveva alzato gli occhi verso il suo bel volto gentile e aveva promesso, sì, aveva promesso di darsi una regolata. Sì, Nolan, sì, caro amico che mi hai detto che sono carina quasi quanto Jaclyn Smith, ti ho promesso che smetterò di mangiucchiare tra un pasto e l'altro; e la prossima volta che verrò da te per le prove, capirai se ho mantenuto o no la promessa.

Ma Nolan non le incuteva abbastanza soggezione, e quello era il guaio. Sarebbe riuscito a farla apparire meravigliosa anche se adesso avesse assaggiato un boccone di fegatini tritati. E sarebbe stato adorabile con lei anche se si fosse allargata di un altro centimetro in vita: quel vitino che, oltre al naso, era l'unica cosa piccola che possedeva. Perché Dio non aveva voluto che il primo posto a ingrassare in una donna fosse proprio la punta del naso? pensò malinconicamente Dolly. Un naso ingrossato sarebbe stato un vero incentivo ad accontentarsi di un po' di tonno al naturale e di finto formaggio di tofu.

A lei invece gli incentivi mancavano. Lester amava mangiare: si erano conosciuti davanti a uno strudel, si erano innamorati gustando piatti cinesi, erano andati a letto insieme per la prima volta quando lei era già incinta di otto mesi. Com'era possibile che non l'apprezzasse così rotondetta?

Il solo pensiero di Lester lo aiutò a sentirsi meglio. Non che provasse minore interesse per i fegatini tritati, ma era più allegra. Dopo il matrimonio, Lester aveva abbandonato il lavoro nel campo delle pubbliche relazioni e per qualche tempo aveva lavorato con suo padre. Poi era stato tentato dal progetto di rintracciare e acquistare il maggior numero possibile di vecchie, grandi serie televisive in bianco e nero. Con l'aiuto di un prestito bancario si era messo in proprio e, a quanto sembrava, le loro prospettive economiche per il futuro erano ottime.

Comunque, avevano più soldi di quanti gliene servissero. Dolly non riusciva credere ai compensi che il suo agente era riuscito a ottenere per lei quando, recentemente, aveva firmato con l'Arvey Studio un contratto per tre film. Era ridicolo che la pagassero tanto solo per ridacchiare, anche se i critici elogiavano la sua recitazione; ma tant'era, e adesso come adesso Dolly smaniava e fremeva come una drogata in astinenza di una dose di fegatini tritati. Su un bel cracker Ritz.

Incentivi? Quali incentivi? Se Billy fosse stata a Los Angeles le avrebbe telefonato e si sarebbe sentita fare una bella predica sul numero esatto di calorie contenute in un etto di fegatini tritati, rimettendosi subito in carreggiata: ma Billy non tornava negli Stati Uniti da un anno. Ogni tanto scriveva, telefonava, ma sembrava che in quegli ultimi sei mesi fosse migrata agli antipodi della terra. Il filo di comunicazione che le univa si era allentato, anche se non era certo il caso di preoccuparsi, visto che Billy sembrava tanto contenta della nuova vita parigina – anzi, dava letteralmente l'impressione di traboccare di gioia ogni volta che si sentivano per telefono. Parigi doveva essere davvero magica, pensò Dolly, perché Billy era così diversa dal solito. Le sembrava rilassata, e se c'era una cosa che Dolly sapeva di lei era che non si rilassava mai. Non poteva: le era geneticamente impossibile. Colpa di Boston, forse, o del fatto che fino a vent'anni era stata grassa. Oh, Billy, dove sei quando ho tanto bisogno di te?

«Dolly, i gemelli sono quasi vestiti. Sali a farti truccare e pettinare.

Il fotografo è pronto, è tutto pronto, e la tata dice che fra le tre e le quattro è quasi certo che i gemelli si comporteranno come angioletti. Dolly!» chiamò Janie Davis, ormai decisa a chiedere rinforzi se fosse stato necessario. «Sono già le due e un quarto.»

«Prendimi per mano, Janie» rispose Dolly, e chiuse gli occhi per non vedere più lo sportello del frigorifero che nascondeva l'oggetto supremo del suo desiderio. «Prendimi per mano e portami via di qui. Tira con forza, se devi. Mi riprenderò appena arriverò di sopra.»

Spider Elliott sollevò gli occhi dalla lettera che non riusciva a scrivere e ordinò un'altra bottiglia di SeyBrew, la birra locale che aveva scoperto in un tranquillo cafè di Victoria, sull'isola di Mahé, crocevia delle Seychelles. Era un arcipelago sgranato nell'oceano Indiano, a mille miglia nautiche dalla costa orientale dell'Africa, e il giorno prima Spider e i due marinai avevano gettato l'ancora a Victoria con l'intenzione di passare qualche notte a terra mentre facevano rifornimento degli ottimi prodotti locali.

Sebbene Victoria si trovasse qualche grado più a sud dell'equatore, era un luogo ideale per spedire la posta con la certezza che arrivasse a destinazione, poiché la città era una grande meta del turismo internazionale. Mahé era il punto più lontano del globo raggiungibile dagli Stati Uniti prima di trovarsi sulla rotta del ritorno: era un sogno di bellezza ancora incontaminata, con i suoi famosi santuari per la fauna alata e alcuni tra i fondali più incantevoli per la pesca subacquea. I turisti da cui era circondato parlavano inglese, francese e altre lingue europee.

Quando ebbe scritto la data, ottobre 1981, Spider si rese conto di essere partito quasi un anno e mezzo prima. Si era ormai abituato a non tenere conto del tempo, i giorni, le settimane, perfino i mesi, avevano cominciato a confondersi già da parecchio. Si era lasciato alle spalle uno spazio così ampio da raggiungere finalmente il luogo in cui il passato era veramente terra straniera, il futuro non aveva importanza e a esistere era solo il presente, che si realizzava di minuto in minuto.

Non si era ancora messo in comunicazione con nessuno: quella era la prima lettera che scriveva da quando era partito da Los Angeles. La sera prima si era avventurato nel casinò del Beau Vallon Bay Hotel, mosso da una vaga curiosità per ciò che avrebbe provato ritrovandosi in mezzo a una folla. Aveva acquistato qualche rupia, aveva giocato un po' alla roulette, aveva perso, e aveva scoperto che in mezzo a tutta quella gente si sentiva irritato, nervoso e a disagio. Stava per andarsene, quando si era imbattuto in un gruppo di persone scese dalla nave da crociera ancorata nel porto. Una donna che ricordava vagamente gli si era avvicinata, l'aveva salutato con un certo stupore e gli aveva detto il suo nome. Allora Spider aveva ricordato: era una cliente di Scruples, ci andava a comprare i regali di Natale. Da lei aveva sentito per la prima volta che tutti gli Scruples, da Monaco a Hong Kong, non esistevano più.

Quella notte Spider non era riuscito a dormire, e aveva riflettuto a lungo sul significato della rivelazione. Aveva deciso di non cercare di saperne di più, di lasciar perdere, ma poi gli era venuta in mente un'idea che non l'aveva più abbandonato nonostante i tentativi di convincersi che, no, non era possibile. Allora aveva promesso a se stesso di scrivere a Billy, per scacciare quel pensiero e continuare a vivere la vita, parzialmente anestetizzato dal mare, dal cielo e dal sole.

Cara Billy,
mando questa lettera a Josh Hillman perché non so dove ti trovi, ma so che lui te la farà pervenire. Nemmeno tu puoi sapere dove mi trovo, anche se su una carta nautica è un posto preciso, ma mi dicono che è quanto di più simile ci sia a un paradiso, e i paradisi sono una delle cose di cui sono diventato esperto in quest'ultimo anno. Credimi, molti sono sopravvalutati.

Comunque, ieri sono sceso a terra per la prima volta dopo molte settimane, e ho incontrato qualcuno che mi ha detto che tutti gli Scruples sono stati chiusi, non solo quelli di New York e di Chicago. Dal giorno della mia partenza è stato il primo incontro con qualcuno di Beverly Hills. Fino ad oggi sono sempre riuscito a tenermi lontano dalla gente, e prima di andarmene non sapevo della chiusura delle tue boutique, quindi ti pensavo ancora impegnata a inaugurare nuove sedi all'estero.

Per ore e ore ho cercato di capire perché mai avessi chiuso tutti i negozi, soprattutto visto che andavano così bene, e alla fine mi è venuta un'idea strana, di cui ti chiedo conferma. Forse non ha senso e mi sono immaginato tutto ma, nell'eventualità che non fosse così, mi sono sentito in dovere di scrivere per dirti che se pensi di essere in qualche modo responsabile per l'incendio di Scruples... be', hai torto.

Non abbiamo mai parlato del modo in cui è avvenuta la disgrazia, anzi, non abbiamo parlato di niente. Ma io avrei potuto e dovuto dirtelo prima: sono convinto che Valentine stessa sia stata la causa accidentale dell'incendio.

Da quando la conobbi, a New York, aveva sempre avuto l'abitudine di fumare sigarette francesi ogni volta che finiva un lavoro impegnativo e si sentiva stanca o soffriva un po' di nostalgia.

Ogni tanto, se non riusciva a dormire, andava nello studio a lavorare, perfino quando ero a casa io. Non ero mai riuscito a convincerla di smette-

re. Diceva che per lei era molto meglio così, piuttosto che vagare per l'appartamento nella speranza di farsi tornare il sonno. Credo che quella notte sia andata così: era andata nel suo studio di Scruples per lavorare, ha ultimato le sue creazioni, si è accesa una sigaretta e si è addormentata senza spegnerla. Non c'è altro modo per spiegare l'incendio.

Non devi angosciarti pensando che era sovraccarica di lavoro per colpa dei costumi di Leggenda. *La conoscevi abbastanza per sapere che, se non avesse avuto quello, si sarebbe trovata qualcos'altro da fare. Valentine era sempre stata impegnatissima e le piaceva lavorare nel cuore della notte, quando nessuno poteva disturbarla.*

Billy, so quanto era importante Scruples per te, lo so forse meglio di chiunque altro al mondo. Spero che questa lettera ti sembri pazzesca, e che sia altrettanto pazzesca l'idea che mi è venuta stanotte. Mi auguro solo che tu ti fossi semplicemente stancata di dirigere tanti negozi e volessi dedicarti a qualcos'altro... ma non mi sembra da te. Comunque, se sono matto, considera questa mia come il risultato del troppo sole che ho preso. Oppure, te ne prego, renditi conto che nulla di ciò che hai fatto o non hai fatto può avere causato la morte di Valentine.

Stento a credere che Beverly Hills esista ancora. Ho passato tanto tempo in mare e ho scoperto che, per quanto l'oceano sia immenso, bisogna sempre stare in guardia, altrimenti ti frega. Io e il mio equipaggio lottiamo ogni giorno per la sopravvivenza, e questo ci tiene svegli. Forse getterò l'ancora da qualche parte e aprirò una specie di Club Mediterranée per l'infanzia.

Quando questa lettera ti arriverà, spero che starai bene e che sarai felice e di buonumore. Io sto benone, e sono felice per quanto mi è possibile esserlo. Di sicuro non sono più lo stesso uomo che è partito da Los Angeles, e questa è un'ottima cosa. Abbraccia affettuosamente Gigi e Dolly da parte mia e saluta Josh, quando li vedi. Un giorno tornerò, ma non so quando. Ti abbraccio, Billy, dovunque tu sia. Sarebbe stato magnifico se ieri sera avessi incontrato te.

Spider

«Può portarmi ancora da bere?» chiese Spider al cameriere, piegando la lettera con un senso di sollievo. Guardò la busta senza riuscire a credere di avercela fatta a mettere sulla carta i pensieri rimasti imprigionati in tante miglia di navigazione. «E stavolta vorrei qualcosa di più forte della birra.»

«Se mai mi sposerò» disse Gigi a Sasha in tono solenne, entrando nell'appartamento con una scatola rettangolare di cartone legata con lo spago, «ti giuro su tutto ciò che ho di più sacro, voglio che sia una fuga romantica! Nulla al mondo potrebbe indurmi a fare un matrimonio tradizionale e in piena regola!»

«Cos'è successo?» chiese in tono blando Sasha, applicando un altro strato di smalto sulle unghie dei piedi. Era la loro serata sacra, quella del "mai-di-lunedì", e lei e Gigi, come al solito, contavano di trascorrerla in casa a organizzarsi per la settimana sfrenata che le attendeva, mentre Gigi si sarebbe prodotta in una lezione di cucina. Era una sera di fine ottobre del 1981, e quando Sasha era rientrata aveva percepito nell'aria qualcosa di diverso. Il giorno prima conservava ancora un ricordo dell'estate, ma quello aveva già il ritmo e il sapore dell'avvicinarsi della festa del Ringraziamento.

«Io ed Emily Gatherum abbiamo trascorso il pomeriggio a pianificare un matrimonio importante. Avrei voluto che ci fossi anche tu. La madre della sposa è il tipo della perfezionista che ha previsto ogni dettaglio delle nozze principesche fin da quando la figlia aveva due anni. Aggiungi un padre ricchissimo e assetato di potere, disposto a pagare qualunque cifra per un matrimonio con trecento invitati, purché sia certo che ogni soldo speso sia ben visibile. Madre e padre non si parlano da quando hanno divorziato tre anni fa.» Gigi si tolse la severa giacca che Emily Gatherum, sua principale, la obbligava a indossare sul lavoro da Voyage to Bountiful; aprì la lampo della gonna a tubino, sbottonò la semplice camicetta di seta bianca e si levò con un calcio le scarpe di vernice nera.

«Come se non bastasse» continuò, «subito dopo il divorzio il padre ha sposato la sua giovane assistente, l'unico personaggio del dramma che oggi non si sia visto... e per ovvie ragioni. C'era invece la madre dello sposo, una gran dama sospettosa e altera dell'ultima famiglia americana in cui non ci sia mai, mai stato un solo divorzio. Se ne stava lì con le narici frementi di disgusto e faceva capire a tutti che secondo lei suo figlio è troppo perfetto per sposare quella poverina. Naturalmente la futura sposa era a pezzi. Mi faceva così pena, divisa tra i genitori insopportabili e il tentativo di rabbonire la futura suocera. Immagina cosa dev'essere affrontare tutte le tensioni causate da tre nemici naturali! Oggi l'ultima voce all'ordine del giorno era come la sposa vorrebbe che fosse il suo matrimonio; peccato che invece sia la cosa più importante.»

«Ti preoccupi troppo» disse Sasha, per nulla turbata dalle ansie professionali di Gigi. «Quando hai cominciato da Voyage to Bountiful l'unica cosa che Emily ti lasciava fare era rispondere al telefono, ottenere le indicazioni fondamentali dalle nuove clienti e poi passare la chiamata a lei o a uno dei suoi assistenti. Allora ti lamentavi perché non imparavi niente. Poi, a poco a poco, Emily si è accorta di quanto vali, ti ha insegnato come viene diretta la cucina, hai stabilito ottimi rapporti con tutti i *sous-chefs*, hai imparato a scrivere i menù e hai conosciuto i dettagli dei contratti e delle commissioni, e il fatto che c'è un profitto inevitabile, di cui la cliente non sa nulla, anche sull'ultima foglia di prezzemolo che compra e sull'ultimo cucchiaino da tè che noleggia. Adesso sei responsabile dei piccoli ricevimenti, partecipi alle importantissime riunioni di pianificazione ma continui a brontolare. Perché non adotti un punto di vista più positivo? Credo sia solo questione di tempo prima che Emily Gatherum ti lasci gestire da sola una di quelle riunioni.»

«Dio non voglia» esclamò Gigi. «Sono proprio le sedute di pianificazione a innervosirmi ancora: la gente ha in testa prospettive deliziose e romantiche, ma non sa niente della parte logistica. Credono che basti rivolgersi a Voyage perché tutti i loro guai finiscano. Pensano di potersi risparmiare anche il minimo grattacapo. Il fatto è che sono proprio loro a far sorgere le complicazioni, perché non vogliono e non possono lasciar fare tutto a noi. Non riescono ad accettare di starsene un po' fuori, a parte naturalmente il compito di cucinare il pranzo e servirlo in tavola.»

Gigi raccolse i suoi indumenti e li portò in camera da letto. Poi uscì e si spazzolò con energia i capelli, liberando il rigido caschetto color calendula che ogni mattina immobilizzava con la lacca. Gli occhi verdechiaro lampeggiavano sotto le lunghe ciglia che neppure Emily Gatherum era riuscita a impedirle di abbellire con tre strati di mascara. Era trascorso poco più di un anno da quando Gigi aveva cominciato a imparare la professione del catering, ma sembrava cinque anni più vecchia della ragazza che era arrivata a New York per prendere possesso del nuovo appartamento e fare la conoscenza della futura compagna di stanza.

Aveva compiuto l'inevitabile salto nell'età adulta, varcando il confine invisibile e irreversibile che divide le giovani donne dalle donne vere. L'aria da folletto che per molto tempo aveva continuato a farla sembrare quasi un'adolescente era sparita, sostituita da una maturità piccante e flessuosa, illuminata dalla vivacità e dalla convinzione maliziosa che la vita fosse ancora un gioco molto piacevole.

Il viso di Gigi aveva assorbito i dettagli che avevano fatto di lei una ragazzina dall'aria impudente. Il nasetto quasi all'insù, le orecchie appuntite, la bocca piccola con il labbro superiore ricco di insinuanti promesse, le belle palpebre sotto le sopracciglia sottili adesso appartenevano a una donna che qualcuno avrebbe definito bella, qualcun altro graziosissima, ma che nessuno avrebbe più paragonato a un folletto. Eppure una cosa non era cambiata: la sua aria da ragazza degli anni Venti che Billy aveva notato per prima. Nella sua ossatura slanciata e nella testa ben modellata c'era qualcosa di innato che, nonostante la sua serietà e la dedizione alla carriera, faceva sembrare Gigi la reincarnazione di una flapper, una versione moderna di tutte le ragazze più scatenate, gaie, civettuole, irrequiete, animate, ridenti, amanti del ballo che un tempo avevano spezzato i cuori maschili con la stessa indifferenza con cui respiravano.

«Sai qual è il cliente dei miei sogni?» chiese Gigi. «Un dirigente, un single molto occupato. Per prima cosa parlerebbe del preventivo, poi fornirebbe tutti i dettagli importanti, ci lascerebbe tempo di studiare il suo appartamento per capire come sistemarlo, approverebbe uno dei tre menù proposti e non cambierebbe mai idea, non esigerebbe di vedere dieci colori diversi per i tovaglioli o dieci tipi di bicchieri da vino o un campione dell'addobbo floreale, e non diventerebbe isterico il giorno della festa...»

«E quanti clienti di questo genere hai?» chiese incuriosita Sasha. «Perché, se esistono, vorrei me ne presentassi qualcuno.»

«Emily ha detto che gliene è capitato uno, una volta. Aveva appena aperto Voyage, ma se lo ricorda ancora. Poi lui sposò una appassionata di gastronomia che cominciò a organizzare personalmente i suoi party con il solo aiuto di qualcuno per pulire la cucina.»

«Di solito i single vanno alle feste, mica le organizzano... almeno, non le feste affidate al servizio catering.»

«Ma Zach le dà, ed è single.»

«Zach?»

«Tuo fratello maggiore. Quello Zach.»

«Gigi, Zach è diverso» spiegò gentilmente Sasha. «Lui lavora in teatro, è regista, e oltretutto è un Nevsky figlio di una Orloff. Per Zach la vita è tutta una festa; per lui, invitare pochi amici a bere qualcosa si traduce in vodka, vino e cena per ventiquattro persone, più tutti quelli che gli invitati si trascinano dietro. Sono loro a lavare i piatti, sai?»

«Mi piace la sua mentalità.»

«Mettiti in coda, piccola, mettiti in coda» disse pigramente Sasha, adagiandosi su un mucchio di cuscini in attesa che le unghie si asciugassero. Indossava un pigiama di pesante raso bianco dal taglio maschile, con il collo ampio e alti polsini svasati in mussola. Su una tasca erano ricamate le iniziali A.L. Il pigiama, confezionato nel 1925, era il regalo che Gigi le aveva fatto dieci mesi prima per il suo compleanno, accompagnandolo con un biglietto.

Non penserai che qualcuno abbia mai dormito con questo pigiama addosso! So che la signora (alcuni dicono si chiamasse Antoinette, altri sostengono che si chiamava Lola) lo indossava solo quando il sonno era l'ultima cosa che aveva in mente. Antoinette-Lola possedeva un grande scrigno di ebano che conteneva magnifici gioielli, tutti smeraldi dello stesso colore dei suoi occhi. Il suo yacht, benché dotato di un equipaggio di venti persone, aveva un'unica cabina padronale. Quando entrava in una sala da ballo, gli orchestrali si alzavano e suonavano "Sweet and Low Down", una canzone che i fratelli Gershwin avevano scritto apposta per lei. Il marito di Antoinette-Lola sapeva di non dover mai rincasare fra le cinque e le sette, eppure era il più felice degli uomini. Cosa sapeva Antoinette-Lola? Niente che Sasha non abbia già imparato. E avrebbe desiderato che tu indossassi questo pigiama e ti divertissi.

Con tutto il mio affetto,
Gigi

Sotto il messaggio Gigi aveva fatto un disegnino: Sasha che, con aria arrogante e il pigiama addosso, stringeva un bocchino lunghissimo mentre tre enormi gatti d'angora bianchi le avvolgevano i guinzagli intorno alle gambe.

Mentre era alla ricerca di qualcosa di speciale da regalare a Sasha, Gigi si era lasciata conquistare dal fascino della lingerie dei vecchi tempi. Adesso, appena trovava un attimo libero, andava a curiosare nei mercati d'abbigliamento di seconda mano e da certi antiquari specializzati, e a volte tornava a casa con un tesoro ben conservato di lino finissimo, ornato di pizzi irlandesi o di Madera. Una dopo l'altra aveva trovato camicie di chiffon e di crêpe di seta, mutande, sottovesti, mantelline da boudoir, peignoir, abiti da tè, camicie da notte e persino dei copribusto con nastri. Indossava immediatamente ogni capo per vedere come le stava, poi lo riponeva con cura in un cassetto speciale, protetto dalla carta velina, in vista di future occasioni.

Una volta, quando era rincasata trionfante con uno dei primi, leggerissimi corsetti elastici, un pezzo storico che risaliva al 1934, Sasha aveva commentato che non avrebbe mai dovuto comprare una cosa così orribile. Gigi aveva insistito che la proprietaria doveva avere benedetto l'inventore di quell'articolo, perché aveva liberato le donne dalla schiavitù dei busti con le stecche di balena. Le sembrava che ognuno dei capi di biancheria che portava a casa avesse una storia, una storia meravigliosa che lei avrebbe potuto comprendere se solo ne avesse captato le vibrazioni; e per quanto Sasha ridesse e le ripetesse che stava diventando feticista, continuava ad arricchire la collezione e a trovare sempre nuovi esempi di incantevoli stili dimenticati.

«Sasha» chiese Gigi con la massima serietà, «pensi che io stia diventando cinica?»

«Sei cresciuta così in fretta da quando hai cominciato a lavorare, ma cinica? No, non credo. Mi sembra che una persona cinica riderebbe al pensiero che possano esistere bontà e sincerità, mentre tu non ne ridi affatto e continui a sperare di trovarle. Semmai sei il contrario di cinica: sei un'ottimista un po' illusa, o qualcosa del genere.»

«Lo dice anche Zach.»

«Davvero?»

«Sì.» Gigi si raggomitolò sui cuscini accanto a Sasha. «Gli ho detto che quando mi occupo di un matrimonio penso sia una vergogna spendere tanto, visto che ci sono soltanto cinquanta probabilità su cento che la coppia resti sposata, e lui ha detto che sono realista e che questo è un bene.»

«Sul serio?»

«Uh-uh. E quando ho aggiunto che secondo me è disgustoso organizzare grandi feste di compleanno per bambini di due o tre anni solo perché i genitori possano sfoggiare tutti i soldi che hanno, ha risposto che parlavo con coscienza sociale, ed è contento che ne abbia una, ma devo anche capire che ogni festa ridistribuisce il denaro in molte attività e quindi a molti lavoratori.»

«Ma dai!»

«Sicuro. E quando io e Zach abbiamo parlato di teatro, ha detto che dovrei considerare le feste come produzioni teatrali e dovrei separarle dal discorso emotivo. Mi ha detto che non devo tormentarmi e chiedermi sempre se i padroni di casa si divertono alle loro feste, perché loro sono i produttori e non quelli che devono divertirsi. Ha detto che l'importante è che si divertano gli invitati, perché sono gli spettatori e la festa è stata organizzata per loro. Se una festa è riuscita, i padroni di casa hanno tutto il tempo di essere felici dopo che è finita, ma non posso sperare di eliminare il loro nervosismo mentre è ancora in fase di svolgimento. Il suo punto di vista mi è stato di grande aiuto. Molto incoraggiante. Zach sa tante cose. Non mi sorprende che sia un ottimo regista.»

«Lo pensi davvero, eh?»

«Oh, sì, Sasha. Zach è veramente saggio» assicurò Gigi. «Ha detto che, quando si diventa professionisti, anche se al resto del mondo la tua professione sembra affascinante devi trasformarti in un'ape operaia, come lui e me. Ha detto che da una parte devi rinunciare alle illusioni, anche se sono proprio ciò che ti aveva attratto verso una certa carriera, perché impari direttamente a conoscerne gli aspetti pratici e la fatica e il sudore che costa, ma d'altra parte è vero che fai anche accadere qualcosa di speciale per molta gente, e questa è la tua ricompensa. Questa è la gioia che ti dà il lavoro stesso.»

«Quando hai avuto questa conversazione con Zach?»

«Oh, ogni tanto, in tempi diversi... Non è successo tutto in una volta.»

«Capisco, capisco.» Sasha si esaminò meticolosamente le unghie dei piedi e accertò che fossero asciutte. «Gigi, cosa c'è in quella scatola? Mi basta guardarla per capire che hai fatto nuovi acquisti di biancheria.»

Gigi slegò lo spago della scatola di cartone ed estrasse un indumento che Sasha non aveva mai visto. «Quello non è un capo di lingerie» sentenziò.

«E invece sì. Si chiama giubbino per la colazione» rispose Gigi, accarezzando il morbido velluto di un rosa carico con cui era stata confezionata una specie di giacchetta lunga fino ai fianchi. «Guarda! è foderata di chiffon beige plissettato, e secondo la donna che me l'ha venduta, la pelliccia scura ai bordi veniva chiamata kolinsky. Non è divina? Immagina di indossarla per far colazione, quando il fuoco non ha ancora scaldato la stanza. Prendi pure un'altra aringa affumicata, mia cara.»

«Mi sembra della tua taglia» disse Sasha. «Avanti, indossala.»

Gigi indossò il giubbino. Aveva il giro manica molto ampio ed era privo di bottoni, così da aprirsi quasi all'orientale. Girò due volte su se stessa, con gli occhi chiusi per il piacere. «Pensavo di regalarlo a Jessica per Natale. Le andrà un po' largo, ma potrà fermarlo con una cintura.»

«Perché non lo tieni tu? Ti sta benissimo.»

«Sto cercando di fare tutti gli acquisti natalizi entro la fine del mese. Sai che sotto Natale siamo sempre così impegnati... Non troverò più il tempo di allontanarmi dall'ufficio a partire dall'inizio di novembre, quando la gente comincia a pensare alle feste. Ci aspetta il periodo cruciale delle tavole imbandite.»

«Ora che ci penso, non hai fame? È passato un bel po' dall'ora di pranzo, e sono stata in piedi tutto il pomeriggio a mostrare reggiseni e mutandine.»

«È rimasto lo spezzatino di pollo alla creola di ieri» disse Gigi. «Riscaldato è ancora più buono. Con il forno a microonde basterà un attimo.»

«Cosa?» Sasha sembrava paralizzata dallo shock. «Hai detto "riscaldato"? Hai parlato di forno a microonde?»

«Lo so, Sasha, lo so che questa è la sera in cui ti insegno sempre a cucinare qualcosa di nuovo, ma per una volta non potresti mangiare un piatto che non hai preparato tu?»

«Oh, be', credo di sì» ammise controvoglia Sasha. «Anche se questo non era nei patti. Tu non mi hai mai visto annullare una lezione senza preavviso.»

«Sasha?» Gigi si schiarì la gola. «Sasha, non credo che diventerò mai una Grande Cortigiana. Con me le tue lezioni sono sprecate.»

«Aha! Allora è per questo che non vuoi ricambiare con una lezione di cucina!»

«No, è solo una coincidenza. Avevo intenzione di spiegartelo già da tempo, ma non volevo rovinarti il divertimento. Tanto vale che lo ammetta, Sasha, io non so giostrarmi più di un uomo alla volta... mi sembra, non so, eccessivo? Deve esserci una parola più adatta, ma hai capito cosa intendo. È contrario alla mia indole. Mettiamola in questo modo: almeno ho scoperto che non dovrò mai chiedermi se mi sto lasciando sfuggire qualcosa. E poi non mi diverto a far soffrire gli uomini, anche se so che è utile e necessario. Ho accettato le tue lezioni perché non volevo deluderti. Mi sembrava un'idea magnifica quando me l'hai spiegata la prima volta, ma, ecco, qualunque cosa pensassi allora, non ho la stoffa, continuo a essere troppo ingenua e so che tu disapproveresti. Perciò penso che dovremmo rinunciare.»

«Ciò non significa che tu debba interrompere anche le lezioni di cucina.» Il tono di Sasha non era interrogativo. Per lei si trattava di un regolare contratto.

«No, no, no. Sono disposta a darti lezioni doppie, tutte quelle che vorrai, te lo prometto.» Con un gemito, Gigi sparì in camera da letto senza togliersi il giubbino.

Sasha rimise nell'astuccio gli strumenti per la pedicure, si riadagiò sul divano e pensò con più calma alla cena riscaldata nel forno a microonde. Per la verità sarebbe stato piuttosto piacevole saltare la lezione di cucina, non dover indossare jeans e grembiule e seguire le complicate istruzioni di Gigi. Probabilmente in fatto di cucina ne sapeva più di quanto potesse servire a una donna. Ma non intendeva toccare il forno a microonde: quello era di competenza di Gigi. E avrebbe lasciato che fosse lei ad apparecchiare e sparecchiare, per punirla di non avere approfittato delle buone occasioni offertele.

Quando Gigi tornò in soggiorno, Sasha alzò gli occhi: si era vestita per uscire. Aveva infilato i calzoni verdescuro negli alti stivali neri, si era stretta in vita un maglioncino dolcevita di cashmere nero con una cintura intessuta d'oro e argento e aveva sulle spalle il giubbino da colazione di velluto rosa. Sembrava un piccolo ufficiale della Russia zarista, pensò Sasha, sorpresa.

«Dove hai messo il grembiule, signorina Orsini? Mi pare che ci sia uno spezzatino di pollo da scaldare.»

«Oh, Sasha, per favore! Ti dispiace tanto cenare da sola per stasera?»

«Il lunedì? Il lunedì sera che passiamo sempre insieme? Non posso crederci!»

«Ho... una specie di appuntamento... con un uomo.» Gigi indietreggiò nel corridoio, verso la porta.

«Un appuntamento? Con un uomo? Sei impazzita? Lo sai, il lunedì hai bisogno di riposare!» Sasha la seguì, decisa a bloccarle la ritirata.

«No, se non esco con tre uomini diversi per il resto della settimana. No, se mi dedico alla monogamia» ribatté Gigi in tono di sfida.

«È come temevo.» Sasha scosse la testa aristocratica in un gesto di ammirazione, e i lunghi capelli neri ondeggiarono sulle spalle del pigiama di raso bianco. «Tutte le mie lezioni sono finite nella fogna. Tempo sprecato. Non avrei mai dovuto rivelarti i miei segreti. Ma la colpa è mia: non hai mai avuto la stoffa della cortigiana, né grande, né piccola. Non sei il tipo. E così hai un appuntamento, eh? Chi è tanto importante da spingerti a piantarmi in asso?»

«Vado solo a mangiare qualcosa» disse Gigi in tono difensivo.

«Non ti ho chiesto cosa vai a fare. Ho chiesto con chi esci.»

«Ho bisogno di qualche consiglio... qualche consiglio professionale, è per questo.»

«E dai! Non ti ho chiesto perché esci a cena, ma con chi.»

«Una specie di... Zach.»

«Al mondo non esiste nessuno, proprio nessuno, che sia "una specie di Zach"» sibilò Sasha, socchiudendo gli occhi scuri. «E tu, Gigi Orsini, lo sai benissimo. No?»

«Va bene. Ho un appuntamento con Zach. E allora?»

«Che cosa ho fatto? Oh, Dio, che cosa ho fatto di male? Com'è possibile che mi capiti una cosa simile? È abominevole!»

«Sasha, calmati e smetti di urlare. Cosa c'è di male se esco con Zach?»

«Ho sentito la parola "monogamia", ho sentito il nome di Zach, e tu mi chiedi cosa c'è di male? Sgualdrina!»

«Dimmi cosa c'è di male. E non insultarmi.»

«Zach è mio fratello, ecco cosa c'è! Lo adoro! Sono gelosa! Ecco cosa c'è di male!»

«Ti passerà» disse Gigi per consolarla. «Ti basteranno pochi giorni per capire che sono meglio io di un'estranea.»

«Come fai a saperlo?» chiese Sasha in tono tragico. «Come puoi esserne certa?»

«La natura umana, Sasha» disse Gigi mentre usciva. «Ce l'hai perfino tu.»

12

«Oh, andiamo, Cora, dov'è il tuo senso dell'avventura?» Billy stava guidando Cora de Lioncourt lungo l'affollata via laterale del Marché Saint-Honoré, un mercato di generi alimentari nei pressi del Ritz. Varcò la porta di Le Rubis, un antiquato café trasformato in bistro, dove la lista dei vini venduti al bicchiere occupava un metro e mezzo di spazio sulla parete. Billy trovò un tavolino libero, con la tovaglia di carta, sedette con Cora e gesticolò per chiamare il padrone. «Léon» gridò. «Due bicchieri di Beaujolais Nouveau e due panini con *rillettes*.»

Cora trasalì. «Non puoi ordinare il Beaujolais Nouveau, Billy. È un vino da taxisti. Non lo beve nessuno!»

«Hai vissuto a New York per troppo tempo» rise Billy. «Cora, è la festa più grande dopo la Presa della Bastiglia... è arrivato il Beaujolais Nouveau! Svegliati! È il quindici novembre 1981 e in tutta la Francia ci si disputa il primo bicchiere. Ti ho portata fin qui per offrirtelo. Il mio piccolo Beaujol è il vino più intelligente del mondo.»

«Il più scadente, senza dubbio. Ma perché sarebbe intelligente?»

«Appena prodotto viene *acheté, bu et pissé*, e tutto molto alla svelta.»

«Comprato, bevuto e... eliminato. Bellissimo. Secondo me, tanto varrebbe bere succo d'uva.»

«Su, Cora, non sottovalutare la mia competenza. C'è Beaujol e Beaujol. Quasi tutto è di qualità inferiore, oppure è tagliato con vino algerino, ma Le Rubis è uno dei pochi posti dove puoi berlo con sicurezza. Léon lo compra sempre dallo stesso produttore, senza ricorrere ai mediatori. Può servirci tutti i Beaujolais che esistono al mondo, quindi se non ti va *mon petit* Beaujol ti offrirò un bicchiere di Moulin-à-Vent o di Côte de Brouilly o di Saint-Amour. Ma io preferisco il Nouveau. Vogliamo assaggiare un po' di *fromage fort*, eh? È una ricetta speciale di Léon, Roquefort e formaggio di capra, il sapore più adatto per esaltare il gusto del vino.»

Cora sgranò gli occhi inorridita di fronte a Billy che beveva il vino fruttato e leggero, appena fermentato. *Fromage forte! Rillettes!* Non si sarebbe mai sognata di toccare il pâté di campagna fatto con pezzetti di carne di maiale fresca mista a lardo. Era un cibo da classi inferiori, e nessuno le aveva mai chiesto di assaggiarlo in tutti gli anni vissuti in Francia.

Cora era a Parigi già da dieci giorni, e aveva scoperto che era sorprendentemente difficile fissare un appuntamento con Billy per uscire a pranzo. Adesso che erano insieme, si aspettava di andare al Relais Plaza, il posto più elegante dove due signore solepotevano pranzare a Parigi. Invece no, erano in quella topaia, in mezzo a un'allegra folla di clienti, commesse, uomini d'affari, operai e qualche spazzino che, animati dallo spirito delle feste, si passavano i bicchieri del vino novello.

«Se non vuoi il tuo panino, lo mangio io» propose Billy. «Devo chiedere il menù a Léon? Fa un'ottima omelette.»

«Prego.» Cora si affrettò a porgerle il piatto.

«Oh, scusami. Non ti diverti, vero? Pensavo che potesse essere un cambiamento piacevole. So che è una specie di trucco del marketing, questa frenesia del Beaujolais, ma si avvicina allo spirito di Halloween. Vieni, andiamo in un posto più tranquillo.»

«Non è che non mi piaccia... ma c'è tanto chiasso che non si riesce a parlare» disse Cora nascondendo il sollievo.

Qualche minuto più tardi, dopo una breve camminata, sedettero a un tavolo dell'Espadon, il ristorante del Ritz.

«Parlami della casa nuova» chiese Cora incuriosita. «Quando andrai a viverci? Posso visitarla questo pomeriggio?»

«Oh... no, aspettiamo che sia finita» rispose Billy con noncuranza. «Non c'è ancora nemmeno un mobile.»

«Muoio dalla voglia di vederla, anche se è vuota» insisté Cora. Billy era troppo evasiva. «È il mio primo viaggio a Parigi da quando l'hai comprata.» Poi, con una sfumatura di rimprovero nella voce, aggiunse: «E quando partirò, non ci tornerò per diversi mesi. Devo assolutamente vederla prima di tornare a New York, altrimenti la gente la considererà un mistero ancor più di quanto già faccia adesso».

«Vuoi dire che a New York stanno spettegolando sulla mia casa? E perché mai?»

«È logico» disse Cora, mostrando i denti perfetti. «È del tutto prevedibile, se pensi chi sei tu. Non hai mai notato che, quando a un certo livello succede qualcosa d'interessante a Parigi o a Londra, sembra che succeda anche a New York? La gente si sente partecipe.

E tu sei riuscita a incuriosire tutti più che mai, da quando ti sei autoemarginata.»

«Cora, non mi sono emarginata affatto» ribatté Billy. «Proprio la settimana scorsa sono andata al ballo dei Rothschild e alla cena dei Polignac.»

«Due feste in una settimana? È come essere invisibile, durante il mese di novembre, siamo al culmine della stagione parigina, Billy, e ti invitano dappertutto. I tuoi rifiuti hanno dato un grosso dispiacere a molte padrone di casa.» Il tono di Cora era scherzoso, ma si capiva che parlava sul serio.

«Ne avrò pure il diritto, no?» ribatté Billy, alzando la voce. «Detesto uscire più di due volte la settimana: anche due sere significano perdere un'eternità di tempo con i vestiti e le acconciature. Non so proprio come resistono alla noia quelle che lo fanno tutte le sere.»

Posò il cucchiaio bruscamente, trascinata dal discorso. «Si alzano, fanno una quantità di telefonate e si vestono per il pranzo. Poi vanno a far compere e a provare gli abiti. Quindi vanno a farsi pettinare per la serata, rincasano per vestirsi per la cena, si rifanno il trucco, escono, tornano a casa, si spogliano e si struccano, e l'indomani mattina ricominciano daccapo. Questa è la loro vita, Cora, tutta la loro vita. Ma come fanno a resistere?»

Il viso di Billy era illuminato da un'animazione che Cora de Lioncourt non riusciva a decifrare. Era sinceramente indignata per il modo in cui le signore della buona società usavano il loro tempo? Era spazientita dalla ripetitività della vita sociale, anche se piacevole e raffinata? Oppure... oppure, e questo era più probabile, nascondeva la delusione perché, nonostante tutti i preparativi e le feste, non era ancora riuscita a trovarsi un uomo? Dopotutto, a quanto aveva sentito dire, anche Billy aveva vissuto i primi sei mesi a Parigi facendo la vita appena descritta.

«Una donna come te, abituata a dirigere un'azienda, deve senz'altro giudicare limitato questo stile di vita» ammise prudentemente Cora. «Ma ti assicuro che moltissime donne darebbero tutto ciò che possiedono in cambio di ciò che tu giudichi tanto vuoto.»

«Tu lo faresti?»

«Santo cielo, no!» esclamò Cora con enfasi. «Un collezionista si sveglia sempre pensando all'emozione della caccia. È come avere un lavoro a tempo pieno, anche se si spende invece di guadagnare. Ho sempre pensato che l'unico modo per continuare ad avere interesse per la vita, quando si è ricchi, sia di fare i collezionisti con passione, di qualunque cosa si tratti. Oppure essere molto competitivi in ciò che si sa fare bene: uno sport, per esempio. Sono sicura che questa è la spiegazione della popolarità del golf.»

«E del bridge.»

«Appunto. Allora, quando posso vedere la casa del mistero? Anche se è vuota, non sarò soddisfatta fino a che non l'avrò visitata.»

«Possiamo andarci dopopranzo» disse Billy. Si rendeva conto che prima o poi avrebbe dovuto mostrarle la casa; e tanto valeva farlo subito, perché almeno non avrebbe dovuto improvvisarsi in giochi di equilibrismo per tutta la durata della permanenza di Cora a Parigi. E Cora avrebbe potuto riferire, a quanti facevano un mistero di rue Vaneau, che era solo una grande casa vuota in fase di rifacimento, né più né meno.

Il semplice fatto di uscire a pranzo quel giorno aveva comportato una corsa in più al Ritz per trasformarsi nella Billy Ikehorn che l'amica si aspettava di vedere. E aveva scoperto che, mentre si cambiava e scartava un abito dopo l'altro, aveva il batticuore per l'ansia. Sarebbe dovuta tornare nella stanza d'albergo in rue Monsieur le Prince, buttare in fondo all'armadio l'abito e il cappotto di Saint Laurent che indossava in quel momento, e cambiarsi di nuovo prima di tornare da Sam. No, accidenti! Così sarebbe tornata a casa vestita in modo diverso da quando aveva lasciato Sam la mattina. Lui l'avrebbe notato... notava sempre tutto. Sarebbe dovuta tornare al Ritz, indossare di nuovo i vestiti che aveva messo al mattino, e poi andare a casa. E tutto questo senza servirsi dell'autista, perché non si faceva mai prelevare al Ritz o accompagnare in rue Vaneau o allo studio di Sam. Che seccatura!

«Oggi il mio autista è malato» disse in tono disinvolto. «Spero che riusciremo a trovare un taxi.»

«Jean-François? Pensavo fosse ad Aix a comprare pezzi d'antiquariato.» Billy rimase sgradevolmente sorpresa nel veder arrivare l'arredatore in rue Vaneau. Aveva appena fatto visitare frettolosamente a Cora i due piani della casa restaurata e stavano per uscire, quando arrivò Jean-François Delacroix. Per non essere scortese doveva presentarlo a Cora, ed erano già le cinque.

«Sono tornato stamattina con il Tgv, madame. Non c'era molto, e quello che c'era l'ho acquistato ieri.»

«È monsieur Delacroix?» chiese Cora.

«Oh, scusami. Posso presentarti Jean-François Delacroix? Jean-François, questa è la contessa de Lioncourt. Stavamo per andare.»

«Tutti hanno sentito parlare della contessa e del suo gusto squisito» disse il giovane arredatore, baciando la mano di Cora. «Mi sento già tremare.»

«Sciocchezze» si schermì Cora. «Non c'è ancora niente... Purtroppo, in questa casa superba non c'è niente da vedere, da elogiare o da criticare. È soltanto un potenziale, ma un potenziale splendido.»

«Madame, abbiamo avuto bisogno di tempo per perfezionare la cornice, in modo che tutto sia luminoso, flessibile e puro: lo spirito del diciottesimo secolo rivisitato dalla sensibilità di madame Ikehorn. Per il momento, sto immagazzinando nella scuderia i tesori che riusciamo a trovare.»

«Potrei dare un'occhiata?» chiese Cora, che fremeva per la curiosità.

«Sarebbe un piacere, madame, ma tutti i pezzi sono coperti per proteggerli dall'umidità.»

«Oh, no!» Poco mancò che Cora si mettesse a pestare i piedi per la stizza. Era stata una visita irritante dall'inizio alla fine. Quelle stanze vuote, dove non c'era nulla da vedere se non i dettagli architettonici e i pavimenti e i muri appena restaurati, erano state una specie di tortura che l'aveva inferocita. Comunque erastata avvertita in anticipo, quindi non poteva lasciar trasparire la propria frustrazione.

«E non potrebbe scoprire qualcosa? Anche solo un oggetto piccolo piccolo?» Forse sarebbe riuscita a salvare in corner quel pomeriggio.

«Potrei provare, madame, cioè... se madame Ikehorn...»

«Faccia pure, Jean-François» disse rassegnata Billy. Quando Cora aveva sentito la parola "tesori", lei aveva capito che sarebbe stato impossibile evitare una visita alla scuderia. «Io resterò qui a controllare l'operato del giardiniere. Avrebbe dovuto finire giorni fa di piantare i bulbi. Ma non metteteci molto: si fa tardi, e dobbiamo trovare un taxi prima dell'ora di punta. Avete dieci minuti.»

«Mi dica dov'è andato ad Aix, monsieur» civettò Cora, intavolando con il giovane arredatore una discussione sui meriti degli antiquari provenzali. Attraversarono il cortile e Delacroix spalancò i battenti della scuderia, accese le luci e rivelò i ventiquattro box completamente pieni.

Cora si accorse subito che ogni singolo mobile e pezzo d'arredamento era avvolto con tale cura da rendere impossibile anche la minima sbirciatina.

«Sì, madame.» Nel notare la sua espressione di disappunto l'arredatore alzò le spalle. «Lo so, è deludente. Mi piacerebbe conoscere la sua opinione su molti dei pezzi che ho acquistato. Ma, ecco, posso mostrarle qualcosa che è appena arrivato e non è ancora stato sistemato.» Scostò un telo da quello che sembrava un quadro appoggiato al muro, rivelando uno specchio rettangolare con la cornice intagliata che splendeva e scintillava sommessamente, come una finestra buia affacciata su un passato ancora carico di gemme.

«Oh... delizioso! Davvero delizioso. Non è francese, vero? Tardo Seicento.»

«Precisamente, madame. È tedesco e fu donato alla casa d'Orange per celebrare una vittoria.»

«È meravigliosamente *flamboyant*. E vedo che è anche in condizioni perfette.»

«L'ho destinato alla camera di madame Ikehorn. Vedersi in uno specchio come questo è come vedersi reincarnati in un'altra epoca, non le pare, madame?»

«Sono d'accordo, monsieur» disse Cora, osservando senza piacere la propria immagine riflessa. «Dunque sarà una casa superbamente romantica?»

«Chi può dirle, madame?»

«Senza dubbio lei, monsieur» ribatté Cora, sorpresa.

«Forse sono l'ultimo uomo di Parigi che può saperlo.» La voce del giovane arredatore tradì una sfumatura di risentimento, in contrasto con l'evidente desiderio di mostrarle qualcosa di bello.

«Ma com'è possibile?» insisté lei, e sorrise, come se quella risposta fosse dovuta alla modestia.

«Non devo lamentarmi, madame, ma questo è diverso da tutti gli altri progetti di cui mi sono occupato finora.» Delacroix ricoprì lo specchio e si avviò alla porta.

«No, aspetti. Mi sembra scoraggiato. Forse io potrei aiutarla. Come avrà intuito, madame Ikehorn si fida molto dei miei consigli.»

«Lei è la sua prima amica che viene a visitare la casa. Questo mi fa sperare che presto ne verranno altre.»

«Sì, la vedo proprio scoraggiato. La signora Ikehorn è difficile da accontentare? Se è così, sappia che lo è sempre stata. Ma non significa che non apprezzi il suo talento.»

«Difficile? No, non posso dire che madame Ikehorn sia difficile.»

«Allora che problema c'è? Sicuramente non sono i soldi!»

«No, madame. Ho carta bianca. E dal giorno in cui mi è stato affidato l'incarico, nemmeno uno dei miei suggerimenti è stato respinto per motivi di costo.»

«Sarebbe il sogno di tutti gli arredatori.»

«Sì, in linea di principio è così.»

«Ma?»

«Ah, madame de Lioncourt, lei penserà che mi sto lamentando...»

«Affatto, monsieur.» Cora gli rivolse un sorriso affascinante. «Lei non è il tipo che si lamenta. Si capisce subito.»

«È lo spreco!» esclamò Delacroix. «È una casa meravigliosa, una delle più incantevoli di Parigi, e fu costruita al tempo in cui i nobili potevano permettersi di condurre un'esistenza che era quasi una forma d'arte. Questa non è una casa comune, madame: richiede una grandiosità di concezione. Quando l'ho vista, ho capito subito che se fossi riuscito a darle nuova vita avrei realizzato un sogno. Per molte settimane non sono riuscito a credere di avere questo raro privilegio, una casa che invoca di essere schiusa al mondo, dove ogni singola parete rivela che nel suo interno si cela il trionfo della civiltà occidentale. Credevo che una volta ultimata vi sarebbero stanti pranzi, galà, feste in giardino, grandi ricevimenti. Pensavo addirittura che sarebbe stata fotografata per le riviste di arredamento.»

«Una casa come questa le garantirà la carriera» disse Cora in tono rassicurante. «Ne parleranno tutti. Non credo dovrà preoccuparsene.»

«E invece no! È per questo che sono scoraggiato, madame.»

«Non capisco.»

«Neppure io. Madame Ikehorn mi ha detto che non intende tenervi grandi ricevimenti, non vuole che progetti saloni adatti allo scopo e non permetterà mai che la casa venga fotografata. "La renda comoda e intima" mi ha detto, come se fosse un cottage inglese! Comoda e intima! Così può andare bene per i borghesi. Le camere da letto, naturalmente, devono essere intime e comode, ma le sale per i ricevimenti? Impossibile!»

«Mi sembra una contraddizione in termini» mormorò Cora.

«Esattamente. Soltanto gli inglesi, nelle loro case di campagna, riescono a combinare la grandiosità con l'intimità. Nel loro caso è il risultato di un'antichissima arte del collezionismo, ogni generazione aggiunge un nuovo tesoro in modo che alla fine anche lo spazio più vasto diviene un omaggio tridimensionale agli antenati, pieno di cose belle o brutte, di ricordi... e di cani, soprattutto di cani, non è vero?»

«Oh, i cani arredano così bene una stanza» mormorò Cora, attentissima.

«A Parigi però non è possibile ottenere un'atmosfera intima in un edificio classico di simile perfezione. Credo violerebbe lo spirito stesso della casa. Ho cercato di spiegarlo, ma madame Ikehorn insiste. Dice che si può fare. All'inizio mi ha chiesto di farle una sorpresa, ma in realtà era l'ultima cosa che voleva, e l'ho scoperto in fretta.

Perciò ho cercato di realizzare solo ciò che desidera.» L'arredatore sospirò al pensiero della volitiva cliente. «Abbiamo trovato questi tesori nei pochi giorni che può dedicarmi ogni settimana. Madame Ikehorn insiste per interessarsi personalmente di tutti i dettagli dell'arredamento.»

«Sono sicuro che lei si sottovaluta» disse pensosamente Cora. «Probabilmente alla fine creerà un nuovo tipo di grandiosa intimità, appunto ciò che la gente cerca in questi tempi difficili.»

«È ciò che mi sono detto, madame, e spero sia così. Anche se pochi amici intimi di madame Ikehorn vedranno la casa, ne parleranno con altri...»

«Le prometto che tornerò quando sarà finita, e può star certo che passerò parola» disse Cora.

«Spero che madame avrà pazienza...»

«Ma la casa è già pronta. Perché i lavori non dovrebbero procedere?»

«Madame Ikehorn non ha nessuna fretta di venire ad abitare qui. Non vuole che completi subito la casa, dice che non ha premura e che quando sarà tutto pronto avrà il problema di trovare il personale. Per ora ha soltanto il custode. Perciò aspetto. A volte mi domando se madame Ikehorn ha davvero intenzione di ultimare la casa. Per me è difficile, capisce? Non voglio lamentarmi, ma anch'io ho una sensibilità. Se la casa fosse mia, non vedrei l'ora di prenderne possesso.»

«Chissà perché Billy non è ansiosa di farlo.»

«È quel che mi domando. Mi dispiace vedere la casa così vuota, non solo professionalmente, ma anche personalmente. Glielo dico in confidenza, lei capisce, solo perché è un'amica intima di madame. Non ne parlerei mai con altri. Spero non penserà che voglio lamentarmi. Adoro madame Ikehorn, sia chiaro.»

«Oh, avrebbe tutto il diritto di lamentarsi» lo contraddisse Cora. «Al suo posto mi arrabbierei. Ma adesso dobbiamo andare.»

«So che manterrà il segreto.»

«Conti su di me, monsieur.»

Mentre si vestiva per la cena, Cora de Lioncourt era pervasa da una piacevole eccitazione. Si tolse il tailleur nero per indossare un abito da pranzo dello stesso colore, e intanto fece mentalmente l'inventario dei cambiamenti straordinari che si erano compiuti in Billy Ikehorn, e che un anno trascorso a Parigi non bastava a spiegare.

Innanzitutto la donna che da più di un decennio era famosa per il suo chic irreprensibile, la donna che prima di chiunque altra sfoggiava i capi dell'ultima moda, aveva indossato un completo abito-cappotto di una collezione Saint Laurent apparsa su una mezza dozzina di riviste molte stagioni prima. Anche se era il suo modello preferito, era molto strano che si facesse vedere con addosso qualcosa di così datato. E peggio ancora, l'abito le andava un po' stretto. Senza ombra di dubbio le tirava in vita e sui fianchi. Due chili e mezzo? Tre? Billy, che in tutta la sua documentata vita pubblica non aveva mai abbandonato la ferrea disciplina che costituiva la seconda natura di una vera donna di classe, aveva fatto chissà cosa ed era ingrassata. Non c'era nessun bisogno di quelle disgustose *rillettes* per capirlo: la chiusura lampo diceva già tutto.

Cora ripensò al pranzo con Spider Elliott a New York. Allora Billy possedeva una perfezione che adesso le mancava. Un'altra donna forse non l'avrebbe notato, perché Billy era comunque bella come prima, forse anche di più; ma quello splendore che parlava di ore e ore di cure personali, quella raffinatezza che solo la ricchezza poteva comprare, oggi erano assenti. Le unghie non erano laccate, nemmeno lucide. I capelli erano un po' troppo lunghi e le arrivavano sotto le orecchie in un look che forse era anche attraente, ma certo non nel suo stile. Il trucco sugli occhi sembrava fatto in fretta, e poi non aveva gli orecchini. Erano dettagli, sicuro, ma dettagli fondamentali.

L'intero episodio del bistro poteva passare come una conseguenza del vivere in Francia, un grave caso di plagio culturale... ma normalmente una donna come Billy Ikehorn poteva vivere in Francia per un'eternità senza mai mettere piede in un posto simile. Il suo *petit Beaujol*!Era indecente. Certo, la simpatia per il Beaujolais non era di per sé significativa, si disse Cora, ma la disinvoltura dimostrata in quel locale, il fatto che avesse accettato un tavolo con una tovaglietta di carta, tutto questo faceva parte di uno splendido enigma.

Lei aveva capito che qualcosa non andava prima ancora del pranzo di quel giorno, combinato con estrema fatica. Molte delle sue amiche di Parigi le avevano detto che Billy aveva snobbato i loro inviti, adducendo scuse e pretesti per non partecipare a pranzi e a feste che all'arrivo era invece stata lieta di frequentare. Durante i primi mesi di soggiorno, Billy aveva invitato molta gente a cena nei grandi ristoranti per ricambiare l'ospitalità secondo le regole più sacre della vita di società. Adesso, a quanto pareva, non ricambiava nemmeno i pochi inviti che si degnava di accettare; e una donna sola, per quanto ricca e altolocata, doveva per forza ricambiare se non voleva essere dimenticata.

Cosa poteva spiegare lo scivolone di Billy Ikehorn? Come mai stava puntando i piedi per non essere costretta a insediarsi nella casa per la quale aveva avuto fretta di sborsare una somma astronomica – somma che Cora conosceva esattamente perché Denise Martin le aveva versato una lauta percentuale?

«Non è all'altezza» disse Cora a voce alta. Sedette su una poltrona nella sua stanza d'albergo, sbalordita dall'improvvisa rivelazione. Era tutto chiaro, a pensarci bene. Cora si era preoccupata di scoprire il più possibile sul conto di Billy Ikehorn, ed era andata a consultare i vecchi ritagli di giornale che parlavano del suo primo matrimonio. La New York Public Library era un repertorio di informazioni che nessuno, tranne lei, era capace di utilizzare. E là aveva scoperto molti fatti trascurati, aveva intuito molte motivazioni segrete, aveva individuato le fonti poco chiare di certi patrimoni, e aveva sfruttato il tutto per i suoi affari.

Dopo avere conosciuto Billy, Cora aveva ripescato tutte le cronache giornalistiche del suo matrimonio con Ellis Ikehorn, che aveva fatto di lei una delle donne più ricche del mondo. Sapeva che, sebbene fosse una Winthrop di Boston, apparteneva a un ramo secondario e povero della grande famiglia. Era una Winthrop, sì, ma della varietà per così dire minore. L'estrazione sociale di Billy appariva ottima sulla carta, ma nei fatti non era altro che una segretaria che aveva sposato il principale, un uomo i cui precedenti restavano ignoti e discutibili. La fase iniziale della vita matrimoniale sembrava brillante, vista in fotografia; ma come coppia gli Ikehorn non si erano creati un posto sicuro in società. L'era di Scruples aveva fatto sì che le foto di Billy continuassero ad apparire sulle pagine di tutti i giornali di moda, ma sulla Costa Occidentale la sua vita mondana era stata quasi inesistente. Dopodiché, l'effimero secondo matrimonio di Billy con un produttore cinematografico italo-americano della prima generazione non era stato certo un argomento adatto alle pagine di cronaca di una certa levatura.

Sì, adesso Cora capiva tutto. Il trasferimento di Billy a Parigi era stato quello di una donna che voleva ricominciare daccapo. Per la prima volta comprese perché Billy non aveva tentato di conquistare l'alta società newyorkese. Era quasi impossibile sfondare nella vecchia guardia. Le nuove arrivate erano donne indurite dalle battaglie che non intendevano rinunciare alla posizione raggiunta e per una donna sola ingraziarsele era più difficile che avere successo con le antagoniste francesi, per le quali tutte le americane ricche e generose erano egualmente accettabili ed egualmente indifferenti.

Quindi... quindi Billy era venuta a Parigi con le mani bucate, aveva comprato una casa troppo aristocratica per un'americana, aveva accettato indiscriminatamente tutti gli inviti senza selezionarli, e a un certo punto aveva capito di non essere all'altezza del compito che si era prefisso. Forse si era fatta qualche nemica influente fra le dieci donne che dominavano Parigi, forse era andata a letto con gli uomini sbagliati, ma di sicuro a un certo punto aveva commesso un errore enorme e irreparabile che l'aveva lasciata a piedi. Naturalmente veniva invitata ai grandi balli e ai ricevimenti aperti a tutti, ma non aveva mai detto di essere stata a quei raduni intimi fra amiche, quelle piccole celebrazioni che dimostravano la vera accettazione, quelle feste che si svolgevano in una cerchia ristretta e alle quali nemmeno lei stessa veniva ammessa, pensò Cora con l'ironica, profonda soddisfazione di una perdente che ne identifica un'altra.

Billy doveva essersi resa conto che alla fine quella non era la sua partita. Adesso stava per gettare la spugna e, come la volpe della favola, adduceva il pretesto che l'uva non era matura. Si era lasciata andare. Non l'aveva spuntata! Billy Ikehorn non aveva le qualità necessarie per raggiungere la posizione brillante che era venuta a cercare a Parigi. Era una Cenerentola tornata al focolare perché la scarpetta di vetro le andava troppo stretta.

Naturale che non avesse fretta di stabilirsi in quella splendida casa nuova: per quanto cercasse di renderla intima e comoda, non si sarebbe mai sentita a proprio agio come nelle stanze di un albergo, disponibili a chiunque avesse i mezzi per pagare. Era un vero peccato, pensò Cora con un sorriso malizioso. Lei avrebbe saputo vivere in rue Vaneau come la casa meritava, e se avesse avuto a disposizione il denaro di Billy, se non avesse dovuto destreggiarsi coraggiosamente per creare una falsa impressione di ricchezza, l'avrebbe spuntata. Ne aveva la certezza.

«Mai più! Te lo prometto, Sam, tesoro, mai più! Mi dispiace tanto di essere in ritardo. Non eri preoccupato, vero?» Billy si precipitò nello studio alle sette passate, ansante per la corsa sulle scale. «Oggi il traffico era peggio del solito. Sono cominciati gli acquisti natalizi.»

«No, non ero in pensiero. Ho immaginato che fossi rimasta bloccata tutta la notte in cima alla torre Eiffel e che saresti scesa domattina.» Billy non poteva ignorare la tensione nella voce di Sam, anche se adesso la buttava sullo scherzo.

«C'è mancato poco.» Lo baciò in fretta e si abbandonò, esausta, su una delle sedie di rattan che davano allo studio l'aspetto incongruo di un patio. «Perché tutti quelli che conoscevo a casa sono convinti che non abbia niente di meglio da fare che passare in loro compagnia l'unica giornata della loro permanenza a Parigi?»

«Te l'ho detto: non sei obbligata a dire sì, tesoro. Potevi inventare una scusa» rispose Sam.

«Mi dispiace per loro. Ma oggi è stato davvero troppo.»

«Cora è stata contenta della tua gita guidata? Ti ha detto grazie?»

«Non me ne sono accorta.»

«Vieni qui, cara. Meriti di essere più apprezzata. Hai di nuovo quell'espressione che dice "sono troppo occupata a vivere".»

«Oh, Sam» gemette Billy. Gli si abbandonò sulle ginocchia, gli cinse il collo con le braccia e si rilassò per la prima volta da quando era sfuggita a Cora e aveva cominciato il percorso di ritorno, prolungato dalla sosta al Ritz per cambiarsi d'abito.

«Hai le scarpe nuove?» chiese Sam.

Billy abbassò lo sguardo sulle costose scarpine di Maud Frizon che aveva dimenticato di lasciare al Ritz.

«Sì. Non sono carine? Cora non poteva passare una giornata a Parigi senza fare spese, e così ho sperperato anch'io. Credo sia stata l'unica volta, in tutta la giornata, che ci siamo sedute.»

«E a pranzo?»

«Anche a pranzo, certo. Non mi crederai, ma Cora mi ha portata al Ritz. Comunque è benestante, quindi non mi sono sentita in colpa.»

Billy si era resa conto da tempo che più verità usava con Sam e più le era facile vivere la sua doppia vita. Aveva però inventato anche grosse menzogne, ormai radicate al punto che sembravano trasformate in realtà.

Due volte la settimana, il martedì e il venerdì, Sam credeva che abbandonasse le quotidiane ricerche alla Bibliothèque Nationale per andare a casa di una ricca francese immobilizzata che abitava nel cuore del lontano Sedicesimo Arrondissement. Là Billy le dava lezioni d'inglese e restava a cena per farle fare un po' di conversazione. Quando Sam le aveva chiesto perché non tornava nello studio dopo le lezioni, Billy aveva affermato con decisione che aveva bisogno di dormire almeno due notti la settimana nella sua camera d'albergo in rue Monsieur le Prince, così da conservare la propria indipendenza.

L'indipendenza! Era una scusa trita e infelice che le faceva odiare l'idea stessa di libertà, pensò stancamente Billy. La sua indipendenza, l'unico argomento del quale lei e Sam discutevano fino alla noia – come adesso. L'indipendenza, che usava solo per lavorare nella casa nuova con Jean-François, per mettersi in pari con le lettere e i messaggi che trovava al Ritz, o per sbrigare un minimo di commissioni necessarie e per farsi lavare i capelli. Non trovava nemmeno più il tempo di fare compere, ed era fortunata se riusciva ad andare dal pedicure. Viveva precipitosamente le sue giornate, e poi faceva in fretta il bagno e si vestiva per le rare serate che servivano a conferire un po' di continuità alla sua presenza a Parigi. Non poteva correre il rischio che qualche conoscente incuriosito cominciasse a chiedersi a voce alta se era sparita completamente, e dove era andata a finire.

Come mai quando aveva conosciuto Sam era stata tanto miope da pensare che una doppia vita sarebbe stata un diversivo emozionante? Aveva elaborato piani ingegnosi, congratulandosi con se stessa ogni volta che affrontava il personale del Ritz senza che nessuno battesse ciglio; e si era dimostrata così efficiente quando, vicino ai Giardini del Lussemburgo, aveva trovato l'albergo modesto e ideale che doveva servirle come base, il luogo in cui Sam poteva andarla a trovare in qualsiasi momento. Aveva escogitato un sistema che le consentiva di girare Parigi restando nell'anonimato, ed era riuscita a tenere in pugno Jean-François e a contenere le sue mire sfrenate. In un certo senso i dettagli si erano bene armonizzati, nessuno l'aveva mai vista nel posto sbagliato con la persona sbagliata, eppure ogni giorno quella doppia vita le sembrava più sgradevole. Si sentiva frammentata, divisa fra la donna elegante e ingioiellata che sapeva destreggiarsi in una conversazione a un pranzo cosmopolita e la spensierata professoressa di Seattle con un ardente interesse per Voltaire e un amore appassionato per Sam Jamison.

Come le ripugnava dovergli mentire! Poche settimane dopo il primo incontro, Sam le aveva chiesto di sposarlo. Alla conclusione del soggiorno a Parigi, le aveva detto, si sarebbe trasferito a Seattle e avrebbe lavorato là, se lei non fosse riuscita a trovare un posto come insegnante a Marin County. Il suo promotore sulla Weast Coast aveva venduto due importanti pezzi esposti nell'ultima mostra, aveva buone speranze di ottenere uno stanziamento dell'Arts Council, e quindi le aveva promesso che non sarebbero stati costretti a vivere in una soffitta. Non c'era ragione perché dovessero rimanere separati.

Se fosse veramente stata l'insegnante del gioco Billy avrebbe accettato subito, nonostante fosse troppo presto e lo conoscesse appena. Ma Wilhelmina Hunnenwell Winthrop Ikehorn Orsini, con tutti i travagli passati, aveva imparato una dura lezione sugli uomini sprovvisti di denaro e le donne che ne avevano troppo, e non poteva permettersi l'ingenuità di cedere ancora una volta all'impulso.

Disponeva di uno dei più grandi patrimoni del mondo. Una volta aveva detto a Vito che non sarebbe riuscita a liberarsene neppure se avesse voluto... e non lo voleva. Per lei era più importante che mai. Si conosceva abbastanza per sapere che l'abitudine di poter utilizzare una grande ricchezza con tanta disinvoltura si era insinuata in ogni fibra della sua identità. Non avrebbe sopportato a lungo il genere di vita che conduceva con Sam: attualmente era tollerabile solo in quanto situazione transitoria. Anzi, a voler essere assolutamente sincera, il suo comportamento sembrava un po' quello di chi va a divertirsi nei bassifondi.

Purtroppo era proprio così, pensò Billy, tenendo Sam stretto stretto e ascoltando il battito del suo cuore. Mentre gli spettinava teneramente i capelli, dovette riconoscere che odiava le cinque rampe di scale ripide e le lenzuola ruvide che venivano lavate una volta la settimana da una lavanderia locale; così come odiava uscire da un letto caldo e ritrovarsi in una stanza fredda dove bisognava attendere che l'inaffidabile impianto di riscaldamento si accendesse; e detestava mangiare tutte le sere un pasto modesto al ristorante perché nello studio c'era soltanto un fornello elettrico, detestava la piccola vasca dove riusciva a lavarsi soltanto a rate, detestava dividere un bagno ingombro e detestava il fatto di non poter comprare ogni giorno enormi mazzi di fiori. Avrebbe voluto buttare via tutti gli oggetti da poco acquistati con tanto entusiasmo durante la prima incursione alle Galeries Lafayette, quando cercava il costume appropriato per il suo nuovo ruolo di Honey Winthrop.

Jessica avrebbe compreso, pensò Billy, mordicchiando delicatamente le labbra di Sam. Jessica avrebbe compreso immediatamente che lei non pretendeva una vita dorata di lussi ostentati ma che, d'altra parte, vivere in uno scomodo studio non poteva essere il prezzo dell'amore.

Billy desiderava con tutto il cuore poter vivere con Sam nella spaziosa casa che lei e Jean-François stavano ultimando in Rue Vaneau, e le sarebbe piaciuto trasformare le scuderie in uno studio adatto a Sam. Avrebbero abitato quella vecchia, amabile residenza in cui regnava la quiete dei secoli, riempiendola del loro amore. Non sarebbe stata la brillante vita pubblica di cui aveva parlato con Jessie, ma un'esistenza riservata, intonata ai loro piaceri più profondi. Avrebbe frequentato solo le persone simpatiche a entrambi; avrebbero potuto viaggiare dove volevano, acquistare una casa su un'isola greca o una fattoria in Toscana. Oppure sarebbero rimasti lì a lavorare in giardino: non importa cosa avrebbero fatto, purché fossero insieme. Se l'idea lo avesse divertito, avrebbero potuto pranzare al Ritz, dove Billy conosceva ormai a memoria il menù prevedibilmente elaborato.

Fin dall'inizio non si era sentita pronta a pensare al futuro fino a quando non avesse avuto abbastanza fiducia in Sam da sapere che avrebbe accettato le sue ricchezze e l'immensa libertà che ne derivava – fino a quando non fosse stata certa che lui avrebbe continuato ad amarla comunque.

In quelle settimane primaverili ed estive in cui Sam aveva insistito per sposarla, Billy aveva conservato sufficiente capacità di giudizio per rendersi conto che il sesso aveva ridotto in rovina il suo buonsenso. Si era servita della rivendicazione dell'indipendenza per tenere Sam in sospeso, aveva guadagnato tempo prezioso inventando nuove bugie, e insieme avevano costruito le fondamenta di qualcosa che andava oltre il bisogno sessuale, anche se questo continuava a consolidarsi.

Avevano accettato l'uno gli umori e i silenzi dell'altro. Billy sapeva che Sam Jamison era un uomo tranquillo e ostinato, deciso ad assecondare il proprio talento nonostante la consapevolezza che pochissimi riuscivano a vivere grazie alla scultura. Aveva scoperto che era un uomo obiettivo e che la ascoltava con attenzione quando lei gli esponeva i motivi per cui voleva conservare la propria indipendenza, pur continuando a pensare che avesse torto. Aveva scoperto che era profondamente orgoglioso e si risentiva ogni volta che lei insisteva per pagare la propria parte al bistro o al cinema. E adesso aveva fiducia in lui, in quell'uomo fiero e onesto che la rispettava come lei rispettava lui.

Billy l'aveva visto lavorare per ore e ore, euforico quando i risultati erano buoni, profondamente depresso quando non lo erano. Si erano assistiti e coccolati a vicenda durante i raffreddori o gli attacchi di allergia. Erano sopravvissuti a un'estate afosa a Parigi senza aria condizionata; avevano noleggiato una macchina e avevano fatto un viaggio di una settimana nella Loira, dove avevano affrontato insieme forature di pneumatici, alberghi orribili, pasti pessimi, castelli superaffollati e temporali. Lui conosceva gli aspetti peggiori di Honey Winthrop e quelli migliori di Billy Ikehorn, pensò Billy con un sorriso malinconico; ma non sapeva ancora la verità.

Intendeva rivelargliela molto presto. Fra due settimane Sam avrebbe tenuto una mostra personale alla Galleria Daniel Templon in rue Beaubourg, di proprietà di un mercante d'arte d'avanguardia che presentava opere di Helmut Newton e di altri scultori come Sam, creatori di forme che Billy non riusciva a capire, ma le piacevano perché le davano una gioia viscerale e istintiva.

Se in qualche misteriosa galassia superprogredita vivevano bimbi sapienti, senza dubbio i loro giocattoli dovevano essere creati da Sam Jamison, pensò Billy, guardando la serie dei grandi semiarchi doppi e tripli, ingegnosamente intrecciati in forme indefinibili ma indimenticabili. Ogni gruppo d'archi stava in un equilibrio fragile ma perfetto su una base piatta di legno. Nonostante sapesse che erano saldamente fissati, Billy si sorprendeva a tenerli d'occhio come se avessero una volontà propria e potessero improvvisamente decidere di abbandonare quell'equilibrio monumentale per cominciare a rotolarsi nello studio, in una specie di gioco arcano governato da regole imperscrutabili. A volte, la notte, usciva furtivamente dalla camera da letto per ammirare quegli archi al chiaro di luna. Forse si animavano solo nella completa oscurità, e un giorno aveva finito per confidare a Sam quella preoccupazione. «È appunto la sensazione che volevo farti provare» le aveva detto lui, soddisfatto.

Il giovane mercante d'arte di Sam, calvo, occhialuto e garbatissimo, avrebbe mandato a prendere il materiale la settimana prossima. Poi, dopo l'inaugurazione della mostra, quando Sam avrebbe smesso di preoccuparsi per l'accoglienza riservata al suo lavoro, Billy gli avrebbe detto tutto.

Come? Con quali parole? Non lo sapeva. L'occasione si sarebbe presentata da sola, come sempre accade quando finalmente ci si decide a riporre la propria fiducia in un altro essere umano.

Sam Jamison era appoggiato al bancone del bar, nel foyer dei rinfreschi all'Opéra di Parigi, mentre Henri tentava invano di ordinare qualcosa da bere. Henri Legrand, giovane assistente del gallerista, nonché fervido sostenitore della sua opera, aveva avuto in regalo due biglietti per la serata di gala e aveva invitato Sam per festeggiare così la sistemazione definitiva della mostra. Sam osservava affascinato la sala gremita che conteneva tutto quanto detestava di più in fatto di architettura, ma che riusciva a reggere lo stile troppo elaborato del Secondo Impero con la forza dell'audacia. In tutta la Francia non erano mai stati usati tanti marmi di tipi diversi, tanti lampadari giganteschi, tante dorature. L'Opéra, pensò Sam, faceva sembrare Versailles una specie di pollaio.

Non sapeva quasi nulla dell'Opéra di Parigi. Quando era arrivato, quasi un anno prima, anziché mettersi subito seriamente al lavoro si era regalato un mese per esplorare la città nel modo più completo possibile. Dalla mattina alla sera aveva vagato un po' ovunque, armato della Guida Michelin. Aveva percorso tutti i grandi boulevard della Riva Destra, aveva ammirato ogni centimetro di Senna da entrambe le sponde, aveva attraversato tutti i ponti per contemplare le vedute verso monte e verso valle. Si era avventurato per tutte le viuzze della Riva Sinistra, si era seduto in una dozzina di giardini pubblici e aveva visitato almeno venti chiese; aveva occupato cento tavolini in caffè all'aperto negli angoli più popolosi della città e aveva osservato la gente per ore. Aveva bevuto qualcosa al George Cinq e al Plaza Athénée e al Ritz, aveva guardato le vetrine di Dior e Nina Ricci ed Hermès, aveva fatto il tour di Parigi by Night, e aveva visto la città dall'alto dell'Arco di Trionfo. La maggior parte del tempo l'aveva trascorsa nei musei.

Dopo avere visitato i principali avamposti della Parigi turistica, le aveva voltato le spalle con ben poco rimpianto. Era tempo di mettersi al lavoro. La vita nel Marais continuava a interessarlo e a soddisfarlo con la sua varietà affascinante, le stradette spesso umili abitate da artigiani e piccoli commercianti e vicinissime a molti degli edifici più nobili del diciassettesimo secolo. Nell'aria vedeva i fantasmi di madame de Sévigné, Richelieu, Victor Hugo, dei re e dei cortigiani, dei gran signori e delle dame che un tempo erano vissuti lì. Conoscere veramente una città vasta e immensa come Parigi era impossibile, e in quel mese di esplorazione Sam l'aveva capito; ma farne l'esperienza vivendo intimamente la vita di uno dei suoi quartieri, significava possederla per sempre.

Era contento che Henri l'avesse convinto a venire al galà dell'Opéra, quella sera del primo di dicembre. Era certamente l'unica occasione che avrebbe avuto di indossare il suo vecchio smoking, messo in valigia con il resto del guardaroba in base alla teoria che, qualora se ne possieda uno, bisogna portarlo con sé. Sam si sentiva invisibile perché era vestito come tutti gli altri presenti, e quell'invisibilità gli andava bene. Era un cambiamento piacevole rispetto alla sensazione di essere esposto all'occhio del pubblico convenuto per ammirare le sue opere installate nella luce inconsueta della galleria Templon. Le sue creature non gli erano sembrate del tutto a proprio agio, strappate dalle relazioni spaziali reciproche che avevano gradualmente stabilito nello studio; ma Daniel si era dichiarato soddisfatto del colpo d'occhio offerto dalla mostra. Sam si strinse per lasciare posto alla folla, anticipando con la fantasia la sera dell'inaugurazione, il tradizionale *vernissage*, con i drink e la ressa degli invitati che non sarebbero riusciti a lanciare più di una fugace sbirciatina ai suoi archi. Ma fra gli ospiti ci sarebbero stati anche diversi critici, e alcuni sarebbero tornati per osservare meglio le sue opere e avrebbero scritto un pezzo. Qualche collezionista avrebbe comprato, magari, o forse no: impossibile dire cosa avrebbe riservato il futuro a quella particolare mostra. Ma Sam era soddisfatto delle sue nuove opere, e questo per lui era l'essenziale.

Henri gli passò il bicchiere con un gesto trionfante e Sam brindò alla salute dell'assistente gallerista, che parlava bene l'inglese e ci teneva a dimostrarlo.

«Grazie, vecchio mio, per avermi distratto questa sera. Se non fossi qui sarei nel mio studio deserto e mi attaccherei alla bottiglia. Honey ha una lezione d'inglese, probabilmente mi hai salvato da una crisi depressiva.»

«Non eri mai stato all'Opéra?»

«Mai. E l'intervallo mi sembra più gradevole del primo atto... c'è più chiasso e le donne sono più carine.»

«Devi capire, Sam, che questo monumento al cattivo gusto fu costruito proprio per mettere in mostra le donne francesi: l'opera è solo un pretesto, e la scalinata d'onore è il miglior campo da parata di tutta l'Europa per una toilette grandiosa. Adesso, ormai, a meno che non si tratti di un galà come stasera, la gente viene in jeans e maglione. Non quelli che occupano i posti migliori, comunque. Almeno per ora. Guarda la cricca che sta entrando adesso. Ammetterai, vecchio mio, che abbelliscono la sala molto più di quanto meriti.»

Sam si voltò e vide un gruppo di persone che venivano accompagnate a un tavolo prenotato, dove bottiglie di champagne attendevano nei secchielli di ghiaccio. Gli uomini portavano la cravatta bianca, le donne sontuosi abiti da ballo e si spingevano verso il centro della sala con l'aria di chi sta solo prendendo un legittimo diritto. Erano così disinvolti, così certi di essere trattati in modo speciale in mezzo a una quantità di persone che cercavano di attirare l'attenzione degli indaffaratissimi camerieri, che non si erano nemmeno affrettati per assicurarsi un posto come facevano tutti gli altri: erano arrivati quando ne avevano avuto voglia, con il languore e l'eleganza di un gruppo di pavoni in un prato. Non si guardavano neppure intorno per vedere chi c'era, perché formavano già un cosmo autosufficiente e superiore nel quale i diritti territoriali venivano dati per scontati.

Certo dovevano sapere, pensò Sam, che metà dei presenti li stava guardando, ma accoglievano quell'attenzione ignorandola nel modo più convincente. Sembrava quasi stessero facendo un allegro picnic su una spiaggia solitaria.

«La cosiddetta bella gente» commentò Sam. «Danno un nuovo significato all'espressione "il mondo è la tua ostrica"... qualunque cosa significhi. Forse bisogna amare le ostriche per capirlo.»

«Appunto. A volte mi domando cosa si prova a essere uno di loro.»

«Non lo sapremo mai, amico mio» rispose Sam senza curiosità, e distolse lo sguardo.

«Che meraviglia!» Henri lo tirò per la manica. «Guarda! Quella bionda in rosso: è proprio il mio tipo ideale. Come ti sembra il mio gusto in fatto di donne?»

Sam scrutò una bionda fascinosa impegnata a conversare con l'uomo che le sedeva accanto.

«Niente male, Henri. Non certo da sputarci sopra.»

«E la rossa in velluto verde? Non c'è da tossire neppure su quella, eh, Sam?»

«Si dice sputare, amico, non tossire. Non cercare di cambiare la nostra lingua.»

«C'è una sola donna a quel tavolo che non sia una vera bellezza: la più anziana, vestita di nero e di profilo. Comunque è una *jolie laide*. Che dici, ci provo? Magari ho fortuna.»

«Io reggerò il moccolo, Henri. Chi non risica non rosica.»

Una bruna che voltava le spalle a Sam e portava i capelli raccolti e trattenuti da un nodo di rose bianche brindò con l'uomo che le sedeva accanto. Indossava un abito di raso bianco senza spalline, e il corpino a stecche metteva in risalto la vita sottile. Quando si mosse per brindare con l'accompagnatore alla sua destra, lampi di luce biancazzurra scaturirono dalle enormi gocce di diamante che le pendevano dalle orecchie e dal grande fermaglio della collana, anch'essa di diamanti.

La nuca. La forma delle spalle. La linea delle braccia. Impossibile!

«Sam!» esclamò sgomento Henri, mentre l'amico americano si faceva largo tra la folla avviandosi al tavolo centrale. «Sam, fermati! Scherzavo!»

Sam continuò ad avanzare, ignorando le proteste di un paio di persone a cui fece rovesciare il bicchiere o cadere la brace della sigaretta. Si fermò solo una volta giunto alle spalle della bruna, muto, completamente paralizzato. La ragazza in rosso sollevò gli occhi e lo guardò incuriosita.

«Billy» disse in francese, «o il signore che sta dietro di te vuole dirti buonasera, oppure ha intenzione di mangiare le rose che porti fra i capelli.»

Billy si girò con un sorriso divertito, alzò lo sguardo e rimase talmente impietrita che solo i frammenti di luce irradiati dai diamanti continuarono a muoversi.

«Oh, no! No! Sam, te lo avrei detto» esclamò.

«*Chi sei? Chi diavolo sei?*»

«Sam, te lo avrei detto subito dopo la mostra...»

«Cosa diavolo fai qui con questa gente? Cosa cavolo sta succedendo?»

«Sam, ti prego.» Billy si alzò. «Ci stanno ascoltando» continuò a fatica, la voce ridotta a un sussurro. «Vattene, ti prego, vattene subito. Ti raggiungerò a casa fra mezz'ora. Per amor di Dio, vai!»

Sam si girò sui tacchi e fuggì via, scese correndo l'immensa scalinata e uscì dall'Opéra. Saltò su un taxi. Non sentiva nulla, non vedeva nulla tranne la faccia di Billy, i suoi diamanti, le sue spalle nude. Nove mesi, pensò, nove mesi a partire da aprile, nove interi mesi. Sentiva lo sbalordimento trasformarsi velocemente in rabbia. Qualunque fosse la spiegazione, "Honey" lo aveva preso in giro. Assolutamente. Senza alcun ritegno.

Cinque minuti dopo il suo arrivo nello studio, Billy varcò la porta ancora aperta. Era avvolta in un mantello di zibellino scuro, e l'ampia gonna di raso bianco si allargava sopra le scarpine d'argento. I diamanti scintillavano più che mai, in una sorta di sfida.

«Sentiamo» esordì lui bruscamente, restando fermo al centro dello studio vuoto.

«Sam, devi ascoltarmi...»

«Mettiamo subito le cose in chiaro. Io non devo fare proprio niente.»

«So che sei infuriato» disse Billy con tutta la calma di cui era capace. «Ma ti giuro che da settimane avevo deciso di dirtelo subito dopo la mostra, quando non avresti più dovuto preoccuparti per l'inaugurazione...»

«Grazie per il tuo interesse. Lo apprezzo molto. È sempre bello essere presi in giro secondo i programmi di qualcun altro.»

«Il nome Billy Ikehorn ti dice qualcosa?»

«Sicuro. Perfino quelli di Marin County hanno sentito parlare di lei.»

«Ecco, io sono Billy Ikehorn. E sono anche Honey Winthrop, lo sono stata per vent'anni.»

«D'accordo. Bell'affare. Così adesso conosco almeno una verità sul tuo conto. Ma non c'è altro, perché tutto il resto è solo una massa di luride balle.»

«Sam, hai capito male. La ragione...»

«Stronzate! Perché non mi hai detto chi eri dopo il primo weekend che abbiamo passato insieme? Perché non ti fidavi abbastanza di me, non è così? Ecco la vera ragione. Non può essercene un'altra. Nove mesi! Quanto tempo ti ci vuole per fidarti di qualcuno? La verità è che non dovevo sapere niente di Billy Ikehorn e dei suoi maledetti soldi! Cosa diavolo pensavi che avrei fatto? Che te li avrei rubati? Che li avrei spesi? Che te li avrei esorti? Che ti avrei ricattata?»

«Non hai capito cos'è successo, non mi stai lasciando la possibilità di spiegare...»

«Non c'è bisogno che mi spieghi l'unica cosa importante: non mi hai mai considerato al tuo livello. Sono il tuo capriccio bohémien, un divertimento segreto, un tuffo nei bassifondi. Le persone che erano con te stasera, quelle sì che fanno parte del tuo ambiente. Guardati allo specchio e capirai chi sei! Se questa storia non facesse tanto "Dallas", ci sarebbe quasi da ridere. Non sapevo che le donne come te avessero un debole per gli scultori, ma non si finisce mai d'imparare. E adesso vattene e non tornare mai più.»

«Sam, io voglio sposarti. Ti amo.»

«Ma sentila! Come puoi starmi davanti e dire una cosa simile? Anche se fossi sincera, e non crederò mai più alle tue parole, pensi che potrei sposare una donna che non si è fidata a dirmi chi è e ha taciuto per nove mesi? Una donna che mi ha preso in giro, che non osava farmi sapere di essere ricca e ha continuato a nascondermi dove passava le sue serate? Non so niente di te, di ciò che sei veramente. Credi che abbia importanza il fatto che ti chiami Honey Winthrop o Billy Ikehorn, in confronto al fatto che non ti sei mai fidata di me? Quante altre volte ti sei comportata così? Quanti altri uomini ci sono cascati? Tu e la tua sacra indipendenza! E io che ci credevo! Hai idea di come mi senta offeso... offeso profondamente, irrimediabilmente? Non immaginavo che qualcuno potesse farmi sentire così. Ti ho detto di andartene. Te lo ripeto. Mi fai schifo. Vattene.»

«Non me ne andrò finché non mi avrai ascoltata...»

Ma Billy rimase sola nello studio vuoto a sentire i passi di Sam che scendeva precipitosamente le scale.

13

Non stava cercando di spiare la sua migliore amica, si disse Sasha mentre aspettava in un anonimo ristorante della Seconda Strada che Zach la raggiungesse per pranzare: voleva solo proteggerla. Il lunedì precedente, quando Gigi era andata all'appuntamento con Zach, aveva un'espressione così vulnerabile e fiduciosa sul visetto innocente che, dopo un approfondito esame di coscienza, Sasha era giunta alla conclusione che due amiche intime erano vincolate da una lealtà superiore a quella che le univa ai maschi delle rispettive famiglie.

Se le donne avessero avuto quella solidarietà ammirevole anche in passato, oggi non si sarebbero ritrovate alle prese con i mascalzoni che costituivano la stragrande maggioranza della popolazione maschile. Sì, anche il suo caro Zach era un mascalzone, un mascalzone migliore di tanti altri, ma così viziato, pensò tristemente Sasha. Non era colpa sua se era stato idolatrato dalle donne fin dalla prima volta in cui avevano dovuto cambiargli i pannolini. Non era colpa sua se le donne gli si erano sempre offerte gratis. E adesso era anche peggio di quanto fosse stato durante gli anni in cui le studentesse delle superiori e dell'accademia d'arte drammatica si buttavano ai suoi piedi nella speranza di essere degnate di uno sguardo. Adesso, diventato regista di Off Broadway, Zach ispirava le fantasie sessuali più sfrenate. Quale attrice non sognava di portarsi a letto il capo? E non era colpa di Zach se tante volte si era lasciato intrappolare in relazioni che davano troppo nell'occhio: quale regista dal sangue caldo poteva evitare di cedere alla seduzione delle sue attrici? Off Broadway era un ambiente dove girava poco denaro, ma in compenso odorava di sesso lontano un chilometro.

Ora che Gigi si era accorta di non possedere le qualità necessarie per diventare una Grande Cortigiana, Sasha non poteva permettere che venisse contaminata da Zach. Gigi era troppo tenera, aveva il cuore troppo vulnerabile alle illusioni dell'amore. Lei, Sasha, doveva intervenire nella sua qualità di compagna più vecchia e più saggia. Era l'angelo custode di Gigi, il suo chaperon, la sua tutrice, la barriera che doveva difenderla dai legami con gli uomini sbagliati, e adesso aveva il dovere preciso di allontanare suo fratello, il quale, senza rendersi conto di ciò che faceva, avrebbe approfittato di una giovane donna buona e dolce vittima di anacronistici ideali romantici. Quella donna era Gigi.

Zach baciò Sasha sulla nuca e sedette di fronte a lei. «Se non fossi la mia sorellina, direi che sei una donna splendida.»

«Ma lo sono, Zach» rispose Sasha con tutta la severità di cui era capace. Lo adorava.

«Allora ti dirò che sei assolutamente affascinante. Bella da leccarsi le dita. Se mamma potesse vederti in questo momento, le verrebbe un colpo. Quando la finirai di presentarti ai pranzi di famiglia conciata come una postulante che sta per prendere i voti?»

«Continuerò fino a quando mi sposerò, se mai mi sposerò, dato che non ho mai incontrato un uomo degno di me. I tizi che conosco non sono che cuccioli beneducati. Non posso immaginare di sposare uno di quei noiosi marmocchi.»

Zach ignorò con un sorriso la solita lamentela di Sasha sull'immaturità dei maschi. «Sorellina, mamma sa cosa fai per vivere. Secondo te immagina forse che tu porti una calzamaglia sotto le mutandine?»

«Mamma preferisce non sapere niente più dell'indispensabile. Puoi credermi. Comunque, Zach, non ti ho dato appuntamento per parlare dei miei amici o del mio aspetto da nullità in famiglia.»

«Allora perché siamo qui? A parte l'impulso incestuoso di stare insieme?» Zach le sorrise. Al mondo, gli uomini come lui erano uno su un miliardo. Aveva negli occhi scuri qualcosa di rude eppure disponibile, di esigente e gentile, di intelligente e spiritoso, qualcosa che lo faceva sembrare indistintamente adatto per una risata cameratesca, una scopata, una regia teatrale, una consolazione, o magari tutte e quattro le cose, anche se non simultaneamente. Zach Nevsky aveva la corporatura di uno scaricatore e un collo muscoloso che sosteneva una testa arrogante. Il suo naso era imponente e storto, e sarebbe stato la caratteristica più notevole di quella faccia dagli zigomi alti se a controbilanciarlo non ci fosse stata la bocca sardonica, generosa e volitiva. A ventotto anni, Zach Nevsky era uno stallone dotato di grande intelligenza.

«Oh, Zach» sospirò malinconica Sasha. «Non rigirare il coltello nella piaga.»

«Sasha, quel piccolo solletico incestuoso è l'unico modo in cui fratello e sorella riescono ad apprezzarsi veramente come amici, tenendo conto del fatto che sono nemici naturali.»

«Tu e le tue teorie» disse cupamente Sasha.

«Si direbbe che tu abbia un problema. Sentiamo.»

«Sono preoccupata per Gigi.»

«Perché?» Sembrava allarmato, pensò Sasha. Senza dubbio aveva la coscienza sporca. Era intervenuta appena in tempo.

«Zach, ti rendi conto che Gigi non è una ragazza come le altre, vero?»

«Effettivamente non ho mai conosciuto nessun'altra Graziella Giovanna Orsini» rispose Zach.

«Ti ha detto i suoi veri nomi?»

«Glieli ho chiesti io. Perché, sono segreti?»

«Io ci ho messo mesi per convincerla a confidarmeli. Le sembrano troppo formali.»

«Secondo me le si addicono» rispose Zach in tono impacciato. «Dunque, che problema ha?»

«È molto sensibile, Zach.» Come se lui non lo sapesse, pensò. Gli uomini erano talmente stronzi!

«È una bella cosa. Vorresti che non lo fosse? O che si mettesse e togliesse la sensibilità come fosse un maglione?»

«Può essere ferita facilmente.»

«Questo si può dire di quasi tutti gli esseri umani. Tutti possiamo essere feriti facilmente, perfino tu, perfino io. Anch'io sono molto sensibile. Anche mamma potrebbe sentirsi ferita... molto semplicemente, non abbiamo mai osato accertarlo.»

«Zach, non fare il finto tonto. Cerchi di impedirmi di dirti ciò per cui sono qui adesso. Fai attenzione! Gigi ha un padre mascalzone e una madre morta in un momento molto difficile della sua adolescenza. La matrigna, a quanto pare, è sparita da qualche parte a Parigi. Gigi riceve soltanto qualche rara telefonata traboccante di felicità. Sembra non abbia alcuna intenzione di tornare. Quindi, se escludi me, è più o meno sola al mondo, e non è troppo soddisfatta del suo lavoro. Insomma, abbiamo il dovere di trattarla con molta, molta prudenza. Dobbiamo essere buoni e gentili con lei. Riesco a farmi capire, Zach?»

«Un padre mascalzone, eh?»

«Fatto e finito. Non si fa vivo da più di un anno. Non le ha scritto nemmeno una cartolina. È completamente persa. E credo si stia prendendo una cotta per te... una specie di transfert.»

«Impossibile» replicò Zach con forza. «Ti stai immaginando tutto.»

«Lo dici solo perché sei diventato insensibile ai sentimenti femminili, Zach. Hai ottenuto talmente tante facili vittorie con le donne che non ti accorgi neppure quando una personcina come Gigi comincia a penderti dalle labbra come se fossi un oracolo. Non hai idea di quante volte ti cita come se tu fossi l'autorità suprema.»

«Già, sicuro» disse Zach, incredulo. «Autorità a proposito di cosa? Dei suoi problemi di lavoro?»

«Fondamentalmente sì, ma è solo una scusa per poter continuare a ripetere il tuo nome. Quando cominci a provare l'impulso irresistibile di pronunciare il nome di un'altra persona, quando la tiri in ballo in tutte le conversazioni, anche in quelle che non la riguardano... be', perfino tu devi sapere cosa significa. È un sintomo rivelatore di una cotta bella e buona.»

«Cos'è questa storia della cotta?» chiese Zach, irritato. «Un'inclinazione da ragazzina? Una blanda preferenza? Un pizzico di ingenua assurdità? Non è una parola che mi sarei aspettato da te, sorellina. Una cotta è sostanzialmente innocua e adolescenziale, roba da *Piccole donne*.»

«Era un modo sintetico per dire che secondo me le conversazioni fra te e Gigi a proposito del suo lavoro la spingono a prenderti sul serio, assai più sul serio di quanto intenda tu.»

«Sasha, sputa l'osso! Smettila di tergiversare, e non tirar fuori frasi lunghissime che non significano niente» sbottò Zach.

«Se non smetterai di darle corda con i tuoi consigli, si innamorerà di te» dichiarò Sasha in tono solenne.

«Questa è tutta da ridere!»

«Conosco Gigi e ti assicuro che è quanto sta accadendo. Può darsi, anzi, che sia già troppo tardi.»

«Molto divertente» ribatté Zach. «È tutto combinato, no? Questo pranzo fa parte della trama che voi due avete ordito contro di me, vero?»

«Ma cosa stai dicendo?»

«Sicuro, Sasha, continua pure a fare la parte dell'amica innocente. È stata lei a mandarti, eh? Oppure è stata un'idea tua? Chi delle due ha inventato questo trucco? Chi ha deciso che non soffro abbastanza? Oh, so come la pensate, che gli uomini devono soffrire, ma non immaginavo che valesse anche per tuo fratello! Non hai un briciolo di lealtà familiare?»

«Tu... tu soffri? Hai detto che soffri?»

«Brava, rigira il coltello nella piaga. Stendimi sul tavolo delle torture e ascolta mentre le mie ossa si spezzano a una a una, seppelliscimi nella sabbia e lascia che le formiche rosse mi divorino gli occhi, e divertiti! Cosa ti ho fatto di male per meritare un simile trattamento? Vorrei tanto saperlo!»

«Stai zitto. Devo riflettere» disse Sasha.

«Non c'è niente da riflettere. Tu e la tua amica avete vinto. Godetevi la vostra vittoria, sguazzateci, cosa diavolo me ne importa? "Ogni tanto sono morti uomini che i vermi hanno divorato, ma non per amore." Be', ho una novità da raccontare a Shakespeare. Lui non lo sapeva con certezza, vero? Non aveva fatto sondaggi, e soprattutto non l'aveva chiesto a me.»

«Tu... stai morendo d'amore?» esclamò Sasha.

«Non ancora, non ancora, però potrebbe finire così se non riuscirò a riprendermi. Ma lei te l'avrà già detto! Immagino voi due ridiate di me: due streghe e la loro vittima. Oh, certo, l'inizio è stato da manuale, con tutte quelle domande timide e il leggero tremito nella voce. Mi ha fatto subito sentire protettivo e importante. E le sue occhiate, come se io conoscessi tutti i segreti dell'universo... le hai insegnato tu a stendermi con quelle occhiate? Poi ha chiesto di venire a casa mia, sabato scorso, perché era turbata... sì, lo giuro, ha detto proprio turbata, e non so bene come mai mezz'ora dopo mi sono trovato a gustare i piatti migliori che avessi assaggiato in tutta la mia vita e lei se ne stava seduta il più possibile lontana da me, così maledettamente bella che non sono nemmeno riuscito a finire di mangiare. E intanto mi raccontava cos'era successo in California con quell'inglese, il tipo che le ha spezzato il cuore quando era ancora vergine, il porco che aveva intenzione di scaricarla senza neanche salutarla. Probabilmente si è inventata tutta la storia per farmi ingelosire ancora di più. Senza contare le sere che ha detto di non poter uscire con me perché aveva altri appuntamenti; ma non ha voluto parlarmene, neppure una parola, un accenno... Anche questo glielo hai insegnato tu, vero? Posso dire solo che te la farò pagare, Sasha. Un giorno te la farò pagare.»

«Dimmi che non è vero quello che sto ascoltando» implorò Sasha, alzando gli occhi al cielo.

«Avanti, ridi pure! E il fatto di non permettermi di sfiorarla, poi, anche questo è opera tua. Riconosco il tuo tocco. Dovresti finire in galera! Prima riduci il povero idiota in condizioni tali da non vederci più, poi gli neghi tutto tranne un bacetto sulla punta del naso o sui capelli, e se proprio fa il bravo, gli permetti di baciarti la guancia, ma niente di più! Niente di più! "Digli che lo fai perché hai paura di affezionarti troppo a lui..." Affezionarti! "Se ti baciasse le labbra..." Le labbra! Si è fermata alle labbra! Sì, è stato il colpo basso decisivo. E cosa diavolo c'è di terribile nell'idea di affezionarsi a qualcuno?

Non ho capito più niente. Questo non l'avevo sentito in tutta la mia vita. Dove hai pescato questi trucchi? Li hai trovati in Jane Austen? Henry James? Il *Kamasutra*?»

«Gesù!»

«Gesù non ha mai parlato di "affezionarsi". Sasha, conosco i tuoi principi e non li ho mai discussi perché sono un idiota, ma non credo si possa permettere che una ragazza innocente, che immagino fosse un essere umano perbene prima di conoscerti, si lasci contagiare dalle tue idee morbose da mangiauomini. E non fare quella faccia contrita! Sei stata tu a mettermi in questo guaio, quindi risparmiami almeno la tua falsa costernazione.»

«Oh, Zach! Potrai mai perdonarmi?»

«Sicuro, fra centomila anni, oppure quando metterò le mani su Gigi e farò tutto quel che sogno di fare... Adesso mangia e strozzati. Io torno in teatro.»

Sasha restò a fissare il piatto con le lacrime agli occhi. Povero Zach, povero caro, dolce, amatissimo Zach. Poi, a poco a poco, un riluttante sorriso di trionfo le illuminò il viso: Gigi doveva a lei tutto ciò che aveva ottenuto. Non si era comportata esattamente come avrebbe fatto lei, ma una vittoria era pur sempre una vittoria. Povero Zach. Gli uomini dovevano soffrire. Gli avrebbe fatto bene.

«Sai, credo che i primi mormoni avessero avuto una buona idea» disse Gigi a Sasha, mentre esaminava un assortimento dei suoi migliori capi di biancheria. Li aveva disposti con cura, pezzo per pezzo, sulla carta velina stesa sul divano.

«Davvero?» Non era il genere di commento che di solito avrebbe degnato d'attenzione, ma provava per Gigi un rispetto nuovo. La sua amica stava giocando con Zach a un gioco molto profondo, e sebbene Sasha avesse deciso di non rivolgerle domande dirette, tutto ciò che Gigi diceva poteva venire interpretato come un riferimento al suo piano d'attacco così magistrale e ancora misterioso.

«Sai, le loro mogli hanno sempre un'aria così beata, nelle foto... Non hai visto quella sul giornale di oggi? Il vecchio mormone con una dozzina di mogli, anche se adesso non dovrebbe più essere permesso.»

«E allora?»

«Mi sono sembrate più pacifiche di qualunque altra donna abbia visto in vita mia. E poi ho capito: dodici donne e un uomo, è la ricetta della felicità.»

«Gigi, tu sai come la pensa Sasha Nevsky: la proporzione giusta è tre uomini e una ragazza.»

«Ma ti ha reso molto felice? Continui a lamentarti perché sono tutti inesperti, immaturi, puerili, anche i migliori. Hai mai pensato di trasferire il tuo talento in una comunità di pensionati? Prova ad accantonare le tue convinzioni, Sasha, e a riflettere partendo daccapo. Prova a orientare la tua straordinaria intelligenza su quest'altra soluzione. Altre undici donne che ti sono veramente simpatiche, undici donne divertenti con cui puoi parlare come non potresti mai farlo con un uomo... e i tuoi figli che giocano e corrono insieme a una nidiata di fratelli e sorelle, curati meglio di quanto potrebbe fare una donna sola. I lavori di casa sarebbero uno scherzo, perché avresti dodici paia di mani per sbrigarli. Certo, lo svantaggio sarebbe che ci rimetteresti un po' sul piano del sesso. Bisognerebbe fare a turno, ma con ciò? Il sesso è sopravvalutato, ammettilo, e non avresti ragione di essere gelosa perché neanche le altre mogli se lo godrebbero più di te.»

«Uhm. Non so. Mi riservo il giudizio sul sesso, ma scommetto che ci sarebbe almeno una moglie detestata da tutte le altre» commentò pensosamente Sasha.

«Quella cui tutte le altre vorrebbero somigliare, vuoi dire. La regina, ma sarebbe così simpatica che non potresti invidiarla.» Gigi era seduta sul pavimento a gambe incrociate e stringeva un giubbino da letto con le maniche ampie, di crêpe georgette lavanda orlato di pizzo Margot color panna e incrostato di boccioli di rosa. Aveva deciso di regalarlo a Dolly per Natale.

«E la tua individualità? Non finiresti per perderla, in mezzo a quella folla?»

«Perché? È il fatto di avere i diritti esclusivi su un uomo a darti l'individualità, per caso? Saresti sempre la stessa persona, e in più sapresti cosa riserva il futuro, non dovresti stare in ansia per colpa degli uomini e della loro malvagità, non soffriresti di depressione né di paura della solitudine, non avresti nemmeno l'ossessione di invecchiare perché lo faresti insieme a un gruppo che invecchia con te... Sasha, è l'ideale! Potresti smettere di condurre una vita basata sul tuo rapporto con gli uomini e limitarti a vivere!» Gigi parlava con una convinzione così appassionata, che Sasha la guardò in preda a un vago senso di allarme.

«È un'argomentazione convincente. Mi lasci un po' di tempo per riflettere, prima di aderire?»

«Tutto il tempo che vuoi» rispose generosamente Gigi. «Anche se è vietato dalla legge, l'idea mi piace.»

Sì, pensò Sasha, capiva perché a Gigi potesse piacere l'idea di essere la moglie di un mormone: una ragazza che faceva la corte a Zach con le brillanti dissimulazioni e il travolgente successo di Gigi, doveva avere per forza sentito parlare della marea di cuori che lui aveva spezzato e dei mille drammi di gelosia che aveva causato. Anche se non lo sapeva, in quel momento Gigi era in vantaggio; ma con i precedenti di Zach avrebbe dovuto darsi un bel daffare per tenerselo stretto, una volta catturato. Una soluzione poteva essere una famiglia in stile mormone: ma lo era veramente?

«Se non sistemo entro oggi tutti i regali di Natale, finirò per lasciare indietro qualcuno» disse Gigi. «Credo che questo vada bene per Billy.» Posò il giubbino e mostrò una creazione corta e semitrasparente di delicato pizzo nero con esili spalline di raso dello stesso colore, facendola ondeggiare davanti agli occhi di Sasha.

«È stato confezionato all'inizio degli anni Venti. Lo chiamavano *camiknickers*. Vedi, è una camicia con le mutande larghe: due pezzi in uno. Si portava con un reggicalze nero e calze di seta nera. Non fa molto francese? Ho già preparato il biglietto. Vuoi sentire?»

«Certo» rispose Sasha in tono d'invidia. Aveva la stessa taglia di Billy, e quel capo sarebbe stato ideale per lei.

«"Dove andava?" Questo è il titolo» spiegò Gigi, e cominciò a leggere:

«"Il suo nome era Nora. Sì, Nora, un bel nome semplice. E grazie a quel nome, gli uomini più complicati e sospettosi si fidavano di lei. Avevano fiducia nel suo sorriso timido e grazioso, nei suoi occhi immensi e innocenti, nei suoi rossori esitanti, e mettevano il loro cuore nelle sue mani. Ma come potevano indovinare che Nora portava *camiknickers* di pizzo nero sotto le severe camicette accollate e le pudiche gonne a pieghe? Sarebbe stato meglio chiudere Nora in una torre e gettare via la chiave. Perché? Perché quando uno dei suoi amanti piombava nel pesante sonno di totale soddisfazione che solo una notte con Nora poteva regalargli, lei si alzava dal letto e andava a ballare senza indossare nient'altro che i *camiknikers* e un paio di scarpine dorate, andava in posti di cui i suoi amanti ignoravano l'esistenza, ballava con uomini che non avrebbe più rivisto, uomini che al mattino sarebbero ripartiti in nave pensando a lei, e non l'avrebbero mai, mai dimenticata; ballava fino a quando la luna era tramontata da un pezzo e il sole stava per sorgere. (Naturalmente Nora indossava un mantello di pelliccia sopra i *camiknickers*, per non scandalizzare i taxisti.) Nora tornava sempre a letto prima che il suo amante si svegliasse... e voleva essere ridestata con un bacio. Con molti baci. Oh, sì, Nora era troppo per un uomo solo, Nora che aveva i piedini fatti per ballare e un grande cuore spensierato e infedele."»

«Gigi!» Sasha scoppiò in lacrime. «Gigi, non puoi regalarlo a Billy! Sai che lo avevi destinato a me! Dimmi che volevi solo scoprire se mi piaceva!»

«Oh, Sasha, non avevo intenzione di farti piangere! Certo, è proprio per te. Sembra fatto per te, non per Billy. Ma non l'ho ancora incartato e non ho fatto il disegno.»

«Lo farai più tardi» disse Sasha. «Adesso lasciamelo provare.»

Tornò dopo due minuti: una Nora che nemmeno Gigi si era immaginata, che la abbracciò e la trascinò in un vorticoso giro di valzer.

«Ti sta divinamente» sospirò Gigi soddisfatta, quando la lasciò andare. Aveva cercato dappertutto qualcosa che incantasse l'amica, che in fin dei conti passava le sue giornate a provare e riprovare biancheria intima. «Adesso ti occorre soltanto un mantello di pelliccia, e sarai pronta per una lunga notte di follie.»

«Cosa penserebbero le mie cognate mormoni che non dovrebbero sentirsi mai gelose? Il fatto è che sarebbe un bel guaio, nel tuo paradiso mormone, cara Gigi. A meno di non riuscire a trovarne uno per ognuna.»

«Ma questo è un esemplare unico, come del resto tutta la mia roba.»

«Cosa regalerai a Billy?»

«Questa.» Gigi raccolse quello che sembrava un mucchio piegato di pesante raso color oro antico e lo indossò sopra il maglione e i jeans. Le andava troppo lungo, anche senza il breve strascico che si disponeva a ventaglio ai suoi piedi. Dalle spalle fin sotto la vita il raso era ricoperto da uno strato di merletto color panna che formava anche le ampie maniche a smerli. La trina era fissata qua e là al raso da fiocchetti di velluto blu Nattier.

«Cos'è?»

«È il capo più bello e raro che possiedo. Una vestaglia da tè. All'inizio del Novecento, le donne indossavano indumenti di questo genere in occasione dei tè con le amiche intime. Non ti sembra troppo esagerata, vero?»

«Per Billy è perfetta. Hai già scritto il biglietto?»

«Non ancora. Devo trovare l'idea giusta. È così che immagino Billy nella sua nuova casa parigina, in un pomeriggio d'inverno come oggi, mentre versa il tè alle dirette discendenti di coloro che ispirarono i personaggi di Proust... o a bordo di una casa-battello nel Kashmir, o magari in Scozia, un pomeriggio in cui piove troppo per andare a caccia di pernici di monte...»

«Billy non va a caccia di pernici di monte.»

«Sasha, il tuo guaio è che prendi le cose in senso troppo letterale. I *camiknickers* sono adatti per qualunque posto e qualunque momento in cui si desideri essere particolarmente glamorous. E il pigiama è per Jessica. Per me è troppo piccolo, quindi a lei dovrebbe andar bene» soggiunse Gigi, mostrando il due pezzi di mussola rosa chiarissima, orlato al collo, ai polsi e ai pantaloni corti al ginocchio da strati e strati di gale pieghettate, stile Pierrot. «È francese, anni Venti: non ti sembra intonato a lei?»

«È abbastanza sexy?» Sasha aveva un tono dubbioso, mentre si pavoneggiava nel suo nuovo indumento di pizzo nero.

«La lingerie non deve essere obbligatoriamente sexy. Questo pigiama è adorabile, e lo è anche Jessica. E questo è per Emily Gatherum» continuò Gigi, mostrando un reggiseno nero con due aperture per lasciar sporgere i capezzoli.

«Non oserai farle un regalo simile!»

«No, in verità è per me. Una creazione di Frederick's di Hollywood, 1960. Emily non lo apprezzerebbe.»

«E cosa hai intenzione di farne?»

«Ti piacerebbe saperlo, eh? Veniva chiamato "la divisa da combattimento delle cortigiane"... e non cercare di fregarmelo! Cancellati dagli occhi quello sguardo bramoso. Serve più a me che a te. Adesso vai a cambiarti e rendimi il tuo regalo di Natale così potrò finire il biglietto e incartarlo. Devo ancora preparare i biglietti per Billy e Dolly e Jessica e Mazie, e poi c'è quella meravigliosa sottoveste degli anni Trenta in seta e chiffon color cioccolata per Josie Speilberg, l'unica donna di mia conoscenza che porti ancora sottovesti intere; e tutte le sottogonne di lino e pizzo sono per Emily e le mie amiche di Voyage to Bountiful. Oh, come farò a finire di scrivere i biglietti questo pomeriggio? Non dovevo lasciare che mi distraessi. Guarda com'è tardi.»

«Gigi, penso io a incartare tutti i regali, sai che sono bravissima. A patto però che tu mi lasci portare tutto quanto in ufficio per mostrarlo alle altre modelle. Ti prego. Resteranno fuori casa per un giorno solo, e mancano settimane a Natale. Li sorveglierò con attenzione.»

«Pensi davvero che gli interesseranno?» chiese Gigi.

«Senza il minimo dubbio. Una buona modella per la biancheria deve essere più in carne delle altre. Dobbiamo essere tornite e prosperose, altrimenti i capi di lingerie ci pendono addosso e a volte, soprattutto intorno a Natale, ci deprimiamo perché pensiamo di non essere snelle e flessuose come silfidi. Sì, perfino Sasha Nevsky soffre di insicurezza. Quindi sarebbe un grande aiuto se sapessero cosa indossavano le donne prima che inventassero i collant.»

«D'accordo... ma per un giorno solo. E il mio reggiseno non puoi prenderlo. Forse ne avrò bisogno.»

«Tutte hanno visto reggiseni come quello, Gigi, Li fabbricano ancora: esattamente nello stesso stile, e metà delle donne di Des Moines ne possiede uno» spiegò gentilmente Sasha. «Si chiama "specialità per il sabato sera".»

«È un fenomeno notissimo, la malinconia natalizia, l'ho letto nella Piccola Posta, e non c'è niente di strano se ci sentiamo così, sarebbe quasi sbagliato il contrario» disse Dawn Levine in tono poco convinto, annodando la cintura della vestaglietta di cotone che portava nello spogliatoio delle modelle nella sede della Herman Brothers. «Ma la Piccola Posta non spiega perché sono ingrassata di quasi un chilo proprio in vita quando mancano ancora settimane a Natale. Forse Ann Landers scriverà un pezzo sulla tendenza psicologica all'aumento di peso natalizio... non potrebbe trattarsi di una falsa gravidanza?» I capelli biondi le cadevano sulle spalle in onde lucenti, e la frangetta arrivava quasi a coprire i suoi mesti occhi azzurri da irlandese.

«Bah, sciocchezze, non inventare scuse, piccola» rispose Sally Smart. «Se sei ingrassata di un chilo, e lo vedo benissimo anch'io, è perché hai mangiato ottomila calorie di grasso disgustoso che non sei riuscita a metabolizzare. Mia madre me lo dice sempre. Sostiene sia suo dovere materno dirmi ciò che gli altri evitano di dire per pura cortesia.» Sally si sistemò dietro le orecchie le ciocche di capelli bruni e arricciò il naso lentigginoso. «Raccontalo alla Piccola Posta» suggerì in tono cupo. «E vedi cosa ti risponderà. Passi che cerchi di convincerti che i tuoi tessuti trattengono l'acqua, ma non chiedermi di assecondare le tue patetiche illusioni.»

«Mille grazie, Sally. Sei molto incoraggiante» commentò Dawn in tono risentito. «Ti meriti la madre che hai, e non aggiungo altro. E lei merita una figlia come te. Ti ha detto che quel brufolo sul tuo mento ingrossa di minuto in minuto e probabilmente sarà maturo la vigilia di Natale, ma tanto non avrà importanza perché quella sera non uscirai con nessuno? E nemmeno a Capodanno?»

«"A Natale gioca e stai allegro, perché viene solo una volta all'anno." Non l'avete imparato a scuola?» intervenne Rosa Modena, la terza delle quattro modelle, intenta a osservarsi le gambe con aria inorridita. «Mi stanno venendo le vene varicose» annunciò, sconvolta. «Oh, buon Dio del cielo, è la fine della mia carriera! Presto, una di voi deve assicurarmi che ventidue anni sono troppo pochi per le vene varicose!»

«Non è detto» rispose Sally. «Possono venire a qualunque età. E non parlare di allegria, a meno di non volere andare tu a scegliere i regali per i figli delle mie sorelle... per quei nove mostriciattoli.»

«Credevo li adorassi» protestò Dawn.

«Non certo a Natale. I ragazzini ricevono i regali più belli, si godono l'emozione dell'attesa del gran giorno, si divertono a cantare quelle stupide canzoncine, e tutti gli adulti stanno al gioco perché non osano rifiutarsi. E se pensi che il brufolo sul mio mento stia ingrossando, dovresti vedere quello che mi è spuntato sul sedere.»

«Se Sasha non torna presto con i nostri sandwich, mi metto a piangere» annunciò Rosa. «Detesto il Natale, detesto le mie gambe, detesto me stessa, detesto il mio ragazzo, e soprattutto detesto voi due.»

«Vedo che sono arrivata appena in tempo» disse Sasha, che entrava in quel momento con la scatola di sandwich: quel giorno era toccato a lei andare a fare le ordinazioni. «Ancora un minuto, e tre brave ragazze che normalmente si comportano da signore avrebbero cominciato a prendersi per i capelli. Su, mangiate, in nome di Dio, non parlate di Natale e fate finta che sia il Quattro luglio. La vostra magnifica Sasha Nevsky, premurosa come sempre, ha portato qualcosa per rallegrare la vostra giornata.»

A Sasha brillavano maliziosamente gli occhi, il suo nasetto da Gibson Girl era più impertinente del solito, il sorriso carico di anticipazione, e l'acconciatura dei capelli scuri le dava un'aria autorevole.

Mentre Sally, Rosa e Dawn mangiavano avidamente, prese dal nascondiglio nell'armadio le due valigette con le quali aveva portato la lingerie di Gigi. Appena le altre ebbero finito di pranzare, le aprì e a uno a uno ne estrasse i regali natalizi che Gigi aveva acquistato per le amiche. Mostrò ogni capo, spiegò cos'era, e lo consegnò alle altre perché lo esaminassero. Le tre ragazze maneggiavano i vecchi indumenti con grande rispetto, commentando la preziosità dei tessuti; tutto ciò che indossavano era di cotone o di nailon, e nessuna di loro aveva mai posseduto biancheria confezionata a mano, né conosceva gli stili di un tempo.

Mentre Sasha leggeva a voce alta i testi dei biglietti di Gigi, vide le espressioni di insoddisfazione e petulanza sparire dai volti delle colleghe e lasciare posto all'aria incantata dei bambini che ascoltano per la prima volta una fiaba magica.

«Posso?» Sally sfiorò con la punta delle dita il raso della vestaglia da tè destinata a Billy e, con gli occhi supplichevoli, chiese il permesso di indossarla.

«Stai molto attenta» la avvertì Sasha. Come poteva resistere all'espressione di Sally? E poi sapeva che le ragazze erano abituate a trattare con cura anche i capi originali che presentavano nello showroom. Sally si tolse la vestaglietta appoggiandosi il prezioso indumento sulle spalle, quindi infilò le braccia nelle maniche di pizzo e mosse qualche passo perché lo strascico si aprisse a ventaglio dietro di lei.

«Mio Dio» mormorò. «Mi sento... oh, non so... ma certo non cattiva e orrida come al solito. Oh, Sasha, devo proprio toglierla?»

«Sì, purtroppo.»

«Ora rileggerò il biglietto» disse Sally, assumendo una posa regale. «Ascoltate: "Discendeva da un'antica famiglia britannica ed era stata battezzata con i nomi di Mary-Jane Georgina Charlotte Alberta, ma voleva essere chiamata solo Georgie. I genitori l'avevano cresciuta con molto rigore, perché era incredibilmente bella, ma il suo maestro d'equitazione e il suo professore di piano si batterono a duello per lei quando non aveva ancora quindici anni. L'Aga khan le passava le soffiate vincenti per la coppa delle Mille Ghinee a Newmarket; l'erede di un ducato le offrì il suo cuore, la sua mano e la sua corona, un famoso banchiere le offrì una collana di perle rosate raccolte nell'arco di ben dieci anni. Ma a Georgie non interessavano il denaro, i gioielli e gli uomini ricchi e titolati: voleva il vero amore, e a diciassette anni lo trovò. Era l'uomo più affascinante di Londra, un violinista del Café de Paris. I genitori non si ripresero mai da quel colpo tremendo. Georgie perse il suo vero amore a diciotto anni e lo ritrovò a diciannove. Anzi, trovò il vero amore più di trenta volte nella vita, e ogni volta era più felice e inaspettato di quello precedente. A Venezia lo trovò con un gondoliere, in Argentina con un ballerino di tango, a Granata con uno zingaro, a New York con un peso welter e a Hollywood con uno sceneggiatore (perfino i più grandi ammiratori di Georgie, questo faticarono a capirlo!). Fortunatamente, Georgie poteva permettersi tutto il vero amore che voleva perché a diciotto anni e mezzo aveva inventato e brevettato il mascara, nel corso di una pausa d'ozio tra il fantino e l'ispettore di polizia. Ogni pomeriggio, comodamente avvolta nella vestaglia preferita, Georgie dedicava lunghe ore alla preparazione dei minuscoli sandwich. Il vassoio le veniva portato in camera dal maggiordomo. Qualcuno si accorse mai che Georgie cambiava maggiordomo molto spesso? O che erano tutti giovani e belli? Quando una donna compie un'azione meritoria come inventare il mascara, ha diritto di soddisfare tutte le sue fantasie. Era ciò che pensava e faceva Georgie. E lo faceva sempre. Lo facevano anche i maggiordomi. Fortunata Georgie!".»

«Ho deciso che coltiverò l'atteggiamento di Georgie nei confronti della vita» disse Sally al termine della lettura. «Lei sapeva cos'era davvero importante. E i suoi maggiordomi non potevano certo lamentarsi.»

«Non avrebbe mai potuto arrivare a tanto con un nome come Mary-Jane» commentò pensosamente Dawn, addocchiando il pigiama rosa alla Pierrot. Mentre Sally leggeva, Rosa aveva stretto affettuosamente a sé una sottogonna di crêpe de chine bianca e relativa camiciola, decorate con fiocchi di raso candido e destinate a Emily Gatherum.

«Oh, avanti, provate pure tutto» esclamò Sasha, irritata con se stessa all'idea di aver potuto credere che se la sarebbe cavata con una semplice mostra dei capi di biancheria. La verità era che le sue amiche smaniavano di indossarli! «Provate pure tutto, ma con attenzione. Restituitemi solo il pigiama con le gale... per noi è troppo piccolo.»

Sasha infilò il *camiknicker* di pizzo nero mentre le altre si vestivano evitando movimenti bruschi e maneggiando con estrema cautela ogni capo. Poi cominciarono a camminare avanti e indietro per abituarsi al contatto delle stoffe, ancheggiarono, sfilarono e fecero la giravolta, ammirandosi e ammirando le altre, finalmente allegre.

Davanti agli specchi a figura intera, sostavano quattro donne dai corpi splendidi. Ognuna aveva la sensazione di essere sgattaiolata fuori attraverso un piccolo strappo nel tessuto del tempo e di vedersi come sarebbe potuta essere in un'altra vita più romantica e provocante. I biglietti di Gigi avevano dato loro le indicazioni necessarie per sentire che ogni indumento non era solo un esemplare di lingerie antica, ma anche un legame tangibile con un sogno piccante, suggellato da una promessa d'eternità, un sogno del quale era così facile immaginarsi protagoniste. Erano sensualmente consapevoli di un altro mondo, in delicato rapporto con una sensibilità erotica che prima non conoscevano.

Qualcuno bussò alla porta. «Siete presentabili?» chiese il signor Jimmy.

Rosa, Dawn e Sally si paralizzarono e guardarono Sasha con aria costernata, come bambine sorprese in soffitta mentre giocano a vestirsi da signore.

«Piantatela, tutte quante» disse Sasha. «Siamo in pausa, no? E poi, è un tale tesoro che possiamo fargli anche questo favore. Entri pure, signor Jimmy» chiamò. «Siamo presentabili non meno del solito.»

«Fra mezz'ora verranno i buyer di Higbee e... Ma cosa sta succedendo?» esclamò il signor Jimmy, guardandosi intorno sbalordito. Non aveva mai visto le sue ragazze con facce tanto sognanti e felici.

«Io sono Nora» disse Sasha. Gli andò incontro e gli diede un bacio sulla fronte. E stasera noi due abbiamo un appuntamento... balleremo e balleremo fino all'alba.»

«Io sono Georgie» disse Sally, «e ho l'impressione che potrei anche assumerla come maggiordomo.»

«Io sono Lola-Antoinette» disse Rosa, che aveva indossato il pigiama di raso bianco di Sasha. «E voglio ringraziarla per gli smeraldi... Non doveva disturbarsi, ma visto che l'ha fatto...» Anche lei gli baciò la fronte.

«Ehi, andiamo» sorrise il signor Jimmy, «state cercando di mandarmi in rovina? Dove avete trovato quella roba? Mi sembra quasi di ricordare... be', lasciamo perdere. Non posso essere tanto vecchio.»

«La mia compagna di stanza, Gigi, colleziona lingerie antica» spiegò Sasha. «E questi capi li regalerà per Natale. Li ho portati per mostrarli a tutti... Oh, e i biglietti, deve leggere i biglietti e vedere i disegni, per capire il concetto.» Gli porse il biglietto di Nora, e il signor Jimmy sedette e lo lesse.

«Forse stasera andremo a ballare, Nora, ma domani non partirò con la nave» disse lui alla fine, ridendo. «Mi faccia vedere il suo biglietto, Sally.» Lesse in fretta anche quello e le rivolse il sorriso che aveva fatto vendere cinque milioni di guaine. «Il nuovo maggiordomo, eh? Grazie per il pensiero, Georgie. Dovrò parlarne con il mio contabile.»

«Non si preoccupi, signor Jimmy» tubò Sally. «I maggiordomi di Georgie non durano a lungo. Secondo me il problema è che li sfinisce.»

«Legga il mio» esclamarono contemporaneamente Rosa e Dawn, sventolando i biglietti.

«Vorrei tanto, ma ero entrato per dirvi che sta per arrivare una mezza dozzina di buyer che non hanno fatto ordinazioni sufficienti per Natale, anche se li avevo avvertiti: perciò ai posti di combattimento, ragazze, e preparatevi a presentare di nuovo la linea natalizia. Ehi, Sasha, potrebbe farmi conoscere la sua amica? Mi piacerebbe saperne di più. Naturalmente verrà anche lei, si capisce.»

«Lasci fare a me» rispose Sasha. Aveva percepito nella voce benevola del signor Jimmy un tono d'interesse speciale.

«Organizziamoci in fretta, ragazze. A quanto ho capito, Nora e Georgie miravano alla gratificazione immediata... e anch'io.»

«Agli ordini, signor comandante.»

«Ha scritto molte cose, Gigi?» chiese il signor Jimmy quando ebbero finito di ordinare per tutti e tre nel ristorante italiano.

«No, niente. A parte i biglietti di auguri. Forse Sasha le avrà detto che lavoro nel servizio di catering... Sono specializzata in gastronomia. Ho cominciato a interessarmi di lingerie antica qualche anno fa, ma prima dell'ultimo compleanno di Sasha non avevo mai regalato a nessuno un pezzo della mia collezione. Poi ho pensato che soltanto Sasha meritava un capo come il pigiama di raso bianco. È stata lei a ispirarmi il primo biglietto e il primo disegno.»

«Sarebbe Lola-Antoinette, la signora alla quale ho generosamente regalato smeraldi, il pigiama che aveva indosso Rosa?»

«E stava benissimo anche a lei, sebbene siamo due tipi molto diversi» si intromise Sasha.

«Quanto tempo le occorre, più o meno, per scrivere uno di quei biglietti?» chiese incuriosito il signor Jimmy.

«Dipende» rispose Gigi. «A volte l'idea mi viene subito, a volte devo pensarci un po'. Ma quando mi ci metto... be', circa mezz'ora, se è lungo.»

«Ne hai scritti almeno sei o sette in un pomeriggio, proprio l'altro giorno» le ricordò Sasha. «Forse anche di più.»

«La pressione natalizia.» Gigi scrollò le spalle con modestia. Il signor Jimmy le era simpatico, proprio come preannunciato da Sasha. Aveva la faccia rossa più onesta che avesse mai visto, e un'adorabile frangia di capelli bianchi. Era alto più o meno quanto lei, anche se probabilmente pesava circa settanta chili in più. Con addosso un costume di velluto rosso, sarebbe potuto essere il più grasso e serafico Babbo Natale, pensò mentre lo guardava bere il secondo Martini. Persino il naso era adatto a quel personaggio.

«Gigi» il signor Jimmy le rivolse direttamente. «Questa è una cena d'affari, e le persone educate non dovrebbero parlare di affari prima di avere terminato la portata principale ma, al diavolo... ho una proposta da farle.»

«Per la mia lingerie antica?»

«Sì, ma anche molto di più. Se avessi visto quei vecchi capi su uno scaffale da qualche parte l'idea non mi sarebbe venuta, ma il modo in cui hanno reagito Sasha e le altre ragazze e i suoi biglietti di accompagnamento mi hanno molto colpito. Sto cercando di ampliare la nostra fetta di mercato. La concorrenza diventa sempre più spietata, le pubblicità più belle e accattivanti, ma la Herman Brothers, anche se è una grossa azienda, negli ultimi tempi non è stata molto innovativa. Ho riflettuto, e lei mi ha offerto spunti assolutamente nuovi. Se riuscissi a trovare una grande quantità di capi di biancheria antica riproducibili in modo da sembrare autentici, in varie taglie, e creassi una nuova collezione usando come pubblicità i testi dei suoi biglietti e i suoi disegni come illustrazione, cosa ne penserebbe?»

«Ma... io non capisco niente di pubblicità» obiettò Gigi.

«Io invece me ne intendo, mi creda. E non è un mistero sacro. Lei non dovrà fare altro che ideare i biglietti e i disegni, e...»

«Signor Jimmy, un momento. Gigi fruga fra centinaia di capi in dozzine di negozietti, prima di trovare qualcosa di valido» lo interruppe Sasha. «Ha una partecipazione emotiva, e quegli indumenti le parlano. Non potrebbe mai scrivere per biancheria che non le ispira un sentimento personale.»

«E non dovrebbe neanche farlo. La manderei in giro con un paio di persone per aiutarla e lei potrebbe trovare i capi di biancheria personalmente, oppure potrei inviare esperti in tutto il paese a comprare pezzi eccezionali e poi Gigi direbbe quali la ispirano. Alla fine sarebbe sempre lei a scegliere e decidere: Gigi ha il tocco magico. Io stabilirei solo se le sue scelte sono o no abbastanza pratiche per essere riprodotte, ma in sostanza penso che ci troveremmo d'accordo. In quanto a lei, Sasha, potrebbe fare da arbitro dell'intero processo.»

«Aspetti, signor Jimmy» protestò Gigi. «Lei continua a parlare di "riprodurre" quei capi. Ma la cosa più importante nella mia lingerie è che tutto è autentico e unico.»

«Be', la nostra produzione non potrebbe esserlo» ribatté il signor Jimmy con aria decisa. «La Herman Brothers è un colosso. Necessariamente si tratterebbe di riproduzioni, ma consideri una cosa: sarebbero le riproduzioni migliori reperibili sul mercato, e verrebbero usate solo fibre naturali: seta pura, raso, pizzo vero, e così via. Se non somigliassero agli originali nell'aspetto e al tatto, non si venderebbero. Sto pensando a una linea esclusiva per negozi scelti con grande cura. Le riproduzioni non avrebbero nulla di modesto, prezzo compreso; ma diffonderemmo la concezione romantica di indossare capi di lingerie quasi antica fra migliaia di donne che altrimenti non potrebbero mai averli perché non saprebbero nemmeno dove cercarli. Anzi, in questo momento non sanno neppure di desiderarli. Ma li vorranno, oh, se li vorranno!»

«Hmmm.» Gigi era combattuta fra quell'entusiasmo e la riluttanza a popolarizzare qualcosa che era stato per lei un piacere tanto intimo, condiviso solo con poche amiche. «"Quasi antica": l'ha appena inventata lei?»

«Credo di sì» rispose con orgoglio il signor Jimmy. «Niente male, eh?»

«Ma, mi scusi, signor Jimmy, è onesto chiamare "quasi antico" qualcosa che è nuovo di zecca?»

«Gigi, secondo me sei troppo pignola» intervenne Sasha. «Non c'è nulla che sia antico dal punto di vista legale se non ha più di cent'anni. I tuoi capi ne hanno sessanta, ottanta al massimo. Non dirai che è "biancheria di seconda mano", vero? Eppure, in effetti lo è.» Possibile che Gigi non sapesse riconoscere la grande occasione quando si presentava alla porta? A lei veniva l'acquolina in bocca al solo pensiero di una nuova linea!

«Ragazze, ragazze, non spacchiamo il capello in quattro. Ci stiamo allontanando dalla mia idea» disse cordialmente il signor Jimmy. «Io da solo non potrei riuscirci se Gigi non scegliesse i capi e non contribuisse con i testi e i disegni. Pensavo di partire in piccolo, una collezione di una trentina di modelli al massimo. E se i buyer non si butteranno a pesce, il che francamente mi stupirebbe, sarò io a sborsare la somma necessaria per far decollare comunque il progetto.»

«A proposito...» disse Sasha in tono significativo, immergendo la lingua nello sherry come un orso nel miele.

«A quel proposito, signore mie, Gigi avrà una percentuale su ogni capo venduto, ma solo dopo avere accertato se sarà o no un vero successo.»

«Io pensavo a un altro sistema» disse garbatamente Sasha. «Un anticipo sulle percentuali, come nell'editoria. Dato che Gigi sceglierà i capi, scriverà i testi e farà i disegni, avrà funzioni di redattore, autore e illustratore. Dovrebbe ricevere una certa somma quando si impegnerà a svolgere questo lavoro per lei, e un'altra al completamento, cioè quando si potrà avviare la produzione vera e propria. Così, se lei non ci guadagnerà, e Dio non voglia, Gigi almeno sarà stata compensata di tutta la fatica. Altrimenti avrebbe sgobbato per niente. Dopotutto, signor Jimmy, trenta testi! E i disegni! Trenta donne nuove da inventare!»

«È un punto di vista interessante» borbottò il signor Jimmy. «Ma basterebbe a fare di me un editore gentiluomo anziché un comune fabbricante di biancheria?»

Gigi, che ascoltava con attenzione, si rendeva conto che, a parte gli scrupoli sull'autenticità delle creazioni, l'idea del signor Jimmy la affascinava. Per lei era stato un divertimento cercare la biancheria e creare i testi, ma non aveva mai pensato esistesse un modo per ricavarne un guadagno. Si schiarì la gola.

«La mia agente letteraria, la signorina Nevsky, ha trovato una soluzione che mi sembra funzionale» annunciò con lo stesso tono autoritario che Emily Gatherum usava nelle grandi occasioni. «Naturalmente avrà il compito di trattare l'anticipo con lei, signor Jimmy, mentre io non sarò presente, e per questo avrà diritto alla consueta percentuale degli agenti. Chi svolge attività creativa non deve occuparsi delle questioni economiche. È dannoso per la psiche. Mi basta pensarci perché mi venga il mal di testa.»

«Gigi è la più sensibile e fragile fra noi due, signor Jimmy» rincarò Sasha. «Io sono l'agente inflessibile, e niente mi fa venire il mal di testa. Vogliamo discutere l'anticipo domani nel suo ufficio? Vedo che stanno per servirci; non mi piace mangiare l'aragosta alla Fra Diavolo discutendo di denaro.»

14

«Madame Ikehorn?» Mademoiselle Hélène, la *gouvernante* del secondo piano del Ritz bussò leggermente alla porta della camera di Billy. Era la quarta volta, quella mattina. Il giorno prima le cameriere avevano riferito che aveva appeso il cartellino "Non disturbare" e quindi non avevano potuto occuparsi della suite. Non era un fatto straordinario, poiché era possibile che un cliente volesse proteggere la propria privacy per tutto quel tempo: d'altra parte, però, un periodo di riposo così lungo era invariabilmente accompagnato da diverse telefonate al servizio in camera. Mademoiselle Hélène aveva controllato e aveva scoperto che, dall'ora del tè di due giorni prima, dalla suite non erano più arrivati ordini. Interrogato, il concierge aveva risposto che madame Ikehorn era tornata dall'Opéra giovedì prima di mezzanotte e da quel momento non aveva più lasciato l'albergo. Quindi, secondo il calcolo di mademoiselle Hélène, la cliente più incostante del Ritz era chiusa nella sua camera da due notti e un giorno, più una mattina intera, non aveva ordinato niente da mangiare e non si era fatta vedere da nessuno.

Madame Ikehorn alloggiava al Ritz da molto tempo ormai, ed erano tutti così abituati ai suoi orari irregolari che fino a quel momento la sua clausura era stata interpretata né più né meno come un capriccio. Ma ora bisognava intervenire.

La giovane donna dall'elegante tailleur nero bussò di nuovo, poi inserì la chiave passepartout nella serratura. La porta era bloccata dall'interno con la catena.

«Madame Ikehorn» chiamò attraverso la fessura. «Tutto a posto? Sono mademoiselle Hélène.»

«Vada via, mi lasci in pace.» La voce di Billy veniva dal letto. La stanza era buia, le imposte chiuse, le tende tirate anche se era quasi mezzogiorno.

«Madame, si sente male? Chiamo subito un medico.»

«Sto bene. Ma mi lasci in pace.»

«Madame, non mangia da quasi due giorni.»
«Non ho fame.»
«Madame...»
«La smetta! Cosa devo fare per poter stare un po' tranquilla?»
La *gouvernante* richiuse la porta senza fare rumore. Almeno, madame Ikehorn era viva. Non era annegata scivolando nella vasca da bagno. Non era caduta sulle piastrelle bagnate battendo la testa e morendo dissanguata. E non giaceva sul letto in stato d'incoscienza. Per il momento mademoiselle Hélène si sentì rassicurata, ma era decisa a tenere d'occhio la situazione. Distribuì i compiti al personale del piano: tutti dovevano sorvegliare la suite e avvertirla immediatamente se qualcuno fosse entrato o uscito. Non era ammissibile che un cliente saltasse a lungo i pasti al Ritz o, peggio ancora, fosse costretto a dormire fra le stesse lenzuola per due notti consecutive.

Raggomitolata sotto la fragile armatura delle coperte che costituivano la sua unica difesa contro la realtà, Billy cercò invano di riaddormentarsi. Al ritorno dallo studio di Sam aveva preso una dose massiccia di tranquillanti e sonniferi per attutire l'angoscia che la opprimeva. Aveva inveito contro le pareti, aveva continuato a spiegare tutto a Sam... era una situazione così mostruosamente ingiusta! E nello stesso tempo si era sentita abbandonata come se Sam le fosse morto fra le braccia. Aveva invocato una parola di comprensione camminando avanti e indietro da una stanza all'altra, come se potesse fare qualche differenza per la sua disperazione impotente, come se i luoghi potessero offrirle qualche conforto, un segnale che c'era ancora speranza. Quando le pillole avevano fatto effetto, si era buttata sul letto e lì era rimasta per una notte interminabile, intorpidita da un atroce dormiveglia durante il quale aveva visto e rivisto l'espressione di Sam che le gridava il proprio disprezzo.
Ora, mentre il sonno continuava a sfuggirla, era pervenuta a uno stato di lucidità agghiacciante. La sua mente era come una pianura brulla sferzata dal vento, dalla pioggia e da un sole impietoso, una pianura dove l'erba non poteva crescere. Quella pianura, pensò Billy, era la sua casa, e vi regnava un'unica certezza assoluta: in fatto di uomini e di denaro, una maledizione gravava su di lei.
La sua angoscia non era una semplice tempesta di cieche emozioni. Avrebbe accettato ore e ore di pianto se solo queste avessero contribuito a darle sollievo, ma le lacrime non venivano. Qualcosa teneva la sua mente inchiodata ai fatti che l'avevano portata a quella realtà. Ossessivamente, senza dimenticare un solo dettaglio, Billy aveva rivissuto i nove mesi con Sam e l'anno con Vito, aveva cercato

di esaminare ogni particolare dei rapporti che li avevano uniti. E nel distinguere le loro personalità così diverse dai fatti, la verità fatale era apparsa evidente: Billy era ricca e nessun uomo riusciva ad amare una donna ricca.

Aveva cessato di essere umana agli occhi di Sam nel momento in cui aveva scoperto la sua ricchezza. In quell'istante aveva chiuso la porta in faccia alla donna che conosceva, altrimenti non sarebbe stato così furioso e non avrebbe rifiutato di ascoltarla. Non poteva avere detto che lei gli faceva schifo... Sam, che aveva conosciuto nella passione e nell'intimità dolce dell'amore non poteva averle rivolto un simile insulto a meno che lei non gli fosse apparsa un'altra, una donna istantaneamente trasformata e sfigurata dalla ricchezza. Aveva rifiutato di accettarla, aveva calpestato tutti i sentimenti che lei provava per lui perché si sentiva oltraggiato, offeso, guardato con diffidenza. Il suo orgoglio non era sopravvissuto al colpo, e il suo orgoglio era più importante dell'amore.

Vito aveva nutrito risentimento per la sua ricchezza fin dall'inizio. Non aveva mai smesso di credere che il denaro le assicurasse la superiorità, un potere irresistibile, e aveva giudicato tutte le sue azioni con il metro di quel potere. Si era scagliato contro di lei. L'aveva mai considerata una donna semplice e normale che lo amava? L'alone della ricchezza, dal quale aveva cercato di proteggere Sam, era una specie di condanna ineluttabile.

Vito l'aveva accusata di essere un'ape regina. Sam l'aveva accusata di non considerarlo al suo livello. L'avrebbero giudicata allo stesso modo se lei non avesse avuto tanto denaro?

Ma anche se avesse conosciuto la risposta, anche se avesse saputo esattamente cos'era Billy Ikehorn senza il suo patrimonio, non avrebbe potuto essere se stessa con nessuno, eccettuate Jessica, Gigi e Dolly. Solo un'altra donna poteva considerarla un essere umano. Tutte e tre avevano in comune con lei il fatto di essere donna, e sapevano che il denaro non poteva cambiare quella condizione sostanzialmente vulnerabile. Una donna ricca ha bisogno d'amore come tutte le altre. Perché gli uomini non erano in grado di riconoscere quella semplice verità?

Billy si rincantucciò sul mucchio di cuscini sgualciti e affrontò il fatto che non esistevano soluzioni soddisfacenti per una donna con un problema come il suo... un problema che cento donne su cento avrebbero voluto, un problema che tutte avrebbero accettato senza pensarci su due volte. Lei aveva già tanto: che diritto aveva di volere di più? Avrebbe dovuto rinunciare a quella ricerca impossibile una volta per tutte, avrebbe dovuto imparare a non sperare nell'amore.

Non doveva attendersi da un uomo più di quanto si aspettava da un viaggio in un paese straniero: novità, specialità gastronomiche nuove, nuovi scenari, nuove usanze, il suono di una lingua nuova. E poi, quando ne avesse avuto abbastanza, sarebbe potuta tornare in patria calma e tranquilla, come aveva deciso all'inizio. Senza soffrire. Aspettative limitate, non le chiamavano così? O semplicemente senso di realtà?

Da dietro la porta della camera da letto le giunse un suono di voci soffocate. Doveva essere mademoiselle Hélène che cercava di entrare. Quella donna era capace di tutto, anche di scardinare la porta, pur di assicurarsi che ai clienti dell'albergo non fosse accaduto nulla di male. Cristo, ma non c'era proprio nulla di inviolabile, al Ritz?

Saltò giù dal letto e si avviò indignata alla porta, muovendosi a tentoni nel buio. Si mise in ascolto.

«Scommetto che ha i postumi di una sbronza.» Billy riconobbe la voce di una delle cameriere.

«O magari si sta sbronzando adesso. Nel minibar c'è abbastanza roba da ubriacarsi per una settimana» commentò la seconda cameriera.

Billy tornò in fretta a letto e guardò il grande orologio a muro. Era mezzogiorno, o forse mezzanotte. Lì dentro era troppo buio per distinguere l'uno dall'altra. Andò alla finestra e scostò con impazienza il più pesante dei tre strati di tende, un'immensa cascata di broccato verde resa ancora più pesante da quattro file di passamanerie in quattro sfumature diverse e dal bordo frangiato di pompon verdi e rosa. Le tende si aprirono a suficienza per consentirle di raggiungere le sottotende di seta rosa. Aprì anche quelle e scrutò attraverso l'ultimo strato di veli, oltre il quale erano calate le tapparelle bianche governate da un telecomando. Billy premette il pulsante e subito la stanza fu inondata di luce. Mezzogiorno. Grazie a Dio, pensò, andando al telefono per ordinare una colazione abbondante. Al servizio ordinò che le mandassero qualcuno a rifare la stanza, poi tolse le catene alle porte e sparì in bagno per fare una lunga doccia. Si lavò i capelli, li asciugò, li spazzolò all'indietro e si truccò in fretta, con gesti automatici. Doveva reagire e muoversi. Doveva sopravvivere.

Quando uscì dal bagno avvolta nell'accappatoio rosa, Billy trovò le tende di tutte le finestre aperte, il letto rifatto, sui tavoli e sui bureau vasi pieni di rose bianche e accanto al vassoio coperto della colazione l'"International Herald Tribune". Rimase sorpresa nello scoprire che era già sabato: dunque non era strano che le girasse la testa per la fame. Doveva avere preso più pillole del dovuto, ma com'erano sospettose le cameriere! Gli anni di lavoro le avevano senza dubbio abituate ad aspettarsi sempre il peggio. Mangiò tutto quel che c'era sul vassoio, poi telefonò per farsi mandare altri croissant e altro caffè. Mentre attendeva guardò i raggi del sole che colpivano il pavimento, una luce rara, fragile e preziosa che a volte inonda Parigi d'inverno ricordando agli abitanti che la loro città si trova alla stessa latitudine di Stalingrado. Per un attimo la sua mente si staccò dallo stato di sofferenza, e Billy ricordò con un sussulto che l'inaugurazione della personale di Sam era avvenuta la sera prima. Andò al telefono e chiamò un concierge.

«Monsieur Georges, mi farebbe un favore? Vorrei che telefonasse alla galleria Templon in rue Beaubourg e chiedesse se è già stato venduto qualche pezzo della mostra inaugurata ieri. Non lasci nomi, mi raccomando.»

Riattaccò. Senza dubbio, dopo Adamo ed Eva Dio aveva inventato il concierge del Ritz.

Il telefono squillò dopo pochi minuti. «Oh, no! Cinque opere! Sì, sì, monsieur Georges, è una bella notizia. Grazie.»

Si sentiva girare la testa per la sorpresa e la gioia. Cinque opere vendute la prima sera! Chi aveva mai sentito parlare di un simile successo per un americano che non aveva mai tenuto una mostra a Parigi? Sam doveva essere al settimo cielo. Doveva sentirsi... doveva... No, lei doveva approfittare dell'occasione, doveva scrivergli immediatamente, prima che la gioia del trionfo svanisse. Doveva fargli capire tutto ciò che non le aveva lasciato spiegare mentre era in preda allo shock della rivelazione. Adesso, sicuramente, sarebbe stato più disponibile... Di certo stava facendo salti di gioia, aveva dimenticato le sue paure, le insicurezze artistiche, e la sua mente doveva essere spalancata, pronta ad accoglierla.

L'aveva già perdonata! Adesso Billy ne era convinta. E non sapeva come trovarla, non sapeva dove cercarla! Se non gli avesse scritto, non l'avrebbe mai saputo. Forse si stava disperando mentre cercava di immaginare dov'era, smaniava di vederla, era tormentato dal rimorso, si rimproverava per ciò che le aveva detto... oh, sì! Mentre cercava carta e penna le parve di vederlo chiaramente, e sapeva qual era la sua espressione di fronte alla consapevolezza che lei era scomparsa, che. l'aveva perduta! Doveva scrivergli subito; subito, perché non avrebbe potuto ripresentarsi di persona finché Sam non avesse letto la sua lettera.

L'idea si impadronì di lei, la sostenne mentre riempiva pagine su pagine, descrivendo vivacemente cosa significava incontrare ogni volta un uomo con la realtà della propria ricchezza appuntata all'abito come una specie di cartellino del prezzo. Non aveva voluto insultarlo, scrisse: Sam doveva capirla, non aveva fatto altro che attendere il momento giusto per dirgli la verità. Tante volte aveva provato l'impulso di essere sincera con lui, ma all'inizio era stata troppo felice di poter essere Honey, di sentirsi amata per se stessa. Sì, per lei era stata una gioia troppo importante. Era stata debole, lo ammetteva, ma non lo aveva mai sospettato di tutte le cose odiose che lui le aveva rinfacciato. Sulle prime era stata una novità deliziosa indossare quella maschera, un incanto innocente che non danneggiava nessuno; poi, alla fine dell'estate, lui si era lasciato prendere completamente dalla mostra. Come avrebbe potuto disturbarlo allora, durante i quattro difficili mesi di nervosismo crescente nell'attesa dall'inaugurazione? Oh, senza dubbio Sam sapeva che lei aveva creduto nel suo successo! Ma doveva provarlo a se stesso, e perciò aveva dovuto attendere che la mostra si concludesse. Ora capiva di avere sbagliato, di avere commesso un errore gravissimo, ma era stato un errore ispirato solo dalla profondità del suo amore. Non poteva comprendere quella forma di stupidità basata sulle precedenti esperienze con altri uomini, e perdonarla? Sì, la stupidità era stata la sua unica colpa.

Come poteva non crederle, si chiese Billy mentre chiudeva la lettera, fremendo d'impazienza ma assolutamente convinta di quanto aveva scritto. Com'era possibile che Sam continuasse a non capire l'accaduto, dopo avere letto le sue spiegazioni? Non erano forse verità incontestabili?

Billy fece mandare un fattorino in taxi a consegnare la lettera alla galleria, dove sicuramente si sarebbe trovato Sam. Non appena la lettera partì e l'attività di quell'ultima ora cessò, Billy fu assalita dai dubbi cui non aveva voluto pensare mentre scriveva. Chinò la testa, chiuse gli occhi e appoggiò la fronte al palmo della mano, immaginando Sam che apriva la busta e leggeva. Aveva omesso qualcosa, qualcosa di decisivo, qualcosa che avrebbe dovuto assolutamente aggiungere? Non poteva uscire dalla stanza fino a che Sam non avesse avuto la possibilità di chiamarla, di leggere e rileggere la lettera e di riflettere. E di telefonare. La lettera non poteva restare ignorata... nessuno poteva essere tanto crudele. Presto sarebbe arrivata una risposta.

In preda a un'agitazione frenetica, guardò di nuovo l'orologio. Era sabato ed erano quasi le due e mezzo. Chissà dov'era adesso Sam. Poteva essere uscito a mangiare un boccone con Daniel o Henri, o forse stava discutendo con i visitatori della galleria. Sabato era la giornata ideale per i collezionisti, e a parte l'ora di pranzo, quando quasi tutte le gallerie chiudevano, Sam sarebbe rimasto lì, pronto a rispondere a tutte le domande che la gente poteva rivolgergli. Forse la galleria sarebbe rimasta aperta fino a sera tardi, approfittando della schiera di amanti dell'arte che affollavano la zona del Museo Beaubourg. Gli inviti per il vernissage del giorno prima indicavano come orario dalle sette alle dieci, e Daniel avrebbe potuto decidere di tenere aperto fino a tardi anche quella sera, se il numero dei visitatori l'avesse giustificato.

Avrebbe trovato un momento per leggere la lettera? Senza dubbio ne avrebbe avuto il tempo, si sarebbe inventato un minuto libero per leggerla con calma nell'ufficio di Daniel prima delle quattro o delle cinque. Oh, senza dubbio prima delle cinque! E se invece avesse messo la lettera in tasca e avesse deciso di leggerla a casa? Era possibile che la strappasse senza nemmeno aprirla? No, no, certo. Era un'idea pazzesca. La gente si comportava così solo nei film. Ma se Sam non avesse letto la lettera fino alla chiusura della galleria...

Doveva uscire, pensò Billy. Era torturata da un'incertezza troppo assillante per restarsene lì inerte. Quella suite stava diventando un incubo e le ricordava gli ultimi nove mesi di felicità. Ogni rosa bianca, ogni pompon delle frange, ogni segno di lusso e ogni superficie ordinata le ferivano il cuore come limatura di ferro sfregata sulla piaga della sua sofferenza. Era assalita da troppe congetture folli, da troppi interrogativi senza risposta per restare ancora in quelle stanze. Viveva in un mondo di paura. La lettera le sembrava così importante che si sentiva impazzire; voleva assolutamente che Sam comprendesse e la perdonasse, e si tormentava nella speranza irrazionale che solo una telefonata la separasse dalla felicità. Non poteva resistere un quarto d'ora di più. Quando Sam avesse chiamato, naturalmente avrebbe lasciato un messaggio al concierge, e Billy sarebbe corsa da lui.

In pochi secondi indossò una tuta di velluto verdescuro e calzò gli alti stivali di nappa nera. Quindi infilò un cappotto da postiglione in visone scuro abbottonato con antiche monete d'oro, attillato in vita e scampanato fino a metà polpaccio. Prese una borsetta, un orologio e mise gli orecchini con gli enormi smeraldi cabochon che aveva sempre portato quando si incontrava con Sam perché le pietre non sfaccettate non riflettevano la luce e potevano essere facilmente scambiate per falsi da bigiotteria.

Dove? Dove? In meno di un minuto Billy era arrivata a pianterreno. Attraversò l'atrio, uscì, attraversò rue de la Paix. Là, sull'altro lato di place Vendôme, c'era Van Cleef & Arpels. Entrò. Non c'erano altri clienti. Un commesso le andò subito incontro.

«Buonasera, madame. Desidera?»

«Sì, ecco, vorrei vedere...» si interruppe. Non sapeva cosa voleva; sapeva soltanto che aveva bisogno di qualcosa, subito, immediatamente. Per amor di Dio, ma non lo capiva? Guardò il commesso con aria irritata e confusa. Un idiota, pensò, è un vero idiota.

«È per un regalo, madame?»

«No, no... per me... qualcosa di insolito, di diverso, di eccezionale...»

«Diamanti, madame? No? Zaffiri, smeraldi, rubini...»

«Sì.» Billy quasi balbettava. «Sì. Rubini. Rubini birmani.»

«Sono le pietre più difficili da trovare» disse il commesso, lanciando uno sguardo da intenditore ai suoi orecchini. «Abbiamo diversi magnifici esemplari arrivati per Natale. Madame ha scelto il momento migliore per...»

«Vada a prenderli» disse Billy, interrompendolo. L'espressione che aveva negli occhi rivelò al commesso le cinque parole più gradite al mondo dei gioiellieri. Ricca. Americana. Donna. Impulsiva. Comprare.

Mentre l'uomo si allontanava in cerca dei pochi pezzi sceltissimi con i rari rubini birmani, Billy rimase sola nella saletta grigia e oro dove era stata condotta, un luogo silenzioso, forse insonorizzato, completamente isolato dal trambusto della città. Mentre Billy aspettava battendo un piede per l'impazienza, incontrò i propri occhi nello specchio rotondo sul tavolo, accanto al vassoio di velluto nero dov'erano in mostra i gioielli. Si guardò meglio, allibita. Santo cielo, era davvero così? Trattenne il respiro, colpita dalla folle avidità che le alterava i lineamenti. Un solco era apparso fra le sopracciglia e le labbra erano contratte in una smorfia insofferente, quasi si trattenesse a stento dal buttarsi su un'invisibile preda. Quella bramosia la rendeva orribile. Si sentiva soffocare da una combinazione mortale di paura e di speranza irragionevole, una tensione che forse sarebbe riuscita a disperdere con il rituale rasserenante di toccare, provare e acquistare gioielli.

No! Si alzò di scatto e uscì dal negozio. Inalò profondamente l'aria fredda. Era impazzita, si disse, percorrendo quasi di corsa il marciapiede in direzione della Senna. Era una pazzia acquistare gioielli che non voleva, al solo scopo di scuotersi; era una pazzia usare il vecchio metodo per contenere il bisogno esasperante di conoscere la risposta di Sam.

Pensava davvero che l'acquisto di pietre preziose per un valore di centinaia di migliaia di dollari potesse restituirle il controllo sulla sua vita? Era questo che le occorreva per sentirsi di nuovo forte? Se era così, allora lei era la somma di ciò che comprava. Invece doveva essere qualcosa di meglio, maledizione! Non poteva essere soltanto ciò che portava addosso, non poteva essere solo gli oggetti scintillanti che sceglieva nei più bei negozi del mondo. Lei non era solo la costosa confezione avvolta nel raso bianco e carica di diamanti che Sam aveva visto all'Opéra, non era una specie di drogata in crisi di astinenza, non era solo la donna che il commesso aveva intravisto per pochi minuti da Van Cleef.

Mentre passava davanti a Cartier e a Bulgari, Billy immaginò tutta la merce delle gioiellerie situate a meno di due minuti dal Ritz, immaginò tutti quei vassoi di oggetti sfolgoranti ammucchiati ai piedi della colonna Vendôme, forgiata con il bronzo di milleduecento cannoni della battaglia di Austerlitz: quanto sarebbe dovuto diventare alto quel mucchio, prima di eguagliare ciò che valeva lei? Perché, alla fine, quei pezzetti colorati di minerali rari cui gli uomini avevano deciso di assegnare un enorme valore intrinseco sarebbero stati abbastanza numerosi da eguagliare le proprietà Ikehorn. Ma poi? Quali parole potevano pronunciare le pietre, quali azioni potevano compiere, quali emozioni potevano provare? A nulla sarebbero valse in una gelida notte, quando solo un modesto fuoco di legna o un altro essere umano sarebbero riusciti a riscaldarla.

Billy giunse in Place de la Concorde, che con l'eterna nobiltà delle sue proporzioni faceva apparire trascurabile anche il peggiore ingorgo parigino; passò davanti alle facciate classicheggianti di Jeu de Paume e dell'Orangerie, scese sulla Riva Sinistra attraverso il ponte de la Concorde e continuò a camminare a passo svelto tra la folla che si godeva la luminosità inattesa di quella giornata. Non aveva una destinazione, un programma, non sapeva che fare se non continuare a muoversi fino a quando avrebbe potuto telefonare al Ritz per farsi riferire l'agognato messaggio di Sam. Sulla tranquilla Riva Sinistra rallentò un po' il passo costeggiando il Palais Bourbon, fino a ritrovarsi nella piazzetta, dove stava il suo fiorista di fiducia.

Davanti a Moulie-Savert si spalancava la multicolore sorpresa prenatalizia di un giardino di piante fiorite, contornato da un altro assortimento di piante verdi in vaso, un giardino che copriva tutta la via traboccando sulla piazza. Billy si fermò di botto, gli occhi fissi su quella visione tentatrice spuntata contro lo sfondo di pietre grigie. Quindi riprese a camminare con determinazione lungo il lato opposto del perimetro della piazza: non intendeva acquistare nemmeno una semplice amarillide in vaso.

Non c'era nulla di moralmente riprovevole nel fatto di comprare, si disse passeggiando: lo shopping era un'attività che affondava le proprie radici nella psiche umana. In tutte le oasi la gente attendeva ansiosa l'arrivo delle carovane che portavano merci, e i venditori ambulanti avevano sempre avuto la certezza di essere ben accolti ovunque andassero; persino i cavernicoli dovevano avere organizzato veri e propri raduni per scambiarsi prodotti e oggetti. Quando mai, nel corso della storia, lo shopping non era stato una normale occupazione umana? Ma per lei, quel giorno, era diverso. Doveva sopportare l'attesa senza ricorrere ai vecchi trucchi di cui si serviva per non provare emozioni. Non sapeva nemmeno il perché: sapeva solo che era necessario, non per gli altri ma per se stessa. Forse era scaramanzia? Una specie di prova da superare? Se non avesse comprato nulla, Sam avrebbe chiamato il Ritz entro il prossimo quarto d'ora?

No, una formuletta superstiziosa e tanto infantile non poteva funzionare. Credeva davvero che pensando soltanto a Sam che leggeva la sua lettera e si precipitava al telefono, avrebbe inviato un messaggio telepatico abbastanza potente perché ciò accadesse anche nella realtà?

Passò davanti a un cafè, colta da improvvisa esitazione. Come poteva escludere a priori la forza del pensiero? Quante volte aveva telefonato a qualcuno e si era sentita dire che anche l'interlocutore stava proprio per chiamarla? Entrò nel locale e cambiò la moneta per il telefono. Attese per lunghi minuti dietro un adolescente magro che raccontava alla sua ragazza la trama del film visto la sera prima, impersonando Gérard Depardieu. Avrebbe dovuto esserci una legge, pensò cupa Billy, una legge che accordasse automaticamente alle donne la precedenza ai telefoni pubblici. Come potevano dire che quello era un paese civile? Urtò con il gomito il ragazzo, chiese più volte "pardon" a voce alta e finalmente riuscì a fargli concludere la conversazione. Al Ritz non c'erano messaggi per lei, riferì uno dei tre concierge. Ma non erano ancora le quattro, la promettente ora del pomeriggio tra il pranzo e il tè quando, in tutta Parigi, i frequentatori delle gallerie andavano a vedere le nuove mostre. Era troppo presto per aspettare una chiamata, si disse Billy, e riprese a camminare più svelta, come se la fretta le permettesse di lasciarsi alle spalle il tumulto interiore, di strappare le zanne al timore che le trafiggeva lo stomaco, di far penetrare un raggio di luce nell'oscurità dei suoi pensieri.

Ben presto si trovò davanti al museo Rodin. Quello era un posto giusto dove rifugiarsi: il governo francese, il comune di Parigi o chiunque fosse il proprietario dell'Hôtel Biron, non metteva le targhette dei prezzi sui bronzi esposti all'interno.

Pagò il biglietto e subito dopo si accorse di non avere nessuna voglia di entrare. Non poteva confinarsi fra quattro mura, anche se contenevano splendidi capolavori. Portò dunque il suo spirito irrequieto nell'oasi del parco situato dietro il museo, e si aggirò tra le famiglie venute a portare i figli perché corressero fra i filari di alberi. Cercò di distrarsi osservando quella folla di bambini francesi. Non ce n'erano due che si assomigliassero; ognuno era un piccolo individuo ben caratterizzato e sembrava avere propositi precisi e distinti. Formavano un gruppo di giovanissimi che avevano accettato di stare insieme per un po', senza però trasformarsi in un branco. Molti giocavano da soli, felici, assorbiti in un progetto personale. Eppure, pensò Billy, aveva letto che nelle scuole francesi la punizione peggiore che poteva toccare a un bambino indisciplinato era subire l'ostracismo dei compagni che ignoravano le sue parole, non gli parlavano e non lo ascoltavano.

Sedette su una panchina e notò che, quando un bambino era frustrato o irritato con gli altri, anziché mettersi a litigare correva dai genitori che nel frattempo stavano a guardare. Il piccolo esponeva le sue lagnanze, veniva ascoltato con calma e attenzione, rassicurato e infine rimandato di nuovo verso il gruppo.

Lei aveva un anno e mezzo quando sua madre era morta, pensò Billy. Il padre, un medico oberato di lavoro che dedicava alla ricerca tutto il tempo libero, non aveva mai avuto più di qualche minuto da trascorrere con lei, e anche allora pensava visibilmente ad altro. Hannah, la governante, era stata il suo unico legame adulto con il mondo. Solo quando aveva cominciato a frequentare la prima classe aveva capito di non avere una vita come gli altri bambini, ma solo una quantità di cugini boriosi che non la accettavano e diverse zie autoritarie. Senza aver mai fatto niente di male, si era trovata nella posizione di una bambina ostracizzata. Mentre osservava una bimbetta in lacrime che la madre coccolava, baciava e consigliava prima di rimandarla a giocare nel recinto della sabbia, Billy provò una fitta al cuore e provò un'irresistibile voglia di piangere.

Da piccola era stata trascurata, pensò. Non si era mai vista in quella luce, ma la scenetta con la bimba le rivelava chiaramente che, a un'età che non poteva ricordare, non era stata apprezzata nel modo dovuto. Non aveva avuto quell'affetto indispensabile da cui trarre il senso d'identità che stava ancora cercando faticosamente.

Se non lo si sviluppava da piccoli, in che modo lo si poteva conquistare da adulti? Non sarebbero bastati tutti i rubini birmani del mondo, né un sacco di diamanti ricevuti in dono per il compleanno. Billy rifletté inutilmente su quell'interrogativo fino a quando fu costretta a lasciare di corsa il parco. La vista dei bambini che giocavano felici non era lo spettacolo di cui aveva bisogno in quell'interminabile sabato pomeriggio.

All'uscita, su un lato del museo, Billy si trovò in rue de Varenne. Non era una coincidenza, si disse, ma se avesse svoltato a destra e avesse seguito per altri dieci minuti quella via a senso unico, superando rue Barber de Jouy, sarebbe arrivata all'angolo di rue Vaneau, a pochi passi dalla sua casa. Aveva nella borsetta la chiave del cancello. Anche quella non era una coincidenza. Era stata la sua destinazione da quando aveva lasciato il Ritz, e ora se ne rendeva conto.

Prima di cercare legittimo rifugio in casa propria, Billy entrò in un altro cafè. Lì il telefono era sorvegliato da una "madame Pipi", una delle tante francesi arcigne che si aspettano una mancia da chiunque debba usare il gabinetto o il telefono. Quella doveva essere una diretta discendente delle megere che sferruzzavano e contavano le teste ai piedi della ghigliottina, pensò Billy, mentre la donna si scuoteva controvoglia per metterla in comunicazione con il Ritz. C'erano tre messaggi, e Billy se li fece leggere. Nessuno dei tre era di Sam. Doveva essere incredibilmente distratto, si disse, mentre cercava di dominare lo sgomento, oppure non aveva ricevuto la lettera. Chiese di parlare con monsieur Georges, e il fattorino le assicurò che la lettera era stata recapitata come promesso, anzi la ricevuta era firmata proprio da monsieur Jamison.

Billy si allontanò di corsa lungo lo stretto marciapiede, mentre la luce pomeridiana svaniva rapidamente, oscurata dalle grandi case di pietra grigia. Aprì il cancello e se lo richiuse alle spalle, rivolse un cenno di saluto al sorpresissimo *guardien*, attraversò il cortile lastricato e aprì la porta d'ingresso premendo i tasti del nuovo sistema d'allarme.

Finalmente al sicuro, si appoggiò alla porta e lentamente si piegò in avanti, incrociò le braccia sul ventre e prese a singhiozzare. Sam non doveva ancora avere letto la lettera; era l'unica spiegazione possibile. E lei non poteva telefonare alla galleria, non poteva andarci, non poteva fare altro che attendere. Pianse, sapendo che nessuno l'avrebbe sentita, pianse in preda al tormento della delusione, una delusione che distruggeva la speranza in cui aveva cercato conforto per tutto il giorno.

E se Sam aveva chiamato senza lasciare messaggi? Il nuovo interrogativo la elettrizzò. Perché avrebbe dovuto chiedere che gli passassero il concierge quando lei non rispondeva all'apparecchio? Perché avrebbe dovuto lasciare un messaggio? Perché l'aveva creduto fino a quel momento? Quando il telefono aveva squillato nella stanza vuota, Sam aveva senz'altro riattaccato! Doveva essere così! Forse adesso stava andando al Ritz, forse la aspettava già nell'atrio. No, non poteva abbandonare la galleria. Per lui era indispensabile restarvi fino all'ora in cui Daniel avrebbe deciso di chiudere.

Si asciugò gli occhi mentre sentiva rinascere la speranza. Distrattamente si avviò verso la parte posteriore della casa, dove era stato costruito un giardino d'inverno. Un lunghissimo sedile correva lungo i tre lati di doppie vetrate affacciate sul giardino sempreverde. Il nuovo impianto di riscaldamento centrale era al minimo, ma la stanza conservava il tepore del sole e Billy poté togliersi la pelliccia e piegarla per formare un cuscino e posarlo sul sedile. Si appoggiò alla finestra e cercò di decidere il da farsi. I rami più alti degli alberi nel parco del primo ministro erano ancora illuminati dal sole, ma la bassa luna piena invernale splendeva già nel cielo color giacinto sopra i tetti dell'Hôtel Matignon. Dalla vicina Sainte Clotilde giungeva il primo rintocco delle tante campane delle chiese del quartiere, ognuna delle quali batteva le cinque secondo un tempo tutto suo che a volte raggiungeva un'incantevole e imprevista armonia.

Non poteva fare altro che restare lì e concedersi un breve riposo, decise infine. La lunga camminata e le telefonate l'avevano distrutta. A poco a poco si lasciò cullare dal suono delle campane, dal tepore confortevole, dalla consolante certezza che le sarebbe bastato dire una parola a Jean-François per poter venire a vivere lì entro una settimana. Lì, proprio lì, il sabato seguente a quell'ora, lei e Sam avrebbero abitato nella casa, pensò. Il trasloco non avrebbe richiesto più tempo; ci sarebbero state anche le casse di vino nella cantina. In giardino cresceva un abete perfettamente simmetrico che per Natale avrebbero decorato con centinaia di lampadine bianche. Ogni sera avrebbero fatto ardere in ogni stanza fuochi di legna di albero da frutto, e avrebbero acceso dozzine di candele all'imbrunire; ogni giorno, mentre Sam lavorava, lei si sarebbe aggirata per la casa e avrebbe spostato e ridisposto gli oggetti sui tavoli, sui cassettoni e alle pareti fino a trovare la collocazione perfetta, perché gli oggetti impiegavano sempre un po' di tempo per scoprire la loro posizione ottimale. La sua casa incantevole sarebbe stata rischiarata dalla luce del fuoco durante tutto l'inverno, in omaggio a un passato che ritornava a vivere.

Esausta, Billy si abbandonò sulla pelliccia e lasciò che la sua mente si abbandonasse a quella visione, fino a che la luna fu alta nel cielo e il suono delle campane la scosse. Aveva fame, anzi, una fame da morire. E un freddo terribile. Quanto tempo era passato? Un'ora almeno. Possibile che si fosse assopita senza accorgersene? Nel buio non riusciva a vedere l'orologio. Indossò la pelliccia e la abbottonò.

Doveva chiamare il Ritz? No, accidenti, non sarebbe servito a nulla, ormai quel punto era chiarito. Avrebbe dovuto fare uno sforzo e restare per tutta la giornata nella sua suite, in attesa accanto al telefono, nonostante i nervi scossi. Una cosa era sicura: indipendentemente dal fatto che Sam avesse letto o no la lettera, non poteva comunicare con lei finché fosse rimasta indecisa in una casa buia di cui lui non conosceva nemmeno l'esistenza.

L'unica cosa sensata adesso era mangiare qualcosa prima di rischiare di svenire per la fame. Non aveva bisogno di rubini birmani ma certamente aveva bisogno di cibo, pensò chiudendo il cancello. Rabbrividì nell'aria fredda e umida e si avviò in fretta lungo Rue du Bac fino al Boulevard Saint-Germaine, svoltando a destra in direzione della brasserie Lipp. Non era mai entrata in quel ristorante, famoso in tutto il mondo, ma era vicino a casa e ora offriva le uniche due cose necessarie: calore e nutrimento.

Entrò nella brasserie affollata all'incrocio di Saint-Germaine-des-Prés e si fece largo fra una massa di persone ferme accanto alla porta. Aveva le guance arrossate dal freddo, gli occhi scuri appesantiti dalla dormita, i capelli scarmigliati dal vento. Il bavero rialzato incorniciava la sua bellezza drammatica, esaltata dal miscuglio palpitante di speranza e di panico che ancora la ossessionava. L'orlo della pelliccia ondeggiò mentre Billy avanzava portata dal soffio dell'inverno, come una principessa russa che avesse attraversato la steppa inseguita da un branco di lupi. Si avviò verso un uomo di mezza età con i baffi e l'aria severa, probabilmente il padrone.

«Buonasera, monsieur» disse, rivolgendogli un sorriso. «Spero ci sia posto per una persona sola.»

L'uomo baffuto, al secolo Roger Cazes, il più corteggiato e adulato fra i proprietari dei ristoranti francesi, osservò la sconosciuta con l'abituale aria impassibile e decise che il posto doveva esserci, anche nell'orario di maggiore affollamento del giorno più affollato dell'anno. Tutti quelli che sedevano nel cafè coperto davanti al ristorante, tutti quelli che stavano prendendo l'aperitivo gli avevano chiesto umilmente la grazia di un tavolo e si erano sentiti rispondere che avrebbero dovuto aspettare anche un'ora. Ma quella donna sola, quella sublime sconosciuta che aveva chiesto l'impossibile con la certezza di ottenerlo, avrebbe fatto centro al primo colpo. Il fatto di soddisfare richieste innocenti e folli come quelle trasformava in un'avventura quotidiana la vita al ristorante.

C'erano clienti fedeli che per dieci o vent'anni erano venuti ogni settimana chez Lipp, nella convinzione che un giorno si sarebbero finalmente trovati seduti a uno dei tavoli migliori, finendo inevitabilmente per rassegnarsi ai posti sempre buoni, ma meno importanti, indicati con aria inflessibile dall'inflessibile proprietario. Billy, invece, fu subito scortata oltre un divisorio di vetro nella saletta a sinistra, il sancta sanctorum, un piccolo ambiente rumoroso popolato dai beniamini di monsieur Cazes: i politici, gli scrittori, le attrici. Chez Lipp non accettava prenotazioni; e nessuno, neppure gli uomini più potenti di Francia, era autorizzato a occupare lo stesso tavolo per due volte consecutive, affinché non si convincesse di avervi diritto.

Billy si trovò incuneata fra due numerosi gruppi su una lunga banquette di pelle nera, barricata dietro un tavolino coperto da una tovaglia candida, che si era materializzato grazie alla magia possibile soltanto nei ristoranti migliori del mondo. Diede un'occhiata al breve, immutabile menù stampato su un cartoncino.

«Salmone affumicato, arrosto d'agnello e una caraffa di vino rosso» disse al vecchio cameriere, senza badare alle occhiate degli altri clienti. Mentre attendeva che le servissero il salmone, bevve un bicchiere di vino. Inaspettatamente, l'atmosfera intima e la rumorosa vivacità del ristorante parvero rilassarla. Ne aveva un bisogno disperato. Si mise più comoda nello spazio angusto che era stato ricavato per lei, crogiolandosi nel rasserenante calore che si crea in un piccolo ambiente dove persone sconosciute mangiano e bevono rispettando un anonimato affettuoso e conviviale. Bevve ancora un po' di vino e sentì attenuarsi leggermente la tremenda tensione che per tutto il giorno l'aveva tormentata.

Continuò a bere mentre intorno a lei le francesi dai capelli corti stavano decidendo di lasciarsi crescere la chioma per farla ricadere intorno al viso, e le francesi con i capelli lunghi pensavano di tagliarli corti per poterli facilmente ravviare con le dita. Tutti la misuravano con gli occhi, e mentre Billy guardava distratta le persone al di là del divisorio di vetro, il verde scuro diventò il colore all'ultima moda, il velluto la stoffa di grido dell'inverno 1982.

Una donna si distingue soprattutto quando cena sola in un ristorante chic, se il suo atteggiamento dimostra che si sente perfettamente a proprio agio e non appare imbarazzata dalla propria solitudine.Billy non si era mai distinta come quel sabato sera chez Lipp, mentre si concentrava sul pallido salmone norvegese e sull'agnello al sangue, e mangiava con appetito.

Di fronte a lei era seduta una donna che le ricordava un po' Jessica Thorpe; le rivolse così un accenno di sorriso che indusse metà degli uomini presenti a tendersi per la curiosità. Cercò di ricordare la ridicola lista dei progetti per il futuro che aveva annunciato a Jessie quando era sua ospite a East Hampton. Non aveva forse detto, si chiese con un senso d'ilarità ispirato dal vino, che siccome poteva comprare qualunque cosa al mondo aveva intenzione di possedere case nei posti giusti, conoscere le persone giuste, offrire le feste giuste, farsi fotografare nei luoghi giusti e nel momento giusto, e portarsi a letto gli uomini giusti?

Scosse leggermente la testa, incredula. Jessie sarebbe rimasta delusa, e a ragione. Era riuscita a conoscere molte persone giuste, ma le aveva trovate quasi tutte noiose; anche se era stata invitata a una quantità di feste giuste, molte le erano sembrate tediose. Era riuscita a comprare una casa magnifica ma, come sempre, non si era portata a letto l'uomo giusto. Si era innamorata, piuttosto, e questo non figurava nell'elenco.

Billy distolse la mente dal pensiero di Sam; era decisa a concludere il pasto senza farsi di nuovo prendere dall'ansia. Sì, rifletté, concentrandosi sugli uomini giusti che aveva trascurato di portarsi a letto, sì, ripensandoci adesso che era troppo tardi c'era un tipo di uomo straordinariamente adatto a una donna come lei, la soluzione più logica al problema della ricchezza. Nessuno l'aveva mai accusata di premeditazione, ma ora capiva che avrebbe dovuto gettare le reti e catturare un europeo mondano, raffinato ed elegante, cresciuto e allevato solo per sposare una montagna di denaro, un uomo per il quale il patrimonio della moglie sarebbe stato un ornamento gratificante e necessario così come il suo titolo sarebbe stato un ornamento per la moglie. Non era nemmeno obbligata a cercarsi un continentale, pensò Billy. Un inglese sarebbe andato benissimo. Più di un secolo di narrativa britanica era stato dedicato al tema tradizionale, serio e apprezzato di concludere un matrimonio con un'ereditiera; un duca inglese avrebbe considerato la sua ricchezza come una dote dovuta; e in quel momento, se avesse avuto un po' di buon senso, Billy avrebbe potuto essere occupata a decorare un castello per un grandioso Natale all'antica. Ma, alla resa dei conti, il nobile immaginario non si sarebbe dimostrato deludente quanto la gente giusta e le feste giuste? Non si sarebbe rivelato superficiale e insoddisfacente, una sorta di ninnolo vistoso, un oggetto più che un uomo? Billy continuò a porsi quegli interrogativi mentre pagava il conto.

Decise di tornare subito al Ritz; ma prima doveva andare alla toilette. Il cameriere le spiegò che era in fondo alla scala, sul retro della sala principale. Per qualche istante Billy rimase bloccata da un corteo di camerieri carichi che uscivano dalla cucina.

Finalmente ebbe via libera; riuscì ad aggirare una fila di tavoli schierati davanti alla cassa e svoltò l'angolo. All'improvviso si paralizzò, lo sguardo come impigliato in un dettaglio: la stoffa di una manica. Era il tweed della giacca di Sam, la giacca che portava sempre. Billy rimase immobile a fissarla. I secondi trascorsero con infinita lentezza, mentre sperava di sentirlo pronunciare il suo nome. No, si sbagliava, non poteva essere Sam, pensò, e finalmente trovò il coraggio di alzare gli occhi. Sam ed Henri erano seduti a un tavolo, rivolti verso la sala. Di fronte a loro c'era Daniel, che le voltava le spalle. Sam era proteso in avanti, impietrito. Billy avanzò di un passo e lo guardò negli occhi, profondamente concentrata in un muto interrogativo. Sam si tirò indietro e scosse la testa in un gesto di rifiuto assoluto, fissandola senza espressione. E Billy comprese che il legame tra loro era spezzato per sempre. Sam la guardava come se fosse una statua di cera, non una donna in carne e ossa. Henri era rimasto a bocca aperta. Inconsapevolmente, Billy si accostò di un altro passo al tavolo, ma Sam la scoraggiò con lo sguardo. Poi girò la testa e disse qualcosa a Henri.

Billy uscì dal ristorante sostenuta da una dignità imperiosa che le impedì di cadere. Sulla strada c'era un posteggio vuoto dove due persone attendevano il taxi. Con la mente svuotata dalla ferita appena subita, si mise automaticamente in coda. Dopo pochi secondi Henri, che l'aveva rincorsa, la tirò per la manica. Lei si girò, continuando ad aggrapparsi alla severa compostezza che si era imposta.

«Honey, lui crede che siano stati i tuoi amici a comprare le sue opere. Ne abbiamo vendute sette prima della chiusura... incredibile. Sam pensa che tu... abbia pagato, abbia combinato tutto, è convinto di non avere avuto successo.»

«Io non ho fatto niente.»

«Lo sappiamo, certo, abbiamo cercato di farglielo capire, ma si è rifiutato di crederlo. Honey, mi dispiace. È uno stupido.»

«Ha letto la mia lettera?»

«Sì, appena l'ha ricevuta. Poi hanno cominciato ad arrivare i clienti...» Henri allargò le mani in un gesto eloquente.

«Torna nel ristorante, stai tremando. Grazie per avermelo detto, Henri.»

Doveva averlo sempre saputo, pensò Billy, ben prima del momento in cui le avevano riferito che Sam aveva ricevuto la lettera; infatti, se non l'avesse saputo, se non fosse già stata convinta del fallimento, perché adesso non provava nulla? Perché era seduta sul letto, ancora avvolta nella pelliccia, intirizzita dentro e fuori? Non sapeva cosa fare, non ricordava come fosse arrivata da Lipp fino al Ritz, non riusciva a immaginare un futuro, a rammentare il passato, e il presente non esisteva.

Sentì un lieve rumore alla porta e vide una lettera spuntare sulla moquette. Rimase a guardarla a lungo, intontita, prima di decidersi a prenderla. Poi se la rigirò fra le mani: era di Josh Hillman. Alla fine, poiché non aveva niente da fare al mondo se non aprire quella busta, si decise. All'interno c'era una seconda lettera, la busta tappezzata da francobolli stranieri: un'altra missiva di Spider Elliott. L'aprì meccanicamente, e meccanicamente la lesse.

Cara Billy,

non so ancora dove sei e se hai ricevuto l'ultima lettera che ti ho spedito, ma questa mattina mi sono svegliato dell'umore giusto per scrivere a qualcuno, ed è stata la prima volta da quando ho lasciato Los Angeles. Se scrivessi a una delle mie sei sorelle, tutte le altre si ingelosirebbero e perciò, siccome tu sei l'unica altra donna della mia vita, riceverai questa mia. (E non sgridarmi, ho mandato cartoline a mia madre da tutti i porti, perché non si preoccupasse per me.)

Sono arrivato nell'Egeo, fra le isole greche, il che è un po' l'equivalente di Broadway e della 42esima Strada: ce ne sono duemila. L'ente del turismo greco ha sparso la voce che le isole hanno un totale di trentamila spiagge: mi chiedo se hanno mandato qualche poveraccio a contarle tutte! A me sembra un classico trucco da marketing, altrimenti dovrebbero esserci 15 spiagge per ogni isola. Però in fondo sono disposto a crederlo, dato che penso di essere passato davanti ad almeno ventinovemila distese di sabbia dorata. Come mai si è fatto tanto chiasso perché Onassis possedeva un'isola privata su ben duemila non sue? Se fosse stato padrone di una squadra di baseball, allora sì che sarei rimasto impressionato, ma un'isola? Santo cielo!

Sono all'ancora al largo di Skala, il porto di Astipalea, nell'arcipelago del Dodecaneso. Ti dice qualcosa? No, Billy, non sentirti ignorante: è praticamente sconosciuta. Però ha tutti i vantaggi: un paese in collina con un mulino a vento, un villaggio di pescatori su una laguna e una fortezza veneziana. Ti ho già parlato della spiaggia dei nudisti? Be', ti giuro che c'è anche quella. Con duemila isole a disposizione, pensavo che quella con una colonia nudista avesse una vita notturna particolarmente animata, perciò mi sono fermato qui.

Strano ma vero, ho l'atroce sospetto di averne abbastanza di navigare. Un altro pesce volante, un altro tramonto, un altro porto pittoresco, un'altra splendida giornata nell'Egeo o in qualche altro mare, e potrei vomitare. Davvero, non sapevo si potesse fare indigestione di mare e di isole ma, credimi, qualunque mania ha dei limiti. Mi sono fatto crescere una lunga barba, per pura noia, poi l'ho tagliata per la stessa ragione. Ho letto tanto che credo di avere bisogno di un paio di occhiali, ma dato che riesco ancora a vederci se tengo il libro a distanza del braccio teso, per adesso non mi preoccu-

po. Ho guardato tante stelle che potrei farmi assumere in un planetario, ma non ne ho nessuna voglia. Sono capace di governare una barca anche dormendo, e per la verità se lo faccio di continuo senza mettermi nei guai è solo perché l'oceano è davvero molto grande. È la verità più profonda che ho scoperto: l'oceano è maledettamente grande! L'avevo sempre sentito dire nelle lezioni di geografia, ma adesso lo so per esperienza. È una grande rivelazione. Spero che anche tu ne resterai impressionata, perché ho impiegato molto tempo per arrivare a questa grande verità.

Io e il mio equipaggio andiamo sempre d'accordo. Ho ingaggiato due veri eremiti, e per loro è la migliore occasione che gli sia mai capitata: niente estranei e pochissime chiacchiere. E sanno cucinare. Mi sono accorto troppo tardi che avrei dovuto assumere due italiani comunicativi: a quest'ora parlerei correntemente la loro lingua e sarei il frequentatore di via Veneto con l'abbronzatura più invidiabile.

Credo che per me sia venuto il momento di mollare tutto e di tornare a casa. Non ho nessun progetto particolare ma so che ne ho abbastanza di questa barca. Forse mi darò alla fotografia. O forse aprirò una galleria d'arte e incoraggerò giovani pittori, o forse metterò in piedi una nuova attività. Chissà? È così strano essere ricco... mi sembrava una somma enorme, quando l'ho affidata a Josh perché la investisse a nome mio, ma adesso mi sono abituato all'idea del denaro che si accumula assicurandomi che non dovrò più lavorare. Tuttavia l'idea di non lavorare mi sembra orribile! Comincio a essere ossessionato dal problema di ciò che farò in futuro. Tu, credo, sei una delle poche persone che possono comprendere veramente ciò che voglio dire. Dopotutto, non è stato certo per fare soldi che hai creato Scruples, no? E noi tre sapevamo farlo funzionare. Non riesco a immaginare un futuro in un altro negozio. Non troverò mai un altro socio come te, e non può esserci nessuno al mondo con cui sia tanto divertente litigare, quindi che senso avrebbe? Cristo, come sembravi gelida quando io e Valentine arrivammo a Los Angeles, ricordi? Ma io capii che in realtà eri un bigné alla crema e non impiegai molto a metterti in riga. Sono certo di avere fatto un ottimo lavoro, anche se non spetterebbe a me dirlo.

Billy, vecchia amica, spedirò questa lettera domani con la speranza che ti arrivi in tempo per trasmetterti un affettuoso abbraccio e l'augurio d'un felice Natale. Spero di trascorrerlo lietamente e spero che anche tu abbia in programma grandi feste. Quando tornerò a L.A. mi metterò in contatto con te non appena Josh mi dirà dove diavolo ti sei cacciata. Sto pensando di tornare in aereo da Atene. Se tornassi navigando impiegherei un altro anno. No, niente da fare! Joyeux Noël, mia cara.

Ti bacio con affetto
Spider

Le lacrime scorrevano irrefrenabili sul viso di Billy. Perché piangeva adesso, si chiese, perché solo adesso provava finalmente qualcosa? Le sue lacrime erano per Spider, pensò, lacrime di felicità per lui. Sembrava guarito, sembrava tornato quello di un tempo.

Aveva la sensazione di uscire dalla grotta di ghiaccio in cui aveva vagato, smarrita e insensibile. Se Spider era riuscito a sopravvivere poteva farlo anche lei, per Dio! Il mondo non era finito solo perché un uomo privo di coraggio non aveva avuto abbastanza fiducia in se stesso da capire chi lei era veramente con o senza ricchezza. Al diavolo l'*angst* artistica di Sam! Al diavolo Vito e Sam, due vigliacchi vulnerabili che avevano avuto la faccia tosta di inorgoglirsi per essere casualmente nati maschi, anche se erano paralizzati dalla fondamentale mancanza di fiducia in se stessi e rosi da dubbi circa il loro vero valore. Al diavolo l'idea di fingere di essere ciò che non poteva essere, al diavolo tutti gli uomini che si nascondevano spregevolmente dietro il fragile paravento dei loro sopravvalutati ormoni maschili e non avevano il fegato di tenerle testa! Gli uomini che consideravano le donne come il sesso debole si spaventavano a morte ogni volta che una donna mostrava un po' di forza. In fondo erano tutti vigliacchi!

Billy si sentiva galvanizzata, animata da una collera immensa e arcaica, un'emozione abbastanza forte da indurla a telefonare al concierge e far prenotare un posto sul volo per New York del giorno seguente. Aveva a disposizione tutta la notte per fare i bagagli, pensò mentre suonava per chiamare le cameriere e si asciugava le lacrime: un tempo più che sufficiente, perché non avrebbe nemmeno tentato di dormire se non quando fosse stata a bordo dell'aereo e si fosse lasciata alle spalle Parigi e tutti quelli che vi abitavano.

15

Quella pazzia da weekend era tipica di Zach Nevsky, pensò con ammirazione Nick De Salvo. Appena ieri, venerdì mattina, la compagnia di Zach era sprofondata fino agli occhi nel pantano della noia, un immenso acquitrino vischioso che saliva rapidamente al di sopra delle teste di tutti. Ognuno degli attori, compreso lui, il protagonista, era ottenebrato da una suprema mancanza d'interesse per la visione del drammaturgo. La parola "visione" gli dava la nausea. Visione, puah!

Quel mal da visione era una specie di virus contagiosissimo che attaccava gli attori quando lottavano da settimane in una sala per le prove. Era forse l'insicurezza a spingerli a preoccuparsi sempre e segretamente della visione di uno scrittore, invece di fare un lavoro normale come li avevano consigliati e implorati i genitori?

Lui era rimasto lì, perfetto come al solito, ma mentalmente sgonfiato da quell'improvvisa assenza di curiosità per il significato dell'opera. Gli fregava qualcosa se Amleto e la sua mammina avevano voglia di fare qualche porcheriola? Gli fregava qualcosa se lo zio aveva ammazzato suo padre? Gli fregava qualcosa se aveva ferito i sentimenti di quella ninfomane scriteriata di Ofelia, o se era sempre stata matta? Che lagna! E quale individuo di buon senso stava a domandarsi se, quando fosse morto, avrebbe sognato ancora? Forse che i brutti sogni non avrebbero dovuto piuttosto rappresentare l'ultima delle preoccupazioni di Amleto?

Perché mai lui, Nick De Salvo, un giovane divo serio, affermato e richiestissimo, personaggio di spicco della giovane generazione cinematografica di Hollywood, aveva rifiutato un grosso film con la Universal per tornare a New York a interpretare Amleto in un teatro Off Broadway? Cosa importava se tutti i più grandi attori si erano sentiti in obbligo di interpretare il dramma più grande della storia? Perché non aveva lasciato perdere? Non aveva bisogno di dimostrare a se stesso che era bravo quanto Olivier: non lo era, almeno per ora. Forse, con l'andar del tempo... Quelli della Universal non avevano certo insistito perché andasse a recitare Shakespeare, e al suo agente per poco non era venuto un infarto, quando l'aveva saputo.

Certo, il giorno prima non c'era un solo attore in sala che non gli ricordasse uno studentello risentito, trattenuto ingiustamente in classe durante l'intervallo. Poi Zach era entrato, aveva girato intorno al tavolo senza dire una parola, li aveva guardati con aria di paterno divertimento, aveva offerto a ciascuno una ciambella pescata in un sacchetto di carta, aveva scatenato quella sua risata torrenziale e aveva detto a tutti di prendersi settantadue ore di libertà. Non cinque ore, o dieci, o il pomeriggio libero: aveva ordinato di sparire a tutti quanti e di non farsi rivedere fino a martedì, quando si fossero ripresi dall'effetto degli eccessi di quel linguaggio grandioso e solenne.

«Siete tutti troppo bravi per recitare male» aveva detto. «Avete le qualità necessarie, altrimenti non vi avrei neppure fatti entrare da quella porta, ma state forzando. Siete capaci di simulare un orgasmo, sì, anche voi maschi, ma non potete forzare Shakespeare, quindi... fuori! Divertitevi un po' prima che vi riveda, o non vi permetterò di giocare alla tragedia con me.»

La sala si era svuotata in dieci secondi, e Nick De Salvo aveva deciso di andare a sciare con Zach. New York non aveva nulla da offrire di più divertente, pensò, mentre guidava su una superstrada appena sgombrata dalla neve dopo una precoce tormenta prenatalizia. Lui e Zach erano ottimi amici dal tempo delle elementari, anche se a volte non ne poteva più di quel tipo che continuava a insistere e a manovrare e a battere e ribattere sulla faccenda della visione. «Non sono un setaccio, Nick» diceva Zach. «Io sono qui per servire il drammaturgo, e non posso farlo se non riesco a stabilire un contatto personale con la sua visione. Il significato della regia consiste nel permettere che certi individui creativi riescano a scoprire attraverso di me di che stoffa sono fatti.»

Be', Zach aveva ragione, come al solito. L'unica volta che aveva avuto clamorosamente torto era stato quando, in settima classe, aveva tentato di diventare attore anche lui. Forse perché era il più alto gli avevano dato una parte nello spettacolo di primavera. Era un disastro, perché non sapeva assolutamente recitare; ma alla prima prova conosceva già a memoria le battute di tutti e aveva cominciato a suggerire quando le dimenticavano, e poi aveva dato consigli, e alla fine aveva adattato la commedia alla sua visione di tredicenne, tanto che la povera signorina Levy, l'insegnante che, ufficialmente, era anche la regista, non era riuscita a capire cosa fosse successo.

Se adesso era un attore affermato, lo doveva al fatto di avere lavorato con Zach in quella commedia, e Nick lo sapeva. Già a quei tempi Zach l'aveva incoraggiato; nonostante fosse alle prese con i problemi della pubertà, aveva trovato il tempo di considerare la "visione" e di articolarla. Diavolo, doveva ammetterlo: sulla West Coast aveva sentito la mancanza di quelli che parlavano della visione. Come tutti gli attori della Giovane Hollywood, si svegliava ogni mattina domandandosi se il suo successo era dovuto alla fortuna, al tempismo e alla faccia di cui non poteva essere orgoglioso perché l'aveva avuta in dono e non l'aveva conquistata con il suo lavoro, o se invece sapeva recitare davvero. Gli attori convivevano con una costante paura. L'intera città era mossa dal motore della paura. Ma chissà come, Zach cancellava la paura e la sostituiva con il coraggio. Un periodo passato a lavorare con Zach lo costringeva a scavare dentro di sé in un modo che era impossibile per la macchina da presa, lo obbligava ad attingere al vero nucleo di talento che possedeva, e gli permetteva di sfruttarlo al meglio. Merce: la capacità di recitare era la sua merce di scambio, l'unica che avesse da offrire oltre alla faccia; e ogni tanto aveva bisogno di lavorare con un regista che apprezzasse profondamente quella merce, che la riconoscesse e non inibisse i suoi impulsi creativi individuali. Sì, doveva ammetterlo, anche lui aveva una visione. Era impossibile ignorarlo, dopo avere frequentato Zach per un po'. Non era tornato all'est per un anno, e adesso aveva bisogno di una buona dose di Zach. Vigore, il tuo nome è Nevsky. Quando mai aveva imparato a sciare?

E le ragazze? Come aveva fatto Pandora Harper, l'interprete di Ofelia, disperatamente e inutilmente stracotta di Zach, ad accodarsi a loro in quel viaggio? Non ricordava di averla invitata, ma sembrava che Pandora fosse lì con lui. Non era il suo tipo, e non lo attirava la prospettiva di sgelare quella bellezza bionda, glaciale e aristocratica anche se indubbiamente sapeva recitare, altrimenti Zach non l'avrebbe scelta. La sua estrazione sociale era impeccabile, era stata la Debuttante dell'anno o qualcosa di altrettanto improbabile, eppure aveva un'ambizione tremenda di affermarsi come attrice, e aveva anche l'attrezzatura necessaria. Ma, per quanto brava, a Nick non interessava una ragazza che sbavava dietro a Zach in un modo così sottile che solo un altro uomo riusciva a capirlo.

Chi non riusciva a capire, invece, era Gigi Orsini. Era la ragazza di Zach o non lo era? Chissà. Forse era semplicemente la coinquilina della sorella. Di che razza di legame si trattava? E non bastava a spiegare come mai fosse la quarta della piccola comitiva votata agli sport invernali – soprattutto perché non era mai andata a sciare. Doveva arrivare in fondo alla faccenda perché, se Gigi non era la ragazza di Zach, gli sarebbe piaciuto moltissimo insegnarle, con la massima efficienza e prontezza, a togliersi gli scarponi, i pantaloni da sci e tutta quanta l'attrezzatura che, a quanto sapeva, si era fatta prestare per l'occasione. Aveva brio, pepe e tutto il resto, tutti gli ingredienti più appetibili della primavera. In lei non c'era nulla di stupidamente tradizionale. Gigi doveva essere piccante e vivacissima, non beneducata e noiosa. Sì, davvero. E gli faceva venire l'acquolina in bocca...

Quello che le sarebbe piaciuto sapere, pensava Pandora Harper, era come mai quella Gigi-Vattelapesca che non sapeva neppure sciare, si fosse attaccata a Nick De Salvo, il più apprezzato fra i giovani protagonisti di Hollywood. Forse Zach, con quel suo modo di fare divinamente dittatoriale, se l'era portata dietro per affibbiarla all'amico? Per quanto inverosimile sembrasse di quei tempi, c'era ancora gente cui capitava di vedersi combinare un incontro, e molto probabilmente la sorella lo aveva importunato fino a che lui si era deciso a fare un favore all'amica. Una cosa banale e sgradevole.

Gigi-Vattelapesca era una cosina piccante, bisognava ammetterlo... per chi apprezzava il genere. Non ci si poteva fidare di quelle come lei, perché erano furbe e subdole, e sparivano dietro la prima porta chiusa o nel primo stanzino buio per fare una sveltina senza che nessuno se ne accorgesse. Era dotata di una specie di astuzia animale, oppure, come diceva Amleto «mi sembra furba come una faina».

Strano ma vero, il caro e affascinante Zach era abbastanza antiquato da provare un affetto profondo per la sorella. Era un sentimentale in un mondo dove gli uomini non erano più sentimentali da un secolo. Era un idealista in un mondo che glorificava tutto tranne gli ideali. Se non fosse stato il tipo più sexy che avesse mai incontrato, gli sarebbe girata alla larga. A meno che l'idealismo e il sentimentalismo antiquato fossero il suo genere, così come non lo erano le ragazze briose e piccanti. O la gente ricca.

I soldi non erano importanti per lei; ne aveva più di quanti ne potessero occorrere in dieci vite, grazie al lascito della bisnonna, ed era un bene se si teneva conto che un'attrice avrebbe dovuto essere disposta a patire la fame per lavorare Off Broadway. No, i soldi non erano importanti. La gloria, oh, sì, la gloria era ciò che voleva, e intendeva conquistarla. E sulla strada della gloria, era divino incontrare Zach Nevsky, solido, traboccante d'energia e a quanto si diceva possessore dell'erezione più affidabile dell'intero mondo teatrale della grande Manhattan. Ogni giovane attrice degna di questo nome doveva farsi scopare da un certo numero di registi, anzi, da qualcuno di più, se possibile. Lo esigeva la tradizione, e lei era stata sempre abituata a obbedire alla tradizione, soprattutto quando era in armonia con le sue tendenze.

Aveva telefonato a Zach subito dopo avere saputo che aveva convinto Nick De Salvo a venire in città. Il principe della Giovane Hollywood che osava affrontare Shakespeare avrebbe inevitabilmente attirato l'attenzione di un esercito di recensori della carta stampata. Sarebbero accorsi per stroncare Nick, un ragazzo dalla bellezza violenta che però non era il suo tipo, e avrebbero finito per delirare per Ofelia. Per quasi un anno Zach aveva messo in scena opere prime di giovani drammaturghi; adesso era una mossa intelligente da parte sua assegnare a Nick il ruolo di protagonista nella tragedia più classica di tutti i secoli, un ruolo che contrastava fortemente con il suo aspetto, un principe danese incarnato da un ardente latino più adatto a recitare la parte del capo di una banda di motociclisti. Forse la cosa avrebbe anche funzionato, ma a lei non interessava sapere per quanto tempo avrebbe retto lo spettacolo: la sera della prima era l'unica che le stava veramente a cuore. Aveva lasciato che Zach la dirigesse come lui immaginava la vera Ofelia (la solita, insopportabile storia della sua visione): in altre parole come una ninfomane scatenata e completamente pazza. Sarebbe riuscita a mettere le mani sull'arnese di Nick e lo avrebbe accarezzato nei modi più deliziosamente depravati durante la scena di "va' in convento". Nessuno avrebbe potuto impedirglielo; Nick era professionista quanto bastava per tirare avanti come se nulla fosse, e lei avrebbe fatto colpo e avrebbe attirato l'attenzione che desiderava. Come avrebbe potuto reagire Zach a quel punto, dopo che i critici l'avessero ormai vista fare di tutto, tranne forse succhiarlo, a un povero Amleto che inveiva disperato? Parole, parole, parole! Quello che contava, era che lei avrebbe dato una lezione a tutti. Farsetto e calzamaglia sarebbero stati perfetti.

Il solo pensiero la faceva fremere per Zach. Le avevano detto che avrebbe dovuto dividere la camera con Gigi; ma sarebbe riuscita ad aggirare l'ostacolo, altrimenti la sua bisnonna si sarebbe vergognata di lei. Gli Harper non permettevano mai che fossero gli altri a decidere al loro posto... nemmeno se si trattava di registi.

Che altro avrebbe potuto fare Emily Gatherum, se non concedere i tre giorni di permesso che le aveva chiesto? Gigi le aveva già promesso che avrebbe lavorato la vigilia di Natale, l'ultimo dell'anno e il giorno di Natale sostituendo due chef che, per non rischiare il divorzio, dovevano assolutamente passare le feste in famiglia: perciò Emily glielo doveva. Il catering era un genere di servizio che non poteva permettersi di fermarsi nemmeno un giorno all'anno, ma quando c'erano di mezzo uomini sposati, bisognava rassegnarsi a una certa flessibilità. Quando Zach aveva telefonato, quella mattina, e le aveva annunciato di poterle finalmente offrire l'occasione di imparare a sciare, si era precipitata da Jessica e si era fatta prestare i capi di vestiario indispensabili dai figli che avevano più o meno la sua taglia. Gli sci e gli scarponi li avrebbe presi a nolo l'indomani, quando fossero arrivati sul posto.

L'unica cosa che non capiva era: dove stava tutta la banda? Zach aveva parlato di un gruppo. Alludeva forse alla principessa di ghiaccio stile Grace Kelly, quella Pandora con il suo prezioso vaso, più il bellissimo Nick De Salvo che, chissà perché, cercava di far colpo su di lei? A quanto ricordava dai tempi dell'Uni, una "banda" comprendeva ben più di quattro persone. E c'era un'altra cosa: come aveva fatto Pandora a piazzarsi accanto a Zach sul sedile posteriore, dove sembrava si divertissero un mondo, lasciando a Nick il compito di guidare e di sfoggiare con lei tutto il suo fascino hollywoodiano, come se non fosse stata vaccinata contro di esso fin dalla nascita?

Avrebbe voluto che Sasha fosse con loro. Non sarebbe stato entusiasmante dividere la stanza con Pandora; ma Zach aveva detto che non era poi così male se ci si abituava a lei: insomma, non era la carogna fredda e snob che sembrava. Ci sarebbe voluto ben più di un fine settimana per farle accettare l'idea, si disse Gigi in un impulso di ribellione. Era così tipico di Zach pensare una cosa e agire di conseguenza, come aveva fatto con la sua teoria sull'*Amleto*. Zach era sicuro che esistesse il modo di porgere Shakespeare in maniera equilibrata, il modo di rendere la tragedia accessibile anche a coloro che in realtà pensavano di non riuscire ad apprezzarla e andavano a teatro solo perché si sentivano in dovere di farlo una volta all'anno in nome della cultura. Zach era come un ragazzino che costruiva castelli di sabbia facendosi aiutare da tutti gli altri bambini, spiegando esattamente come dovevano svuotare i secchielli di sabbia ed esortandoli a portarne altri. Era un adolescente dal gigantesco talento teatrale, un ragazzo prodigio che avrebbe finito per spezzare il cuore di chi lo amava senza neppure accorgersene, oppure era autentico, un artista creativo e nel contempo un uomo buono, affettuoso e adorabile del quale lei, Gigi, poteva innamorarsi?

Non era ancora in grado di giudicare, ma forse un fine settimana sulla neve le avrebbe chiarito le idee. Era difficile conoscere veramente Zach su un terreno di gioco che non fosse il suo, perché era sempre lui a comandare, a fare il capo, il padrone, il leader, a prodigarsi in cerca della visione – una mania che peraltro Gigi capiva perfettamente. Ma sugli sci Zach sarebbe stato diverso. A grandezza naturale. O quasi. Anche lui non sapeva sciare, e quindi avrebbero incominciato alla pari.

Doveva avere perso il filo da qualche parte, pensò Zach, sforzandosi di non ascoltare le chiacchiere di Pandora; sì, aveva perso il filo, e questo non doveva mai capitare. Aveva avuto intenzione di fare il viaggio sul sedile posteriore in compagnia di Gigi, guardando la luna che sorgeva sul panorama innevato, mentre Nick e Pandora, sul sedile anteriore, si sarebbero intrattenuti per i fatti loro. Come minimo Gigi gli avrebbe permesso di tenerle la mano... Ma chissà come, Pandora era riuscita a infilarsi in macchina occupando il posto destinato a Gigi. Era un tipo invadente, quella ragazza, e così avrebbe fatto carriera. Apparteneva alla Hollywood vecchio stampo di Alfred Hitchcock, ma era troppo presa dal teatro per ammetterlo. Comunque era un'attrice molto utile, che seguiva in modo perfetto la volontà del regista.

Nonostante l'intoppo iniziale, il suo piano era ormai avviato: il piano per condurre Gigi lontano da New York, lontano dall'influenza di sua sorella, in un posto dove sarebbero stati insieme, soli in mezzo alla natura. Forse perché era un tipo cittadino, Zach aveva fiducia nella natura e intuiva che potesse rendere Gigi generosa nei suoi confronti molto più dell'ambiente del teatro. Naturalmente, bufera di neve o no, Gigi non sarebbe mai partita per passare un weekend sola con lui; perciò era stato costretto a invitare gli altri due. In quanto al resto della compagnia degli attori, avrebbe comunque dovuto dare a tutti tre giorni di libertà, demotivati com'erano. Succedeva sempre così, persino con le farse: prima o poi arrivava sempre un periodo in cui anche gli attori più impegnati cominciavano a smarrirsi, e a quel punto un regista intelligente doveva concedere una pausa. Ma con la devastante ricchezza di Shakespeare, con quel linguaggio letterario travolgente che gli martellava notte e giorno nella testa, di solito i momenti in cui i circuiti saltavano erano più di uno, e l'unico desiderio diventava andarsene a casa a guardare un teleromanzo, mangiare una pizza e dormire.

Come se per lui fosse più semplice! Come se non fosse altro che un calzolaio che fabbricava un paio di scarpe, come se non dovesse affrontare mille elementi oltre alle parole. Ma certo: doveva solo gestire una complessa comunità umana e mettere in scena una tragedia, in fin dei conti. Una tragedia! Tuttavia, la regia era l'unico lavoro al mondo che fosse un gioco allo stato puro, e lui era l'uomo più fortunato del mondo perché lo dirigeva, e adesso aveva di fronte le parole più belle del mondo: quelle di Shakespeare – e non importava se per qualcuno erano quelle della Bibbia. Le parole di Shakespeare, ferme sulla carta in attesa che lui le ritrasformasse in un frammento di realtà, in una celebrazione della vita e dell'uomo, e non in un test d'intelligenza o in un esame d'ammissione.

C'erano registi che si rovinavano l'esistenza pensando che i direttori d'orchestra erano più fortunati in quanto se ne stavano in bella vista e, oltre a essere interpreti della visione del compositore, erano anche esecutori. Anche lui aveva avuto i suoi momenti di frustrazione, certo, e se aveva il compito di interpretare la visione del drammaturgo servendosi della creatività degli attori, allora lui chi era? Lui, Zach Nevsky, chi era? Ma poi si era reso conto che preferiva mille volte lavorare con le parole anziché con i suoni, si era ricordato di essere stonato e si era detto che, forse, l'unico con cui sarebbe stato disposto a fare cambio era nientedimeno che Dio. E, quando ciò era accaduto, aveva compreso di essere lui quello che aveva bisogno di una pizza e di una dormita per consolarsi della mancanza delle doti recitative.

D'accordo, non si poteva avere tutto. Dunque si sarebbe accontentato di quello che aveva – più Gigi. Se non fosse stato così sicuro che Nick non avrebbe cercato di combinare qualcosa con la sua ragazza, sarebbe stato un po' geloso del modo tanto intimo in cui adesso parlavano di Hollywood. Ma, già, tendeva a dimenticare che Gigi aveva per padre un produttore cinematografico solo perché quel mascalzone non aveva uno spazio concreto nella sua vita. Sembrava che Vito Orsini fosse scomparso dalla faccia della terra; invece, i tipi come lui non sparivano mai. L'unico fattore positivo era che non doveva preoccuparsi di chiedere a Vito la mano di Gigi, dato che quello stronzo aveva rinunciato a ogni diritto sulla figlia. Con ogni probabilità, se proprio avesse voluto chiederla a qualcuno, avrebbe dovuto rivolgersi a Sasha. O magari alla matrigna di Gigi, quella Billy Ikehorn che viveva lontanissima, a Parigi. Ma prima doveva restare solo con Gigi sulla neve, solo con lei in mezzo alla natura selvaggia e incontaminata, con un cielo azzurro sopra la testa e circondati da pini veri, in un'aria tersa che non spirava mai fino a Central Park. Loro due soli. Aveva sempre desiderato andare a sciare, e la prospettiva era molto promettente.

Arrivarono a Killington il venerdì sera molto tardi e andarono subito a dormire: Gigi e Pandora condivisero la camera senza discutere perché non vedevano l'ora di infilarsi a letto, mentre Zach e Nick occuparono la stanza accanto.

L'indomani mattina presto consumarono un'abbondante colazione a base di frittelle, pancetta e porridge, così da immagazzinare energia come consigliato da Pandora, che aveva cominciato a sciare quando non aveva ancora tre anni, e da Nick, che spesso trascorreva settimane bianche a Vail e a Sun Valley. Gigi e Zach uscirono insieme per andare a noleggiare gli sci e gli scarponi e per iscriversi a un corso con un maestro. A Killington i principianti ricevevano sci cortissimi e senza racchette, cosa che permetteva loro di conoscere le sensazioni della discesa in maniera diretta, eliminando l'impiccio di sci troppo lunghi e veloci e dei bastoncini.

Il corso per principianti era molto facile. Gli allievi affrontavano uno alla volta i dislivelli più bassi, e si fermavano girandosi verso monte. In tutto erano quindici; alla fine, incoraggiati dall'istruttore, impararono a curvare e a controllare la velocità. Ogni spostamento sul pendio affollato, dove erano al lavoro gli allievi di molti altri corsi, avveniva dopo che ognuno si era girato correttamente, riunendosi al gruppo. Prima che fosse mezzogiorno, tutti avevano provato la gioia terrificante di stare in cima a una collina e di guardare in basso con la certezza che ce l'avevano fatta una volta e potevano farcela ancora.

Gigi e Zach erano ai piedi della pista più facile, emozionati ed entusiasti; guardarono Nick, un proiettile nero, e Pandora, un'agile freccia argentea, che saettavano verso di loro dall'alto della montagna, acquistando velocità e infine fermandosi davanti a loro con una brusca virata verso monte accompagnata da un gesto di trionfo.

«Sì, sì, pavoneggiatevi pure» disse Zach. «Impareremo anche noi.»

«Ci vuole tempo, Zach, per darsi alla discesa libera, e molto fegato» rispose Nick sganciandosi gli sci.

«Cos'è la discesa libera, Nick?»

«Il percorso più diritto per scendere senza dover frenare. Se non scii così, non scoprirai mai la sensazione inebriante che questo sport ti può dare. E non avrai vinto la montagna e la fondamentale, naturale paura ci cadere. Nessuno vuole correre il rischio di cadere.»

«Oh, Nick, piantala. Guarda quei ragazzini che scendono esattamente come te e Pandora... avranno due o tre anni» protestò Zach.

«Sicuro, e si sono messi gli sci appena hanno imparato a camminare. Non è facile come sembra.»

«Sei un maledetto snob» disse Zach. «Allora, avete fame oppure avete fame?»

«Io ce l'ho» rispose Gigi guardando Pandora che si issava agilmente sulla spalla i lunghi sci, stringeva i bastoncini in una mano e si avviava con andatura ancheggiante che metteva in risalto il suo sedere fasciato d'argento. Zach la seguì con uno sguardo carico di interesse. Gigi indossava un paio di pantaloni blu abbondanti e un giubbotto verdescuro che vicino al blu appariva spento: li aveva avuti in prestito da due dei ragazzi Strauss. Con una fitta di rammarico, si accorse di sentirsi goffa e inesperta in confronto a Pandora.

Il pranzo venne servito secondo il frettoloso stile delle mense, perché le lezioni pomeridiane riprendevano alle due in punto. Nick e Pandora presero la sciovia per risalire in vetta alla montagna e salutarono Zack e Gigi con un'aria che a entrambi sembrò carica di malcelata pietà.

«Gigi, vuoi proprio passare tutto il pomeriggio a fare le stesse cose che abbiamo fatto stamattina?» chiese immediatamente Zach.

«La scuola è organizzata così» rispose Gigi in tono fermo.

«Gigi, la scuola di sci è un'azienda come tutte le altre. Ti tengono indietro perché così continui a pagare le lezioni anche quando potresti cavartela benissimo da solo. Abbiamo passato gran parte del tempo ad aspettare gli altri allievi... non ti sentivi frustrata?»

«Sicuro. Ma in quale altro modo potrei imparare?»

«Senti, adesso sappiamo controllare gli sci, no? Abbiamo imparato a fermarci e a curvare, no? Perché non saltiamo la lezione, saliamo sulla montagna e scendiamo adagio la piu facile delle piste per principianti, facendo esattamente quel che abbiamo imparato stamattina? Così scieremo dieci volte di più che se seguissimo le lezioni.»

«Sarebbe anche sensato, Zach Nevsky, se non avessi l'orribile sospetto che in realtà tu miri a buttarti in una discesa libera.»

«Gigi, te lo prometto, lo giuro sui preziosi capelli color calendula della tua preziosa testolina, questo pomeriggio non tenterò nulla del genere. Non sono idiota. Ci riuscirò prima della fine del weekend, ma oggi voglio solo fare pratica più che posso. C'è il sole, è sereno, come possiamo sprecare una giornata simile?»

Gigi scrutò Zach e pensò che sarebbe stato ingiusto incatenare un atleta nato come lui. Si era dimostrato il migliore del corso, aveva imitato l'istruttore con più esattezza e agilità degli altri, si era adattato con scioltezza al ritmo delle curve, piegandosi in avanti, flettendo le ginocchia ed equilibrandosi con le braccia. Dopotutto un Orloff-Nevsky riusciva sempre a imparare un passo di danza più in fretta degli altri ballerini di fila, e Zach non faceva eccezione. E poi era così impaziente, con quei capelli neri che gli ricadevano sulla fronte, troppo lisci e abbondanti per mantenere una scriminatura, e gli occhi socchiusi nel brivido dell'avventura...

«Ah, Gigi, scommetto che anche tu non vedi l'ora di allontanarti dalle piste per principianti. Hanno persino un nome umiliante, e sono affollate come la metropolitana. Durante le lezioni abbiamo sciato soltanto per pochi minuti di seguito.» Zach parlava con il tono intrepido e suadente che aveva indotto tanti attori a correre il rischio di lanciarsi in campi nuovi anche se pensavano di non poterli conquistare.

«Ecco, non saprei» Gigi esitava. Si sentiva tentata nonostante ciò che le suggeriva il buonsenso, ma era ancora incerta.

«L'unico modo per sentire di essere davvero qui è salire fino in cima alla montagna. Lo sai, non permetterò che ti succeda qualcosa di male... Vieni, Gigi, proviamo!»

«Oh, Zach...» Gigi abbassò lo sguardo sui corti sci rossi e gli scarponi di plastica. Qualcosa nel suo tono la invitava ad accettare il rischio.

«Prometto che avrò cura di te. Ti prego, Gigi! Non andrò, se non verrai anche tu. Da solo non mi divertirei.»

«Oh, d'accordo» disse lei, arrendendosi, come finivano per fare tutti quando Zach Nevsky lanciava una sfida.

Zach aveva avuto ragione, pensò Gigi. La pista per principianti era larga almeno cento metri là in cima, una distesa di neve fresca e farinosa. La vetta sembrava lontana migliaia di chilometri dal fondo di neve bagnata e calpestata dei pendii della scuola, adesso invisibile ai loro occhi. Erano in cima al mondo, in un luogo dove il silenzio sembrava una canzone, e da lassù potevano vedere i picchi biancovioletti dei monti che torreggiavano tutt'intorno. Gigi aveva l'impressione che l'aria contenesse un'essenza rara, distillata dal sole e da una fonte assolutamente pura. Il semplice fatto di trovarsi lì aveva il sapore di un'esperienza completamente nuova, un'esperienza di pace e di identità che non avrebbe mai conosciuto se avesse rifiutato di seguire Zach fin lassù.

Gigi sciava seguendo le tracce lasciate da Zach. Mentre dozzine di altri sciatori sfrecciavano accanto a loro, lui procedeva con prudenza per sette-otto metri alla volta, in diagonale, e frenava spesso in attesa che lei lo raggiungesse. Gigi traballava un po' e cercava di coordinare i piegamenti delle braccia e delle ginocchia. Molto presto, mentre scendevano zigzagando lungo i pendii privi di alberi, acquistò fiducia e abilità; adesso riusciva ad arrestare il movimento verso valle esattamente nei punti in cui Zach la aspettava. Quando erano saliti non le aveva detto che contava di ricompensarla per ogni tentativo riuscito baciandola sulla testa; ma con gli sci ai piedi non aveva modo di sfuggirgli, e comunque la testa non era una zona erogena riconosciuta. O almeno, non lo era stata quando Zach aveva cominciato. Adesso però sembrava sempre più sensibile, o forse lei aveva nel cuoio capelluto terminazioni nervose subdolamente erotiche di cui non aveva mai conosciuto l'esistenza.

«Senti, Zach, piantala!»

«È come fare una carezza a un cane quando impara qualcosa di nuovo, ecco tutto.» Zach le rivolse un sorriso d'ammirazione.

«I cani non sciano, e tu mi tratti con degnazione paternalistica» ribatté Gigi, scuotendo la testa in segno di avvertimento.

«Allora dove posso baciarti? Non voglio darti l'impressione che il tuo coraggio e il tuo stile rimangono ignorati.»

«Niente da fare. Conosci le regole del gioco» disse lei in tono severo.

«D'accordo» rispose lui docilmente, e si avviò giù per la discesa. Avevano superato l'ampio campo innevato della cima e si era alzato un venticello gelido. Continuarono lentamente l'avanzata laboriosa verso valle. Non appena raggiunsero la linea degli alberi, il senso di libertà scomparve. Gli abeti, con i rami carichi di neve, si ergevano a intervalli di qualche metro ai lati di quella che era diventata una pista ben delineata, e imponevano a Zach di procedere a un angolo più netto nella diagonale e di curvare più spesso.

«Ehi, riposiamo un po', sono senza fiato» disse Gigi mentre gli si fermava accanto e rideva, orgogliosa ed emozionata. Adesso sapeva sciare!

«Appoggiati a me verso monte, ti sosterrò. Oh, Gigi, non è forse come avevo immaginato? Non sei contenta di essere venuta?» Lei sorrise. Era coperta di neve in seguito alle molte cadute, aveva le guance imporporate, gli occhi verdi ancora più verdi del solito... e Zach non resisté alla tentazione di abbracciarla e baciarla sulla bocca.

«Zach... smettila» ansimò lei.

«Ancora uno» mormorò Zach. «Non voglio che ti vengano i geloni.» La baciò di nuovo, un lungo bacio pericolosamente piacevole, così caldo sulle sue labbra fredde che Gigi si sentì mancare.

«Zach! Smettila e proseguiamo» insisté poi. Non intendeva permettergli di infrangere le sue regole del gioco solo perché si trovavano su una montagna innevata.

Lui la guardò con gli occhi colmi di desiderio, ma si rimise in movimento. Mentre scendevano adagio e raggiungevano la parte mediana della montagna lungo la pista relativamente dritta, il sole si abbassò ancora di più nel cielo e sulla neve cominciò a formarsi una crosta ghiacciata. I solchi lasciati dagli sciatori scesi prima di loro si facevano sempre più profondi, la pista si restringeva e c'era sempre meno spazio di manovra. Zach, adesso, avanzava per quattro o cinque metri appena, prima di fermarsi per attendere Gigi, ed era un'operazione lenta e faticosa. Davanti a loro c'erano altri alberi, una quantità di alberi che crescevano in un bosco fitto: era impossibile prevedere quando la pista si sarebbe allargata di nuovo sboccando in un campo liscio e innevato. Da almeno mezz'ora non passavano altri sciatori, e nell'attesa il silenzio si fece quasi minaccioso: sembravano rimasti completamente soli sulla montagna.

«Credo che dovremmo provare ad andare un po' più veloci» propose Zach.

«Giusto» dichiarò Gigi con fermezza.

Zach scese per circa nove metri, curvando spesso per non accelerare troppo, quindi si fermò ad aspettare Gigi. Lei non possedeva la coordinazione naturale necessaria per muoversi nello stesso modo, ma si staccò dall'albero al quale si era aggrappata, fletté le ginocchia, allargò le braccia e lo seguì con decisione. Vacillò pericolosamente diverse volte, riuscì a ritrovare l'equilibrio a stento, poi finì addosso a Zach che si era fermato a riposare contro un altro albero. Zach la afferrò e la sostenne.

«Bravissima! Sei bravissima!» le disse.

«Sarà, ma non è più divertente.» A Gigi tremavano le gambe. Avrebbe dato qualunque cosa pur di essere al sicuro in una cucina, a sgobbare davanti a venti fornelli.

«Lo so, Gigi. Non immaginavo che la pista per i principianti diventasse così stretta. Scusami tesoro, è stata un'idea stupida, ma ce la caviamo comunque molto bene. Sento che sei nervosa e contratta. Distendi i muscoli o finirai per farti male.» Si tolse i guanti, li mise sotto il braccio, le prese la testa fra le mani grandi e calde. Per qualche minuto continuò a scaldarle le guance e le orecchie, mentre Gigi, appoggiata contro di lui, si sentiva sicura e rilassata. Zach le mise in testa il suo berretto di lana, perché lei aveva dimenticato di portarne uno. «Ma sei ancora gelata, tesoro... gelata» le disse preoccupato, e si piegò per ripararla. La tenne stretta a sé, le baciò il naso e gli occhi e infine le labbra perché sapeva che anche quelle erano fredde. «Gigi, tesoro, piccola mia, ti amo tanto... Sei la mia ragazza, ti prego dimmi che sei la mia ragazza, Gigi, tu sai quanto ti amo, per me non c'è nessun'altra al mondo, dimmi che vuoi essere la mia ragazza.»

Mentre parlava, Zach continuò a coprirle il viso di baci. Conosceva la grande poesia dell'amore, ma era troppo commosso per trovare frasi abbastanza eloquenti. Aveva creduto di essere autosufficiente, fino a quando aveva incontrato Gigi. Aveva bisogno di lei in modo spaventoso... e cercava di dominare quella paura. Anche se le sue parole erano imploranti, il suo tono era sicuro, imperioso, come se il suo potere fosse ancora intatto. Gigi tremava fra le sue braccia; cercò di liberare la testa e si sentì prossima a cedere, ad arrendersi a quell'insistenza e ad accettare d'essere la sua ragazza. Scorgeva negli occhi di Zach la scintilla inequivocabile di un'intenzione totale; ma poi si tese di nuovo e pensò che non era giusto, non era giusto che quell'uomo attaccasse i suoi sentimenti mentre era bloccata lassù, sola con lui in quel posto remoto e spaventoso. Non era giusto!

«No!» gridò, e girò la testa con tutte le sue forze. Si divincolò inaspettatamente dalla stretta e subito cominciò a scivolare all'indietro. Gli sci si muovevano così veloci che non riusciva a controllarli. Per un attimo Zach rimase paralizzato dallo sbigottimento, poi cercò di raggiungerla, ma Gigi agitava le braccia disperata e gridava per la paura, già lontana da lui.

«Buttati giù!» le urlò Zach. «Buttati giù!» Gigi aveva dimenticato tutto ciò che aveva imparato durante la lezione. Gridava e si sforzava di restare diritta, ma continuava a scivolare sempre più veloce verso valle; infine andò a sbattere contro un albero sul lato opposto della pista, e si accasciò sulla neve alta. Pochi secondi più tardi, Zach era disteso accanto a lei.

«Gigi!» implorò. «Gigi, tutto bene?»

Gigi singhiozzava per il dolore e non riusciva a parlare per lo shock.

«Gigi, ti sei fatta male?» insisté Zach. «Ti prego, dimmi qualcosa!»

«La gamba... credo di essermela rotta... No, non toccarla! Non cercare di spostarmi! Cristo, e adesso cosa facciamo? Ahi, che male!»

«È tutta colpa mia. Oh, Gigi, è tutta colpa mia!»

I singhiozzi di Gigi raddoppiarono con l'acutizzarsi del dolore alla gamba sinistra. Con il viso stravolto dal rimorso, Zach si girò a guardare verso monte, ma non vide e non sentì nessuno. Controllò l'orologio e scoprì con orrore che era più tardi di quanto avesse immaginato. Erano quasi le quattro.

«Vado a cercare aiuto. Capisci, Gigi?»

«Non lasciarmi sola!» singhiozzò lei.

«Devo farlo, Gigi» insisté Zach. «Aspettare sarebbe troppo pericoloso.» Lei continuò a piangere, ma strinse i denti e annuì. Zach si tolse il giubbotto imbottito e il maglione pesante e riuscì a coprirle il busto e il collo senza toccare le gambe. Le tolse la neve dal berretto e glielo calcò intorno al viso. «Se senti arrivare qualcuno, grida aiuto più forte che puoi, capito?» Gigi annuì di nuovo, mentre le lacrime le scorrevano sulle guance. Zach si rialzò a fatica. Adesso aveva soltanto una maglietta di lana infilata nei pantaloni, era a testa scoperta e a mani nude perché aveva perso i guanti quando si era precipitato a inseguirla. Trasse un respiro profondo, si voltò a guardarla in silenzio, con aria supplichevole, e si avviò cauto perché sapeva che se si fosse fatto male anche lui non avrebbe potuto esserle di alcun aiuto. Non si fermò neanche una volta; continuò a procedere prudentemente lungo la pista in mezzo agli alberi, ma non appena ebbe raggiunto i pendii scoperti si piegò in avanti, fletté le ginochia come aveva visto fare da Nick e scese come una furia, incapace di pensare ad altro che alla necessità di trovare aiuto per Gigi. Pochi minuti più tardi arrivò ai piedi della montagna e si fermò gridando: ancora qualche istante e due uomini del soccorso partirono con la sciovia portando una slitta per caricare Gigi.

«Gesù, Zach, cos'è successo?» urlò Nick, facendosi largo tra la folla. Zach era solo e guardava disperato verso la montagna, i pugni contratti.

«Gigi... credo si sia rotta una gamba.»

«Merda! Oh, povera piccola! Ma succede tutti i giorni, sulle piste per principianti. Sono pericolose. Troppo affollate.»

«Siamo saliti sulla montagna.»

«Zach, sei uno stronzo! Come hai potuto portarla lassù? Volevi fare una libera, eh? Sei un criminale!»

«Non è vero.»

«Hai preso la pista tutta diritta, stronzo! Ti ho visto scendere come un pazzo, ma ho pensato che fossi salito da solo.»

«Al diavolo la pista diritta, Nick. Non me ne sono neppure accorto. Vedi la slitta?»

«Sono appena partiti, ci vuole tempo per arrivare in cima... Cristo, come hai potuto permettere che venisse con te?»

«Non lo so... Pensavo che fosse una pista per principianti... Sono stato stupido, maledettamente stupido! Non me lo perdonerò mai, Nick, non immaginavo diventasse così stretta.»

«Perciò si chiama pista. Vieni nel capanno degli sci, altrimenti morirai assiderato.»

«Verrò quando l'avranno portata giù.»

«Cristo!» Indignato, Nick gli diede il suo berretto, trovò un plaid da buttargli sulle spalle e rimase con lui ad attendere fino a che i soccorritori scesero dalla montagna con Gigi avvolta nelle coperte e legata alla slitta.

«La portiamo all'ospedale» disse uno di loro, e buttò a Zach il giubbotto e il maglione. «È soltanto la gamba, guarirà presto.»

«Vi seguiamo» disse Nick. Zach era ammutolito per il sollievo. Si accodarono all'ambulanza fino all'ospedale, dove quel giorno avevano già curato decine di vittime di incidenti dello stesso genere. Sedettero in sala d'aspetto in un silenzio teso. Dopo tre quarti d'ora, un'infermiera dall'aria indaffarata venne a dare notizie.

«È una frattura della fibula, appena al di sopra dello scarpone. Dovrebbe rimettersi senza problemi» spiegò. «Le abbiamo somministrato un analgesico e non avrà dolori per diverse ore. La frattura è stata ridotta. Il dottore le ha messo un gesso che le permetterà di camminare, ecco qui le stampelle. È piena di lividi, ma questo è normale. Ed ecco gli analgesici: uno ogni quattro ore, basteranno per tre giorni. È in grado di muoversi, le ho mostrato come usare le grucce, ma adesso ha bisogno di riposo. Ecco le radiografie. Pagate al banco.» Corse via senza lasciare ai due uomini il tempo di fare domande. Zach si avviò subito alla cassa.

Un inserviente che spingeva la sedia a rotelle di Gigi varcò la porta a vento, schivando con destrezza altri due sciatori che venivano portati sulle barelle dai soccorritori. Gigi aveva la gamba sinistra ingessata dalla caviglia al ginocchio, e il pantalone era tagliato nella parte anteriore. Era pallida ed esausta, simile a una bambola di pezza dimenticata da una bambina sbadata.

«Come ti senti, povera piccola?» chiese Nick, cominciando a spingere la sedia a rotelle.

«Non troppo male. Il dottore ha detto che è una delle fratture più pulite che ha visto in questa settimana» rispose Gigi con un fil di voce. «Un bel complimento... come se l'avessi fatto apposta.»

«Ti fa ancora male?»

«No, ma sono intontita, dev'essere l'effetto degli analgesici. Là dentro sembra di stare in una catena di montaggio: è il paradiso degli ortopedici, ma non lo raccomanderei a nessuno.»

«Ti ha spiegato cos'è la fibula?»

«No, ha detto solo che tutto sommato mi è andata bene. Non è grave.»

«Gigi...» Zach, che era tornato dalla cassa, si fermò davanti a lei con le radiografie in mano, le braccia abbandonate lungo i fianchi e l'aria derelitta. Gigi non gli badò. «Gigi?» ripeté Zach, ancora più angosciato.

Lei lo trapassò con lo sguardo, come se non esistesse. «Nick, puoi riportarmi in albergo, per favore?»

I due uomini si scambiarono un'occhiata e, in silenzio, la aiutarono a trasferirsi dalla sedia a rotelle alla macchina. In albergo la sostennero mentre lei si ostinava a usare le grucce, e si mossero passo passo mentre si esercitava a camminare appoggiandosi il meno possibile sulla gamba fratturata.

«Oh, che seccatura maledetta» gemette Pandora quando entrarono in camera da letto. «Mi domandavo dov'eravate finiti tutti quanti, e mi sono fatta dare un passaggio per tornare qui. Avrei dovuto immaginarlo: la fortuna del principiante.»

«Grazie.»

«Guarirai perfettamente. Sono cose che succedono» disse vivacemente Pandora.

«Grazie.»

«Ti aiuto a spogliarti» propose la ragazza.

«Grazie.»

«Uomini, fuori! Me la caverò, l'ho fatto altre volte.»

Poco dopo Gigi era a letto con un pigiama di flanella rossa. Pandora aveva tagliato il pantalone sinistro per fare posto al gesso. Come succede quasi sempre negli alberghi di montagna, la stanza era surriscaldata, e Gigi aveva rifiutato di indossare un maglione; Pandora, invece, mise un paio di pantaloni di velluto, una camicetta di seta, morbidi scarponi di pelo, prese la borsetta e scese al bar alla ricerca di un modo per passare il tempo.

«Dov'è Zach?» chiese a Nick che stava appollaiato su uno sgabello al banco. Gli sedette accanto.

«Su, in camera.»

«Come mai?»

«Non è dell'umore più adatto per stare in quest'allegra compagnia.»

«Santo cielo, e perché?»

«Si sente responsabile perché ha portato Gigi sulla montagna.»

«Oh, Dio...» Pandora rise, incredula. «Lei non me l'ha detto! Anzi, non ha detto molto. È un'assurdità. I soliti dilettanti! È colpa di Gigi quanto di Zach. Non mi vedrai mai fare una stupidaggine del genere.»

«Non hai mai pensato di diventare crocerossina?» chiese freddamente Nick, mentre Pandora ordinava da bere.

Rimasero al bar, immersi in un cupo silenzio. Era tipico di Pandora, pensava Nick, considerare una frattura a una gamba come una gaffe che lei non avrebbe mai commesso perché era una ragazza troppo beneducata. Era pentito di averle detto che Zach aveva portato Gigi sulla montagna, anche se prima o poi l'avrebbe scoperto da sola. Gli interrogativi che si era posto a proposito dei sentimenti di Zach nei confronti di Gigi avevano trovato risposta nell'angoscia che l'aveva assalito a causa dell'incidente. Quello stupido era innamorato per la prima volta in vita sua. E chi poteva dargli torto?

Molte donne, al bar, avevano riconosciuto Nick e gli lanciavano occhiate. Lui ignorò Pandora e attaccò discorso con una rossa molto carina seduta alla sua destra. Pandora, irritata, finì il drink e ne ordinò un altro. Sarebbe stata una serata meravigliosa, con Nick che flirtava con tutte le ragazze e si divertiva a farsi trattare come uno qualunque, facendo il modesto e il gentile con quelle odiose cacciatrici di divi, mentre Zach se ne stava a rodersi in camera sua.

Zach, tutto solo a rimproverarsi senza motivo per lo stupido capitombolo di Gigi; Zach che aveva bisogno di conforto; Zach che era ancora un idealista antiquato e sentimentale; Zach così vulnerabile; Zach tutto solo e sprecato.

«Vado a dare un'occhiata a tutti e due» disse Pandora a Nick. «Hai la chiave della tua camera?» Nick gliela porse, e Pandora uscì dal bar e salì la scala congratulandosi con se stessa perché aveva saputo riconoscere l'occasione che le era piovuta dal cielo. Era così che gli Harper organizzavano le loro vite, mentre gli altri fantasticavano senza costrutto.

Si fermò in silenzio davanti alla porta socchiusa della camera di Zach e Nick. Perché lui non le aveva detto che era aperta? La stanza era così piccola che anche attraverso quella fessura riusciva a vederla quasi tutta. Zach era steso supino sul letto più lontano, illuminato dalla lampada sul comodino. Si era addormentato. Gli scarponi da sci erano buttati accanto alla parete, i pantaloni appesi alla colonnina del letto, ma indossava ancora gli short. Accanto a lui c'era una vestaglia. Pandora varcò la soglia, si chiuse la porta alle spalle senza far rumore e, in punta di piedi, si avvicinò al letto di Zach.

Gigi si assestò sul materasso. Tutto considerato, si sentiva stranamente bene. Le iniezioni che il dottore le aveva fatto prima di sistemarle la gamba avevano agito subito e gli analgesici che aveva preso poi avevano avuto un effetto che non accennava a diminuire. Le sembrava di galleggiare piacevolmente nell'aria, e il pensiero di avere una semplice frattura alla gamba sembrava quasi rassicurante. Avrebbe potuto capitarle qualcosa di peggio.

Per un po' chiuse gli occhi nella speranza di dormire, poi si rese conto che stava solo cercando di scacciare la sgradevole sensazione di essere stata troppo brusca con Zach all'ospedale. Poteva ancora affermare che Zach si era comportato male con lei, sulla montagna?

Le aveva detto che la amava, aveva detto apertamente per la prima volta che per lui era l'unica ragazza al mondo, e i baci, date le circostanze, erano comprensibili, no? Persino il codice di Sasha doveva riconoscere che in un momento simile un uomo non meritava di soffrire. Aveva visto un'espressione vittoriosa nei suoi occhi: e con ciò? Non era normale, visto che lei aveva finalmente ricambiato i suoi baci come desiderava fare da tanto tempo? Era stato necessario reagire come una verginella offesa in un romanzo vittoriano?

Mentre riviveva minuziosamente l'accaduto e cercava di spiegarsi perché era piombata come un missile verso valle, si rese conto che non poteva accusare soltanto Zach dell'incidente. Nei minuti in cui era rimasta immobile sulla neve in preda alla sofferenza aspettando che arrivassero i soccorritori, aveva trasmutato in rabbia la paura e il dolore e si era scagliata contro Zach per distogliere la propria mente dal terrore; ma in realtà, prima di strapparsi al suo abbraccio, si era sentita al sicuro. Zach aveva sciato con prudenza, senza mai trascurarla, anche se non avrebbe dovuto convincerla a correre quel rischio. Ma Zach era uno sventato, e per lui non si trattava neanche di sventatezza, bensì della convinzione che si potesse fare più o meno tutto, se solo si aveva il coraggio di affrontare il pericolo. Gigi lo sapeva, dunque aveva scelto liberamente.

Mentre rifletteva, immersa in un languore nebuloso, comprese di essere in collera con se stessa, non con Zach. Ma all'ospedale si era sfogata con lui. E poi, finché la aiutava a salire la scala, le aveva detto che sarebbe rimasto nella sua camera, caso mai avesse avuto bisogno di qualcosa; lei non aveva risposto neppure con un cenno. Non aveva battuto ciglio. Non aveva nemmeno arricciato sdegnosamente il naso, come se anche un rifiuto fosse un lusso che lui non meritava.

Le era apparso così depresso e umiliato. E quasi le aveva fatto... be', sì, quasi le aveva fatto piacere vedere il possente, dominatore, onnisciente Zach Nevsky ridotto sull'orlo delle lacrime.

Com'era cominciata la loro storia? Aveva conosciuto Zach a una delle feste della famiglia Nevsky, e anche se era il fratello di Sasha le era sembrato eccessivo il modo in cui tutte le femmine presenti, le zie, le nipoti e le cugine gli stavano intorno per disputarsi la sua attenzione. A quei tempi, secondo Sasha che seguiva i suoi amori, aveva una relazione con un'attrice, e poi ne aveva avuta un'altra. Nessuna donna riusciva a resistergli, dichiarava con orgoglio la sorella, e nessuna riusciva a conservare a lungo il suo interesse. Non era stato allora, tanto tempo fa, che Gigi aveva deciso di opporre la sua volontà a Zach, il centro del mondo febbrile del teatro, il beniamino dei critici, l'indiscusso re di Off Broadway? Non era stato allora che aveva deciso che se mai, per puro caso, avessero avuto a che fare l'uno con l'altra, l'avrebbe tenuto a debita distanza? Oh, sì, si disse Gigi, con lui aveva fatto il gioco duro; si era mostrata dolcemente pudica, graziosamente schizzinosa, castamente distante, come una furba vergine a caccia di un marito benestante in un romanzo di Trollope. Era già tanto se non aveva preteso che la chiamasse signorina Orsini. Aveva giocato bene, ma aveva giocato troppo a lungo, come dimostrava la frattura alla fibula. Gigi sospirò, euforica. Oh, voleva Zach, il meraviglioso Zach, voleva dirgli tutto ciò che aveva pensato, voleva fargli sapere che lo amava... e lui era nella stanza accanto. Il problema era che la stanza non aveva telefono, e Pandora aveva sbadatamente chiuso la porta quando era scesa al bar, così in fretta che Gigi non aveva avuto il tempo di richiamarla.

Tutto sommato, pensò, si era destreggiata piuttosto bene con le stampelle. Però allora aveva intorno Nick e Zach, e aveva avuto la certezza di non cadere. A quanto le aveva assicurato il dottore, con quell'ingessatura poteva camminare, persino scendere e salire le scale. Ma perché correre un rischio? E se fosse scivolata mentre cercava di arrivare alla porta e si fosse rotta anche l'altra gamba? Non aveva affrontato già abbastanza pericoli per quel giorno? Rabbrividì al ricordo della montagna e chiuse gli occhi, incapace di decidere. Il fatto era che non si sentiva molto sensata e ragionevole, in quel momento.

Pandora si fermò accanto a Zach e considerò la situazione. Era immerso nel sonno profondo della prostrazione totale, come se avesse preso un sonnifero. Era la prima volta che lo vedeva senza l'abituale espressione energica e imperiosa. Il respiro le si mozzò in gola mentre guardava quel corpo splendido e seminudo, poderoso e completamente abbandonato all'incoscienza. Oh, era bello vederlo così indifeso. E le piaceva la voluminosa, passiva protuberanza dei genitali. Non aveva mai avuto un uomo completamente in suo potere, non aveva mai provato l'ondata ardente che ora la invadeva alla vista di un uomo tanto desiderato ma non ancora conquistato, e tuttavia in suo completo potere. Un palpito insistente e piacevole cominciò a martellarle fra le gambe mentre, rapida e silenziosa, si toglieva gli indumenti e li lasciava scivolare sul pavimento senza staccare lo sguardo dalla nudità indifesa di Zach. Lo misurò con occhi esperti e avidi. Tolse con delicatezza la vestaglia dal materasso e si adagiò al suo posto, accanto a Zach ma senza toccarlo. Si puntellò su un gomito, il mento appoggiato sulla mano, per guardarlo in faccia.

Zach non si mosse, e il suo respiro profondo e regolare non cambiò. Pandora tese la mano, la insinuò nell'apertura degli shorts e la posò piatta sopra il pene, senza premere. Era morbido e rugoso; e quando con il palmo ne riconobbe la lunghezza si sentì inumidire in modo quasi insopportabile. Gli scrutò il volto mentre aumentava il contatto, ma non notò nessun cambiamento. Si trattenne con uno sforzo di volontà e attese fino a quando, sotto il calore delicato della sua mano immobile, il membro di Zach prese a ingrossarsi, svegliandosi mentre lui continuava a dormire. Zach era ancora tranquillo e imperturbato, e molto presto Pandora calcolò che era venuto il momento di curvare le dita e di accentuare leggermente, abilmente la pressione. A poco a poco, mentre Zach continuava a dormire, il pene si sollevò premendo contro le sue dita e costringendola ad allargarle per contenerlo. Di bene in meglio, pensò Pandora, inebriata ma ancora decisa a controllarsi, mentre muoveva piano la mano in tocchi carezzevoli. Molto meglio di quanto aveva immaginato. Allargò l'apertura degli shorts e il pene, liberato dalla costrizione della stoffa ma sempre guidato dal suo tocco, si erse diritto nell'aria. Continuò ad avvolgerlo nel suo palmo, mentre sussultava e vibrava irregolarmente, e ingrossava e si irrigidiva sempre più fino a ripiegarsi contro lo stomaco, puntando verso l'alto. Zach trasse un respiro profondo nel sonno, mosse la testa ma non diede segno di svegliarsi. Pandora attese a lungo, assaporando la vista di quella magnifica erezione. Zach non sarebbe mai appartenuto a nessun'altra in modo tanto completo, pensò trionfante. Non certo così. E alla fine, incapace di trattenersi, aprì le dita, lasciò il pene, si spostò con la massima prudenza e si mise a cavalcioni sopra il corpo di Zach, tenendosi in equilibrio sulle ginocchia e puntellandosi con una mano, librata sopra di lui come un agile predatore.

Zach continuò a dormire, anche se adesso mormorava qualcosa nel sonno e muoveva la testa da una parte all'altra. Pandora abbassò lo sguardo e con la mano libera sollevò adagio il pene inturgidito. Lentamente, centimetro per centimetro, lo fece scivolare nel proprio corpo avido. Zach socchiuse una palpebra, sul punto di svegliarsi, poi la richiuse. Pandora contrasse i muscoli interni, li rilassò e li contrasse di nuovo, quanto bastava per produrre una pulsazione percettibile. Zach cominciò a muoversi dentro di lei e finalmente aprì gli occhi.

«Che cosa?» ansimò, confuso e disorientato. Pandora taceva, tesa, dominata dal desiderio travolgente, mentre per la prima volta osava muovere avanti e indietro i fianchi e le natiche in un ritmo irresistibile e insistente. Zach, non ancora del tutto sveglio, rotolò su se stesso tenendola fra le braccia, e rimase radicato in lei per puro istinto. La inchiodò sul materasso e la fissò senza capire. «Cosa diavolo...?» bisbigliò con voce impastata. Pandora continuò a tacere, ma si concesse di abbandonare il ritegno tormentoso e voluttuoso che si era imposta. Spinse il bacino verso l'alto in una frenesia scatenata perché Zach penetrasse più profondamente, e lui, acceso da un ardore incontenibile, si avventò come per un riflesso animalesco. I loro corpi erano avvinghiati. Pandora gli cingeva la schiena con le gambe nude e lui continuava a martellare, ed entrambi gemevano di bramosia scatenata quando Gigi spinse la porta. Indietreggiò contro la parete, incapace di muoversi e di distogliere gli occhi da quello spettacolo. I due sul letto erano ignari di tutto: precipitarono insieme verso un orgasmo rapido e barbaro e si staccarono, gemendo di sollievo e con gli occhi chiusi.

Liberata da quella sorta di trance, spinta dalla frenesia di fuggire, lei si mosse troppo in fretta sulle stampelle e urtò rumorosamente l'ingessatura contro la porta. Zach alzò la testa e scorse per un attimo il suo volto mentre lei riusciva a girarsi. La guardò a bocca aperta, stordito e immobile, finché lei si muoveva a fatica nel corridoio lasciando la porta spalancata. Sopraffatto da uno shock indicibile, vide se stesso come doveva averlo visto Gigi. Si staccò da Pandora con uno scatto, balzò in piedi e tentò invano di infilarsi i pantaloni da sci.

«Dove credi di andare?» chiese Pandora in tono di vellutata indignazione, senza riaprire le palpebre. Nessun uomo si era mai staccato dal suo corpo in modo così brusco.

«Pazza! Sgualdrina! Dovrei ammazzarti!»

Pandora spalancò gli occhi, incredula. «Cosa hai detto? Che cosa ti ha preso?»

«Gigi ci ha visti.»

«E allora?»

«Fuori dai piedi!» urlò Zach, e si lasciò cadere su una sedia. Si rendeva conto che non poteva inseguire Gigi. Quale spiegazione avrebbe potuto darle? Chi gli avrebbe creduto?

«Ti sembra il modo di trattare una signora?» protestò Pandora nel tentativo di buttarla in scherzo. Secondo la sua opinione, attendibile e spesso confermata, era un'amante indimenticabile. E non meritava che lui la chiamasse pazza e sgualdrina. Davvero, quella sera Zach era impazzito. Ed era un ingrato. «Fuori» ripeté lui in un tono così minaccioso che Pandora si asciugò in fretta sul lenzuolo e si rivestì come se il pavimento bruciasse. Sbatté la porta e si fermò, indecisa, nel corridoio. Dio lo sapeva, non poteva rientrare nemmeno in camera sua.

Scrollò le spalle con aria sprezzante, si accertò di essere in ordine, si accomodò i capelli e imboccò la scala per raggiungere il bar. La sua bellezza aristocratica era sottolineata dal colorito acceso delle guance e dal desiderio insoddisfatto che le brillava negli occhi. Nick no di certo, perché non meritava tanta fortuna quella notte; ma il bar era pieno di uomini di bell'aspetto. Aveva appena cominciato, pensò sorridendo fra sé. Una sveltina non bastava mai, nemmeno se era stata la più lunga della storia. Quando Zach avesse ricordato quanto era straordinaria, si sarebbe pentito di averla scacciata. Entro domani sarebbe tornato a ronzarle intorno come un cucciolo affamato che implora un'altra razione di cibo. Ma non doveva illudersi. Una Harper non poteva perdonare chi l'aveva trattata in quel modo.

16

«Non capisco perché sia ancora così sconvolta» disse preoccupata Billy a Sasha. Erano nella cucina dell'appartamento delle due ragazze. Era sabato, Sasha non lavorava, e avevano approfittato dell'occasione per una presa di contatto più approfondita. «Ormai avrebbe dovuto essersi ripresa nonostante le ammaccature, non ti sembra?»

Gigi era tornata a New York con la gamba rotta poche ore dopo che Billy era rientrata da Parigi e si era insediata nella sua suite al Carlyle. Erano trascorsi quattro giorni, e Billy li aveva passati quasi tutti in sua compagnia, assicurandosi che mangiasse regolarmente. La sera aveva diviso il suo tempo fra l'appartamento di Gigi e Sasha e quello di Jessica; e aveva scoperto che la continua frequentazione con le tre donne, ignare di quanto era accaduto con Sam, aveva un effetto risanatore per la sofferenza e la collera che la tormentavano.

«Se si trattasse solo della gamba sarei d'accordo, ma ormai sono sicura che è successo qualcosa con Zach» rispose Sasha. «Non ha telefonato da quando Gigi è tornata, e questo non è da lui; e lei non ha più pronunciato il suo nome, mentre prima lo infilava sempre in ogni frase. Sospetto che abbia il cuore a pezzi, e mi piacerebbe tanto spaccare la testa a mio fratello, ma ho paura di chiedere a Gigi cos'è successo. È così chiusa, così sofferente... non l'avevo mai vista in questo stato, e non oso mostrarmi curiosa com'è mia abitudine. E poi, dato che c'è di mezzo Zach, penso di doverne restare fuori.»

«Ma Sasha, devi pur sapere esattamente cosa c'era fra loro. Lui è tuo fratello, lei è la tua coinquilina, appartenete alla stessa generazione: com'è possibile che tu non sappia niente?»

«Billy, se ne avessi un'idea le assicuro che le direi tutto, ma non l'ho mai capito. Qualunque cosa ci fosse fra loro, sembrava saltata fuori da una distorsione temporale.»

«Non era amore?»

«Non era quello che una persona normale chiamerebbe amore, no. Non si toccavano neanche...»

«Non si toccavano? Oh, andiamo!»
«Dovevano essere tutti e due un po' matti. Non capisco come una donna che ne ha l'occasione possa trattenersi dal toccare Zach...»
«O un uomo dal toccare Gigi...»
Billy e Sasha si guardarono: si intendevano perfettamente. Negli ultimi giorni avevano scoperto di essere compatibili in quel modo misterioso in cui due donne di età diverse e con esperienze di vita diverse riescono a volte a trovarsi a loro agio l'una con l'altra, anche se non si conoscono bene.
«È meglio che apriamo il cesto con il pranzo della Grenouille finché è ancora caldo» disse Billy. «L'ho ordinato stamattina e ho mandato il mio autista a ritirarlo. Pensavo che un pasto caldo fosse meglio dei soliti sandwich.»
«Dicono che un esercito marcia con lo stomaco, e tre donne fanno un esercito, anche se una è ferita, una sta per restare disoccupata e l'altra... be', quel che è» disse Sasha con tutto il tatto di cui era capace. Billy non era imperiosa come al solito, proprio come Gigi non era se stessa. O forse Billy era ridotta anche peggio.
«Chissà, magari un giorno te lo dirò, se ce la farò a capirci qualcosa.» Non sarebbe riuscita a imbrogliare Sasha neppure se avesse voluto. Quella ragazza aveva la vista troppo acuta.
«Almeno, non riguarda Zach.»
«Questa volta gli Orloff e i Nevsky non c'entrano» disse Billy con un sorriso.
«È una vera fortuna. Già adesso mi sento fin troppo colpevole. Venga in soggiorno, Billy. Possiamo fare picnic mentre le mostro una foto dell'appartamento in condominio alle Hawaii che potrei decidere di non comprare. O che potrei decidere di comprare. Ho bisogno di pubblico più vasto per la mia collezione di cataloghi.»
«Cataloghi? Parli di "Previews"? Io ne ho un mucchio in albergo, senza dimenticare che posso sempre comprare una piantagione, un ranch o un'isola nel Maine, o magari tutti e tre, oltre a un castello in Spagna. Sono le mie vie di fuga.»
«Ma non lo fa. Potrebbe comprarli davvero, effettivamente, ma non li compra. Perché?»
«Credo di non essere tagliata per la vita in campagna. Non saprei cosa fare» rispose pensosamente Billy. «Tante donne si servono delle loro case per condurre quel tipo di vita di società che non mi attira. A me piace impegnarmi seriamente. Dovrei imparare ad allevare il bestiame, o sparare alle anitre selvatiche, o pescare aragoste... non è il mio genere. Gigi, vuoi un po' di pâté?»
«No, grazie.»

«Ma dovresti sforzarti di mangiare qualcosa. Stai dimagrendo a vista d'occhio e non hai certo chili di troppo da perdere» disse Billy in tono preoccupato.

«Ti prometto che mangerò un po' di pollo, quando lo comincerete voi due» disse Gigi per temporeggiare.

«D'accordo, ma non dimenticarlo. Adesso ho una confessione da fare. Da quando sono tornata non vedevo l'ora di aprire il tuo regalo di Natale e ieri sera, quando sono andata nella suite per cenare, ho ceduto alla tentazione. Tesoro, è di una bellezza incredibile, non ho mai avuto niente di simile! Quando l'ho indossato mi sono sentita un'altra. Sono diventata Georgie, anche se nella vita lei si era divertita molto più di me. E non riuscivo più a togliermelo. Certo non spetterebbe a me dirlo, ma ero così divina, così romantica e affascinante... anche senza un maggiordomo intorno, purtroppo. Ho letto il biglietto per telefono a Jessica, e ha insistito perché lo rileggessi a David quando è rientrato dall'ufficio. Erano incantati. Il violinista del Café de Paris, il filo di perle rosa, l'invenzione del mascara... non sapevano avessi tanta fantasia. Stasera porterò tutto da loro, così vedranno il tuo regalo e il meraviglioso disegno che mostra me e i tre maggiordomi che si battono a duello. La povera Jessie muore dalla voglia di aprire il suo pacco; ma gli Strauss festeggiano sempre in grande stile, e così lei non si azzarda. Grazie, Gigi, è davvero il regalo più delizioso e originale che abbia mai ricevuto.»

«Quando l'ho trovato, ho capito subito che ti sarebbe piaciuto» disse Gigi rianimandosi un po'.

«E a Jessie cosa hai preso? Ti prometto che non glielo dirò.»

«Un pigiama rosa con le gale. È un modello francese degli anni Venti e sono sicura che sia della sua taglia.»

«Cosa c'è scritto sul biglietto?»

«È già nel pacco, ma Sasha li ha fotocopiati tutti quando pensavamo che avremmo creato una linea di lingerie con il signor Jimmy.»

«Povero signor Jimmy» disse Billy. «Anche se non lo conoscevo, so che mi sarebbe stato simpatico. Pensate, morire per un attacco di cuore durante una partita a poker, con una mano vincente...»

«Oggi qui, domani andato» la interruppe Gigi. «Forse è stato meglio così. Aveva vissuto una vita piacevole e non ha sofferto. E dato che era scapolo...»

«Gigi, sei senza cuore!» protestò Sasha. «E io? Ho lavorato per lui tanti anni, gli ero affezionata e mi manca disperatamente. E non dimenticare che l'unico erede, il nipote psichiatra, si è accordato per vendere l'azienda alla Warner's! Ah! Vorrei che tutti gli psichiatri si muovessero tanto in fretta. E la Warner's ha già tutte le modelle che le occorrono... cosa farà Sasha Nevsky per vivere? Oggi qui, domani andato... non sai dire altro del povero signor Jimmy? Davvero, Gigi, dovresti vergognarti!»

«Ed era un'ottima idea, copiare la lingerie antica. Non lo fa nessuno» aggiunse Billy. «Mi dispiace che le vostre speranze siano andate in fumo.»

«Se l'idea le piace, perché non si mette in società con noi?» propose Sasha. «Potrebbe fondare un'azienda nuova e fare quello che intendeva il signor Jimmy.»

«Cosa? No. Oh, Sasha, no, non credo. Non mi vedo ad affrontare la concorrenza della Settima Strada dopo essere stata la padrona di Scruples. Mi sembra del tutto sbagliato. Anzi, certamente è del tutto sbagliato, e questo è quanto.» Billy scosse energicamente la testa. Sasha aveva una vaga idea di ciò che avrebbe pensato di lei l'élite dell'industria della biancheria se si fosse associata all'eccentrico progetto di Gigi? Sarebbe diventata lo zimbello di tutti, passando da Scruples a un'iniziativa così limitata, anche se spiritosa. «Perché non sottoponi la proposta a qualche altra azienda? Potrei presentare te e Gigi.»

«No, Billy, grazie» disse in fretta Gigi, prima che Sasha potesse rispondere. «Con il signor Jimmy mi sentivo sicura, anche se ci avevo messo un po' per accettare. Ma l'idea era sua, non mia. Era stato lui a cercarmi. Non me la sentirei di proporre una cosa tanto speciale a un gruppo di sconosciuti.»

«Io invece sì» disse Sasha, mentre tratteneva il gatto perché non si buttasse sul pâté.

«Perché tu sei una Orloff» ribatté stancamente Gigi.

«Se non fossi ridotta uno straccio, lo prenderei come un insulto» rispose Sasha. «Farò finta che tu abbia detto che ho una maggiore resistenza alla sfortuna, una maggiore forza d'animo e più ottimismo.»

«Come vuoi.»

«Una gamba rotta non ti immobilizzerà per sempre, e la Gatherum è stata molto comprensiva anche se ha strillato per mezz'ora al telefono. Dopotutto, ti tiene il posto.»

«Solo perché non riesce a trovare nessuno che ci stia a lavorare nella sua odiosa azienda» disse Gigi con brusca veemenza. «Discutere con i clienti che vogliono il massimo ma non intendono pagare il dovuto; pilotare le vittime ignare verso le sedi in affitto e i fioristi più cari perché in questo modo incassiamo di più con le percentuali; le padrone di casa perfezioniste che non sono mai soddisfatte; i dettagli e le pratiche da sbrigare, e il telefono sempre attaccato all'orecchio; i pettegolezzi maligni sugli altri servizi di catering da parte dei camerieri che lavorano per tutti, e così capisci che vanno a spettegolare in giro anche sul tuo conto; la certezza che, per quanto sia esausto, chi lavora in cucina non ha diritto di riposare. Sapete, se si permettono di fermarsi un attimo e qualcuno se ne accorge, gli dicono: "Invece di stare lì senza far niente, perché non pulisci?". Agli inizi è capitato anche a me, e non l'ho mai dimenticato. Odio il maledetto servizio di catering, non so perché pensavo di volermene occupare, e che mi venga un colpo se ci tornerò! Preferirei andare a lavorare come chef presso una famiglia privata.»

Billy notò la sua espressione di sfida e tacque. Poteva trattarsi del rifiuto momentaneo di un campo in cui Gigi aveva già fatto ottimi progressi, e allora non era il caso di prenderlo sul serio. Era il suo cuore infranto a parlare, non l'ambizione.

«Che allegria!» borbottò Sasha, divorando il pâté di buon appetito. «E che belle feste natalizie! Se non ci fosse Marcel mi lascerei contagiare dal tuo malumore, ma Marcel è un gatto felice. Speravo di consolarmi un po' con i miei cataloghi, ma persino quello del Natale di Neiman-Marcus mi ha delusa. Cosa diavolo gli fa pensare che mi piacerebbe una cyclette elettronica collegata a un televisore gigante con due ore di panorami programmati per non annoiarmi mentre pedalo, il tutto per ventimila dollari in valuta pregiata americana? È una pena. Billy, ha mai visto il "ComRo 1" che offrivano l'anno scorso? No? Immagini un grosso robot sgraziato che apre le porte, scopa, porta fuori la spazzatura, innaffia le piante e va a passeggio con il cane, per soli quindicimila dollari! Con quei prezzi le porte me le apro da sola, grazie! E guardi questo! Quattordicimila dollari per una casacca e un paio di pantaloni di Galanos... piuttosto imparo a cucire!» Sasha sferrò un calcio rabbioso al mucchio dei cataloghi natalizi che aveva collezionato da molto tempo. «Almeno, due anni fa Neiman offriva un simpatico struzzo che costava appena millecinquecento dollari, una vera occasione... per chi abita in un ranch.»

«Perché conservi quella roba, se ti fa arrabbiare?» chiese Billy, incuriosita. Non aveva mai visto nessuno fare collezione di cataloghi.

«Perché esistono, credo. È una specie di assuefazione. Per la verità non ho mai ordinato molto, soltanto un paio di oggetti per le mie zie, in modo che continuassero a mandarmi i cataloghi. Tutti presentano la solita prevedibile merce natalizia: B. Altman e Bonwit's e Sakowitz e Marshall Field e Jordan Marsh e Saks e Bloomingdale... abiti e tailleur di una noia mortale, camicette con troppi fronzoli, maglioni troppo eleganti, pellicce troppo care... Aspettate un momento, ecco qui un mantello di zibellino selvaggio

Barguzin per centomila dollari, né più né meno, che prenderei con gioia per scaldare il mio selvaggio cuore russo, ma solo se il signor Marcus me lo regalasse per amore. Guardate questi vestiti: Dio, che pena! Esattamente quello che un uomo terrorizzato all'idea di girare per i negozi ordinerebbe per la moglie, la figlia o la sorella, ma che una donna non comprerebbe mai per se stessa. Niente di eccitante, solo una rivisitazione della moda dell'anno scorso che conosco già a memoria e noiosa, noiosa, noiosa. Niente di necessario. Niente di giovane!»

«Tu non sei una cliente da cataloghi» sentenziò Billy. «Hai troppo stile.»

«Può darsi» ammise pensosamente Sasha. «Può darsi. E questo può valere per tutti. Oh, be', almeno Neiman's è meglio degli altri grandi magazzini di lusso, almeno cerca di distinguersi. L'idea dello struzzo mi piaceva. Gli altri cataloghi, quelli che non vengono diffusi dai grandi magazzini, si tengono su gioielli privi di fantasia, o sugli orologi. C'è un miliardo di cataloghi d'orologi... Oppure sono regali firmati Tiffany e Gump's. Forse dovrei diventare realista e chiedere i cataloghi di Sears e Roebuck. Oppure potrei trasferirmi nei boschi e procurarmi L.L. Bean. Il mio problema è che io vorrei che i cataloghi fossero imperniati sulla moda. E pensare che sono ancora tanto stupida da aspettarli tutto l'anno, come se credessi che questa volta, finalmente, resterò sorpresa. È una pena, una vera pena.»

«Forse è come fare a te stessa una quantità di regali natalizi che non devi pagare o contraccambiare» suggerì Gigi, che cercava di mostrarsi comprensiva nei confronti di quelle lamentele ascoltate tante volte. Sasha sfogliava con disapprovazione i suoi cataloghi nei momenti più impensati, persino in bagno, e li trattava come se fossero una sorta di letteratura. Adesso Gigi si sentiva in dovere di mostrare all'amica un certo interesse, dopo le cose orribili dette a proposito del signor Jimmy. Come poteva confidarle la vera ragione che la rendeva tanto pessimista, la vera ragione per cui non credeva più in niente? Sasha voleva bene a Zach, e non poteva metterla in condizione di dover scegliere fra loro due.

«No» rispose Sasha, fra un boccone e l'altro di pollo e indivia, mentre Billy ascoltava con interesse. «Non credo che si tratti di questo. Leggere i cataloghi, per quanto deludenti, è come andare a far compere quando non ho tempo da perdere in un negozio affollato o il denaro per un acquisto dettato dall'impulso. È sostanzialmente un viaggio con la fantasia, credo. Un brivido a buon mercato. Vedi, la roba dei cataloghi è veramente disponibile, non come nelle riviste di moda, dove mostrano abiti non ancora arrivati nei negozi. Con un catalogo non devo fare altro che chiamare un numero verde, e ciò che voglio è mio. Quindi, anche se non mi serve e non posso permettermelo, ho la soddisfazione di poter fare la schizzinosa senza che una commessa mi guardi male. Posso rifiutare una collana di diamanti e un uccellino di ceramica Boehm da cinquecento dollari, una borsa di Vuitton e trenta vestaglie di velour che sembrano tutte uguali… e posso sentirmi superiore alle tentazioni. Probabilmente è l'aspetto monacale e non consumista della mia personalità che cerca di imporsi. L'anno prossimo butterò via i cataloghi senza neanche aprirli, tanto li conosco già.»

«Scommetto che non lo farai» disse Gigi.

«Hai ragione… Come ho detto, sono ottimista. E vorrei forse essere l'ultima persona dell'isolato a non sapere niente del nuovo regalo Neiman-Marcus 1983 per Lui e per Lei?»

«Questo interesse è dovuto soprattutto alla curiosità? chiese Billy.

«All'inizio, appena sono arrivati, sì. Ma guardi come sono ridotti certi: sembrano libri per bambini. Li conosco a memoria, giuro. Dev'essere un punto debole del mio carattere, ma è un difetto che ho in comune con tanta gente. Billy, ecco l'appartamento in condominio che come le ho detto stavo pensando di comprare.» Sasha porse a Billy il catalogo natalizio di Neiman's del 1982, e Gigi guardò la foto della piantagione Hanalei a Kauai, una tenuta vastissima incastonata in una baia azzurra e verde-smeraldo utilizzata anche negli esterni di *South Pacific*.

«Qual è il condominio?» chiese Billy. «La foto è ripresa dall'alto e mostra una distesa di svariati chilometri.»

«Legga! In fondo alla pagina c'è scritto che stanno costruendo appartamenti arredati in condominio, con spettacolose vedute al tramonto… non è magnifico?» Sasha aveva un tono bramoso.

«Prezzi a partire da un milione e duecentomila dollari? Non è...»

«Un po' caro? E allora? Sognare non mi manderà in rovina. Mark Twain diceva che non è mai successo che una ragazza sia stata rovinata da un libro. Dato che non ho intenzione di comprare i calzettoni con i campanellini o la borsetta di pelle di serpente frustone… frustone? è un po' morboso… be', posso anche non comprare l'appartamento in condominio. È molto più divertente non comprare, in realtà. Mi fa sentire più ricca.»

«Credo di cominciare a capire, o forse mi confondo ancora di più» rise Billy. Sasha era così piena di spirito, e lei si stupiva che Gigi non si mostrasse un po' più allegra.

«Guardi qui, Billy» disse Sasha mostrando il catalogo B. Altman. «Ecco un abito lungo da casa che costa più di quattrocento dollari:

due pezzi di seta pura, due maniche, un po' di punto smock e di ricami allo scollo, e dato che c'è scritto "made in India", si sa che la manodopera è costata pochissimo. E così spennano le clienti.»

«Più di quattrocento dollari? Fammi vedere» disse Gigi. «Oh, è orribile. O forse è la foto.» Esaminò l'illustrazione. Per la prima volta da quando era tornata a casa con la gamba ingessata, il suo visetto pallido mostrava un'espressione d'interesse.

«Forse è il modello» ribatté Sasha in tono acido.

«Forse...» ripeté Gigi, e si interruppe. «Lascia stare.»

«Forse cosa?» insisté Billy. «Sentiamo, Gigi, forse che cosa?»

«Ecco... se... se mettessi insieme una collezione come avrei dovuto fare per il signor Jimmy, la facessi copiare e la vendessi... per mezzo di un catalogo? No, è un'idea terribile. Io? Un catalogo? Non ci capisco niente.»

«Al contrario» obiettò Sasha. «Io ho tutti i cataloghi decenti pubblicati negli ultimi cinque anni, e li hai esaminati pagina per pagina anche tu, Gigi Orsini, molti addirittura due volte.»

«È vero, ma sono tutti così grossi e lussuosi, ed esclusivamente natalizi. La mia lingerie è diversa dalla produzione cui è abituata la gente, e io ho da vendere soltanto quella, senza tutto il resto... Niente prosciutti e marmellate e occhiali da sole per cani. La biancheria per signora non basta a riempire un catalogo. Di regola ci sono tonnellate di roba per ogni pagina.»

«Credo che Gigi abbia ragione, Sasha» intervenne Billy. «Devi disporre di una quantità di merce, e soprattutto di un nome. Ognuno di questi cataloghi è pubblicato da un grande magazzino famoso, e la gente ordina soprattutto perché il nome è riconoscibile e prestigioso, come Neiman's o Tiffany. Nessuno ha mai sentito parlare di Gigi Orsini... per ora.»

«Un momento, ti rendi conto di quello che hai appena detto?» chiese Gigi, animandosi. «Hai tutte le ragioni: la chiave è un nome riconoscibile... che ne diresti di Scruples?»

«Scruples?» ripeté Billy senza capire. «Di cosa stai parlando?»

«Scruples... un catalogo come Scruples!»

«Oh, Gigi, per favore!» esclamò Billy, offesa. «Scruples era il negozio specializzato più esclusivo del mondo. Non avrebbe mai, mai avuto un catalogo! Non l'avrei permesso nemmeno fra un milione di anni. E comunque, Scruples non esiste più. No, assolutamente no!»

«Ma stai a sentire, Billy, si tratta proprio di questo. I negozi non ci sono più, ma il nome, la reputazione, il mito e il prestigio di Scruples non hanno perso nulla. Non sono passati nemmeno due anni e tu potresti ricominciare, ma in una forma diversa. Il primo catalogo veramente grande per la moda!»

«Ma Gigi, hai idea di quanto eravamo cari?» scattò Billy, profondamente irritata. «A Beverly Hills, New York e Chicago c'erano abbastanza donne ricche per far vivere tre boutique, non grandi magazzini di lusso, ma grosse boutique situate nel centro dei quartieri più ricchi. Gli altri Scruples erano in altre nazioni. Molte non avevano neanche il denaro necessario per fare acquisti a Scruples, e quelle che invece l'avevano non compravano certo per corrispondenza! Corrispondenza! Anche se l'idea mi piacesse, e non mi piace, non potresti mai vendere capi di abbigliamento costosi come quelli di Scruples senza salette per le prove e modifiche perfette e attenzioni personali... No, non funzionerebbe. Non è possibile.»

«E se i capi di abbigliamento non fossero troppo costosi?» incalzò Gigi. «Se avessero prezzi accessibili?»

«Non avrebbero nulla da spartire con Scruples. Non se ne parla.» Billy aveva un tono indignato. Gigi non capiva che l'idea di un catalogo di Scruples rovinava il suo ricordo di un negozio perfetto, di quella boutique raffinata ed esclusiva, del sogno che aveva creato per soddisfare se stessa, un sogno ormai finito per sempre.

«Billy» insisté Gigi, «Scruples era solo un concetto, prima di essere messo in pratica. L'hai detto tu che eri partita con un concetto: portare l'eleganza di Dior a Beverly Hills, e che poi Spider l'aveva trasformato in una specie di divertente Disneyland per adulti. Perché non potresti cambiare di nuovo? Trasformalo in un progetto dai prezzi moderati, ma con lo stesso buon gusto. Chiama il catalogo Scruples 2, così la gente non penserà che sia la stessa cosa. Rispetterà il buon gusto, la qualità, lo stile giovane che stanno tanto a cuore a Sasha...»

«E poi non arriverebbe soltanto a Natale, come gli altri» intervenne Sasha, galvanizzata. «Non dovrebbe contenere le solite strenne... potrebbe uscire due volte l'anno, magari anche quattro, quando i grandi magazzini cambiano merce con la nuova stagione. Oh, Billy, si potrebbe fare così! Io sarei una sua cliente, Gigi sarebbe una sua cliente, e magari anche lei diventerebbe cliente di se stessa!»

«Scruples 2» disse Gigi. «Basta il nome per renderlo diverso... Quel "2" indica che non sta tentando di imitare la vecchia boutique, ma che è una cosa a sé.» Afferrò le stampelle e si alzò per andare a prendere le fotocopie dei biglietti. «Senti, Billy, potrebbe esserci un settore dedicato alla mia lingerie antica, con i biglietti come testi pubblicitari. Su, leggili. Diavolo, sarei capace di scrivere l'intero catalogo se dovessi farlo, no, Sasha? Pensi che sarebbe tanto difficile?

Io non potrei sostenere le spese per far disegnare e fabbricare la merce, ma tu potresti farlo, Billy, e Sasha potrebbe aiutare e... oh, Billy! Devi dire di sì!»

«No.»

«No?» ripeté istintivamente Gigi. Sapeva che quando Billy diceva no era irremovibile.

«No, e preferirei cambiare argomento.» Billy si alzò dalla moquette dove si era seduta per pranzare, dato che i piatti erano disposti su un tavolino basso. Stava quasi tremando per la rabbia, e non voleva che le ragazze se ne accorgessero; una rabbia che non riusciva a spiegarsi. «Ho un appuntamento dal parrucchiere e sono già in ritardo. Gigi, tu non hai ancora mangiato niente. Telefonerò più tardi.» Si avvolse in fretta nella mantella di visone e dopo pochi secondi la porta si richiuse alle sue spalle.

«Ho detto qualcosa che non dovevo?» chiese Sasha.

«È stato qualcosa che abbiamo detto tutte e due» rispose Gigi. «L'ultima volta che l'ho vista così infuriata ha divorziato da mio padre.»

«Signora Ikehorn, qualcosa non va?» Allarmato, Louis, il parrucchiere di Billy, si decise a rivolgerle la domanda. Era rimasta seduta rigida sulla poltroncina per dieci minuti dopo che lui le aveva tagliato e asciugato i capelli, e aveva continuato a guardare imbambolata lo specchio, priva di espressione e silenziosa.

Billy trasalì. «Oh. No, Louis, per la verità è il taglio più bello che abbia avuto da anni. Stavo solo pensando... allo shopping natalizio.»

«Oh, non me ne parli, signora Ikehorn, non me ne parli!» implorò Louis. «Io non ho ancora cominciato. È splendida. Favolosa. Sembra ringiovanita di dieci anni. Non deve più lasciarsi crescere tanto i capelli. I parrucchieri parigini... ho il sospetto che non conoscano il loro mestiere. È tornata appena in tempo, un altro paio di millimetri e avrebbe perso il suo look così speciale. Due settimane, signora Ikehorn, solo due settimane fra un taglio e l'altro, me lo promette?»

«Lo prometto, Louis. Grazie. Arrivederci, allora. A fra due settimane.»

La limousine attendeva Billy davanti al salone. Tornò in albergo sprofondata in un pensoso silenzio, l'animo appena placato dall'ottimo lavoro di Louis sulla sua chioma trascurata. Con ogni probabilità non esisteva arrabbiatura che un buon taglio di capelli non riuscisse ad attenuare, pensò. Ma che diritto avevano quelle due giovani scriteriate di proporre una versione di Scruples in catalogo? E poi, chi leggeva i cataloghi? Se arrivavano a casa, si buttavano via.

La solita posta inutile, ecco cos'erano. Una indossatrice di mutandine che stava per rimanere disoccupata e una esperta di catering disamorata del suo lavoro: come potevano avere avuto l'incredibile faccia tosta di pensare al nome Scruples per glorificare un catalogo di abiti a basso prezzo? Era vergognoso! Come mettersi a ballare su una tomba... indecente!

Assorta nei suoi pensieri, Billy entrò in albergo con aria cupa e alla reception chiese le chiavi.

«Signora Ikehorn» disse l'impiegato, «c'è un signore che la sta aspettando da tre ore.»

«Non ricordo di avere appuntamenti.»

«Eccolo là.» Billy seguì con lo sguardo il dito dell'impiegato che indicava un uomo seduto su una poltroncina dell'atrio. L'uomo si alzò immediatamente e le andò incontro.

«La signora Ikehorn?»

«Sì?»

«Sono Zach Nevsky.»

«E cosa dovrei fare, congratularmi con lei?»

«La prego, lei è l'unica persona cui posso rivolgermi.»

«E perché mai qualcuno in pieno possesso delle sue facoltà mentali dovrebbe essere disposto ad ascoltarla?» ribatté Billy.

«Perché non posso sperare che lo faccia nessun altro, e ho bisogno di parlare.»

«Perché dovrebbe importarmi qualcosa dei suoi problemi?»

«Perché è la matrigna e la tutrice di Gigi» insisté ostinato Zach.

«Non so cosa c'entri. Da anni, Gigi non ha un tutore legale. Comunque salga, la ascolterò solo perché sono curiosa, ma è l'unica ragione. Pura e semplice curiosità di sapere cosa fa funzionare individui spregevoli come lei. Quest'anno faccio collezione di pidocchi.»

Nel soggiorno della suite, senza neppure il conforto di un bicchiere d'acqua, Zach riferì a Billy tutta la storia della giornata trascorsa in montagna con Gigi.

«Quando siamo tornati in albergo, sono rimasto nella mia stanza. Le avevo detto che sarei stato lì se avesse avuto bisogno di qualcosa, e avevo lasciato la porta aperta per poterla sentire. Dovevo essere distrutto, perché mi sono addormentato. Faceva molto caldo e non riuscivo ad aprire la finestra, poi a un certo punto mi sono svegliato e... uhm... ero in un atteggiamento sessuale con Pandora.»

«Atteggiamento sessuale?» ripeté Billy. «E cosa significa?»

Zach si guardò le scarpe. «Ero sdraiato supino e... ecco... mentre dormivo era avvenuta un'eccitazione genitale e Pandora era... era... o meglio, io ero con lei in una posizione che... l'inserimento era già avvenuto.» Strinse i pugni e si sforzò di assumere un tono molto pratico. Nick avrebbe saputo fare di meglio. Chiunque avrebbe saputo fare meglio di lui.

«"Inserimento"? Potrebbe spiegarsi?»

«Il mio... organo maschile era... penetrato nel suo corpo. Pandora mi stava sopra. Non so come avesse fatto e fino a quando mi sono svegliato non mi sono accorto di cosa era successo, ma c'era un movimento fra i suoi genitali e i miei.»

«Movimento?»

«Sì, un movimento avanti e indietro e su e giù che era iniziato mentre dormivo. Ho continuato a partecipare al movimento perché mi trovavo in uno stato estremamente... di estrema tumescenza, ecco... ed ero... no, non ha importanza, non è una giustificazione, ma il fatto è che ho continuato il movimento senza ritirarmi fino al momento dell'eiaculazione. Soltanto dopo mi sono accorto che Gigi ci stava guardando.»

«Mi faccia capire meglio, la prego» obiettò Billy. «Per dirla in parole povere, Gigi è entrata in camera e l'ha sorpresa mentre stava "involontariamente" scopando Pandora?»

Zach alzò la testa, agitatissimo. «In parole povere, è andata proprio così. Pandora aveva cominciato mentre dormivo.»

«Però lei ha concluso il tutto da sveglio, o no? Sapeva benissimo chi era Pandora, o stava sognando?»

«Sapevo ed ero sveglio. Non mi sono fermato perché non potevo. Capisco che non è una scusa. Ma non volevo scoparla... voglio dire, volevo continuare in quel particolare momento, ma diversamente non avrei mai cercato l'occasione per farlo. È stata Pandora a scoparmi per prima. Gesù, parlo come un ragazzino. "È stato lui a picchiarmi per primo, mamma. È stato lui a cominciare." Però è la verità.»

«Uhmm.» Billy si alzò, andò alla finestra e abbassò gli occhi sulla Quinta Strada. Non voleva fargli capire che stava facendo uno sforzo per non scoppiare a ridere.

«Ma riesce a credermi?» chiese Zach, incapace di sopportare quel silenzio.

«Sì, per quanto sia strano.»

«Davvero!» Zach si alzò rovesciando la sedia. «Grazie a Dio! Temevo che non avrei mai trovato nessuno in grado di capire.»

«Pandora mi fa venire in mente qualcuno che conoscevo molto tempo fa» disse Billy. Ricordava lo spogliatoio della piscina dove, durante gli ultimi anni della lunga lotta di Ellis Ikehorn contro la morte, lei aveva trascorso tanti pomeriggi in compagnia di uomini sempre diversi. La rapace Pandora era un esempio di castità, in confronto al modo in cui si era comportata lei.

«È l'unica ragione per cui mi crede?» volle sapere Zac.

«No, no. Forse sono chiaroveggente e riesco a leggere nei suoi pensieri, o forse mi sembra che lei ami sinceramente Gigi... Penso si debba concedere il beneficio del dubbio a chi ha ferito la persona amata senza volerlo, senza averne l'intenzione, senza capire esattamente ciò che stava facendo. La sua storia è meno strana di... di certe altre che ho sentito negli ultimi tempi.»

«Parlerà a Gigi per me?» chiese ansioso Zach.

«Non credo servirebbe, almeno al momento. Gigi non ha l'esperienza di vita che ho io, è troppo sconvolta per ascoltare una storia tanto inverosimile. Non ci crederebbe. E soprattutto l'idea che ne abbiamo discusso alle sue spalle sarebbe controproducente. Lasci passare un po' di tempo. Se non altro, adesso sa che le credo e che lo dirò a Gigi quando verrà il momento giusto. La lasci respirare. Per ora è un tale pasticcio che preferisco non immischiarmi.»

«Ne è sicura?»

«Sicurissima.»

Zach si voltò, depresso. A cosa gli serviva che gli credesse, se non intendeva parlarne a Gigi? «Ascolti, signora Ikehorn» riprese, girandosi di nuovo verso Billy. «Conosco molto bene Gigi, mi rifiuto di pensare che non farebbe un ultimo tentativo per essere obiettiva nei miei confronti. Certo, capisco che lei non vuole immischiarsi, almeno per ora, ma sarebbe un gesto lodevole, una vera opera buona. Gigi mi ama, ne sono certo, e Dio sa che anch'io la amo. Non sarebbe disposta a correre il rischio? Come può dire che sarebbe controproducente, se prima non tenta? E cosa avrebbe da perdere?»

«Adesso capisco come ha fatto a convincere Gigi a salire in cima a quella montagna» rispose Billy, scuotendo la testa con fermezza. «Ma io sono un osso più duro. Se è tanto sicuro di sé, vada a parlargliene di persona. Non potrà certo scapparle via, con quella gamba ingessata.»

«Ecco, questa me la merito.»

«Perciò l'ho detto. Addio, Zach. Anzi, arrivederci.»

Billy chiuse la porta della suite alle spalle di Zach. Non si toccavano neppure, aveva detto Sasha. Non si toccavano? Quell'uomo? Doveva far controllare Gigi da tre psichiatri, prima di chiuderla in manicomio, oppure doveva pensare che si trattasse di una nuova moda un po' eccentrica, come quella di inghiottire pesciolini rossi vivi? No, non poteva essere una moda; inghiottire pesci rossi era una cosa che forse avrebbe potuto fare anche lei, se l'avessero sfidata, se fosse stata completamente sbronza e se si fosse lasciata trascinare dalle pressioni di una banda di pazzi scatenati. Ma non toccarsi neppure!

D'impulso, Billy andò al telefono e compose il numero di Josh Hillman. Era venuto il momento di fargli sapere che era tornata negli Stati Uniti. Dopo una giornata intera a base di Gigi, Sasha e Zach, sentiva il bisogno di parlare con una persona posata, saggia, superiore alle confusioni e agli entusiasmi malriposti, e ai malintesi dei giovani. Forse gli adulti non avrebbero mai dovuto cercare di trovare un senso in tutto ciò che combinavano i figli al di sotto dei trent'anni.

L'indomani pomeriggio, ancora sorpresa da quella decisione improvvisa, Billy scese dal primo aereo del mattino partito da New York con destinazione Los Angeles. Non aveva annunciato a Josh il suo arrivo, non aveva nemmeno chiamato Josie per farsi mandare una macchina con autista. Quando lei e Josh avevano finito la conversazione, la sera prima, le era venuto in mente di fare un salto a Los Angeles e dare un'occhiatina intorno, così, giusto per familiarizzare di nuovo con la città. Bastava restare lontani per un po' per dimenticare l'esistenza di una cosa chiamata California, soprattutto se si stava sprofondando nelle paludi di New York o si era impegnati ad affrontare Parigi.

Quando il taxi lasciò l'aeroporto diretto al Bel Air Hotel e Billy vide le prime palme stagliarsi nel cielo lungo il bordo dell'autostrada, sentì che il suo cuore cominciava a sciogliersi. Per la verità odiava le palme. Ma era così divertente arrivare in un posto affollato da una miriade di alberi sempreverdi, che ci si poteva perfino permettere il lusso di detestarne qualcuno. In tutto l'inverno non aveva visto niente di verde, a parte il giardino in rue Vaneau, ma gli alberi che vi erano stati piantati con tanta cura non avevano la stessa spontanea rigogliosità di quelli californiani. Erano troppo scuri, pensò, addirittura tetri, e per tre quarti del tempo dai loro rami grondava la pioggia. Perché nessuno ammetteva che a Parigi pioveva sempre, tranne in luglio e agosto, quando si moriva di caldo?

In albergo Billy indossò un tailleur di lana bianco, prese una sciarpa di cashmere scarlatto (tutto l'albergo era decorato per il Natale, e tanto valeva adeguarsi allo spirito) e ordinò una macchina con autista.

«Dove devo portarla, signora?» chiese lo chaffeur mentre procedevano lungo Stone Canyon Road.

«Prosegua per un po', poi svolti a destra e continui a salire verso le colline, dove il panorama è più bello» disse Billy. Sapeva che a Bel

Air si poteva girare per ore, e anche dopo averci vissuto per anni ci si continuava a perdere.

«È appena arrivata in città, signora?»

«Sì, mi sto guardando intorno. Ma non mi dia spiegazioni: voglio vederla come se non la conoscessi ancora.»

«Vuole vederla con occhi nuovi?»

«Esattamente.»

Dopo avere guardato dal finestrino per un quarto d'ora, respirando l'aria tiepida e profumata d'inizio inverno, Billy prese una decisione. Estrasse dal portafoglio un cartoncino dove aveva trascritto alcune informazioni fornite da Josh. Lo consultò, poi lo passò all'autista. «Può portarmi a questo numero di Mandeville Canyon?»

«Certo, signora.» L'autista fece inversione e scese verso Sunset, dove lasciò i confini di Bel Air avviandosi in direzione dell'oceano.

La limousine si fermò davanti a una casa moderna situata così in alto sul ciglio del canyon da poter godere di una vista ampia e ininterrotta sino al lontano Pacifico. Billy si incamminò verso la porta e senza esitare suonò il campanello. Udì una voce gridare «Arrivo» e dopo pochi secondi la porta si aprì.

«Ciao, Spider.»

17

Peppone's era il classico ristorante italiano tradizionale che ci si poteva aspettare di trovare ovunque, ma non in California: tutto pelle consumata e candele e legno scuro, senza un raggio di sole che penetrasse nella semioscurità, un'oasi nascosta nell'angolo fra una vecchia strada commerciale e Barrington Place, fra la casa che Spider aveva preso in affitto e Bel Air. Mentre beveva un drink, Billy ricordò che poche ore prima Spider le aveva aperto la porta, l'aveva sollevata in aria con un grido di benvenuto e un abbraccio da stritolarle le ossa. L'aveva fatta volteggiare e l'aveva baciata sulle guance prima di decidersi finalmente a rimetterla giù. Le girava ancora la testa.

«Mi sento così strana» commentò, guardando i camerieri indaffarati che discutevano le specialità del giorno con i numerosi clienti. «È incredibile, Spider. Non sono esattamente qui ma non sono nemmeno altrove. Sono... sottosopra, ecco.»

«Secondo il fuso orario di New York» calcolò Spider, «sono le dieci di sera, mentre a Parigi sono le quattro del mattino. Sei rientrata negli Stati Uniti da cinque giorni appena, e soffri ancora per il jet-lag da Parigi, cui devi aggiungere il salto fino a Los Angeles. E adesso stai per cenare molto prima dell'ora a cui normalmente ti svegliavi.»

«Hai ragione. Non ci avevo pensato. Ecco cosa succede quando si sta fermi in un posto per troppo tempo. È quello che devono provare gli astronauti. Mi sento talmente intontita...»

«Penso tu abbia davvero bisogno di quel drink, Billy. Forse ti riporterà coi piedi per terra e abituerà il tuo organismo all'idea che è quasi ora di cena, e allora penseremo a esaminare il menù. Adesso no. Sto ancora cercando di superare lo sbalordimento che ho provato quando ho aperto la porta. Aspettavo il fattorino della tintoria, e invece eccoti qui: sembravi un fantasmino natalizio! Appena sono tornato, la settimana scorsa, ho telefonato a Josh per sapere dov'eri. Poi, quando ho chiamato il Ritz, mi hanno detto che non sapevano dove fossi andata, così ho pensato fossi partita per il Natale. Ti immaginavo già sdraiata sotto le palme di Marrakech, con tre aitanti francesi inginocchiati ai tuoi piedi.»

«Sei lontano mille miglia dalla realtà.»

Billy gli lanciò un'occhiata. Da quando si erano ritrovati non aveva fatto che sbirciare di nascosto il suo viso, cercando di capire perché le pareva tanto cambiato. Anche adesso, nella penombra del ristorante, Spider le ricordava un antico marinaio vichingo. I capelli schiariti dal sole erano più biondi che mai, ma si vedevano anche numerosi fili argentei, soprattutto alle tempie, e nuove rughe solcavano il volto abbronzato. Era più magro di quanto lo ricordasse; anzi, non magro, ma asciutto e muscoloso, senza un grammo di troppo e in perfetta salute.

Tuttavia non erano i cambiamenti visibili e prevedibili che continuavano a occupare l'attenzione di Billy, bensì qualcosa di più profondo: la scomparsa di una qualità che lo aveva sempre distinto nel modo di trattare con lei. All'epoca in cui si erano conosciuti, Spider aveva l'aria dell'autentico ragazzone californiano, al punto che lei non era mai riuscita a prenderlo completamente sul serio. Il binomio capelli biondi-occhi azzurri le aveva sempre ispirato un vago senso d'irritazione: anche se ovvio, funzionava così bene che meritava di non essere affatto tenuto in considerazione da una donna intelligente. Dietro l'immagine reale di Spider persisteva una visione subliminale in cui lui abbandonava di colpo quanto stava facendo e correva in spiaggia con una tavola da surf, spinto dal bisogno irresistibile di trovare l'onda ideale. Quella nitidissima immagine mentale aveva colorato la percezione che Billy aveva di Spider, anche se non le risultava che lui avesse una passione per il surf.

Ma il cliché nel il quale lo aveva imprigionato per anni era svanito di colpo, sostituito da una forza e da una serietà di carattere che Billy non riusciva a ignorare. Spider era sempre stato onesto, un irriducibile nemico dei compromessi; ma le qualità che Billy aveva dato per scontate si erano ora solidificate in una concentrazione emotiva del tutto nuova. Certo conservava sempre quell'insopprimibile aura pagana, era ancora uno spirito libero che non sarebbe mai appartenuto al mondo degli orologi e degli orari d'ufficio, e non si sarebbe mai adagiato in una routine o in un sistema che non avesse scelto personalmente. Era un uomo che, fin dall'infanzia, si era sottratto ai vincoli della quotidianità terrena, costruendo la propria strada senza preoccuparsi di ciò che pensavano gli altri. Spider ammetteva allegramente di avere speso male la giovinezza, e Billy aveva avuto l'impressione che non ne fosse mai uscito del tutto.

Quel giorno però si rese conto che non era più il seduttore sensuale, quasi spensierato, pigramente bonario che aveva spopolato nel mondo di Scruples, un pigmalione deciso e affettuoso per centinaia di donne. Per anni aveva preso tutte le cose belle della vita che gli venivano offerte, e l'aveva fatto con un'innocenza innata e un intenso piacere. Allora, sembrava attendersi dal mondo soltanto gioia, ma adesso il suo sorriso appariva saggio e temprato dall'esperienza. Non triste, pensò Billy, non amareggiato, ma senza l'attesa esigente che l'aveva contraddistinto in passato. La constatazione le fece salire le lacrime agli occhi, anche se il fatto che Spider Elliott fosse finalmente diventato davvero adulto non era certo un motivo per addolorarsi.

«Come va la casa?» domandò Spider. «L'hanno tenuta bene o hai scovato qualche erbaccia?»

«La mia casa? Ci crederesti? Non ho neppure pensato di andare a vederla. Non ne ho il tempo. Credo che domani tornerò a New York.»

«Oh, no! Non ti vedo da quasi due anni, quindi non andrai in nessun posto fino a che non avrò avuto la possibilità di scoprire cosa ti è successo in tutto questo tempo. Avere una corrispondenza con te è come infilare un messaggio in una bottiglia, gettarla nell'oceano e vederla andare alla deriva verso l'orizzonte.»

«Ma se mi hai mandato due lettere in tutto! E tu la chiami corrispondenza?»

«Per me lo è. Una corrispondenza intensa... e le lettere erano lunghe. Dove sei stata, a parte Parigi?»

«In nessun posto. Sono sempre rimasta là, tranne il Natale del primo anno, quando sono tornata a New York per vedere Gigi.»

«E chi è il fortunato mascalzone?»

Billy sbatté le palpebre, si girò a prendere un grissino e lo addentò per guadagnare tempo. Accidenti! Era stata troppo occupata a valutare i cambiamenti avvenuti in lui per rammentare che Spider era pericolosamente sensibile alla personalità di una donna. Quell'uomo sapeva leggere negli occhi e nel pensiero di qualunque femmina. Era troppo percettivo; troppo perché lei potesse sentirsi a suo agio in quell'incontro.

«Non so di cosa stai parlando» gli disse con calma.

«L'uomo con cui ti eri legata a Parigi. Deve essere finita male, immagino, altrimenti non l'avresti abbandonato proprio a Natale, a meno che naturalmente non sia sposato e debba passare le feste in famiglia.»

«Hai sempre avuto la pessima abitudine di saltare subito alle conclusioni» reagì Billy, scuotendo la testa con fare di riprovazione. «Sono forse affari tuoi? Perché doveva esserci di mezzo un uomo? Parigi da sola non basta ad affascinare chiunque? Ti ho spiegato che ero occupatissima a sistemare la mia casa.»

«Sicuro, Billy, ma non esiste casa capace di legarti per tanto tempo, neppure nella Ville Lumière. Io conosco bene la signora Ikehorn, ricordi? Mi sembra al di fuori delle leggi della possibilità, al di fuori di ogni legge naturale credere che tu abbia potuto restare sola a Parigi per due anni e poi tornare a casa così... Diavolo, sei sempre stata una donna magnifica, ma adesso sembri più... più viva? Più animata? Comunque, in te c'è qualcosa di diverso, di meno regale, di meno... temibile. Sei più femminile, vulnerabile, tenera... Sì, magari mi sbaglio, ma c'è qualcosa di più dolce in te, sei meno "capo" e più femmina. Una femmina magnifica. Oh, deve assolutamente esserci di mezzo un uomo, te lo leggo negli occhi, ma non dirmi niente: raccontalo a Dolly o Jessie o Josie o Gigi o Sasha come-si-chiama... raccontalo a una donna. Perché confidarsi con un altro uomo? Anche se è uno dei tuoi migliori amici, non potrà mai capire, vero?»

«Pensa pure quel che vuoi.» Billy alzò le spalle senza perdere la calma. Rifiutava di lasciarsi andare alle confidenze. «E perché insisti a chiamarmi "femmina", Spider? Nella tua ultima lettera mi hai definita addirittura gelida... è questo che pensi di me?»

«Tu hai l'abitudine, e non è detto che sia riprovevole, di tenere le cose inchiodate in una certa prospettiva. Quando venimmo qui a lavorare per te, Valentine aveva una paura pazza perché eri così ricca. Aveva paura perché avevi il potere di toglierci la grande occasione che ci avevi offerta. Ricordo una sera, prima che riuscissimo a farti ragionare, quando dovetti spiegarle minuziosamente che, anche se possedevi centinaia e centinaia di milioni di dollari, l'unica cosa importante era che in sostanza eri solo una donna, una donna non troppo diversa da tutte le altre. Eri esigente, certo; dura, anche, assolutamente impossibile, ma comunque dominata dagli stessi bisogni, dalle preoccupazioni e dalle ansie e dalle emozioni di tutte le altre donne del mondo. Finalmente riuscii a far capire a Valentine che il fatto di essere ricca non ti aveva trasformata in una Maria Antonietta, anche se come imitazione eri molto convincente. E da allora non ebbe più paura di te. Perciò diventaste amiche, vere amiche.»

«Lo eravamo davvero.» Billy tacque per un momento, e tacque anche Spider. Finalmente lei riprese la parola. «Non riesco ancora a capire perché, secondo te, il fatto di essere ricca non mi ha resa... diversa. Non rispetti il potere, Spider? Non sto parlando del potere personale o delle doti che posso avere, ma del potere del denaro.»

«Naturalmente rispetto il potere dato dal denaro. Chi non lo fa, su questo pianeta? Ma quando penso a te, penso a ciò che sei, Billy Ikehorn, non a ciò che decidi di fare con qualcosa che hai ricevuto in eredità. Ricorda: non sei nata ricca, non sei cresciuta ricca e il denaro non ha formato il tuo carattere fin dall'inizio: in quel caso sì, che sarebbe tutta un'altra storia. Se tu regalassi tutto quel che possiedi, continueresti a essere te stessa. Perciò tengo le due cose ben separate. Tu sei Billy. La signora Ikehorn può fare questo o quello perché se lo può permettere, ma ciò non riguarda Billy. Capisci? È molto semplice. E in questo modo è anche più sano, credimi.»

«Ti credo» rispose Billy dopo una breve riflessione. Perché gli altri uomini non erano capaci di pensare in modo altrettanto chiaro? Spider non era certo uno sciocco. Forse capiva bene le donne perché era cresciuto con tante sorelle?

«Adesso hai abbastanza fame per ordinare?»

«Prima vorrei un altro drink.»

«Benissimo, se prometti che non partirai domani. Otterresti soltanto di aggiungere altre tre ore di jet-ag nella direzione opposta e finiresti per confonderti del tutto le idee.»

«Mi hai convinta» rise Billy. «La mia capacità di dire no è stata messa duramente alla prova in questi ultimi giorni. Vorrei che avessi sentito Gigi e Sasha... Devi conoscere la bella Sasha, Spider, bisogna vederla per credere. Cercavano di convincermi a mettermi in società con loro nella vendita per corrispondenza. E non volevano arrendersi al mio no.»

«Perché proprio vendita per corrispondenza?»

«Oh, è troppo complicato da spiegare. E poi c'è stato Zach Nevsky... No, ecco, questo è stato un colloquio che non posso riferirti.» Billy ricominciò a ridere al ricordo.

«Sta bene, tieniti pure i tuoi segreti. Tanto, prima o poi scoprirò tutto. Ma perché parlare di vendita per catalogo? Gigi è tutt'altro che stupida, forse ha avuto una buona idea.»

«Un catalogo che dovrebbe chiamarsi Scruples 2? Non credo proprio, grazie» rispose sdegnosa, e scosse la testa in segno di energico rifiuto.

«Come hai detto?»

«L'idea di Gigi era lanciare un nuovo catalogo d'abbigliamento a prezzi modici e chiamarlo Scruples 2, perché il nome attirerebbe la gente. E Sasha voleva che uscisse a ogni stagione, non solo a Natale come tutti gli altri. Naturalmente ho risposto che non se ne parlava neanche.»

«Naturalmente. Come naturalmente Scruples, la prima boutique, era tutta seta grigia parigina e dorature e commesse altezzose che intimidivano le clienti e le mettevano in fuga.»

«Spider! Non penserai davvero che sia una buona idea!»

«Perché no, Billy?»

«Ma... Ascolta, Spider, noi eravamo il meglio, eravamo la boutique più esclusiva: i modelli di Valentine creati su commissione, l'eleganza... Spider, un catalogo è... qualcosa di così accessibile! Chiunque, assolutamente chiunque potrebbe usarlo per ordinare» balbettò Billy, indignata nel vedere che lui non era d'accordo.

«Ma Scruples non esiste più. Scruples è finito. Finito per sempre» replicò Spider. «Sei stata tu a liquidare l'azienda. È stato un esempio perfetto del potere del denaro. Hai usato quel potere e a me, per esempio, è dispiaciuto moltissimo, ma naturalmente tu avevi il diritto di sopprimere un'azienda già avviatissima, anche se abbiamo chiuso con un profitto netto. D'altra parte, non profaneresti il nome di Scruples, perché quel nome è soltanto un ricordo.»

«Ma, Spider...»

«Diavolo, Billy, anche se Scruples esistesse ancora, potresti lanciare un catalogo senza entrare in concorrenza con te stessa. Presenteresti soltanto una versione meno cara della filosofia di Scruples. Le nostre clienti non indossavano solo i nostri capi, Billy: ne portavano di tutti i tipi, più o meno in tutta la gamma dei prezzi. Eri una delle poche persone al mondo che potevano permettersi di vestirsi da Scruples dalla testa ai piedi, e perfino tu, quando volevi qualcosa in semplice cotone o tessuto jeans, perfino tu dovevi rivolgerti altrove. Esponevamo il meglio della moda perché volevamo una posizione speciale per il nome di Scruples, perché doveva essere il negozio più raffinato per le grandi occasioni. Ma tutto ciò avveniva nella vita reale, attraverso boutique molto redditizie situate nelle aree più ricche del paese. Un catalogo dovrebbe essere molto meno costoso, dovrebbe avere un orientamento diverso... Comunque, visto che vivo nel presente, non capisco perché tu non voglia nemmeno pensarci.»

«Sono ancora convinta che sarebbe un'indecenza!»

«Invece no. È una buona idea. Non ha niente che non va.»

«Ma, Spider!»

«Billy, non so più quante volte ti ho sentita esclamare "Ma, Spider!" quando volevo cambiare le tue disposizioni. Quindi adesso cerca di non riattaccare con la stessa litania. Come diceva mia madre, dopo un po' va a finire che non ci si fa più caso.»

«Be', in tutta la mia vita non l'ho mai spuntata in una discussione con te» disse Billy. Trasse un respiro profondo e cercò di calmarsi. Era troppo stordita per restare in collera. «Parliamo d'altro.»

«Parliamo del catalogo.»

«Non intendo lanciarlo» affermò seccamente Billy.

«Ho capito. Non vuoi e non lo farai. Perché dovresti fare qualcosa che non ti va? Però potrebbe interessare a me. Mi piacerebbe saperne di più. Ti ho scritto che cercavo qualcosa da fare... potrebbe essere questo, chissà. Ho un mucchio di soldi da investire, ho esperienza nel commercio al dettaglio e, caso mai non lo ricordassi, prima che ci conoscessimo mi guadagnavo da vivere con la fotografia e la grafica. Il fatto è che, se concludessimo qualcosa, dovremmo avere la tua autorizzazione per usare il nome del negozio. Senza l'associazione a Scruples, sarebbe come correre in salita.»

«Magnifico! Splendido! Tu, Gigi e Sasha e Scruples. Il mio Scruples! Perché dovrei sopportarlo?»

«Ehi, non cominciamo a litigare a tavola. E non fare la guastafeste. Se non vuoi starci, tientene fuori; ma almeno lascia la porta aperta a chi cerca una possibilità. Non seppellire l'idea solo perché non ti piace. Diversamente da Scruples, non appartiene a te. Forse è irrealizzabile, forse non funzionerà in nessun caso, ma faresti una figura ridicola se continuassi a sedere sul sacro nome di Scruples come una bella chioccia, e a proteggerlo quasi fosse il tesoro della corona d'Inghilterra.»

«È una metafora confusa, o una similitudine o un'analogia confusa» borbottò Billy dopo una lunga pausa imbronciata e pensierosa.

«Sapevo che avresti ascoltato la voce della ragione! In fondo non sei molto cambiata» disse allegro Spider. «Però devo spiegartelo meglio. Cameriere, un altro drink per questa femmina.»

«Josie? Sì, Josie sono io, sono tornata. Cosa? Lo so, ti sento, su, non piangere, non ce n'è motivo. E poi sono sicura che ti sentono tutti quelli che stanno nei dintorni. Così va meglio... No, non sono a New York, sono a Bel Air. Senti, domani ti spiegherò tutto, sarò a casa in mattinata. Hai una penna? Oh, mio Dio, Josie, mi sono appena accorta che è quasi mezzanotte. Scusami, ti ho svegliata? Bene, è un sollievo. Il fatto è che quando prendo una decisione mi lascio trascinare... Te ne sei accorta? L'immagino. Comunque, per favore manda Burgo a prendermi verso le dieci, anzi facciamo alle nove... non importa, telefonerò quando sarò pronta. Per prima cosa, domattina quando ti svegli chiama Gigi a casa e dille di mollare quel lavoro orribile e di venire qui subito con Sasha. Oh, e la collezione di cataloghi, ricorda di dire che devono portarla. Manda l'aereo a prenderle. Come sarebbe, l'abbiamo venduto? L'ho detto io? Accidenti! Be', dai tutte le disposizioni necessarie, Gigi ha una gamba fratturata... No, sta bene, non preoccuparti... però manda le macchine e provvedi all'acquisto di un altro jet, ne avremo bisogno. Magari due. Fammi sapere i prezzi. Hai scritto? Bene. Domani comincia a chiamare le agenzie e a tenere i colloqui per le assunzioni. Sì, come prima, lo stesso numero di persone, a meno che tu non reputi che ne occorrono di più. Lascio fare a te. Come vanno i giardini? Magnifico. Ora, Josie, ho bisogno di un ufficio a Century City, il più possibile vicino a Josh Hillman. Deve esserci spazio per... oh, diciamo dieci persone come inizio. Un ufficio abbastanza grande per me, e poi ci sarai anche tu, e un altro ufficio grande per Spider. Ma certo, Spider Elliott, quanti Spider ci sono? Non comincerei nemmeno senza di lui, ti pare? Cosa intendo fare? Ti spiegherò tutto domani. Parigi? No, non torno a Parigi, Josie, ci puoi contare. No, non so cosa farò della casa, ma di certo non scapperà via, ti sembra? Manda un fax al Ritz perché mettano in valigia tutta la roba che ho lasciato là e la mandino per via aerea, digli che finalmente la Windsor Suite è di nuovo libera, e salutali e ringraziali tutti. Digli che sono stati meravigliosi. Che altro? Per il momento è tutto ciò che mi viene in mente. Sono così stordita dal jet-lag che mi faccio pena, la mia mente non funziona come dovrebbe. Buonanotte, Josie. Oh, mi dispiace che tu sia troppo emozionata per dormire stanotte, è tutta colpa mia... ma non credere, anch'io non chiuderò occhio. Potremo dormire la settimana prossima, o magari il mese prossimo. O il prossimo anno. 'Notte, Josie.»

"Chiudere in pareggio" era una delle espressioni più spiacevoli del mondo, pensò Vito Orsini percorrendo a grandi passi il suo bungalow al Beverly Hills Hotel, ma sarebbe stato lieto di poterla pronunciare a proposito del suo ultimo lavoro. Quando un film chiudeva in pareggio nessuno ci guadagnava, ma almeno non c'erano perdite. Il suo ultimo film, invece, si era estinto al botteghino nel giro di due settimane e la perdita sarebbe stata nell'ordine di milioni. Grazie a Dio non erano soldi suoi, e quella era una grande consolazione. Gli avevano dato duecentomila dollari per un anno e mezzo di lavoro intenso, dalla fase di preproduzione a quella di postproduzione. Aveva vissuto da signore con il rimborso spese, l'assegno quotidiano che tutti ricevevano durante la produzione, ma quel po' che era rimasto dei duecentomila dollari non sarebbe bastato a pagare il costosissimo, doveroso bungalow in quell'hotel divorato dalle tarme ma altrettanto doveroso, dove era costretto ad alloggiare per eseguire la doverosa danza del produttore che, con un Oscar all'attivo, è disoccupato ma si dichiara sicuro di stare per concludere un accordo importantissimo per rilanciarsi in grande stile, ed è tornato in città per cercare di vendere a Curt Arvey un altro libro doverosamente appetibile.

«I miei soldi sono depositati in Svizzera.» La frase suonava bene, a patto di non preoccuparsi degli interessi che si accumulavano per tutte le carte di credito utilizzate. Sarebbe suonata anche meglio se qualche maledetto furbacchione del dipartimento affari dello studio di Arvey non l'avesse costretto a garantire *WASP* con le percentuali che gli spettavano per *Specchi*, in modo che se *Specchi* avesse continuato a guadagnare, lui non avrebbe mai visto nemmeno l'ombra di un centesimo.

Ma, diavolo, Dominick's e l'albergo gli avrebbero concesso di tirare avanti ancora per qualche tempo. I duecentomila dollari erano quasi completamente andati, svaniti, scomparsi, non erano finiti a Zurigo ma si erano volatilizzati per pagare gli indispensabili inviti in grande stile e le spese di viaggio – doveva mantenere la facciata dell'uomo di successo, oppure ritirarsi completamente dal mondo dello spettacolo – e per versare l'opzione sui diritti di un nuovo bestseller inglese. Era riuscito a ottenere il libro grazie al fatto di avere vinto un Oscar, proprio quando ormai stava per strangolare l'agente dell'autore, un tipo astuto che aveva preteso cinquantamila dollari di anticipo. Se l'autore non fosse stato innamorato di *Specchi* e abbastanza intelligente da apprezzare l'ispirazione in *WASP*, non ce l'avrebbe mai fatta. Ma ora *Fair Play* era suo, una brillante commedia sulla società contemporanea inglese che aveva riscosso un enorme successo letterario e aveva venduto benissimo.

Curt Arvey era la prima porta a cui bussare per il finanziamento, pensò Vito, anche se molte altre case cinematografiche potevano essere interessate all'idea. Era sempre meglio tornare da chi aveva perso denaro di recente per colpa sua: sarebbe stato il suo miglior cliente perché avrebbe avuto più interesse a rifarsi. Ogni produttore indipendente conosceva quella verità, per quanto strana potesse apparire nel mondo reale, dove i perdenti cercano l'appoggio di sponsor nuovi, non di quelli con cui sono ancora in debito. Arvey sarebbe stato ansiosissimo di riavere Vito in suo potere. I film finanziati per vendetta erano molto più numerosi di quelli finanziati per passione; e Arvey, nonostante *WASP*, si sarebbe lasciato tentare dalla possibilità di ottenere nel contempo la vendetta e il profitto.

Vito si osservò attentamente nello specchio. Un attore o un regista potevano vestirsi come volevano; ma il produttore, l'uomo che procurava il denaro, doveva presentarsi sempre elegante e impeccabilmente curato. Così poteva andare, decise, e lasciò la sua stanza per raggiungere la Polo Lounge, dove Fifi Hill lo aveva invitato a pranzo. Fifi non aveva mai dimenticato di dovere a Vito l'Oscar per la miglior regia; e a Hollywood la gratitudine, con pranzo annesso, era raro quanto una puttana che si concede gratis.

«Buon Dio, è tornato Vito» disse Susan Arvey a Lynn Stockman, un'occasionale compagna di pranzo. Erano nella sala principale della Polo Lounge perché soltanto i turisti mangiavano fuori, sotto il sole dicembrino, sotto i cesti pieni di fiori che pendevano dai rami di un vecchio e grande albero. Faceva così caldo che tutte e due tenevano le giacche sulle spalle. Susan, con un severo, elegante tailleur verdescuro e una semplice camicetta di seta verdechiara, era graziosa come sempre, e i capelli raccolti in uno chignon liscio facevano per contrasto apparire eccessive le acconciature gonfie e vaporose delle altre donne. Possedeva una perfezione levigata e raffinata che Lynn Stockman, nonostante il suo bell'aspetto, poteva soltanto contemplare con meraviglia.

«Dov'è? chiese Lynn.

«Eccolo là» disse Susan, indicando con la testa un tavolo sulla destra, a meno di cinque metri di distanza. «Stai attenta a non far vedere che lo guardi.»

«Susan, in questa città non si può non salutare qualcuno solo perché ha due fallimenti alle spalle» disse Lynn, sorpresa. «Io ed Eli passiamo almeno tre serate la settimana in compagnia di persone alle quali sbatteremmo la porta in faccia in qualsiasi altra città civile e normale. Ma non sai mai quando potresti avere di nuovo bisogno di loro. Comunque, ho sempre avuto un debole per Vito.»

Susan inarcò le sopracciglia con aria indifferente. Lynn era sposata con il capo di un'altra casa cinematografica ed era una delle poche donne di Hollywood che osassero impunemente considerarsi sua pari. Vedova giovane e vivace di un industriale multimilionario della Costa Orientale, era cresciuta in un mondo di patrimoni solidi che non riconosceva l'esistenza di un fenomeno strettamente locale come l'aristocrazia hollywoodiana. Quando aveva sposato Eli Stockman era piombata a Beverly Hills sull'onda di una naturale fiducia in se stessa, convinta di valere quanto qualunque altra donna del posto, probabilmente anche di più. Il mondo del cinema, notoriamente la porta più facile da sfondare purché si avesse il marito giusto, l'aveva così accettata immediatamente accordandole tutto il valore che lei stessa si attribuiva.

«Un debole per Vito?» ripeté Susan. «E perché mai?»

«Tutto sommato ammiro il suo lavoro, se escludiamo gli ultimi due film. Non ha paura di fare qualcosa di diverso, anche se poi non funziona. È disposto a rischiare. Di quanti altri si può dire lo stesso, qui?»

«Perché non lo scrivi per "Interview"?»

«Non prendertela tanto, cara. *WASP* non ti ha fatta finire all'ospizio dei poveri. E soprattutto è così attraente. Ho sempre saputo perché Billy Ikehorn l'aveva sposato... per pura libidine. È tornata, lo sapevi?»

«Certo. Ma non si mette in mostra. Quando le ho telefonato ha detto che per un po' non avrebbe accettato inviti. Ha fatto indigestione di feste a Parigi. Vuole limitarsi a vegetare per un po' e superare il jet-lag. Altro che jet-lag! È tornata da almeno una settimana.»

«Da più di due, Susan. Credi che lei e Vito potrebbero rimettersi insieme?»

«Oh, per favore! Quanto tempo pensi che possa durare la libidine allo stato puro, Lynn?»

«Con Vito direi tre o quattro anni, contro una media di sei mesi per un individuo medio. Ha qualcosa di tenebroso e affascinante, qualcosa... qualcosa di...»

«Focoso?» chiese Susan Arvey in tono tagliente.

«Forse. Una spiegazione così semplice, che mi è sempre sfuggita» rispose Lynn con aria maliziosa. «Se non fossi felicemente sposata...»

«Santo cielo, Lynn, perché non vai al tavolo di Vito e non mi mandi qui Fifi Hill? Non vorrei essere di troppo.»

«Potrei anche farlo, ma purtroppo ho un appuntamento con Mario dopo pranzo per farmi i capelli. Scommetto che Vito riuscirebbe a durare più dello shampoo e della messa in piega.»

«E tu invece potresti perdere la scommessa. Spero siano solo fantasie».

«Ma naturalmente, cara, non c'è bisogno di dirlo. La moglie di Cesare non era più irreprensibile di me. È interessante, no, che non si sia mai sentito che Vito fosse legato a una donna, a parte Maggie MacGregor, e che quella era una cosa risaputa perché non cercavano di tenerla segreta. Lui è molto discreto, ma del resto gli uomini che hanno più successo con le donne non ne parlano, vero? Guarda Warren... e non piacerebbe a tutte, forse? Billy non avrebbe sposato Vito se lui non fosse straordinario a letto. Ha una qualità così intensamente fisica... Sembra Vittorio De Sica da giovane!»

«Lynn, davvero!»

«Oh, Susan, non hai proprio un filo di immaginazione?» rise Lynn. «Svegliati, cara. Anche se Curt continua a subire interventi dentistici da tre mesi e vuole da te mille attenzioni e premure, questo non significa che debba scandalizzarti tanto per qualche innocua teoria.» Rise di nuovo nel vedere l'espressione esasperata di Susan. «Cameriere, vorremmo ordinare.»

Mentre le due donne finivano il pranzo, Fifi e Vito si avvicinarono al tavolo e si fermarono a salutarle.

«Sedete» li invitò Lynn. «Prendete il caffè con noi?»

«Non posso, Lynn» rispose Fifi. «Ho una riunione a Burbank. Ma vorrei tanto potermi fermare.»

«Io resto» disse Vito. La Polo Lounge era ancora piena di gente, e l'invito a far compagnia alle mogli dei proprietari di due case cinematografiche non era da rifiutare. Sedette accanto a Susan, anche se era stata Lynn a invitarlo. Susan si scostò leggermente, come Vito aveva previsto. Era una vera carogna. Una carogna sprezzante da cui era stato spesso snobbato, una donna che l'aveva giudicato indegno di Billy e si era rallegrata del fiasco di *WASP*, anche se si illudeva che lui non se ne fosse accorto. Una donna che un giorno avrebbe avuto il fatto suo, solo che per il momento non poteva prevederlo.

«Allora, che novità hai in programma, Vito?» chiese incuriosita Lynn.

«Ho acquistato i diritti di un libro grandioso, *Fair Play*.»

«Ah! Mi è piaciuto moltissimo. La filiale inglese di Eli ha spedito le bozze. Qui non è ancora uscito.»

«Se avessi aspettato che uscisse sarei stato fresco.»

«Pensi davvero che si possa ricavarne un film?» intervenne Susan.

«Ne sono certo.»

«Spero tu abbia ragione. *Fair Play* è davvero eccezionale. Molto elegante, molto spiritoso.» E poi, pensò Susan, se un film satirico chiudeva il sabato sera, una commedia all'inglese chiudeva almeno due giorni dopo. A meno che Vito non riuscisse a scritturare la Streisand e Clint Eastwood... ma sarebbe stato un cast quasi impossibile anche per lui.

«Se fossero le mogli a comandare in questa città» disse Vito, «potremmo concludere l'accordo anche adesso.»

«Purtroppo non è così. Accidenti, devo lasciarvi. Mario è sempre puntuale e non posso farlo aspettare. Ci vediamo a pranzo la settimana prossima, Susan? Ti telefonerò.» Lynn scribacchiò la firma sul conto e se ne andò con un sorriso smagliante e sfumato di malizia. A Susan Arvey avrebbe fatto bene dover sostenere una conversazione educata con Vito Orsini.

«E allora, Vito? Hai un ottimo aspetto» riprese Susan. «Com'era l'Europa?»

«Mi sono accorto che hai assunto il tono della padrona di casa,

Susan. Non c'è bisogno che ti disturbi. La cosa interessante è che ti conosco da dieci anni e non mi è mai capitato di parlarti e di scoprire in te il minimo segno di genuinità. Detesti me in modo particolare, oppure è un fenomeno generalizzato?» La voce di Vito era divertita, carica di tutto il suo misterioso fascino. Susan rimase a bocca aperta per lo shock.

«Con me fai sempre tante cerimonie. Non hai smesso nemmeno quando ho fatto vincere tre Oscar alla casa cinematografica di Curt. Secondo la mia teoria, se una donna si comporta così con un uomo che chiaramente la ammira, intende fargli sapere che non c'è niente da fare. Ma c'è una cosa che non capisco... perché mi scoraggi di continuo? Io non ho mai tentato approcci.»

«Vito, non so proprio come mai ti sia messo in testa che ti tratto in modo diverso dal resto della gente. E poi, anch'io devo andare» dichiarò Susan con fermezza.

«Un attimo solo. So che hai sempre presente la struttura del potere di Hollywood, ma non ti concedi mai un minimo di libertà? Sai che durante il pranzo ti ho guardato e mi sembravi viva solo a metà? Ho visto una donna splendida ma del tutto sprecata, impegnata in una vita che non assorbe nemmeno un decimo delle sue energie scatenate. Mi domando come tu riesca sempre a controllarti e a rimanere così composta. È merito del tennis, Susan? O della tua collezione d'arte? Oppure delle feste? Naturalmente ti rendi conto di essere sempre stata una delle donne più desiderabili in circolazione. Non sei la più giovane né la più bella, in fin dei conti siamo a Hollywood, ma senz'altro una delle più desiderabili.Hai il marchio della sensualità scritto addosso a chiare lettere.»

«Taci, Vito. Basta così» ribatté lei, ma non si alzò. Era ipnotizzata da tanta audacia.

«Hai sempre avuto paura di me, Susan, perciò ti sei imposta di credere che non ti piaccio. Non devi preoccuparti, gli altri non lo capiscono come lo capisco io. E io non parlo. Mi piacciono i segreti, Susan, e piacciono anche a te. Mi piace vivere secondo le mie regole, e lo stesso vale per te. Mi piace seguire i miei istinti, Susan, ed è per questo che non faccio e non farò mai parte della massa. So che chissà dove, chissà come, anche tu segui i tuoi istinti. Sei la personificazione della vera signora, corretta, fredda, con la giusta misura di cordialità per tutti coloro che incontri, e niente di più. Ma nulla potrà farmi credere di avere conosciuto la vera Susan Arvey.»

«Molto interessante, Vito, ma ora scusami, ho una prova in sartoria.»

«La prova può aspettare» disse Vito con calma. C'erano poche donne al mondo capaci di resistere alle lusinghe, e Susan Arvey, che aveva tanta cura di sé, non faceva eccezione.

«Non potresti sembrare così giovane se non ci fosse qualche altra ragione oltre alla vanità» continuò Vito, assorto e misurato e sicuro del proprio intuito. «Non potresti avere quella carnagione meravigliosa, quel viso perfetto, non potresti avere la figura asciutta di una ragazza. Da una parte c'è la signora Arvey, moglie tradizionale sempre impeccabile, e dall'altra c'è Susan Arvey, donna eccezionale che deve custodire qualche segreto, perché è troppo intelligente e troppo forte per essere soltanto ciò che sembra. Mentre pranzavo con Fifi continuavo a immaginare come devi essere in realtà, e mi sembrava di assistere a una specie di film...» Vito si interruppe per un secondo, e quando vide che lei continuava ad ascoltarlo sebbene guardasse fisso davanti a sé, comprese di essere riuscito a eccitarla. C'era un unico modo davvero soddisfacente per ottenere la sua vendetta. Curt non l'avrebbe mai saputo, di questo era sicuro.

«Continuo a immaginarti altrove, Susan, non qui dove tutti ti conoscono, ma in un posto dove puoi essere te stessa, dove puoi lasciarti andare con tutto il temperamento vulcanico che possiedi. Non so perché, ma ho immaginato un piccolo bar nella Valley, una specie di autogrill che nessuno di quelli che conosciamo frequenta mai; ti ho vista entrare, così come sei adesso, inavvicinabile, composta, e tuttavia incredibilmente eccitante. Ho visto gli uomini presenti accorgersi subito di te, non riuscire a nascondere il proprio interesse, e tutti avevano in mente un'unica cosa: dartelo, Susan, nel modo che preferivi... Mi chiedo se l'hai mai davvero preso nel modo che vorresti. Sei mai stata capace di chiederlo apertamente? Eh, Susan? Ti vedevo scegliere, condurre in una stanza sul retro quello che ti piaceva di più. Gli permettevi di darti il piacere, e poi, se non bastava, ne prendevi un altro. Ti ho vista libera, Susan, capace di agire come un uomo... È strano, sei meravigliosamente femminile eppure sento in te un impulso, un bisogno mascolino... è una contraddizione affascinante.» Vito le prese la mano, la spostò sotto la tovaglia e se la posò sull'inguine. Susan aveva cominciato a eccitarsi nel momento stesso in cui lui le aveva detto che era desiderabile, ma il suo viso era rimasto impassibile. Lo aveva ascoltato troppo a lungo per tirarsi indietro proprio ora. «Il piacere, Susan... sai da quanto tempo smanio di darti il piacere?»

Oh, che bastardo, pensò Susan Arvey mordendosi le labbra, che bastardo! Erano passati troppi mesi da quando era andata a New York l'ultima volta. Ne aveva bisogno come non le era mai accaduto, e quel bastardo ne aveva sentito l'odore.

Vito allentò leggermente la stretta sulla mano di Susan, e quando lei non la rimise subito sul tavolo, tornò a premerla con maggiore fermezza. La vide stringersi il labbro inferiore con i denti. «Sto nel terzo bungalow a destra, lungo il vialetto. Ora vado. Ti aspetterò. Se verrai, non lo saprà mai nessuno. Sta a te scegliere. Ti ho sempre desiderata... La vera Susan, la Susan segreta. Vieni a trovarmi.»

Mentre percorreva il vialetto c'era un solo pensiero nella mente di Susan Arvey: qualunque cosa accadesse, prima di sera lui avrebbe dovuto implorarla. Oh, sì, doveva costringerlo a supplicarla. A Cannes, dopo che Vito aveva conosciuto Billy, Susan era rimasta bloccata in albergo per notti intere ad ascoltare il respiro di Curt addormentato e a tormentarsi con le immagini di ciò che sicuramente stavano facendo quei due. Ora gli avrebbe fatto pagare quelle interminabili ore di febbricitante frustrazione.

Mentre Vito attendeva, risoluto come un matador che aspetta l'ingresso del toro nell'arena, decise che avrebbe costretto Susan a volerlo con tanta intensità che alla fine avrebbe dovuto pregarlo. Pregarlo: qualunque altra cosa non sarebbe bastata.

Quando la sentì bussare, aprì la porta. Non si scambiarono un sorriso. Appena furono soli nel soggiorno del bungalow, dove le tende erano state tirate in modo che filtrasse solo un tenue chiarore dorato, tutti i consueti preliminari furono tacitamente accantonati perché ormai privi di importanza. Vito chiuse a chiave la porta mentre Susan si lasciava ricadere sulle spalle i capelli biondi. La prese fra le braccia, le baciò la bocca perfetta senza emettere una parola o un suono, sebbene sentisse che il cuore gli batteva più forte. Strano, pensò Susan, mentre lui continuava a baciarla; era passato molto tempo dall'ultima volta che aveva baciato un uomo, a parte il marito. A New York non ammetteva i baci, e aveva dimenticato quanto fossero diverse l'una dall'altra le bocche maschili. Le labbra di Vito erano forti e dure e potevano diventare facilmente crudeli, ma la lingua era inaspettatamente gentile, quasi incerta mentre le sfiorava il bordo interno delle labbra e si muoveva lentamente, senza il tentativo d'invasione che aveva previsto.

Per lunghi minuti Vito si accontentò di rimanere in piedi a baciarla. La sosteneva saldamente con le braccia muscolose e percepiva la piega sospettosa della sua bocca rilassarsi gradualmente sotto l'abile pressione della lingua. Solo quando sentì che anche lei muoveva leggermente la lingua rispondendo alla carezza, diede inizio al vero contatto; le sondò la bocca semiaperta con lenta delicatezza, stabilendo a poco a poco un'intimità di che Susan non si sarebbe mai aspettata.

Ogni bacio la rendeva più sensibile a quello successivo ed era seguito da una minuziosa esplorazione del viso, a partire dalle orecchie. Vito le tolse gli orecchini prima di prendere tra le labbra ognuno dei lobi delicati e succhiarlo come fosse un capezzolo, saggiandolo con la lingua e con i denti. Quando finalmente tornò alla bocca di Susan, la trovò più disponibile ma non approfittò di quell'ardore, le diede baci penetranti ma non abbastanza lunghi, prima di staccarsi e di passare a coprire le palpebre, le sopracciglia e le ciglia con gli sfioramenti più lievi della lingua. Questa volta, quando gliela insinuò di nuovo in bocca, Susan la trattenne e rispose a ogni assalto finché Vito, trionfante, la sentì a sua volta spingere con impazienza la lingua e alzare le braccia per passargli le dita sul collo. Allora si scostò, chinò la testa per sfuggire a quel contatto, e le baciò la gola, dalla base della vena che pulsava fino alla linea della mascella, percorrendola e ripercorrendola da destra a sinistra e usando le labbra con un movimento rapido, leggero e sconvolgente.

Finalmente la sollevò tra le braccia e sedette su un divano prendendola sulle ginocchia. Lei chiuse gli occhi, si abbandonò passivamente e rifiutò di mormorare qualunque richiesta perché doveva essere lui a implorarla, anche se le riusciva sempre più difficile restare ferma, adesso che sentiva contro la coscia la pressione pesante del suo pene. Vito continuò a baciarle il collo e cominciò a sbottonarle la camicetta; adagio adagio le liberò i seni, quei seni generosi e dai grandi capezzoli che aveva visto ergersi e inturgidirsi mentre erano ancora seduti al tavolo del ristorante. Non le sciolse le braccia dalla seta: preferiva vedere il candore del corpo di Susan incorniciato dalla morbida stoffa verdechiara. Si spostò tenendola sempre distesa sulle sue cosce, con le gambe appoggiate al divano, per concentrare tutta l'attenzione sulla sua carne liscia e soda. I capezzoli no, si disse, i capezzoli no fino a quando comincerà a strofinare le gambe una contro l'altra. Le prese con entrambe le mani prima un seno e poi l'altro, contrasse le dita e le decontrasse, delicatamente, fino a quando Susan fu completamente assorbita dall'azione delle sue dita calde, che la lusingavano più di quanto si fosse mai sentita lusingata. Inarcò il busto senza neppure accorgersi che stava iniziando a muovere i fianchi.

Quando la sentì tendersi sulle sue cosce, Vito le staccò le dita dai seni e se le portò alla bocca. Susan sentì che si leccava i polpastrelli e cominciava ad accarezzarle i capezzoli con un tocco delicato, quasi insopportabile. Voleva disperatamente che glieli baciasse, ma Vito continuava a usare solo la punta delle dita, tutte e cinque raccolte, in modo da chiudere ogni capezzolo in un cerchio di dolorosa dolcezza fino a farlo inturgidire, proteso e arrossato. Vito valutò con esattezza l'istante: chinò la testa, accolse un capezzolo nella sua bocca calda e ascoltò con piacere il sospiro che le sfuggiva mentre la forza della sua lingua avida si intensificava. Susan si premette i seni con le mani, come a suggerirgli di prenderli in bocca tutti e due; ma erano troppo grossi, e Vito dedicò la sua attenzione prima a uno, poi all'altro, a turno, staccandosi da ognuno prima che fosse stimolato al massimo, affinché lei non fosse mai soddisfatta e restasse in bilico sull'orlo della sensazione totale cui aspirava. L'importante non era ciò che voleva lei, pensò Vito mentre sentiva i seni ingrossare sotto quel languido tormento, e non era neppure ciò che avrebbe voluto lui, perché avrebbe preferito prenderla sul pavimento al primo bacio, prenderla in fretta e brutalmente e lasciarla lì senza farla godere.

Si alzò dal divano e mise un cuscino sotto la testa di Susan. Ancora completamente vestito, si gettò in ginocchio sulla moquette e le tolse la gonna e le mutandine, lasciandola esposta al suo sguardo, coperta solo dalla camicetta che le fasciava ancora le braccia. Lei, che aveva gli occhi semiaperti, vide l'espressione di Vito di fronte al suo corpo, quel corpo che sapeva così forte, così pieno e pronto per essere predato. La scrutò con fermezza, impassibile, e intanto si tolse la cravatta, la giacca e la camicia. Nel momento in cui arrivò alla cintura, Susan trattenne il respiro, e quando lui, ripensandoci, tornò ad allacciarla, rimase addirittura sbalordita.

Sempre inginocchiato, Vito accostò la testa alle gambe di lei e le sfiorò con le labbra il pelo pubico, un tocco lievissimo e frusciante con cui le labbra presero contatto con i peli morbidi e fini del triangolo biondo. All'inizio usò soltanto le labbra e il naso per frugare e strusciarsi e aspirare la sua fragranza. Susan si sentì inondare dal desiderio, comprese che le labbra della sua vagina diventavano sempre più visibili via via che si facevano più rosee e prominenti; ma rimase rigida ad attendere la carezza della lingua. Quando finalmente sentì la punta che le toccava appena le grandi labbra e le percorreva con delicatezza, lasciando una scia umida, chiuse gli occhi. La lingua seguì più volte lo stesso percorso, ignorando le piccole labbra protese nell'attesa come i petali di un fiore. Susan non voleva muovere le gambe, anche se si sarebbe messa volentieri a urlare quando la punta della lingua di Vito scese cauta nel canale fra le grandi e le piccole labbra, le separò e si mosse, calda e umida, leccando ed evitando di toccare la clitoride. La piccola freccia di carne rosea ingrossò e indurì. Adesso, adesso sicuramente Vito l'avrebbe presa in bocca, pensò Susan, attendendo invano quel dono essenziale e sentendosi assalire da una smania tormentosa.

Incredula, proprio nell'attimo in cui stava per spingergli la testa con le mani e premergli la clitoride in bocca, sentì che lui la prendeva fra le braccia, la girava bocconi sul divano e cominciava a esplorare ogni centimetro della sua spina dorsale, mentre lei rifiutava con orgoglio di muoversi e parlare. Si impose di restare immobile persino quando le labbra di Vito indugiarono abilmente nella discesa verso i globi torniti dei glutei. Vito li prese fra le mani e li premette dall'esterno dei fianchi verso la linea che li separava. Quando udì il respiro di Vito farsi più affannoso, Susan si trattenne dallo strusciarsi contro la stoffa del divano. Attese, attese con determinazione, sapendo quanto doveva apparirgli bella, fiorente e formosa. Anche quando sentì le sue dita separarle i glutei perché lui potesse insinuarvi la lingua nel mezzo, non si mosse; e non si mosse neppure quando la lingua sondò più profondamente; non si sollevò per facilitargli l'accesso. Rimase risolutamente contratta, e quando Vito ritirò la lingua e lei sentì che le infilava il dito medio fra le gambe premendo verso le labbra tumide e dolenti, continuò a non muoversi. Tenne la testa girata dall'altra parte perché lui non potesse vedere il desiderio tormentoso scritto sulla sua bocca, la decisione nei suoi occhi, l'espressione vittoriosa che sapeva di avere assunto nel momento in cui, finalmente, Vito le passò un braccio sotto il ventre e la sollevò dal divano per poter spingere la testa fra le sue gambe. Ardeva, non poteva negarlo, era indifesa e arrendevole come non lo era mai stata; ma lasciò che Vito le succhiasse finalmente la clitoride e la bagnasse con la lingua, lo lasciò fare senza un gemito di soddisfazione o di desiderio. Resistette e non reagì fino a quando, inebriato dal suo sapore e dal suo odore, Vito la girò sulla schiena e si strappò di dosso i pantaloni con una fretta convulsa. Si alzò e si buttò sul divano, si inginocchiò a cavalcioni su di lei, con il pene duro stretto in una mano, mentre con l'altra le teneva brutalmente aperte le cosce. I loro sguardi si incontrarono.

«Chiedilo» disse Vito.

«Mai.»

«Chiedilo!»

Susan usò i muscoli ben allenati per richiudere le gambe, e lo fece con tanta forza che Vito non riuscì a tenergliele separate con una mano sola.

«Chiedilo tu» mormorò Susan. Si posò le dita sulla clitoride gonfia, cominciò a strofinarla con gesti esperti e sembrò concentrarsi tutta sul piacere che dava a se stessa, mentre lui si sentiva esplodere all'accelerare del ritmo. Impotente, la vide avvicinarsi all'orgasmo da sola, senza di lui.

«Smettila!»

«Chiedimelo dolcemente» ansimò Susan senza fermarsi.

«Hai vinto, sgualdrina!» gemette Vito. Lei tolse la mano, aprì le gambe e si inarcò verso l'alto perché lui potesse penetrarla immediatamente. Entrambi erano così smaniosi, così infiammati dal lungo duello, che si avvinghiarono con più violenza e brutalità di quanto avessero mai fatto. Vennero insieme, ferocemente, in spasimi strazianti che giunsero troppo presto ma si protrassero fino a lasciarli indeboliti, completamente svuotati.

Giacquero insieme per molti minuti, senza parlare, semiaddormentati.

«Hai vinto, Susan Arvey» mormorò infine lui.

«E tu hai giocato bene, Vito.»

«Posso vederti domani?»

«No, sono impegnata tutto il giorno. Ma vieni domani sera, ho organizzato un party.»

Vito guardò il volto roseo, i capelli scomposti e inumiditi alle radici dal sudore, il delizioso disordine di una donna soddisfatta; coprì il pelo madido del suo triangolo pubico con il palmo della mano, premendolo in un gesto possessivo.

«Verrò a cena, ma tu non sarai questa Susan. Quella che vedrò sarà un'altra persona.»

«Avrai i ricordi» disse lei, provocante.

«Non basta. Lo sai. Sai che è solo l'inizio.»

Susan annuì in silenzio. Le brillavano gli occhi.

«Quel piccolo bar nella Valley esiste davvero. La prossima volta ti porterò lì. Siederemo a un tavolo nell'angolo del bar affollato e ti farò venire soltanto con le dita, anche se ci sarà gente che ci vede, lo sai, non è vero?»

Susan annuì di nuovo. Conosceva due trucchi per ogni trucco di Vito, e lui non immaginava nemmeno lontanamente come l'avrebbe reso suo schiavo.

Mentre la guardava vestirsi, Vito si chiese se adesso sarebbe stato più o meno difficile convincere Curt Harvey a investire undici milioni di dollari nel suo prossimo film. In passato non aveva mai fatto affari con un uomo la cui moglie aveva già cominciato a ossessionarlo. Susan era una bambina cattiva, e la sua lunga punizione carnale sarebbe stata l'esperienza più eccitante delle loro vite. Sapeva già che non c'era nulla che entrambi non avrebbero fatto l'uno all'altra, prima che la relazione finisse.

Susan si riappuntò lo chignon e pensò ai consigli che avrebbe dato a Curt: i consigli che il marito le aveva chiesto in vista dell'appuntamento preso con Vito per l'indomani. Curt non doveva cedere in nessun caso, anche se fosse rimasto entusiasta del progetto di lui. Ma non doveva neanche rispondere con un "no" rapido e misericordioso. Forse. Sarebbe rimasto un "forse" per molto, molto tempo. Soltanto un forse tentatore, elusivo ma reale e possibile avrebbe tenuto Vito inchiodato come lei voleva fino a quando avesse deciso di farla finita, in un modo o nell'altro. Quel giorno aveva vinto, ma il grande torneo era appena cominciato, e dalla sfida affascinante dei mesi futuri sarebbe sempre mancato un elemento: il fair play.

18

«Spider, ma è proprio necessario?» chiese Billy in tono ribelle mentre entrava in ufficio con un grande sacchetto di Saks. «Mi sento come una sciocca che fa giochini da salotto.»

«Ti prego, Billy. Siedi, posa quel sacchetto, e aspetteremo le altre.»

«Non dirmi che sono arrivata per prima!»

«Per la precisione, sei in anticipo di qualche minuto.»

«Forse perché sono l'unica che non ha barato» disse Billy, insospettita, e sedette su uno dei grandi divani semicircolari che si fronteggiavano a un'estremità dell'ufficio nel grattacielo di Century City, lo stesso che ospitava lo studio legale Strassberger, Lipkin e Hillman.

«Ho sentito, sai?» esclamò Sasha entrando a passo frettoloso. «Non ho barato. Spider ha detto cinque minuti, e io ci ho messo esattamente cinque minuti.» Posò con cura il suo sacchetto pieno accanto a quello di Billy. «Temevo che mi scoppiasse per strada.»

«Devi usare due sacchetti, uno dentro l'altro, come ho fatto io» fece Billy. «Due sacchetti identici hanno approssimativamente la forza di una valigia.»

«Davvero?» chiese Sasha, molto impressionata.

«Non ne ho la prova scientifica, ma funziona.»

«Oh, non ditemi che siete già tutte qui» gemette Gigi, che entrava in quel momento con un sacchetto appeso al braccio. «Ho dovuto fermarmi a fare benzina.» Portava un mantello abbondante che arrivava fin quasi a terra e si muoveva piuttosto rigidamente anche se le avevano tolto il gesso due settimane prima. Sedette accanto a Sasha, posò il sacchetto sul tappeto e attese.

«Tutti presenti» annunciò Spider mentre richiudeva la porta dell'ufficio e sedeva di fronte alle tre donne. «Non è carino? Qualcuno di voi dame vuole un caffè?»

«Non è "carino"» protestò Billy. «È una specie di sit-in per il risveglio della coscienza della Nuova Era, o una riunione degli Alcolisti Anonimi. Perché non ti alzi e dichiari: "Mi chiamo Spider e sono un travestito"?»

«Caffè, Billy?» ripeté Spider. «Magari un pasticcino?»

«No, grazie, ho appena fatto colazione» rispose lei.

«Gigi? Sasha?»

Tutte e due rifiutarono: erano troppo ansiose di vedere l'una il contenuto dei sacchetti delle altre per perdere tempo in inutili preamboli.

«Chi vuole cominciare?» domandò Spider. Nessuna rispose. «Sasha, tu?»

«Perché proprio io?»

«Ecco, vediamo... Innanzitutto perché l'ho deciso. In secondo luogo perché sei quella che fa collezione di cataloghi. Sa non fosse per te, non saremmo qui. Infine, hai il sacchetto più gonfio, così gonfio che si sta rompendo.»

«E va bene» disse Sasha. «Ma dovete tenere presente che non ho ancora comprato capi per la California, e quindi ho dovuto scegliere fra un guardaroba completamente urbano.»

«Sentite, signore, questo non è un concorso. Ho semplicemente suggerito...» esordì Spider.

«Suggerito?» lo interruppe Billy, scrollando i riccioli scuri con un movimento di stizza. «Hai insistito, direi.»

«Giusto. Ho insistito perché ognuna di voi passasse in rassegna il proprio guardaroba per cinque minuti, immaginasse che un incendio stesse per divorare la casa e dovesse scegliere solo gli indumenti indispensabili che riusciva a infilare in un sacchetto di carta. Un guardaroba da esercitazione antincendio. Non ha importanza dove vivi, Sasha, o il clima o il genere di vita: l'unica cosa che conta è il tipo di cose che hai scelto. Come ho detto ieri, non sarai giudicata secondo il contenuto del sacchetto.»

Non aveva previsto che Billy si sarebbe opposta alla sua idea, pensò Spider; ma non aveva mai visto il suo guardaroba. O forse non le piaceva fare esattamente ciò che lui aveva chiesto anche a Gigi e Sasha? Era così abituata a comandare, che si sentiva a disagio nel ruolo di componente di una squadra? Quel mattino di febbraio era la prima giornata ufficiale della pianificazione di Scruples 2, e forse era soltanto nervosa e temeva un insuccesso, anche se non era possibile fallire nell'esperimento del sacchetto per la spesa. Forse avrebbe dovuto proporre che la riunione si svolgesse nell'ufficio di Billy; ma dato che lì c'erano quei comodi divani e dato che lui era suo socio al cinquanta per cento nell'iniziativa, aveva pensato che il dettaglio non avesse importanza.

Sasha stava estraendo dal sacchetto un impermeabile in vinyl nero foderato di rosso vivo. Sospirò di sollievo. «Ecco perché il sacchetto era così voluminoso. Prima ci ho messo le cose più piccole per sapere quanto spazio mi restava per le più grandi. È un capo che va su tutto, con la pioggia o con il sole, di giorno o di notte. L'ho da tre anni.» Lo posò sul tappeto. Poi tirò fuori un cardigan nero di lana. «Anche questo va su tutto, si può usare come giacca oppure al posto di un maglione con i pantaloni o una gonna. È molto versatile: se lasci aperti i tre bottoni in alto, metti una cintura e aggiungi una quantità di collane, puoi usarlo per uscire la sera, oppure puoi allacciarlo sulla schiena e portarlo come se fosse una tunica.»

«E questo ce l'hai da molto tempo?» chiese Spider mentre Sasha posava il cardigan accanto all'impermeabile.

«Da un'eternità. Forse cinque o sei anni. Ha visto giorni migliori, ma se ci fosse un incendio lo prenderei perché non so dove potrei trovarne un altro uguale.»

«Che altro hai portato?» chiese Gigi.

«I miei pantaloni neri preferiti» disse Sasha, estraendo un capo dopo l'altro. «Poi i pantaloni grigi, il mio unico, vecchio blazer scozzese che non passa mai di moda, l'unico paio di scarpe nere scollate a tacco alto che mi vadano comode, le mie due camicette preferite di seta bianca, perché con quelle, i pantaloni, il cardigan e l'impermeabile potrei andare dappertutto... e infine il mio abito portafortuna.» Mostrò uno straccetto di jersey rosso. «Questo non può garantire un'esperienza vertiginosa, ma tende a funzionare in mio favore.»

«E quanti anni ha?» chiese Billy. Era colpita dalla presentazione di Sasha non meno che dal suo aspetto. La ragazza indossava un paio di pantaloni blu di ottimo taglio e un maglione rosso a collo alto che faceva spiccare il nero intenso dei capelli e degli occhi. Aveva scelto un rossetto perfettamente intonato al maglione. Esistevano forse donne più affascinanti di Sasha Nevsky? si chiese Billy. Se sì, preferiva non saperlo.

«Quattro, ma non ha importanza. Per me, in un abito elegante contano solo la scollatura e il fatto che mi stia attillato.»

«Sasha, sei andata davvero a frugare nel guardaroba e hai preso questi capi in cinque minuti, oppure ci avevi pensato prima?» chiese Spider.

«Vuoi scherzare? Prima ho fatto un elenco. Ci ho messo venti minuti, forse più. Io faccio sempre gli elenchi: è così per tutti?» rispose Sasha. «E poi, quando sono venuta a stare qui il mese scorso ho dato via tutto quello che non usavo più, e così nel mio guardaroba non è rimasto molto. Ho impiegato i cinque minuti per piegare i capi e cacciarli nel sacchetto. Tu non avevi detto che non dovevamo pensarci, Spider. In realtà, se avessi a disposizione soltanto cinque minuti per pensare e riempire il sacchetto, prenderei i gioielli, i contanti, le carte di credito, la patente, il libretto degli assegni e il mio gatto.»

«Brava, meriti il premio Forbes per lo spirito umanitario» mormorò Billy. Non aveva sbagliato a giudicare Sasha. Aveva un cervello funzionante e pieno di buonsenso, il fascino ammaliante e teatrale da *femme fatale* e una deliberata quanto ostentata tendenza all'esagerazione.

«Bene, Sasha, lascia tutto dov'è, per favore» disse Spider. «E adesso a te,Gigi.»

Gigi si alzò e girò su se stessa. «Ho indossato tutta la roba ingombrante» spiegò. «Tu non avevi detto se dovevamo vestirci o no, Spider, quindi ho usato quattro minuti per scegliere la biancheria più bella, un pullover color prugna che so che non troverò più perché doveva esserci stato un errore nella tintura, il maglione di cashmere turchese che ho comprato in Orchard Street per due soldi, i miei white-jeans finalmente abbastanza sciupati, la cintura antica messicana di turchesi e argento, che mi è costata un patrimonio, gli orecchini d'argento preferiti, i miei stivaletti da cowboy più belli, un magnifico blazer rosa che ho trovato ai saldi e questo mantello color melanzana che sembra sia stato rubato a lord Brummell. L'ho comprato in un negozio di roba usata ad Hackensack.»

«Ma è giusto?» chiese Billy, accalorandosi. «Gigi non ha praticamente fatto i bagagli. E non mi sorprende che fatichi a camminare: si è messa addosso sedici strati di indumenti.»

«Va tutto bene, se io non ho detto di non farlo» sentenziò Spider. «Cos'hai messo nel sacchetto, Gigi?»

«Dato che mi restava solo un minuto, ho preso un paio di pantaloni decenti di velluto marrone per i posti dove non si può andare in jeans, una dozzina di sciarpe, tutte di misura diversa perché mi danno una dozzina di look diversi, le mie cinture più belle, la bigiotteria art déco che colleziono e il gilè di velluto nero che Billy mi ha regalato anni fa e che ancora adesso è il mio capo preferito. Oh, e poi c'è un mazzolino di violette artificiali che non ho voluto abbandonare.»

«Niente camicette?» chiese Spider.

«Ho pensato che potrei sempre comprare una camicetta o una maglietta... l'incendio non distruggerà anche tutti i negozi, vero?»

«No.»

«Per essere sincera ci ho messo... ecco, circa dodici minuti per riempire il sacchetto, perché non riuscivo a decidere quali erano le sciarpe e le cinture che preferivo e ho perso tempo a provarle. Avrei dovuto portarle via tutte» confessò Gigi. «Temo di avere fatto fiasco. Ho impiegato sedici minuti in tutto. Avrei potuto passare ore e ore a scegliere.»

«Quanto tempo ci metti a indossare i pantaloni e il gilè?» chiese Spider.

«Meno di un minuto.»

«Okay, prendo nota.» Spider sorrise alla colpevole. «Ora puoi toglierti il mantello.» Gigi era così adorabile con quell'aria contrita, infagottata negli indumenti e coperta da quel mantello settecentesco che sembrava uscito da una ditta di costumi teatrali, che gli venne l'impulso di darle un bacio per rassicurarla. Non aveva immaginato che lo avrebbero preso tanto sul serio ed era convinto che avrebbero trovato qualche sotterfugio per aggirare le sue disposizioni.

«Bene» sbuffò sdegnata Billy. «Vedo che sono stata l'unica a rispettare le regole del gioco. Mi sono fatta accompagnare da Josie armata di cronometro, non ho riflettuto in anticipo, non ho preparato un elenco e non ho indossato quello che dovevo portare nel sacchetto.»

Billy ricordava l'istante in cui aveva cominciato a correre per lo spogliatoio di nove metri per nove, quasi rimbalzando contro le pareti tappezzate di seta color lavanda, scalza sulla moquette avorio, e si era riempita di lividi urtando ovunque nella fretta di trovare i pochi capi indispensabili fra le centinaia e centinaia appesi alle grucce, molti dei quali non erano mai stati indossati. Naturalmente, si disse irritata, se le ragazze non avessero preso un appartamento tutto per loro a West Hollywood dicendo che erano troppo abituate a sentirsi indipendenti per stabilirsi in casa sua, avrebbe potuto sovrintendere al modo in cui riempivano i sacchetti, accertandosi che non barassero come invece avevano fatto di sicuro.

«Brava, Billy, sapevo che avresti giocato lealmente. Ora vediamo che cosa hai portato» disse Spider, suadente come un maestro di prima elementare con un'allieva ritrosa il giorno dell'interrogazione, perché aveva finalmente compreso che la sua irascibilità derivava dalla timidezza più che dalla collera. Aveva sempre saputo che lei era timida da quando gli aveva lasciato il compito di fare gli inviti per la prima festa di Scruples; ma era sempre riuscita a nasconderlo, perfino a lui. Era una delle sue qualità più amabili, per quanto Billy non ci avrebbe mai creduto se glielo avesse detto – e a ben pensarci, non glielo avrebbe confessato in nessun caso.

Billy aveva appena trentanove anni, e Spider lo sapeva perché aveva solo undici mesi di meno, il che li rendeva ufficialmente coetanei nel mese di intervallo fra il suo compleanno in ottobre e quello di Billy in novembre; con ogni probabilità lei trovava imbarazzante vedersi ora collocata nella stessa posizione delle due ragazze più giovani. Billy era abituata a viaggiare con montagne di lussuose valigie, probabilmente da quando aveva sposato Ellis Ikehorn non aveva mai fatto i bagagli di persona e doveva dunque avere faticato molto a limitarsi a un solo sacchetto per la spesa pieno d'indumenti.

«Ho deciso di scegliere tutta roba dello stesso stilista, in modo che fosse coordinata» disse lei, frugando nel sacchetto. «Saint Laurent, è il più pratico. Ecco un tailleur con pantaloni nero, due golfini gemelli di cashmere nero, una camicetta di chiffon nera, una camicetta di seta bianca, una giacca di nappa rossa che va su tutto come un minicappotto, una gonna uguale e un lungo impermeabile scozzese di seta, foderato di raso rosso trapuntato. Non so quanti anni abbiano, esattamente, ma si combinano bene.»

«È quasi la stessa roba che ho scelto io, a parte il fatto che questa è tutta firmata» commentò Sasha stupita.

«E nessuno noterebbe la differenza» aggiunse Billy «se non guardasse le etichette, perché ho scelto i capi più classici e semplici che possiedo, e tu hai fatto altrettanto. Potremmo girare il mondo insieme come due gemelle in rosso e nero.»

«Nessuno vuole vedere quello che ho portato io?» chiese Spider.

«Tu? Il catalogo è solo per donne» ribatté Billy, sorpresa.

«Mi è sembrato giusto lo stesso» ribatté Spider. Prese un sacchetto dietro la scrivania e lo posò sul pavimento. «Okay, ecco il mio blazer doppiopetto, una camicia elegante, i pantaloni di flanella grigia che sono il massimo della mia eleganza, l'impermeabile Burberry, un maglione blu che mia madre mi regalò cinque anni fa e che metto sempre, un paio dei miei pullover preferiti di cashmere con lo scollo a V, tre camicie da lavoro e un paio di jeans. E gli occhiali da lettura. Nessun altro ha portato gli occhiali?»

«Io li ho nella borsetta» disse Billy, mentre le due ragazze si guardavano meravigliate. Occhiali da lettura?

«Già, le borsette assicurano un vantaggio alle dame.»

«Se la smetti di chiamarci dame, ognuna di noi ti pagherà un quarto di dollaro» disse Billy, e per la prima volta quella mattina rise.

«Come posso chiamarvi collettivamente senza che nessuna di voi mi salti agli occhi?»

«Donne» propose Billy.

«Signore» disse Sasha.

«Amiche» disse Gigi. «Chiamaci "ehi, amiche". È il sistema più sicuro.»

«D'accordo, amiche. Dunque, cosa ci rivela quella specie di bazar sul tappeto?»

Gigi, che nel frattempo aveva aggiunto al mucchio il mantello, il blazer, la cintura e il maglione dolcevita, prese la parola.

«A me rivela che siamo tutti scopiazzatori, pratici, privi di sentimento e daltonici, e che non sapremmo cosa farcene di un accessorio neppure se ci si attorcigliasse intorno al collo come la sciarpa della povera Isadora Duncan.»

«L'ho notato.» Spider le sorrise con aria indulgente. Gigi aveva rimboccato nei jeans il pullover leggero color prugna a maniche lunghe che le fasciava la figura, e si era appuntata al collo il mazzolino di violette. I complicati orecchini d'argento pendevano fino a sfiorarle le spalle, e i capelli rossi le sparavano intorno al viso come il pelo di un gatto colto di sorpresa. Per metà sembrava pronta a suonare l'arpa in un concerto, pensò Spider, per l'altra metà a fare il giro di un allevamento di cavalli.

«Bene» disse Sasha, «a parte il fatto che io e Billy pensiamo allo stesso modo anche se lei lo fa cinque volte più in fretta di me, io sono l'unica che ha portato una *princesse*. Se un incendio ti distruggesse l'appartamento, dovresti mangiare fuori spesso... possibile che sia stata l'unica a capirlo?»

«Io ho la gonna del tailleur rosso e due camicette, quella di chiffon nero e quella di seta bianca. Per me sono l'equivalente di due vestiti» osservò Billy.

«E io ho il blazer e una camicia elegante» disse Spider. «Niente cravatta, ma potrei sempre comprarne una, se fosse necessario. E potrei raggiungere voi amiche al ristorante senza farvi vergognare.»

«Anch'io» aggiunse Gigi, «se mettessi i pantaloni di velluto. Gli stivaletti da cowboy vanno bene con tutto.»

«Ma un abito!» insistette Sasha. «Voglio dire, un abito sexy. Le tue camicette non sono specificamente sexy, Billy, e non lo è neppure il maglioncino di Gigi.»

«Sasha ha ragione» disse Spider. «E Sasha ha torto. Sexy non significa un abito scollatissimo o aderente come una seconda pelle: sexy si riferisce alla mentalità con cui indossi un certo indumento.»

«Oh, Spider, non c'è bisogno che cerchi di convincerci della bellezza dei nostri vecchi abiti» sbuffò Billy, rammentando che un tempo Spider consigliava sempre alle donne quali dovevano scegliere e come dovevano indossarli.

«Era una semplice osservazione da mettere a verbale, Billy. C'è qualcun altro che ha qualcosa da dire?»

«Sì» disse Billy. «Se escludiamo l'abito intero di Sasha, tutto ciò che abbiamo portato via sono pezzi separati. Pantaloni, giacche, maglioncini, camicette. Un'unica gonna, la mia. Soltanto Sasha e Gigi hanno pensato alle calzature. Tutte noi potremmo utilizzare il guardaroba di Spider, se fossero capi tagliati per le donne. A eccezione degli accessori di Gigi e dell'abito di Sasha, abbiamo quindi un tema. Sto seguendo il tuo ragionamento, Spider?»

«Uh-uh.»

«Non ci arrivo» obiettò Gigi. «State parlando di abbigliamento unisex?»

«Io credo di aver capito, ma non mi piace. Penso che tu stia parlando di una moda sicura e noiosa, Billy» intervenne Sasha in tono lamentoso. «Detesto i tipici capi ricercati che di solito si ricevono in regalo, ma odio altrettanto quelli stucchevoli.»

«No» disse Billy. Si alzò e cominciò a girare intorno al cerchio dei divani. Sceglieva le parole adagio, deliberatamente. «Io sto parlando di concentrarci su una collezione dei migliori pezzi separati, che poi ripenseremo per dargli un tocco originale. Consideriamoli "nuovi classici" che si possono combinare in dozzine di modi diversi per formare guardaroba fondamentali per le più normali situazioni della vita. Non è il caso di tentare di vendere abiti per occasioni speciali attraverso un catalogo: quelli, le donne preferiscono andarli a cercare nei negozi. Lo stesso vale per i tailleur. Naturalmente assumeremmo stilisti esclusivi ma... sì, capi separati totalmente versatili che si possono adattare per tutte le occasioni.»

«Non avrei saputo dirlo meglio» commentò Spider.

«Mille grazie, signor Elliott. In Francia, quelli che parlano come te li chiamano "ispettori dei lavori ultimati".»

«Classici?» chiese Gigi con aria delusa. «Io non porto mai abiti classici.»

«E invece sì, Gigi» la corresse Sasha. «Ma li porti in colori strani e combinazioni strane, e sono sempre troppo grandi o troppo piccoli, oppure di undicesima mano; però porti giacca, pantaloni e maglione, esattamente come tutti gli altri.»

«Oh... Anch'io!» Gigi sembrava depressa. "Classici!" «E gli accessori?» chiese.

«A questo proposito credo dovresti lasciar fare a modo loro le clienti dei cataloghi» disse Spider.

«Oh, no, è proprio qui che invece penso sia necessario dar loro un'idea di ciò che devono fare» rispose irritata Gigi. «Prendi il cardigan nero di Sasha: con gli accessori giusti, può trasformarsi in venti capi diversi. Se vendessimo il più perfetto cardigan nero del mondo e non presentassimo un paginone di foto per mostrare i modi diversi in cui lo si può indossare, non renderemmo alle clienti il servizio che meritano.»

«E quando facessimo creare da qualcuno il nostro cardigan perfetto, il cardigan di Scruples 2» disse Billy «dovremmo offrirlo in un'intera gamma di colori diversi. Non tutte vogliono portare il nero, tante donne non possono proprio permetterselo. Avremmo bisogno di almeno sei colori fondamentali. Grigio, blu, cammello...»

«... Viola molto scuro, lavanda, un verde autunnale opaco e nebbioso, un azzurro beato tra il delphinium e il cielo al crepuscolo, una specie di rosa assoluto, non rosa shocking, né rosa neonato o lampone, ma un rosa importante, un beige fumoso che non sia troppo giallo o troppo marrone...» Gigi si interruppe, in attesa di altre spiegazioni.

«Amiche! Aspettate un secondo» disse Spider. «Prima che ci impantaniamo nei dettagli, siamo d'accordo sulla filosofia fondamentale di Scruples 2? Capi separati classici, versatili, reinventati? Abiti veri per donne vere? Non è mai stato fatto in tutta la lunga storia della vendita per corrispondenza.»

«Un momento! E la mia lingerie antica?» protestò Gigi.

«E io ho promesso a Jessica di dedicare una sezione alla donna dalla "taglia caduta in disuso": ci sono tante di quelle cose che ormai non riesce più a trovare nei negozi» aggiunse Billy.

«Ho detto a tre delle mie zie che ci sarà una parte in cui troveranno cose meravigliose anche per loro. Sono ancora belle, amano vestirsi bene, e sono disposte a pagare, ma pesano più di novanta chili» dichiarò Sasha.

«Includeremo tutto» disse Spider. «Non è così, Billy? Ma il piatto forte di Scruples 2, la parte che ci farà guadagnare di più, secondo me è costituita da capi separati universalmente indispensabili.»

«E il catalogo sarà pubblicato quattro volte l'anno?» chiese Sasha, che non era disposta a rinunciare alla sua idea preferita.

«Alla frequenza non ho ancora pensato» ammise Spider.

«Io penso che sia essenziale, altrimenti non sarebbe più un'offerta di moda» insisté Sasha.

«Sasha ha ragione» disse Billy. «Dovremo sempre pensare con largo anticipo anche alle stagioni successive al catalogo in programmazione.»

«Si tratta già di dettagli tecnici, e per questo abbiamo bisogno di uno specialista del settore» dichiarò Spider con fermezza. «Dobbiamo assumere il migliore della piazza, qualcuno che non si sia occupato d'altro per tutta la vita. Nessuno di noi sa niente del sistema dei prezzi, degli indirizzari, degli eventuali problemi d'inventario. Il fatto è che non sappiamo un emerito cavolo di cataloghi: sappiamo solo che Scruples 2 sarà un successo strepitoso.»

«Possiamo assumere anche dieci tecnici specializzati, Spider» gli assicurò Billy. «Ma non troveremo mai nessuno in grado di battere chi ha inventato il guardaroba dei cinque minuti per l'esercitazione antincendio. Ci stavi manovrando solo perché ti portassimo alla questione del tema, non è così?»

«Più o meno.»

«Mi piace da pazzi quella tua aria da "Oh, ma signora, non è niente" sai, Spider?» disse Gigi.

«È solo un'ispirazione, Gigi» rispose lui con molta modestia.

Il telefono squillò sulla scrivania. Strappato alla sua concentrazione, Spider rispose in tono irritato. «Chi? Oh, okay, sicuro, può entrare.»

«È Josh Hillman» spiegò poi, rivolgendosi a Billy. «Ha portato i documenti che dobbiamo firmare entro oggi. Ci vogliono i testimoni.»

«E perché mai uno dei più famosi avvocati di Los Angeles si è scomodato a lasciare il suo ufficio per portarceli personalmente?» chiese Billy.

«Dev'essere la curiosità. Muore dalla voglia di scoprire cosa stiamo combinando.»

«Oh, non vedo Josh da anni!» esclamò Gigi. «È ancora il partito più appetibile di Beverly Hills?»

«Sì, a quanto mi risulta» rispose Billy con un'alzata di spalle, mentre Sasha spariva oltre la porta della toilette.

Gigi corse ad abbracciare e baciare Josh. Mentre lo guardava, si rese conto di non averlo mai osservato veramente come uomo. Doveva essere troppo ragazzina, o troppo presa dalle visioni di Marlon Brando giovane per capire che un quarantenne non era troppo vecchio per figurare nella categoria degli uomini di bell'aspetto. I suoi occhi erano di un grigio molto più intenso dei fili argentei che gli spuntavano fra i capelli corti; era agile come sempre, addirittura più alto di Spider, e gli zigomi prominenti, l'espressione canzonatoria, la bocca sensibile e il sorriso ironico contribuivano a conferirgli un'aria di particolare distinzione.

«Cos'è, un negozio di seconda mano?» chiese Josh a Billy, stringendo Gigi alla vita e fissando la montagna di indumenti.

«È una specie di gara» rispose Billy. Non gli aveva ancora spiegato esattamente quale attività intendeva intraprendere con Spider, ma gli aveva chiesto di preparare i documenti per la società.

«Josh, tu sei il primo a vedere i semi da cui nascerà Scruples 2» annunciò Spider.

«Che sarebbe stato un altro negozio lo immaginavo. Di questi tempi si spendono patrimoni in capi firmati.»

«Non sarà un negozio, e i capi non costeranno un patrimonio» lo smentì Spider con l'aria di un padre orgoglioso, senza notare che Billy gli lanciava occhiate per invitarlo a conservare il segreto sui loro piani. «Creeremo il primo grande catalogo di moda basato sui capi essenziali senza i quali una donna non può vivere. Quel venti per cento di roba che acquista e che poi indossa per il novanta per cento del tempo.»

«Dove hai pescato questi dati statistici?» chiese Josh, inarcando le sopracciglia con aria dubbiosa.

«Sulla "Pravda". Chiedilo a qualunque donna, Josh, e te lo confermerà. E faremo una pubblicità che nessuno prima d'ora aveva mai sognato per un catalogo. Billy apparirà in tutti gli show televisivi nazionali e in tutti i principali show locali seguiti da un pubblico femminile, allo stesso modo in cui gli scrittori appaiono per lanciare i loro nuovi libri. E mostrerà alla gente come si compongono i nostri capi di abbigliamento...»

«Cosa dovrei fare?» Billy era così sbalordita che quasi gridò. Cosa faceva pensare a Spider che sarebbe stata disposta ad apparire in televisione?

«Naturalmente con tre modelle che indosseranno i vari capi mentre tu spieghi il tema ispiratore. Avevo dimenticato di parlarne per via dell'esercitazione antincendio di stamattina. L'idea mi è venuta questa notte, dopo che siamo andati a vedere il tuo nuovo aereo. I viaggi non sarebbero faticosi e i titolari degli show si disputeranno la tua presenza. Naturalmente dovremo dare un grande ricevimento per la stampa, così come facemmo per Scruples, e questo ben prima di spedire il primo catalogo. Magari ne daremo uno qui, uno a New York e uno a Chicago, o forse a Dallas. Ne parlerò con i nostri addetti alle pubbliche relazioni...»

«Quali?» esclamò Billy.

«Quelli che assumeremo, è logico» rispose Spider. Si alzò e cominciò a girare per la stanza. «Un'altra cosa: dovremo usare solo appendiabiti di Scruples 2, creati appositamente per ogni capo: non c'è niente di più irritante di un armadio pieno di appendiabiti sbagliati, vero Josh? E mi rendo conto che anche Gigi dovrebbe apparire spesso in Tv per presentare le sue idee sugli accessori. I produttori televisivi sono golosi di programmi come questi.»

«Spider!» strillò Gigi, ma lui non le badò. «Faremo pubblicità sulle riviste nazionali, cosa senza precedenti. E Scruples 2 sarà gratis, quindi avremo una reazione grandiosa.»

«E gli aerei che trascinano gli striscioni pubblicitari, Spider?» chiese Billy. «E il dirigibile della Goodyear con la scritta "Bentornato, gennaio"?»

«Giusto, Billy, giusto» disse Spider. «È un'idea un po' leziosa, ma mi piace. Mi è sempre piaciuto il tuo modo di pensare.» Si interruppe per lanciarle un bacio, poi continuò: «Manderemo in omaggio uno speciale metro a nastro di Scruples 2 e un grafico a grandezza naturale da appendere al muro perché tutte le nuove clienti ci inviino la loro taglia esatta, così ci saranno meno restituzioni. Naturalmente quelle che ci saranno le accetteremo senza discutere...».

«Questo non lo fa nessuno!» esclamò Billy indignata.

«Appunto perciò noi lo faremo. L'unico modo per conquistare una cliente per corrispondenza con un catalogo di nuovo tipo consiste nel lasciarle la possibilità di restituire ciò che non le piace senza una ragione valida. Se non ha questa possibilità, guarderà il catalogo ma non ordinerà niente. Billy, so che all'inizio potrà costarci parecchio, ma ci assicureremo la fiducia delle clienti, scopriremo quale merce va e quale non va, e a lungo andare ci rifaremo largamente. Allora, siamo d'accordo?»

«Siamo d'accordo.» Billy sorrise, contagiata dall'entusiasmo di Spider. Perché non avrebbero dovuto servirsi del dirigibile della Goodyear? Prima delle partite di football? No, probabilmente sarebbe costato troppo, ma il dirigibile non lavorava solo la domenica del Super Bowl. E perché non sfruttare gli spot televisivi? Lester Weinstock aveva barattato i suoi vecchi spettacoli televisivi con tonnellate di programmi commerciali, e lei avrebbe potuto comprarsi uno spazio con un ottimo sconto. Sì, la televisione andava bene!

«E poi» continuò Spider, «almeno con il primo numero dovremmo lanciare un grande concorso. Potremmo invitare le clienti a mandarci le foto di come combinano i nostri capi, e la vincitrice verrà qui a bordo del jet di Billy e andrà a far spesa gratuitamente in Rodeo Drive con tutte voi, e inoltre avrà in dono ogni capo del catalogo... Anzi, dovremmo avere più di una vincitrice, facciamo una dozzina. E Sasha potrebbe...»

«Sasha... che cosa?» chiese la diretta interessata, che rientrava in quel momento dopo avere indossato l'abito rosso portafortuna e le scarpette nere a tacco alto. In un silenzio assoluto, si avvicinò con il passo dignitoso e tuttavia provocante che aveva fatto vendere montagne di mutandine e reggiseni: era una creatura splendida, una specie di fuoco scuro incastonato di rubini rosso-cupo, e lo straccetto di jersey si era trasformato nell'abito più elegante del mondo, con le maniche lunghe che sottolineavano la scollatura profonda, dove i seni affioravano per metà in tutto il loro candido fulgore.

Fino a che punto un uomo può avere torto? si chiese Spider. In Sasha, sexy non era questione di mentalità: sexy era davvero un abito scollato e attillato come una seconda pelle. La mentalità veniva dopo. Le donne non finivano mai di sorprenderlo.

Sasha aveva in mente qualcosa, pensò Gigi tra il divertito e il preoccupato. Aveva attivato al massimo quella magia per la quale tutti gli Orloff-Nevsky avrebbero meritato di finire in prigione.

«Sasha, questo è Josh Hillman» disse Billy, l'unica fra tutti con abbastanza presenza di spirito da ricordare che i due non erano mai stati presentati. «Josh, questa è Sasha Nevsky, compagna di stanza di Gigi e nostra complice in questo progetto.»

«Piacere» dissero Sasha e Josh nello stesso momento, stringendosi la mano. Tacquero un istante e poi, sempre all'unisono: «Il piacere è mio».

«Siamo già rimasti a corto di convenevoli?» chiese Sasha, alzando gli occhi verso Josh e rivolgendogli un sorriso mozzafiato che Gigi non l'aveva mai vista sfoggiare.

«Uhm... no... uhm... spero di no... non così presto» balbettò Josh.

Sembrava che avesse preso una botta in testa, notò Billy con divertita malizia. Il suo legale così tradizionalista aveva bisogno di uno scossone, come d'altronde ne aveva bisogno ogni altro uomo al mondo – a parte Spider, che sembrava fatto d'argento vivo.

«Davvero abita con Gigi?» chiese Josh a Sasha come se non ci fosse nessun altro nell'ufficio.

«Abbiamo condiviso un appartamento a New York per più di due anni. Sono molto più vecchia di lei, quindi le facevo da chaperon.»

«Più vecchia... di quanto?» si informò Josh, quasi fosse una questione di vita o di morte.

«A me sembrano dieci anni» sospirò Sasha, chinandosi leggermente verso di lui. «A volte anche venti.»

Perché non sviene? si chiese allegramente Gigi. Perché non gli sviene fra le braccia, dopo avere sparato una bugia così enorme?

«E adesso dove abita?» insisté Josh.

«Gigi e io abbiamo un appartamento in West Hollywood» rispose Sasha con un tono inaspettatamente intimo.

«Josh» intervenne Gigi, impietosita, «perché non vieni da noi per un drink, questa sera? Tutti hanno visto il nostro appartamento, tranne te, e ne siamo molto orgogliose.»

«È un'idea magnifica, Gigi» si affrettò a dichiarare Spider. Quel rituale di corteggiamento gli stava facendo perdere tempo. «Forse però è meglio che adesso diamo un'occhiata ai documenti, vero, Josh?»

«Documenti?»

«Quelli che hai portato perché li firmassimo.»

«Oh, già... li ho qui. Ah, senti, Spider, non c'è fretta. Li lascio a te e Billy. Gigi e... Sasha, stasera verrò da voi per il drink» disse Josh, e scappò via.

«Non sa nemmeno l'indirizzo» disse Gigi.

«Credo che lo scoprirà» rise Billy. «Torniamo al lavoro, signore? Oh, volevo dire, torniamo al lavoro, amiche.»

«Vuoi smettere di giocherellare con il secchiello del ghiaccio e andare via?» disse Sasha a Gigi in tono d'impazienza.

«Lui arriverà solo fra un quarto d'ora» ribatté Gigi.

«E se fosse in anticipo? Non voglio che quella tua orribile macchina rosa sia ancora nei dintorni.»

«Vado, vado! Ma prima devi spiegarmi perché non hai messo il tuo vestito portafortuna. Se mai c'è stata un'occasione...»

«Non ne ho più bisogno.»

Gigi la squadrò accigliata. Sasha indossava un abito nero accollato, il capo più caro e tradizionale del suo guardaroba: un tubino aderente e semplicissimo in crêpe di seta.

«Quel vestito ti dà l'aria di...»

«Di cosa?»

«Oh, mio Dio! Di una ragazza perbene! Sasha, riconosco che sei la Grande Cortigiana di tutti i tempi, ma questo non puoi farlo, sarebbe troppo crudele» implorò Gigi. «So che gli uomini devono soffrire, ma perché vittimizzare un brav'uomo come lui: non ha mai fatto male a nessuno in vita sua, non merita che tu gli lasci credere di essere una ragazza perbene!»

«Non ci pensare» disse Sasha in tono sostenuto.

«E con i capelli raccolti sulla testa in quel modo sembri vecchia» aggiunse irosamente Gigi, mentre attizzava con forza il fuoco nel camino.

«Vecchia... quanto?»

«Dimostri... quasi trentacinque anni.»

Un sorriso soddisfatto illuminò per un attimo il viso ardente di Sasha.

«Bene. E adesso fuori di qui, Isadora, prima che ti strangoli con la tua sciarpa meno preferita.»

«Okay, okay, ma prima devi dirmi una cosa, o non me ne vado» rispose Gigi indietreggiando. «Sono state le parole "avvocato famoso" oppure "il partito più appetibile" che ti hanno convinta a mettere l'abito portafortuna?»

«Per essere sincera, non ricordo. Credo sia stato puro istinto. Un riflesso condizionato nel sentire quel nome, Josh Hillman. Una risonanza. Oh, per piacere, adesso vattene.»

«Sasha, non sei forse un tantino nervosa?» Gigi si avvicinò all'amica e la scrutò.

«Sasha Nevsky non sa nemmeno cosa significhi essere nervosa» dichiarò l'amica in tono minaccioso. «Ma lo diventerai tu, se sarai ancora qui fra cinque secondi.»

«Abbiamo finito la legna» disse Josh mentre, seduto accanto a Sasha, guardava il fuoco che sembrava sul punto di spegnersi. «Com'è possibile? Ce n'era tanta quando sono arrivato.»

«Che ore sono?»

«Quasi le dieci. Il tempo è volato.»

«Perché abbiamo parlato degli Hillman?»

«E degli Orloff e dei Nevsky?»

«Non riesco quasi più a distinguerli» rispose Sasha in tono sognante. «Gli Hillman mi sembrano dei Nevsky che però non ballano. È tutto confuso.»

«Ma abbiamo saltato la cena» disse preoccupato Josh. «Avevo prenotato per le otto e mezzo a Le Chardonnay.»

«Per tre?»

«Per due. Contavo che ci saremmo liberati di Gigi in un modo o nell'altro. Dobbiamo andare a mangiare. Chiamerò Robert e gli dirò che stiamo arrivando.»

«Mi giudicheresti matta se dicessi che mi piacerebbe andare in un delicatessen?»

Josh guardò sorpreso quella donna impareggiabile. Negli ultimi minuti aveva pensato con desiderio a un panino di segale con manzo sotto sale. Non aveva mai parlato tanto e in modo tanto personale, non aveva mai trovato un'ascoltatrice così comprensiva e interessata, e soltanto un pasto di gusto ebraico poteva adattarsi a un simile stato di esaltazione.

«Ti porterò da Art's nella Valley, è il miglior delicatessen di Los Angeles» le promise. «Saluta Marcel.»

Da Art's nessuno si stupì nel vedere entrare quella coppia elegante. Dagli adolescenti in ghingheri appena usciti dal ballo della scuola ai bimbetti di sei settimane, dai gruppi di anziani vispi e in ottima salute fino ai divi del cinema decisi a evitare i ristoranti delle celebrità, tutti prima o poi finivano per capitare da Art's. Art in persona conduceva il locale arredato nei toni rasserenanti del beige, con le pareti ornate da gigantografie dei sandwich, i separé ben spaziati in modo che i clienti potessero mangiare con una certa tranquillità, cosa sconosciuta negli altri delicatessen di Hollywood.

Sasha e Josh sedettero in un separé semicircolare d'angolo ed esaminarono il menù, che offriva, oltre a diciotto antipasti, quarantaquattro tipi di sandwich e otto zuppe, sei diverse varietà di hamburger, trentotto di piatti caldi e freddi, tredici insalate, diciotto contorni, otto piatti di patate e diciotto dessert.

«Oh.» Sasha era sbalordita. «Caspita!»

«Devo ordinare anche per te?»

«Sì, grazie. Non saprei da che parte cominciare.»

«Hai fame?»

«Non ne sono sicura, ma a rigor di logica dovrei stare per morire d'inedia. Non ho mangiato niente da colazione... Fare piani per il nuovo catalogo era troppo eccitante.»

Josh studiò il menù. «Ti piace il pesce affumicato?» chiese, e quando Sasha annuì, alzò gli occhi verso la cameriera. «Prima ci porti qualche antipasto: storione, salmone affumicato, coregone e, vediamo, oh, l'aringa con panna acida... E poi un sandwich con manzo sotto sale per me e... Sasha, ti va il corned beef? Bene, allora due, e magari un panino francese imbottito con punta di petto e sugo, e un Art's Special, il sandwich a tre strati con roast beef al sangue, pastrami e formaggio svizzero. Dovrebbe andar bene, come inizio. Ah, frittelle di patate con panna acida e molta salsa di mele. Ci porti anche qualche piatto in più, così potremo dividere. Da bere? Club soda, Sasha? Vino bianco? Birra? Champagne? C'è un vino che si chiama Rocar, dev'essere californiano... Bene, una bottiglia di Rocar, per favore, e acqua.»

Mentre attendevano gli antipasti, Josh e Sasha sorbirono pensosamente champagne. L'appetito era una comoda spiegazione per l'improvviso silenzio calato fra loro. Sasha si rimproverava di avere suggerito un delicatessen; anche una donna affamata avrebbe dovuto ricordare che in quel genere di locali c'è la luce più fredda del mondo. Ma Josh era così meraviglioso da farle dimenticare ogni cosa, tranne il taglio all'insù dei suoi occhi. Baciarlo proprio lì, all'angolo esterno delle palpebre, sulle rughe di espressione che apparivano quando sorrideva... Oh, non le era mai accaduto niente di simile e, con o senza luci fluorescenti, non le sarebbe accaduto mai più. La sua carriera era conclusa, pensò sbalordita. Gli anni trascorsi a tormentare gli uomini erano stati stroncati da un uomo adulto per il quale si sentiva pronta, se fosse stato necessario, a sacrificare anche la vita.

Sasha emanava una specie di luce interiore, pensò Josh mentre si sforzava di non fissarla. Per quanto gli fosse apparsa bella nei bagliori del fuoco, era ancora più affascinante adesso che riusciva a vederla chiaramente. Quando aveva avuto la fortuna di incontrarla, quella mattina, colta di sorpresa e in apparenza sfrenata e maliziosa, non aveva immaginato che fosse la perfezione in persona. Non era sorprendente che Billy le avesse affidato Gigi: aveva una tale modestia, una tale dignità, un tale riserbo – qualità profondamente misteriosa che poche donne ormai possedevano in un'epoca così spregiudicata. Era certo di avere già intravisto la sua caratteristica fondamentale, una grazia fiorita accompagnata da una lucidità adulta, un'intensa, rassicurante capacità di ascoltare gli altri. Ma, santo cielo, quel labbro superiore un po' imbronciato e leggermente incurvato... un uomo non poteva resistere più di tanto.

«Ecco qui» disse la cameriera, e posò sul tavolo quattro piatti colmi di pesce affumicato, accompagnati da una montagna di fette di pane di segale, un piatto di patate, cipolle, limoni e un piatto di sottaceti.

«Comincia tu» disse Josh, porgendo a Sasha la forchetta per servire. Lei trasferì una fetta di storione affumicato su un piatto vuoto, aggiunse un pezzo di salmone affumicato, un po' di coregone e una fettina di limone. Mentre Josh si serviva, addentò la crosta del pane di segale. Poi prese un pezzo di coregone, lo masticò e lo inghiottì con un sorso di champagne. Josh infilzò un pezzetto di salmone affumicato e riuscì a mandarlo giù solo con uno sforzo di volontà.

«È strano, quando si ha troppa fame... certe volte non si riesce a mangiare» mormorò Sasha.

«Lo so. Forse ho ordinato troppa roba.»

«Sì, mi sembra... tanta.»

«Qui sono famosi per le porzioni abbondanti.»

«Non è che il coregone non sia delizioso...»

«Assaggia il salmone» suggerì Josh.

«Oh, non posso. Voglio mangiare il sandwich.»

«Aringa?»

«No, grazie» rispose lei in un sussurro.

«Sei mai stata sposata?» La voce di Josh era calma.

«No, grazie.»

«Ti ho chiesto se sei mai stata sposata.»

«Oh. No.»

«Perché?»

«Non ho mai trovato l'uomo giusto. Conoscevo soltanto ragazzi immaturi. O almeno, a me lo sembravano.»

«Com'è possibile?»

«Non so» disse Sasha, in tono stupefatto. «Forse erano tutti troppo giovani per me. Ma tu sei stato sposato. Perché hai divorziato?»

«Non ero innamorato di mia moglie.»

«Era una ragione sufficiente?»

«Mi... mi ero innamorato di un'altra.»

«Chi era?» chiese Sasha, mentre una fitta di gelosia le trapassava lo stomaco.

«Valentine, prima che sposasse Spider» disse Josh.

«Mi dispiace» mormorò Sasha.

«Ormai è acqua passata. Non l'avevo mai detto a nessuno.» Josh era stupito di sé.

«Il pesce non è di suo gradimento, signor Hillman?» chiese preoccupata la cameriera.

«No, abbiamo solo meno appetito di quel che credevamo.»

«Devo servire i sandwich?»

«Oh, li porti pure. Forse ci faranno venire fame.»

La cameriera portò via il pesce e tornò in cucina dopo essersi soffermata a parlare per un momento con Art. Poi ricomparve reggendo un vassoio, e posò sul tavolo i quattro piatti di sandwich e il piatto di frittelle di patate. Ogni sandwich era una torre di carne tagliata a fette sottili, alta almeno dodici centimetri, disposta su pane di segale speciale e guarnita con altri sottaceti e anelli di cipolla.

«Santo cielo» esclamò Sasha, impressionata. «A New York non ho mai visto niente di simile.»

«Io li taglio a metà e li mangio come se fossero canapé, altrimenti è impossibile addentarli. Aspetta, te lo preparo.»

«Io... posso cominciare con la salsa di mele?»

«Senza le frittelle di patate?»

Sasha annuì, rapita dalle mani di Josh che si muovevano fra i piatti, sollevavano la salsiera e gliela appoggiavano davanti. Sasha prese un cucchiaio e lo intinse. I bambini mangiano la salsa di mele, si disse, i bambini piccoli con l'apparato digerente non ancora ben sviluppato; perché non poteva farlo anche lei?

«Sasha, mangia la salsa di mele» ordinò Josh, e le accostò il cucchiaio alla bocca. La salsa di mele andò giù abbastanza facilmente e, con diligenza e un po' di champagne, Sasha riuscì a inghiottirne quattro cucchiaiate.

«C'è una figura sul fondo del piatto» disse Josh, mentre la osservava mangiare.

«Tu devi avere figli.»

«Tre. Sono bravi ragazzi.»

Sasha si sentì trapassare da un'altra fitta di gelosia viscerale. Un uomo con i figli doveva mantenere un rapporto con la loro madre. Era pentita di averlo chiesto. Posò il cucchiaio con un gesto deciso di rifiuto. Guardò il sandwich al corned beef di Josh e provò un senso di sollievo. Non l'aveva toccato. Non l'aveva neppure addentato.

«Josh, mangia qualcosa.»

«Non ho fame. A meno che... tu non voglia finire la salsa di mele.»

«È tutta tua.»

Josh ne prese un po', quindi posò il cucchiaio. Evitò abilmente i sandwich e le prese le mani.

«Non riesco a mangiare. È inutile. Mi sono innamorato di te.»

«Anch'io» mormorò Sasha.

«Anche tu non riesci a mangiare o anche tu sei innamorata di me?»

«Tutt'e due le cose.»

«Vuoi sposarmi?»

«Naturalmente.»

«Guardami» chiese Josh, ma lei non se la sentiva di incontrare il suo sguardo.

«Dobbiamo andare» riprese lui, e fermò la cameriera che stava passando. «Non posso aspettare il conto.» Posò sul tavolo cinque biglietti da venti dollari. «Credo che bastino. Grazie per il servizio.»

«Ma i sacchetti con gli avanzi da portare via!»

«Lasci stare.» Josh aiutò Sasha ad alzarsi. Si avviarono alla porta tenendosi per mano.

«Non hanno mangiato, non hanno neppure voluto i sacchetti da portare via» riferì ad Art la cameriera.

«Cosa ti avevo detto, Irma? Me ne sono accorto subito. Amore. È la sola cosa che non va d'accordo con quello che si cucina qui. Ma torneranno. Prima o poi gli verrà di nuovo fame.»

«Piantala» borbottò Gigi. «Vattene. Stavo facendo un sogno meraviglioso.»

«La tua sveglia sta per suonare. Ho aspettato ben cinque minuti per chiamarti.»

«Sasha, sei impossibile.» Gigi aprì gli occhi. «Prima mi butti fuori di casa mia e adesso piombi nella mia camera all'alba per vantarti di una nuova conquista...» E richiuse gli occhi.

«Ci sposiamo.»

«Sicuro.»

«Mi hai sentito? Io e Josh... »

«Non puoi sposare un uomo che hai conosciuto solo ieri» disse Gigi, assonnata, sperando di riuscire a interrompere quella nuova forma di tortura.

«Dove sta scritto?»

Gigi spalancò gli occhi, si sollevò a sedere e fissò Sasha senza pronunciare una parola. Portava ancora l'abito nero, ma aveva i capelli sciolti sulle spalle, il trucco era quasi completamente sparito e aveva lasciato il posto a un'espressione di felicità così pura e assoluta che Gigi si sentì salire le lacrime.

«Sasha!» La abbracciò e la baciò su una guancia. «Mio Dio! È meraviglioso. Meraviglioso! Quando?»

«Ecco, non subito. Ci vuole un po' di tempo per organizzare un matrimonio in grande stile.»

«Ma... ma...» Gigi si interruppe, troppo confusa per sapere cosa chiedere.

«Un giorno, Gigi, anche tu incontrerai un uomo e non sopporterai di vederlo soffrire» disse Sasha in tono compassionevole.

«Grazie, cara. Mi fa piacere saperlo. Grazie per avermelo detto. Mi dà un po' di speranza. E il matrimonio in grande stile... è Josh a volerlo?»

«Lui vuole tutto ciò che voglio io» disse Sasha con aria di beata sicurezza.

«E ti sposerai in bianco?»

«Con un lungo strascico e un lungo velo, e so dove vorresti arrivare, Gigi. C'è una ragione per cui le sei sorelle Orloff non sono mai in disaccordo. Non osano. Vedi, c'è la temutissima maledizione degli Orloff, e se qualcuno te la scaglia contro, addio, cocca.»

«Secondo me è "addio, Grande Cortigiana".»

«Gigi, ti avverto...»

«Non mi fai paura. Le mie nonne, Giovanna e Graziella, erano fiorentine. E io, che discendo da due vecchie signore molto autoritarie venute da un posto dove nei secoli scorsi ne sono successe di tutti i colori, basta pensare al Savonarola, sono in grado di affrontare in qualunque momento le sei sorelle Orloff... Quindi dimenticherò il passato. È un voto, per riguardo a Josh... lo conosco da più tempo di te. Oh, Sasha, sono così contenta! Te lo meriti! Congratulazioni!»

«Le congratulazioni non si fanno alla sposa, ma allo sposo» disse

Sasha, buttandosi sul letto. «Alla sposa devi dire: "So che sarai molto felice".»
«So che sarai molto felice, Sasha cara. Lui sa quanti anni hai?»
«Per la verità non ne abbiamo parlato. Anch'io non so quanti anni ha lui. Che importanza ha?»
«Forse dopo il matrimonio?» suggerì Gigi.
«Ottima idea. E tu hai ancora qualche speranza.»

19

«E adesso, caro» disse Billy in tono dolcissimo a John Prince, il più ricco degli stilisti americani, «non esplodere prima di avermi dato la possibilità di spiegarmi. Ci conosciamo troppo bene e da troppo tempo.»

«Io non creo abiti a buon mercato, Billy. Non l'ho mai fatto e non lo farò mai. Sono allibito, letteralmente allibito nel vedere che ti sei rivolta proprio a me con questa proposta. Un catalogo! Bontà divina!» Prince era veramente offeso. Il suo viso quadrato e rassicurante era adombrato da un cipiglio di disapprovazione; aveva perfino abbandonato i modi aristocratici da grande proprietario terriero inglese per tornare alla brusca franchezza del Middle West americano.

«Ho detto a prezzi moderati, Prince caro, non "a buon mercato".»

«Non mi interessano i tuoi aggettivi» ribatté Prince. Erano nel suo ufficio di New York, in una freddissima giornata d'inizio febbraio. «Chiamala come vuoi, ma una gonna da cinquanta dollari è sempre una gonna da cinquanta dollari.»

«Perché no?»

«Guardati allo specchio, santo cielo. Hai addosso un mio tailleur che ti è costato duemiladuecento dollari. Guarda la stoffa, guarda la lavorazione, guarda...»

«Il ricarico» insisté Billy con un sorriso. «Prince, io dirigevo un negozio, quindi so bene quanto costa in realtà questo tailleur. Vediamo: se ricordo bene, per produrlo includendo la stoffa, le rifiniture, la manodopera e una percentuale delle spese generali, compreso l'affitto, non puoi aver speso di quattrocentocinquantacinque dollari. Poi l'hai venduto a Bergdorf's per mille, dato che il ricarico medio è un po' più del cento per cento del costo. Anche il ricarico di Bergdorf's è lo stesso, ed ecco che abbiamo un prezzo al dettaglio di duemiladuecento, più le spese per le modifiche. Quindi ora ti sto davanti con addosso meno di cinquecento dollari di valore effettivo, dopo averlo pagato quattro volte di più al negozio. Io posso permettermelo, ma non sono in molte a poterlo fare. Probabilmente in tutto il paese non hai venduto più di una dozzina di questi tailleur, e dico già tanto.»

«Cosa stai cercando di dimostrare?» chiese Prince accalorandosi. Temeva come la peste le clienti – fortunatamente pochissime – che conoscevano la piramide dei prezzi nell'industria dell'abbigliamento, una cosa che non rientrava nel loro campo, un segreto che toglieva fascino all'alta moda. Come si poteva trarre piacere dall'indossare un tailleur costosissimo, se si sapeva quanto valeva in realtà? E perché Billy Ikehorn si ostinava a tormentarlo? Perché non andava a raccontare ai gioiellieri dai quali comprava i diamanti che il loro ricarico era del quattrocento per cento, e non lo lasciava in pace?

«Ti faccio notare, molto semplicemente» disse Billy, assumendo un'aria di accattivante innocenza, «che se tu vendessi venti tailleur come questi avresti un profitto di circa diecimila dollari. Se creassi abiti a prezzi moderati, riceveresti ordini per centinaia di migliaia di capi, e guadagneresti meno per ogni pezzo venduto, ma molto di più in totale, a lungo andare.»

«Credi che non lo sappia?» ribatté sdegnosamente Prince. «È un'idea che non mi tenta. Il mio nome rappresenta il massimo sul mercato del prêt-à-porter. Ho guadagnato più che abbastanza. L'etichetta John Prince non è fatta per "migliaia" di capi. La gente inorridirebbe se cominciassi a disegnare abiti a prezzi moderati. Perderei le mie clienti, le mie adorabili clienti.»

Billy represse un sospiro di esasperazione. Le care clienti di Prince, che se lo disputavano come l'uomo "scompagnato" indispensabile alle loro feste, erano un gruppetto di signore di Manhattan che contava su di lui come fosse un amuleto magico contro il pericolo di cadere nell'oblio. Loro, e le loro omologhe in un'altra quindicina di città americane, armate dei modelli Prince sempre eleganti, sempre adatti, sempre lussuosi, potevano muoversi con sicurezza tra amiche e nemiche, certe che qualunque cosa si potesse dire di loro, nessuno avrebbe mai potuto accusarle di cattivo gusto o dell'impossibilità di spendere a piene mani.

Convincere Prince a creare per Scruples 2 era un'impresa che meritava ogni sforzo di persuasione, pensò Billy, ancora più decisa. Quell'uomo aveva un talento tutto particolare che le occorreva assolutamente, anche se non ne era mai stato consapevole; e, cosa altrettanto importante, negli ultimi vent'anni era diventato famoso in tutto il paese grazie agli articoli che portavano la sua firma ma creati su licenza. Se Prince fosse stato riconoscibile solo per le tre o quattrocentomila donne che leggevano "Vogue", "Fashion and Interiors" e

"Harper's Bazaar", non avrebbe contato molto per le future clienti di Scruples 2; ma la dicitura "by John Prince" si trovava sulle migliori linee di biancheria da letto e da bagno, su cinture, scarpe, bigiotteria, occhiali da sole, orologi e borsette. I suoi due profumi riscuotevano grande successo. Il suo nome era pubblicizzato da così tanto tempo, che era diventato un'istituzione celebre negli Stati Uniti quanto Dior o Saint Laurent in Francia. Se John Prince avesse disegnato le collezioni per Scruples 2, agli occhi di milioni di donne sarebbe stato un istantaneo imprimatur di autorità.

Billy sapeva bene che in realtà Prince creava i suoi modelli prêt-à-porter e i design concessi su licenza avvalendosi della collaborazione indispensabile di un'intera squadra di assistenti sconosciuti: per tre anni, Valentine era stata la preferita fra tutti.

Sedevano con le tazze di caffè in mano sul grande divano trapuntato che costituiva uno dei vanti di quello stilista anglofilo. A partire da lui stesso, per arrivare fino all'ultimo volume raro rilegato in pelle nelle librerie di lucido mogano, tutto in quella stanza magnifica avrebbe fatto pensare che si trattava di una raffinata abitazione privata nel cuore di Londra, un mondo alla Henry James che lo stilista aveva creato intorno a sé fin dai primi tempi del successo. Se avesse guardato dalla finestra, pensò fuggevolmente Billy, anziché l'affollata Settima Strada si sarebbe aspettata di vedere Hyde Park in una magnifica giornata di giugno un secolo prima, con cavalieri elegantissimi in sella a purosangue che procedevano lungo l'ampio sentiero del Row, alcuni al passo, altri al galoppo, tutti dediti al passatempo preferito di una realtà dominata dagli splendori del tempo libero e della ricchezza.

Si voltò a guardare Prince, vestito con lo stesso gusto aristocratico del duca di Windsor. «Nessuno sa fare accostamenti migliori dei tuoi, mio caro Principe» commentò in tono sincero. «Sei un miracolo di disaccordi sistematici, e ogni capo è così indipendente e nel contempo così intonato con gli altri che mi domando come riesci a fare le tue scelte ogni mattina. In che modo decidi di mettere insieme i quadretti, gli scozzesi, i pois, gli spina-di-pesce e le flanelle? Sei una sinfonia di sublimi dissonanze. Tieni per caso una specie di tabella appesa alla parete del guardaroba?»

«Pesco a caso, e il risultato è questo» rispose Prince. «È un bernoccolo. E non riuscirai a incantarmi, Billy, perché tutto ciò che indosso è stato confezionato apposta per me, con stoffe scelte da me, ed è costato un patrimonio.»

«Non sto cercando di incantarti, caro. A volte lo faccio, ma non quando si tratta di affari.» Billy gli andò più vicina. «Prendi questa cravatta rossa a minuscoli disegni, per esempio» disse, indicando con un dito. «Guarda come mette in risalto la camica a righe blu e marroni. E la camicia è stranamente intonata con la giacca a quadretti, e la giacca si combina in modo eccezionale con i pantaloni di twill color marmotta. Quando sono entrata ho notato il tuo giaccone con i bottoni a oliva: l'ideale per completare il tuo look. Non si tratta di un bernoccolo, caro: è un vero, grande talento per i capi separati. Hai scelto di sfruttare il tuo bernoccolo per vestirti, ma non per vestire le tue clienti ricche. E quel bernoccolo, Prince, è appunto la ragione per cui voglio che crei le mie collezioni.»

«Billy, ma non imparerai mai ad accettare una risposta negativa?» sospirò Prince, che aveva ritrovato il buonumore. Dopotutto era suo amico da molto tempo e, nel periodo in cui era esistito, Scruples era stato uno dei suoi clienti migliori.

«Mai!» Billy rispose con una convinzione così profonda, con un tale spirito marziale, che Prince la guardò con interesse nuovo. Ricordava il giorno in cui aveva varato la nave di Scruples: allora non aveva creduto che una dilettante potesse riscuotere tanto successo con una boutique. Ma il fatto che ci fosse riuscita non rendeva più appetibile l'idea del catalogo.

«Prince, ascoltami bene» comandò Billy. Si alzò e si appoggiò al piano della scrivania. Il tailleur bordeaux con il collo e i polsi di velluto stropicciato in tinta era perfetto come poteva esserlo solo dopo almeno tre prove. Il romantico cappellino di zibellino scuro aveva quasi lo stesso colore dei suoi occhi ed era inclinato in avanti in modo da sfiorarle le sopracciglia, mentre lasciava che i riccioli ricadessero liberi intorno alle orecchie. Guardò lo stilista con inusitata concentrazione. «Non credo tu abbia afferrato il senso delle collezioni che intendo lanciare. Cominceremo con quattro, piccole ma coordinate così bene che non vi sarà una sola idea sprecata o superflua. Saranno destinate alle donne giovani che, per dirla con le parole sacrosante di "Vogue", hanno "più gusto che denaro". Una servirà per la settimana lavorativa, una per i viaggi, una fornirà a chi la indossa quanto le occorre per i weekend, capi sportivi di gran classe... e la quarta sarà per tutto il resto: appuntamenti, ristoranti, cene di lavoro e così via. E i capi di ogni collezione dovranno armonizzarsi con quelli delle altre tre. In altre parole, il tuo blazer per l'ufficio è concepito per poter essere portato anche con i pantaloni da weekend e la camicia per andare al ristorante. Modelli ingegnosi e sobri che offrono a una donna mille scelte, e le permettono di vestirsi nello stesso modo in cui ti vesti tu.»

«Non cercare di convincermi, Billy.»

«Mi limito a pensare a voce alta. Vorrai ammettere che le donne non abbastanza ricche per comprare i tuoi modelli prêt-à-porter sarebbero felici di poter acquistare quelli esclusivi ideati da Prince per Scruples 2.»

«Il fatto è che non possono, cara. Se non possono permettersi Prince, be'...» Lo stilista alzò le braccia. «Vorrei che potessero, ma certe cose resteranno sempre inaccessibili alla massa.»

«Sai, quando compravo vestiti a tonnellate, durante il mio primo matrimonio, non erano mai i tuoi. Li ammiravo, ma pensavo che avrei aspettato di superare i trent'anni per portarli. Non hai notato che le donne al di sotto della trentina, per quanto ricche non sono tue clienti?»

«Non lo sono se prima non diventano adulte» commentò Prince in tono sussiegoso. «Solo allora sono pronte per me. E io non perdo nulla, perché quante donne giovani possono permettersi i miei modelli?»

«C'è una quantità di donne giovani e ricchissime che non pensano neppure alle tue creazioni, Prince, perché da quando hai cominciato, hai disegnato sempre per lo stesso gruppo di utenti finali. Donne che invecchiano, che si fanno sempre fotografare con i tuoi abiti. Il tuo look è inesorabilmente associato a loro, è il marchio della signora ricca: l'abito da ballo Prince, la gioielleria importante, i capelli biondi e vaporosi e il lifting facciale da diecimila dollari. Da dove verranno le tue clienti nuove? Tutti i giovani stilisti di genio, non soltanto i Calvin Klein e i Ralph Lauren, ma anche altri che non hai ancora sentito nominare, conquisteranno le donne che altrimenti arriverebbero a te, caro. D'altra parte, se disegnassi per Scruples 2, dovresti darti una spolverata e una scrollata, dovresti sfidare te stesso a fare qualcosa che finora non hai dimostrato di saper fare: abiti versatili a un prezzo umano. Tutti parlerebbero del tuo nuovo look, della tua nuova filosofia. Perché ripeterti quando puoi rinnovarti, Prince? Potrai alimentare la tua leggenda in un modo altrimenti impossibile.»

«Mi stai lisciando, eh?»

«Non sapevo conoscessi questa espressione, caro. Certo, è così. Ci sono altri grandi stilisti che si butterebbero, sapendo che questo non avrebbe conseguenze sul giro delle clienti abituali e che una cosa non ha niente a che vedere con l'altra... Ma nessuno di loro ha il tuo talento. Loro creano completi.»

«Anch'io.»

«Però tu non porti i completi» disse Billy di slancio. «Tu hai scelto di portare pezzi separati. Non ti ho mai visto con un abito completo, a parte lo smoking, e anche in quel caso metti sempre qualcosa di diverso... un gilè di tweed, stoffa scozzese all'interno dei polsi e sotto il colletto della giacca, una fusciacca di cotone a disegni batik.»

«Questo lo ammetto» disse Prince, che nonostante tutto si sentiva lusingato. «Mi piace divertirmi, quando mi vesto.»

«Oh, Prince! Ecco! È appunto questo! Capi sfruttati al massimo ma che continuano a darti un piccolo brivido ogni volta che li indossi. Dimmi solo questo, anche se non vuoi saperne: c'è qualcosa che non ti va nella mia idea, a parte il prezzo?»

«Ho paura che tu stia cercando di reinventare la ruota, cara. I capi separati sono sempre esistiti. Una donna può andare in qualunque grande magazzino e comprarli. Non ha certo bisogno di me.»

«Ma non è tanto facile! E se il lavoro non le lascia il tempo di girare per negozi? Se non ha il dono di saper combinare i vari capi? Se non vive nelle vicinanze di un grande magazzino con una buona scelta in fatto di abbigliamento? Se non le piacciono gli stili più nuovi? Se è una giovane madre alle prese con un figlio, il marito e la carriera? Per tante donne, andare a far spese è un incubo.»

«Molto deprimente, mia cara.»

Billy rise. «Sei un tipo di buon cuore, Prince, ma non lo capirei certo se ti ascoltassi parlare ora.»

«Oh, adesso non giocare la carta "Dov'è il tuo senso di responsabilità sociale?" Io faccio la mia parte. Tu perché vuoi metterti in affari, cara? Non l'ho mai capito. Potresti essere una duchessa, addirittura una duchessa inglese» obiettò Prince in tono di venerazione; non sapeva immaginare una posizione che potesse essergli più gradita o più adatta.

«Sono sostanzialmente una donna che lavora, Prince, come tu sei un uomo che lavora. E in questo momento voglio una partenza che porti subito il mio progetto all'attenzione di tutti. Tu, o un altro grande stilista, ecco la chiave necessaria. Non dubito del successo di Scruples 2, so di essere vicina al traguardo, ma come al solito sono impaziente. Se vuoi offrire la più bella gonna plissettata del mondo e un certo prezzo, devi darle un tocco speciale, qualcosa che la faccia spiccare in confronto a tutte le altre gonne. Se sapessi cosa voglio, credimi, lo disegnerei io stessa, ma non ne ho idea. Oh, be', avrei dovuto prevedere che non ti saresti lasciato convincere. Ed è un peccato, davvero. Ho sempre pensato di esserti debitrice perché ti avevo portato via Valentine. Avrebbe lavorato sempre per te, se non l'avessi convinta a passare a Scruples.»

«E in che modo mi ripagherebbe il fatto di lasciarmi imbrogliare da te?» rise Prince.

«I soldi, tesoro. I soldi» disse Billy, e si alzò per uscire. «Ma, come hai detto, ne hai più del necessario. Immagino tu sia immune al piccolo, orrido segreto di coloro che sono molto, molto ricchi. Bene, arrivederci, Prince caro. Ho un altro appuntamento per pranzo.»

Prince si alzò per accompagnarla alla porta. «E quale sarebbe l'orrido, piccolo segreto?» chiese con noncuranza.

«Oh, lo sai... c'è da vergognarsi un po', ma tanti pensano di non avere mai abbastanza soldi, vero? Eppure tutti noi ne abbiamo più di quanti riusciremo mai a spenderne. Dev'essere insita nella natura umana, l'aspirazione ad averne sempre di più. Da quando è morto Ellis, io figuro nell'elenco delle dieci donne più ricche d'America, eppure adesso sono decisa a fare di Scruples 2 una società che verrà classificata fra le prime cinquecento da "Fortune" Tu hai una grande azienda, ma non compari nell'elenco dei quattrocento di Forbes. Non si può costruire un patrimonio privato di centinaia di milioni di dollari creando abiti costosissimi, anche con tutte le tue licenze. Immagino che in realtà sia un gioco, volere sempre di più quando si ha già tanto...»

«La tua idea vale la mia.» Prince alzò le spalle in segno d'irritazione.

«Pensa a me, per esempio: ho una casa incantevole a Parigi che non uso nemmeno, ma la amo troppo per venderla. È assurdo, quando potrei avere uno yacht magnifico e tutte le tenute che desidero, e passare il tempo a divertirmi portando i miei amici da una vacanza straordinaria all'altra.» Billy tacque, come se considerasse la prospettiva con l'attenzione di una donna che in un roseto splendido, con le forbici per potare in mano, cerca di scegliere l'unico bocciolo perfetto da salvare in mezzo a una massa superflua di altri fiori meravigliosi.

«Ma no» disse alla fine. «Eccomi qui, nella cara vecchia Settima Strada, a lavorare su un catalogo perché sono certa che sia il momento giusto... E lo dimostrerò, Prince, a qualunque costo. Forse sono una maniaca del lavoro, ma è così eccitante che non mi farà certo male. E gli utili di Scruples 2 saranno enormi. Pensavo che avrei preferito assicurarne una percentuale a te, piuttosto che a qualcun altro.»

«Percentuale?»

«Be', ovviamente chi creerà le collezioni avrà una percentuale su ogni pezzo venduto. L'avevi capito, naturalmente, mi ero ricordata di dirtelo, no? Penso che potrei risparmiare se assumessi un gruppo di ottimi figurinisti, ma preferirei pagare le percentuali e legare alle collezioni un nome colossale. Alla fine ce ne sarebbe di più per tutti, me inclusa.»

«Billy?»

«Sì?»

«Sei una bambina molto cattiva, lo sai?»

«Tesoro, sono la peggiore.»

«Siediti. Parliamo.»

«Oh, Prince!» Billy corse ad abbracciarlo. Aveva sperato di cavarsela con una cifra altissima a forfait; ma se era necessario, avrebbe pagato qualsiasi percentuale. C'erano persone che in fondo si interessavano soltanto al denaro e Prince, grazie a Dio, era sempre stato uno di loro.

Il ritorno, o più esattamente il ritiro nella terra natale, sembrava avere fatto bene a Billy Ikehorn, concluse Cora de Lioncourt mentre beveva il tè nell'appartamento di Billy. La disinvoltura quasi campagnola e la trascuratezza che a quanto pareva erano ammissibili in California, evidentemente le si addicevano molto più dell'eleganza elettrica di Parigi. Naturalmente, non le sarebbe costato fatica affermarsi a Los Angeles. Doveva essere stato un vero sollievo per lei abbandonare New York e Parigi e tornare a casa. Era l'unica spiegazione plausibile per l'aria eccitata e felice di Billy in quella giornata tetra di un mese tanto tetro, quando l'unico appuntamento che aveva detto di avere era quello con John Prince per vedere la sua collezione di primavera.

Cora osservò Billy con attenzione: non solo aveva perso i chili di troppo e si era fatta tagliare di nuovo i capelli corti, ma il suo stile personale, quello chic disinvolto e brillante misto all'innata sensualità, era tornato intatto. Quel giorno, poi, sembrava cercare di reprimere un trionfo segreto, pensò irritata, assaggiando un minisandwich. Per Cora era inammissibile che qualcuno avesse un segreto.

«Hai un aspetto magnifico, Billy» disse in tono mieloso e con una vaga sfumatura di rimprovero, come se avere un aspetto magnifico fosse qualcosa che andava spiegato.

«Grazie, Cora, è merito della tua città. Ogni tanto, una buona dose di New York fa bene. È un tonico per il mio organismo.»

«Ma non hai intenzione di comprare una casa qui?»

«Perché? Un appartamento in albergo è così comodo.»

«Andrai ad abitare nella tua casa di Parigi, la prossima primavera?»

«Non ho ancora deciso» disse Billy con un sorriso impenetrabile.

«Ma cosa fai a Los Angeles? Ricordo che al Ritz tenesti quasi una concione sulle donne che non fanno altro che spendere e andare alle feste, e adesso stai in un posto dove c'è molto meno vita che qui o a Parigi. Cosa bolle in pentola?»

«Oh, nulla di particolare: mi tengo occupata. È incredibile come volano le giornate» rispose Billy evasiva. Non aveva intenzione di parlarle di Scruples 2. Convincere Prince era stata una battaglia necessaria, ma non c'era motivo di rivelare il progetto a una donna così raffinata che di certo avrebbe bocciato subito l'idea di un catalogo di moda.

Altri segreti, pensò Cora. Billy Ikehorn e i suoi segreti la esasperavano. Billy aveva un'indipendenza che lei avrebbe voluto vedere crollare a pezzi, come una vetrina colpita da un sasso. Billy aveva rifiutato di accettare tutte le sue raccomandazioni, a parte il consiglio di affidarsi a una bravissima agente immobiliare a Parigi. La percentuale riscossa su quell'affare non era stata che un modesto, addirittura infimo compenso per il suo disturbo. Aveva fatto la posta a Billy Ikehorn affinché diventasse la grande preda della sua vita di manipolatrice. Secondo ogni logica, Billy avrebbe dovuto lasciarsi mungere, e invece continuava a sfuggirle con l'abilità di un'anguilla. E la sua euforia non era altro che una provocazione studiata.

Oh, Billy sapeva bene di essere una donna invidiabile, pensò Cora guardandola con risentimento: cappello di zibellino, grande manicotto di pelo sulle ginocchia, una donna incurante di tutto, come l'Anna Karenina dei tempi migliori. Quella donna alla quale la ricchezza affluiva senza sforzo, quella donna nata per affascinare, quella donna che alzando un dito poteva acquisire oggetti di gran lunga più preziosi di quelli che lei aveva conquistato dandosi da fare tutta la vita... ebbene, la faceva impazzire di invidia. Il semplice fatto che esistesse la faceva sentire scialba, una nullità, e cancellava qualsiasi risultato e successo ottenuto fino a quel momento.

Doveva dimenticarsi di Billy Ikehorn: non aveva più motivo di ronzarle intorno, di continuare a proteggere la loro amicizia nella speranza di ricavarne futuri guadagni.

«A Parigi mi è capitata una cosa stranissima, dopo che ti ho vista per l'ultima volta all'Opéra» disse.

«Davvero?»

«Ricordi quel tale che venne al nostro tavolo e fece una scena spaventosa? Quel tipo arrabbiatissimo, alto e con i capelli rossi, che ti chiese chi diavolo eri?»

«Quello? Certo, come potrei dimenticarlo? Un vecchio corteggiatore inviperito, niente di più.»

«Ma, vedi, è proprio questa la cosa più strana. Pochi giorni dopo lo rividi. Stavo facendo il giro delle nuove mostre e lui esponeva alla galleria Templon, opere molto interessanti per chi ama la scultura moderna.» Cora studiava Billy con la calma vigile di una pantera.

«Be', era logico che fosse là» rispose tranquilla Billy. «Visto che era la galleria dove esponeva.»

«Naturalmente non gli parlai, ma quando uscì con il gallerista cominciai a chiacchierare con un assistente, un certo Henri, grande ammiratore del tuo scultore... Sam Jamison? Si chiama così, vero?»

«Sì.»

«Henri, un tipo molto garbato che approfitta di tutte le occasioni per parlare inglese, mi disse che quella sera famosa era andato all'Opéra con il tuo corteggiatore, come lo chiami tu. Ricordava persino di avermi vista al tuo tavolo. Disse che lo scultore, Sam, era sparito dopo averti vista. Non era nemmeno rimasto per il secondo atto.»

«L'abbiamo visto tutti scappare via.» Billy alzò le spalle con fare noncurante, ma in realtà stava cominciando a sudare.

«E tutti abbiamo visto che tu lo rincorresti» disse Cora con il suo sorriso più fulgido, un sorriso che rivelava la fila di denti perfetti.

A quel punto Billy la affrontò direttamente. Lasciò cadere sul pavimento il manicotto e incrociò le braccia, mentre un lampo di sfida si accendeva nei suoi occhi. «Dove vuoi arrivare, Cora? È una faccenda che non ti riguarda. Non ho diritto a una vita privata?»

«Certamente, Billy. Non dire sciocchezze. Ma, vedi, quell'Henri Comesichiama credeva che tu fossi un'altra, una certa Honey Winthrop. Non sapevo usassi ancora il tuo cognome da nubile.»

Billy continuò a fissarla minacciosamente. «Ci sono cose che le amiche non dovrebbero nemmeno chiedersi, non pare anche a te?»

«Hai ragione, certo» ammise Cora in tono spensierato. «Sì, un altro sandwich, per favore. Sono così buoni che non so resistere. Dimmi, hai ordinato molte cose da Prince?»

«Anche troppe» rispose Billy. «La nuova collezione è particolarmente bella.»

Cora addentò il piccolo sandwich al crescione e ripensò al pranzo interessantissimo al quale aveva invitato il giovane, garbato Henri Legrand. Lui era curioso di saperne di più sul conto di Billy, come lei lo era di saperne di più su Sam Jamison, e fra tutti e due avevano ricostruito l'intera vicenda incredibilmente piccante. Billy aveva i suoi segreti, certo, ma non tanti come credeva, e il più affascinante di tutti, adesso, apparteneva a Cora de Lioncourt.

«Gigi, guarda questa foto» disse Spider entrando nell'ufficio con le maniche della camicia rimboccate. «Dimmi cosa ne pensi.» Le porse l'ingrandimento della foto a colori di un gruppo di donne: tutte, tranne una, avevano poco meno o poco più di trent'anni. Stavano in piedi in un giardino, sorridenti, intorno a una donna più anziana seduta su una poltroncina di vimini, e brindavano in suo onore con grandi coppe di champagne.

«Chi sono?» domandò incuriosita Gigi, che sedeva alla scrivania.

«Te lo dirò dopo, ma non ha importanza. Dimmi invece qual è la tua reazione istintiva.»

Gigi studiò attentamente la foto prima di rispondere. «Sono felici» osservò. «Veramente felici. È la prima cosa che si nota. E sono contente di stare insieme. Sono serene, spensierate. Oh! E si somigliano tutte, devono essere parenti. Andiamo, Spider, chi sono?» Gigi lo guardò attraverso la frangetta, assumendo la sua espressione più accattivante, un po' franca e un po' divertita. Non riusciva mai a escludere dal suo sguardo una civetteria irrequieta e istintiva, così come non poteva cambiare la forma delicatamente appuntita delle orecchie.

«Continua a parlare» disse Spider. «Non ho ancora sentito osservazioni profonde dalla persona che si è dichiarata sicura di poter scrivere i testi per Scruples 2.»

Gigi chinò la testolina serica e lucida verso la foto. «Non sono di New York, ma non sono neppure ragazze di campagna: troppo sofisticate. Non so come l'ho intuito, ma ne sono sicura: San Francisco, Chicago, Dallas, Los Angeles? Sono sofisticate in modo casual, quasi non dovessero impegnarsi per esserlo... gli viene naturale, ecco. Sanno come vestirsi, ma non tendono a copiare. Queste due in jeans» disse indicando, «si vestono più semplicemente delle altre, ma fanno anche loro una splendida figura. Sono tutte carine, loro in particolare, ma nessuna è quella che chiamerei una vera bellezza. Se dovessi indovinare... devo indovinare, Spider? Bene, bene, direi che probabilmente sono sposate e hanno figli, ma...» Gigi si interruppe e rifletté prima di continuare. «Ma con ogni probabilità non sono casalinghe a tempo pieno. Forse una o due lo sono anche, ma credo che per la maggior parte lavorino o insegnino, o svolgano comunque un'attività. Voglio dire, hanno l'aria di avere impegni interessanti e piacevoli. Mi piacerebbe conoscerle. Per la precisione, la più bella è la più anziana... perché brindano in suo onore?»

«Era il pranzo del suo compleanno» disse con orgoglio Spider. «È mia madre.»

«Oh... Spider...» Gigi sospirò, mentre i suoi occhi si riempivano di lacrime. «Sei così fortunato.»

Sgomento, Spider si chinò e le passò un braccio intorno alle spalle. «Accidenti, Gigi, avevo dimenticato tua madre. Non avrei dovuto dirlo così. L'avevo dimenticato completamente. Scusami, mi dispiace. Ecco un Kleenex» disse in tono contrito.

«Non importa, Spider, davvero.» Gigi si soffiò il naso, si asciugò gli occhi e si diede un contegno. «Non mi succede mai... non so cosa mi abbia preso. Tua madre è sensazionale, e naturalmente queste sono le tue famose sorelle... Ero così attenta a cercare di ricavare un'impressione generale dalla foto, che mi è sfuggito il fatto che sono tre coppie di gemelle. I loro lineamenti erano l'ultima cosa cui pensavo, e comunque si sforzano di sottolineare la loro individualità.»

«È per questo che non ti avevo detto chi sono. Se l'avessi saputo, avresti cercato di identificare le coppie, invece di concentrarti sul gruppo.»

«Finora sono andata bene?»

«Benissimo. Certo, non sono tanto spensierate, ma chi lo è? Però sono felici, molto care e occupate a tempo pieno con tante cose, oltre ai mariti e ai figli. Ho scattato questa foto tre anni fa. Stanotte me ne sono ricordato e l'ho ripescata per mostrarvela. Tu sei la prima che la vede. Ho pensato che il look, in generale, fosse adatto a Scruples 2.»

«Vuoi dire il genere disinvolto ma sofisticato?»

«Assolutamente sì, e anche di più. Ho esaminato con attenzione tutti i cataloghi pubblicati finora. Non ce n'è uno che non sia un disastro, un incubo per un art director o un redattore di moda. Da un punto di vista grafico sono indietro di almeno quindici anni. Ho analizzato tutte le riviste che arrivano in edicola, ho guardato le modelle, gli sfondi e le presentazioni, e l'unica cosa che ho deciso è che dobbiamo scegliere un tipo di donna che incarni il look di Scruples 2. Poi selezioneremo le modelle fra quelle che hanno già il nostro look in modo evidente. Invece di scritturare modelle famose e di vestirle con i nostri abiti, dobbiamo trovarne altre soddisfatte di come appaiono e che potrebbero essere nostre clienti. Non soltanto nei sogni, ma nella realtà, capisci? Non dobbiamo offrire qualcosa che le donne possono permettersi di comprare, presentandolo addosso a modelle troppo belle perché possano identificarsi con loro. Hai detto che ti piacerebbe conoscere le mie sorelle: bene, io voglio che le nostre clienti si augurino di poter conoscere le nostre indossatrici.»

«Sono terribilmente...»

«Terribilmente cosa?»

«Ecco... » Gigi esitò. Era d'accordo con Spider in linea di principio, ma le sue sorelle erano così bianche, anglosassoni e protestanti da ferirla nella sua sensibilità di italo-irlandese: una sensibilità che non sapeva nemmeno di possedere.

«Molto... bionde e con gli occhi azzurri?» disse.

«Sì, certo. Sono ultra bianche, anglosassoni e protestanti, è naturale. La famiglia di mia madre è originaria della Svezia, quella di mio padre dell'Inghilterra, ma non è questo che intendo.» Spider rise del tatto di Gigi. Le sue sorelle sarebbero indubbiamente state scelte come pin-up sotto il Terzo Reich, accidenti! «Le ho usate solo come esempi di donne vere, non di grandi bellezze. Istruite, ma non appartenenti alla buona società. Ceto medio, cittadine ma non troppo, amanti della vita all'aria aperta quando è necessario. Sempre a posto ma mai troppo leccate. Adulte. Rilassate ma vivaci, con un bel carattere impresso sul viso. Intelligenza negli occhi, quest sì che è indispensabile. Potrebbero essere bianche, negre, orientali o ispaniche, purché abbiano il look giusto.»

«E dove troverai queste modelle?» chiese Gigi in tono scettico, notando la luce negli occhi di Spider.

«Ci serviremo di sconosciute, magari le ragazze scartate dalle agenzie perché non abbastanza sensazionali, né adolescenti alte tre metri e precocemente fiorite. O magari donne che non hanno mai pensato di fare le modelle.»

«Spider, non stai cercando qualcosa di volutamente mediocre?» chiese preoccupata Gigi. «Non mi sembra molto divertente guardare i modelli addosso a donne veramente comuni.»

«No, io cerco ragazze molto superiori alla media, ma non al punto da farsi notare prima degli abiti che indossano. È una distinzione sottile, ma chiarissima. Una volta, tanto tempo fa, le modelle erano la mia vocazione, il mio hobby, la ragione per cui mi alzavo al mattino e soprattutto per cui andavo a letto la sera. Quando si tratta di scegliere, puoi fidarti di me, Gigi.»

«L'esperto sei tu» ammise Gigi. «Io sono più portata per gli eccessi, tipo: "Perché non dovremmo servirci delle ragazze più belle del mondo per far fare figurone ai nostri abiti?"»

«Perché smonteresti le clienti. Non so se le donne se ne rendono conto, ma dopo aver visto ragazze troppo belle sulle riviste provano uno sgradevole senso di depressione, un'inquietudine, un'insoddisfazione, e non capiscono che è direttamente collegato alle modelle. Continuano a leggere le riviste, sicuro, perché sono curiose di conoscere le novità della moda e della cosmetica, ma una dieta continua a base di top model fa sì che al confronto una donna si senta poco attraente. E le donne che si sentono poco attraenti non sono certo dell'umore più adatto per prendere il telefono e ordinare capi d'abbigliamento. Io invece voglio che le nostre clienti si sentano euforiche!»

«A mezzanotte?»

«Be', sicuro. Gli ordini telefonici dovranno essere accettati ventiquattr'ore su ventiquattro. Bisogna catturare al volo le clienti quando sono dell'umore giusto. E se una si sveglia alle tre del mattino in preda a un attacco d'ansia? Esiste forse cura migliore del fare acquisti? Non deve nemmeno alzarsi dal letto: basta che allunghi una mano e prenda catalogo e telefono. Può scambiare quattro chiacchiere con Scruples 2, ordinare qualcosa di carino e riaddormentarsi molto più serena.» Spider esaminò la scrivania di Gigi, carica di fogli pasticciati. «Stai lavorando a qualcosa?»

«Ci provo» disse Gigi. «Cerco di stabilire il tono, di preparare una specie di introduzione generale al catalogo, così da dare alla gente un'idea di quel che siamo.»

«Me la leggi?»

«È ancora molto approssimativa, ma... oh, d'accordo» acconsentì Gigi, in preda alla timidezza esitante degli autori. Aveva bisogno di approvazione e d'incoraggiamento, altrimenti sarebbe scoppiata, e Spider era l'unico rimasto in ufficio.

Conosco certi segreti che tieni nascosti nel tuo armadio e che non riveleresti neppure alla tua migliore amica... O forse sì, se fosse comprensiva e non ti guardasse con quell'aria di esperta superiorità. Ma ci puoi veramente contare? In quanto a parlarne con tua sorella, sai che non è il caso! Per esempio, c'è quella bellissima camicetta di pizzo che hai comprato perché ti sentivi tanto romantica e non hai saputo resistere, ma quando l'hai portata a casa e l'hai provata con le gonne, hai scoperto che ti faceva somigliare stranamente a tua madre. Eppure è troppo bella per regalarla a qualcuno, e troppo piccola per darla a lei. C'è poi quel bel tailleur di lana, troppo caro perfino quando lo comprasti ai saldi, ma sapevi che il tuo principale avrebbe approvato la scelta e sapevi che avresti potuto portarlo in eterno. Però hai scoperto che è troppo caldo e troppo scomodo per portarlo in ufficio tutto il giorno, e troppo severo per indossarlo la sera, e la giacca non va assolutamente con un paio di pantaloni qualsiasi e una maglietta.

So di quel maglioncino scollato che hai comperato perché pensavi sarebbe stato meraviglioso su dei calzoni di linea semplice, il capo ideale per uno di quegli inviti del tipo "non disturbarti a vestirti bene". (Non ti arrabbi quando la padrona di casa dice così? Perché dare una festa se la gente non deve vestirsi bene?) Naturalmente dà l'impressione che tu abbia una doppia personalità. Io di maglioncini del genere ne ho tre, e non sono ancora riuscita a risolvere il problema.

E quei pantaloni che hai acquistato senza provarli davanti a uno specchio a tre luci? E quel cappotto così pratico che hai portato per due anni nonostante lo detestassi, solo perché sei pratica e assennata?

Ma non parliamo più dei guai del guardaroba. Perché torturarti oltre al pensiero di quello scintillante abito da cocktail rosso comperato per le feste di Natale e di cui ti sei pentita prima ancora di farlo accorciare?

Voglio dire che tutte commettiamo errori. Tutte. Chi si vanta di non commettere mai due volte lo stesso errore continua a commetterne di nuovi. L'uomo meglio vestito che conosco mi ha confessato una volta che nel suo armadio due capi su tre erano acquisti sbagliati, e che portava solo quelli che non lo erano. Ma non conosco nessun altro che possa permettersi di fare errori simili. Anche tu, però, puoi permetterti di prendere tutta la roba che ti fa sentire un po' stupida e regalarla all'Esercito della Salvezza perché, siamo sincere, non la metterai mai più.

Poi, come ricompensa per avere fatto pulizia, puoi dare un'occhiata ai capi di questo catalogo e pensare di comprarne qualcuno. Basta che ci telefoni: noi te li spediremo subito, e le spese postali saranno a nostro carico. Non sono troppo costosi, la confezione è di ottima qualità, funzionano insieme e separatamente e, soprattutto, se non ne sarai entusiasta quando li proverai, potrai rimandarceli senza alcuna spiegazione: ti garantiamo che sarai completamente rimborsata. Non ci sono trucchi. Voglio solo che aprire il tuo guardaroba sia per te una fonte di piacere. Gli abiti devono farti sentire felice: mai colpevole.

«Non smettere di leggere» disse Spider.

«È tutto qui... stavo studiando i tagli da fare.»

«Taglia una parola, cambia una sola parola, e dovrai fare i conti con me» ribatté Spider in tono minaccioso.

«Ti... ti piace?»

«Gigi, è maledettamente perfetto! Accidenti! Vorrei che Billy fosse qui. Ne sarà entusiasta. Chiamiamola a New York e leggile il testo per telefono... No, qui sono le sette passate, a New York sono le dieci, non sarà in casa. Oh, piccola, sei una copywriter geniale! Dobbiamo festeggiare. Ti invito a cena. Meriti il meglio, e anch'io merito una ricompensa per avere finalmente risolto il problema delle modelle.»

Gigi si abbandonò sulla poltroncina, con le braccia e le gambe penzoloni, e lo guardò con occhi sgranati e colmi di sollievo. Si era tanto preoccupata di trovare il tono giusto per l'introduzione al catalogo, che negli ultimi giorni aveva fatto sei false partenze e ciò che aveva letto a Spider era il frutto delle ultime due ore di disperazione.

«No, non voglio andare al ristorante» disse. «Adesso no. Sono troppo tesa per starmene lì seduta immobile. Lascia che cucini io. Da quando Sasha mi ha abbandonata per Josh, non ho più nessuno per cui farlo e la mia idea di una festa è mangiare quello che preparo io, ma non mangiarlo da sola.»

«È troppo lavoro per te» protestò Spider, poco convinto.

«Devo calmarmi, dopo questa crisi letteraria, e cucinare è il modo migliore.»

«D'accordo, ma devi lasciare che ti aiuti.»

«Bene, potrai stappare il vino.»

«Erano la miglior pasta primavera, il miglior vitello con funghetti selvatici, la migliore insalata di spinaci, il miglior... cos'era il dessert?»

«Non ci siamo ancora arrivati» disse Gigi. «Abbiamo preso una doppia razione di tutto, abbiamo finito una bottiglia di vino...»

«Qualunque cosa sia il dessert, andrà sprecato. Vorrei mangiare ancora, ma proprio non ce la faccio. Tu e Sasha mangiavate sempre così?»

«Anche meglio» rispose Gigi. «Quando non avevamo appuntamenti. Non succedeva spesso, altrimenti saremmo grasse il doppio.»

«E Sasha ti ha lasciata per un uomo? Quella ragazza non sa cosa sia la gratitudine.»

«Però è stata di una prontezza indiscutibile.»

«Certo» disse Spider, stirandosi soddisfatto e assaggiando il cognac che Gigi gli aveva versato. «Bisogna ammetterlo. Come si dice, bisogna battere il ferro finché è caldo.»

«Lei ha detto che era *beshert*, una parola yiddish che significa predestinato, scritto nelle stelle.»

«Sono d'accordo. Josh sembra un altro, è trasformato, trasfigurato, trasmutato e tutte le altre parole che cominciano per "tras". Non sapevo che un uomo potesse essere tanto felice... e anche i suoi figli hanno accettato Sasha. Si sposeranno qui o sulla Costa Orientale?»

«Non hanno ancora deciso. Il grande matrimonio in bianco dell'anno renderà necessario il trasferimento di una famiglia o dell'altra da costa a costa, e sembra che gli Hillman siano più numerosi degli Orloff-Nevsky, cosa che non avrei mai creduto possibile. Il clan di Sasha è formato da nomadi professionisti: sono abituati a fare i bagagli e a saltare su un aereo con soli cinque minuti di preavviso. Gli Hillman invece sono stanziali, quindi è probabile che si sposeranno qui.»

«E naturalmente tu sarai la damigella d'onore?»

«Ci puoi scommettere. Damigella d'onore e consulente per il servizio di catering, in modo che abbiano il meglio e non si lascino convincere a scegliere ciò che non vogliono.»

«Ma tu, non ti rilassi mai?» domandò Spider, fissandola incuriosito. Era illanguidito, impigrito e soddisfatto della vita, adesso che si era sistemato comodamente sul divano a fiorami, invitante anche se con le molle un po' andate. Gigi stava ancora sparecchiando la tavola: aveva insistito per fare tutto lei. Si muoveva senza sprecare energia, con la stessa precisione svelta e agile con cui aveva preparato la cena. Almeno, si era lasciata convincere a permettergli di curare il fuoco, oltre a stappare il vino, poiché ammetteva che quelli erano lavori da uomini.

Quanto tempo era passato da quando Gigi era soltanto il pulcino di Billy? si chiese Spider. Cinque, sei anni, o di più? Sotto certi aspetti adesso Gigi sembrava più adulta di Billy, e come lei era capace di compiere gesti audaci, tenendo conto della differenza di età e di mezzi; inoltre, come Billy si lasciava completamente assorbire da quel che faceva. Tuttavia, mancava di impulsività. Billy si buttava, era avventata e a volte molto imprudente; Gigi, era pronto a scommetterci, procedeva invece con la rapidità necessaria ma in maniera più uniforme, e con minori dispiaceri.

«L'ultima volta che mi sono rilassata è stato quando mi sono rotta la gamba» rispose malinconica Gigi, andando a sederglisi accanto.

«Un giorno o altro ti porterò a sciare» disse Spider. «Non devi permettere che una brutta esperienza ti privi del più grande divertimento del mondo.»

«Non credo proprio» ribatté Gigi in tono serio. «Puoi stare certo che rifiuterò l'invito.»

«Hai sofferto molto?»

«Soffro ancora» mormorò lei, a voce così bassa che Spider afferrò a stento le parole.

«Mi dispiace, Gigi. Io non permetterei mai che ti succedesse qualcosa di brutto.»

«Oh, è logico che tu dica così. Ma non si può mai garantire in assoluto, vero?» Gigi scosse la testa con aria saggia.

«Credo di no» ammise Spider. «La montagna è pericolosa per definizione. Può succedere che ti rompi una gamba mentre stai solo facendo la fila allo ski-lift: basta che uno ti piombi addosso senza riuscire a frenare.»

«Mi hai appena convinta a non andare più a sciare, sai, anche se per la verità non avevo bisogno di un'altra lezione.» Nella voce di Gigi c'era qualcosa che indusse Spider a osservarla più attentamente. Non poteva trattarsi solo di una gamba rotta, pensò: doveva essere successo ben altro. Nonostante il suo fascino spiritoso e piccante, nonostante l'impudenza della bocca sorridente, Gigi custodiva gelosamente i propri segreti, e lui non riusciva a capirla. Questo non gli piaceva affatto; anzi, non poteva proprio accettarlo, era contrario al suo carattere lasciare che un'amica di vecchia data avesse una vita misteriosa di cui lui non sapeva nulla. All'improvviso si accorse di desiderarla disperatamente.

«Gigi» le disse, posandole le mani sulle spalle, «Gigi, cara Gigi, muoio dal desiderio di baciarti. Non rifiutarmi, ti prego.»

Gigi lo fissò Non la stava attirando a sé; semplicemente la sfiorava con le sue mani grandi e sicure lasciando a lei la decisione. Come se Gigi potesse resistere all'idea di un bacio, un solo bacio, da parte di un uomo che era stato il suo eroe fin dal giorno in cui l'aveva conosciuto; come se non sentisse il bisogno del conforto delle sue braccia, dopo tutte le delusioni ricevute e dopo che da mesi si sentiva completamente defraudata e priva d'amore. Si sporse in avanti, un movimento quasi impercettibile, ma a Spider non servivano altri segnali per stringerla a sé e cercarle la bocca.

Già a quel primo tocco, Gigi si sentì stordita dalla intensità del proprio desiderio. Spider la baciò, dapprima incerto e poi, quando anche lei rispose, sempre più appassionatamente, e Gigi si sentì girare la testa. Si abbandonò fra le sue braccia: la bocca di Spider era il centro del mondo, la sua bocca impetuosa e avida, i sospiri di piacere, l'impazienza, le braccia che tremavano mentre la stringeva come se non volesse più lasciarla andare. Baciarsi, baciarsi così per sempre! Lui aveva un buon sapore, un buon odore, e lei non voleva niente di più dalla vita, pensò Gigi mezzo frastornata e sballottata su quel mare di baci che le risanavano l'anima, mentre con le braccia cingeva il collo di Spider come se la stesse salvando da un naufragio. Mi sta trascinando via, pensò, e cercò di abbandonarsi a lui nonostante la ridda di immagini confuse e inquietanti che rifiutavano di uscirle dalla mente.

All'improvviso si sentì sfiorare il seno dalla mano di Spider. Trattenne il respiro. La sorpresa l'aveva strappata al suo stato di trance. Per la prima volta da quando lui aveva cominciato a baciarla, si mosse e cercò di risollevarsi a sedere.

«No, no, piccola, non avere paura» disse Spider a voce bassa. «Non avere paura. Ho detto che non ti farei mai del male.»

«Spider... Lasciami!»

«Ma... Ma Gigi, tesoro, perché?»

«Non è giusto!»

Il suo tono era così deciso, che Spider si staccò da lei. Rimasero seduti l'uno di fianco all'altra sul divano. La trattenne per le braccia.

«Gigi, perché non è giusto? Non mi vuoi?»

«Certo... chi non ti vorrebbe?» disse lei, semplicemente. «Ma non è giusto, e non chiedermi come lo so, non chiedermi di spiegarlo, di trovare una buona ragione. Devi solo credermi.»

«Be'» commentò lui con voce tremante. «Mi chiedi molto.»

«Lo so.»

«Non ho scelta, vero?» Il tono di Spider era diventato improvvisamente malinconico.

«Grazie.»

«... "Grazie, Spider!" Devi promettermi che resteremo sempre ottimi amici, dopo che ti ho lasciata scappare così facilmente.» Non seppe trattenersi dal sorridere: l'espressione di Gigi era talmente ansiosa, implorante, quasi colpevole e tuttavia piena di sfida.

«Per me non è stato tanto facile.»

«Adesso tocca a me dire "Lo so". Credo sia comunque una soddisfazione. Meglio di niente, giusto? Buonanotte, piccola. Non dimenticare di timbrare il cartellino, domattina. E grazie per la cena. Era eccezionale. Una cena con Gigi, incantevole e pericolosa più di tutte le montagne su cui ho sciato in vita mia.»

20

«Ha una strana luce negli occhi» confidò sottovoce Sasha a Billy mentre Joe Jones, il nuovo capo dell'ufficio marketing di Scruples 2, entrava nella stanza di Billy dove si erano riuniti tutti coloro che lavoravano al catalogo, incluse le quattro nuove assistenti di Sasha che formavano un gruppetto femminile giovane e di indubbia ambizione ed eleganza.

Ce l'avresti anche tu, pensò Billy, se avessi ottenuto un contratto come quello di Joe. Per assicurarsi uno dei maghi del marketing di L.L. Bean aveva dovuto quadruplicargli lo stipendio. Per essere un uomo che lavorava con tanto impegno, Joe Jones era molto attaccato al proprio tempo libero. Lo aveva ascoltato con tutta la pazienza di cui era capace mentre le descriveva la magia delle foglie che cambiavano colore in autunno, il piacere di camminare d'inverno sulla neve fresca, il fascino del lento risveglio dei boschi in primavera e le delizie di navigare d'estate partendo da Camden Harbor... tutte gioie cui avrebbe dovuto rinunciare per trasferirsi in California. Quando Billy aveva accettato di quadruplicargli lo stipendio, aveva anche dovuto impegnarsi a pagare il trasloco a Los Angeles per lui e la moglie, l'affitto di una casa per un anno e a firmare un contratto per cinque anni, con la clausola che Joe Jones sarebbe stato pagato anche qualora l'azienda avesse chiuso. In confronto, John Prince si era mostrato smanioso di lavorare per lei; ma più Joe le aveva reso difficili le cose, e più Billy aveva provato rispetto per lui: in fondo abbandonava il migliore dei posti nella migliore delle società di vendite per corrispondenza, e lo ammirava perché aveva saputo battersi per ottenere le migliori condizioni possibili. Era proprio il tipo d'uomo di cui aveva bisogno.

Oltre a Joe era riuscita ad assumere anche il fratello Hank, che le sarebbe costato quasi altrettanto e avrebbe diretto le cosiddette "operazioni". La sola parola faceva rabbrividire Billy. Non voleva saperne nulla: le "operazioni" costituivano l'impianto fondamentale della vendita per corrispondenza. Si sarebbe occupato anche delle "restituzioni", altro concetto temibile per l'intera azienda. Doveva solo attendere che Scruples 2 decollasse, si disse ora, dopodiché avrebbe scoperto personalmente cosa comportavano le operazioni. Prima no: prima ci avrebbe pensato Hank, ed era per questo che lo pagava.

«Tutti voi conoscete Joe» disse Billy, quando i presenti furono seduti. «Dunque, lascio la parola a lui.»

«Grazie, Billy» disse Joe. Le guance rosee, la faccia tonda, gli occhiali e i capelli bianchi gli davano un'aria innocente e rassicurante, come quella di un gestore di un emporio all'antica. «Probabilmente sapete tutti che il novantanove per cento delle nuove ditte di vendita per corrispondenza su catalogo chiudono entro otto mesi dalla nascita» esordì. «E questa è la brutta notizia. La buona notizia è che, se si ha successo, si può sperare di andare in pareggio entro due o tre anni, magari un po' meno. Quindi stiamo parlando di un'azienda a uso intensivo di capitale, e so che in questo caso i fondi a disposizione sono sufficienti per tirare avanti fino al pareggio. Il mio compito è in sostanza procurarvi clienti, in modo che possiate raggiungere quel punto e superarlo. Superarlo di molto.» Gli occhi gli brillavano mentre si guardava intorno.

«Diffusione» annunciò. «Ecco la parola chiave. Se il vostro catalogo non arriva alle persone giuste, non ha nessuna importanza che la vostra merce sia ottima. So quali sono i target, le categorie ideali, e so come reperire gli elenchi dei nominativi. So come acquistarli. So come usarli e cosa devo cercarvi, e so quante volte è necessario martellare la potenziale clientela prima di riuscire ad allacciare un legame. Ripetizione, ripetizione, ripetizione! Dobbiamo bersagliare i clienti con cinque o sei spedizioni del catalogo autunno-inverno, e altrettante di quello primavera-estate. Più il numero di Natale, naturalmente. Ogni catalogo avrà una copertina diversa, ognuno conterrà una percentuale di merce nuova; elimineremo progressivamente ciò che non va, ma in sostanza ripeteremo i capi che si vendono di più, in abbinamenti diversi, fotografati in modo diverso. Ripetizione, dunque: non se ne può fare a meno.»

Sasha annuì. Joe Jones era sintonizzato sulla sua lunghezza d'onda.

«Ora, il costo per voi sta in due voci. Numero uno, la scorta a inventario. È il pilastro delle vendite per corrispondenza. Non si può spedire un catalogo senza avere fisicamente a disposizione in magazzino la merce offerta. E l'inventario è basato sull'intuizione. Si puòsbagliare in due modi» disse Joe Jones in tono benevolo, guardando le facce preoccupate che lo circondavano. «Sbagliate le previsioni, e vi ritrovate sul gobbo merce in eccesso. È questo che rovina quasi tutti. Se invece sbagliate nel senso opposto, avete a disposizione poca merce e non potete soddisfare gli ordini. Se lo fate per due volte, perdete un cliente» disse con la disinvoltura di un mago che estrae una fila di conigli da un cappello a cilindro. «In entrambi i casi, comunque, non potete sperare di riuscire a fare previsioni esatte senza prima aver accumulato un paio d'anni d'esperienza, e anche così resterà sempre una specie di gioco d'azzardo.»

Dovrei ringraziarlo per non avermelo detto prima? si chiese Billy, che non osava guardare in faccia nessuno.

«Scusami, Joe» intervenne Gigi, «ma perché hai quell'aria così contenta?»

«A me giocare d'azzardo piace, piccola, soprattutto a poker. Altrimenti, come potrei divertirmi?»

«Allora facciamo un pokerino sabato sera a casa mia?» propose Gigi.

«D'accordo, piccola. Ma ti do un avvertimento, e non lo ripeterò: mia moglie è considerata un'ottima giocatrice. Dalle mie parti, i lunghi inverni fanno sempre emergere talenti nascosti. Ora, l'altro costo, in questa attività, consiste nella produzione materiale del catalogo. La carta, la stampa, le fotografie, la spedizione... sono spese che possono uccidere. Spider si preoccuperà della cosa insieme a me. Giusto, Spider?»

«Giusto, Joe» confermò Spider. Billy decise di lanciargli un'occhiata per vedere come poteva riuscire a sopravvivere a Joe Jones adottando con lui modi così diretti. Spider era seduto accanto a Gigi; Billy li vide scambiarsi un'occhiata allegra, quasi di intima complicità: forse a entrambi piaceva il gioco d'azzardo, pensò, e infatti avevano l'aria di divertirsi molto più di lei. Da quando era tornata dal viaggio a New York, nel Maine e poi di nuovo a New York per tenere d'occhio Prince e assicurarsi che producesse i modelli e trovasse le stoffe giuste, si era accorta che fra Spider e Gigi era nata un'amicizia nuova.

Era naturale, pensò, dato che lavoravano nello stesso ufficio. In mancanza di un campionario finito, Spider e Tommy Tether, il giovane e formidabile art director che aveva strappato a Ralph Lauren, facevano continui esperimenti di impaginazione prendendo spunto dalle migliori pubblicità e dalle pagine redazionali delle riviste di moda, poiché Spider aveva deciso che Scruples 2 doveva assicurare agli occhi lo stesso piacere di una rivista e distaccarsi completamente dai cataloghi tradizionali. Gigi lavorava con loro e cercava di inserire i testi nello spazio che le lasciavano a disposizione. La vicinanza favoriva il cameratismo, pensò Billy, mentre ascoltava Joe parlare di "sell ratio", concetto che le aveva già spiegato diverse volte senza riuscire a farsi capire fino in fondo.

La vicinanza. No, era impossibile, assolutamente impossibile, si disse Billy. Spider aveva cent'anni di troppo per Gigi. Gigi era una bambina... Be', quasi: aveva l'età che aveva lei all'epoca in cui aveva conosciuto Ellis Ikehorn. Che allora aveva sessant'anni. Spider ne aveva appena trentotto. E lei, Billy Ikehorn, doveva essere matta.

«Lo saprete due mesi dopo le prime spedizioni» stava concludendo Joe Jones. «La media delle risposte, in questa industria, è del due per cento. Se non la raggiungete, lasciate perdere. Se ottenete di più, allora le prospettive non hanno limiti. Quando mio fratello Hank tornerà dalla Virginia, vi ragguaglierà sul nuovo magazzino, sul sistema degli ordini telefonici, e sulle procedure di confezione e spedizione. E le restituzioni. Sono cose che Hank sa fare molto meglio di me. Qualche domanda?»

«Non capisco cosa c'entri la Virginia» protestò Sasha. «Non capisco perché dobbiamo creare il catalogo qui, disegnare le collezioni a New York, produrre in stabilimenti sparsi un po' ovunque, e tenere tutta la roba in Virginia.»

«Se devi costruire un magazzino di quarantacinquemila metri quadri, Sasha, non compri certo il terreno in California. Se vuoi poter contare su centraliniste pazienti, premurose e ben informate, in altre parole capaci di comportarsi come le migliori commesse, devi assumere persone gentili e con voci simpatiche, perciò cerchi un posto nel Sud, dove esiste una vera tradizione di pazienza e buone maniere. E dove si pagano stipendi più bassi. Non ti rivolgeresti certo alla piazza di New York, no?»

«Ricevuto» disse Sasha, ridendo. Lavorava come assistente di Billy e se n'era rimasta tranquilla a Los Angeles mentre lei volava di qua e di là con il suo jet, a mettere fretta a Prince e a strappare gli uomini chiave alla concorrenza, come una sirena armata di libretto degli assegni. Il compito di Sasha consisteva nell'occuparsi della collezione di lingerie antica insieme a Gigi e alla sua vecchia amica Mazie Goldsmith, nonché della collezione dedicata a donne con taglie molto piccole, e dei modelli per le più cicciottelle, una linea per la quale nessuno aveva ancora trovato il nome adatto. Le sue quattro assistenti erano giovani, esperte, intelligenti, ed era una fortuna che lavorassero con tanto impegno perché i preparativi per il matrimonio le portavano via diverse ore al giorno, e non poteva occuparsene di notte perché di notte c'era Josh. Avrebbe comunque dovuto stare attenta perché, in ultima analisi, se non fosse stato per lei il progetto non sarebbe mai partito. O forse era cominciato con Gigi? Be', non aveva importanza: la sua mente finiva sempre per smarrirsi, quando pensava a Josh, e anche lui, per la stessa ragione, ultimamente doveva lasciare a Strassberger e Lipkin il compito di sbrigare una buona parte del suo lavoro.

«Credo sia tutto» disse Billy quando Joe ebbe terminato di parlare. «Grazie, Joe. È stato molto istruttivo.»

«Ricordate tutti che non è così complicato come forse vi ho detto» concluse Joe, gli occhi che gli brillavano ancora. «In realtà è molto, molto peggio.»

«Billy, ma sei sempre fuori città! Mi sembra che tu non sia mai tornata veramente da Parigi» protestò Dolly Moon mentre prendevano il sole sul bordo della piscina, in una giornata di fine aprile, accanto a un'aiuola di tulipani in fiore.

«Oh, Dolly, lo so. Tua figlia cresce così in fretta... Poveretta, sono una madrina riprovevole. Ha quasi cinque anni e io non ho ancora fatto nulla per la sua educazione religiosa. Non è questa, la principale responsabilità di una madrina?»

«Oh, se la caverà: ha una nonna molto timorata di Dio. Sono io che mi sento sbandata senza di te» rispose Dolly. «Guardami, santo cielo! Dovrei essere timorata di Dio quanto mia suocera: forse allora riuscirei a mettermi a dieta. Parlami delle fiamme dell'inferno e della puzza di zolfo, ti prego, Billy» implorò. «Devo perdere undici chili nelle prossime sei settimane. Cominciamo a girare in giugno. Io e Dustin faremo il seguito del film che abbiamo interpretato insieme, e in questo momento credo di pesare il doppio di lui. Non riuscirà nemmeno ad arrivare alle mie labbra, nelle scene in cui deve baciarmi, e se mi siedo sulle sue ginocchia, lo schiaccio. Lo adoro, ma perché è così piccolino?»

«Dolly, lo sai, io non posso più aiutarti» rispose Billy in tono severo. «Devi aderire a qualche gruppo, la Weight Watchers o i Mangioni Anonimi o qualcosa del genere. Ti ho detto mille volte che ti farebbe bene conoscere altra gente a dieta, così potresti telefonare e parlare con loro quando ti vengono certi impulsi. È inutile che chiami me: io sono magra perché ormai fa parte del mio modo di vivere, quindi non mi costa sforzi particolari.»

«Ma devi pure avere qualche piccolo consiglio. Qualche trucco. Oppure ti è completamente passata la voglia di mangiare?»

«Ne ho voglia eccome, sicuro. Sono un essere umano. Prendi il cioccolato: sai che ne vado matta.»

«Sì, però non lo tocchi. A pranzo non hai assaggiato nemmeno un boccone di torta.»

«Ecco...» disse Billy, esitando.

«Allora?»

«In realtà, per il cioccolato è facile. Per fortuna, il cioccolato assomiglia alla cacca. In fondo, hanno lo stesso colore. Quindi ogni volta che vedo il cioccolato dico a me stessa che è sterco lavorato. Una fetta di sterco, un disco di sterco, un quadrato di sterco, una salsa di sterco sciolto...»

«Ho capito! Mi piace! Non mangerò più un grammo di cioccolato... ma, Billy, e gli alimenti bianchi? Puré di patate, gelato alla vaniglia, pane bianco spalmato di burro...»

«Pane e burro? Non posso crederci! Lascia perdere quello che ti ho detto, Dolly: tu sei veramente nella merda. Un gruppo è l'unica soluzione. Undici chili in sei settimane? Sono quasi due etti e mezzo al giorno.» Billy scosse la testa, sgomenta. «È meglio che ti rivolga subito a un bravo dietologo e chieda qual è il sistema più rapido e più sicuro. E smetti di mangiare quel che c'è nei piatti dei tuoi figli. Lo sai, questo fa parte del tuo guaio. Devi ripetere a te stessa che, ogni volta che lo fai, gli stai togliendo il cibo di bocca.»

«Ma so che non è vero. La cuoca prepara sempre porzioni troppo abbondanti e i miei figli non le finiscono. Sono così schizzinosi» disse Dolly in tono desolato.

«Oh, Dolly, hai comunque un aspetto meraviglioso» replicò sinceramente Billy. «Il vero guaio è che così paffutella stai benissimo, e sei così poco vanitosa che non ti senti minimamente motivata a mantenere il peso forma tra un film e l'altro.»

«Lo so» gemette Dolly. «Rifiuto cento sceneggiature per ognuna di quelle che accetto. Ma voglio avere un po' di tempo da dedicare ai bambini e a Lester.»

«Che gusto ci sarebbe a essere una delle più grandi star di Hollywood, se dovessi trascurarli? Se non fossi un'attrice con tanto lavoro non avresti questa preoccupazione. Sasha Nevsky... l'hai conosciuta, ricordi? Be', ha tre zie che sono grasse il doppio di te, lo sono sempre state e sono felici, sane e amate. Stiamo creando una linea di capi meravigliosi per loro, in Scruples 2, e in attesa di trovare il nome giusto la chiamiamo "Collezione Cicciottella".»

«Come sono? I vestiti, non le zie» chiese imbronciata Dolly.

«L'elemento fondamentale sono le cinture elastiche. Diversamente da te, molte donne grassottelle non hanno la vita sottile, quindi finiscono per acquistare capi terribilmente svasati. Con le cinture elastiche possiamo allargare molto le spalle e dare l'impressione di una vita più sottile, sfruttando i drappeggi.»

«Chiamala "Collezione Dolly Moon"» sospirò Dolly. «Mi sembra interessante.»

«E perché mai vorresti che capi ideati apposta per le donne grassottelle portassero il tuo nome?» chiese Billy in tono incredulo.

«Per tenermene alla larga! Vedi, io non voglio essere costretta a portare i tuoi Dolly Moon; vorrei indossare i divini modelli di Nolan Miller. Ecco la mia motivazione. Oh, Billy, sapevo che mi avresti aiutata. Devi chiamarli "Dolly Moon", o per me sarà inutile! Oh, Billy, grazie! Mi hai salvato la vita!»

«Forse la ragione, non certo la vita» rise Billy. «Se parli sul serio, per noi sarà un lancio sensazionale. Ma è meglio che prima domandi a Lester se per lui va bene. E parla con il tuo agente e il tuo legale. Può darsi che l'idea non gli piaccia, e non voglio approfittare di te.»

«Billy cara, nessuno, proprio nessuno approfitta di me» disse Dolly in tono accorato. «Non penserai che permetta al mio agente di decidere al posto mio nelle questioni d'affari, vero?»

«Be', in realtà lo pensavo, sì» rispose Billy. All'improvviso si rese conto che l'astuzia innata della vecchia amica era quasi sempre mimetizzata dalla stravaganza della sua presenza. Perfino lei aveva commesso l'errore di sottovalutare Dolly.

«Agli inizi della mia carriera ho giurato a me stessa che nessun uomo mai mi avrebbe detto come organizzare la mia vita. Neppure Lester» dichiarò Dolly. Gli occhi azzurri, seri e colmi di stupore, erano più grandi che mai. «Nel mio mestiere una donna deve pensare con la sua testa o diventa subito schiava di un manager, di un agente, del programma segreto dell'agenzia, di gente che potrebbe dare lezioni persino alla Cia e alla mafia... e almeno di tre diversi legali più il marito, se ce l'ha. Un branco di uomini convinti di sapere tutto. Ah! Neanche per sogno! Io mi fido delle mie capacità decisionali, Billy, esattamente come te. È stato l'Oscar che mi ha permesso di adottare questa posizione, e da allora non l'ho più abbandonata. Devo moltissimo a Vito, se rifletti un momento.»

«Non ci ho mai pensato. Ma hai ragione: prima di avere quella parte in *Specchi* nessuno ti apprezzava come meritavi. Non capivano che eri un'attrice, nonostante il petto e il didietro un po' vistosi.»

«Non parlarmene, ti prego! Per un attimo me n'ero dimenticata. D'accordo, d'accordo, domani mi metterò nelle mani di un dietologo. Anzi, di una dietologa. Va bene? Adesso sei soddisfatta?»

«Devi farlo oggi stesso» disse Billy in tono deciso. «Il burro!»

«Oggi, lo prometto. Uffa! Mi sento già più magra. Ora parlami di Gigi. Non la vedo da secoli. Come se la cava?»

«Magnificamente. Sta scrivendo i testi più originali che si siano mai visti per un catalogo e insieme a Mazie è a caccia di lingerie antica a Los Angeles e a San Francisco. E poi fa le illustrazioni. Sono incantevoli, spiritose... Be', hai visto quella che ti ha mandato per Natale, quindi lo sai. Se non la incontrassi ogni tanto in ufficio, anch'io la vedrei molto di rado.»

«Non senti la sua mancanza?»

«Certo, ma cosa ci posso fare? È troppo cresciuta per vivere con me. Immagino che sarebbe come vivere in casa con la madre.»

«È ridicolo! Se avessi la sua età approfitterei dell'occasione.»

«Per te è facile parlare così perché siamo amiche. Ma Gigi e io siamo... imparentate, in un certo senso, ecco, ma non proprio consanguinee, non siamo davvero madre e figlia» disse Billy. Da molto tempo cercava di capire cosa erano l'una per l'altra, adesso che lei non era più la sua tutrice e Gigi non era più una quasi-figlia adolescente non adottata ma accolta sotto l'ala. L'aveva sempre presentata come la propria figliastra, ma non era mai stato del tutto vero.

«Be', spero faccia buon uso della sua libertà» commentò Dolly, inarcando le sopracciglia.

«Il punto è proprio questo. Non so come interpretare la sua libertà. Mi è venuta una strana idea...»

«Cioè?»

«No, no, è impossibile.»

«Billy» disse Dolly in tono ammonitore, «non avresti dovuto parlarne, se non avevi intenzione di dirmi tutto. Sai che non ti permetterei mai di farmi un simile scherzo.»

«Oh, è troppo stupido. Ma c'è questa specie di... di cosa... fra lei e Spider.»

«Una specie di cosa? Che cosa?»

«Un atteggiamento, niente di più. Almeno, non mi risulta niente altro. È come se avessero in comune qualcosa che gli altri ignorano. Devo essere proprio squilibrata, una matta pronta per il manicomio, se sto qui a parlarne. E soprattutto non è affar mio.»

«Tu prendi la strada alta, io quella bassa» dichiarò Dolly, mentre si sporgeva incuriosita verso di lei. «Gigi e Spider? Be', non sarebbe impossibile, no? Lui è un uomo, lei è una donna, quindi una base c'è.»

«Dolly, vergognati!»

«Sono realista, ecco tutto. Lui è libero, lei è libera, lei è il suo tipo, lui è il tipo che piace a tutte le donne...»

«Come sarebbe a dire, lei è il suo tipo?»
Dolly la guardò con aria compassionevole.
«Capelli rossi, occhi verdi, ossatura minuta, aria da folletto, adorabile impertinenza: come Valentine.»
«Ma Gigi si tinge i capelli!» esclamò indignata Billy.
«Giusto, come anch'io non sono una bionda naturale, quindi come è possibile che mi mettano nel mazzo?»
«"Come Valentine"» mormorò Billy. «Non ci avevo mai pensato. Valentine era unica... così francese...»
«Era irlandese per metà come Gigi, se proprio vuoi attaccarti a certe cose. La madre di Gigi era irlandese, e lo era anche il padre di Valentine. I geni irlandesi sono molto potenti.»
«Dolly! Davvero ci vedi una somiglianza?»
«Sufficiente perché il subconscio di Spider l'abbia notata» rispose Dolly.
«Di nuovo quel maledetto subconscio. Non sono mai riuscita a capirlo» scattò Billy. «Non ha fatto altro che mettermi nei guai per tutta la vita. Nessuno sa esattamente cosa faccia e come funzioni; potrebbe essere soltanto frutto della fantasia. Andrebbe abolito!»
«Non puoi farci niente, Billy cara, mi dispiace.»
«Be', come ho detto, è una cosa che non mi riguarda.»
«Appunto» confermò Dolly. «Solo perché Gigi è per te quasi una figlia e Spider è il tuo socio in affari e il miglior amico che abbia mai avuto, e lavorate insieme da tanto tempo, da prima ancora che vi conoscessi... »
«Dolly, hai già dimostrato ciò che volevi dimostrare. Adesso piantala.»
«D'accordo.» Era disposta a piantarla, pensò Dolly, ma non aveva affatto dimostrato ciò che voleva. Non si era nemmeno avvicinata. In fatto di subconscio, Billy era anche peggio di quanto pensasse.

Chissà se suo padre la ascoltava, si chiese Gigi, o se reagiva automaticamente alle sue parole in base all'idea che si era fatto del modo in cui un uomo doveva comportarsi con la figlia. Le reazioni di Vito, durante tutta la cena, erano state intelligenti e comprensive, mentre lei gli spiegava i dettagli del suo lavoro e i progressi in atto nella preparazione del catalogo, ma non c'era stato un solo attimo in cui fosse riuscita a cogliere un guizzo di vera concentrazione o di autentico interesse nei suoi occhi. La ascoltava, concluse, ma solo con metà della mente, e non tanto da riuscire a nascondere la propria preoccupazione. E di cosa poteva essere preoccupato se non di lavoro, in altre parole di qualche questione di cinema?

Si erano già incontrati una volta per cena, negli ultimi mesi, ora che entrambi erano tornati in California; e anche in quell'occasione Vito non era stato del tutto presente. Aveva parlato con disinvoltura, pensò Gigi mentre lo osservava attentamente scrutandolo al di sopra della tazza di caffè, e aveva conservato l'autorità fisica e l'aria da comandante in capo che lei ricordava così bene dai tempi dei rari incontri della sua infanzia. Adesso, se avesse parlato d'affari, nessuno sarebbe riuscito a capire che era assorto e a disagio, concluse Gigi; ma mentre continuava a parlargli dei progetti per il matrimonio di Sasha vedeva che l'attenzione di Vito calava, ed egli abbassava la guardia abbastanza da farle intuire che le cose andavano tutt'altro che bene.

Si sentiva stranamente protettiva nei confronti del padre, pensò. Non se lo meritava, questo era certo, e non aveva motivo di provare affetto per un uomo che si era interessato pochissimo a lei; eppure «protettiva» era l'unica parola capace di descrivere i suoi sentimenti. Avrebbe voluto fare qualcosa per aiutarlo; ma quando provò a rivolgergli qualche domanda, Vito le assicurò che inserire *Fair Play* nei programmi di lavorazione di una casa cinematografica non era più complicato di quanto lo fosse stato per tutti gli altri film da lui prodotti.

Mentre lo osservava, così distaccato e remoto nonostante l'interpretazione approssimativa del ruolo paterno, Gigi fu colta dall'impulso irresistibile di parlare di Zach Nevsky all'unica persona che sicuramente non si sarebbe interessata alla cosa. Lei e Sasha evitavano di discuterne per un tacito accordo, e Billy non sapeva nulla di lui. Ma parlarne con Vito, adesso, sarebbe stato come parlare a un muro.

«A New York ho conosciuto gente di teatro» buttò lì durante una pausa.

«Qualcuno che conosco?»

«Nick De Salvo.»

«È un attore di cinema, non di teatro. Da quello che posso giudicare, farà molta strada» rispose Vito.

«Era a New York perché recitava l'*Amleto* in un teatro Off Broadway, sotto la regia del fratello di Sasha, Zach Nevsky.» Nel momento esatto in cui pronunciò il nome di Zach, Gigi ebbe la sensazione di avventurarsi in una zona vietata, un luogo pericoloso dove avrebbe potuto incontrare soltanto dispiaceri. Tuttavia pronunciare il suo nome le dava anche la terribile dolcezza della resa, un piacere che non riusciva a negarsi nonostante ciò che Zach le aveva fatto.

«Ho letto le critiche. Se ne è parlato molto per un'iniziativa Off Broadway, in pratica senza fini di lucro. Credo che la partecipazione di Nick De Salvo possa spiegare il successo» commentò Vito. «Come hai fatto a perderti dietro a quegli ingenui idealisti? Tramite Sasha?»

«Sì. Pensi davvero che siano soltanto ingenui idealisti? Un regista come Zach non ha futuro? Tutte le recensioni lo elogiavano, lo definivano straordinario, parlavano della sua visione e della sua audacia.» Gigi si sforzò di mantenere un tono imparziale, ma il cuore le batteva forte. «Secondo i giudizi unanimi, Zach è il più interessante e innovativo fra i nuovi registi teatrali. Almeno hanno detto così: io non ci capisco molto.»

«Senti, Gigi, Zach Nevsky può anche essere tutto ciò che dicono, ma a cosa gli servirà? Off Broadway? Avanti, prova a riflettere. Sono iniziative che non hanno speranze dal punto di vista finanziario, e ne hanno sempre meno ogni anno che passa. A meno che non si metta a fare film, non conquisterà mai un pubblico abbastanza vasto per lasciare il segno.»

«Ma Zach non potrebbe diventare un nuovo Joseph Papp? So che Sasha lo spera, vorrebbe tanto che un giorno Zach Nevsky diventasse importante per il teatro quanto lo è stato Papp.»

«Di Papp ce n'è uno solo» sentenziò Vito. «E De Salvo? Lo conosci bene?»

«No, ma è stato molto carino e simpatico. L'ho conosciuto quando mi sono rotta la gamba. È un vecchio amico di Zach.»

«Se è davvero suo amico, dovrebbe dirgli di lasciare Off Broadway, venire qui e imparare la differenza fra un macchinista e un capo elettricista» commentò Vito in tono indifferente. Non aveva affatto notato il languido sospiro di Gigi.

Arvey lo teneva in sospeso da prima di Natale, pensò Vito mentre parlava con Gigi; ormai era aprile, erano passati quattro mesi ma ancora non si avvicinavano a un accordo. D'altro canto, le trattative non si erano nemmeno interrotte. Se un'altra casa cinematografica avesse mostrato interesse per il progetto, avrebbe immediatamente ritirato la proposta fatta ad Arvey: il fatto è che tutti avevano rifiutato *Fair Play*.

Vito si era incontrato con i dirigenti di tutti gli studios, e ognuno gli aveva assicurato di avere personalmente letto i giudizi su *Fair Play* espressi dai lettori interni. L'idea di poter leggere l'originale, invece, era così remota da non essere mai passata per la mente né a loro, né a Vito. Le opinioni dei lettori si concretizzavano in un breve riassunto della trama, in diverse pagine di analisi dettagliata della vicenda, in uno studio dei personaggi e in una raccomandazione finale.

Tutte le raccomandazioni erano variazioni sullo stesso tema: il libro era un capolavoro, una cosa deliziosa, una gioia, e il suo successo era comprensibile. Ma un film? Un film commerciale? No. Troppi elementi negativi. Non era consigliabile. Non c'era nulla, assolutamente nulla che potesse attirare il pubblico dei giovani, ed era proprio quello che teneva in piedi l'industria del cinema. In quanto agli adulti, era un altro no: un no più sfumato, ma altrettanto definitivo. Il rischio era troppo grande. Non era un cavallo sicuro. I due protagonisti erano troppo inglesi, troppo inseriti nella struttura classista britannica; da una parte non si prestavano a interpretazioni scherzose, dall'altra non erano abbastanza agguerriti e feroci come quelli di *Domenica, maledetta domenica*. No, purtroppo no.

Solo Curt Arvey non aveva respinto la proposta. Solo Curt Arvey riusciva a intravedere le potenzialità del progetto, ma voleva che Vito realizzasse il film con un budget mostruosamente basso: solo sette milioni di dollari. «Hai fatto *Specchi* con due milioni e due, Vito: sette milioni sono più di tre volte tanto» sosteneva ostinato, per nulla disposto a riconoscere che i costi dei film erano saliti enormemente negli ultimi quattro anni. E non teneva conto del fatto che con *Specchi*, Vito aveva realizzato un miracolo unico assicurandosi la collaborazione a prezzi stracciati di un grande sceneggiatore, di un regista superbo e di un operatore leggendario, puntando sui favori che quelli gli dovevano da tempo e rinunciando a una parte degli utili. E, soprattutto, nel film che aveva vinto l'Oscar non si era servito di alcuna star. Perché *Fair Play* funzionasse, invece, ne occorrevano almeno due. Non era possibile cavarsela con attori sconosciuti: undici milioni di dollari era il budget minimo. E senza margini di errore. Anche così, per il 1982 sarebbe stato una produzione a basso costo.

Non aveva ancora giocato la sua ultima carta, pensava Vito: non aveva chiesto aiuto a Susan. Erano rimasti prigionieri di una passione complicata e travolgente, assai più di quanto avessero immaginato all'inizio, una passione che trascendeva la comprensione di Vito. Lui e Susan si equivalevano; ogni volta che si incontravano, lei si batteva, lo costringeva a un pareggio e lo lasciava più affascinato e asservito che mai. Eppure non aveva mai rifiutato nessuna delle sue richieste, non aveva mai detto "basta". Il loro desiderio reciproco era infinito. Più stavano insieme, più si volevano. Ma il loro legame si era trasformato in qualcosa di più di una semplice relazione basata sul sesso. Ora coinvolgeva Vito nel profondo del suo essere, nella sua stessa identità. Di una sola cosa era sicuro: se avesse chiesto aiuto a Susan, indipendentemente dal fatto che lei glielo accordasse, la loro avventura spietata, miracolosa, irrinunciabile sarebbe finita, e lui si sarebbe considerato per sempre uno sconfitto. Era con le spalle al muro, viveva di crediti e grazie a un prestito di Fifi Hill.

«Gigi» disse in tono affaticato, «c'è una cosa che potresti fare per me. Prima mi hai chiesto come va *Fair Play*. Non avrei voluto dirti qual è il problema, ma in realtà Curt Arvey si mostra irragionevole e testardo sul preventivo. C'è una differenza di quattro milioni appena, ma è come se fossero quaranta. Susan Arvey possiede un certo numero di azioni della casa cinematografica di famiglia: non soltanto è sua moglie, ma dispone di un vero potere. Si dà il caso che Billy sia probabilmente l'unica donna in questa città ad avere influenza su di lei. So che tra te e Billy c'è molto affetto.. Se... se Billy potesse mettere una parola buona con Susan, se le dicesse che ha un'ottima opinione del progetto, forse la cosa si metterebbe finalmente in moto.»

«Posso provarci» mormorò Gigi. «Nel peggiore dei casi, mi dirà di no.»

«So che non ho il diritto di chiedertelo...»

«Non dire così» protestò Gigi. «Non è poi questa gran cosa. Sono contenta che tu me l'abbia chiesto, anzi. So che Billy ha letto il libro e che le è piaciuto. Domenica andrò a pranzo da lei. Gliene parlerò. Non so... ecco, non ho idea se... voglio dire, non so cosa sarà disposta a fare per te.»

«Grazie, Gigi» disse lui con un sorriso. «Ti sono molto grato.»

Non si tratta di quello che Billy è disposta a fare per me, pensò Vito, ma di quello che è disposta a fare per te.

«Ricordi la prima volta che abbiamo mangiato qui, quattro anni fa?» chiese Billy a Gigi, mentre sedevano a tavola sulla terrazza. «Non dimenticherò mai quanto ti meravigliasti nel vedere che c'era gente che viveva in questo modo.»

«Poi mi abituai» osservò pensosa Gigi. Rammentava molto bene le prime impressioni di quel giorno, ma non riusciva a immedesimarsi nell'immagine ormai indistinta e quasi irriconoscibile della ragazza che aveva vissuto quei momenti. «Eppure ogni volta che torno provo lo stesso stupore. I giardini sono meravigliosi, con tutte le rose che cominciano a sbocciare.»

«Lo so. È frustrante vederli soltanto la mattina quando vado in ufficio. Ho preso l'abitudine di alzarmi un'ora prima per avere il tempo di visitarli e godermeli veramente. Quando torno a casa, la sera, è già troppo buio. Mi sto perdendo la primavera, ma è colpa mia. Ho dato ascolto a Spider Elliott. Avrei dovuto ricordare che è capace di convincermi a fare qualunque cosa.»

«Billy, non sarai pentita di avere accettato di realizzare il catalogo? Non hai cambiato idea?» chiese Gigi. «Ormai non possiamo più tornare indietro.»

«No, non sono pentita. Ma non immaginavo che sarebbe stata un'impresa così coinvolgente ed eccitante e... quasi spaventosa. Un negozio, o anche una catena di negozi, era un territorio limitato e sostanzialmente conosciuto su cui mi sentivo sicura di potercela fare. Ma ora è diverso.» Billy scosse malinconicamente la testa. Era troppo magra, pensò Gigi, tesa e nervosa, anche se si sforzava di apparire rilassata nei pantaloni di lino bianco e nel maglione dolcevita dello stesso colore, dal quale la testa bruna e riccia spuntava sul collo flessuoso nell'atteggiamento disinvolto e regale che Billy presentava sempre al mondo esterno.

«Un catalogo raggiunge il pubblico in un modo molto diverso da un negozio» continuò. «Reca l'impronta dei suoi creatori, e porta in prima linea il loro gusto. Stanotte mi sono svegliata alle tre. Avevo avuto un incubo: l'iniziativa finiva in un fiasco e io diventavo lo zimbello di tutti. Lo zimbello di tutti! È una possibilità che mi ha sempre ossessionata. Naturalmente non ce l'ho fatta a riaddormentarmi, e quindi ho letto fino a stamattina.»

«Io mi sono svegliata tutta coperta di sudori freddi» disse Gigi. «E mi sono chiesta se qualcuno sarà mai disposto a comprare capi di biancheria antica solo grazie ai miei testi e ai disegni. Come posso sapere se le illustrazioni funzioneranno, quando il resto del catalogo è pieno di splendide fotografie?»

«E così anche tu sei rimasta sveglia tutta la notte?»

«Mi ripeto che, se dovesse andare male, potrò sempre tornare a dedicarmi alla cucina» ammise Gigi. «Mi sforzo di ricordare le ricette francesi più complicate e quando arrivo al quinto o al sesto ingrediente mi addormento come un ghiro.»

«Chissà se anche Spider soffre di attacchi d'ansia "da catalogo" nel cuore della notte?» chiese Billy.

«Non lo so. Non ne hai mai parlato.»

«Allora secondo me non ne soffre. È tipico. "Chi, io? Dovrei preoccuparmi?"»

«Forse è agitato come noi ma non vuole ammetterlo. Dopotutto non sono io, quella che conosce meglio Spider.»

«Per la verità, Gigi, credo invece che sia proprio tu» obiettò Billy, il tono perfettamente bilanciato fra uno scherzo e un'ipotesi priva di importanza.

«Perché dici così?» chiese Gigi, colpita dalle strane parole di Billy. Si spostò sulla sedia per guardarla meglio, e i capelli ondeggiarono scostandosi dal viso, mentre le sopracciglia si inarcavano per lo stupore fino a scomparire sotto la frangetta. I lineamenti incastonati nell'ovale perfetto del suo viso, dal nasino diritto al carnoso labbro superiore, parvero sottolineare l'espressione interrogativa degli occhi verdi.

«Oh, Gigi.» Billy scrollò le spalle con indifferenza, spostò la saliera e il macinapepe sulla tovaglia di lino giallo, come ispirata dal bisogno impellente di cercare una simmetria perfetta.

«"Oh, Gigi" che cosa?» insisté Gigi. «Billy, cosa ti fa pensare che io conosca tanto bene Spider?»

«Be', lavori a stretto contatto con lui, i testi e l'impaginazione sono indissolubilmente legati» rispose Billy, facendo subito marcia indietro. «Se Spider avesse qualche dubbio, te lo confiderebbe.»

«Ma perché proprio a me? Tu e lui siete i finanziatori di Scruples 2, mentre io non sono altro che una dipendente, se non si contano le percentuali per la lingerie antica. Non ho niente da perdere e tutto da guadagnare. Voi due invece avete lavorato insieme per anni, quindi è logico che parlerebbe con te.»

Per una frazione di secondo Billy esitò. «Be', capisco ciò che vuoi dire... ma non ne sono sicura lo stesso.»

«Non capisco» dichiarò brusca Gigi, colpita da quell'insistenza.

«Niente d'importante.»

«Per me sì.»

«Gigi, davvero, mi dispiace di averne parlato.»

«Be', l'hai fatto. E non posso far finta di nulla» dichiarò Gigi in tono di sfida.

«Ma non è niente» ripeté Billy con aria disinvolta e sorridente. Tuttavia, non poteva continuare a eludere il pensiero che da settimane ormai la assillava. «Proprio niente. Ho semplicemente notato che fra te e Spider c'è una specie di... di amicizia, d'intesa o di rapporto, quel che è... e non è esattamente invisibile. C'è un'intimità particolare, un legame, qualcosa di... di nuovo e... Ecco, chissà, potrebbe essere qualcosa che... Oh, lo sai: qualcosa di significativo.» Billy si interruppe: si era accorta che la leggerezza forzata era svanita dalla sua voce. Per non guardare in faccia Gigi, lanciò un sorriso poco convincente al macinapepe.

Gigi si assestò sulla sedia e addentò un biscotto. Era calato un silenzio impacciato, ma nessuna delle due intendeva spezzarlo per prima.

«Non mi ero accorta che si notasse» disse finalmente Gigi. «C'è qualcosa di nuovo, sì, ma non è significativo, a meno che tu non definisca tale anche una semplice amicizia.»

«Per me una semplice amicizia è significativa. È troppo rara, a questo mondo, per non esserlo. Ma fra un uomo e una donna... Oh, lascia perdere un uomo e una donna, Gigi: fra te e Spider non credo che un'amicizia possa essere "semplice".»

«Perché no?» ribatté Gigi. Poi si alzò di scatto e si avvicinò alla balaustrata di pietra che separava la terrazza da un'aiuola di rose gialle. Alzò lo sguardo verso gli alberi lontani, senza in realtà vederli, e attese la risposta di Billy. Non ricevendola, decise infine di tornare al tavolo; aveva le guance arrossate, e Billy la fissò con un'espressione interrogativa che rifiutava di accettare quella mitezza forzata.

«Una sera abbiamo cenato insieme, mentre eri a New York, subito dopo che avevo finito il testo della presentazione» confessò Gigi, fermandosi di fronte a Billy e cercando di assumere un tono pratico e sbrigativo. «Una semplice cena per festeggiare la mia idea. Poi abbiamo parlato e... e Spider mi ha baciata, per qualche minuto. Ma ci siamo fermati lì. Non è successo altro, eppure è bastato a dissolvere una barriera fra noi, probabilmente ha colmato il gap generazionale che ci divideva, e abbiamo deciso che da quel momento saremmo stati veri amici. Qualunque cosa tu abbia notato, si riduce a una semplice amicizia.»

«Tu e Spider continuate a cenare insieme?» chiese Billy, impassibile. Inorridiva al pensiero che le sue parole suonassero così indiscrete. Ma Gigi rispose senza difficoltà.

«Certo. Ogni tanto, quando finiamo molto tardi in ufficio; di solito con Tommy, a volte da soli. Spider non ha più cercato di baciarmi e non lo farà mai.»

«Come fai a esserne sicura? Mai è una parola grossa. È un'eternità.»

«Perché gli ho detto che era una cosa assolutamente sbagliata!»

«Bene» concluse Billy con fare deciso, e si alzò. «Allora è tutto risolto. Vogliamo fare un giro nella serra delle orchidee? Le mie Jill St. John cominciano adesso a fiorire.»

«Billy, torna qui. E parliamo» la pregò Gigi. «Voglio che tu sappia perché era sbagliato.»

«Non mi riguarda, non sei obbligata a spiegarmi niente» disse Billy in tono addirittura gelido. Ma poi tornò indietro e si lasciò cadere sulla sedia. Anche Gigi sedette, le prese la mano e la strinse.

«Oh, Billy, ho tanto bisogno di confidarmi con qualcuno. Non ho più un'anima al mondo con cui discutere di certe cose, eccetto te... e ne sento la mancanza. Quando arrivai qui ero uno straccetto e tu mi accogliesti e cambiasti la mia vita, non c'era nulla che non riuscissi a dirti, nulla che non potessi esporti. Ma dopo l'incendio di Scruples, quando partisti per l'Europa... ecco, da allora non siamo più state insieme nello stesso posto abbastanza a lungo per poter parlare. Questa è la prima volta da non so quanto tempo.» Gigi chinò la testa per nascondere l'emozione e le lacrime che le erano salite agli occhi, e Billy le accarezzò i capelli lucidi e le mormorò parole d'incoraggiamento come se Gigi avesse ancora sedici anni e fosse avvolta negli asciugamani come la prima sera.

«Puoi parlarmi di qualunque cosa, cara, lo sai» le sussurrò. «Pensavo che Sasha avesse preso il mio posto. È normale, appartenete alla stessa generazione.»

«Nessuno potrà mai, mai prendere il tuo posto, Billy. Non capisci? E non potevo parlare di Spider a Sasha. L'avrebbe giudicata una cosa divertente, o non mi avrebbe nemmeno ascoltata... vive in un'altra dimensione. Adesso, per lei, Josh è la sola cosa che conta.»

«Io ti ascolto. Per me sei importante.»

«Quando Spider mi ha baciata di sorpresa, dopo il primo shock c'è stato un momento in cui mi è parso che tutto andasse bene ma poi... oh, Billy, c'è un solo modo in cui posso descriverlo: era come se la stanza fosse *piena di gente*. Non eravamo soli. Spider non era presente del tutto, non era me che voleva, e questo l'ho compreso quasi subito. Non sapevo cosa stesse pensando, ma sapevo che solo una combinazione di circostanze lo aveva spinto a baciarmi: una buona cena, il vino, il fuoco nel camino, tutte cose che portano a un bacio. Ma non l'aveva premeditato. Per esempio, se tu fossi stata a Los Angeles anziché a New York, non sarebbe mai successo, perché avremmo cenato tutti e tre insieme. Anzi, la prima cosa che Spider aveva pensato quando gli avevo letto la presentazione era stata di telefonarti per comunicarla anche a te, ma a New York era troppo tardi. Sto cercando di dire che non c'è niente di inevitabile fra noi, non c'è mai stato, mentre per me un bacio dovrebbe esserlo e non dovrebbe dipendere solo dal posto e dal momento. Non deve essere solo una possibilità, un'idea divertente o interessante.»

«Come mai sei così seria?» chiese meravigliata Billy. «Ai miei tempi, pochi baci non erano considerati tanto importanti da dover essere "inevitabili", santo cielo.»

«Pochi baci con Spider... non sono pochi» mormorò Gigi. «Sono tanti.»

«Ci scommetto» commentò Billy. «Ma tu hai parlato di una stanza piena di gente. Questo non lo capisco, a meno che non ti riferisca a Valentine.»

«No... no.» Gigi rifletté a lungo. «Non credo mi stesse confondendo con Valentine. Mi sentivo così sola, quella sera, così depressa, che avevo bisogno di un contatto umano, credo. Ma in quella stanza piena di gente, Valentine non c'era. Penso che Spider abbia molto sofferto e che la adorerà per sempre nella memoria, ma adesso sta vivendo un'altra parte della sua vita. Volevo dire... ecco, gli altri erano soprattutto le decine di ragazze, le modelle di cui mi aveva parlato, le donne affascinanti con cui aveva avuto avventure prima di Valentine, e poi, soprattutto, per me la cosa più importante era qualcun altro: qualcuno che ho conosciuto a New York. Non ha funzionato, per dirla in modo diplomatico, ma non riesco a superare il senso di perdita. So che devo riuscirci, mi dico che è solo questione di tempo, ma mentre Spider mi baciava non riuscivo a smettere di pensare a... a quell'altro. Ecco perché ho capito che era sbagliato.»

«Zach Nevsky» disse Billy in tono di dolce fermezza.

Gigi la guardò a bocca aperta e arrossì. «Te l'ha detto Sasha! Be', lei non ne sa niente! Non lo sa nessuno!»

«Sasha mi ha detto soltanto che era sconcertata dai tuoi rapporti con Zach. Ricordi quando abbiamo guardato i suoi cataloghi, prima di Natale? È stata l'unica volta che lo ha nominato, perché le sembrava strano che in tutta la settimana non avesse telefonato per sapere come andava la tua gamba.»

«Allora dove hai preso quest'idea pazzesca?» chiese bruscamente Gigi.

«Me l'ha detto Zach.»

«Cosa?» Gigi era completamente frastornata. «Perché sorridi in quel modo?» gridò a Billy in tono d'accusa. «Non c'è proprio nessuna ragione di sorridere. Zach ha parlato con te? Non ci credo. Ma qualunque cosa ti abbia detto, è una bugia!»

«Oh, Gigi, tu e Zach siete così scombinati da fare pena. Mi dispiace, non dovevo ridere.» Billy si morse le labbra.

«Se non la smetti di comportarti come se fosse uno scherzo, io... io...»

«Sta' zitta e ascoltami. Zach è venuto a trovarmi pochi giorni dopo il tuo incidente. Ha pensato che io fossi quanto di più simile avevi a una madre, e voleva chiarire le cose.»

«Oh, sicuro, voleva inventare qualche scusa» gridò Gigi. «Come si è permesso quel porco volgare, ipocrita e mascalzone, quel burattino che pensa soltanto a se stesso, come ha potuto avere la faccia tosta di cercare di mentire anche a te?»

«Perché ti ama. Ti ama, Gigi! Non scattare come una vipera. Zach ti ama, ne sono convinta, e so esattamente cos'è successo quando l'hai trovato con la bionda. Vuoi stare zitta e ascoltare tutta la storia, e senza interrompermi prima che abbia finito?»

«Un mucchio di bugie! Zach è capace di raggirare chiunque, ma non posso credere che tu non abbia capito che mentiva!» Gigi balbettava per l'indignazione.

«Vuoi ascoltarmi o no?» Qualcosa, nella combinazione fra gli occhi ridenti di Bily e il suo atteggiamento tenace e inflessibile, indusse finalmente Gigi a sprofondare in un silenzio rancoroso.

«Okay» mormorò. E rimase ad ascoltare mentre Billy riferiva tutto ciò che era stato detto dal momento in cui Zach le si era avvicinato nell'atrio dell'albergo.

«Non capisci che non è stata colpa sua?» chiese Billy quando ebbe terminato il racconto.

«Non so se è andata esattamente così, ma... sì, ammetto che non è impossibile... credo» disse Gigi quasi a se stessa, mentre continuava a riflettere. «L'unica cosa di cui sono sicura è che Pandora sarebbe capace di tutto. Quella ragazza... L'idea non mi piace, ma immagino che se lui si è svegliato con lei in quella posizione, probabilmente non poteva smettere. E su, sulla montagna, Zach mi aveva detto che mi amava, e io gli avevo creduto...» Parlava con riluttanza, ma il suo viso si schiudeva come un fiore al sole dopo un acquazzone. «Perché non me l'ha detto prima?»

«Tu lo avresti ascoltato?»

«Non l'avrei neppure lasciato entrare.»

«E io non ho mai avuto occasione di dirtelo a mia volta, altrimenti ne avrei approfittato» disse Billy. «Non è quel genere di cosa che si può buttare lì in una normale conversazione, e comunque pensavo che lo avessi dimenticato e ti fossi consolata con Spider.»

«Non ho mai smesso di pensare a Zach, quel povero idiota.» Gigi si interruppe, sopraffatta da un senso di ilarità. «"Introduzione"? Ha detto davvero che l'introduzione era già avvenuta? Pensi che se la sia inventata, quella parola?»

«Ho guardato sul dizionario» disse Billy. «Ha davvero anche il senso di penetrazione.»

«Non avrei mai immaginato che Zach conoscesse un modo così... elegante per descriverlo.» Gigi si piegò in due, incapace di trattenere le risate. «Comunque» disse, asciugandosi il viso con il tovagliolo quando si fu ripresa, «Spider è troppo vecchio per me. Santo cielo, è vecchio come...» Si interruppe di nuovo, confusa.

«È vecchio come me» disse Billy, completando con calma la frase.

«Non voglio dire che sei vecchia, lo sai, ma hai quasi l'età di Spider, hai l'età che avrebbe mia madre, anche se dimostri ventisette anni, e Spider avrebbe potuto essere mio padre, più o meno, se avesse cominciato presto. Non è un caso come quello di Sasha e Josh. Sì, in teoria Josh potrebbe essere il padre di Sasha, ma lei non potrebbe assolutamente essere sua figlia, se capisci cosa intendo.»

«Ti sei spiegata benissimo.»

«Oh!» esclamò Gigi. «A proposito di padri! Me ne ero quasi dimenticata. L'altra sera ho cenato con Vito, e mi ha detto di chiederti di mettere una parola buona con Susan Arvey per *Fair Play*. Dovresti dirle che è un film da fare, e usare l'influenza che hai su di lei.»

«Non riesco a credere all'insensibilità e alla faccia tosta di quell'uomo» rispose seccamente Billy.

«Anche a me è sembrato strano che venisse a chiedere un favore proprio a te, visto che sei l'ultima persona... Ma sembra che gli Arvey lo abbiano messo con le spalle al muro. Non aveva mai confessato che qualcosa andasse male, mi ha detto perfino che c'è una differenza di soli quattro milioni di dollari che blocca la conclusione dell'accordo, ma è come se fossero quaranta. È stata la prima volta che mi ha parlato di denaro: a lui piace comportarsi come se piovesse sempre dal cielo. Non l'avevo mai visto tanto preoccupato. Gli ho promesso che ti avrei riferito la richiesta, ma non ho potuto dirgli che secondo me l'avresti accolta. Date le circostanze.»

«Ci penserò» rispose laconica Billy. «E adesso cosa intendi fare con Zach? Gli scrivi o gli telefoni?»

«Oh, no!» protestò Gigi. «Neanche per sogno. Lui verrà qui il mese prossimo per il matrimonio. Quando lo vedrò, capirò come stanno le cose. E se avesse trovato un'altra?»

«Vuoi scommettere?» disse Billy. «Ti faccio una proposta interessante: se ha trovato un'altra, ti darò un milione di dollari. In contanti. Se non l'ha trovata, tu mi dovrai un dollaro. Non ti capiterà mai una scommessa più conveniente.»

«Sarebbe un bel premio di consolazione... Ma io scommetto solo sulle carte, i dadi e i cavalli. Gli uomini sono troppo infidi.» Gigi guardò l'orologio. «Mio Dio, Billy, è stato il pranzo più lungo della storia. Ho detto a Sasha che può portare il suo gatto a stare con me per qualche giorno. Soffre di disturbi nervosi, perde il pelo perché è gelosissimo di Josh. Sasha vuole vedere se riesco a convivere con Marcel. Non credo che funzionerà, ma devo scappare a casa perché verrà a portarlo da un momento all'altro. Per caso tu non vuoi un gatto, vero?»

«Se lo volessi, non sarebbe Marcel. Dammi un bacio, cara» disse Billy con affetto. «Non dobbiamo più allontanarci l'una dall'altra, Gigi, mai più.»

Quando Gigi se ne fu andata, Billy salì in camera. Era pomeriggio inoltrato, ma il cielo era punteggiato da nuvole rosate che riflettevano la luce del sole al tramonto. Non poteva restare in casa con tante cose cui pensare, si disse, quindi si affrettò a uscire di nuovo.

Si diresse verso il giardino cintato, e vi passeggiò a lungo, cercando una foglia morta da togliere da un geranio, o una rosa intristita da potare, ma in quell'ondeggiare di boccioli non trovò nulla che richiedesse la sua attenzione. «Troppi giardinieri» mormorò. Colse una rosa bianca perfettamente sbocciata e la studiò con occhi distratti, mentre ripensava alla complicata conversazione con Gigi. Questa volta la solita chiarificazione che si compiva nel giardino cintato non avvenne. Non riusciva a vedere abbastanza lontano, si disse, per comprendere in quale direzione stava procedendo: ma c'era una cosa che poteva fare, una sola, e decise di farla subito. Tornò in casa con aria risoluta, continuando a ripetersi che un momento così non si sarebbe mai più ripetuto. Quando arrivò sulla terrazza, prese uno dei telefoni.

«Il signor Orsini, per favore» disse alla centralinista del Beverly Hills Hotel.

«Ciao, Vito, sono Billy» annunciò sbrigativa. «Bene, grazie. Senti, Gigi mi ha chiesto di chiamare Susan Arvey. Mi dispiace, ma preferisco non farlo. Non sopporto quella donna, non l'ho mai sopportata. Ha qualcosa che mi dà i brividi. Non mi fido di lei. Lo so... lo so che la frequentavo spesso, ma questo non significa che mi fosse simpatica, e per essere sincera non credo di esserle simpatica nemmeno io. Le piaceva conoscermi, invitarmi alle sue feste, tutto qui. C'è una certa differenza. In che situazione è il film? Andiamo, Vito, non tirarla in lungo, dimmi solo com'è la situazione, anche se spiacevole. Non importa perché voglio saperlo: se preferisci non parlarne, riattacco subito. Giusto. Giusto... capisco. Quant'è il totale complessivo? Undici? È la cifra definitiva, oppure il budget minimo accettabile? Ah. Sì. Dodici, eh? Sei sicuro che non siano tredici? D'accordo. Finanzierò il film... sì, naturalmente, tutto, non penserai che voglia mettermi in società con Curt Arvey, per caso? Domani telefonerò a Josh e tu potrai andare a parlargli nel pomeriggio per farti dare un promemoria sull'accordo, così sarai in grado di cominciare la preproduzione. Josh sbrigherà tutti i dettagli noiosi, la mia percentuale sugli utili e così via, basta che il mio nome non figuri da nessuna parte. Oh, Vito, per amor di Dio, non ringraziarmi, non lo faccio per te. Certo, il libro mi è piaciuto, ma non c'entra neppure questo. Perché? Perché ho sempre sognato di occuparmi di cinema. Ti basta? Come? Insisti per saperlo? Non ti credo! D'accordo, ti sono grata.

Non meriti la mia gratitudine, ma ciò non significa che io non la provi. Tu hai la fortuna immensa e del tutto immeritata di avere una figlia come Gigi. No, non lo faccio perché me l'ha chiesto lei. Non penserai che non abbia capito il tuo trucco, vero? Ti conosco bene, Vito. So esattamente come ragioni. È solo perché esiste Gigi, perché fa parte della mia vita, perché avrò sempre il suo affetto, perché le voglio bene... e se tu non fossi suo padre, ora non sarebbe qui. Rassegnati all'idea. No, non mi devi niente... Ancora non hai capito, vero? Sono io a essere in debito con te. Oh, Vito, una cosa ancora: c'è un formidabile regista teatrale di New York, si chiama Zach Nevsky... Ah, sai già chi è? Be', voglio che diriga il film. Fallo venire qui il più presto possibile. Magari domani. Sì, Vito, è l'unica interferenza da parte mia. Ma è una condizione irrinunciabile. Una condizione precisa. Non mi interessa se non ha mai usato la macchina da presa... Cercati un operatore bravo, tanto sei sempre tu a decidere le inquadrature e le riprese. no, Vito, non è vero che non ha credenziali: conosce me. Bene, mi fa piacere che siamo d'accordo. Addio, Vito, e non chiamarmi per dirmi come vanno le cose.»

21

«Una sfilata di moda?» disse freddamente Billy, ripetendo le parole di Spider. Non l'aveva più visto dopo il pranzo con Gigi e ora le piombava di colpo in ufficio, tutto preso dalla nuova idea. «Non ci avevo pensato.»

«Neanch'io, mi è saltato in mente nel cuore della notte» spiegò Spider. «Stavo sognando il catalogo e quando mi sono svegliato era tutto chiaro come se fosse già successo: presenteremo solo i modelli di Prince per le quattro collezioni, e ogni collezione sarà completa, poi tutti i pezzi separati verranno abbinati negli innumerevoli modi studiati, per dimostrarne la versatilità. Avremo bisogno di almeno diciotto indossatrici che dovranno lavorare alla massima velocità, tenendo conto delle idee di Gigi sugli accessori.»

«Non è impossibile. Abbiamo finalmente tutto il campionario, ma perché dovremmo organizzare la sfilata?»

«È questo il punto» disse Spider, acceso dall'entusiasmo. Si era seduto sull'angolo della scrivania di Billy, dinoccolato ed elegante, ma ora si tese con impazienza. «Il fior fiore dei giornalisti di moda, i caporedattori dei servizi specializzati dei grandi quotidiani, le signore delle agenzie di stampa, le redattrici di moda delle trasmissioni televisive nazionali del mattino e dei talk show del pomeriggio, e tutti quelli che prenotano spazi nelle grandi trasmissioni... ci sono centinaia di persone abbastanza importanti da meritarsi un invito.»

«Un invito?» chiese Billy, quasi soffocata dalla portata di quel piano. «E dove?»

«Pensavo di organizzare tutto a cavallo di un weekend, così potremo portarli a Beverly Hills, programmare qualcosa di speciale e poi presentare le collezioni create da Prince per Scruples 2 il sabato sera, in un galà, magari un un teatro di posa. Incaricheremo qualche specialista di provvedere ai particolari. Ma l'idea ti piace?»

«Lasciami un secondo per riflettere» rispose Billy. Appoggiò i gomiti sulla scrivania e il mento sulle mani. Erano le sette passate del lunedì sera dopo il pranzo con Gigi, e aveva lavorato tutto il giorno senza un attimo di tregua, smangiucchiando un sandwich mentre sovrintendeva alle operazioni di disimballaggio dei preziosi campionari arrivati per corriere, dopo che uno dei principali assistenti di Prince aveva impiegato mesi per accertarsi che ogni campione venisse riprodotto esattamente secondo le indicazioni dello stilista e la qualità dell'originale.

«Non è un po' troppo presto, Spider?» chiese infine, alzando stancamente la testa. «Dobbiamo ancora fabbricare lo stock, produrre il catalogo e spedirlo... ci vorranno mesi. Perché farci pubblicità adesso?»

«Per dare avvio alla cosa, Billy. Dobbiamo suscitare curiosità, preparare e stuzzicare la clientela. Per fomentare l'interesse, le case cinematografiche diffondono già in estate i trailer dei film che usciranno a Natale. Scruples 2 è così assolutamente diverso dal resto dei cataloghi che abbiamo bisogno di costruire un'attività di pubbliche relazioni molto prima della spedizione. Ehi, mi stai ascoltando?»

«Pensavo al ballo di Scruples... il primo sabato di novembre del 1976, ricordi? E ora parliamo di un'altra festa, sette anni più tardi. Una festa completamente diversa. Allora fu una magia allo stato puro. C'erano anche i media, ma gli invitati erano in maggioranza divi, celebrità, esponenti dell'alta società, donne magnifiche nei loro abiti più belli, la luna piena, le danze che non finivano mai. Tutti dissero che sarebbe stato l'ultimo grande party della storia, ma naturalmente non lo era.»

«Billy, quella festa appartiene al passato» disse Spider in tono quasi aspro. «Non struggerti per qualcosa che non si può ripetere. Mettitelo bene in testa, mia cara: Scruples 2 si rivolge a un'altra fascia di clientela, quindi dovremo dare una festa di tipo diverso.»

«Credevo avessi chiesto la mia opinione» ribatté lei in tono caustico. «Ma vedo che hai già deciso. Me l'hai chiesto solo formalmente, no, Spider? Fin dove sono arrivati i tuoi progetti? Hai già preparato l'elenco degli invitati, ingaggiato un organizzatore, scelto la data? No, aspetta! Lasciami indovinare. La tua prima mossa è stata scritturare le modelle, tutte e diciotto. Sarebbe nel tuo stile.»

«L'idea mi è venuta stanotte» si difese Spider, sorpreso da quel tono inaspettatamente velenoso. «E tu sei la prima persona con cui ne parlo... perché reagisci come se ti avessi messo una spina sotto il sedere?»

«Meraviglioso! Ti esprimi con tanta eleganza, Spider, con un vocabolario così raffinato...»

«Billy, tesoro, calmati» disse lui. «È meglio che non parli. Ci sono marinai di carriera che non hanno mai usato nessuna delle espressioni che tu butti lì con tanta disinvoltura... Ma che dico, "usato"? Forse non le hanno neppure mai sentite.»

«Può darsi, Spider, può darsi, ma loro non vanno in giro ad allungare le mani su ragazze abbastanza giovani da poter essere le loro figlie, vero?»

«Cosa stai dicendo?» esclamò Spider, raddrizzandosi bruscamente.

«Credo che tu lo sappia» disse Billy con voce tagliente. «Non sei un po' troppo giovane per essere già un vecchio sporcaccione? Cominci ad allenarti in anticipo? Oppure hai il prurito irrefrenabile di scoparti tutte le femmine disponibili, emotivamente vulnerabili, sole e indifese? Quante centinaia di donne ti sei fatto, Spider, prima di decidere di aggiungere Gigi al tuo lungo, squallido elenco?»

«Gesù! Ecco di cosa si tratta! Andiamo, Billy, è stato un episodio isolato, è successo mesi fa e non è mai andato oltre un paio di baci. E poi perché diavolo devo renderti conto della mia vita privata?»

«Non è questione della tua vita» gridò Billy. «Non me ne frega niente della tua vita: si tratta della vita di Gigi. L'hai confusa, l'hai sconvolta e adesso sta passando traumi di ogni genere perché non sei stato capace di tenere a posto quelle tue luride mani!»

«Ma sei diventata scema? Io e Gigi siamo amici. Se pensasse questo di me, lo saprei. È troppo sincera per nascondermi qualcosa. Me lo avrebbe detto.»

«Oh, certo, lo sapresti anche se lei non dicesse una parola. Tutti hanno sentito parlare di te e del tuo famoso intuito, della tua abilità leggendaria nel capire le donne. Che scherzo fetente! Non sai nemmeno se una donna pensa a te quando la baci, o se pensa a un altro. Perché credi che Gigi ti abbia impedito di approfittare di lei, o di scoparla, per essere precisa? Perché l'avresti fatto, Spider, non provare a negarlo. È innamorata di un altro, idiota, e tu non hai neppure la sensibilità di un orango, altrimenti l'avresti capito.»

«Billy, ascolta, mi sto sforzando di capire... Mi rendo conto che proteggi il tuo cucciolo, ma questo è ridicolo! Per amor del cielo, vuoi smetterla di trattarmi come un mostro?»

«Vuoi farmi credere che non ti saresti scopato Gigi, quella notte, se solo lei ti avesse lasciato fare? Con la tua reputazione di stallone? Tu, Spider? Ma non farmi ridere. Sarebbe finita in quel modo, naturalmente!»

«Tu non c'eri» si difese Spider, indignato. «Non eri lì a vedere. Non sai cosa pensavo né cosa avrei fatto. Stai tranciando giudizi retrospettivi su qualcosa che non è mai accaduto! Ti sei autonominata accusatrice, pubblico ministero, giudice e giuria...»

«Vorresti negarlo?» La rabbia di Billy continuava a crescere, spalancando fra loro un abisso incolmabile.

«Lo nego!»

«Fai pure. Fai l'innocentino! Non sei altro che un cazzo privo di coscienza! Io lo so cosa volevi fare.»

«Non mi frega niente di quello che credi di sapere. Hai torto marcio e basta. Me ne vado.»

Pazza furiosa erano aggettivi insufficienti, pensò Spider, aggirandosi al buio nella grande casa sommariamente arredata. In vita sua aveva avuto a che fare con molte pazze, in maggioranza erano pazze "temporanee", anche se Melanie Adams, l'unica vera matta di tutta la lista, gli era sfuggita, con suo eterno rammarico. Ma Billy superava qualunque immaginazione. Gli era piombata addosso all'improvviso, lo aveva preso a cannonate, lo aveva bersagliato con le parole più crudeli, per poco non l'aveva accusato di essere un violentatore di bambine, e si era rifiutata di ascoltarlo pur conoscendolo da anni e sapendo che tipo era. Possibile che non provasse nemmeno un po' di affetto verso di lui, dopo tutto ciò che avevano passato insieme?

Era stato un colpo così brutale e imprevisto, da scatenare una reazione assolutamente ritardata. Era come se adesso si stesse allontanando dal luogo di un incidente gravissimo che avrebbe potuto ucciderlo ma che invece l'aveva lasciato illeso. Si sentiva raggelato, confuso e nauseato. Non avrebbe mai immaginato che Billy avesse il potere di ferirlo in quel modo. Non l'aveva mai vista in preda a una simile furia... e perché? Perché, in nome di Dio? Per essersi abbandonato all'emozione fuggevole di un momento che risaliva ormai a mesi prima, a un'attrazione reciproca (o, almeno, tale gli era sembrata) e avere poi accettato un immediato distacco, come poteva succedere a due persone qualunque? Oltretutto si trattava di un'esperienza che aveva lasciato fra lui e Gigi una stima reciproca, sincera e affettuosa, e un ricordo gradevole e spensierato. O, almeno, così aveva creduto.

Evidentemente, però, si era sbagliato. I californiani erano abituati ai terremoti, e per tutta la vita si era inconsciamente tenuto pronto a quell'eventualità; ora Billy gli aveva dato la sensazione che le fondamenta della sua stessa esistenza gli fossero crollate addosso in pochi secondi, seppellendolo vivo. All'inizio aveva addirittura pensato che scherzasse, ma poi lo aveva accusato di essere un vecchio sporcaccione. Gesù! Il solo pensiero gli dava la nausea.

Il fatto era che non aveva senso, che quella scenata non quadrava con la realtà. Sapeva con assoluta certezza che Gigi non poteva avere parlato a Billy di traumi, gravi o non gravi. Anche se le aveva raccontato dettagliatamente di quella sera, non le era oggettivamente accaduto nulla che giustificasse l'esplosione di Billy. Per quanto ne sapeva, non c'erano questioni in sospeso che assillassero Gigi. E se era innamorata di un altro, chiunque egli fosse, non era forse la prova che fra loro non era successo niente di male?

Certo, certo, non avrebbe dovuto baciarla, questo era disposto ad ammetterlo. Era pentito di averlo fatto. Be', "pentito" non era la parola giusta, ma poteva ancora andare. Volendo proprio analizzare l'intera faccenda, era stata una pessima idea fare la corte a Gigi quella sera solo perché lei gli era apparsa tanto deliziosa e interessante, o perché si era sentito in vena di lanciarsi, senza altre ragioni particolari. La conosceva da quando era una ragazzina, e in un certo senso lo era ancora adesso: non avrebbe mai dovuto baciare una bambina che conosceva da anni. Per nessuna ragione. O forse avrebbe potuto baciarla se fosse stato innamorato di lei; ma prima, per onestà e correttezza, avrebbe dovuto dirglielo e scoprire cosa ne pensava... Ma lui non era innamorato di Gigi, non lo era mai stato e non lo sarebbe stato mai.

E se questo faceva di lui uno stronzo irrecuperabile, pazienza. Non gli veniva in mente nulla che potesse fare o dire per cambiare la situazione con Billy. Le sue accuse erano state estreme e brutali. Non c'era rimedio. Non soltanto lo disprezzava, ma lo odiava. E quando questo pensiero mise radici nella sua mente, Spider scoprì che era possibile sentirsi dieci volte peggio di quanto si fosse mai sentito fino a quel giorno.

Avrebbe fatto l'amore con Gigi se lei non l'avesse fermato? Sì o no?

«Lurido mascalzone» gemette Spider. Chi stava cercando di imbrogliare?

Billy non aveva nemmeno pensato a cenare, e in tutta la casa non trovava un solo posto dove potersi sedere tranquilla per trenta secondi: sapeva che neanche il suo giardino nascosto sarebbe riuscito a darle conforto quella sera. Alla fine era salita e si era raggomitolata sul divanetto sotto il bovindo nello spogliatoio, avvolta in un afgan vecchio più di vent'anni. Il suo ultimo rifugio, pensò. Chissà se ogni donna aveva un posto tutto suo dove ritirarsi nei momenti più difficili della vita, o se in maggioranza erano costrette a chiudersi nel bagno di casa, mentre una torma di ragazzini bussava per entrare? E perché si chiedeva cose che già sapeva? Il fatto è che si vergognava così profondamente ed era talmente inorridita, che pensare agli altri la aiutava a distogliere la mente da se stessa e dal comportamento abominevole di cui aveva dato sfoggio.

Anche quando aveva provato tanta rabbia e amarezza nei confronti di Vito, non si era mai permessa di comportarsi in quel modo indescrivibile, odioso, orrendo. Anzi, a pensarci bene non si era mai sentita così. Non aveva mai provato l'impulso di annientare Vito con le parole, non aveva mai desiderato infangarlo a quel modo e aveva sempre fatto il possibile per porsi al di sopra dei loro problemi e non lasciarsi trasportare in basso dalla foga. Con Spider, invece, era stata una creatura disgustosa che non riconosceva, capace di parole altrettanto disgustose che non sapeva di poter pronunciare e che gli aveva vomitato addosso mentre lui le stava davanti, stordito, e cercava di comportarsi come fosse uno dei loro scontri abituali, bonari e falsamente aggressivi, fino a quando aveva capito... E anche allora non si era arrabbiato veramente fino all'attimo in cui lei l'aveva pungolato tanto da costringerlo a difendersi.

Ma chi credeva di essere? La squadra del buoncostume? Una qualche società per la difesa della morale? Gigi era ormai abbastanza matura per decidere da sola; era sempre stata indipendente, fin da quando era arrivata in California, e per anni era vissuta sola nella più grande tra le città corrotte senza che le capitasse niente di peggio di un breve inizio di una storiella d'amore con Zach Nevsky. Avere a cuore Gigi non significava certo mettersi a fare il processo alle intenzioni a tutti quelli che la conoscevano e amavano.

Una gelida carogna: doveva essere stata questa la prima impressione che Spider aveva avuto di lei. Un'impressione favorevole e generosa, in confronto alla realtà.

Oh, Dio, eppure si sentiva ancora così furiosa con lui! Ragioni valide non ce n'erano, ma dentro di sé sapeva che avrebbe trovato soddisfazione solo quando fosse riuscita a ferirlo tanto da vederlo piangere. Sì, piangere. Niente di meno. Era così maledettamente invulnerabile, così sicuro di sé, così a suo agio con la vita e con la gente, così privo di timidezza, così... così diverso da lei. Come poteva essersi comportata in quel modo, come poteva invidiare la sua personalità e scagliarsi contro di lui solo perché era se stesso?

Era forse colpa dello stress? Non poteva essere lo stress, ormai considerato responsabile di qualunque cosa non andasse nella vita moderna, la vera ragione per cui lei aveva trattato Spider in quel modo vergognoso? Lo stress legato alla realizzazione di quell'abominevole, maledetto catalogo? Sì, era colpa del catalogo, si disse Billy, colpita dal ricordo dolce e doloroso dell'attimo in cui Spider l'aveva sollevata fra le braccia, accogliendola gioiosamente, come l'unica persona al mondo che desiderasse veramente rivedere. Allora non c'erano di mezzo il catalogo, l'orda di nuovi dipendenti, la società: allora li univa un rapporto di amicizia semplice e felice, che lei aveva rovinato per sempre. Non avrebbero più potuto tornare indietro, dopo ciò che gli aveva detto. Mai. Mai più.

Billy si avvolse dalla testa ai piedi nel vecchio scialle afghano e si abbandonò a una tempesta di lacrime disperate.

Avrebbe dovuto esserci una scala mobile, o almeno una scala antincendio, a collegare i due piani di Scruples 2, pensò Josie Speilberg mentre attendeva con impazienza l'arrivo di uno dei quattro ascensori che servivano il grattacielo di Century City. Come potevano pretendere che mandasse avanti la baracca quando doveva sprecare almeno mezz'ora al giorno per spostarsi da un piano all'altro?

Gli anni in cui aveva lavorato in casa della signora Ikehorn erano stati una lunga crociera a bordo di una nave di lusso, in confronto alle rapide tumultuose, al caos elettrico e incessante che accompagnava la vita del catalogo. Aveva sempre creduto di aspirare a un lavoro più attivo, aveva sempre pensato che le sue doti fossero superiori a quelle necessarie per dirigere una casa, per quanto grande; ma adesso, come manager degli uffici di Scruples 2, doveva occuparsi di una dozzina di cose diverse. Naturalmente la nuova posizione e il relativo stipendio avevano cambiato la sua vita; ma possibile che nessuno mostrasse un minimo di riguardo verso di lei? Oltre a fungere da indispensabile anello di collegamento fra il settore merci e la produzione del catalogo, doveva anche correre dietro al marketing e alle operazioni e seguire i rapidi progressi del grande complesso sorto in Virginia.

Ogni reparto aveva un capo responsabile dell'andamento del settore, ma in pratica, pensava Josie, lei era il capo dei capi e li teneva informati di ciò che accadeva minuto per minuto. Tutti avevano preso l'abitudine di chiamarla al telefono per sapere dove potevano raggiungere i colleghi, e quello era senza dubbio lo scotto che doveva pagare per essere la persona più efficiente e organizzata dell'intera azienda.

Nessuno era indispensabile quanto lei, a Scruples 2, decise entrando nell'ascensore vuoto, e a quel pensiero sorrise soddisfatta. Josie Speilberg era assolutamente indispensabile, mentre un tempo credeva che nessuno lo fosse. La sfilata di moda si avvicinava ogni giorno di più, e i suoi collaboratori erano tutti in preda al nervosismo. Chi, se non lei, aveva contattato le agenzie di viaggio perché organizzassero i complicati piani per portare lì trecento esponenti dei mezzi d'informazione nazionali e locali, l'indomani, venerdì pomeriggio, e ridepositarli alle rispettive basi il lunedì sera? Chi aveva trovato le camere in albergo e noleggiato berline e autobus? Chi aveva lavorato con gli organizzatori della festa e gli addetti alle pubbliche relazioni per coordinare ogni dettaglio, dato che la signora Ikehorn era troppo occupata per dedicare un minuto alla cosa e Spider era quasi sempre fuori sede per le foto in esterni? Chi trasmetteva i messaggi dall'uno all'altro? Le sarebbe piaciuto sapere come pensavano che avrebbero potuto comunicare se non ci fosse stata lei. Per mezzo di un satellite?

Avrebbero dovuto cambiare la sua qualifica, altro che storie. Di solito erano i manager a occuparsi della carta intestata, dei telefoni, dei libri paga e della sostituzione della moquette: lei aveva due assistenti per sbrigare quel genere di lavori. Vicepresidente responsabile di... che cosa? Del raziocinio. Ecco: sarebbe potuta diventare la carica dell'anno, e chissà quante altre donne al mondo se la meritavano, oltre a lei! Avrebbe impresso una svolta nella storia dell'organizzazione aziendale, si disse Josie.

Ne avrebbe parlato con la signora Ikehorn subito dopo il weekend. Adesso non era il momento opportuno; anzi sarebbe stata una pessima scelta, dato che la signora era insolitamente depressa e avrebbe già faticato abbastanza per sostenere la parte della padrona di casa nei prossimi tre giorni. Billy Ikehorn credeva davvero di essere riuscita a nasconderle quel piccolo segreto? Proprio a lei, che odiava le luci della ribalta ed era sostanzialmente timida e antisociale? Doveva tuttavia riconoscere che la sua presenza fisica, la sua notorietà erano servite a fare accettare gli inviti con grande prontezza. Il fatto che dopo la morte di Ellis Ikehorn avesse vissuto come una reclusa aveva solleticato l'appetito della stampa. Nessuno sapeva ancora che Scruples 2 sarebbe stata una società di vendita per corrispondenza e non una nuova boutique. Il segreto era stato protetto con straordinaria efficienza, e neppure la stampa ne sapeva nulla.

Josie Speilberg, vicepresidente responsabile del Raziocinio. Sì, suonava bene. E senza dubbio qualche giornalista avrebbe voluto intervistarla, un giorno. Non certo con la stessa insistenza con cui chiedevano di poter parlare con la signora Ikehorn, ma insomma...

Tutto ciò che aveva detto a proposito dei mille problemi che affliggono qualsiasi matrimonio non aveva sortito alcun effetto su Sasha, pensava Gigi. Non aveva assimilato nemmeno una parola. Doveva esistere una specie di istinto umano fondamentale, inaccessibile al processo del pensiero quanto la riproduzione, che spingeva persone di buonsenso a credere di non potersi considerare veramente o legalmente sposate a meno di non farlo nel modo più pubblico possibile.

Mancavano ancora sei settimane al matrimonio, ma Sasha e sua madre, la minuscola e temibile Tatiana Nevsky, si parlavano ogni giorno al telefono per ore e ore. A quanto pareva la capotribù Tatiana era felice del matrimoniocome lo sarebbe stata se Sasha avesse sposato il principe Andrea (ma questa non era una possibilità concreta) e Sasha si crogiolava in quell'approvazione materna. Naturalmente, come tutti gli sposi, Josh seguiva i preparativi per forza d'inerzia, e nessuno si curava del fatto che desiderava soprattuto arrivarealla conclusione.

L'insieme della sfilata di moda e delle nozze imminenti era abbastanza da far perdere la testa a tutti, tranne a una veterana delle guerre del catering, si diceva Gigi con un certo orgoglio. Tutto era sotto controllo. Ogni indossatrice sarebbe sfilata sulla passerella con gli accessori appropriati. Avevano provato e riprovato; ogni coppia di ragazze aveva a disposizione una costumista professionista, e ognuna aveva uno scaffale di accessori personali, tutti ben etichettati, e una lista della dozzina di completi che avrebbe indossato. La realizzazione di tanti abbinamenti diversi non sarebbe stata possibile se Prince non avesse creato a mano una quantità di esemplari aggiuntivi: ma il risultato era splendido. Anzi, lo stilista era così soddisfatto delle proprie creazioni giovani e rivoluzionarie per Scruples 2, che sarebbe arrivato in anticipo per lavorarsi a dovere la stampa durante il weekend, oltre a presentare personalmente la sfilata. Tutto sarebbe filato liscio nonostante l'apprensione di Billy, ormai preda di una depressione abissale. Sì, sarebbe stato un successo, o lei non si chiamava più Graziella Giovanna Orsini.

La goccia che aveva rischiato di far traboccare il vaso era stato il maledetto abito da damigella d'onore. Tatiana Nevsky si era intestardita a imporre, da una distanza di quasi cinquemila chilometri, gli abiti che Gigi e le damigelle della sposa, inclusa la figlia di Josh avrebbero dovuto indossare. Altro che interferenze! In fatto di prevaricazione, questo superava di gran lunga le pretese delle madri delle spose che avevano sempre spadroneggiato a Voyage to Bountiful, pensò irosamente Gigi, mentre a bordo della Volvo rosa shocking si dirigeva verso l'appartamento di Josh in un nuovo grattacielo di Wilshire boulevard, dove l'abito era stato spedito per via aerea.

In tutta la sua vita, Gigi non aveva mai visto un abito da damigella d'onore che non le riuscisse detestabile. Sembrava quasi che una misteriosa regola dell'industria della moda stabilisse che tutte le partecipanti a un matrimonio, eccettuata la sposa, dovessero trasformarsi in altrettanti martiri. Qualcosa bloccava la fantasia dei creatori di quegli abiti, e di conseguenza non erano mai capi che una donna sarebbe stata disposta a indossare di spontanea volontà, soprattutto se aveva un po' di senso dello stile. Erano prevedibili e cerimoniosi come i costumi per uno spettacolino storico in una scuola elementare, senza nemmeno la scusa della tradizione. Forse i designer, così come i maestri, sapevano di poter agire impunemente, di poter contare sull'indulgenza del pubblico. Per quanto la riguardava, piuttosto lei avrebbe preferito presentarsi vestita da pipistrello!

Lasciò la macchina all'inserviente del parcheggio e salì in ascensore fino al lussuoso appartamento di Josh. Sasha le aprì la porta immediatamente, quasi fosse rimasta tutto il giorno lì dietro ad aspettare l'arrivo dell'ascensore.

Gigi le diede un bacio vagamente brusco. «Allora, dov'è il capolavoro che qui non avremmo trovato? Tua madre crede che non ci siano negozi decenti a Beverly Hills?»

«Sei sempre stata così acida nei confronti della mia cara mammina» disse Sasha in tono molto più allegro di quanto lo giustificasse la situazione.

«E tu no? Fammi il piacere! Ti travestivi ogni volta che dovevi andarla a trovare. Per lei sarà uno shock arrivare qui e scoprirti in splendida forma... a meno che tu non abbia intenzione di camuffarti anche il giorno delle nozze.»

«Ti preoccupi troppo» osservò Sasha con noncuranza, come se Gigi non avesse il diritto di farlo nemmeno un pochino nonostante tutte le cose che dipendevano da lei, dalla sfilata di moda al matrimonio. Sasha aveva insistito perché venisse a provare l'abito proprio quel giorno, prima dell'invasione della stampa. Le aveva fatto notare, ed era vero, che l'abito avrebbe avuto bisogno di alcuni ritocchi perché Gigi era di struttura piccola; ma soprattutto Sasha sapeva che l'amica era libera, avendo ormai sbrigato tutte le altre faccende di lavoro, e dunque una distrazione le avrebbe giovato.

«Vediamo» disse Gigi rassegnata, adocchiando la grande scatola di cartone posata su un tavolo dell'ampio soggiorno. Sasha aprì la scatola e tirò fuori l'abito avvolto in parecchi strati di carta velina.

«Almeno è color lavanda» commentò Gigi, girandogli intorno con aria diffidente.

«Mia madre ha detto che questa tinta avrebbe messo in risalto i tuoi capelli. Oh, santo cielo, va' in camera da letto e indossalo, e smettila di squadrarlo con quell'aria sospettosa. Mi sembri Marcel con Josh! Vuoi sbrigarti? Non sopporto l'attesa.»

«Continua a perdere il pelo?» chiese Gigi, prendendo l'abito dalle mani di Sasha e avviandosi controvoglia verso la camera da letto.

«No, si è rassegnato, a parte qualche occhiata offesa. La permanenza in casa tua lo ha guarito. Il poverino è tornato qui così felice! Tu non gli dedicavi abbastanza attenzioni. Allora, vuoi andare? Sto tremando!»

«Mi dispiace» rise Gigi, e sparì. In camera da letto si spogliò, tenne solo i collant, si tolse gli stivali e indossò il paio di scarpine argentate che aveva portato per misurare l'orlo. Si infilò cauta nella nuvola di chiffon color lavanda, senza ancora sapere dove fosse nascosta la lampo invisibile. Nonostante la gonna a molti strati l'operazione fu semplice, e infine lei si voltò per guardarsi nello specchio del guardaroba.

Be', forse Tatiana Nevsky era meno peggio di quanto le avesse fatto credere Sasha. Forse era addirittura un genio, pensò Gigi, mentre si avvolgeva intorno alla vita l'alta fusciacca di velluto color violetta di Parma e la annodava in un grande fiocco. L'abito le andava perfettamente, si fermava a una quindicina di centimetri da terra, la scollatura era perfetta al millimetro, profonda e al contempo abbastanza aderente da non scivolare più del dovuto. Il corpino semplicissimo era tanto attillato quanto era ampia la gonna, le maniche pieghettate erano perfette e si allargavano fino al polso, ricadendo all'indietro con estrema grazia quando avesse dovuto stringere il bouquet all'altezza della vita. E, meraviglia delle meraviglie, miracolo dei miracoli, era tutto lì, senza ornamenti, senza lustrini, senza paillette, niente altro che una nuvola di decine di metri di chiffon, adattissima, e lo si capiva subito, a un balletto classico. Un abito che non conservava riferimenti al tempo, al luogo o all'occasione, e aveva nella bellezza l'unica giustificazione di esistere. Gigi fece una giravolta, e i suoi capelli si sollevarono in una serica cascata. Guardò la gonna che si alzava e ricadeva ondeggiando, e dimenticò Sasha, che doveva essere al di là della porta ad attendere il verdetto in rispettoso silenzio. Sembrava... sembrava... una farfalla ispirata da Balanchine? Un fiore con le ali? Una versione ideale di se stessa?

«Oh, Sasha, ritiro tutte le cose orribili che ho detto sul conto di tua madre» esclamò, mentre si precipitava di nuovo in soggiorno.

«Bene, glielo riferirò» disse Zach che le stava di fronte, immobile, al centro del soggiorno.

Gigi si bloccò all'istante, vacillò sui tacchi alti e ritrovò a stento l'equilibrio, troppo sbalordita per muoversi o parlare. Impallidì a tal punto che Zach avanzò in fretta di due passi e la prese per le braccia perché non cadesse. «Avevo detto a Sasha di avvertirti, ma lei ha pensato...»

«Sei in anticipo» disse Gigi con una logica folle. «Mancano ancora settimane al matrimonio...»

«Non è per questo che sono qui» disse lui. Le passò l'indice sotto il mento e le sollevò delicatamente il viso.

«Zach... oh, Zach» mormorò Gigi. Spalancò le braccia, frastornata, ma anche certa che quanto stava accadendo era profondamente giusto. Anzi, era molto più che giusto: era inevitabile. Era necessario, come nient'altro lo era mai stato.

«Hai idea di quanto ti amo?» le chiese ansioso Zach. Non avrebbe osato baciarla prima di conoscere la sua risposta.

«L'ho sentito dire» sussurrò Gigi. «Ne sono stata informata da una fonte attendibile.»

Zach la baciò tenendola stretta a sé, la baciò fino a quando l'abito color lavanda fu completamente gualcito ed essi si abbandonarono l'uno all'altro, il cuore e l'anima sopraffatti, incantati da una gioia perfetta e meravigliosa, e al contempo per nulla sorpresi.

«Non mi hai mai detto che mi ami» disse finalmente Zach, staccandosi per un istante dalle sue labbra.

«Non credo che tu me lo abbia mai chiesto» rispose Gigi. «Non me l'hai mai chiesto chiaramente.»

«Mi ami?» chiese Zach con il tono più umile che avesse mai usato con lei. Gigi esitò per un momento, assaporando quella che sapeva essere soltanto un'incertezza momentanea per Zach Nevsky.

«Sì» disse alla fine, abbandonando ogni reticenza.

«Per il momento mi basta.» Zach la guardò e rise, trionfante. «"Sì" è l'unica cosa che volevo sentire.»

La porta di casa si aprì e si richiuse con un suono secco, mentre Marcel entrava con aria solenne e la coda dritta in aria.

«È Sasha che si sforza di essere discreta» disse Zach. «L'ho convinta a uscire per fare la spesa. Voleva aspettare in cucina, ma non gliel'ho permesso.»

«Tutto a posto lì dentro?» gridò Sasha, senza entrare in soggiorno.

«Vai a fare altre spese» rispose Zach.

«No» replicò lei, indignata, e questa volta entrò. «Avete avuto tutto il tempo. Sono rimasta ad aspettare nell'atrio, non sono andata a fare spese, Zach, tanto perché tu lo sappia. Gigi, tutto bene?»

«Credo di sì» rispose lei con voce tremante, sbirciando al di là della barriera delle braccia di Zach.

«Oh, mio Dio, Gigi! Hai gualcito l'abito! Lo sapevo! Lo sapevo, non dovevo lasciarvi soli!»

Anche se John Prince non aveva accettato l'invito a trascorrere il weekend della sfilata come ospite in casa di Billy perché preferiva avere a disposizione la comodità del centralino di un hotel, lei lo aveva mandato a prendere in aereo e a Los Angeles gli aveva fatto trovare la macchina con autista per accompagnarlo in albergo, attendere la registrazione e infine condurlo a casa sua per una cena privata. Durante il fine settimana sarebbero stati sempre impegnati e Billy sapeva che sarebbero riusciti a vedersi solo in mezzo alla folla, mentre voleva discutere con lui la presentazione che avrebbe tenuto prima che Prince desse il via alla sfilata.

Adesso lo attendeva davanti al camino in uno dei soggiorni gemelli. Sebbene fosse maggio, le sere erano ancora abbastanza fresche da rendere gradita la presenza di un fuoco acceso. Billy lo sentì borbottare qualcosa nell'atrio e gli andò incontro per accoglierlo con il sorriso più radioso e due baci sulle guance. La sola vista di Prince la fece sentire un po' meno depressa. A sua volta, lo stilista la guardò in viso e, vedendola tranquilla, la seguì in soggiorno abbastanza rassicurato.

«Bene, stella, sono contento che tu l'abbia ignorato» le disse subito, gettando sul tavolino una copia di "Fashion and Interiors". Billy lo fissò, sorpresa. Quella parola, "stella", non lasciava presagire nulla di buono: era il termine più affettuoso usato da Prince, dieci volte più significativo di "cara". Lanciò uno sguardo preoccupato alla rivista. Chissà come, dovevano aver saputo qualcosa di Scruples 2 e avevano rovinato la sorpresa in "P.D.Q.", la famigerata rubrica d'apertura. "P.D.Q." non era mai firmata, era illustrata con fotografie volutamente imbarazzanti ed era considerata la fonte dei pettegolezzi più maliziosi del mondo della moda. Era succosa e piccante come un melone perfettamente maturo, e fin dalla nascita si era affermata come la parte più vivace, pungente e solleticante dell'influente rivista. "P.D.Q." era la prima cosa che gli abbonati leggevano nel ricevere "Fashion and Interiors".

«A me non è ancora arrivato» disse Billy. «C'è qualcosa che dovrei sapere?»

«Te ne ho portata una copia da New York. È di ieri sera. È un pezzo sciagurato, stella mia. Speravo l'avessi già letto e non gli avessi dato peso» disse Prince.

«Accidenti! Dopo che eravamo riusciti a mantenere il segreto per mesi! Avrei dovuto immaginarlo. Non poteva capitare in un momento peggiore» gemette Billy.

«No, non parla di Scruples 2» la corresse Prince con aria cupa.

Allarmata, Billy prese la rivista patinata ed esaminò la copertina. "Speciale P.D.Q.: l'avventura romantica di Billy Ikehorn."

«Cosa diavolo...»

«Sì, è proprio al diavolo che bisognerebbe chiedere spiegazioni.»

Con dita tremanti, Billy sfogliò affannosamente le pagine di "P.D.Q." e lesse il pezzo mentre Prince si versava da bere e le voltava le spalle, fissando il fuoco.

> Conoscete tutti la storia della povera bambina ricca che non sapeva se era amata per il suo denaro o per se stessa? "P.D.Q." ha scoperto che la famosa Billy Ikehorn di Beverly Hills ha tentato disperatamente di trovare una risposta mentre, a Parigi, conduceva una doppia vita.
> Credereste mai che la nostra Billy, sempre favolosamente vestita, sia riuscita a spacciarsi per quasi un anno per una semplice insegnante di Seattle? (Una insegnante di francese, naturalmente. E che altro, se no?) Sì, una delle donne più ricche del mondo è riuscita a convincere l'affascinante scultore di San Francisco, Sam Jamison, di essere una povera ma onesta lavoratrice durante il lungo idillio intrattenuto nel di lui studio del Marais. Peccato, Sam, hai preso proprio una bella cantonata, eh?
> "P.D.Q." si è informato al Ritz di Parigi e ha scoperto che Billy ha ufficialmente occupato la Suite Windsor durante tutto l'anno scorso; ma Henri Legrand, della galleria Templon, dove lo scorso autunno le opere dello scultore hanno fatto sensazione, ci ha dichiarato di conoscere la nostra Billy come una certa "Honey Winthrop", innamoratissima convivente di Jamison per un periodo di parecchi mesi.
> Sarà stata la prima volta che una aristocratica Winthrop di Boston (non dimentichiamo che la nostra Billy è per nascita Wilhelmina Hunnenwell Winthrop) ha usato il venerabile cognome di famiglia per nascondere un amore segreto?
> E non è curioso che Billy riesca a trovare un uomo soltan-

to fingendo di essere ciò che non è? Tutti ricordano l'effimero secondo matrimonio con il produttore cinematografico Vito Orsini, presto interrotto dal grande amore di Vito per Maggie MacGregor. La quale Maggie scaricò Vito quando risultò evidente che *WASP* sarebbe stato il fiasco del decennio, e si affrettò a sostituirlo con Fred Greenspan, suo datore di lavoro nonché regolarmente sposato, il quale decise ben presto che la regina delle cronache cinematografiche meritava mezz'ora in più al giorno sui nostri teleschermi. Maggie, come tutti sanno, è arrivata ai vertici della professione perché sa come usare gli uomini giusti al momento giusto. Non pensate che Billy dovrebbe chiedere a lei qualche furba e utile indicazione circa il modo di scegliersi gli uomini più adatti? Da quando Billy ha perso Vito, nella sua esistenza non c'è più stato nessuno, tranne l'ingannatissimo Sam Jamison. "P.D.Q." ha la netta impressione che né la ricchezza, né la mancanza di ricchezza possano servire ad assicurare alla nostra Billy un amore duraturo.
Com'è andata a finire? Molti testimoni oculari hanno visto la nostra intrepida eroina colta di sorpresa con indosso tutti i suoi diamanti a una serata di gala all'Opéra. (Ecco, non tutti, naturalmente, ma abbastanza per smentire la favola della modesta insegnante di Seattle.) Sam Jamison ha riconosciuto la sua Cenerentola al contrario e ha fatto una grande scenata in pubblico, e il giorno dopo ha dato il benservito a Billy chez Lipp, dove lei lo aveva seguito.
La nostra Billy è scappata in tutta fretta da Parigi per rifugiarsi nella più tollerante Beverly Hills, vecchio terreno di gioco dove continua a rimanere in un isolamento misterioso ma comprensibile... n'est-ce pas? C'è forse sotto qualche istruttore di tennis? Ecco il consiglio di "P.D.Q." per la nostra povera bambina ricca, così sfortunata in amore: la prossima volta, "Honey", cercati un uomo ricco. La vera Wilhelmina Hunnenwell Winthrop Ikehorn Orsini vuole alzarsi e dire la verità, tutta la verità, nient'altro che la verità? O forse la verità non esiste?

«Be', stella, almeno le foto sono belle, soprattutto quella in bikini» disse Prince, che si era voltato quando aveva sentito Billy gettare a terra la rivista. «E hanno scritto il tuo nome senza errori» soggiunse, scrutando la sua espressione angosciata. «So che è grave, ma un fatto del genere non basta a minacciare la tua vita.»

«No.»

«Cos'hai combinato a Harriet Toppingham per provocare una simile carognata? Non erano mai caduti tanto in basso.»

«L'ho incontrata una volta... una volta sola... a una festa» rispose Billy, muovendo a fatica le labbra. «È stata Cora de Lioncourt. È l'unica che può avere ricostruito tutto.»

«E a lei cosa hai fatto?»

«Niente. Niente, per quanto che ne so» disse Billy, la voce fredda quanto la sua espressione.

«Senti, stella, so che è una banalità, ma quando succede una cosa del genere, l'unica soluzione è affrontarla a testa alta e fingere che non sia accaduto niente. In fondo, non hai fatto nulla di cui doverti vergognare.»

«Tu non capisci...»

«Non illuderti, Billy. La gente si divertirà, per una settimana o due non parlerà d'altro. Ma dimenticherà non appena scoppierà la prossima bomba.»

«No, non è vero. La gente non dimentica mai gli scandali. E questo non lo dimenticherà finché io sarò viva.»

«Be', può darsi» ammise Prince. Sapeva che aveva ragione. «Ma sii realista, non puoi farci niente.»

«Tutti» mormorò Billy, «tutti coloro che ho conosciuto o che conoscerò in futuro ne avranno sentito parlare e se ne ricorderanno quando mi vedranno... Io saprò sempre che cosa pensano di me. Sono diventata uno zimbello, una persona da compiangere.»

«Oh, stella, ti prego: cerca di non prenderla così. Rideranno, e con questo? Non possono toglierti tutte le cose che ti invidiano. Guardati allo specchio, guardati intorno. Billy, tu hai una vita fantastica.»

Non poteva capire, pensò Billy, non poteva assolutamente capire quanto aveva sofferto in gioventù perché ogni giorno di ogni settimana si era sentita lo zimbello di amici, compagni, parenti. Anche se adesso sembrava ormai potente e inattaccabile, l'immagine che aveva di sé era stata plasmata dall'abbandono dei genitori, dalle interminabili, crudeli beffe delle compagne di scuola, dalla pietà delle zie e dal rifiuto sprezzante dei cugini. Aveva cercato di convincersi che era accaduto lo stesso a tanta gente, che forse tutti si erano sentiti feriti nell'amor proprio, in gioventù. Ma l'articolo pubblicato da quella meschina rubrica era l'essenza stessa degli incubi che per tante notti l'avevano svegliata, lasciandola angosciata e preoccupata per l'accoglienza che sarebbe stata riservata a Scruples 2. Ognuna di quelle parole pungenti le si era impressa nella mente. Parole troppo esatte per essere smentite. Aveva l'impressione di essere precipitata indietro nel tempo, si sentiva di nuovo come si era sentita per anni la povera, grassa Honey Winthrop.

«Prince... non posso. Non posso affrontare i media proprio questo weekend. Sarà Spider che ti presenterà al pubblico. Io resterò qui. Non uscirò di casa, e non mi interessa quello che dirà la gente. Non posso.»

«Billy, è proprio il modo sbagliato di affrontare la situazione» la redarguì Prince.

«Non posso fare altro, mi dispiace, ma ho bisogno di stare sola.» La sua decisione era incrollabile.

«Stella!» Prince fece per rincorrerla; poi si fermò, scrollò le spalle rassegnato e decise di andarsene. Anche una cena solitaria servita nella camera d'albergo sarebbe stata più allegra della prospettiva di trovarsi di fronte al viso tormentato di Billy. Gli dava fastidio ammetterlo, ma la faccenda era piccante; avrebbe solo preferito che avesse un'altra protagonista. Il bar dell'albergo sarebbe stato affollato di persone che conosceva, e tutte sarebbero state ansiose di parlare di Billy che, in incognito, si era fatta scopare come una semplice maestrina in vacanza a Parigi. Naturalmente non si sarebbe trattenuto al bar troppo a lungo. Dopotutto era affezionato a Billy.

22

«Sai dove posso trovare Billy?» chiese Josh Hillman a Spider nel tardo pomeriggio di giovedì.

«Non l'ho vista» rispose Spider, chiudendo in fretta la copia di "Fashion and Interiors" in cui aveva appena finito di leggere l'articolo di "P.D.Q.". «Perché?»

«C'è qualcosa che vorrei darle per domani: un portafortuna.» Josh posò sulla scrivania di Spider la targa di marmo di Scruples che era stata recuperata dopo l'incendio.

«Cristo!» Spider trasalì. «Credi che Billy voglia vederla? Gesù, dove l'hai trovata?»

«Il servizio antincendio me la consegnò dopo la partenza di Billy. L'ho conservata per anni. Non sapevo cosa farne. Ma adesso... Ecco, stavo rimettendo in ordine l'ufficio, per caso mi è capitata fra le mani e così ho pensato che spettava di diritto a Billy.»

«Credo sia l'ultima cosa al mondo che vorrebbe. Le ricorderebbe la tragedia.»

«Non sono d'accordo, Spider. Anzi, le ricorderà il successo di Scruples. So che è preoccupata per Scruples 2... mi è parsa molto giù in questi ultimi tempi. Avrai visto un milione di foto di persone che hanno perso la casa in un incendio e che tornano a frugare fra le ceneri. Cercano di trovare qualcosa, qualunque cosa, per conservare un ricordo di ciò che avevano. Sembra che sia un conforto. Si portano via le cose più incredibili, perché gli danno il coraggio di tirare avanti. È strano, ma succede sempre. So che è un aiuto.»

«Sì.» Spider guardò Josh in uno slancio di pietà: l'avvocato non sospettava nemmeno che il suo amore per Valentine non fosse stato un segreto per lui. Mentre Spider navigava da un'isola all'altra e lasciava che il mare e il cielo e il vento cancellassero a poco a poco il dolore, Josh era stato costretto a continuare la sua solita vita, senza poter ammettere di fronte a nessuno che anche lui aveva perso Valentine per sempre.

«Perché non gliela consegni tu stesso, Josh?»
«Devo vedere Sasha fra dieci minuti e sono già in ritardo.»
«D'accordo. Lasciala a me e vedrò di fargliela avere in un modo o nell'altro. Di una cosa sono sicuro: non è in ufficio. Josie me l'ha detto un minuto fa, e se non lo sa lei...»
Quando Josh uscì, Spider comprese perché aveva nascosto istintivamente l'articolo di "P.D.Q.", anche se Josh ne sarebbe senza dubbio venuto a conoscenza prima di sera. Non sopportava l'idea di vedere qualcun altro che lo leggeva, neanche se si trattava di una persona affezionata a Billy quanto poteva esserlo Josh Hillman. Sfiorò il marmo color albicocca con una carezza incerta, seguendo le lettere svolazzanti incise sulla targa. Il ricordo di un trionfo passato sarebbe riuscito a dare a Billy una ragione per tirare avanti nonostante il naufragio provocato da quell'articolo nauseante, dalle disgustose bassezze pubblicate da Harriet Toppingham? Indiscutibilmente, la targa aveva aiutato Josh, altrimenti non l'avrebbe conservata per tanto tempo. E, grazie a Dio, adesso non ne aveva più bisogno.

«Mi faccia parlare con Burgo O'Sullivan» disse Spider al portiere che si era rifiutato di lasciarlo entrare nella proprietà Ikehorn.
«Sì, signore.» L'uomo gli passò il telefono.
«Burgo, sono Spider Elliott. Sì, so che ha chiuso la casa ai visitatori, me l'hanno detto. Ma, Burgo, è una pessima idea isolarsi quando si ha bisogno di parlare con un amico. Ho cercato Gigi, l'ho chiamata a casa ma non mi ha risposto. Senta, Burgo, in questo momento ci sono soltanto io, no? Sarà sempre meglio di niente. Sicuro. Glielo dice lei? Grazie, Burgo.»
Spider restituì il ricevitore al portiere, che ascoltò la risposta e si affrettò ad aprire il cancello elettrico. Spider fermò la macchina davanti alla casa. Burgo lo stava aspettando.
«Dov'è?» chiese Spider, scendendo con la targa sotto il braccio.
«Dopo che il signor Prince è andato via, è salita in camera sua e c'è rimasta per circa un'ora. La cameriera ha detto che si era chiusa nello spogliatoio. Poi è scesa, avvolta in un vecchio mantello, ed è uscita in giardino» rispose Burgo in tono preoccupato. «Non è ancora rientrata. Secondo me è nel suo giardino privato. Le mostro dov'è. Se non è lì, non so proprio dove possa cercarla. Tutte le luci dei giardini sono accese, può guardare dove vuole. Informerò le guardie, così non le daranno fastidio.»
In silenzio, Burgo lo precedette lungo il percorso più diretto, che attraversava un uliveto, e si fermò davanti alla barriera di cipressi

che nascondeva le pareti di pietra del giardino. Era una notte fredda e gli alberi si piegavano frusciando sotto il vento di Santa Aña che sembrava sospingere la luna piena attraverso il cielo stellato. Burgo scostò i rami di due vecchi cipressi e rivelò la porta del giardino segreto. La indicò, poi si allontanò prima che Spider avesse il tempo di bussare.

Di fronte all'impenetrabile, robusta porta di legno, Spider esitò. Poteva lasciare Billy nell'isolamento che aveva chiesto e che aveva il diritto di esigere. Poteva restare lì in silenzio, aggirarsi nei giardini per un po', e infine andarsene dicendo a Burgo che non era riuscito a trovarla. Sapeva di essere l'ultima persona al mondo che Billy voleva vedere, quella sera o in qualunque altra sera: non gli aveva più rivolto la parola dopo il litigio, addirittura era riuscita a non trovarsi mai nella stessa stanza sola con lui. In quell'ultimo mese non si erano mai visti. Ma se poteva darle un po' di conforto, se quel pezzo di marmo conservava un centesimo del potere che Josh gli attribuiva, doveva consegnarglielo. Bussò.

«Cosa c'è, Burgo?»

«Sono Spider.»

Passò un minuto. Poi un altro minuto. «La porta non è chiusa a chiave» disse finalmente la voce incolore di Billy.

Spider spinse l'uscio e si fermò. Si sentì bruscamente privato della capacità di muoversi, frastornato dal candore magico di quel giardino illuminato con tanta discrezione, che nessuna fonte di luce era visibile. Passare al di là del filare di cipressi scuri in quel quadrato d'incantesimo gli diede l'impressione di essersi avventurato nel cuore di un antico e suggestivo mistero. Un tappeto vivente di fiorellini bianchi si stendeva ai suoi piedi come la spuma sulla battigia, i candidi tulipani crescevano fitti intorno alle sue ginocchia, i gigli più alti gli solleticavano il dorso delle mani, le rose bianche si arrampicavano sopra la sua testa e protendevano le corolle così in alto da scacciare la notte. Il profumo dolcissimo dei gelsomini e delle rose rampicanti lo sorprese per la sua intensità; il riflesso della luna, un tremulo baluginio, era l'unico ornamento del minuscolo laghetto centrale, incastonato fra le primule candide con tanta perfezione da sembrare caduto dal cielo. Si guardò intorno cercando Billy, ma non riuscì a scorgerla.

«Non sei mai entrato qui» commentò lei dalla panchina nascosta in fondo al giardino, sotto il pergolato formato dai rami del glicine bianco.

Guidato dalla voce, Spider riuscì a individuare il suo profilo appena visibile. «Non sapevo nemmeno che esistesse» rispose. Non osava muoversi.

«Dato che ormai sei qui, entra.»

«Grazie.» Spider seguì la curva del vialetto e si fermò a un metro dalla panchina. Con gesti goffi e impacciati posò la targa marmorea. Billy era avvolta in un ampio mantello scuro, la testa ombreggiata da un cappuccio. Riusciva appena a distinguere il luccichio dei suoi occhi scuri. Non poteva consegnarle la targa in quel momento, pensò, e certamente non in quel luogo. Aveva immaginato di trovarla in casa, di poterle ripetere le parole di Josh, di darle quel dono e di andarsene. Ma in quel dolce, ondeggiante candore, fragile e luminoso, il solito pezzo di marmo sembrava fuori posto.

Nell'ombra che lei stessa aveva scelto, Billy tornò improvvisamente a farsi invisibile. Spider si sentì sopraffare da una grande confusione. Cosa sapeva esattamente della donna che stava seduta in silenzio in quel rifugio dove lui aveva osato avventurarsi? Quali pensieri le affollavano la mente mentre guardava il giardino come da un palco a teatro? Quel giardino che era la rappresentazione di uno splendore privato. All'improvviso la ricordò il giorno in cui era andata a pranzo con lui a Le Train Bleu, a New York. Allora era vestita di un rosso vivace, pensò, appariva completamente padrona di sé, aveva un impero negli occhi e la linea energica della sua gola era uno stelo più bello di tutti quelli contenuti ora nel giardino. Quel giorno lui aveva misurato la profondità della tenerezza intensamente femminile che conviveva in Billy accanto a un'inusitata impulsività autocratica. Oggi la comprendeva meglio, dopo l'intensa collaborazione per Scruples 2; eppure, per quanto esperto fosse nel capire le donne, Billy continuava a eluderlo. Più che in ogni altra donna, in Billy c'era qualcosa che rimaneva fondamentalmente inconoscibile. Si rendeva conto della profondità della sua timidezza, eppure sapeva anche essere più intrepida e audace delle altre donne. Era riuscita a rovinarsi la vita, ma aveva conservato tutta la sua autorità. Era dolce, oh, dolcissima, ma inconsapevole del potere della propria dolcezza. Spider era venuto soltanto per confortarla. Più di ogni altra cosa sentiva il bisogno di risanare le sue ferite, di cancellare le sue sofferenze, ma non sapeva da dove cominciare a causa dello scontro che aveva avuto luogo fra loro.

«Sono venuto...» balbettò.

«No, no» disse Billy, alzando una mano per farlo tacere. «Io... devo scusarmi con te. Quello che ho detto era imperdonabile, non so spiegarlo... Immagino non mi perdonerai lo stesso, ma...»

«No!» Spider era più che sorpreso da quelle parole. «No! Non devi scusarti. Avevo torto al cento per cento, e tu avevi ragione. Ma dimmi che non mi giudichi un mascalzone. Non sopporto che tu mi ritenga un essere spregevole. E anche se così fosse, dimmi che non è vero! Cristo, Billy, mi sei tanto mancata. Non puoi immaginare quanto. Non dovremo più litigare in quel modo, qualunque cosa succeda: è troppo doloroso. Gesù, mi sono addormentato piangendo così tante volte, è stato terribile.» Si interruppe, sbalordito dall'audacia della propria confessione. Aveva giurato a se stesso che nessuno avrebbe mai conosciuto quella sua debolezza.

«Ma» disse Billy con un fil di voce. «Ma...»

«Cosa?» la incitò Spider, confuso.

«Anche... anche tu mi sei mancato» rispose lei, con voce ancora più bassa.

«Vuoi dire che non mi odi?»

«Purtroppo no. Sarebbe tutto più facile.» Billy si ritrasse ancora di più nella protezione del vecchio mantello foderato di zibellino.

«Non capisco. Non possiamo essere di nuovo amici come un tempo?» chiese Spider. Rifiutava di accettare la nota di addio che sentiva nella voce di Billy e che lo terrorizzava. Si avvicinò, si curvò, le prese le mani fredde e cercò di scaldarle.

«Amici? Oh, no, Spider, non possiamo più essere amici come un tempo. Me ne vado, torno a Parigi... o forse andrò altrove, non so ancora.»

«Billy, per amor di Dio, non puoi andartene! Non te lo permetterò! È tutta colpa delle bugie schifose pubblicate dalla rivista, vero?» esclamò, mentre cercava di scrutarle il viso seminascosto dal cappuccio. Non riusciva a scorgerla e non osava chiederle il permesso di guardarla più direttamente. Sedette impacciato sul bordo della panchina.

«No, non è esatto» disse Billy. «Non erano bugie. È accaduto davvero. Non come hanno scritto, ma quasi. Perciò non ti ho parlato di Sam quando me l'hai chiesto; mi vergognavo, anche se tutto sommato penso di avere sbagliato in buona fede. All'inizio, dopo aver letto l'articolo, ero così sconvolta dal tono... da quel tono sarcastico, che mi sentivo uno straccio, un essere con un'unica identità, e cioè quella che mi avevano affibbiato. Poi, mentre lo leggevo e rileggevo ossessivamente, a poco a poco le parole sono diventate irreali. Quel pezzo non parlava di me. Ho scoperto che non mi vedevo affatto come una creatura patetica. Non più. Chissà come e chissà dove, ho acquisito un'inequivocabile stima per me stessa. Ed era ora, come direbbe mia zia Cornelia. Non è mai troppo tardi. Da bambina ho passato brutti momenti, e anche più tardi, quando sono cresciuta, ma poi ho vissuto una vita vera, piena di amore vero, di veri amici e veri successi. Di alti e bassi veri, come ne esistono per chiunque. C'è una vera me stessa, anche se non corrisponde ai gusti di tutti. Non preoccuparti. Sopravvivrò a quell'abominevole rivista. Non penso di scappare e a dargli la soddisfazione di credere che sono riusciti a mettermi in fuga...»

«Allora perché parli di partire?» la interruppe. «Come puoi fare una cosa simile? Non è possibile. Non ti lascerò andare.»

«È... è perché non possiamo più essere amici.»

«Perché no?» chiese angosciato Spider.

Billy rimase in silenzio, sforzandosi di chiamare a raccolta tutte le sue forze. Poi si impose di parlare, di essere finalmente sincera, di pronunciare quelle parole tanto difficili e di lasciarsele alle spalle una volta per tutte, di dare a se stessa la possibilità di continuare la propria vita. Non poteva andare avanti così, con il sapore del suo amore solitario ancora sulla lingua, aspirarlo a ogni respiro, emetterlo a ogni sospiro.

«Perché... perché non puoi conservare un amico se sei... se sei gelosa di lui.»

«Gelosa?» chiese Spider senza capire.

«Oh, mio Dio, Spider, devo proprio sillabarlo come alle elementari? Cosa credi che mi avesse spinta a dirti quelle cattiverie? Non lo indovini? Ero gelosa... Sì, di Gigi, e di tutte le altre donne della tua vita. Di tutte... di tutte le donne che hai amato.»

Billy liberò di scatto le mani e abbassò il cappuccio in modo da nascondere completamente il viso, stringendosi nel mantello per proteggersi.

«Gelosa» ripeté Spider, sopraffatto dallo stupore e dal nascere confuso ma inconfondibile della speranza: la speranza impaziente di avere compreso Billy assai meno di quanto avesse sempre sognato. Incredibilmente, meravigliosamente meno... «Gelosa? Non saresti gelosa se non...»

«No! Non dirlo! Sii almeno generoso in questo, non rigirare il coltello nella piaga. Già così è abbastanza tremendo! Devo superare il dolore, ne ho tutte le intenzioni, e lo farò» affermò Billy in tono deciso e inflessibile.

«Oh, no, no!» esclamò Spider. La prese fra le braccia scostandole il cappuccio per vedere i suoi occhi addolorati, la bocca percorsa da un tremito, ardente e volitiva. Le prese il volto fra le mani e, con uno sforzo eroico, si trattenne dal baciarla. Prima doveva spiegare tutto, in modo che lei capisse. «Se muoverai un solo passo» le disse solennemente, senza esitare, «io ti seguirò, ovunque andrai. Mi accamperò alla tua porta. Se vorrai stare in pace potrai farlo, ma io sarò sempre a tua disposizione e attenderò con pazienza. Non dovrai più allontanarti da me, non potrai più lasciarmi. Siamo rimasti separati troppo a lungo, abbiamo sprecato troppo tempo. Ora ascoltami bene, Billy, questa è la cosa più importante. Un anno e mezzo fa venisti a suonare alla mia porta e quando ti aprii e vidi che eri tu, mi innamorai. Ma la cosa più assurda e spaventosa è che non me ne sono reso conto fino a questo momento. Billy, sono sempre stato innamorato disperatamente di te da quell'attimo, ma non ho mai pensato che tu potessi ricambiare il mio sentimento... Non hai mai dimostrato... ecco, di essere interessata a me. Fra noi non c'è mai stato nemmeno un barlume di romanticismo e dunque rifiutavo di prenderne atto, non mi permettevo neppure di immaginare... di chiedermi... oh, ma tu mi ami, lo so... non posso sbagliare questa volta, vero?» continuò, implorante. «Non posso, perché anche io ti amo tanto. Oh, dimmi che non andrai in nessun posto senza di me, Billy, ti prego, dimmi che non mi abbandonerai mai, dimmi che non puoi essere così crudele.» Spider la supplicò con tutto il cuore, quasi le stesse chiedendo di salvargli la vita; ma non era ancora del tutto sicuro di avere capito, perché le poche parole enigmatiche di Billy lo avevano colto alla sprovvista. «Dimmi che non sarai più gelosa perché non ne avrai mai il motivo, dimmi che sai che ti sarò fedele per sempre, perché lo sarò... Per amor di Dio, Billy, di' qualcosa!»

«Non so come cominciare» bisbigliò lei, mentre il suo viso si illuminava di felicità. «Fammi qualche altra domanda.»

«Oh!» Spider la baciò e continuò a baciarla, travolto dal sollievo, dalla certezza improvvisa. «Ti farò altre domande, non temere... potremo ricominciare nel modo giusto, ripartire dall'inizio indispensabile, come una volta. Ti inviterò a uscire con me, e passerò a prenderti e ti porterò a cena e... e poi ti accompagnerò a casa, chiederò se posso rivederti, magari il prossimo sabato sera o meglio ancora domani, e ti chiederò se posso darti il bacio della buonanotte, così e così e così...»

«È necessario ripartire da tanto lontano?» sussurrò Billy fra un bacio e l'altro, quei baci che l'avevano ossessionata per tanto tempo, così ardenti che ora stentava a comprenderne il calore, la realtà travolgente, la concretezza incontestabile. Non riusciva a credere che quella non fosse soltanto un'altra fantasticheria. «Sono troppo... impaziente... per ricominciare dagli appuntamenti.»

«Come vuoi... Oh, cara, cara, sono tanto innamorato di te che non so cosa fare. Non possiamo sposarci?» La voce di Spider era quasi irriconoscibile. «Non sopporto di dovere attraversare tutte le fasi intermedie, quando sono assolutamente certo che alla fine andrà così... Non possiamo esistere se non come marito e moglie. Cara, cara, cosa posso dire per fartelo comprendere?»

«Hai sempre avuto questa dote, Spider» disse Billy, ridendo di felicità mentre lo guardava negli occhi. Gli accarezzò le labbra con un tocco possessivo, trasportata da uno slancio di gioia pura e cristallina che le dava la sensazione di volare sulle onde di un oceano, una gioia così indivisibile da lui da ispirarle una fiducia totale. «Hai il dono straordinario di convincermi a fare qualunque cosa. Come può sfuggirti che anch'io voglio tutto ciò che tu vuoi? Perché, se preferisci, posso sempre mettermi a discutere, ma non sarebbe più facile se dicessi di sì?»

Epilogo
UN ANNO DOPO

Esistono molti sistemi ingegnosi per svegliare un uomo addormentato senza che lui si accorga che l'hai fatto apposta, si disse Billy mentre giaceva nel grande letto a fianco di Spider. Puoi girarti da una parte e dall'altra fino a che il materasso sembra un mare in tempesta; puoi tirare lenzuola e coperte fino a coprirgli la bocca e il naso, e allora dovrà svegliarsi per riprendere fiato; puoi fargli furtivamente il solletico in una quantità di punti sensibili, fino a quando si irriterà e aprirà gli occhi; puoi persino strappargli un capello, e allora non potrà più ostinarsi a continuare a dormire. Oppure puoi gridargli «Buuu!» in un orecchio e ridistenderti subito con aria assonnata e innocente, mentre lui si tira di scatto a sedere per la sorpresa.

Ma era giusto svegliare qualcuno che dormiva così profondamente? Spider doveva essere nella cosiddetta fase Rem, quella che nella persona addormentata presenta movimenti rapidi degli occhi, la fase più profonda in cui vengono i sogni, la fase ristoratrice senza la quale chiunque, dopo qualche giorno, comincia a soffrire di disorientamento e depressione. Ma Spider non aveva dormito più che abbastanza, si chiese Billy, mentre lei era rimasta sveglia tutta la notte, era corsa ogni ora nel bagno pieno di fiori, aveva camminato a lungo intorno alla grande camera per liberarsi le gambe dai crampi, e poi ogni volta era tornata a letto ricomponendosi per un riposo che non era mai venuto? Completamente sveglia, fissava il soffitto nell'oscurità che precede l'alba e cercava di capire se Spider si sarebbe irritato, qualora avesse evitato di svegliarlo per raccontargli la saga della sua notte agitata.

Eppure, il fatto di essere sveglia mentre lui dormiva le assicurava un vantaggio. Anche se non poteva guardare nell'azzurro sconfinato dei suoi occhi, anche se non poteva ascoltare la sua voce e bearsi del suo sorriso, nel sonno Spider le apparteneva completamente; e poteva crogiolarsi nella contemplazione ininterrotta della felicità che le dava dividere il letto con lui. Poteva adorarlo, ecco cosa poteva fare, adorarlo quanto voleva, in una segreta esplosione di amore, un sentimento che, come aveva scoperto, non era fatto per essere mostrato in pubblico.

Per quanto si sforzasse, non aveva ancora imparato l'arte di evitare di adorarlo anche in ufficio. Aveva notato le piccole gomitate divertite che gli altri si scambiavano quando Spider presiedeva una riunione e lei era ipnotizzata al punto di dimenticare l'argomento, e quando veniva interpellata non riusciva a formulare un'opinione in maniera sensata. Heather, la più intellettuale delle sei sorelle di Spider, le aveva detto che insieme formavano un esempio lampante di "venerazione uxoria". Compiaciuta della lode implicita ma non disposta ad ammettere che non ne conosceva il significato, aveva cercato sul dizionario trovando una citazione riferita a una donna "piombata nella più assoluta imbecillità uxoria"; un'altra parlava di un uomo che, secondo Tennyson, era "un principe la cui virilità si era perduta, dissolta nella mera venerazione uxoria". Benone! Se fosse stato ancora vivo quel vecchio puritano di Tennyson ci avrebbe pensato lei a chiargli le idee a proposito della virilità; e in quanto a Heather, non era possibile che avesse voluto dire una cosa del genere... Sicuramente aveva solo cercato di sfoggiare la ricchezza del suo vocabolario, mancando però di un chilometro il bersaglio.

Il fatto di avere sposato un uomo con sei sorelle comportava rivelazioni continue, pensò Billy. Ellis non aveva parenti; e se Vito ne aveva, magari a est, a Riverdale, non si era mai preso il disturbo di presentarglieli. Ma i genitori di Spider vivevano poco lontano, a Pasadena, quattro delle sorelle erano sparse per Los Angeles e le altre due stavano a meno di un'ora di macchina o di aereo dalla casa della loro infanzia. Si ritrovavano spesso tutti insieme (Billy si chiedeva come aveva fatto a non sentir parlare assai di più della famiglia Elliott prima di sposare Spider), erano espansivi, bonari, loquaci, e orbitavano intorno a Spider in modo quasi esagerato. L'unico figlio maschio, l'unico fratello: era naturale che tutti lo adorassero. Le sue sorelle sembravano quasi flirtare con lui, ma grazie al cielo di loro non poteva essere gelosa. O forse esisteva qualche altra parola orribile e applicabile al loro caso come l'aggettivo "uxorio"? si chiese insospettita. Una parola in grado di spiegare perché, sebbene fosse incantata dalla sensazione di fare ormai parte di una famiglia numerosa e molto unita, sensazione mai conosciuta prima e di cui aveva sempre sentito la mancanza, non era mai troppo dispiaciuta di vederli tornare tutti a casa e di restare di nuovo sola con Spider?

Non poteva certo sostenere che le cognate non la trattassero con affetto, pensò Billy con un sorriso. Tutte avevano figli, più di una dozzina in totale, ma guardavano con un'attesa colma di venerazione il suo ventre come se, di lì a sei settimane, lei dovesse dare alla luce un nuovo Shakespeare e un altro Mozart, anziché due semplici gemelli – gli unici due maschi della famiglia Elliott, a parte Spider e suo padre. La suocera di Billy aveva messo al mondo tre coppie di gemelle, nel vano tentativo di produrre un altro Spider; lei invece ci era riuscita al primo colpo, con la facilità con cui si fa una passeggiata nel bosco o si cade da una sedia o si mangia un gelato.

Spider si mosse leggermente e lei si girò verso di lui, speranzosa; ma continuò a dormire profondamente, il viso nascosto da un braccio. Billy si sollevò sui gomiti, si chinò e aspirò l'odore dei suoi capelli. Era più gradevole del popcorn imburrato, e dieci volte più tentatore. Resistette con uno sforzo all'impulso di spettinarli, si riabbandonò sui cuscini e meditò sulla maternità ormai prossima.

Dolly le aveva assicurato che i suoi gemelli non erano un fastidio, che non costituivano affatto un problema più di quanto lo fosse allevare un bambino solo; ma quando si trattava dei suoi figli, Dolly mentiva spudoratamente con la scusa che seguire la dieta impegnava tutte le sue energie mentali. Ormai ricorreva all'ipnosi, all'agopuntura, ai cristalli, alle registrazioni trasmesse durante il sonno per rafforzare il suo proposito, oltre allo spauracchio di dovere un giorno indossare i modelli Dolly Moon, che si vendevano come il pane. Forse era la scarsa forza di volontà di Dolly a far sì che i suoi gemelli fossero, per dirla con un eufemismo, spiriti così liberi? Cosa avrebbe fatto lei se i suoi figli si fossero rivelati cocciuti come i figli di Dolly, si chiese mentre li sentiva muoversi nel suo grembo. Ma non si rendevano conto che lì dentro c'era spazio per tutti e due? Perché avevano cercato tutta la notte di scambiarsi i posti? O stavano solo ballando un tango? Forse non avrebbe dovuto essere tanto ansiosa che nascessero e avrebbe fatto meglio ad approfittare di quelle ultime settimane di relativa pace; ma aveva la sensazione di essere come sospesa, mentre l'immane e misterioso evento destinato a cambiare la sua vita incombeva nel prossimo futuro.

Le sole cose su cui era riuscita a concentrarsi in quegli ultimi tempi erano i modelli della nuova collezione pre-maman di Scruples 2 e la linea di abbigliamento per bambini, che comunque soltanto in luglio avrebbero assunto la forma di campionari finiti.

Com'era possibile che fino a quel giorno avessero sempre pensato a un catalogo privo di settori così indispensabili? Non occorreva nemmeno prendere in esame le statistiche: lei era incinta; Sasha, con la sua abituale efficienza, era rimasta incinta due settimane prima di Billy; due delle sorelle di Spider, Petunia e January, erano di nuovo incinte; per non parlare di Dolly, che era stata costretta a rinunciare a un film in cui metteva in ginocchio un innamoratissimo Arnold Schwarzenegger perché anche lei avrebbe avuto un altro bimbo fra sette mesi. Quattro donne incinte oltre a lei, nella sua cerchia più intima, erano più che sufficienti per indicare una tendenza, forse addirittura un'epidemia, e Scruples 2 era il massimo in fatto di tendenze, si disse soddisfatta. Con centinaia di dipendenti, in maggioranza donne sposate, aveva istituito alcuni servizi modello in Virginia e a Los Angeles perché anche le impiegate potessero optare per la maternità, conservare il posto e organizzarsi secondo orari flessibili. Solo così le cose avevano un senso nella vita.

L'industria delle vendite per corrispondenza era stata rivoluzionata dallo straordinario successo di Scruples 2 e dalla rapidità senza precedenti con cui si era sviluppato fin dalla spedizione del primo catalogo. Si erano presentati sul mercato nel momento giusto e con l'idea giusta: milioni di donne che non disponevano del tempo per andare a far spese avevano bisogno di capi d'abbigliamento versatili, ben confezionati e a prezzi accessibili. L'impostazione grafica ideata da Spider era così diversa da quella degli altri cataloghi che aveva conquistato subito il pubblico, mentre i testi di Gigi avevano praticamente creato un culto. Oh, certo, avevano anche avuto i loro problemi: un'indispensabile sciarpa di Prince destinata a essere portata con quattro completi diversi era stata consegnata in una combinazione di azzurri così stridenti che nemmeno Prince stesso avrebbe osato portarli tutti insieme; sedici delle loro centraliniste meglio preparate, efficienti e gentili, si erano dimesse nel giro di una settimana per sposare clienti conosciuti per telefono che avevano ordinato lingerie antica da regalare; una previsione sbagliata li aveva lasciati con un buco di trentacinquemila paia di pantaloni di velluto verdescuro e il modello Dolly Moon più popolare aveva causato fastidiosi pruriti alle donne dall'epidermide più sensibile ed era stato restituito a decine di migliaia di pezzi. L'elenco continuava, ma grazie ai cataloghi trimestrali delle occasioni si erano liberati degli errori e delle rese senza mai andare in perdita, mentre la base della clientela cresceva in misura proporzionale alla loro esperienza e alla conoscenza del mercato.

Joe Jones e il fratello si erano comprati una casa ciascuno prima ancora che terminasse il loro primo anno di permanenza in California, e adesso erano occupatissimi a far costruire le piscine, ad acquistare barche e a cercare seconde case per il weekend nelle vicine montagne di Idyllwild: e quella era la dimostrazione di fiducia più totale che Billy potesse augurarsi. Josie Speilberg aveva resistito a un lusinghiero tentativo di "rapimento" da parte di L.L. Bean quando aveva ricevuto l'incarico ufficiale di vicepresidente responsabile del Raziocinio; Prince bruciava all'idea di non avere pensato prima a creare modelli a prezzi moderati, e di essere ormai vincolato a Scruples 2 da un contratto quinquennale... Insomma, tutto procedeva come al solito, pensò Billy, mentre si sistemava un altro cuscino sotto le reni indolenzite. Tutto come al solito, cioè, a parte Cora de Lioncourt. Era strano che Maggie MacGregor avesse reagito con tanta violenza all'attacco contro la sua professionalità incluso nell'articolo di "P.D.Q.", al punto di darsi da fare per scoprire a chi risaliva la responsabilità del pezzo. Quando aveva saputo, tramite la sua rete di informatori, che era stata Cora a passare la soffiata, Maggie aveva smascherato i suoi intrallazzi segreti in un servizio televisivo di mezz'ora dedicato al fenomeno che cominciava a essere conosciuto come Nouvelle Society. "L'Imperatrice Dieci-per-Cento delle arrampicatrici sociali" così era intitolato lo show che aveva stroncato definitivamente la carriera di Cora. Billy non poteva biasimare Maggie se si era infuriata per l'accusa di essere arrivata al top andando opportunisticamente a letto con gli uomini giusti, quando il suo successo era invece basato sul talento e l'impegno; ma ciò non significava comunque che le fosse diventata più simpatica. Anzi, a pensarci bene, se non fosse stato per quell'articolo orribile Spider non sarebbe andato a cercarla, quella sera, e avrebbero impiegato molto più tempo per scoprire che si amavano. Nulla avrebbe potuto continuare a tenerli separati, certo, e prima o poi la verità, come la tosse, avrebbe finito per rivelarsi, pensò Billy con felicità, nonostante il senso di disagio che i cuscini ben collocati non potevano guarire.

Avrebbe dato qualunque cosa pur di potersi sdraiare sullo stomaco. Starsene distesa bocconi, la guancia sul lenzuolo, le coperte tirate fino alla nuca, completamente rilassata, e abbandonarsi al sonno... era un ricordo ormai vago. Anzi, no, era una fantasia: la memoria era troppo fuggevole per trattenere quello stato di delizioso languore, l'immaginazione invece era potente e senza confini.

L'immaginazione... L'immaginazione di Zach Nevsky aveva convinto Vito a trasporre una commedia inglese di costume nell'ambiente contemporaneo di San Francisco, risolvendo così tutte le sfumature problematiche della struttura classista britannica che aveva rischiato di rendere *Fair Play* inaccessibile al largo pubblico. Nick De Salvo nella parte del giovane e duro proprietario di un ristorante del Fisherman's Wharf, era il protagonista a fianco di Meryl Streep, che interpretava la parte di una signora discreta e aristocratica di Nob Hill: e tutti e due avevano recitato avvolti da un travolgente alone di erotismo, facendo apparire *La donna del tenente francese* una storia per bambini, in confronto. Andavano a vederlo persino gli adolescenti, ed era il grande film dell'anno. Vito aveva ottenuto il suo primo grande successo dopo molto tempo.

I critici erano stati prodighi di lodi per Zach e, come al solito, avevano dimenticato il ruolo del produttore; ma nel mondo del cinema tutti sapevano che, anche se Zach Nevsky era ai primi posti fra i nuovi registi più richiesti, Vito Orsini aveva festeggiato il suo ritorno in grande stile. A quanto si affermava, Curt Arvey era furioso per essersi lasciato sfuggire l'occasione di finanziare *Fair Play*, e ne attribuiva apertamente la responsabilità ai consigli di Susan, ora impegnata nel tentativo di recuperare Vito alla casa cinematografica del marito; l'avevano vista pranzare con lui diverse volte anche se, pensò Billy, era impossibile immaginare una situazione in cui una persona così frigida e severa come Susan potesse influenzare Vito in un senso o nell'altro. La fortuna del principiante, si disse: aveva avuto la fortuna del principiante nella sua unica sortita nel mondo del cinema, e non aveva intenzione di rischiare una seconda volta. L'impulsività aveva i suoi limiti.

Spider sospirò e si girò, voltandole le spalle. Billy osservò i contorni della sua figura e si chinò fino a sfiorargli la spina dorsale con il ventre. Adesso che un incontro di lotta a calci sarebbe stato perfetto, per puro spirito di contraddizione i gemelli avevano deciso di riconciliarsi. Oltre le tende chiuse, un chiarore rosato annunciava il sorgere del sole. Cosa sarebbe successo se le avesse scostate e avesse lasciato entrare la luce? Sarebbe riuscita a svegliare il marito? Era mai esistito un uomo dotato quanto Spider della capacità di restare sprofondato nell'incoscienza del sonno? Un uomo altrettanto capace di amare e di vivere e di offrire generosamente le proprie qualità? Ed era mai esistita una donna altruista quanto lei, si chiese Billy, una donna disposta a lasciare che un uomo simile sprecasse il proprio tempo dormendo?

Sospirò profondamente una mezza dozzina di volte, senza risultato, poi rinunciò a quella tattica che comunque richiedeva troppa energia e cominciò a pensare a Gigi e Zach. Lui era rimasto per mesi a San Francisco per girare gli esterni, e adesso stava dirigendo un film importante nel Texas: ma quando era a Los Angeles, i due vivevano insieme nell'appartamento di Gigi che Zach aveva rapidamente trasformato in una versione californiana della base per il gruppo numeroso ed estroverso degli amici affezionati che si era creato a New York.

Billy approvava la decisione di Gigi – non condivisa da Zach – di non concludere un matrimonio affrettato. Gigi pensava che, data la giovane età, aveva ancora tutto il tempo di riflettere prima di adattarsi seriamente alla vita domestica. Ma... ah, Gigi era meravigliosamente felice! Riusciva a seguire il lavoro a Scruples 2 con tanta efficienza, che adesso stava prendendo in considerazione un'offerta allettante per collaborare come copywriter con un'agenzia pubblicitaria in fase di rapido sviluppo. Poteva farcela a svolgere entrambi i compiti, dato che i testi per Scruples 2 non dovevano essere riscritti per ogni invio di catalogo, e la sua ambizione era cresciuta in proporzione all'accoglienza entusiastica ricevuta dalla lingerie, anche se erano gli uomini ad acquistarla per le loro donne in quantità assai maggiore di quanto le donne la acquistassero per sé.

Sasha era decisa a far coesistere la maternità con una carriera part-time, dopo un periodo di riposo di quattro mesi almeno: aveva già assunto una bambinaia che l'avrebbe aiutata dal giorno in cui avesse portato a casa il piccino dall'ospedale. Sì, Sasha aveva provveduto a tutto, pensò Billy, mentre lei non riusciva ancora a fare piani precisi, a parte l'idea di trovarsi una bambinaia esperta e affettuosa per aiutarla a occuparsi dei gemelli. Come poteva sapere in anticipo quale equilibrio fra maternità e lavoro sarebbe stato adatto a lei? Per temperamento si sentiva ancora e soprattutto una donna che lavorava, e Scruples 2 era solo all'inizio; ma avrebbe avuto bisogno di parecchio tempo libero per godere appieno delle nuove esperienze di madre. D'altra parte, non era possibile che una dose eccessiva di contatto con i bambini rischiasse di farle venire un esaurimento? Nella vita nulla l'aveva mai preparata a un compromesso razionale con le meraviglie e i problemi della maternità. Ancora adesso le riuscivano imprevedibili, come il resto della sorprendente avventura della sua vita. Sapeva soltanto di essere fortunata perché poteva concedersi il lusso inestimabile della libertà di scelta.

Il futuro era troppo eccitante, complicato e ricco di magia per poter restare a contemplarlo a lungo, concluse Billy, e finalmente chiuse gli occhi perché la nuca di Spider era così affascinante da ispirarle il desiderio di strusciarvisi contro, ma non sarebbe mai riuscita ad avvicinarsi abbastanza per farlo. Solo un anno prima era stato tutto così diverso, rammentò vagamente... Il weekend della sfilata di moda, quando lei e Spider erano riusciti a stento a staccarsi l'uno dall'altra il tempo necessario per stringere la mano a tutti i rappresentanti della stampa, e avevano faticato a dare risposte sensate quando venivano intervistati. Spider le era stato al fianco in quelle giornate trionfali, le aveva cinto la vita o le spalle con un braccio in un atteggiamento di orgoglio possessivo, ed entrambi erano così intensamente consci l'uno dell'altra che tutto il resto era sembrato un'illusione, una finzione da ombre cinesi. L'estasi era stata contagiosa, troppo intensa per non risultare visibile, e molto presto Gigi si era insospettita e naturalmente a Sasha era bastata un'occhiata per capire, e poi Prince se n'era accorto e si era precipitato a informare tutti i suoi amici dei media, e di conseguenza cinquanta persone più o meno sconosciute si erano sentite in diritto di rivolgere loro le più incredibili domande di carattere personale. Domande professionalmente intuitive di fronte alle quali era stato impossibile negare in modo credibile... anche ammesso che lei l'avesse voluto...

«Svegliati, cara» le disse Spider quattro ore più tardi, con tanta insistenza che finalmente Billy sbatté le palpebre e aprì gli occhi.

«Non ho voluto svegliarti prima» sussurrò lui, piegandosi a baciarla. «Ma ho continuato a entrare e uscire dalla camera da letto come un'anima persa e a guardarti mentre dormivi così bene... E alla fine non ho resistito. Mi sentivo troppo solo. Comunque è ora di pranzo, e ai bambini non fa bene che tu salti un pasto. Hanno bisogno di nutrimento, e se dormi fino a tardi durante il giorno, come ti riabituerai a dormire di notte?»

«Ecco una domanda intelligente» mormorò Billy con uno sbadiglio. Si stirò. Si sentiva meravigliosamente riposata.

«Non sei contenta che ti abbia svegliata?» chiese ansiosamente Spider, scostandole dalla fronte i riccioli arruffati per guardarla meglio.

«Oh, sì» rispose sinceramente Billy. Provava una specie di serenità imperturbabile. «Sono molto contenta, tesoro... dormire è un'attività sopravvalutata, uno spreco di tempo, quando possiamo fare qualcos'altro come baciarci o toccarci, o parlare, o magari... cercare addirittura di abbracciarci» concluse in tono speranzoso.

«Adesso che ti guardo meglio, non mi sembri affatto denutrita, sai?» disse Spider, cominciando a sbottonarsi la camicia. «Dormire è un'attività sopravvalutata, hai ragione, e anche pranzare. Ti andrebbe se ci baciassimo e ci abbracciassimo un po' fin dove lo consentono le mie modeste braccia?»

«Hai davvero un ammirevole senso delle priorità» sospirò beata Billy, e gli fece posto nel letto.

E la storia continua...

Ringraziamenti

Sono molto riconoscente a due amici che mi hanno confidato i segreti della loro professione: Emily Woods, presidente di J. Crew; Gordon Davidson, direttore artistico e produttore del Mark Taper Forum a Los Angeles, e a Edwina Lloyd, la mia meravigliosa e impassibile assistente.

QUESTO VOLUME È STATO IMPRESSO NEL MESE DI APRILE 1993
PRESSO ARNOLDO MONDADORI EDITORE S.p.A.
STABILIMENTO NUOVA STAMPA MONDADORI CLES (TN)

STAMPATO IN ITALIA – PRINTED IN ITALY